GOLDMANN

Buch

Julie Bullard, Tochter eines legendären Hollywood-Regisseurs, ist einer der strahlendsten Sterne am Hollywood-Himmel. Selbst erfolgreiche und hoch gehandelte junge Regisseurin, steht sie kurz vor dem Höhepunkt ihrer Karriere und ist fest entschlossen, einen jahrelangen Traum zu verwirklichen: einen Film über die heißen Sümpfe Louisianas, diese ebenso fremd-exotische wie geheimnisvolle Welt, die die Herzen verzaubert und das Blut zum Kochen bringt. Ihr engster Vertrauter und Berater bei den Dreharbeiten ist Rey Tabary, genannt »Swamp Rat«, ein feuriger Kreole, ebenso mysteriös und ungezähmt wie das Land. Obwohl sein undurchschaubares Wesen ihr angst macht und sie ihm nie recht vertraut, kann Julie seinem ungestümen Temperament nicht lange widerstehen. Sie stürzt sich in eine leidenschaftliche Liebesaffäre, die all ihre Pläne ins Wanken bringt. Als dann plötzlich mysteriöse Unfälle und eine Mordserie die Dreharbeiten bedrohen, erkennt Julie, daß sie sich am Rande eines Abgrunds bewegt und daß nur der Mann sie retten kann, dem sie eigentlich am wenigsten vertraut.

Autorin

Jennifer Blake wurde in der Nähe von Goldona, Louisiana, auf der Farm ihrer Großeltern geboren. Mit fünfzehn heiratete sie, mit zwanzig begann sie, Romane zu schreiben. Seitdem hat sie mehr als dreißig Bücher veröffentlicht und sich in die Spitzenränge der amerikanischen Unterhaltungsautorinnen emporgeschrieben.

Im Goldmann Verlag bereits erschienen:

Bitteres Paradies. Roman (9812)
Ein Hauch von Paradies. Roman (9752)
Der Kreole. Roman (9463)
Feuerlilien. Roman (9997)
Mitternachtswalzer. Roman (9675)
Nacht über Louisiana. Roman (9684)
Serenade der Leidenschaft. Roman (9998)
Strom der Sehnsucht. Roman (9814)
Träume des Südens. Roman (9467)
Wie Feuer auf meiner Haut. Roman (41250)
Wie Feuer im Blut. Roman (9830)
Zur Liebe verdammt. Roman (41246)

Im selben Programmzeitraum erscheint:

Zärtliche Betrügerin. Roman (42032)

Jennifer
BLAKE

Brennende Glut

Roman

Aus dem Amerikanischen
von Christoph Göhler

GOLDMANN VERLAG

Deutsche Erstveröffentlichung

Die amerikanische Originalausgabe erschien unter dem Titel
»Joy and Anger« bei Ballantine Books/Fawcett Columbine, New York

Umwelthinweis:
Alle bedruckten Materialien dieses Taschenbuches
sind chlorfrei und umweltfreundlich.
Das Papier enthält bereits Recycling-Anteile.

Der Goldmann Verlag
ist ein Unternehmen der Verlagsgruppe Bertelsmann

Made in Germany · 1. Auflage · 11/92

Umschlaggestaltung: Design Team München
Umschlagillustration: Schlück/Daeni, Garbsen
Satz: IBV Satz- und Datentechnik, Berlin
Druck: Elsnerdruck, Berlin
Verlagsnummer: 41446
Lektorat: Sabine Dolt/AK
Herstellung: Heidrun Nawrot
ISBN 3-442-41446-6

1. Kapitel

Der Sumpf war keine angenehme Gegend, vor allem nicht bei Einbruch der Nacht. Im schwülen Halbdunkel wirkten die riesigen alten Zypressen mit ihren knotigen Luftwurzeln, Zypressenknie genannt, die modrigen Hölzer, die dunkelgrünen Palmettopalmen und die Mangroven am Ufer wie Überbleibsel aus grauer Vorzeit. Schlingpflanzen und Farnmatten wucherten und umklammerten die Äste. Insekten sirrten und stachen, und die Augen der Nachttiere glühten rot im Licht der Laterne. Der Sumpf schien unglaublich wild und unendlich weit von jeder Zivilisation entfernt zu sein. Lautlos glitt die Piragua durch den Dunst, der vom Fluß aufstieg, als wäre sie auf einer Reise in eine andere Zeit.

Großartig. Einfach wunderbar.

Julie Ballard lächelte still vor sich hin. Es war nicht schlecht, wenn eine Regisseurin Vorstellungskraft besaß; sie sah bereits die Bilder vor sich, die sie im Film zeigen wollte. Die Drehorte für die benötigten Szenen, die bis auf eine alle bei Tageslicht gedreht würden, warteten gleich hinter der nächsten Biegung, das spürte sie. Dieser Ausflug in dem altmodischen Einbaum würde sich lohnen. Es würde ein höchst ergiebiger und interessanter Abend werden.

Die schmale Piragua schwankte, drehte nach rechts ab und schob sich vorwärts, an einem baumstammartigen Schatten im Wasser nahe dem Ufer vorbei. Julie faßte die Holzplanke fester, auf der sie saß, und drehte sich zu ihrem Führer um. Er stand hinten im Boot und zog die lange, Schlamm aufwirbelnde Stange hoch, mit der er das schmale Gefährt durch die Windungen des

Flusses stakte. Der O-beinige Cajun, dessen Gesicht ein Netz von Falten durchzog, das den labyrinthischen Wasserwegen durch die Sümpfe Louisianas um nichts nachstand, und dessen Augen im schwachen Licht der Gaslaterne im Bug glänzten, nickte in Richtung des länglichen Schattens im Wasser. »Der alte 'gator will bloß wissen, was wir hier machen, sonst nix.«

Julie schaute gespielt ängstlich auf den Alligator. »Sind Sie ganz sicher, daß Alligatoren keine Menschen fressen?«

Er grinste sie zahnlos an. »Das garantier' ich Ihnen! Keine lebendigen Menschen jedenfalls. Aber vielleicht stößt er das Boot um, bloß so aus Neugier. Besser, wir gehen ihm aus dem Weg.«

»Gut«, sagte Julie trocken. Sie schaute wieder nach vorn.

Ihr Führer kicherte.

Julie fürchtete sich nicht wirklich vor der Nacht oder dem, was sie bringen mochte. Sie glaubte dem alten Cajun, daß Alligatoren nur selten größere Tiere als einen Waschbären oder ein Opossum erbeuteten und daß die giftigen Wasserschlangen mit pittoresken Namen wie Kupferkopf und Wassermokassin, die pfeilförmige Wellen im stillen Wasser hinter sich herzogen, mehr Angst vor ihr hatten als sie vor ihnen. Obwohl sie das gut verbarg, war sie begeistert, den Sumpf um sich herum zu spüren, und verzaubert von seiner primitiven Magie. Wenn sie all dies fühlen konnte, dann konnte sie die Kinogänger ganz bestimmt dazu bringen, das gleiche zu fühlen.

Sie hatte auch gut daran getan, ihren Film an Originalschauplätzen zu drehen, statt die Szenerie mit einem Haufen Plastik und Pappmaché im Studio nachzubauen. Sie wußte, wie wichtig es war, die Kosten niedrig zu halten; dazu brauchte der gute Allen gar nicht erst in seinem Seidenpyjama auf und ab zu marschieren und den Produzenten zu markieren. Und sie war sich darüber im klaren, daß sie den Film termingerecht fertigstellen mußte, um sich als eine der wenigen Regisseurinnen von Rang in L. A. zu behaupten. Aber es gab noch etwas anderes, das mindestens ebenso wichtig war – die Integrität des Filmes, den sie drehen wollte.

Sie hatte dieses Projekt geplant, hatte selbst das Drehbuch geschrieben, nachdem sie mit ihrem eigenen Geld eine Option auf das Buch einer jungen Autorin aus Louisiana gekauft hatte. *Im Reich der Sümpfe* war die Geschichte eines jungen Mädchens und beschrieb den Triumph kultureller Identität und Tradition über den Reichtum und die damit verbundenen Privilegien. Die Handlung war sowohl dramatisch – ein Cajun kämpft gegen seine aus der Oberschicht von New Orleans stammende Ehefrau um das Sorgerecht für ihre Tochter – als auch actionreich, denn der Cajun entführt seine Tochter aus dem neuen Apartment seiner ehemaligen Gattin mitten in der Stadt und bringt sie in die Sümpfe, wo er gegen die angeheuerten Ganoven kämpfen muß, die seine Exfrau auf ihn angesetzt hat. Die Geschichte enthielt Humor und Tragik – es fehlte an nichts, nicht einmal an einer guten, wenn auch nicht spektakulären Besetzung. Es traten keine Stars auf; die konnte sich Julie nicht leisten. Trotzdem konnte sie sich nicht vorstellen, daß der Film beim Publikum durchfiel, wenn sie die Geschichte nur genau so auf die Leinwand brachte, wie Julie sie im Geiste vor sich sah.

Ihr Vater hatte ihr erklärt, sie sei verrückt, das zu versuchen. Der große William Bullard, der für seine innovative Filmarbeit zwei Oscars als Bester Regisseur bekommen hatte, hatte ihr geraten, kein Risiko einzugehen. Sie sollte, sagte er, bei den billigen Strand- und Frauenfilmen bleiben, mit denen sie sich einen Namen gemacht hatte.

Es hatte ihr weh getan, daß ihr Vater so wenig Vertrauen zu ihr hatte. Es hatte weh getan, daß er nicht begriff, wieviel sie in all den Jahren, in denen sie ihm bei der Arbeit zugesehen hatte, gelernt hatte. Er erkannte einfach nicht, daß sie sich an größere Geschichten, wichtigere Themen wagen konnte. An Erfahrung fehlte es ihr nicht; sie hatte ihren ersten körnigen 16-Millimeter-Kurzfilm vor mehr als fünfzehn Jahren gedreht, als sie noch an der UCLA studierte. Damals war sie mit Leib und Seele Surferin, eines jener schlanken, braungebrannten, blonden kalifornischen Mädchen, die sich an den Stränden herumtrieben und den Jargon der »Tunnels« und »Rips« beherrschen, als wären sie damit geboren worden. Diesen ersten Film hatte sie aus Liebe zum Ozean gedreht und weil sie die jungen Männer und Frauen faszinierten, die das Meer herausforderten. Sie hatte damit den Erfolg gehabt, der denen zukommt, die sich mit Respekt und Zutrauen an ein Thema wagen; sie hatte etwas Grundlegendes über den Sport und über die Nomaden eingefangen, die er hervorbringt. Der Film war auf 35-Millimeter aufgeblasen und auf dem Filmfestival in Cannes vorgeführt worden. Seitdem hatte sie nicht aufgehört, Filme zu machen.

Es konnte nur einen Grund dafür geben, daß ihr Vater ihre Fähigkeiten anzweifelte – sie war eine Frau. Das hätte sie nicht überraschen dürfen; er hatte nie ein Hehl daraus gemacht, daß eine Tochter seiner Ansicht nach hübsch zu sein und ihn zu verehren hatte, bis sie heiratete und von da an ihrem Gatten ihre Zuneigung schenkte. Er war ein unverbesserlicher Chauvinist, der fand, daß eine Frau entweder in die Küche oder ins Bett gehörte. Merkwürdigerweise hatte Julies Mutter diesem Bild mehr oder weniger entsprochen, aber er war trotzdem nicht zufrieden gewesen. Er brauchte Abwechslung, brauchte andere Frauen, brauchte Kumpel, mit denen er zum Segeln, zum Angeln, zur Jagd, zum Stierkampf oder zum Stock-Car-Rennen ging – Hauptsache, man konnte Leib und Leben riskieren und war nicht zu Hause. Er brauchte seine Freiheit oder jedenfalls das, was er dafür hielt. Irgendwann gab ihm Julies Mutter alle Freiheit, die er sich wünschte. Bull, wie seine Freunde und selbst Julie ihren Vater nannten, war aber auch damit nicht glücklich.

Nach der Scheidung war Julies Mutter in ihre Heimatstadt in Mittellouisiana zurückgekehrt und hatte Julie mit sich genommen. Sie wollte mit der glitzernden Scheinwelt von Los Angeles nichts mehr zu tun haben.

Für Falschheit hatte auch Julie nichts übrig. Deshalb wollte sie echte Aufnahmen, echte New-Orleans-Straßen, echten Jazz, echten Sumpf. Sie freute sich zusätzlich, in der Heimat ihrer Mutter drehen zu können, denn das gab ihr Gelegenheit, einige Zeit in jener Gegend zu verbringen, in der sie ihre Kindheit verbracht hatte, bis ihre Mutter gestorben war. Aber diese Überlegung war zweitrangig.

Julie hatte fast einen Monat lang in New Orleans gedreht. Jetzt standen ihr mindestens vier weitere Arbeitswochen in den Sümpfen im Nordwesten der Stadt bevor, ehe *Im Reich der Sümpfe* im Kasten war. Sie glaubte, daß sie rechtzeitig fertig werden würde und ihr Budget nicht auszuschöpfen brauchte, trotz einer Reihe kleinerer Zwischenfälle bei den Dreharbeiten und nebensächlicher Probleme mit unerlaubter Abwesenheit und Vorratsdiebstählen. Sie wäre froh und traurig zugleich, wenn die Dreharbeiten abgeschlossen würden, froh, weil sie ihr Versprechen gegenüber der Vorlage, Geschichte und Lebensstil der Cajun wie auch die Schönheit des Sumpfes genau wiederzugeben, erfüllt hatte und traurig, weil damit ein Projekt abgeschlossen wäre, das ihr eine ungewöhnliche Erfüllung verschaffte.

Es war eine solide Arbeit, die sie hier mit ihrer Mannschaft schuf. Das trichterte sie sich immer wieder ein, gleichgültig, was die anderen denken oder sagen mochten. Manchmal glaubte sie sogar über mehrere Stunden hinweg daran.

Die Piragua glitt am Ufer des Flusses entlang, des Blind River, wie man ihn nannte. Der Wasserlauf, früher ein Arm des Mississippi, bevor der Strom sich wie so oft ein neues Bett gesucht hatte, war stark gewunden, aber klar abgegrenzt. Das alte Gewässer, das nicht mehr mit dem Mississippi verbunden war und keine erkennbare Strömung besaß, wanderte gemächlich in Richtung Südosten. Früher hatte es Bajou Acadian geheißen, wie Julie erfahren hatte. Aber in den dreißiger Jahren waren englisch sprechende Holzfäller in die Sümpfe gekommen, um die jungfräulichen Zypressen zu schlagen. Damals hatte der Fluß seinen neuen Namen bekommen, weil die Holzfäller den alten nicht aussprechen konnten und weil das Wasser von dem ständig heruntertropfenden Baumharz so trüb war, daß man kaum etwas unter der Oberfläche sehen konnte.

Kein Mond schien heute nacht vom blauschwarzen Himmelsbogen über ihnen. Die bleichen Sterne der Milchstraße schienen in einen riesigen Gazeschleier gehüllt, der sich zu beiden Seiten bis zu den Baumwipfeln herunterzog. Eine milde Herbstbrise, modrig und fischig, aber zugleich frisch durch den leichten Salzgeruch vom nahen Golf, drückte Julies Haar gegen ihre Schultern. Ein Blatt, eines der wenigen verfärbten, obwohl es bereits Oktober war, taumelte herab und kreiselte dann im Kielwasser der Piragua. Die einzigen Geräusche waren das Glucksen der Stakstange und der Chor der Zirpfrösche, hin und wieder akzentuiert von dem Sirren eines einzelnen Moskitos, dem Ruf einer Jagdeule oder dem Bellen eines Alligators.

Julie atmete tief ein und stieß die Luft mit einem leisen Seufzen aus ihren Lungen. Es war so friedlich, im matten Schein der Laterne durch die Nacht zu gleiten. Ihr Führer Joseph hatte sie in seinem Kahn mit Außenbordmotor herbringen wollen, und sie hatte ihn anfangs gewähren lassen, der Geschwindigkeit wegen. Dann hatte sie darauf bestanden, in die Piragua überzuwechseln, die sie am Heck vertäut hatten. Zum einen wollte sie sehen, wie man die flachkieligen Boote steuerte, zum anderen sehnte sie sich nach Gemächlichkeit und Ruhe, die ihr Gelegenheit zum Nachdenken gaben.

Es war eine gute Entscheidung gewesen. Als sie erst die großen Kanäle, die Jagd- und Angelcamps, die Kneipen und die kleine Holzkapelle im Oberlauf hinter sich gelassen hatten, hatte sie Zeit gefunden, den Fluß wirklich zu sehen. Sie hatte Zeit, die verschiedenen Bäume und Pflanzen und Tiere wahrzunehmen, Zeit, die verschiedenen Kanäle, Bayous, Sumpfbuchten und schmalen, fast verborgenen Wasserläufe abseits des Flusses zu betrachten, auf die sie der Führer hingewiesen hatte, bevor das Licht zu schwach wurde. Es sprach wirklich einiges dafür, die Dinge auf bewährte Weise zu tun, sich Zeit zu lassen, es ruhig anzugehen. Sie hatte sich in letzter Zeit zu tief in die Probleme mit ihrem Film verstrickt, hatte sich zu viele Sorgen darum gemacht.

Sie sollte ein weniger hektisches Tempo anschlagen, und das würde sie auch, sobald *Im Reich der Sümpfe* im Kasten war. Wenn Allen nicht zu beschäftigt war, konnte sie ihn vielleicht überreden, auf die Inseln oder nach Belize zu fliegen, wo sie sich eine Strandhütte mieten und ein paar Wochen lang Robinson spielen könnten. Es war unwahrscheinlich, aber einen Versuch wert.

Vor dem Boot wurde der Flußkanal breiter. Eine Wasserfläche von der Größe zweier Fußballfelder breitete sich vor ihnen aus. Sie war umgeben von Rohrkolben und hohem Schneidegras, und hie und da standen Zypressengruppen, die ihre Äste mit dem Seidenspitzen ähnelnden Nadelgewirk und Schleiern von Virginiamoos in den Nachthimmel hoben. Julie beugte sich vor, um besser zu sehen, und zog im gleichen Augenblick den weiten Rock ihres weißen Baumwollkleides enger um ihre Knie, damit er nicht in das Wasser auf dem Boden der Piragua hing. Dies konnte der erste der zwei Drehorte sein, nach denen sie suchte, eine Wasserfläche, die groß genug war, daß Boote darauf manövrieren konnten. Es waren keine Häuser, keine Campingplätze, keine festliegenden Hausboote, keine störenden Stromleitungen oder Bootsrampen zu sehen, nur eine natürliche, abgeschiedene lagunenartige Ausbuchtung im Flußlauf. Es war ideal, fast zu schön, um wahr zu sein.

Ein tiefes Summen fast wie von einem riesigen Insekt zog Julies Aufmerksamkeit auf sich. Es pulsierte in der Nacht, wurde mal höher, mal tiefer und immer lauter. Direkt vor der Piragua platschte etwas, als hätte sich ein Tier, von dem tiefen Dröhnen oder der näher kommenden Piragua aufgeschreckt, vom Ufer ins Wasser verzogen.

»Was ist das?« fragte Julie. Im gleichen Augenblick bemerkte sie am Rande des Laternenkegels ein Kräuseln im Wasser und erblickte den Kopf und Oberleib einer pelzigen Kreatur, die sie als Nutria zu erkennen glaubte.

Joseph kicherte. »Also, ich glaub', das ist die Sumpfratte!«

Julie schaute ihn über die Schulter an. »Sie meinen, das Ding ist eine riesige Ratte?«

»Mais non, chère«, antwortete der Alte und ging mit einem Achselzucken über die schwimmende Nutria hinweg, während er mit halb geschlossenen Augen und zur Seite gelegtem Kopf lauschte. »Ich rede von dem Kerl in dem Boot.«

Entweder verstand der Führer sie nicht, oder sie verstand ihn nicht, dachte Julie. Aber bevor sie entscheiden konnte, was davon zutraf, lenkten zwei Scheinwerferkegel, die durch die Bäume am anderen Ende der Wasserfläche strichen, sie ab. Die gelben Strahlen fuhren hierhin und dorthin, tanzten, drehten sich, bohrten sich durch die Äste und Schlingpflanzen und vergoldeten dabei die Strähnen des wehenden Virginiamooses. Zugleich wurde das tiefe Dröhnen, das jetzt von einem grellen Zischen begleitet wurde, immer lauter.

Plötzlich kapierte Julie. Ein Luftkissenboot. Sie hatte schon Bilder davon gesehen. Das Gefährt wurde von einem Motor im Heck mit riesigen Ventilatorflügeln angetrieben und schwebte mit Hochgeschwindigkeit auf einem Luftkissen über das Wasser. Es war für Gewässer entwickelt, deren Tiefe blitzschnell von über zehn Metern auf weniger als zehn Zentimeter abnehmen konnte, und konnte über alles gleiten, das nasser war als Morgentau. Dieses hier fuhr mit Höllentempo und nahm die Kurven des mäandernden Flußlaufes jenseits der offenen Wasserfläche in halsbrecherischer Geschwindigkeit.

Es war seltsam, aber das dumpfe Dröhnen des Luftkissenmotors schien sogar ein Echo zu haben. Eine Sekunde später begriff Julie, daß das Echo von oben kam. Ein Flugzeug näherte sich ihnen, ein Wasserflugzeug mit klobigen Schwimmern unter den Stützen. Es sank, während es näher kam, als würde der Pilot zur

Landung ansetzen, obwohl Julie aus den Vorabberichten über den Drehort wußte, daß der nächste Flughafen New Orleans International Airport war, und der war sechzig Kilometer entfernt.

Sie überlegte, ob das Flugzeug vielleicht in Schwierigkeiten war, aber dafür sprach nichts. Während sie zuschaute, wurden die Scheinwerfer des Flugzeugs eingeschaltet und stießen durch die Baumwipfel. Der Motor wurde langsamer, bis er fast erstarb, so als wollte der Pilot in Sinkflug übergehen.

Hinter ihr brummelte der alte Führer etwas auf Patois, dem französischen Dialekt der Cajun. Er stand mit ernster Miene hinter ihr, die tropfende Stakstange in der Hand, während die Piragua langsam aus dem schmalen, baumgesäumten Kanal hinaus auf die offene Wasserfläche driftete.

Das Luftkissenboot umkurvte eine Biegung im Flußlauf, jagte durch einen schmalen Kanal ähnlich jenem, den Julie und ihr Führer eben verlassen hatten, und raste auf sie zu, einen Kometenschweif brodelnder Gischt hinter sich herziehend. Es schoß zwischen den Bäumen hervor und war dann auf dem offenen Wasser. Hinter den grellen Scheinwerfern des Bootes war der Mann am Steuer nur ein Schatten. Er hatte breite Schultern und das Steuer fest im Griff. Der Wind zauste sein Haar und drückte es in engen Locken an seinen Kopf. Angespannt und konzentriert beobachtete er mit zurückgelegtem Kopf das Flugzeug. Er wurde nicht langsamer.

Das Flugzeug kam näher und immer tiefer, war jetzt direkt über den Baumwipfeln. Es schwenkte auf die offene Fläche, und die Äste bogen sich unter ihm im Wind. Die Lichter legten grellweiße Kreise auf das Wasser, die sich mit den gelben Strahlen aus den Bootsscheinwerfern kreuzten. Die Wege des Flugzeugs und des Bootes kamen einander immer näher, liefen zusammen.

Sie kreuzten sich in einem grellen Dröhnen. Einen Augenblick später trennten sie sich wieder, und das Flugzeug donnerte vorbei.

Der Mann im Luftkissenboot drehte den Kopf, um dem Flugzeug nachzuschauen. Das Boot blieb immer noch auf Kurs.

Das Brummeln, das Julies Führer von sich gab, wurde lauter. Er brüllte einen Warnruf, hob die Stange hoch und schwenkte sie über Julies Kopf.

Das Luftkissenboot raste genau auf die Piragua zu, hielt weiter Kurs auf den tunnelartigen Flußkanal unter den mächtigen Bäumen, den das Holzboot eben verlassen hatte. In wenigen Sekunden würde es sie rammen. Der Mann auf dem Luftkissenboot hatte das andere Boot noch nicht entdeckt, hatte nicht einmal geschaut. Sie konnten es nicht aufhalten; eine Kollision war unvermeidlich. Julie klammerte sich sprungbereit an die Wand der kleinen Piragua.

Dann drehte der Steuermann im Luftkissenboot den Kopf und sah sie. Er riß den Steuerknüppel herum und warf sein ganzes Gewicht auf die gleiche Seite. Der Motor heulte auf, dann zischte das Gefährt auf einer Tatze vorbei und überzog sie mit einem Wind- und Wassersturm.

Julie duckte sich unter dem hellen Gleißen der Scheinwerfer. Das wacklige Holzboot schaukelte bedenklich, als es vom Wind aus dem Gebläse und dem aufgewirbelten Kielwasser erfaßt wurde. Sie hörte den Führer aufschreien und sah, wie er sich auf die andere Seite warf, um sich dem Rollen entgegenzustemmen. Es war zu spät. Julie wurde über die Brüstung geworfen und hinausgeschleudert.

Das modrige Wasser nahm sie auf, schloß sich über ihrem Kopf, zog sie nach unten. Es war schwarz und kalt und trüb und drückte sie nieder. Ihr Atem brannte ihr in der Lunge. Sie drehte sich wie in Zeitlupe, so daß sich der Saum ihres Kleides um ihren Oberkörper schlang und ihre Arme fesselte. Etwas Kratziges und zugleich Schleimiges fuhr über ihr Bein, eine Schlingpflanze oder ein alter, versunkener Zypressenstumpf. Der Ekel verlieh ihren Muskeln neue Kräfte, und sie stieß sich so kräftig ab, daß sich die Sandalen von ihren Füßen lösten. Sie schob sich den

Rock von ihrem Brustkorb herunter und streckte ihre Arme der Wasseroberfläche entgegen. Mit einem Japsen, das ihr in der Kehle weh tat, tauchte sie auf.

Direkt hinter ihr, fast schon über sich hörte sie das grummelnde Schnurren einer Maschine im Leerlauf. Eine tiefe Stimme sprach direkt über ihrem Kopf zu ihr: »Nehmen Sie meine Hand. Ich dachte schon, ich müßte nach Ihnen tauchen.«

Julie drehte sich im Wasser um und sah das Luftkissenboot, dessen Führer sich hingekniet hatte und sich über den Gummischwimmer lehnte, um ihr seine Hand entgegenzustrecken. Eine steile Falte stand zwischen seinen dunklen Brauen, und der Zug um seine festen Lippen wirkte verärgert.

Julie fühlte hitzige Wut in sich aufsteigen. Wassertretend hielt sie nach ihrem Führer und seiner Piragua Ausschau. Das kleine Boot war ein paar Meter entfernt, und der Cajun schwamm in schnellen Zügen darauf zu. Sie drehte sich wieder zu dem Luftkissenbootführer um.

»Vielen Dank«, sagte sie scharf, »aber ich möchte Ihnen keine Umstände machen.«

Der Mann wich zurück und stemmte seinen Arm auf sein abgewinkeltes Knie. Seine Miene entspannte sich und wirkte beinahe amüsiert. »Soll das heißen, daß ich Ihnen zu viele gemacht habe?«

»Das heißt, daß Sie uns über den Haufen gefahren haben, bloß weil Sie Ihre Augen nicht aufgemacht haben!«

»Ich war mit den Gedanken woanders. Außerdem hat man dem alten Joseph schon tausendmal gesagt, er soll seine Laterne putzen und sie sichtbar aufhängen, statt sie auf der Vorderbank abzustellen.«

»Und noch dazu hat er seine Piragua viel zu schnell gestakt«, stimmte sie ihm mit ätzender Ironie zu. »Wirklich, Joseph hat ganz allein schuld. Sie konnten überhaupt nichts dafür!«

Das Gesicht des Mannes entspannte sich langsam zu einem Lächeln, das seine Augen zum Strahlen brachte. »Das habe ich nicht gesagt. Wenn ich zugebe, daß ich nicht aufgepaßt habe, steigen Sie dann in mein Boot?«

Julie gab keine Antwort und drehte sich statt dessen wieder zu ihrem Führer um. Joseph hatte die Piragua wieder aufgestellt und kletterte gerade an Bord. Sie stieß sich von dem Luftkissenboot ab und hielt mit starken, schnellen, in pazifischen Brechern gestählten Kraulzügen auf die Piragua zu.

Der Motor des Luftkissenbootes grummelte und beschleunigte dann ein winziges bißchen. Einen Augenblick später schob sich das Gefährt zwischen Julie und ihr Ziel.

Sie änderte den Kurs.

Das Boot hielt Schritt und dümpelte neben ihr her. Sie drehte wieder um und warf dem Fahrer einen wütenden Blick über die Schulter zu. Der Bootsmotor heulte auf und senkte sich dann zu noch tieferem Brummeln. Julie drehte den Kopf im Schwimmen und sah den Fahrer, der sich wieder über die Reling beugte, diesmal direkt über ihr.

Sie tauchte ab, aber eine starke Hand hatte ihren Arm gepackt und hielt sie fest. Bevor sie reagieren konnte, bevor sie überhaupt wußte, wie ihr geschah, wurde ihre Taille von einem Arm wie einem Schraubstock umklammert und sie in das Luftkissenboot gezogen. Sie rollte über die Gummi- und Fiberglasreling und landete auf dem Schiffsboden. Der Fahrer schrie ihrem Führer etwas Unverständliches zu, einen fröhlich klingenden Schwall Patois, der mit einem Lachen und einem Winken beantwortet wurde. Im gleichen Moment warf sich ihr Entführer in den linken der beiden Sitze vorne im Boot. Das Luftkissenboot polterte dumpf, hob dann ab und schoß davon.

Fassungslosigkeit und die Schwierigkeit, das Gleichgewicht wiederzufinden und zu halten, hielten Julie einen Augenblick lang auf ihrem Platz fest, dann zog sie sich nach vorne. Triefend naß und mit am Leib klebendem Kleid richtete sie sich auf und warf sich in den Sessel neben dem Fahrersitz. Angst, Wut und Zorn brodelten in ihr, als sie sich zu ihm hinüberbeugte, um mit der Faust eine Handvoll Hemd zu packen. Sie rüttelte ihn einmal, zweimal. Der Wind riß ihr die Worte aus dem Mund, und das Dröhnen der Maschine ertränkte sie halb, als sie schrie: »Wo bringen Sie mich hin?«

Er war breitschultrig, muskulös und schien von ihrem Griff kein bißchen beeindruckt. Er drehte ihr den Kopf zu und sagte mit einem Lachen in den Augen: »Heim.«

Die Antwort wie auch sein herausfordernder Gesichtsausdruck verschlugen ihr die Sprache. »Das«, erwiderte sie mit eiskaltem Blick, »glauben Sie doch nicht im Ernst!«

Sie kehrte ihm den Rücken zu, um hinauszuschauen, und hob sich dabei halb aus ihrem Sitz. Er griff nach ihrem Handgelenk, umklammerte es und zog sie wieder herunter.

Er wandte den Blick von dem dunklen, baumbestandenen Flußkanal ab, den sie wieder befuhren, und schaute sie an. »Lassen Sie mich das klarstellen. Ich meinte nicht heim zu *mir*. Ich dachte an das Drehgelände Ihres Filmes – es sei denn, Sie würden etwas anderes vorziehen.«

»Wohl kaum«, erwiderte sie zwischen zusammengebissenen Zähnen.

Er hob eine Schulter und grinste schwach. »Das habe ich befürchtet.«

Sie sank in den zweiten Sessel zurück, unschlüssig, ob sie ihm glauben sollte oder nicht. Sein Griff war warm und fest, aber er tat ihr weh. Eine nasse Haarsträhne zitterte zwischen ihren Augen. Sie hob gedankenverloren ihre freie Hand und strich sie beiseite, kämmte dann mit den Fingern durch die tropfenden, verfilzten Locken und lockerte sie, wo sie ihr am Kopf klebten. Endlich fragte sie mit fester Stimme: »Sie wissen, wer ich bin?«

»Das war nicht schwer zu erraten.« Er ließ sie los. »Sie kommen nicht aus der Gegend, sonst würde ich Sie kennen oder hätte schon längst von Ihnen gehört. Sie haben genug Charme und Geld, um Joseph zu überreden, Sie nachts durch die Bayous zu fahren – und das ist bestimmt nicht einfach. Ihrem dünnen, weißen Kleidchen sieht man schon meilenweit an, daß es aus Kalifornien kommt – übrigens, selbst Touristen ziehen für eine Bootsfahrt meistens Jeans oder Stoffhosen an. Daraus folgt, daß Sie was mit den Filmleuten zu tun haben müssen. Sie sind zu jung, um die Ehefrau im Film zu spielen, und zu alt für die Tochter. Ich schätze, Sie sind die Regisseurin.«

»Brillant.« Ihr Tonfall war ätzend.

Er schenkte ihr ein Lächeln, antwortete aber nicht.

»Machen Sie das mit allen Leuten so, oder habe ich irgendwas gesagt, das Sie glauben läßt, ich möchte entführt werden?«

Er drosselte die Geschwindigkeit ein bißchen, und der Lärm der Maschine ließ nach. »Wir haben hier Herbst, falls Sie es noch nicht bemerkt haben. Wir sind zwar in Südlouisiana, und es mag Ihnen nicht kalt vorkommen, aber Sie können trotzdem was einfangen.«

»Wie bitte?«

Er wirkte einen Augenblick lang verdrossen, dann entspannte sich sein Gesicht wieder. »Wenn Ihnen meine Redeweise komisch vorkommt, damit müssen Sie hier rechnen. Die Cajun fangen alles mögliche ein, auch einen Herzinfarkt oder Krebs, von *la grippe* ganz zu schweigen.«

»Ich wollte mich nicht lustig über Sie machen.«

»Dann halten Sie mich also für überempfindlich, na klar. Auch damit müssen Sie rechnen. Sie sind hier in meinem Sumpf; Sie werden sich dran gewöhnen müssen.«

»Ihrem Sumpf?« Julie versuchte nach Kräften, die Frage einfach nur neugierig klingen zu lassen.

Er sah sie im matten Licht der Armaturenbeleuchtung an und kniff dabei die Augen gegen den Wind zusammen. Seine Stimme klang ruhig, aber unbeirrbar, als er wiederholte: »Meinem Sumpf.«

»Warum ist das Ihrer?«

»Weil ich ihn kenne. Ich kenne die Brackwasser, wo die Fische laichen und sich die Alligatoren begatten, ich kenne die Marsch, wo die Gänse und Enten in riesigen Schwärmen im Winter einfallen, ich kenne die *chenières* – von Eichen bewachsene Hügel aus Muschelschalen, die die Indianer südlich von New Orleans aufgeschüttet haben –, ich kenne die Treidel- und Schiffahrtskanäle, die gewundenen Altwasserarme und Bayous, die irgendwann in den Lake Maurepas und durch den Pass Manchac zum Lake Pontchartrain und zum Golf führen. Ich kenne den Sumpf, seit ich zehn Jahre alt war und mich zum ersten- und letztenmal darin verirrt habe. Es ist mein Sumpf, weil ich ihn zu meinem Sumpf gemacht habe.«

»Die Sumpfratte«, murmelte sie. Plötzlich erinnerte sie sich an die Worte des alten Cajunführers.

»Manche nennen mich so. Ich lege keinen Wert drauf.«

Er war ein gutaussehender Mann, dunkel und grobschlächtig, und mindestens so alt wie sie, wahrscheinlich vier oder fünf Jahre älter. Seine Brauen waren dicht, seine Nase war hoch angesetzt und saß zwischen ausgeprägten Wangenknochen. Seine tief liegenden Augen wurden von einem Netz feiner Lachfalten eingerahmt und von Wimpern überdeckt, die so lang waren, daß sie sich verhedderten. Sie schienen kaffeebraun zu sein. Die braungebrannten Hände, die er am Steuerknüppel des Bootes hielt, waren stark und gut gebaut und von mehr als nur einer Narbe gezeichnet. Seine Schultern lagen unter Muskelpolstern, die sich durch sein abgewetztes Khakihemd abzeichneten, und seine entspannte Haltung am Steuer verriet seine ausgezeichnete körperliche Verfassung. Wie der Sumpf, den er als seinen bezeichnete, war er wild und wirkte mehr als nur ein bißchen fremd.

Wasserflecken bedeckten die Front seines Hemdes und seine Hosenbeine, wo er sie an sich gedrückt hatte. Als sie sich an den Moment erinnerte, in dem dieser Mann sie in seine Arme genommen und an Bord gezerrt hatte, fühlte Julie, wie sich die Muskeln in ihrem Magen anspannten und ein leichter Schauer über ihren Nacken kroch. Das gefiel ihr nicht, das gefiel ihr überhaupt nicht.

»Was machen Sie so?« fragte sie. Es war eine harmlose Eröffnung, eine Cocktailparty-Frage, geeignet, eine höfliche Konversation einzuleiten. Aber Julie wollte die Antwort wirklich wissen, denn langsam schälte sich in ihrem Hinterkopf eine Idee heraus.

»Was ich mache? Nichts Besonderes.«

Die Antwort war nicht gerade hilfreich. Sie hatte das Gefühl, daß sie das auch nicht sein sollte. Sie ließ nicht locker. »Arbeiten Sie in einer der Chemiefabriken in der Gegend oder in einer Zukkerraffinerie? Arbeiten Sie auf den Ölbohrplattformen? Oder als Fischer? Was?«

»Nichts von dem. Sagen wir einfach, ich bin im Ruhestand.«

»Wie schön für Sie – aber sind Sie nicht ein bißchen jung dafür?«

Ohne den Blick von dem Fluß vor ihnen zu nehmen, sagte er: »Nein.«

Vielleicht hatte der Mann recht. Gänsehaut stieg an Julies Armen und Beinen auf, und ihr Unterkiefer begann lautlos zu klappern. Sie rieb sich mit den Händen über die kalte Haut an ihren Armen.

»Könnten – könnten Sie ein bißchen langsamer fahren? Ich erfriere.«

»Schneller wäre besser für Sie«, widersprach er, und der Motor heulte auf, während das Boot wieder vorwärts schoß und über das Wasser fegte.

Julie biß die Zähne zusammen, während ihr Körper im Takt des Motors zu zittern begann. Der Wind zerrte an ihrem Haar, trocknete es, während sich in ihren Augen Tränen sammelten, die an ihren Schläfen abglitten. Sie senkte den Kopf, um durchzuhalten.

»Wir sind gleich da«, brüllte der Fahrer.

Es stimmte. Sie konnte das rosafarbene Gleißen der zusätzlichen Quecksilberdampflampen sehen, die von den Elektrizitätswerken aufgestellt worden waren, um das Drehgelände bei

Nacht zu beleuchten. Durch die Bäume war schon das metallische Glänzen der Wohnwägen und Wohnmobile zu sehen sowie das unförmige Metallgebäude, Sitz des St. James Parish Boat Clubs, der der Firma Excel Films seinen Parkplatz und seinen Landungssteg zur Verfügung gestellt hatte. In wenigen Minuten hätte sie warme Kleider an und etwas Heißes zu trinken. Und sie würde sich, vermutete sie, bei der Sumpfratte dafür bedanken müssen, daß er sie heimgebracht hatte.

»Ich habe eben gemerkt«, sagte sie, als er den Motor in den Leerlauf geschaltet hatte und das Boot auf das Pier zuglitt, das ins Wasser ragte, »daß ich nicht einmal Ihren Namen weiß.«

Ein Mundwinkel hob sich. »Ich dachte, Sie hätten schon einen Namen für mich.«

»Mit dem kann ich nicht allzu viel anfangen. Zum Beispiel finde ich Sie damit bestimmt nicht im Telefonbuch.«

»Rey«, antwortete er. »Rey Tabary.«

»Cajun, nehme ich an.«

»Französisch-spanischer Kreole und Misch-Cajun, wenn Sie wissen, was das bedeutet.«

»Sie sind französischer und spanischer Abstammung, allerdings im Ausland, in diesem Fall Amerika, geboren, und Ihre Vorfahren haben sich mit einer französischen Familie vermischt, die vor mehr als zweihundert Jahren von den Briten aus Neuschottland vertrieben wurde.«

Sein Blick verriet seine Überraschung. »Sie haben sich mit der Landesgeschichte beschäftigt.«

»Um die Wahrheit zu sagen, ich bin selbst hier geboren, obwohl meine Ahnen schlichte Engländer, Iren und Waliser waren.«

»Schlicht bestimmt nicht«, widersprach er.

Sein Lächeln war so trocken, daß sie nicht sicher war, ob er ihr ein Kompliment machen wollte. Nicht, daß sie das interessiert hätte, so oder so.

Tabary ließ den Motor wieder an und fuhr auf das Ufer zu. Ein paar Leute waren dort damit beschäftigt, eine hölzerne Plattform für die Aufnahmen des nächsten Tages zusammenzuzimmern. Sie unterhielten sich leise und kochten etwas in einem großen Aluminiumtopf über einem Gasbrenner. Sie schaute neugierig zu dem Luftkissenboot her. Es war unwahrscheinlich, daß sie bis zu ihrem Wohnmobil kommen würde, ohne ein paar Fragen beantworten zu müssen.

Das Luftkissenboot schob sich durch einen Flecken Hartgras und wühlte sich dann in das schlammige Ufer. Fest entschlossen, gastfreundlich zu sein, erklärte Julie: »Ich kann Ihnen noch einen Drink anbieten, wenn Sie bleiben und die anderen kennenlernen möchten.«

»Vielleicht ein andermal, danke. Jetzt habe ich keine Zeit.« Er ließ den Bootsmotor laufen, während er ausstieg. Er wickelte ein Tau um eine Hand, um das Boot ruhig zu halten, und reichte Julie die andere, um ihr herauszuhelfen.

Sie sprang auf den Boden und besprenkelte seine Schuhe mit dem Wasser, das aus ihrem Rock spritzte. Sie bedankte sich knapp und höflich bei ihm. Dann wollte sie sich von ihm abwenden, doch er ließ ihre Hand nicht los.

Sie schaute ihn wieder an und hielt unsicher inne. Er betrachtete sie, musterte sie mit gebanntem Blick im Schein der Lampen. Sein Griff war leicht und warm, aber fest.

»Ja?« fragte sie und zog eine Braue um eine Winzigkeit hoch.

Er gab keine Antwort. Wie nebenbei ließ er die Bootsleine fallen, nahm dann ihre andere Hand und spreizte ihre Arme. Er begutachtete die langen, schlanken Gliedmaßen, die aus den kurzen Ärmeln herausragten, erst die Vorderseite, dann die Rückseite. Als sie versuchte, sich aus seinem Griff zu winden, glitt er mit seinen Händen schnell an ihre Schultern und schob dann seine Finger unter ihr Haar, wo sie über die zarte Haut ihres Halses strichen.

»Was machen Sie da?« fragte sie. In ihrem Tonfall lag wieder Verdruß, auch über das leise Zittern ihrer Stimme.

Er senkte die Hände, strich damit an ihren Armen herunter und umfaßte von neuem ihre Handgelenke. »Heben Sie den Rock hoch«, sagte er leise.

»Sie müssen wahnsinnig sein.«

»Nicht ganz«, antwortete er, und ein Glanz, der sehr nach Schadenfreude aussah, trat in seine Augen. »Aber ich muß Sie nach Blutegeln absuchen.«

»Blutegeln!«

»Die Möglichkeit besteht.«

»Das ist nicht Ihr Ernst!«

»Wenn Sie sich natürlich lieber von ihnen aussaugen lassen, statt mir Ihre Beine zu zeigen, kann ich Sie nicht daran hindern. Aber ich warne Sie, sie fallen erst ab, wenn sie zehnmal so groß geworden sind, und die Wunden hinterlassen Narben.«

»Lassen Sie mich los, dann schaue ich selbst nach«, fauchte sie.

»Sie können nicht alles sehen, was man sehen muß.«

Das klang recht zweideutig, aber ihre Haut kribbelte nicht nur vor Kälte und Nässe. Irgendwie war es ihm gelungen, sich zwischen sie und die zuschauenden Filmleute und Bootsclub-Mitglieder zu stellen und sie vor deren Blicken abzuschirmen. Er blickte sie aufmerksam und dreist an, so daß sie kaum vorherzusagen wagte, was er tun mochte, wenn sie sich weigerte. Obwohl er ihre Handgelenke ganz locker hielt, spürte sie, daß sie sich seinem Griff kaum entwinden konnte.

»Also gut, in Gottes Namen«, stöhnte sie entnervt auf. Sie drehte ihre Hände aus seinen, hob dann ihren triefenden Rock hoch und raffte ihn mit einer Hand zu einem Knoten vor ihrer Taille.

Er schaute an ihr herab, drehte sie dann mit einer sachlichen und unpersönlichen Berührung um. Unendlich lang schien er sie in dieser Position zu taxieren, bevor er wieder sprach: »Alles in Ordnung. Sie sind sauber.«

»Vielen herzlichen Dank«, preßte sie hervor. Sie wirbelte wieder zu ihm herum.

»Es war mir ein Vergnügen.« Er zögerte, und die Heiterkeit wich aus seinem Blick, als er wieder zu ihr herabschaute. Dann nickte er bedächtig und trat einen Schritt zurück. »Und es tut mir leid.«

Was tat ihm leid? Daß er sie in den Fluß geworfen hatte oder daß er sich bei der Egelsuche so viel Zeit gelassen hatte? Sie hatte keine Gelegenheit mehr, ihn das zu fragen.

Er kehrte mit einem lockeren Sprung über die Reling in sein Luftkissenboot zurück. Der Motor brüllte auf, als er Gas gab. Dann verschwand er auf demselben Weg, den er gekommen war, ein dumpfes Grollen und einen mannshohen Hahnenschwanz aus Gischt hinter sich herziehend.

Julie starrte dem Boot nach, bis es hinter einer Biegung verschwand, dann schaute sie sich selbst an, auf ihr fleckiges, durchnäßtes Kleid, auf den Schlamm, der zwischen ihren Zehen hervorquoll. Ihr Haar war vollkommen verfilzt, und ihr Make-up, wenn überhaupt noch welches vorhanden war, bestimmt verlaufen. Aber was schwerer wog, sie hatte sich dem Mann gegenüber, der sie aus dem Bayou gezogen hatte, mal wie eine Hexe, dann wieder wie ein kleines Mädchen benommen. Warum sie sich so unsicher, so wenig geistreich verhalten hatte, war ihr ein Rätsel.

Einen Moment später schüttelte sie den Kopf und lachte nervös. Was kümmerte es sie, wie sie aussah oder was ein Mann, der sich Sumpfratte nannte, von ihr hielt?

Rey Tabary gehörte genau zu jenen Männern, die sie am wenigsten mochte und denen sie am meisten mißtraute. Er war ein draufgängerischer Macho, der Körperkraft für die geeignete Antwort auf alle Meinungsverschiedenheiten hielt, der Frauen als nettes Spielzeug betrachtete und eine schlagfertige Antwort auf alles hatte. Rey Tabary, in jeder Beziehung das genaue Gegenteil von Allen Gravesend, reichte auf keinen Fall an jenen Mann heran, der ihr Verlobter und zugleich der Produzent dieses Filmes war.

Noch dazu hätte Julie schwören können, daß der Cajun etwas

zu verbergen hatte. Seine Antworten auf ihre Fragen waren betont unverbindlich gewesen, und sie wußte, daß er einen Großteil seiner Gedanken hinter diesen lächerlich langen Wimpern für sich behielt.

Das war wieder ihre Phantasie. Das Geheimnis, wenn es denn eines geben sollte, bestand wahrscheinlich darin, daß er verheiratet war. Der Mmann war nichts als ein arroganter Besserwisser. Genau wie ihr Vater.

Er war genau der Mann, den sie brauchte.

Sie brauchte ihn für ihren Film. Dafür und sonst für nichts. Überhaupt nichts.

Der Gedanke war ihr gekommen, als der Mann über den Sumpf und seine Cajun-Tradition gesprochen hatte. Sie hatte sich in den Kopf gesetzt, jene Welt zu zeigen, wie sie wirklich war, mit ihrem Flair und ihrem Lebensgefühl, aber ohne beides auszubeuten. Beides war so wichtig für die Echtheit ihres Filmes, verlieh ihm Glaubwürdigkeit und Herz. Von Anfang an hatten ihr die Szenen, die im Sumpf spielten, am Herzen gelegen, hatte sie sich Gedanken um den Akzent der Cajun-Charaktere, um ihre Bräuche und die Ausstattung des männlichen Hauptdarstellers gemacht, um die Szenen, die die Hauptfiguren beim Angeln oder bei der Verfolgungsjagd in Rennbooten durch die gewundenen Kanäle zeigten. Diese Szenen mußten bis in das letzte Detail stimmen.

Rey Tabary konnte ihr dabei helfen. Sie mußte ihn nur noch davon überzeugen.

2. Kapitel

In die Dreharbeiten zu einem Film verwickelt zu werden, war das letzte, was Rey Tabary wollte. Er hatte nicht die Absicht, sich überreden zu lassen, und ließ daran keinen Zweifel von dem Augenblick an, in dem er zu verstehen begonnen hatte, was Julie von ihm wollte. Er sagte nein und blieb dabei, während sie ihm erklärte, wie sie den Sumpf, seinen Sumpf, und die Cajun darstellen wollte. Er weigerte sich auch, als sie ihm den Titel »Technischer Direktor« und eine Entlohnung versprach, die dem Halbjahreslohn eines Durchschnittsbürgers entsprach, plus einen Bonus, falls die Dreharbeiten früher als geplant beendet werden sollten. Er lehnte dankend ab, als sie ihm klarmachte, daß der Film ohne ihn anders aussehen würde.

Es war nicht schwer, sich zu merken, was er ihr antworten sollte. Es war schwer, tatsächlich so zu antworten, obwohl er wußte, daß sie, wenn sie sich endlich geschlagen gab, wahrscheinlich nie wieder ein Wort mit ihm wechseln würde.

Rey hatte sich in der vergangenen Nacht gefragt, was für eine Augenfarbe sie eigentlich hatte. Jetzt wußte er es. Sie waren grün, von dem weichen, reinen Grün des Wintergrases dieser Breitengrade. Sie wirkten klar und ernst, intelligent und überhaupt nicht verführerisch. Er konnte sich nicht entscheiden, ob Verzicht auf traditionell weibliche Überzeugungsmethoden es ihm leichter oder schwerer machte.

Und sie gab sich nicht leicht geschlagen, was die Sache noch komplizierter machte. Früher einmal hätte eine Frau wie sie, langbeinig, mit sonnendurchflutetem Haar und eigenwilligen Ideen, alles von ihm haben können. Selbst jetzt ertappte er sich dabei, wie er die zarte Haut ihrer Lippen betrachtete, wie ihn das Licht in ihren goldspitzigen Wimpern gefangennahm, wie er die Wangenknochen bewunderte, die ihre Schatten über die darunterliegenden Wangen warfen. Sie reichte ihm gerade bis zum Kinn, und ihr Kleid, ein seltsam staubig-grünes Baumwollkleid, wurde von einem breiten, sandfarbenen Verloursledergürtel zusammengehalten, der ihre Taille so betonte, daß er am liebsten seine Finger darum gelegt hätte.

Nichts an Julie Ballard war aufdringlich oder oberflächlich. Sie war direkt und geschäftsmäßig. Und trotzdem war sie irgendwie verwundbar, zu empfindsam, zu ernst. Er fragte sich, ob sie jemals geneckt wurde, ob jemand sie zum Lachen brachte, ob sie jemals die Fassung verlor oder etwas Lächerliches, Verrücktes tat oder sagte, das ihr gerade in den Sinn kam. Wahrscheinlich nicht.

Sie wartete wieder auf seine Antwort.

»Nehmen Sie doch einen anderen, Miss Ballard«, erklärte er verbindlich. »Den alten Joseph zum Beispiel. Versuchen Sie's mit ihm.«

»Ich habe mit ihm gesprochen. Er meinte, Sie wären der Beste. Außerdem verstehe ich meistens nicht, was Joseph sagt, und wenn ich es doch verstehe, dann glaube ich, er versteht mich nicht.«

»Er versteht, was er verstehen will«, antwortete Rey trocken.

Julie starrte Rey Tabary an und runzelte fassungslos die Stirn. Die Lässigkeit dieses Mannes und sein absolutes Desinteresse an ihrem Angebot trieben sie zur Verzweiflung. Er hätte sie wenigstens anhören können, bevor er ablehnte. Statt dessen weigerte er sich, ihr zuzuhören, lehnte einfach an dem Stützpfeiler des alten, verwitterten Holzhauses und schaute sie an, während er darauf wartete, daß sie ausgeredet hatte und wieder abmarschierte. Julie schaute weg und kramte in ihren Gedanken nach überzeugenden Argumenten.

Das Haus stand an der Great River Road, dem sich schlängelnden Highway, der jeder Biegung und Windung des Mississippi folgte. Uralte Eichen spendeten ihm mit ihren zum Boden reichenden Ästen Schatten, und die Zypressenbretter waren lang nicht mehr gestrichen worden und grau. Es war kein besonders großes Haus, hatte sechs Zimmer und einen zum Schlafzimmer ausgebauten Dachboden. Trotzdem wirkte es nicht klein, denn die Zimmer waren geräumig, und das Haus stand auf zwei Meter hohen Ziegelpfeilern, damit die Luft besser zirkulieren und die Flut keine großen Schäden anrichten konnte. Zwischen den Pfeilern waren in den letzten dreißig, vierzig Jahren Mauern hochgezogen worden, und der so entstandene überirdische Keller diente als Lager und Garage. Vorne und hinten am Haus gab es lange Veranden, eine Galerie, wie man hier dazu sagte. Das Geländer ruhte auf Pfosten und war in viereckigen Pfeilern verankert, die wiederum das verrostete Blechdach stützten.

An der Rückfront des Hauses, wo Rey und Julie auf der Galerie standen, führten die steilen Stufen hinunter auf eine Terrasse mit handverlegten Steinfliesen. In einer Ecke des Hofes standen Bananenpflanzen; an einer hing eine Staude kleiner grüner Bananen mit lavendelfarbenen Blütenspitzen. Ein baldachinförmiger, drei Meter hoher und zwei Meter breiter Jasminbusch wuchs am anderen Hausende, während verstreut auf dem Rasen Flormyrten mit ihren knorrigen und altsilbrigen Stämmen standen. Weiter hinten lag, gesäumt von Kräuterbeeten, ein Gemüsegarten, in dem Auberginen und Fadenbohnen, neue Zwiebeln, Karotten und Kohl wuchsen. Dahinter befand sich ein Hühnerhof, wo ein paar weiße Leghornhennen in der blanken Erde scharrten. Als wäre er der alleinige Besitzer, spazierte ein stolzer Pfau mit blaugrün schimmernden Federn über den Rasen, umgeben von vier oder fünf Pfauhennen.

»Warum?« fragte Julie schließlich. »Warum denken Sie über mein Angebot nicht wenigstens nach? Sie haben selbst gesagt, daß Sie keine geregelte Arbeit haben und nichts Dringendes erledigen müssen.«

»Ich habe gesagt, ich hätte mich zur Ruhe gesetzt, das ist etwas anderes.«

»Also, was nimmt Ihre Zeit so in Anspruch, daß Sie nicht einmal ein paar Wochen mit mir zusammenarbeiten können? Ich glaube, was immer es auch ist, Sie könnten es eine Weile zurückstellen, um währenddessen Ihr Einkommen aufzubessern. Vielleicht möchten Sie ja ein paar Verbesserungen an Ihrem Heim vornehmen.«

»Sie meinen also, es hat Verbesserungen nötig?« Er schaute zum Haus hin.

»Das habe ich nicht gesagt«, stritt Julie hastig ab, da sie die Ironie in seinen Worten registrierte. »Aber das machen viele Leute, wenn sie unerwartet zu Geld kommen.«

»Dieses Haus gehört meiner Tante, und zufällig mag sie es so, wie es ist. Zypressenholz ist praktisch unzerstörbar, lackiert oder nicht. Aber die Farbe schließt die Feuchtigkeit ein, wenn Sie also einmal mit dem Streichen beginnen, müssen Sie es immer wieder tun. Es hat nicht immer mit Geld zu tun – oder mit Schlamperei.«

Sie starrte ihn eine Sekunde lang an, dann rang sie sich zu einem steifen Lächeln durch. »Eins zu null für Sie. Der Schein trügt manchmal.«

»Wie bei mir.«

»Was heißt das?«

»Weshalb sind Sie so sicher, daß ich der Richtige für Ihr Angebot bin? Sie wissen nichts über mich.«

»Ich weiß, was ich will.«

»Nun«, antwortete er langgezogen, »es ist schön, eine Frau mit starkem Willen zu treffen, aber das können Sie nicht wissen, ehe Sie mich gehabt haben.«

Farbe stieg ihr ins Gesicht und brannte unter ihren Wangenknochen. Mühsam erklärte sie: »Ich meinte das in geschäftlicher Hinsicht.«

»Ich weiß.« Sein Lächeln wirkte ebenso heiter wie zerknirscht. »Aber Sie haben mir Tür und Tor geöffnet, da konnte ich der Versuchung einfach nicht widerstehen. Es tut mir leid.«

»Jedenfalls sind Sie hervorragend dafür geeignet«, redete sie schnell weiter, um die Wirkung zu überspielen, die sein Kommentar und seine Entschuldigung auf sie gehabt hatten. »Sie sind in den Sümpfen aufgewachsen, Ihr Großvater und Ihr Vater waren für ihr Wissen über diese Gegend berühmt, und sie haben es Ihnen weitergegeben. Außerdem haben Sie einen Abschluß des Southwestern Colleges in Staatsgeschichte – von dem der Louisiana Tech in Betriebswirtschaft ganz zu schweigen.«

»Joseph hat geplaudert.«

»Ich habe ihn gefragt. Ich stürze mich nicht blindlings in so was; ich wäre nicht hier, wenn ich nicht glauben würde, daß Sie eine ganze Menge zu *Im Reich der Sümpfe* beitragen könnten.«

Er erwiderte lange ihren Blick, ohne durch seinen etwas zu verraten. »Wissen Sie, daß ich früher als Agent für die DEA gearbeitet habe?«

»Joseph hat die Drogenfahndungsbehörde erwähnt.«

»Ich bin ausgestiegen«, sagte er ohne jede Gemütsregung, »allerdings nicht ganz freiwillig. Nach einer Festnahme waren Drogen abhanden gekommen.«

»Waren Sie schuldig?« Ihr grünäugiger Blick war ganz ruhig.

Er lachte kurz. Er sagte: »Was ist das für eine Frage? Wenn ich schuldig wäre, würde ich es nicht zugeben, wer sollte mir also glauben, wenn ich es abstreite?«

»Ich vielleicht.«

Ein gedankenverlorener Ausdruck zog über sein Gesicht, als hätten ihre Worte Gedanken und Gefühle in ihm ausgelöst, denen sie nicht folgen konnte, als hätte sie endlich den Panzer seiner Selbstbeherrschung durchbrochen.

Zugleich faszinierte sie, wie entspannt und ruhig er war. Er unternahm keine Anstrengung, sich zu rechtfertigen oder zu erklären, hatte sich nicht einmal am Kopf oder am Hemd gekratzt, sein Gewicht verlagert oder die Schulter bewegt. Wie die meisten wirklich attraktiven Männer, die sie kennengelernt hatte – größtenteils Schauspieler –, war er sich seines guten Aussehens gar nicht bewußt. Und es schien ihn kein bißchen zu kümmern, wie er auf sie wirkte.

»Andererseits«, antwortete er ruhig, »würden Sie mir das Blaue vom Himmel erzählen, um zu kriegen, was Sie wollen.«

Sie schaute weg, an seiner Schulter vorbei. Als sie ihn wieder ansah, waren ihre Lippen zu einem reuig-heiteren Lächeln verzogen. »Das würde ich«, antwortete sie ebenso gleichmütig.

»In diesem Fall«, sagte er, »sage ich Ihnen hiermit, daß ich vollkommen unschuldig war. Glauben Sie mir?«

»Warum nicht?«

»Eben, warum nicht? Aber trotzdem kann ich nicht als Technischer Direktor für Ihren Film arbeiten.«

Es war offensichtlich, daß er es ernst meinte, daß nichts, was sie sagen oder tun konnte, seine Meinung ändern würde. Es war unvernünftig, sich darüber zu ärgern, aber sie tat es trotzdem. »Sie meinen, Sie wollen nicht.«

»Das würde ich nicht sagen.«

»Aber nur aus Höflichkeit«, erwiderte sie.

Hallende Schritte unterbrachen sie. Eine winzige Frau, die Julie bei ihrer Ankunft als Tante Tine vorgestellt worden war, kam aus dem Haus und auf die Galerie getrippelt. Sie trug ein Tablett mit vor Kälte beschlagenen Eistee-Gläsern und einem Tortenständer mit Fuß, auf dem Stücke eines dicken, gelben Früchtekuchens lagen. Julie stutzte, als sie begriff, daß Gläser und Tortenständer aus feinstem Kristall waren und daß die Servietten, stärkesteif und mit handgeklöppelten Spitzen umsäumt, aus echtem Leinen bestanden.

»Was habt ihr beide denn schon zum Streiten gefunden?« fragte die ältere Frau mit singendem Akzent, der die Schärfe unterstrich, mit der sie ihren Neffen beäugte. »Als ich ein Mädchen war, *mon cher*, das sag' ich dir, da hatten die hübschen jungen Männer und Frauen Besseres zu tun, als sich zu kabbeln.«

»Das glaube ich gern«, antwortete ihr Neffe mit einem genüßlichen Grinsen, wobei er seiner Tante das schwere Tablett abnahm.

»Nein, das doch nicht! Wir haben uns unterhalten, wir haben was herausgefunden über die Familie und die Freunde vom anderen und ob wir gerne tanzen oder nicht, lauter wichtige Sachen.«

»Miss Bullard möchte, daß ich für sie arbeite.« Rey ging ans andere Ende der Galerie, wo direkt neben einer Hollywoodschaukel mit verblichenen Chintz-Polstern ein Tisch zwischen zwei Schaukelstühlen stand. Tante Tine wuselte ihm hinterher, um den Tisch zu decken.

Julie hatte den Eindruck, als würden die beiden blitzschnell einen Blick austauschen. Bevor sie sich Gedanken über den Inhalt dieser wortlosen Kommunikation machen konnte, sprach die ältere Frau auf ihren Neffen ein. »Dann würdest du mit Paul arbeiten. Was gefällt dir nicht daran?«

»Paul?« fragte Julie.

»Ein Freund«, antwortete Rey. »Er wurde von einer Frau aus Ihrem Team als Stuntman angeheuert. Ich glaube, Paul hat mir erzählt, es sei Ihre Assistentin.«

»Das wäre Ofelia. Sie hat mir berichtet, daß sie das Team fast vollständig zusammenhat, inklusive Stuntman und Komparsen. Aber nachdem ich erst gestern morgen aus New Orleans eingetroffen bin, habe ich noch nicht alle kennengelernt.«

Julies Assistentin Ofelia Selby war supertüchtig. Sie mußte es auch sein, da sie infolge des knappen Budgets doppelt gefordert wurde, als Aufnahmeleiterin vor Ort und als Regieassistentin. Ofelia hatte die Vorarbeiten hier im Sumpf geleitet, hatte seit knapp zwei Wochen alles für die wichtige zweite Hälfte des Filmes vorbereitet. Julie hatte währenddessen mit dem Cutter das in New Orleans aufgenommene Material gesichtet und sich durch das bürokratische Dickicht von Lizenzen und Genehmigungen geschlagen, die sie brauchte, um im Sumpf filmen zu können. Sie war so schnell sie konnte nachgekommen. Die Schauspieler sollten spätestens am nächsten Morgen eintreffen.

»Donna – Pauls Frau – ist so aufgeregt, daß sie sich selbst auf die Nerven geht«, erläuterte Tante Tine. »Paul hat versprochen, ihr von dem verdienten Geld einen Diamantring zu kaufen und für die Jungs einen Swimmingpool im Garten aufstellen zu lassen. Mit dem Rest will er sich einen Krabbenkutter kaufen. Er hat immer davon geträumt, seine Arbeit aufzugeben und vom Krabbenfang zu leben.«

Julie nahm den Teller und das Glas, das ihr gereicht wurde, und ließ sich in dem Schaukelstuhl neben Rey nieder. Sie sagte zu der Frau: »Ich habe versucht, Ihren Neffen davon zu überzeugen, daß sich die Position als Technischer Direktor ebenfalls auszahlen würde, mindestens so sehr wie die Arbeit als Stuntman. Und ein Stuntman bekommt, wie Sie wissen, selbst für einen relativ ungefährlichen Einsatz zehntausend Dollar.«

»Wirklich? Aber Rey macht sich nichts aus Geld. Warum sollte er auch?«

Julie mußte blinzeln. Zugleich beschlich sie das unangenehme Gefühl, zu direkt vorgegangen zu sein. Das Lächeln, das über Rey Tabarys Gesicht huschte, als er ihr Unbehagen sah, bestätigte das.

Fast als wollte sie sich rechtfertigen, sagte sie: »Die wenigsten unter uns können nicht ab und zu einen kleinen Nebenverdienst brauchen.«

Jetzt kopierte Rey Julies Taktik, das Gespräch über seine Tante zu führen. »Ich wollte Miss Bullard gerade erklären, daß ich nichts mit einem Film zu tun haben will, in dem die Louisianer als unmoralische Hinterwäldler mit Spinnweben zwischen den Zehen dargestellt werden.«

»Das würde ich nie tun!« protestierte Julie.

»Vielleicht haben Sie das nicht von Anfang an vor.«

»Aber Sie glauben, das würde herauskommen, weil ich es nicht besser weiß?«

»So geht es fast jedesmal.«

»Sie übertreiben. In diesem Staat wurden schon einige sehr gute, preisgekrönte Filme gedreht.«

»Wenn Sie damit Starbesetzungen und eindrucksvolle Drehbücher meinen, das gab es schon. Aber in einem dieser Filme wurde ein Paar gezeigt, das bei seiner Hochzeit im Norden des Staates im Sonntagsstaat einen Holzschuhtanz zu Cajun-Musik aufführte, und das auf einer Feier, die im wesentlichen einer Episkopalischen Bauernhochzeit entsprach. Nichts daran hat gestimmt. Und dann blieb auch noch bei einer Begräbnisszene die Mutter nach dem Gottesdienst allein am Grab ihrer Tochter zurück. So etwas würde nie geschehen; alle Verwandten, Männer wie Frauen, würden sie unterstützen.«

»Ja«, fiel Tante Tine ein, »und Azaleen und Schleiermyrten blühten zur gleichen Zeit, und so etwas habe ich in meinem ganzen Leben noch nicht gesehen. Und Sie werden es nicht glauben, aber die Blumen, die an Ostern im Gras wuchsen, waren aus Seide. Künstlich! Warum das, frage ich Sie! Genau wie die Dekorationen bei der Hochzeit, an Weihnachten und Halloween! Bah! Diese Hollywood-Leute haben wirklich keinen Geschmack. Oder glauben sie etwa, wir haben keinen?«

»Ich weiß, von welchem Film Sie sprechen«, sagte Julie mit sprödem Lächeln. »Ich nehme an, man hat geglaubt, niemand würde die Blumen bemerken – man hat nicht bedacht, daß die meisten Frauen im Süden einen Garten haben. Und die Dekoration wurde wahrscheinlich so gewählt, weil sie lustig sein sollte.«

Tante Tine schüttelte den Kopf. »Ein schlechter Witz.«

»Und das«, bemerkte Rey, »war einer von den besseren Filmen.«

»Sie könnten solche Fehler verhindern, wissen Sie. Genau dazu brauchen wir einen Technischen Direktor.« Julies Blick war eine Herausforderung.

»Die Fehler zu sehen, ohne sie ändern zu können, klingt für mich nach einem Job, bei dem man sich Magengeschwüre holt.«

Damit hatte er nicht unrecht. »Angenommen«, erwiderte sie nach kurzem Bedenken, »ich würde Ihnen versprechen, daß Sie bestimmen können, wie der Sumpf und Ihr Volk porträtiert werden sollen? Angenommen, ich biete Ihnen die Möglichkeit, Szenen mitzuplanen, die beides im besten Licht zeigen? Was dann?«

Rey schüttelte den Kopf. »Ich glaube nicht, daß das funktionieren würde. Außerdem habe ich noch andere Fische in der Pfanne.«

Das ferne Klingeln eines Telefons durchbrach die Stille. Rey entschuldigte sich und ging ins Haus. Die Geschwindigkeit seines Abgangs weckte in Julie den Verdacht, daß er froh war, das Gespräch abkürzen zu können.

»Der Holzschuhtanz war so würdelos, wissen Sie«, ergänzte Tante Tine zu ihrem vorigen Thema. »Der Cajun-Walzer ist ein so schöner Tanz, wenn er richtig getanzt wird, voller Grazie, mit nur einer Hand auf der Hüfte oder dem Rücken und mit wehendem Rock. Warum haben sie den nicht getanzt? Ich mag das Kino; ich habe als Mädchen Englisch gelernt, indem ich mir Filme anschaute und versuchte, die Worte zu verstehen. Aber solche Sachen machen mich ganz verrückt!«

»Mich auch«, gestand Julie offen. »Deshalb ist es mir so wichtig, daß Ihr Neffe mit mir zusammenarbeitet. Sie können ihn wohl nicht umstimmen?«

Die alte Dame schüttelte den Kopf. »Das ist bei Rey nicht so leicht. Ich wünschte, ich könnte Ihnen helfen.«

»Wenn ich ihn nur dazu überreden könnte, zu den Dreharbeiten zu kommen, eine Weile zuzuschauen, dann würde er vielleicht begreifen, was mir vorschwebt. Vielleicht würde das schon ausreichen.«

Reys Tante dachte kurz nach. »Also, das könnte ich arrangieren. Ich glaube – ja, ich glaube, Rey muß mir einmal zeigen, wie ein Film gemacht wird, wie die Schauspieler arbeiten.«

Neue Hoffnung trieb Blut in Julies Wangen. Sie beugte sich zu der alten Frau hinüber. »Er würde Sie zum Drehort bringen?«

Und Tante Tine nickte spitzbübisch. »Ich glaube, ich brauche die Autogramme von all diesen Stars, von diesem Vance Stuart und von dieser Madelyne de Wells, von der ich so viel in der Zeitung gelesen habe. Ich bin schon lange ein Fan von Vance Stuart; seit vielen Jahren sehe ich ihn jeden Nachmittag im Fernsehen. Können Sie das machen? Morgen?«

»Auf jeden Fall«, stimmte Julia sofort zu.

»Da ist noch etwas.«

Julie sah Tante Tine an, und der gerissene Ausdruck in den alten Augen ließ sie mißtrauisch werden. »Ja?«

»Ich habe gelesen, daß man viel Geld bekommt, wenn man sein Haus für einen Film herleiht, wenn die Schauspieler kommen und so tun, als würden sie darin leben. Mein Haus ist nichts Besonderes, aber es ist alt, fast hundertfünfzig Jahre, und ein echtes Cajun-Heim. Ich könnte Geld brauchen, um mein Dach zu reparieren. Es regnet ins Gästezimmer; es ist schon Jahre her, seit es zum letztenmal repariert wurde, bevor mein Mann Etienne starb. Blechdächer sind heutzutage so teuer, weil immer mehr Leute sie auf ihren Häusern haben wollen. Können Sie mein Haus brauchen, ja?«

»Ich fürchte nein, wirklich nicht«, antwortete Julie mit Bedauern. »Außerdem wird auch deshalb so viel Geld bezahlt, weil es Schäden geben kann, weil manchmal Wände herausgerissen werden müssen, damit die Kamera im richtigen Winkel filmt, oder weil die Böden ruiniert werden. Das würden Sie nicht wollen, wenn Ihr Haus historischen Wert hat.«

Auf Tante Tines Gesicht malte sich Enttäuschung; dennoch lächelte sie stolz. »Ja, es steht auf der Liste, ja, es ist ein Denkmal.«

»Ein liebenswertes, altes Haus«, sagte Julie und blickte in die Sonnenstrahlen am Ostende der Galerie, auf den Feigenbaum da drüben, der trotz der Jahreszeit noch grünsamtene Blätter und dicke, gelbliche Feigen trug. Das aufgeregte Gackern eines Huhnes, das eben ein Ei gelegt hatte, verstärkte nur den friedlichschläfrigen Eindruck. Eine Idee zeichnete sich in ihren Gedanken ab. Sie schien ihr so gut, daß sie sie sofort aussprach, ohne länger darüber nachzudenken.

»Wissen Sie, Tante Tine, die Leute werden auch dafür bezahlt, daß sie Schauspieler und andere Mitglieder der Crew bei sich beherbergen. Ich glaube, von der Miete könnten Sie die Reparatur Ihres Daches bezahlen.«

»Bleiben Sie so lange?«

»Eigentlich nicht, aber wir würden Ihnen eine Entschädigung für die Unannehmlichkeiten zahlen, die wir Ihnen machen.«

»Aber – Sie bräuchten das ganze Haus, nicht wahr? Ich müßte umziehen?«

»Auf diese Weise würde Sie das ständige Kommen und Gehen weniger stören. Natürlich müßten Sie auch umziehen, wenn wir das Haus als Kulisse mieten würden.«

Die alte Dame schüttelte den Kopf. »Vielleicht ist es besser, daß Sie es nicht brauchen können. Ich war zu voreilig, weil Sie hier vor mir gesessen haben. Es ist mir wie ein Zeichen vorgekommen, daß Sie gekommen sind, als hätte es so sein müssen. Rey würde nicht umziehen wollen, solange er bei mir wohnt; der Zeitpunkt ist schlecht. Egal. Aber angenommen, ich würde nur ein einziges Zimmer vermieten wollen, mein Gästezimmer. Das Leck ist winzig, das schwöre ich auf meinen Rosenkranz, den der Papst gesegnet hat.«

Julie starrte die alte Frau lange an, betrachtete ihre markanten Züge, die so klassisch, so unleugbar französisch waren, die fein strukturierte, vor Alter fast kreppartige Haut, die vor Aufregung um ihre Augen herum puckerte. Sie fällte abrupt eine Entscheidung. »Wenn Sie das wirklich wollen, dann sehe ich da keine Probleme. Ich werde das Zimmer selbst nehmen.«

Kurz darauf ging Julie, noch bevor Rey auf die Galerie zurückkehrte und seine Tante daran hindern konnte, ihr freies Zimmer zu vermieten. Julie hatte keine Ahnung, ob er das tatsächlich versuchen würde, aber es war besser, kein Risiko einzugehen. Sie hatte mit Tante Tine vereinbart, daß ihre Sachen am nächsten Nachmittag gebracht werden sollten. Sie würde einziehen, sobald sie konnte, je nachdem, wie die Vorbereitungen für die Dreharbeiten heute vorankamen. Die Filmcrew arrangierte gerade eine Actionszene auf dem freien Flußstück, das sie in der vorigen Nacht ausgekundschaftet hatte, eine Szene, in der Reys Freund als Stuntman mitwirkte und die morgen oder übermorgen abgedreht werden sollte. Die Dreharbeiten waren kompliziert und würden vielleicht viel Zeit in Anspruch nehmen.

Sie hatte das Zimmer aus mehr als einem Grund genommen. Zuallererst konnte es nicht schaden, mit Rey Tabary unter einem Dach zu wohnen. Je mehr Zeit sie mit ihm verbrachte, desto wahrscheinlicher war es, daß sie ihn dazu bringen konnte, ihr Angebot noch einmal zu überdenken. Wenn er stur blieb, dann war sie in seiner Nähe, konnte sein Gehirn trotzdem anbohren und sein Wissen gratis nutzen. Zudem konnte sie von Tante Tine eine Menge über die Bräuche und Einstellungen der Cajun lernen. Sie würde natürlich dafür sorgen, daß die alte Dame für ihre Hilfe entlohnt würde; Tante Tine hatte sich nicht geweigert, in ihr Team zu kommen.

Schließlich hatte ihre Entscheidung auch etwas mit ihrer Assistentin zu tun. Julie und Ofelia hatten früher oft ein Motelzimmer geteilt, um Geld zu sparen. Das Arrangement hatte Vorteile, denn auf diese Weise konnten sie eng zusammenarbeiten, oft bis in die frühen Morgenstunden hinein. Aber jene Filme waren unabhängige Produktionen gewesen. *Im Reich der Sümpfe* war der erste Film, den Julie für ein Studio drehte. Das Budget war mit zwölf Millionen zwar knapp, aber längst nicht so knapp wie die paar Hunderttausend, mit denen sie früher hatten auskommen müssen. Sie konnten sich getrennte Zimmer leisten.

Julie und Ofelia waren seit Jahren befreundet, seit dem College, um genau zu sein. Ofelia war ein Phänomen in Sachen Papierkram, organisierte mit einzigartigem Geschick die »Viehtrieb« genannten Vorsprechtermine für Kleinrollen und war ein wahres Genie, wenn es darum ging, die gesamte Mannschaft zu verköstigen, die Ausstattung für die Dreharbeiten zu besorgen sowie Julie einen Teil der tausend kleinen Probleme abzunehmen, die bei der Herstellung eines Films auftauchten. Sie war groß, stämmig gebaut und hatte einen derben Humor. Früher hatte Julie es ertragen, daß Ofelia ständig Zigaretten rauchte, daß sie sich weigerte, ihre Seite des Kühlschranks mit Gesünderem als Chips und Bier zu füllen, daß sie sich Männern gegenüber so offen und leicht zugänglich zeigte, daß sie bis tief in die Nacht aufblieb und erst im allerletzten Moment aufstand. Jetzt nicht mehr. Das hatte sie während der Dreharbeiten in New Orleans festgestellt.

Julie wußte aber auch, daß sich hinter der Fassade der kumpelhaften, lauten Ofelia eine äußerst sensible Frau verbarg, der ihre Größe, ihr flächiges Gesicht und ihre Mannlosigkeit zu schaffen machten. Sie hatte die Prüfung bislang gescheut, ihrer Assistentin mitzuteilen, daß sie anderswo schlafen würde. Jetzt hatte sie eine Entschuldigung, die Ofelia akzeptieren würde. Sie würde Ofelia die Suite in dem Motel im etwa zwanzig Meilen entfernten Gonzales überlassen. Die beiden würden trotzdem eng zusammenarbeiten, da sie sich auf dem Drehgelände ein Wohnmobil teilten. Die Drehpausen, die sie und Ofelia in ihrem Versteck auf Rädern verbrachten, waren immer sehr produktiv.

Julie wollte nur noch den geeigneten Augenblick abwarten, um Ofelia die Neuigkeiten mitzuteilen. Die Gelegenheit kam schneller, als sie erwartet hatte.

Sie war am Spätnachmittag, nachdem die Arbeiten für den Tag beendet waren, in ihr Wohnmobil gegangen, um sich einen Imbiß zu genehmigen. Während sie darauf wartete, daß das Wasser für ihre Fertigsuppe kochte, schaute sie sich die Skizzen für die Garderobe des männlichen Hauptdarstellers durch, die sie auf dem Tisch ausgebreitet hatte. Sie sah auf, als Ofelia hereinpolterte und zu der winzigen Naßzelle eilte. Ofelia grüßte sie im Vorbeigehen. Sie sei quasi schon unterwegs, sagte sie; sie brauche nur eine kleine Fassadenrenovierung, bevor sie mit dem Kameramann und ein paar seiner Assistenten Bier trinken gehe.

Julie stand auf, folgte der großen Frau und lehnte im Rahmen der offenen Badezimmertür, während sie sich mit ihr unterhielt. Ohne Umschweife eröffnete sie Ofelia ihren Plan und erläuterte ihr die Gründe dafür.

»Mach dir keine Gedanken meinetwegen«, antwortete Ofelia und bückte sich tief, um ihr langes Haar durchzukämmen. Dann richtete sie sich vorsichtig in dem winzigen Abteil wieder auf. »Ich bin mit allem einverstanden, was den Film besser macht, sogar damit, daß sich meine Süße eine Spitzenleistung einfallen lassen muß. Ich meine, du könntest dieses Cajun-Prachtstück immer noch verführen. Ich habe ihn rumspazieren sehen, und ganz ehrlich, ich würde mich notfalls persönlich für die gute Sache opfern.«

»Das wird bestimmt nicht nötig sein«, antwortete Julie trokken.

»Jammerschade.«

Ofelia schenkte ihr ein schlüpfriges Grinsen, drehte ihr dichtes, glänzendes Haar – ihr ganzer Stolz – zu einem Knoten und steckte es mit einem ihrer »Tokio-Rose-Stäbchen«, wie sie es nannte, zusammen. Die Verzierungen auf dem Holz waren blutrot und bissen sich farblich mit dem limonengrünen Hemd, das sie über ihren prall gefüllten Jeans trug.

»Dir macht es bestimmt nichts aus?« Julie drehte sich um und lehnte nun mit dem Rücken im Türrahmen. »Ich möchte nicht, daß du glaubst, ich würde dich im Stich lassen.«

Ofelia fuhr sich mit kirschfarbenem Lippenstift über die vollen Lippen. »Red keinen Quatsch. Ich schlafe seit Jahren allein – wenn sich sonst nichts ergibt. Außerdem habe ich die Freuden der *bourée* für mich entdeckt, und damit kann es kein anderes Vergnügen aufnehmen.«

»Ich traue mich kaum zu fragen, was das ist.«

»Du hast wirklich eine schmutzige Phantasie! Mein Einfluß,

hoffe ich. Um dich zu beruhigen, es ist ein Kartenspiel, gegen das dir Black Jack in Las Vegas wie ein Kinderspiel vorkommt. Ich bin in einer Kneipe hier in der Gegend darauf gestoßen. Die Cajun haben es schon gespielt, als Gott noch in den Windeln lag, und sie spielen es gut. Die Einsätze sind auch nicht gerade Kleinvieh. Nachdem ich mich bis jetzt habe ausnehmen lassen, darf ich immer noch mitspielen. Aber heute nacht werde ich mich rächen.«

»Was für eine Kneipe?« fragte Julie zweifelnd.

»Na ja, es ist nicht gerade der Rotarier-Club, Süße. Ich habe gehört, wie es jemand als Spelunke bezeichnet hat, das fand ich richtig süß. Man könnte es auch Rasthaus nennen, wenn man gutwillig ist. Aber werde bloß nicht mütterlich! Du solltest wissen, daß es fünf Männer und einen Lastzug braucht, um mich umzulegen, und selbst dann sollten sie sich in acht nehmen.«

»Mag sein, aber vergiß nicht, daß du hier im Bibelgürtel bist, wo Männer noch Männer und Frauen noch Frauen sind. Jede Zweideutigkeit kann dir hier als Einladung ausgelegt werden.«

»Oha! Ich werde wieder Wimpernklimpern üben müssen, was?« Ofelia drehte sich um und breitete die Arme aus. »Schau mich an. Ich trage nicht gerade das vorschriftsmäßige Miniröckchen ohne Höschen, und ich bin bestimmt kein süßes Dummerchen. Ich bin so uneinnehmbar wie die Sears Towers. Leider.«

»Du siehst aus wie das, was ein Trucker als ›netten Armvoll‹ bezeichnen würde«, wandte Julie offenherzig ein.

»Ein Mädel der Landstraße«, mokierte sich Ofelia mit leicht gerötetem Gesicht. »Ein halber Kerl, mit dem man sich das Steuer teilt und der Reifen wechseln kann? Jetzt machst du mir wirklich angst. Zum Glück treffen sich in meiner Kneipe nur Jäger und Fischer und keine Trucker. Die einzige Gefahr, die mir droht, ist, daß man mich im Sumpf versenkt, nachdem ich meine Gewinne eingestrichen habe.«

»In diesem Fall hoffe ich, daß du verlierst.« Julies Stimme klang ebenso liebevoll wie irritiert.

»Leck mich«, gab Ofelia liebenswürdig zurück.

Julie ließ das Thema auf sich beruhen, denn eine andere Frage beschäftigte sie noch. »Du hängst hier doch schon ein paar Tage mit den Einheimischen rum. Hat dir jemand etwas von einem Privatflughafen in der Nähe erzählt?«

»Nein, obwohl das praktisch wäre, um Vorräte einzufliegen. Wie kommst du darauf?«

Julie erzählte ihr von dem Flugzeug und seinen seltsamen Manövern, die sie in der vorigen Nacht beobachtet hatte.

Ofelia grinste sie im Spiegel an, während sie knallblauen Lidschatten auftrug. »Das war wirklich ein aufregender Abend, was? Von einem Galahad der Sümpfe gerettet und beinahe von einem abgeworfenen Sack voller Drogen k. o. gehauen zu werden!«

»Da wurde nichts abgeworfen. Wovon redest du überhaupt?«

»Dann haben sie es woanders gemacht. Das ist hier ein beliebter Zeitvertreib. Das Flugzeug kommt nachts im Tiefflug aus Süd- oder Mittelamerika. Manchmal schalten sie sogar die Triebwerke aus. Ein Fischerboot wartet. Das Boot blinkt ein Lichtsignal, und die Ladung wird abgeworfen. Sie ist wasserdicht verpackt und mit genug Styropor umhüllt, um einen Flugzeugträger über Wasser zu halten. Die Männer im Boot fischen das Zeug aus dem Wasser und brausen los zu einem Treffpunkt, wo der Fluß oder Kanal einen Highway kreuzt. Dort wartet ein Truck, und der Stoff wird übergeben. Voilà, weg ist er. Raffiniert, was?«

»Moderne Piraten«, stimmte Julie ihr zu. Eine Falte stand zwischen ihren Brauen. Sie dachte an Rey, der in der vorigen Nacht das Flugzeug verfolgt hatte. Sie dachte auch daran, wie verärgert er war, als er aufgehalten wurde, und wie eilig er es später gehabt hatte. Wenn er allerdings auf einen Abwurf gewartet hatte, dann hatte er es versäumt, dem Flugzeug ein Signal zu geben, und es ganz bestimmt verpaßt. Vielleicht war er ja so gerast, um das Flugzeug auf dem gewundenen Fluß noch zu überholen, aber in diesem Fall hätte er bestimmt nicht angehalten, um sie aus dem

Wasser zu ziehen und sie zurück zu ihrem Quartier zu bringen. Aber andererseits hatte man ihn aus der DEA geworfen.

»Mach dir deshalb keine Sorgen«, sagte Ofelia. »Ich habe auch gehört, daß man in dieser Gegend die Leichen verschwinden läßt, die auf mysteriöse Weise in New Orleans ermordet werden. Wir sind nur eine Stunde von der Innenstadt entfernt, und trotzdem so tief im Nichts, daß man ungestört ein paar lästige Beweise im Schlamm versinken lassen kann. Aber was geht uns das an? Wir sind nur ein paar Wochen hier, dann verschwinden wir wieder. Alles nicht unser Problem.«

»Ich glaube, du hast recht.«

»Du kannst deinen süßen Hintern darauf verwetten, daß ich recht habe«, erklärte Ofelia zwinkernd. Einen Augenblick später war sie draußen und marschierte, den Schlüssel eines Film-Lasters in der Hand schwenkend, davon.

Julie verließ das Wohnmobil wenig später. Die Dämmerung lag hinter den Bäumen und breitete ihre weichen Farben über den Fluß. Sie war gerne um diese Zeit auf dem Drehgelände, wenn der Lärm und Trubel verebbt war, wenn sich die meisten aus der Crew auf ihre Zimmer in den umliegenden Motels oder in die nächsten Bars und Restaurants zurückgezogen hatten.

Oft kamen ihr die besten Ideen, während sie zwischen den Aufbauten herumschlenderte, sich alles aus den unterschiedlichsten Blickwinkeln anschaute, in ihren Gedanken die Schauspieler auf neue Positionen stellte, verschiedene Figuren miteinander kombinierte. Obwohl die einzelnen Szenen in der Vorproduktion ausgearbeitet worden waren, blieben sie in ihrer Vorstellung immer noch formbar, ständig kleinen Änderungen unterworfen, die neue Empfindungen oder Motivationen sichtbar machen mochten. Sie hörte niemals auf, über den Film nachzudenken, vom Produktionsbeginn bis zur letzten Klappe.

Es war wichtig, daß sie genau wußte, welchen Effekt, welches Bild sie haben wollte, denn nur so konnte sie das Geschehen kontrollieren. Kontrolle war wichtig. Wie ein Dirigent, der ein

Orchester führt und leitet und auf diese Weise Harmonie und Wohlklang erzeugt, hatte sie dafür zu sorgen, daß alle am Drehort zusammenwirkten, um ein stimmiges Ergebnis zu erzielen.

Es war auch ihre Aufgabe, dafür zu sorgen, daß ihnen die Arbeit Spaß machte. Manche Regisseure meinten, daß man durch Konflikte, den Zusammenprall verschiedener Temperamente und starken psychischen Druck die Schauspieler zu Höchstleistungen anspornen konnte. Dieser Auffassung war sie nie gewesen. Sie glaubte, daß Schauspieler, genau wie andere Profis, am besten in einer entspannten, verständnisvollen Atmosphäre arbeiten konnten. Künstlerische Ansprüche waren ihr egal. Sie war im Unterhaltungsgeschäft, auch wenn sie versuchte, ihr Bestmöglichstes zu geben. Am wichtigsten aber war ihr, daß sie selbst mit ihrer Arbeit zufrieden war.

Julie wanderte ans Wasser. Die Quecksilberdampflampen hatten sich eingeschaltet und spiegelten sich auf der schwarzen Wasseroberfläche wie Sonnen in einem düsteren Eisenspiegel. Rosarotes Dämmerlicht trieb über dem weiten Fluß, und die riesige Zypresse neben Julie warf ihre Schatten bis ans andere Ufer. Zu ihrer Rechten befand sich eine niedrige Brücke mit massiven Pfeilern, wo der Highway den Fluß kreuzte und die Zufahrt zum Bootsclub und zum Drehgelände abführte. Parallel zum Highway verlief ein Kanal, der vor Jahrzehnten von der Holzfirma gegraben worden war, um die gefällten Bäume aus dem Sumpf abzutransportieren und sich seitdem in das Netz von Wasserstraßen in der Gegend fügte. Blind River mündete direkt vor der Brücke in den Kanal. Die beiden Wasserstraßen bildeten fast einen dreieckigen Graben um das Areal, dessen dritte Seite vom Sumpf hinter dem Gelände des Bootsclubs geschützt wurde. Auf diese Weise war das Lager leicht zu bewachen und vor nächtlichen Diebstählen zu schützen. Ein einziges Wachhäuschen war an der Stelle aufgestellt worden, wo die Brücke über den Kanal auf den Parkplatz mündete.

Näher bei ihr, fast unter der riesigen Zypresse, lag das Holzpier, wo die beiden Kabinenkreuzer vertäut waren. Ein drittes Boot ruhte neben ihnen, ein silbernes, schlankes Rennboot, das an diesem Morgen geliefert worden war. Es gefiel Julie, es wirkte schnell und elegant im Gegensatz zu dem schäbigen, rundkieligen Aluminiumkahn mit seinem Außenbordmotor, kaum mehr als eine moderne Piragua, der daneben auf dem trockenen Ufer lag. Der Kahn war ebenfalls heute gebracht worden. Die beiden kleinen Boote würden bei der Actionszene morgen nachmittag gebraucht, ebenso wie einer der beiden Kabinenkreuzer. Der Stuntman, der Vance Stuart ersetzte, säße in dem Aluminiumkahn, die Schauspieler, die als von der Ehefrau geheuerte Söldner fungierten, würden das Rennboot nehmen, und eine Kamera für Verfolgungsfahrten wäre auf dem großen Boot positioniert.

Am Morgen würden sie die begleitenden Einstellungen mit Vance aufnehmen. Der Schauspieler hatte die Stunts selbst ausführen wollen, aber das konnte Julie nicht zulassen, selbst wenn die Versicherung der Filmgesellschaft keine Einwände erhoben hätte. Sie hatten keine Zeit zu warten, bis irgendwelche Kratzer oder blauen Flecken geheilt waren oder er, Gott bewahre, wieder aus dem Krankenhaus kam, falls wirklich etwas Ernstes geschah. Im Gegensatz zu normalen Spielszenen waren die Stunts unberechenbar.

»Schmeißt du wieder mal alles um, Julie?«

Sie wandte sich um. Stan McNeilly, der Stunt-Koordinator, der auch für die Special Effects zuständig war, kam auf sie zu. Sein hinkender Gang war ein Souvenir aus seinen Tagen als Stuntman. Er hatte ihn sich zugelegt, als er Ende der fünfziger Jahre in einer Reihe von Western mitgespielt hatte. Der Unfall hatte das Ende einer Karriere und den Beginn einer neuen als Stunt-Koordinator markiert. Er leistete gute Arbeit, ging äußerst sorgfältig mit der Ausrüstung um, überwachte peinlich genau alle Vorbereitungen und war extrem vorsichtig.

Julie lächelte kopfschüttelnd, um seine Frage zu beantworten. »Ich schau' mir nur noch einmal alles an und gehe das Programm von morgen durch. Als ich dich heute nachmittag mit dem neuen Mann gesehen habe, hast du da mit ihm den Stunt geübt?«

Stan nickte. Das Licht hinter ihm glänzte in seinem dünnen, sandig-grauen Haar, ließ aber sein Gesicht im Schatten. »Paul Lislet heißt er. Ich glaube, er ist ganz in Ordnung, er hat sein Leben lang mit Booten zu tun gehabt.«

»Es gefällt mir nicht, daß er nie zuvor Stunts gemacht hat. Meinst du nicht, es wäre besser gewesen, einen Profi einzufliegen? Vor allem der erste Stunt ist kein Kinderspiel.«

»Der Junge hat einen Mitgliedsausweis Schauspielergewerkschaft, also ist er ein Profi. Die Szene ist sowieso nicht so schwer, nur eine Art Verfolgungsjagd. Lislet lernt schnell. Außerdem brauchen wir jemanden, der den Fluß kennt, der weiß, wo Untiefen und Hindernisse unter Wasser sind, der den Verlauf des Kanals kennt. Er wird die anderen Boote sogar durch die gefährlichen Stellen führen.«

Sie diskutierten kurz über die Szene, gingen die Manöver der Boote, die Winkel und Kameraeinstellungen und die verschiedenen Aufnahmen der Kielwasser und des Horizonts durch, die Julie haben wollte und die der Erste Kameramann, der schlaksige, rothaarige Andy Russell, empfohlen hatte. Schließlich verstummte das Gespräch.

Stan zündete sich eine Zigarette an. Im Licht des Feuerzeugs waren die unzähligen Sommersprossen zu sehen, die ihm die Sonne bei zu vielen Außenaufnahmen eingetragen hatte. Er senkte die Hand mit der Zigarette, hielt sie hinter dem Rücken, damit der Rauch Julie nicht belästigte, und wechselte das Thema.

»Ofelia hat mir gesagt, du hättest diesen Cajun, mit dem du gestern abend angekommen bist, nicht überzeugen können, daß er für dich arbeitet.«

»Noch nicht. Wahrscheinlich taucht er morgen auf und sieht sich um. Dann werden wir sehen.«

»Macht auch keinen Unterschied. Du hast so viel gelesen, dich mit so vielen Leuten unterhalten, daß du selbst eine Expertin bist. Und was wir nicht genau wissen, das reimen wir uns eben zusammen.«

»Ich möchte mir nichts zusammenreimen.«

»Ich weiß, aber so wird's nun mal gemacht. Das wichtigste ist der Gesamteindruck, die Geschichte. Daran werden sich die Zuschauer erinnern, nicht an die Details.«

»Das ist wie mit den Seidenblumen in *Magnolien aus Stahl*, Stan. Manche werden sie eben doch bemerken.«

»Aber nicht so viele, daß es etwas ausmacht.«

Sie schüttelte den Kopf. »Mir würde es etwas ausmachen. Ich will, daß es stimmt, und ich will wissen, daß es stimmt.«

»Du klingst wie dein alter Herr.«

»Manchmal ist er ganz vernünftig.«

»Yeah.«

Stan zog an seiner Zigarette und blies den Rauch aus den Nasenlöchern. Die Bitterkeit in seiner Stimme verriet, daß er für Bull Bullard wenig übrig hatte. Julies Vater, der damals am Anfang seiner Karriere gestanden hatte, war der Regisseur jenes Films, bei dem Stan verunglückt war. Julie hatte nie erfahren, was genau geschehen war, aber sie wußte, daß Stan Bull die Schuld an seiner Behinderung gab.

Julie hatte Stan schon als Kind gekannt; vor dem Unfall hatte Stan ihre Eltern regelmäßig zu Hause besucht. Danach und nach der Scheidung hatte Stan ihr und ihrer Mutter Karten geschickt und sie besucht, wenn er nach Louisiana kam. Julie erinnerte sich noch daran, wie er sie zum Picknick ausführte, wie er sich leise mit ihrer Mutter unterhielt, wie er ihr an einem heißen Sommertag ein Eis gekauft und sie in seinem Chevrolet-Coupé mitgenommen hatte. Irgendwann waren seine Besuche seltener geworden und hatten dann ganz aufgehört.

Julie hatte Stan aufgesucht, nachdem sie nach L. A. gezogen war. Sie trafen sich ab und zu, begegneten einander auf einer Party oder einem Studioparkplatz. Stan hatte ein paar eindrucksvolle Filme gemacht, aber in den letzten Jahren nur wenig gearbeitet. Julie hatte ihn selbstverständlich angerufen, als sie wußte, daß sie einen Stunt-Koordinator für *Im Reich der Sümpfe* brauchen würde. Seitdem war sie überzeugt, daß sie Glück gehabt hatte, ihn zu bekommen.

Sie schwiegen lange, während Stan rauchte und Julie sich die Arme rieb, um die Abendkälte zu vertreiben. Die Nacht senkte sich, und die Schatten unter dem großen, alten Baum wurden immer länger. Stan warf seinen glühenden Zigarettenstummel zu Boden und drückte ihn mit der Schuhspitze aus.

»Paß auf, Kind«, sagte er mit einer Stimme, die wie ein tiefes Knurren klang, »mach dich nicht verrückt. Es ist bloß ein Film. Davon hat's schon Tausende gegeben, manche waren phantastisch, manche lausig, die meisten weder das eine noch das andere. Du gibst dein Bestes, dann vergißt du es. Und das war's.«

Julie wandte ihm das Gesicht zu und schenkte ihm ein warmherziges Lächeln. »Tut mir leid, dir das sagen zu müssen, Stan, aber du bist nicht Bogart.«

»Der Rat gilt trotzdem. Nacht.« Er legte den Finger an eine imaginäre Hutkrempe und humpelte davon.

Es war wahrscheinlich ein guter Rat. Julie wünschte, sie könnte ihn beherzigen. Sie wünschte es wirklich.

3. Kapitel

Würde Rey Tabary auftauchen?

Die Frage beschäftigte Julie von dem Augenblick an, als sie in aller Frühe am nächsten Morgen aus dem Bett stieg. Sie kam ihr immer wieder in den Kopf, vermengte sich mit den tausend Details, denen sie ihre Aufmerksamkeit schenken mußte.

Sie arbeitete eine Weile in ihrem Büro, bis ihr Ofelia zur Hand ging, auch wenn sie die erste Stunde ständig über die Verluste jammerte, die ihr der vorige Abend eingetragen hatte, und sich den von zu vielen Bieren dröhnenden Kopf hielt.

Julie hatte sich mit Andy Russell und Stan McNeilly, dem Ersten Kameramann und dem Stunt-Koordinator, zu einem frühen Frühstück getroffen. Sie hatten an ihrem Schreibtisch gegessen, nicht im Bootsclub, wo ihr Caterer mit Genehmigung des Clubs einen Verkaufsstand aufgebaut hatte. Es war ihnen gelungen, ein paar Probleme zu lösen. Danach waren die beiden Männer verschwunden, um die Filmaufnahmen vorzubereiten. Julie schaute sich die Bilder von Komparsen durch, die in einer späteren Szene als Fischer und Jäger auftreten sollten, und wählte die vielversprechendsten Gesichter aus, so daß Ofelia einen Termin für ein persönliches Gespräch mit ihnen vereinbaren konnte. In einer halben Stunde würde die Sonne aufgehen, dann konnte die Arbeit wirklich beginnen.

Julies Sekretärin trudelte ein, eine Ortsansässige, die man für die Dauer der Aufnahmen eingestellt hatte. Das Mädchen war kompetent, litt aber an ausgeprägtem Starfimmel. Julie hörte, wie sie den Atem anhielt und dann leise seufzend guten Morgen wünschte, als jemand die Außentür des Büros aufmachte. Die geschmeidige Stimme Vance Stuarts antwortete ihr, während seine Schritte das Vorzimmer durchquerten. Er klopfte an Julies Tür und trat ein, ohne eine Aufforderung abzuwarten. Er marschierte auf ihren Tisch zu und ließ sich in den Sessel davor fallen.

Julie schaute den Stapel mit den Polaroids fertig durch. Dann schob sie ihn zur Seite und lehnte sich in ihrem Sessel zurück. Der Mann vor ihr war mittelgroß und hatte exakt geschnittenes, braunes Haar, und das schmelzend-weiche Blau seiner Augen wurde von Kontaktlinsen verstärkt, die er nicht brauchte. Nur das schiefe Grinsen rettete sein Gesicht vor rein plakativer Schönheit. Er wirkte angespannt, trotz oder gerade wegen der betonten Lässigkeit, mit der er sich in seinen Sessel fläzte, und der bequemen, filmreifen Kleidung, die aus einem braunen Baumwollhemd und Chinos bestand.

»Das Make-up ist in Ordnung«, sagte Julie nach einer Sekunde Nachdenken. »Aber wenn das deine Garderobe sein soll – davon halte ich nichts.«

»Gerade darüber möchte ich mit dir sprechen«, erklärte der Schauspieler verstimmt. »Sie wollen mich in ein paar alten Jeans und ein T-Shirt stecken, auf dem ›Go Tigers‹ stand, um Gottes willen!«

»Und?«

»Ich dachte, dieser Jean-Pierre, den ich spiele, soll ein Cajun sein, der zu seinen Wurzeln zurückkehrt und so.«

»Und du glaubst, er würde etwas anderes tragen?«

Vance fuhr sich mit der Hand über die Schläfe und strich sein Haar zurück. Er schaute sie unter seinen Wimpern hervor an. »Ich dachte an eines dieser Piratenhemden mit aufgekrempelten Ärmeln und offenem Kragen.«

»Damit deine breite Brust besser zur Geltung kommt?« Julie machte aus ihrer Neckerei keinen Hehl.

»Ja – nein, das heißt – ach, Julie!«

»Es schmerzt mich, dir das sagen zu müssen, Vance, aber diese

Cajun-Kostüme gibt es nicht mehr, seit die Menschen hier aufgehört haben, sich ihre Kleider selbst zu schneidern, und das war zu Anfang des Jahrhunderts. Heute tragen sie wie alle anderen Jeans und T-Shirts.«

»Ach, verdammt, Julie, können wir nicht ein bißchen improvisieren? Das wäre so cool, so Errol Flynnisch, wenn du mich verstehst. Vielleicht starten wir damit einen ganz neuen Modetrend.«

»Auf gar keinen Fall, nicht, wenn es so aufgesetzt wirkt. Und das ist es. Kehrt marsch in die Garderobe, mein Freund.«

»Du gönnst mir überhaupt keinen Spaß.«

Sie schenkte ihm ein strahlendes Lächeln. »Es ist ein verdammt harter Job...«

»...aber irgendwer muß ihn schließlich übernehmen«, vollendete er ihren Satz mit übertriebener Abscheu.

»Genau. Und wo du gerade hier bist, möchte ich dich um einen Gefallen bitten.«

Julie erzählte ihm von Tante Tines beabsichtigtem Besuch zusammen mit Rey Tabary auf dem Drehgelände und von der Bitte der alten Dame um Vances Autogramm.

»Du möchtest, daß ich dieser süßen alten Lady schöntue, nur damit du dir einen Technischen Direktor unter den Nagel reißen kannst?« Vance verzog schmerzlich das Gesicht.

»Eigentlich nicht. Ich möchte nur, daß du so liebenswert und zuvorkommend wie immer bist, damit Tante Tine nicht enttäuscht wird.«

»Und damit dieser Tabary glaubt, wir wären tolle Menschen, mit denen man wunderbar zusammenarbeiten kann.«

»Es könnte nicht schaden.« Ihr Ton war rechtfertigend.

»Ich soll für einen hinterwäldlerischen Sumpfbauern meine Sonntagsmanieren hervorholen?«

»Nein, Vance«, korrigierte Julie mit stählernem Timbre unter ihrer weichen Stimme und ohne den Blick von ihm zu nehmen. »Du sollst es für mich tun.«

Er erwiderte ihren Blick ungerührt und begann dann unvermittelt zu grinsen. »Also gut, wenn du es so siehst...«

Ein paar Minuten brummelte er noch vor sich hin, aber ohne Zorn. Er machte jedoch keine Anstalten zu gehen. »Du hättest gestern abend mit mir und Madelyn nach New Orleans kommen sollen.« Er beugte sich vor, als er das Thema wechselte. »Wir haben einen Typen in einer Cocktailbar kennengelernt. Wir kamen ins Gespräch, und er hat uns zu sich nach Hause zum Dinner eingeladen. Weißt du, die Menschen hier sind einfach unvorstellbar gastfreundlich.«

»Wo ist Madelyn heute morgen?«

»Immer noch in der Stadt, soweit ich weiß. Sie sagte, sie wolle zusammen mit Summer und ihrer Mutter einkaufen gehen. Sie werden später kommen. Aber ich wollte dir von unserem Essen erzählen. Es gab Gumbo mit Hühnchen und geräuchertem Truthahn und ganz phantastische Andouille-Würste. Dieser Geschmack – so rauchig, einfach unbeschreiblich. Die Frau dieses Typen servierte Reis als Beilage, aber nicht dieses Instantzeug. Dazu gab es knusprige Baguettes, und ich hatte einen anständigen Chardonnay mitgebracht. Ich habe zugelangt wie ein Scheunendrescher, wirklich. Heute morgen dachte ich schon, ich hätte mir einen Pickel eingehandelt, aber es war bloß ein Moskitostich.«

Wie für die meisten in der Filmbranche war Essen für Vance ein ständiges Gesprächsthema. Julie fragte sich bisweilen, ob die Begeisterung für edle Speisen ihre Weltgewandtheit beweisen sollte oder ob es sie nur deshalb nicht losließ, weil fast alle in irgendeiner Weise auf ihr Gewicht achteten.

»Tut mir leid, daß ich das verpaßt habe«, antwortete sie mit gezügelter Ungeduld. »Das Gumbo, nicht den Pickel.«

Er ließ sein berühmtes schiefes Grinsen aufblitzen. »Lach nur, aber ich lebe von diesem Gesicht.«

Julie stand auf und kam um ihren Schreibtisch herum. Sonnenaufgänge wie Sonnenuntergänge waren hintergründige Vorgänge auf diesem Breitengrad, bei denen die Dämmerung durch die Nebel über dem Sumpf und durch das Netz der Äste gefiltert wurde. Das Licht war ganz allmählich eingeblendet worden, erhellte langsam den Parkplatz. Lange war die Szene hinter Julies Bürofenster im grauen Dämmer gelegen, jetzt plötzlich sah sie Menschen umherlaufen, sah Sonnenstrahlen auf den Windschutzscheiben der Autos und im taunassen Gras glänzen. Sie wandte sich der Tür und dem Film zu, der sie dahinter erwartete, und kommentierte: »Das sagt ausgerechnet der Mann, der seinen Kopf bei einem Bootsrennen aufs Spiel setzen wollte.«

»Blöd, ich geb's zu. Aber ich würde es tun, wenn du mir nur eine halbe Chance gibst. Ich komme mir so überflüssig vor, wenn ich faul herumsitze, während ein anderer seinen Kragen für mich riskiert. Außerdem, stell dir die Schlagzeilen in den Zeitungen vor, wenn die Kamera so nah herankommt, daß man mein Gesicht erkennen kann.« Er sprang auf und folgte ihr.

»Tut mir leid, das geht nicht.«

Draußen, am Fuß der Betonstufen, hatte er sie eingeholt und paßte seinen Schritt ihrem an. »Warte, Julie! Ich habe das ernst gemeint, daß du mit mir ausgehen könntest, mit oder ohne Madelyn. Ich würde dich gern näher kennenlernen, bevor der Film fertig ist.«

Julie schoß dem Schauspieler einen kurzen Seitenblick zu. Vance Stuart leistete anständige Arbeit, war immer pünktlich, versuchte immer, sich in die Charaktere, die er spielte, hineinzuversetzen. Er besaß Ehrgeiz und Talent, auch wenn er manchmal zur Flamboyanz und zum Egoismus neigte. Er hatte seine Lehrjahre bei Off-Broadway-Produktionen und in Sommertheatern absolviert, bevor er in einer der besseren Nachmittags-Seifenopern als schwer trinkender Playboy zu Ruhm gekommen war. Die Serie hatte ihm eine treue Fangemeinde beschert, die einigen seiner Spielfilme in den letzten drei Jahren zum Kassenerfolg verholfen hatte. Oft sah man ihn mit einem hübschen jungen Ding im Arm; er tat sich leicht mit Frauen, und er genoß sie. Er war fester Bestandteil der Partyszene in L. A. und gehörte zu jener Meute, die ihren Champagner in riesigen Pokalen mit zwanzig Litern Fassungsvermögen und das Kokain in reinsilbernen Urnen mit angehängten Rasierklingen servierte. Auf einer dieser Partys war ihm Allen begegnet, der beschlossen hatte, daß er sich als Jean-Pierre eignen würde.

Julie hatte über die Jahre hinweg einen sechsten Sinn für Frauenhelden entwickelt, für Männer, die sie mit ihrer Persönlichkeit und ihrem Aussehen überfahren wollten. Manche sahen das als Herausforderung, manche brauchten es für ihr Ego, andere taten es, weil sie etwas von ihr wollten. Bis jetzt hatte nichts darauf hingedeutet, daß Vance zu diesen Männern gehörte, aber sie war auf der Hut.

»Wir arbeiten täglich zusammen«, antwortete sie leichthin.

»Ich denke nicht ans Arbeiten.«

»Aber ich. Und ich glaube, ich höre die Kostümbildnerin, die dich ruft.«

Er warf einen Blick über die Schulter zur Garderobe, wo eine rundliche Frau mit angegrautem Haar in ihrer üblichen Uniform aus sackigen Cordhosen und Hemd stand und zu ihnen herschaute. Sich mit einer Grimasse in sein Schicksal fügend, sagte er: »Wir sprechen später noch mal darüber.«

»Vielleicht«, erwiderte Julie und verließ ihn mit einem Winken.

Das Thema war noch nicht ausgestanden, dachte Julie, und sie war nicht glücklich darüber. Sie hatte schon genug Sorgen, ohne daß sie sich darüber den Kopf zerbrechen mußte, wie sie Vances Avancen abwehren könnte, ohne die Arbeit mit ihm unnötig schwierig zu machen. Natürlich konnte sie immer noch Allen ins Spiel bringen, wenn es zu brenzlig wurde. Kaum ein Schauspieler wollte es sich mit dem Produzenten verderben.

Es wurde ein warmer, klarer Tag mit durch den Dunst gemildertem Sonnenschein, der ein ausgezeichnetes Drehlicht ohne allzu harte Schatten abgab. Die Dreharbeiten begannen entspannt und gingen ohne große Zwischenfälle in angenehm gleichmäßigem Rhythmus voran.

Julie unterbrach die Arbeiten am Spätvormittag, um dem Unterhaltungsredakteur einer großen Tageszeitung ein Interview zu geben. Diese kurze Pause riß ein Loch in ihren normalen Tagesablauf, aber die Berichte in den Medien halfen, Interesse zu wecken und die Kooperation der Bevölkerung sicherzustellen. Außerdem glaubte Julie, soweit es ihre Filme betraf, fest an das alte Hollywood-Sprichwort, demzufolge jede Publicity gute Publicity war.

Am frühen Nachmittag hatten sie meterweise Film mit Bootsverfolgungsjagden aufgenommen, inklusive aller Nahaufnahmen von dem fliehenden Vance in seinem Außenbordboot. Jetzt war alles bereit für die letzte Actionsequenz, den Stunt mit dem trickreichen Bootsmanöver.

Julie hatte den ganzen Tag über nach Rey und Tante Tine Ausschau gehalten. Sie erwartete, daß sie auf dem Wasserweg kommen würden, vielleicht, weil Rey sie gestern abend auf diese Weise verlassen hatte, und schenkte den Wagen und Lastern keine Aufmerksamkeit, die in ständigem Strom kamen und fuhren. Ein Ruck durchfuhr sie, als sie während einer Diskussion mit dem Kameramann aufschaute und den großen Cajun neben seiner reiferen Tante aus einem Jeep Cherokee klettern sah.

Sie waren nicht allein. Bei ihnen war eine Brünette mit ausgeprägten Gesichtszügen, schlanker Figur und der ruhigen Grazie einer Degas-Ballerina. Julie beendete das Gespräch mit Andy Russell und machte sich dann auf, das Trio abzufangen.

Tante Tine stellte ihr die Frau als Donna Lislet vor, die Gattin des Stuntmans, der sich draußen auf dem Kanal auf die kommende Szene vorbereitete. »Ich hoffe, es macht Ihnen nichts aus, daß ich sie eingeladen habe mitzukommen. Sie möchte unbedingt ihrem Mann zusehen. Als sie erfuhr, daß ich auch herkommen wollte, hat sie Rey praktisch gezwungen, uns beide herzufahren.«

»Das ist vollkommen in Ordnung«, sagte Julie, und sie tauschte ein kurzes Lächeln mit der alten Dame, bevor sie sich Donna zuwandte. »Sie sind herzlich willkommen, aber ich hoffe, daß Sie nicht enttäuscht sein werden. Meistens sind Dreharbeiten ziemlich langweilig, ein Wechselbad zwischen sinnloser Panik und endloser Langeweile.«

»Ich finde es bestimmt trotzdem faszinierend.« Die Stimme der jungen Frau war angenehm, aber kühl, als wäre sie fest entschlossen, sich durch diese Umgebung nicht beeindrucken zu lassen. Trotzdem entging ihren braunen, leuchtenden Augen hinter der riesigen rosafarbenen Sonnenbrille kaum etwas.

Tante Tine wollte alles ganz genau erklärt haben. Julie versuchte, ihr so gut wie möglich Auskunft zu geben, während sie andererseits mitbekommen wollte, was die Crew machte. Stan und Ofelia und ein halbes Dutzend anderer machten die Boote startbereit. Die Szene sollte eine wilde Verfolgungsjagd darstellen, bei welcher der Cajun Jean-Pierre in seinem schäbigen, rundkieligen Aluminiumkahn mit 150-PS-Außenbordmotor den von seiner Exgattin angeheuerten Söldnern entwischte, die ihn im Rennboot verfolgten.

Das meiste der langen Szene war bereits im Kasten, die Einstellungen mit den Booten, die durch die Kanäle vor dem Bootsclub rasten oder mit halsbrecherischer Geschwindigkeit in engen Kehren um die Haarnadelwindungen der Flüsse schossen. Jetzt würden sie an der Stelle weiterdrehen, wo der Fluß breiter wurde und wo Julies Piragua zwei Nächte zuvor fast versenkt worden wäre. Der Aluminiumkahn und das Rennboot würden zwischen den Zypressen und toten Stümpfen ein kompliziertes Versteckspiel spielen. Schließlich sollte Paul Lislet, der nun Vances Platz als Jean-Pierre im Kahn übernahm, auf eine riesige, tote Zypresse am Rande des Flußlaufs zusteuern, die abgeknickt und ins Wasser gestürzt war, aber immer noch an ihrem Stumpf festhing und so eine improvisierte Sprungschanze bildete. Laut Drehbuch sollte der Kahn über die Schanze springen und über ein

Nest von Zypressenknien hinwegsetzen, in dem das verfolgende Rennboot landete, während der Kahn über den Fluß entkam.

Ein eilends konstruiertes Floß war flußabwärts geschleppt und als Kameraplattform verankert worden. Julie und die anderen würden sich in wenigen Minuten dorthin begeben.

Vance Stuart schlenderte wie vereinbart scheinbar lässig von seinem Wohnmobil herbei und gesellte sich zu der Gruppe. Tante Tine gegenüber zeigte er eine Spur von Ehrerbietung, und er genoß die Komplimente, die sie ihm wegen seines Talents machte. Er zauberte sogar eine Kopie des Drehbuchs hervor, die er ihr signierte, und spazierte dann, wohl weil ihn die freudig geröteten Wangen der alten Dame rührten, ein bißchen mit ihr herum, während er ihr schilderte, was heute mit den Booten gemacht wurde.

Rey Tabary stand mit ungerührter Miene abseits. Wenn er unter Zwang hierhergekommen war, dann ließ er es sich nicht anmerken. Trotzdem lag in seinem Blick, den er erst auf Julie, dann auf seiner Tante und dem Schauspieler ruhen ließ, ironische Belustigung. Julie, die den Blick auffing, hielt es für wahrscheinlich, daß er ihr Komplott mit seiner Tante durchschaute. Es war ihr egal, da es erfolgreich gewesen war. Jetzt lag es an ihr, die Gelegenheit, sich noch einmal mit ihm zu unterhalten, zu nutzen.

Eine Autohupe blökte ein helles Signal. Ein schwarzer Lincoln Town Car mit livriertem Fahrer schaukelte über die Highway-Brücke und bog in den Parkplatz des Bootsclubs ein.

Als der Wagen in einer Staubwolke zum Stehen kam, stieg Madelyn de Wells, die Schauspielerin, aus, eine Fendi-Ledertasche unter ihren Arm geklemmt. Sie tänzelte auf Julie und die anderen zu, den Kopf mit den sorgfältig gelegten Locken hochhaltend, damit ihr herzförmiges Gesicht gut zur Geltung kam. Das Lächeln auf ihren Lippen hatte ein Filmkolumnist nicht unzutreffend als »räuberisch« bezeichnet. Ihr eng anliegender, schwarzer und giftgelber YSL-Anzug wirkte auf dem unordentlichen Drehgelände unangemessen, aber er paßte zu der Figur, die sie spielte.

Hinter Madelyn folgten Summer Davett, die die jugendliche Tochter Alicia spielte, und Summers Mutter Annette Davett. Die beiden wanderten der mondänen Schauspielerin hinterher, als wüßten sie nicht genau, wohin sie gehörten.

»Schau nicht so verdattert«, erklärte Madelyn Julie mit dem plinkernden Lachen, das sie in einer langen Folge von Filmrollen als herzlose Nebenbuhlerin zur Perfektion gebracht hatte. »Ich weiß, daß ich heute keine Aufnahmen habe, aber ich habe flüstern hören, daß sich heute nachmittag ein paar interessante Dinge ereignen würden. Deshalb sind wir Mädels gleich hierhergekommen, statt ins Motel zu fahren.«

Sie sprach, wenigstens teilweise, über den Stunt, dachte Julie. Madelyn liebte gefährliche Szenen und ließ sich nur selten eine entgehen. Natürlich war sie damit nicht allein; die Zuschauerzahl bei den Dreharbeiten wuchs direkt proportional zur Gefährlichkeit der Stunts. Es irritierte Julie, daß die Gerüchteküche die für heute angesetzte Szene als überdurchschnittlich interessant einstufte.

Daß die Gerüchte bis nach New Orleans und zu Madelyn und den anderen gedrungen waren, war nicht überraschend. Die Klatschmühle arbeitet während der Dreharbeiten auf Hochtouren; eine geflüsterte Geschichte konnte in Windeseile von einem zum anderen fliegen und schon in den Schlagzeilen stehen, bevor man auch nur geniest hatte. Das lag in der Natur dieser Arbeit, an der isolierten Situation innerhalb einer Gegend oder einer Gemeinde, verbunden mit der Neugier, die ein solches Projekt auf sich zog. Außerdem gab es noch die Korrelation zwischen Bekanntheitsgrad und Erfolg und die Ungewißheiten des Filmlebens, wo jeder Informationsfetzen den Unterschied zwischen Arbeit und Arbeitslosigkeit, zwischen Erfolg und Versagen ausmachen konnte.

Julie stellte die Umstehenden einander vor. Madelyn hatte,

seit sie aus dem Wagen gestiegen war, kaum den Blick von Rey gewandt und blieb jetzt neben ihm stehen. Sie heftete sich an ihn und schlang mit der Selbstverständlichkeit einer Klette einen Arm um seinen.

»Sie sind also die Sumpfratte? Ich habe auch schon von Ihnen gehört. Werden Sie tatsächlich bei uns mitmachen?«

Julie hatte Rey nur gegenüber Stan und Ofelia erwähnt. Manchmal konnte die Geschwindigkeit der Gerüchteküche sie zum Wahnsinn treiben. Sie mischte sich schnell ein: »Das ist noch nicht entschieden. Vielleicht könntest du mir helfen, ihn zu überreden.«

Madelyn schaute nur für den Bruchteil einer Sekunde in Julies Richtung. Mit vielversprechendem Blick lächelte sie Rey an und sagte: »Ich würde es liebend gern versuchen. Warum kommen Sie nicht auf einen Drink in meinen Wohnwagen und erzählen mir alles darüber?«

Donna Lislet gab ein winziges Geräusch von sich, das nach Mißbilligung klang. Julie schaute zur Frau des Stuntmans hinüber, die die Schauspielerin mit leicht zusammengekniffenen Augen beobachtete. Durch ihre vollkommene Egozentrik rief Madelyn bei anderen Frauen oft eine instinktive Antipathie hervor. Es kümmerte sie kein bißchen.

Falschheit zählte nicht zu den Makeln der Schauspielerin, dafür hatte sie andere. Madelyn hatte eine ausgesprochene Schwäche für Geld oder wenigstens für die Juwelen und Kleider, Autos und andere Schätze, die man damit kaufen konnte. Am allermeisten jedoch schwärmte sie für Männer. Ein außergewöhnliches neues Exemplar hatte für sie den gleichen Stellenwert wie ein Gourmet-Mahl für einen hungrigen Gourmand. Julie konnte nur hoffen, daß Madelyns Anwesenheit Rey Tabary dazu brachte, Julies Vorschlag anzunehmen, denn es könnte schwierig werden, sie wieder von ihm zu lösen.

Rey hielt jedoch mannhaft und ohne fremde Hilfe stand. »Ich danke Ihnen für die Einladung«, erklärte er der Schauspielerin mit knappem Lächeln, »aber ich sollte lieber nach meiner Tante sehen, ehe sie den Hauptdarsteller entführt.«

»Ehe ich was?« fragte Tante Tine entrüstet, die eben wieder mit Vance zurückgekommen war.

Ihr Neffe grinste sie kurz an. Zugleich löste er seinen Arm mit entschiedenen Bewegungen aus Madelyns und wandte sich zu einer verspäteten Begrüßung an den Kinderstar und seine Mutter.

Das junge Mädchen, durch ihre Filmkarriere mehr als frühreif, hatte das Geplänkel zwischen dem Cajun und der Schauspielerin verfolgt. Als Rey ihre Hand schüttelte, schenkte sie ihm ein wissendes Lächeln. Rey erwiderte den Blick höflich, aber ungerührt. Das Lächeln verschwand, und das Mädchen fiel in ihre übliche Mißlaunigkeit zurück.

Summer, eine für ihr Alter kleine Zwölfjährige mit glattem, sandblondem Haar und unregelmäßigen Zügen, hatte eines jener agilen Gesichter, die vor der Kamera faszinierend wirkten. Sie konnte alles in der Altersspanne von sieben bis vierzehn Jahren spielen, angefangen vom verzogenen Gör bis zum hilfsbereiten Engel. In *Im Reich der Sümpfe* sollte sie sich von einem verhätschelten, kleinen reichen Mädchen in Rüschenkleidchen, dem extravagant ausgestatteten Spielzeug ihrer Mutter, das sich vor allem und jedem fürchtete, in einen selbständigen Wildfang verwandeln, der keine Angst kannte. Bis jetzt hatte sie außergewöhnliche Leistungen gezeigt, obwohl sie nicht leicht zu lenken war und zu Wutanfällen während und außerhalb der Arbeit neigte.

»Ich hoffe, Sie genießen Ihren Besuch bei uns«, erklärte Annette Davett Rey und seiner Tante in ihrer näselnden, atemlosen Art, »nein, ich bin davon überzeugt. Wir Schauspieler benehmen uns zwar manchmal etwas sonderbar, aber wir sind ganz harmlos, wenn man uns erst näher kennenlernt.«

Summers Mutter hielt erwartungsvoll inne. Als ihre Zuhörer ihr lediglich eine höfliche Antwort vergönnten, malte sich Enttäuschung auf ihrem Gesicht ab. Annette war einst selbst ein Kinderstar gewesen und erwartete immer noch, daß man sie erkannte. Im Gegensatz zu ihrer Tochter war sie ein zierlicher, außergewöhnlich hübscher Blondschopf mit Korkenzieherlokken und Grübchen gewesen. Allerdings hatte sich ihre Karriere auf fünf, sechs Jahre beschränkt, nachdem ihr nie der Übergang in den Erwachsenenfilm gelungen war. Sie war zu einer blassen Persönlichkeit herangewachsen, voller Selbstmitleid und mit einem endlosen Vorrat an Geschichten aus ihren Ruhmestagen. Ihre Bemühungen, diese Tage durch ihre Tochter wiederzuerleben, waren ebenso bemitleidenswert wie ihr Beharren darauf, daß Summer ein großer Star werden würde. Sie schien sich die Rolle der typischen Starmutter angeeignet zu haben, mischte sich überall ein und schmiedete Komplotte, um ihrem Kind mehr Text, bessere Aufnahmen und mehr Publicity zu verschaffen. Infolgedessen flohen die Crewmitglieder vor Annette, während die Schauspieler sie bemitleideten. Sie tat Julie leid, aber trotzdem verkehrte sie nur so kurz und so selten wie möglich mit ihr.

Donna Lislet hatte sich von den anderen entfernt und schaute, mit einer Hand die Augen vor der grellen Sonne abschirmend, aufs Wasser. Sie begann zu winken. Im Aluminiumkahn, der auf dem Kanal trieb, erhob sich eine schlanke Gestalt, offenbar ihr Gatte. Ein Lächeln blitzte in seinem braungebrannten Gesicht auf, ehe er fröhlich zurückwinkte. Als er Rey erkannte, reckte er optimistisch einen Daumen in die Luft.

Der Stuntman wurde von Stan McNeilly betreut, der von dem dümpelnden Kabinenkreuzer aus Anweisungen über das Wasser rief. Der Stunt-Koordinator wandte sich von Paul Lislet ab und sprach zu dem Mann am Steuer des Kabinenkreuzers. Das Boot machte eine Halse und fuhr auf das Pier zu.

»Es wird Zeit, flußabwärts zu fahren«, sagte Julie zu Rey und den anderen. »Ist alles bereit?«

Summer biß sich auf die Unterlippe, während sie die Boote

beobachtete. Sie schaute Rey Tabary mit einer Nachdenklichkeit an, die sich eigenartig in ihren markanten Zügen ausmachte, und blickte dann auf Julie. Mit ernstem, braunäugigem Blick sagte sie: »Ich möchte auch zuschauen. Können Mutter und ich mitkommen?«

Bevor Julie antworten konnte, widersprach Annette Davett: »Sei kein Dummchen, Summer; du weißt, daß du nur im Weg wärst. Außerdem hast du noch zu tun, du mußt deine Angelszene für morgen üben.«

»Ach Mutter!« beschwerte sich das Mädchen.

»Deine Arbeit ist wichtiger. Das weißt du genau.«

Annette Davetts grelle, aggressive Stimme weckte in Julie das Bedürfnis, ihr zu widersprechen und das Mädchen mitzunehmen. Aber sie lächelte nur und legte ihre Hand in einer kurzen Geste auf Summers Schulter, bevor sie sich zu dem Kabinenkreuzer umdrehte.

Sie drängten sich auf das kräftige Gefährt, das mit ruhig tukkerndem Motor am Pier lag. Es löste sich vom Pier, wurde schneller und teilte das Wasser in tiefe Bugwellen, die hinter ihnen zu beiden Seiten ans Ufer klatschten. Ein großer, weißer Kranich flog auf, als sich der Kreuzer näherte und schob sich mit würdevoll langsamem Flügelschlag als Silhouette hinter den diamantenen Glanz des sprühenden Wassers. Die Bäume am Ufer bildeten als Kontrast dazu einen kühlen, dunklen Rahmen.

Julie hielt das Gesicht in den Wind und genoß das sanfte Schlagen. Es erinnerte sie an die Fahrt mit Rey Tabary vor zwei Nächten, und sie drehte sich zu ihm um. Er beobachtete sie mit ernsten Augen und leicht zerstreut, obwohl sich sein Mund zu einem leichten Lächeln verzog, als er ihren Blick erwiderte.

»Es war nett von Ihnen, Ihre Tante mitzubringen«, sagte sie.

»So war das also?« fragte er ruhig. »Ich dachte, sie hätte mich mitgebracht.«

»Wie auch immer, ich glaube, Sie werden es nicht bereuen.«

Sein Blick glitt über ihren Körper und wanderte dann wieder

zu ihrem Gesicht, wo die Sonne die braune Haut über den Wangenknochen in einem pfirsichfarbenem Goldton aufleuchten ließ. »Wahrscheinlich werde ich es bereuen, aber was macht das schon?«

Etwas in seinen Worten rief Julie Allens Bild ins Gedächtnis. Sie versuchte, sich ihren Lebensgefährten nach einem ähnlichen Ausspruch vorzustellen, aber vergebens. Reue war etwas, das Allen um jeden Preis zu verhindern versuchte. Alles andere betrachtete er als töricht und kurzsichtig. Für einen Produzenten war das eine gute, Sicherheit gebende Eigenschaft.

Die Kameraplattform, die auf extra stabilen Schwimmern am Wasserrand lagerte, war mit den zusätzlichen Zuschauern neben der Ausrüstung fast übervoll, aber das war nichts Ungewöhnliches. Julie ließ Rey, Tante Tine und die anderen am einen Ende zurück, während sie sich mit dem Kameramann beriet und sich dann Kopfhörer aufsetzte, um die letzten Instruktionen mitzubekommen, die Stan Paul Lislet und den anderen Schauspielern, die die üblen Schurken spielten, aus dem Kabinenkreuzer gab. Der Kahn und das Rennboot umkreisten einander offenkundig ziellos oder kreuzten das Kielwasser des jeweils anderen Bootes, während die Hauptkamera auf dem Chapman-Kran sowie die anderen Kameras und die Tonaufnahmegeräte auf der Plattform und dem Kabinenkreuzer durchgecheckt wurden. Als das Warten kein Ende nehmen wollte, schenkte Ofelia kalte Getränke für alle aus.

Endlich war alles für die Aufnahme bereit. Julie gab den Befehl zur Klappe, der von Ofelia an der Hauptkamera und von Stan im Kabinenkreuzer wiederholt wurde.

Julie war immer unruhig, wenn Actionszenen gedreht wurden. Nur selten verliefen sie wie geplant, und die Überraschungen waren nicht immer angenehm oder leicht zu beheben. Tricks, die auf Papier phantastisch wirkten, waren unmöglich im Film auf realistische Weise darstellbar oder wirkten einfach lächerlich. Crewmitglieder, die bei romantischen oder dramatischen Szenen ihre Befehle bis aufs Wort befolgten, entwickelten plötzlich die haarsträubendsten Ideen, wenn Actionszenen abgefilmt wurden. Das Gefühl, alles nur notdürftig unter Kontrolle zu haben, war beunruhigend, vor allem, da sie die Verantwortung trug.

Alles schien wie geplant abzulaufen. Der Kahn brach wellenpflügend aus dem Baumtunnel des Flußkanals hervor, schäumendes Kielwasser hinter sich herziehend, das sich wie ein gigantischer Reißverschluß teilte. Im Zickzack raste er über die Wasserfläche, wich Baumstümpfen und versunkenen Stämmen aus, während Paul Lislet im Heck kauerte und sich über die Schulter zu dem Rennboot umsah, das ihm auf den Fersen war. Einer der beiden Männer in dunklen Anzügen lehnte sich aus dem Rennboot, eine AK-47-Maschinenpistole in der Hand, aus der er einen Feuerstoß abgab. Die Schüsse explodierten mit hallendem Jaulen und belegten das Wasser mit einer pockennarbigen Linie. Der Kahn bremste schwänzelnd ab, schwenkte in weitem Bogen herum, tanzte über das Kielwasser des Rennbootes und verschwand dann zwischen einer dichten Zypressengruppe vor dem Ufer gegenüber der Plattform. In einer bravourösen Darstellung seiner navigatorischen Fähigkeiten und guten Nerven jagte der Stuntman den Kahn zwischen den Bäumen hindurch, spielte im Wechsel von Sonnenlicht und tiefen Schatten Verstecken und bescherte ihnen eine blitzschnelle Folge von »Man sieht's, man sieht's nicht«-Effekten, die sich im Film spektakulär ausmachen würden.

Hinter den beiden kleinen Booten brach jetzt im Kielwasser des Rennbootes der Kabinenkreuzer aus dem Flußkanal. Stan stand hinter der Verfolgerkamera, bellte Instruktionen in ein Walkie-talkie, beugte sich dann zum Kameramann hinüber und brüllte ihm etwas ins Ohr. Ob ihn der andere Mann verstand, war zweifelhaft angesichts des Motorenlärms, der über das Wasser rollte und von den umstehenden Bäumen zurückgeworfen wurde.

Aus dem Augenwinkel sah Julie, wie Rey an den Rand der Plattform trat, sich mit einer Hand an einem Pfosten festhielt und die Vorgänge mit leicht zusammengekniffenen Augen beobachtete. Mit leichter Befriedigung registrierte sie, daß das Geschehen auf dem Wasser, die von ihr und der Crew zusammengestellte Szene, aufregend genug war, um ihn zu fesseln.

Jetzt wendete der Kahn mit Vollgas in einer weiten, seitlich ausbrechenden Kurve, flirtete scheinbar mit dem Rennboot, aus dem neue Schüsse krachten. Das kleinere Boot zog vorbei und hielt auf den Kabinenkreuzer zu, so daß die Kamera umschwingen und eine Frontalaufnahme machen konnte. Dann entfernte sich Paul Lislet von den beiden anderen Booten, drückte den Kahn in eine weitere, verführerische Kurve, lockte das Rennboot in den dichten, labyrinthischen Zypressenhain und auf die behelfsmäßige Bootsrampe zu, hinter der das Gewirr von schwarzbraunen Stümpfen, die Zypressenknie warteten.

Plötzlich ließ Rey den Pfosten los und stemmte die Hände in die Hüften, ohne den Blick von den Booten zu nehmen. Sein Kopf fuhr herum, er hielt nach Julie Ausschau, dann entdeckte er sie. »Aufhören!« rief er. »Sofort aufhören!«

Sie nahm den Kopfhörer ab und drehte sich zu ihm um, denn der Lärm war so ohrenbetäubend, und sie hatte sich so auf das Geschehen auf dem Wasser konzentriert, daß sie nicht sicher war, ob er tatsächlich gesagt hatte, was sie verstanden hatte. »Was ist?«

»Irgendwas stimmt nicht, das Steuer funktioniert nicht richtig«, erklärte er knapp. »Schauen Sie!«

Sie sah nichts. Das kleinere Boot fuhr mit unverminderter Geschwindigkeit. Es schien auf die Befehle seines Steuermanns zu reagieren. Wirklich? War da nicht eine Verzögerung zwischen den Bewegungen des Stuntmans und jenen des Bootes? Sah sie nicht ein Vibrieren im Kielwasser des Kahnes, während er mit halsbrecherischer Geschwindigkeit auf die dunklen Zypressen zubrauste?

»Stop!« schrie sie. »Stop! Stop!«

Julie hörte den Schrei über das Wasser schallen, hörte über dem statischen Knistern in ihrem Kopfhörer, wie er von Ofelia und Stan weitergegeben wurde. Männer fluchten, Kameras wurden abgeschaltet.

Aber es war zu spät. Der Kahn schoß auf die Zypressen zu, das Rennboot dicht hinter sich. Beide wurden von der Dunkelheit verschluckt, dann war ein lautes Krachen zu hören. Der Kahn drehte sich vor einem aufsprühenden Wasservorhang zur Seite. Er rammte mit einem donnernden, hohlen Knall gegen eine hohe Zypresse, dann folgte das helle Kreischen reißenden Metalls, bevor der Kahn abprallte und die Flugbahn des zweiten Bootes kreuzte. Das Rennboot spießte den Kahn mit dem Bug auf. Fiberglas wirbelte durch die Luft, knackte, krachte, während das zweite Boot mit einem halben Salto über das erste hinwegschoß und der Motor aufheulte. Das Rennboot landete und schlug mit einem Donnern auf dem Wasser auf. Der Motor spuckte noch einmal und erstarb.

Donna Lislet schrie auf. Der Schrei schien aus den tiefsten Tiefen ihrer Kehle zu kommen. Mit drei Schritten war Rey Tabary an ihrer Seite und drückte ihr Gesicht an seine breite Schulter. Er preßte sie an sich und versperrte ihr mit seinem Körper den Blick auf den langsam größer werdenden roten Fleck im dunkelbraunen Sumpfwasser.

4. Kapitel

»Wenn Sie dem Job nicht gewachsen sind, Miss Bullard, wenn Sie keinen Film drehen können, ohne daß es uns sämtliche Arme und Beine kostet, dann werden wir die Produktion übernehmen müssen.«

»Übernehmen«, wiederholte Julie mit gepreßter Stimme. Sie schaute den Mann an, der ihr Büro in Beschlag genommen hatte und sich in ihrem Sessel breitmachte.

»Zum Beispiel könnten wir einen anderen Regisseur beauftragen, der mehr darauf achtet, wofür das Geld ausgegeben wird.«

»Das können Sie nicht!« Julie stemmte die Handflächen auf den Tisch und beugte sich vor.

»Ich kann, das wissen Sie genau«, erklärte der Mann mit verkniffenem Lächeln. »Ich brauche nur eine entsprechende Empfehlung abzugeben, und das war's.«

Julie hatte nicht erwartet, daß die Begegnung mit dem Vertreter der Versicherung angenehm verlaufen würde, aber sie hatte auch nicht erwartet, daß sie sich so aufregen würde. Zum Teil rührte ihre schlechte Laune daher, daß die Dreharbeiten für fast vier Tage unterbrochen worden waren, während das Sheriffbüro des St. James Parish den Unfall untersucht hatte. Die ständigen Fragen der Polizisten und die mehr oder weniger höflichen Nachfragen der Presse hatten nicht zur Besserung ihrer Laune beigetragen. Dennoch war Davies, der Prüfer von der Versicherung, der Hauptgrund. Daß er seit Tagen in ihren Papieren herumkramte, ihre Büromaterialien benutzte, ihren Schreibtischsessel, ihren Notizblock und ihr Telefon vollschwitzte, war mehr, als sie ertragen konnte. Es war ihr zuwider, daß jemand in ihre Arbeitssphäre eindrang, ihre Papiere durchforstete, ihre Post öffnete. Am schlimmsten war seine herablassende Art. Er war übergewichtig, litt an Haarausfall, unreiner Haut und Körpergeruch und revanchierte sich für diese Zurücksetzung durch die Natur, indem er mit all seiner Autorität protzte.

»Sehen wir den Tatsachen ins Gesicht«, fuhr Davies fort. »Nach diesem Bootsunglück ist ihr Budget mächtig geschrumpft. Ersatz für die beschädigte Ausrüstung, die Bestattungskosten für Lislet, die Krankenhausrechnungen für die beiden anderen Stuntmen plus die laufenden Kosten für die Crew, die nur herumsitzt, sich vollstopft und im Motel wohnt – das kostet eine ganz schöne Stange. Ich bezweifle, daß Sie noch zwei Wochen durchhalten können, bevor meine Gesellschaft einspringen und für die Verluste aufkommen muß. Es wäre unser gutes Recht, morgen mit einem Team von Rechnungsprüfern anzurücken und uns Ihre Story vorzunehmen, sie auf das Wesentliche zu beschränken und all die Rüschen und Schleifchen – äh, Schnörkel rauszukürzen.«

Julie fixierte ihn wütend. »In dieser Produktion gibt es keine Rüschen und Schleifchen, wie Sie es nennen. Jede Szene, jeder Dialog, jede Einstellung hat einen Sinn und Zweck.«

»Regen Sie sich nicht gleich auf; ich sage ja nicht, daß man hier die Zügel schleifen läßt, weil eine Regisseurin am Werk ist.«

»Natürlich nicht.« Es war keine Frage.

»Aber für diesen Job braucht es jemanden, der Entscheidungen fällen kann und die Hosen an- äh, der Durchsetzungskraft hat.«

»Zum Teil haben Sie recht.«

»Ja, nun, und es hat auch keinen Sinn, jetzt das alte Lied von künstlerischer Integrität und inhaltlicher Geschlossenheit anzustimmen; das kenne ich zur Genüge. Keines von beiden zählt, nicht bei all dem Geld, das ein Film heute kostet. Wir brauchen jemanden, der die Arbeit schnell erledigt; ganz einfach. Entweder sind das Sie, oder es ist jemand anderes.«

»Ein paar Rechnungsprüfer.« Ihre Stimme war tonlos vor Abscheu.

»Wenn es sein muß. Ich bin sicher, wir verstehen einander, obwohl ich mich natürlich noch mit Gravesend unterhalten werde.«

»Ich bezweifle, daß Sie meinem Verlobten etwas erzählen können, das er noch nicht weiß.« Nicht oft nutzte Julie ihre Beziehung zu Allen so aus, aber der selbstgefällige Tonfall dieses Kerls schlug ihr auf den Magen.

»Nichtsdestotrotz werde ich mich mit ihm in Verbindung setzen.«

»Tun Sie das, wenn Sie sich dadurch besser fühlen«, erwiderte Julie knapp.

»Und wir werden die Sache hier im Auge behalten. Wir können ohne Vorankündigung eine Rechnungsprüfung veranlassen.«

»Ich habe verstanden. Aber bis dahin habe ich zu tun. Ich bedauere, Sie aus meinem Büro hinauswerfen zu müssen, aber es ist mein Arbeitsplatz. Ich weiß, daß Sie froh sind, wenn die Arbeit wieder in Gang kommt.«

Röte zog sich über das bleiche Gesicht des Mannes, aber er begann, seine Papiere zusammenzusammeln.

Soviel Befriedigung es ihr auch verschaffte, die Tür hinter dem Versicherungsprüfer zu schließen, Julie konnte sich trotzdem nicht auf ihre Arbeit konzentrieren, nachdem er gegangen war. Zum einen konnte nicht einmal das stärkste Zimmerspray Davies' Gestank aus ihrem Büro vertreiben; zum anderen war sie zu unkonzentriert.

Sie war für Paul Lislets Tod verantwortlich. Oh, sie hatte nichts mit dem Steuerkabel zu tun, das von Batteriesäure angefressen worden war, aber sie hatte das entscheidende Okay zu dem Stunt gegeben, der ihn das Leben gekostet hatte. Sie hätte nicht auf die Vorschläge eingehen dürfen, die Stan und sogar Paul Lislet selbst gemacht hatten, sondern auf einer ungefährlicheren Verfolgungsszene bestehen müssen. Sie hätte dafür sorgen müssen, daß der Kahn von ihren eigenen Leuten inspiziert wurde, und sich nicht auf das Wort des Bootsverleihers verlassen dürfen, daß er in einwandfreiem Zustand sei.

Vielleicht hätte beides nichts an dem Ergebnis geändert, das war möglich. Es war nicht ungewöhnlich, daß ein Stuntman bei einem Stunt verletzt wurde; auch die besten unter ihnen hatten sich fast jeden Knochen in ihrem Leib mindestens einmal gebrochen. Das lag in der Natur der Sache. Szenen wirkten im Film oft so gefährlich, weil sie wirklich gefährlich waren. Deshalb wurde diese Arbeit so gut bezahlt, wegen der damit verbundenen Gefahr. Selbst ein Todesfall war nichts Ungewöhnliches.

Aber in ihren Filmen war so etwas noch nie geschehen.

Das Bild der beiden kollidierenden Boote wollte einfach nicht aus ihrem Kopf. Immer und immer wieder sah sie die Szene wie einen Filmausschnitt vor sich, hörte Reys leisen Fluch und Tante Tines entsetztes Japsen und Donna Lislets gellenden Schrei.

Ein- oder zweimal spielte sie mit dem Gedanken, *Im Reich der Sümpfe* aufzugeben, dachte, sie hätte nicht die Kraft, es fertigzustellen. Die Vorstellung, Louisiana zu verlassen und nach Los Angeles zurückzukehren, am Strand zu liegen, sich mit Sonne und Wind vollzusaugen und alles zu vergessen, bis eine neue Story ihren Weg kreuzte, war so verlockend, daß sie sich zwingen mußte, nicht augenblicklich ihre Koffer zu packen.

Es war unmöglich. Zu viele Menschen hingen von ihr ab, zu viel Geld war bereits in den Film gesteckt worden, als daß sie ihn noch aufgeben konnte. Außerdem mußte sie immer noch unter Beweis stellen, daß sie dazu fähig war. Jetzt brauchte sie diesen Beweis nötiger denn je.

Paul Lislets Begräbnis fand an diesem Nachmittag statt; wegen der bei einem unnatürlichen Tod vorgeschriebenen Autopsie hatte es sich hinausgezögert. Julie hatte in ihrem Namen und im Namen von Excel Films Blumen geschickt. Sie versuchte sich einzureden, daß das genügte, daß man nicht mehr von ihr erwarten konnte. Sie wußte, daß das nicht stimmte. Trotzdem war die Aussicht beklemmend, bei dem Begräbnis aufzutauchen und Freunden und Verwandten des Toten gegenüberzutreten. Es fiel ihr schon schwer, auf Beerdigungen zu gehen, wenn es ihr gutging; sie wußte nicht, ob sie die Kraft besaß, auf dieser zu erscheinen.

Sich endlos darüber Gedanken zu machen, entschied sie schließlich, war noch quälender, als etwas zu unternehmen. Als sie bis mittags immer noch keinen Federstrich erledigt hatte, knallte sie ihren Stift auf den Schreibtisch und verließ das Büro, um in ihr Motel zu gehen.

Am geeignetsten für ein Begräbnis war ein Kleid aus navyblauem Schleierstoff mit passendem, breitkrempigem Hut. Sie empfand sich als overdressed, als sie hinten in der Kirche der Messe zuhörte, als viel zu elegant gekleidet für den einfachen, anrührenden Gottesdienst in der alten viktorianischen Kapelle. Wenigstens war sie nicht alleine hier. Stan war mit ihr gekommen, hatte ihr im letzten Moment seine Eskorte angeboten. Sie war ihm dankbar dafür.

Auf dem Friedhof standen sie und der Stunt-Koordinator abseits des grünen Baldachins mit den aufgereihten Stühlen und dem Duft der in der Hitze welkenden Nelken und Chrysanthemen. Stan wollte gehen, als das letzte Gebet gesagt war und sich die Trauergesellschaft erhob und zu zerstreuen begann, doch Julie wollte, wo sie schon hier war, Halbheiten vermeiden. Sie wartete, bis sich der Pulk um Donna Lislet gelichtet hatte, dann trat sie vor die Witwe des Stuntmans.

»Ich wollte nur sagen, wie leid es mir tut«, erklärte Julie und berührte mit einer mitfühlenden Geste den Arm der anderen Frau, um ihn gleich wieder zurückzuziehen. Sie schaute nicht auf den Mann, der Donna mit einem Arm um ihrer Taille stützte, obwohl sie von Anfang an gewußt hatte, daß Rey Tabary hier war. Und sie versuchte nach Kräften, nicht auf die beiden sandhaarigen Jungen zu blicken, von denen einer so klein war, daß

Rey ihn auf dem Arm trug, und der andere sich an seine Mutter drängte. »Ich weiß, daß Ihnen das nicht hilft, aber ich meine es wirklich.«

»Nein«, antwortete Donna Lislet mit erstickter Stimme, und über ihr zuckendes Antlitz rannen Tränen, die ihr Make-up verwischten. »Es hilft nicht.«

Rey erwiderte mit ausdrucksloser Miene Julies Blick. Die Haut um seine Augen schien gespannt. Trotzdem war seine Stimme leise. »Miss Bullard trägt keine Schuld. Paul wußte, wie gefährlich es ist, aber er hat sich trotzdem darauf eingelassen.«

Donna schaute ihn anklagend an. Ihre dunkelbraunen Augen waren tränenverschwommen. Ihr Blickkontakt hielt. Nach langen Sekunden seufzte die Witwe und wandte sich wieder Julie zu. »Ja, so war es wohl. Ich – ich danke Ihnen, Miss Bullard.«

Julie trat zurück, um sie vorbeizulassen. Eine bedrückende, in den letzten zwei Tagen vertraut gewordene Enge schnürte ihre Brust zusammen, die, so schien es beinahe, nur durch Tränen gemildert werden konnte. Sie sah dem Paar nach, das mit den Kindern zu Reys Jeep wanderte. Sie gingen so eng beieinander, die Witwe lehnte sich so an den starken Freund ihres Gatten, das Band geteilter Trauer war so intim, daß Julie ganz ergriffen war.

Ihnen nachzuschauen kam ihr plötzlich voyeuristisch vor. Sie sah weg, auf den Friedhof mit seinen überirdischen Marmor- und Granitgräbern, die es nur hier in Südlouisiana gab. Die Zeit hatte den Schmerz gemildert, ihn erträglich gemacht. Zweifellos würde sie auch Paul Lislets Tod erträglich machen. Irgendwann.

»Da sind Sie ja, *chère*«, sagte Tante Tine hinter ihr. »Wo haben Sie die ganze Zeit gesteckt, frage ich mich. Ich habe erwartet, Sie würden jeden Tag einziehen.«

Julie drehte sich um und lächelte bemüht. »Wirklich? Ich war nicht sicher, ob unsere Vereinbarung nach allem, was geschehen ist, noch gilt, und ich war vor allem nicht sicher, ob Ihr Neffe mich in der Nähe haben wollte.«

»Rey? Was hat der schon zu sagen, frage ich Sie. Aber natürlich stört es ihn nicht. Also, Sie kommen heute abend? Ich habe Ihr Zimmer schon vor vier Tagen gelüftet und habe frisches, nach Kuskusgras duftendes Bettzeug aufgezogen, genau wie meine *grand-mère* es getan hat. Rey hat die Klimaanlage geprüft und gesagt, sie ist in Ordnung. Ich erwarte Sie zum Dinner, auf keinen Fall später; mein Nachbar hat mir heute morgen leckere Shrimps gebracht, und ich mache eine große *étouffée*, groß genug, um Donna etwas davon hinüberzubringen.«

Julie gab sich geschlagen; gegen derart entschlossene Gastfreundschaft konnte sie nichts ausrichten. Und sie war Tante Tine dankbar dafür. Ihre gefaßte Reaktion auf den Unfall, ihre Einladung, die zeigte, daß für sie das Leben weiterging, erfüllt mit der Sorge um den Schlaf und das Wohl ihrer Mitmenschen, waren beruhigend. Sie fragte sich, ob die Einladung so gemeint war, ob Tante Tine ihr die Qualen ansah, oder ob es einfach im Wesen der alten Frau lag, realistisch und freundlich zu sein.

Rey war nicht zu Hause, als Julie kurz nach Sonnenuntergang mit ihren Sachen eintraf. Tante Tine half ihr, die Koffer und den Laptop-Computer nach oben zu bringen sowie die Schachteln mit ihrem tragbaren Büro und dem ganzen anderen Kleinkram, den sie immer bei sich hatte, um die Atmosphäre in ihrer Unterkunft am Drehort ein bißchen angenehmer zu gestalten. Mit dem Versprechen, mit ihr ein Glas Wein auf der Galerie zu trinken, sobald sie fertig sei, ließ die alte Frau sie alleine, damit sie sich einrichten konnte.

Das Zimmer war groß und luftig und hatte schmale französische Fenstertüren, durch die man auf die hintere Galerie gelangte. Es gab außerdem zwei Fenster und eine Innentür, die ins Eßzimmer führte. Das in typisch französischem Landhausstil erbaute Haus hatte keine Korridore, es sei denn, man betrachtete die Galerien, von denen aus man in jedes Zimmer gelangte, als solche. Alle Zimmer, drei auf der Vorderseite und drei auf der Rückseite, hatten Zugang zueinander. Das schuf eine intime und vertrauliche, wenn auch wenig private Atmosphäre. Julies

Schlafzimmer befand sich auf der Rückseite neben dem Eßzimmer und einem weiteren Raum, der früher als Schlafzimmer gedient hatte, aber inzwischen zu einer modernen Küche umgebaut worden war. Tante Tines Schlafzimmer lag in der rechten vorderen Ecke, so daß sie und Julie sich eines der zwei kleinen Badezimmer zwischen den Räumen teilten. Vorne in der Mitte gab es einen Salon, dann folgte Reys Schlafzimmer in der anderen Ecke. Die schmale Treppe zu den Dachkammern stieg von einem Ende der vorderen Galerie auf.

Es dauerte nicht lang, bis Julie ein Bad genommen und sich Jeans und ein Strickhemd angezogen hatte. Sie räumte alles ein, legte ihr tragbares Büro auf einem der Beistelltische in den Zimmerecken ab. Wäre sie allein gewesen, wäre sie in ihrem Zimmer geblieben, hätte sich verkrochen und gearbeitet. Aber sie konnte Tante Tines Einladung nicht ausschlagen. Darum suchte sie nach ihrer Gastgeberin.

»Verstehen Sie jetzt, warum ich gesagt habe, Rey wird mich oder Sie nicht stören?« sagte Tante Tine, während sie und Julie Wein schlürften und sanft in der hereinbrechenden Dämmerung auf der hinteren Galerie im Schaukelstuhl wippten. »Als ich ihm gesagt habe, daß Sie heute abend kommen werden, sagte er nur, daß es gut ist.«

»Es ist gut zu wissen, daß er nicht meinetwegen fortbleibt – mir ist aufgefallen, daß sein Auto nicht da ist.«

»Er ist immer noch bei den Lislets, glaube ich. Er empfindet soviel für sie, nicht nur für Donna und die Buben, sondern auch für Pauls Mutter und seinen Vater und seine Brüder und Schwestern. Er bleibt, solange man ihn braucht.«

»Trotzdem hoffe ich, daß ich Ihnen beiden nicht zur Last falle. Versprechen Sie mir, daß Sie mir sagen, wenn ich im Weg bin.«

»Ich freue mich über Ihre Gesellschaft, vor allem heute abend. Mir ist nicht danach, alleine zu essen.« Die alte Frau schnitt eine Grimasse.

»Erwarten Sie Rey nicht zum Abendessen zurück?«

»Eigentlich nicht, aber das tue ich nie. Er kommt und geht, wie es ihm gefällt, zu den seltsamsten Stunden. Wenn etwas zu essen im Kühlschrank ist, dann ißt er es, wenn nicht, kocht er sich etwas. Er hilft mir, wenn er kann, und mehr verlange ich nicht. Ich freue mich, wenn er kommt; wenn er wieder geht, bin ich nicht traurig, weil ich weiß, daß er wiederkommt.«

Julie betrachtete Tante Tine mit wachsendem Interesse. »Heißt das, Ihr Neffe wohnt nicht ständig bei Ihnen?«

»Aber nein, *chère*. Wie kommen Sie darauf? Die meiste Zeit ist er in New Orleans.«

»Ich glaube, ich habe das daraus geschlossen, wie er über sich und den Sumpf gesprochen hat. Er hätte es mir auch sagen können.«

»Er macht gerne einen Scherz«, erwiderte Reys Tante mit nachsichtigem Lächeln.

»Wenn er erreichen wollte, daß ich mir dämlich vorkomme, dann ist ihm das gelungen.«

»Nein, nein, es war nur Spaß. Manchmal tut er so, als hätte er Spinnweben zwischen den Zehen, so wie er es Ihnen gesagt hat. Er möchte nur sehen, wie lange die Menschen ihm das glauben.«

»Ist das nicht ein bißchen pubertär?«

»Vielleicht, aber seine Arbeit ist so ernst, daß – aber egal. Er wuchs wirklich am Fluß auf, an den Bayous, den Kanälen. Er wohnte weiter unten an der Straße, so wie Paul. Sie brachten mir jeden Tag etwas zu kochen, Flußkrebse, einen Alligatorschwanz, Amseln, einen Haufen *sacque-au-lait* – das ist der Fisch, den Sie Weißbarsch nennen.«

»Sie... sie müssen gute Freunde gewesen sein«, sagte Julie. Sie wußte nicht, ob sie über Paul sprechen wollte, aber es mochte von Nutzen sein, mehr über das Leben eines Mannes wie Rey zu erfahren. Für ihren Film, natürlich.

»Oh, das waren sie. Eines Sommers, als sie dreizehn oder vierzehn Jahre alt waren, entdeckten sie nach einer Flut eine alte Piragua. Damit fuhren sie oft zum Schwimmen oder Fischen auf den Mississippi. Wenn sie die Jacht eines reichen Mannes kommen sahen, warfen sie manchmal die Piragua um – sie wissen selbst, wie schnell das geht – und taten so, als hätte das große Boot sie zum Kentern gebracht. Sie tauchten unter die Piragua und versteckten sich in der Luftblase, die sich immer unter dem Boot bildet. Die Leute auf der Jacht hielten an und suchten eine Ewigkeit nach ihnen. Irgendwann ließen die Jungs sich finden und retten und aufpäppeln. Manchmal bekamen sie sogar Geld für die entsetzlichen Qualen, die sie hatten ausstehen müssen. Ach, aber eines Tages beobachtete sie ein Freund von Reys Papa, der auf dem Fluß fischte. Zehn Minuten nachdem Rey und Paul heimgekommen waren, war von ihrer Piragua nur noch ein Aschehaufen übrig!«

Julie stimmte in Tante Tines leises Lachen ein, bevor sie einen Schluck Wein nahm. »Sie sprachen gerade über seine Arbeit...?«

»Achten Sie nicht darauf, was eine alte Dame mit schlechtem Gedächtnis und lockerer Zunge Ihnen erzählt«, erklärte Tante Tine und wedelte sorglos mit einer Hand. »Ich habe vergessen, daß Rey nicht mehr für die Drogenpolizei arbeitet. Wie schnell die Jahre doch vergehen.«

Auf dieser Frage zu beharren, hätte bedeutet, Tante Tine in Verlegenheit zu bringen. Julie schwieg. Außerhalb der Galerie war die Luft schwül. Eine Henne oder Truthenne zog sich glucksend zum Schlafen in das Gehege jenseits des Gartens zurück. Grillen und Zirpfrösche sangen ihr monotones, friedvolles Klagelied, ab und zu unterbrochen vom Quaken eines Baumfrosches, einem Laut, den Julie als Kind mit nahendem Regen in Verbindung zu bringen gelernt hatte. Im Augenblick sah es nicht nach Niederschlag aus; trotzdem lauschte und beobachtete sie ihre Umgebung, während die Nacht hereinbrach.

Nach einer Weile sagte sie: »Was ist mit Reys Eltern? Wohnen sie immer noch in der Gegend?«

»Mein Bruder und seine Frau kamen bei einem Autounfall ums Leben, als Rey auf dem College war.«

»Oh, das tut mir leid«, bemerkte sie leise. »Hat er Geschwister?«

»Er hat eine jüngere Schwester in Atlanta. Sie ist verheiratet und hat drei Kinder. Und seine Großmutter mütterlicherseits lebt in New Orleans. Das sind alle, außer mir, jetzt, nachdem Paul tot ist. Rey und Paul standen sich so nahe, wie es bei zwei Menschen ohne Blutsbande überhaupt möglich ist.«

»Ich wußte nicht, daß sie so eng befreundet waren.«

»O doch.« Tante Tine nickte bedächtig. »Sie tollten zusammen im Matsch, hatten zur gleichen Zeit Masern, spielten zusammen Fußball; sie teilten alles. Eine kurze Zeit lang auf der Highschool waren sie beide in Donna verliebt, aber das ging vorbei. Pauls Tod ist ein schwerer Schlag für Rey. Ich glaube, er denkt, er hätte gestern schneller reagieren müssen, irgendwie irgend etwas tun müssen, um alles aufzuhalten.«

»Niemand hätte es verhindern können.« Julies Stimme war tonlos. Wenigstens in dieser Hinsicht konnte sie Reys Gefühle nachvollziehen.

Tante Tine seufzte. »Ich weiß, aber so ist es nun mal.«

Sie sprachen über anderes, über den Abschluß der Untersuchungen, die der Ortssheriff angestellt hatte, und darüber, welche Erleichterung es bedeutete, daß das Ergebnis auf »Tod durch Unfall« lautete. Julie erfuhr, daß der Sheriff mit Tante Tine verwandt war. Inzwischen überraschte sie das nicht mehr, da sie die engen Verflechtungen in dieser Gemeinschaft zu begreifen begann. Die beiden Frauen blieben nicht lange sitzen, nachdem sie den Wein ausgetrunken hatten, sondern gingen zum Essen hinein.

Das *étouffée* war phantastisch, so gut wie all jene, die Julie bei ihrem letzten Aufenthalt in New Orleans probiert hatte. Die zarten, herbstlichen Brechbohnen und die frischen Auberginen aus Tante Tines Garten paßten ausgezeichnet dazu, ebenso der Brotpudding mit Rosinen-Ananas-Sauce. Julie beschrieb, als Tante Tine ihre überschwenglichen Komplimente zurückwies, nach besten Kräften den geschmacklosen Plastikfraß aus der Versorgungsküche, den sie vorgesetzt bekommen hätte, wäre sie auf dem Drehgelände geblieben. Wie zwei Freundinnen räumten sie danach den Tisch ab und wuschen gemeinsam ab. Als sie fertig waren, bot Tante Tine ihr an, mit ihr zusammen in ihrem Schlafzimmer fernzusehen, doch Julie lehnte dankend ab. Sie erklärte ihr die Notwendigkeit, einen neuen Drehplan aufzustellen, und zog sich in ihr Zimmer zurück.

Etwa eine Stunde lang hörte sie das gedämpfte Murmeln des Fernsehers hinter dem gemeinsamen Badezimmer. Als er verstummte, hatte sie eine neue Szene ausgearbeitet, die sich auf Summer und Vance konzentrierte und in der die Actionszene auf dem Fluß vorerst entfiel. Später würde sie sich damit beschäftigen, da sie irgendwann gedreht werden mußte, doch im Augenblick war ihr das zuviel.

Die hellen Blitze hinter den Gardinen rissen sie aus der Arbeit. Sie stand auf und öffnete die französischen Fenstertüren. Kühler, erfrischender Wind wehte herein, der den Geruch des Regens mit sich trug. Im Gegensatz zu dieser Frische kam ihr die Luft im Raum plötzlich abgestanden und unterkühlt vor, deshalb schaltete sie die Klimaanlage aus.

Sie trat wieder an die Tür und dann hinaus, als sie dumpfes Donnergrollen hörte. Das Gewitter war höchstens halbherzig zu nennen; das Flackern der Blitze war nur als sporadisches Glimmen wahrzunehmen, das kaum die Dunkelheit durchdrang, und der Donner klang wie ein mürrisches Nachmaulen. Der immer wieder aussetzende Regen sprenkelte leicht über den Hof jenseits der Galerie und verteilte seine Tropfen ungleichmäßig auf dem Blechdach über ihr.

Louisiana-Regen. Julie war er immer nasser erschienen als der Regen anderswo, durchdringender, natürlicher. In Kalifornien war Regen, der aus einem Wolkenhimmel fiel, fast ein Affront gegen die endlose Prozession sonnendurchglühter Tage. An anderen Orten, auf den Inseln oder in den Bergen, gab es eine feste Regenzeit, sonst war es trocken. In Louisiana dagegen war Regen immer möglich, oft wahrscheinlich. Die Niederschläge wurden verflucht und gesegnet, aber kaum je ignoriert, denn allzu leicht konnten sie sich zu Gullywäschern und Froschwürgern auswachsen, wie die Leute auf dem Land dazu sagten, oder gar zu einer Springflut oder einem Hurrikan oder Tornado führen.

Hinter dem Geländer der Galerie verstärkte sich der Regen, wurde gleichmäßiger, schwerer. Er trommelte seine einschläfernde Musik auf das Blechdach. Müdigkeit kroch in Julie hoch, zerrte an ihren Schultern. Es war Zeit, ins Bett zu gehen.

Wenig später trat sie aus dem Badezimmer, in einen kurzen, weißen Seidenmorgenmantel gewickelt und eine Haarbürste in der Hand. Sie neigte den Kopf zur Seite und bürstete die Knoten aus ihrem Haar, als sie abrupt innehielt.

Sie war nicht allein. Die Gestalt eines großen Mannes lag quer über dem Fußende ihres Bettes. Den Kopf auf eine Hand gestützt und eine Falte zwischen den Brauen, beobachtete Rey Tabary sie.

»Sie haben die Tür offengelassen«, sagte er. »Nicht besonders klug.«

»Ich habe die kühle Luft genossen. Außerdem dachte ich…«

»Dachten Sie, Sie sind ja auf dem Land, wo keine Gefahr von – Eindringlingen droht.«

»So in etwa.« Sie hob das Kinn und bürstete weiter.

»Sehen Sie, wie sehr Sie sich geirrt haben?«

»Ich habe verstanden.« Ihr Tonfall war scharf, denn sie hatte es aufgegeben, so zu tun, als würde sie das unbeteiligt lassen. »Und wenn Sie jetzt bitte gehen würden, ich möchte ins Bett.«

Er schaute sie lange an, bevor er den Kopf schüttelte. »Sie haben mir wieder Tür und Tor geöffnet, nicht wahr? Sind Sie so sorglos, oder möchten Sie wirklich hören, was ich Ihnen zu sagen habe?«

»Ich spiele keine Spielchen«, antwortete sie, bemüht, ihren

schneller gehenden Puls zu ignorieren. »Ich habe Ihnen klar und deutlich gesagt, was ich von Ihnen will.«

»Und sonst möchten Sie nichts – nein, vergessen Sie das. Sie spielen keine Spielchen. Ich werde mich danach richten, da wir zusammenarbeiten werden.«

Er sagte das so beiläufig, daß es ihr um ein Haar entgangen wäre, wäre da nicht der gespannte Blick in seinen kaffeebraunen Augen gewesen. Sie ließ ihre Bürste in die Manteltasche gleiten und warf ihr Haar zurück. »Werden wir zusammenarbeiten?«

»Das werden wir«, antwortete er, »wenn wir ein oder zwei Details klären können.« Er stand mit einer Geschmeidigkeit auf, die seine gut trainierten Muskeln verriet, setzte sich dann auf die Bettkante, ein Bein unter seinen Leib geklemmt, das andere ausgestreckt auf dem Boden.

»Zum Beispiel?«

»Erstens möchte ich die Stunts machen, die Paul machen wollte, eingeschlossen den einen, bei dem er verunglückt ist.«

Sie starrte seine fest entschlossene Miene an, erwiderte seinen stoischen Blick, aber er verriet nichts. »Warum?«

»Des Geldes wegen, natürlich.«

»Irgendwie«, meinte sie langsam, »glaube ich nicht, daß das der wahre Grund ist.«

»Eine fixe Idee vielleicht? Ein letzter Gruß? Eine Wiedergutmachung? Der Beweis, daß ein Cajun dazu fähig ist? Sie haben freie Auswahl.«

Zweifel und Schmerz durchzuckten ihre Miene, aber sie ignorierte die Herausforderung. »Na gut, wenn Sie darauf bestehen. Sonst nichts?«

»Ich möchte das letzte Wort in allem, was die hiesigen Sitten und die Sumpflegenden anbelangt, so wie Sie es mir angeboten haben.«

»Damit habe ich keine Schwierigkeiten. Und?«

»Wieso glauben Sie, daß noch etwas nachkommt?« fragte er mit fast amüsiertem Blick.

»Erfahrung und Intuition. Also?«

Er zögerte einen Moment und nickte dann. »Ich möchte, daß Sie Donna einen Job verschaffen, damit sie ein paar Dollar verdienen und den Unfall vergessen kann.«

»Ich weiß nicht, wie sie den Unfall vergessen soll, wenn sie genau dort arbeitet, wo ihr Mann umgekommen ist«, widersprach Julie freimütig.

»Ich gebe zu, sie ist im Moment ein bißchen durcheinander, aber sie möchte es so. Donna ist Lehrerin, aber sie hat seit ein paar Jahren nicht mehr gearbeitet. Sie denkt daran, nächstes Semester wieder einzusteigen, und hat schon eine Stelle in Aussicht. Jedenfalls meinte sie, das würde ihr helfen, deshalb habe ich ihr versprochen zu fragen.«

Donna sah sich wahrscheinlich schon als zukünftige Schauspielerin, vermutete Julie. Tausendmal waren ihr solche jungen, gutaussehenden Frauen begegnet, die erwarteten, daß sich ihr Leben ändern würde, sobald sie nur einmal mit einer Filmgesellschaft in Kontakt kamen. Entweder das, oder Donna Lislet wollte mit ihnen arbeiten, um in Reys Nähe zu bleiben, denn dort würde er bald seine Zeit verbringen. Als Julie einen Moment später den sardonischen Glanz in seinen Augen bemerkte, war ihr ihr Zynismus peinlich.

Sie nickte kurz. »Wir drehen in den nächsten Wochen noch ein paar Straßenszenen und vielleicht eine oder zwei Ladenszenen in einem der Orte in der Nähe, vielleicht in Lutcher oder Gramercy. Wir könnten Donna als Komparsin einstellen. Sie soll sich an Ofelia wenden, eine Karteikarte ausfüllen und ein Polaroid machen lassen. Gut so?«

»Ich bin überzeugt, daß sie das glücklich machen wird.«

»Gut«, schloß Julie und hob die Hand beiläufig, um sicherzustellen, daß ihr Bademantel oben geschlossen war. »Wenn das alles ist...?«

Er überging den Wink, als hätte sie überhaupt nichts gesagt. »Mache ich Sie nervös?«

Sie schenkte ihm einen langen Blick, den er geduldig und mit sprühender Neugier erwiderte. Anscheinend hatte er tatsächlich aufgehört, Spielchen zu spielen. »Um ehrlich zu sein«, sagte sie langsam, »es gefällt mir nicht, in die Enge getrieben zu werden. Und ich mag es nicht, wenn man ohne meine Erlaubnis in mein Territorium eindringt.«

»Ihr Territorium?«

»Mein Zimmer, mein Büro, den Raum, in dem ich mich bewege«, erläuterte sie mit einer ausgreifenden Handbewegung.

»Von dieser Phobie habe ich, glaube ich, schon gehört«, erklärte er lakonisch. »Sind Sie sicher, daß Sie sich nicht aus einem anderen Grund gestört fühlen? Vielleicht irritiert es Sie, obwohl Sie eine typisch liberale Kalifornierin sind, daß ich angezogen bin und Sie nichts außer einem Bademantel tragen?«

Sie errötete, und das machte sie wütend, denn sie war immer stolz darauf gewesen, nicht prüde zu sein. Schon als Teenager war sie am Strand mit Bikinis herumgelaufen, die zu klein waren, um ein anständiges Taschentuch daraus zu nähen, und seit Jahren schlief sie nackt. Nervös zu werden, nur weil sie nackt war, hätte sie beinahe gesagt, war das letzte, was ihr widerfahren konnte. Und doch lag er gar nicht so falsch.

»Meine Nacktheit, wenn Sie nach diesem Wort suchen, hat nichts damit zu tun«, verkündete sie. »Sie sind ein Fremder und tauchen mitten in der Nacht in meinem Zimmer auf. Was erwarten Sie denn?«

»Ich glaube, es ist viel interessanter, was Sie erwarten.«

»Nichts! Überhaupt nichts!«

»Gut, denn genau das wird sich auch ereignen. Das verspreche ich Ihnen. Warum setzen Sie sich nicht und sprechen mit mir die Szenen durch, die Sie Montag früh abfilmen wollen, und sagen mir, wie ich Ihnen dabei helfen kann?«

»Jetzt?«

»Gibt es einen besseren Zeitpunkt? Niemand wird uns unterbrechen, kein technisches Problem erfordert Ihre Aufmerksamkeit, kein Beleuchter oder Kameramann oder Ausstatter stört uns, nur wir beide sind hier – und haben jede Menge Zeit.«

Seine letzten Worte hatten ein rauhes Timbre, und in der Tiefe seiner Augen lag Dunkelheit. Plötzlich fragte sie sich, ob er einen Menschen oder eine Beschäftigung brauchte, um sich von Paul abzulenken. Ihre Müdigkeit war verflogen, und es war möglich, daß sie ebenfalls etwas Ablenkung gebrauchen konnte. Sie senkte die Lider und sagte abrupt: »Gut, wenn Sie es so ausdrükken.«

Sie marschierte ans Kopfende des Bettes, schlug die Decke zurück, stapelte die Kissen gegen das Kopfbrett und lehnte dann ihren Rücken dagegen. An dem Tisch, an dem sie zuvor gearbeitet hatte, stand ein einfacher Stuhl, den sie hätte heranziehen und benutzen können, aber sie weigerte sich, dem Mann am Fußende ihres Bettes Gelegenheit zu einem weiteren beleidigenden Kommentar zu geben.

Der Schatten eines Lächelns flog über Rey Tabarys Lippen, als er sie beobachtete. Sein Blick ruhte auf ihrem weichen, feuchten Haar, auf ihrer klaren Haut ohne einer Spur von Make-up. Trotzdem machte er es sich nicht bequem, setzte sich ihr gegenüber und lehnte seinen Rücken an den Pfosten hinter ihm.

Es war schwer für Julie, sich auf die Arbeit zu konzentrieren, bis sie anfing, die Fragen zu stellen, die sie schon länger quälten. Sobald sie sich wieder damit auseinandersetzte, sobald sie sich wieder auf ihre Geschichte konzentrierte, vergaß sie alles andere.

Rey war erstaunlich schnell, wenn es darum ging, die Gedanken hinter einer Szene zu begreifen und ihre Vision zu verstehen. Er äußerte seine Meinung klar und entschieden, und er lieferte Gründe und zitierte Fakten und Zahlen, um sie zu belegen. Dennoch hatte er nichts Dogmatisches an sich; er akzeptierte Abweichungen bis zu einem gewissen Grad, wenn sie ökonomische oder künstlerische Gründe hatten. Die Tatsache, daß er nicht die Geduld verlor, beeindruckte sogar Julie. Sie hatte die Erfahrung gemacht, daß es nur wenige Männer gab, die länger mit einer

Frau diskutieren konnten, ohne ihr Ego zu strapazieren, vor allem, wenn es um so nebulöse Dinge wie Sitten und Gebräuche ging.

Julie zog eine Kopie des Drehbuchs hervor und blätterte es durch, um ihm die Stellen zu zeigen, die er sich anschauen sollte. Sie zeigte ihm auch die Szene, an der sie arbeitete. Er gab ihr ein paar wichtige Hinweise, lieferte sie mit einer Sachlichkeit, als wären sie nichts.

»Sehen Sie sich die Szene an, in der sich Jean-Pierre durch den Sumpf an die von seiner Frau geheuerten Killer heranpirscht«, sagte er und deutete auf eine Szene im Drehbuch, die in etwa einer Woche verfilmt werden sollte. »Er soll sie zu Fuß verfolgen, sie dann im Dickicht umgehen und sie schließlich in die Irre führen. Das geht nicht.«

»Was soll das heißen, das geht nicht?«

Julie drückte sich vom Kopfbrett ab, rutschte über die Matratze, legte sich auf den Bauch und schaute sich die Zeilen an, auf die er deutete. Er beugte sich zu ihr herunter, um sie ihr zu zeigen, und rückte das gebundene Drehbuch zurecht, so daß sie beide darin lesen konnten.

»Der Sumpf ist voller Palmettos. Das sind die niedrigen Palmen, die Sie schon gesehen haben. Sie rascheln, wenn man zwischen ihnen hindurchgeht. Ihr Jean-Pierre wird krabbeln oder besser kriechen müssen. Wenn er aufrecht läuft, so wie es hier steht, dann klingt das, als würde eine Herde Elefanten lostrampeln. Das Geräusch hört man kilometerweit.«

Sie lächelte. »Vance wird es gar nicht gefallen, durch den Schlamm zu kriechen.«

»Es geht nicht anders. Und dann ist da noch diese Actionsszene, in der Jean-Pierre mit seinem Kahn den Kerl im Rennboot umkreist, um dann flußabwärts zu fahren und in einem Bayou zu verschwinden. Er kann nicht einfach so in einem Bayou verschwinden und hoffen, damit durchzukommen, es sei denn, er hat jede Menge Zeit. Der Fluß ist kein Highway. Der Schaum in seinem Kielwasser hinterläßt eine Spur, die vielleicht fünfzehn, zwanzig Minuten lang sichtbar bleibt. Statt dessen könnte er zum Schein in einen kleinen Nebenlauf einbiegen und seine Verfolger auf diese Weise irreführen. Er stellt den Motor ab und paddelt wieder hinaus auf den Fluß. Dann paddelt er bis zu dem Bayou, in das er tatsächlich einbiegen möchte, und fährt hinein. Nach hundert Metern könnte er seinen Schleppangelmotor einschalten – ich glaube, ich habe einen auf dem Kahn gesehen – und abhauen. Ohne Kielwasser, ohne Schaum, ganz still und heimlich.«

Er sprach über das Ende der Szene, die sie mit Paul gedreht hatten. »Ja, ich verstehe, was Sie meinen«, erklärte Julie steif, »aber wir haben noch Zeit, bis wir uns über diese Szene den Kopf zerbrechen müssen.«

»Warum? Irgendwann muß sie gedreht werden.«

»Ich möchte – einfach noch nicht darüber nachdenken.«

»Das löst das Problem nicht. Sie können sie genausogut einfach drehen, dann haben Sie das hinter sich.«

In seinen Worten schwang ein Unterton, der ihr aus Abenteuerfilmen bekannt vorkam: Immer den Stier bei den Hörnern packen. Ins kalte Wasser springen. Sich nach dem Sturz wieder aufs Pferd setzen. Ihr Vater Bull Bullard pflegte solche Sätze zu sagen.

Kühl antwortete sie: »Ich entscheide, wann sie gedreht wird.«

Er wandte den Kopf, um sie anzuschauen, und seine Züge verhärteten sich einen Augenblick lang. »In Ordnung – Boß.«

Er saß so nahe bei ihr auf der Matratze, daß seine Schulter ihre berührte. Sie roch das dezente Flair seines After-shaves, schaute in die dunkle, unergründliche Tiefe seiner Augen und auf die wirr wachsenden Wimpern, die einander überkreuzten und sich in weichem Bogen auf die von kleinen Fältchen durchzogene Haut unter seinen Augen legten. Sie spürte seine Kraft, war sich der mächtigen Schultern unter seinem T-Shirt und der muskulösen Schenkel unter den engen Jeans bewußt.

Draußen prasselte der Regen, schlug auf das Blechdach, fiel in silbernen Strähnen vor dem Fenster herab. Die Luft war schwer und feucht vom Atem des Regens, der durch die offene Tür hereindrang. Er schien sie einzuhüllen, sie in eine unerwünschte Vertraulichkeit zu ziehen. Tief in ihrem Inneren spürte Julie einen unwiderstehlichen, ziehenden Schmerz, der in ihr aufstieg und ihr fast den Atem nahm.

»Ich – ich wollte nicht diktatorisch sein«, sagte sie, und ihre Wimpern schirmten ihre Augen ab, während sie von ihm abrückte. »Aber es war ein langer Tag und – es ist mir unangenehm, über diese Szene zu sprechen. Können wir nicht Schluß machen und zu Bett gehen?«

Er betrachtete sie lange, bevor er sich unvermittelt aufrichtete und aufstand. Er hob das Drehbuch auf, rollte es in seiner Hand zusammen und ging zur Galerietür. »Doch, das können wir«, sagte er.

Sobald die Entfernung zwischen ihnen wuchs, ließ der Schmerz in Julie nach. Plötzlich fürchtete sie, daß sie zu grob gewesen war, sich von seiner Nähe allzu offensichtlich hatte aus der Fassung bringen lassen. Sie befeuchtete ihre Lippen. »Ich möchte Ihnen noch sagen, daß ich mich sehr über Ihre Entscheidung freue, bei *Im Reich der Sümpfe* mitzuarbeiten. Ich bin überzeugt, daß der Film dadurch besser wird, vor allem nach dem heutigen Abend.«

»Das wird sich zeigen«, antwortete er. »Aber Sie sollten die Tür hinter mir abschließen.«

Sie glitt vom Bett, machte aber keine Anstalten, auf ihn zuzugehen. »Das werde ich.«

Nachdenklich maß er sie mit Blicken ab. »Übrigens«, sagte er, »steht da draußen auf der Galerie ein Eimer. Er kommt von Tante Tine, für den Fall, daß das Dach zu lecken beginnt.«

»Das ist sehr fürsorglich von ihr.« Deshalb war er also gekommen. War er das wirklich? Sie konnte es unmöglich sagen.

»Ich könnte Ihnen zeigen, wo Sie ihn hinstellen müssen.«

Hastig sagte sie: »Es ist schon in Ordnung. Ich komme allein zurecht.«

Ein Mundwinkel zuckte zur Andeutung eines Lächelns hoch. »Das habe ich mir schon gedacht.« Er betrachtete sie noch ein paar Sekunden lang, trat dann auf die Galerie und zog die Tür hinter sich zu.

»Und Ihnen ebenfalls eine gute Nacht«, murmelte Julie vor sich hin, aber sie wartete, bis seine Schritte auf der Galerie verhallt waren, ehe sie sich von ihrem Fleck rührte.

5. Kapitel

Ein halbes Dutzend Doughnuts in der einen Hand, einen großen Becher Kaffee in der anderen, so kam Ofelia an Julies Tisch im Bootsclub geschlendert. Mit einer einzigen Handbewegung riß sie drei Päckchen mit Süßstoff auf und schüttete den Inhalt in ihren Kaffee. »Also, erzähl schon«, begann sie, »was mußtest du tun, um Alligator Tabary zu überreden?«

»Alligator wer?«

»Den Galahad der Sümpfe! Schon vergessen? Crocodile Dundee kann er nicht sein, denn hier gibt's keine Krokodile, aber wenn du mir erzählst, daß der gute Mann nicht mit Alligatoren kämpft, dann raubst du mir meine schönsten Mädchenträume.«

»Tut mir leid.«

»Ach verdammt, ich hab' dir doch gesagt, das sollst du nicht! Aber dann will ich alles andere wissen – und zwar mit *allen* saftigen Details.«

»Tut mir auch leid.«

»Spielverderberin.«

»Um die Wahrheit zu sagen, er hat sich ganz allein dazu entschlossen; ich hatte nichts damit zu tun.«

»Na klar, wenn du darauf bestehst. Jedenfalls hat er sich hier schon häuslich eingerichtet.«

Julie hatte bei Anbruch der Dämmerung Tante Tines Haus verlassen, um zum Drehgelände zu fahren. Sie war so leise wie möglich gegangen, um niemanden aufzuwecken. Es war ihr nicht in den Sinn gekommen, nachzusehen, ob Reys Cherokee noch da war. Sie schluckte den Bissen ihres Schinken-Ei-Toasts herunter und fragte: »Er ist schon da?«

»Schon seit Stunden, schaut sich alles an und stellt tausend Fragen. Gerade jetzt ist er in Madelyns Wohnmobil zu einem Gourmet-Kaffee und einem Omelett eingeladen, das sie mit ihren lilienbleichen Händchen zubereitet hat. Wird er die Einladung annehmen? Das erfahren Sie in unserer nächsten Sendung.«

»O Gott.«

»Genau. Aber glaub bloß nicht, daß Madelyn einfach aus Spaß zum Hausmütterchen mutiert ist. Sie bereitet schon das Ende ihrer illustren Karriere als Filmstar und den Beginn ihres Lebens als strahlende Gattin eines New Orleanser Aristokraten vor.«

»Und?«

»Und was?« fragte Ofelia, bevor sie mit zwei Bissen ein Doughnut verspeiste.

»Und was hat das mit Rey Tabary zu tun?«

Ofelia riß ihre Augen in gespielter Verblüffung auf. »Das weißt du nicht? Wie ist das möglich? Madelyns gut informierte Quellen haben ihr geflüstert, daß der Mann der begehrteste Playboy von N'awlins ist. Äußerst vornehm, altes Geld, Pickwick Club und Krewe of Comus, ein Apartment am River Place eins, Maserati und Privatflugzeug – das ganze Programm.«

»Es reicht«, erklärte Julie mit breitem Lächeln, während sie auf die Pointe von Ofelias Scherz wartete.

Die Frau ihr gegenüber spülte das nächste Doughnut mit einem Schwall Kaffee hinunter. »Ich würde mich nie lustig über dich machen. Madelyn schwört, daß das die Wahrheit ist. Und so wie sie sich benimmt, glaube ich ihr.«

»Das ist doch lächerlich«, widersprach Julie entschieden. »Der Mann hat für die DEA gearbeitet.«

»Er hat vor ein paar Jahren gekündigt, nachdem seine reiche kreolische Großmutter einen Herzinfarkt hatte und sich nicht mehr um die Familiengeschäfte kümmern konnte.«

Julie runzelte die Stirn. Das klang plausibel genug, um wahr zu sein, und unwahrscheinlich genug, um zu Reys abartigen Sinn für Humor zu passen. »Und warum kümmert er sich jetzt nicht um die Familiengeschäfte, statt im Sumpf rumzuwaten – oder hier auf dem Drehgelände?«

»Wer weiß.« Ofelia stopfte sich das letzte Doughnut in den Mund und leckte sich die Finger ab. »Ich schätze, das mußt du ihn selbst fragen.«

»Du fragst. Ich habe genug andere Sachen am Hals«, betonte Julie. »Solange er dafür sorgt, daß in diesem Film kein Unsinn über den Sumpf und die Cajun vorkommt, ist es mir egal, was er sonst tut.«

»Ah, klar, mir auch«, verkündete Ofelia mit possierlichem Sarkasmus und langte nach ihren Zigaretten und dem billigen Einwegfeuerzeug.

Julie ignorierte den Kommentar, schob ihren Stuhl zurück und spazierte davon, zurück zur Arbeit.

Julie meinte, was sie gesagt hatte. Sie hatte schon viel zu lange über Rey Tabary nachgedacht. Sie mußte sich auf ihre Arbeit konzentrieren, den Film wieder ins Rollen bringen. Spekulationen über Reys Leben würden ihr dabei nicht helfen.

Trotzdem gab es keinen Grund, eine Gelegenheit unnütz verstreichen zu lassen, bei der sie Ofelias Geschichte überprüfen konnte. Als sie an Madelyns Wohnmobil vorbeikam, stand die Schauspielerin lässig an den Rahmen gelehnt in der Tür. In ihrer Kleidung hätte sie direkt aus einem Salon der dreißiger Jahre entstammen können: Sie trug einen weißen, weitgeschnittenen Seidenpyjama, der ihre sinnlichen Kurven übergenau erkennen ließ, einen weißen Turban auf dem Kopf und hatte kräftig rotes Make-up aufgelegt. Mit deutlicher Mißbilligung beobachtete sie Rey unten am Fluß. Der neue Technische Direktor war auf dem Pier, wo er offensichtlich damit beschäftigt war, Vance und Summer die Feinheiten des Angelns beizubringen. Offenbar hatte er das Gourmet-Frühstück ausgeschlagen.

»Ofelia ist entweder sehr dumm oder eine Unruhestifterin«, urteilte Madelyn, als Julie wiederholte, was ihre Assistentin erzählt hatte. »Es gibt keinen Grund, weswegen sie meine

Erkenntnisse über unseren neuen Mann herumtratschen sollte, es sei denn, sie möchte dich blamieren. Das ist allerdings möglich. Die gute Ofelia war schon immer eifersüchtig auf dich.«

»Eifersüchtig? Ofelia?« Julie zog eine Braue hoch und lächelte kurz. »Das kann ich mir einfach nicht vorstellen.«

»Hör doch auf. Du hast alles, was sie gerne hätte: Grips, gutes Aussehen, eine schlanke Taille – und Allen nicht zu vergessen, der dich als Regisseurin unterstützt und mit dem du dich blendend amüsierst. Warum sollte sie nicht eifersüchtig sein?«

»Ihr Job und ihre Lebensweise gefallen ihr viel zu gut, als daß sie neidisch auf jemanden sein könnte.«

»Du kannst denken, was du willst, jedenfalls hat sie dir gleich von Rey erzählt, oder etwa nicht?«

Vieles von dem, was Madelyn über die meisten Leute, vor allem über Frauen, sagte, hatte einen bitteren Beigeschmack. Nachdem sie so lange Jahre um bessere Rollen, um ihren Rang als Spitzenschauspielerin gekämpft hatte, schien sie ihre Mitmenschen als naturgegebene Gegner zu sehen. Julie kannte sie zu gut, um ihre Worte für bare Münze zu nehmen.

Deshalb bohrte sie noch einmal nach. »Es stimmt also?«

Madelyn schob eine lose Strähne an ihrer Schläfe unter den Turban zurück. »Natürlich stimmt es, meine Liebe; ich irre mich nie, was Männer betrifft. Von dem Moment an, als ich ihn hier sah, wußte ich, wer er ist; vor Wochen hat man mich in New Orleans auf ihn hingewiesen. Damals eskortierte er seine Großmutter in ein exzellentes Restaurant namens Versailles.«

»Das hast du mir nie erzählt.«

»Woher sollte ich wissen, daß du dich dafür interessierst? Du hast doch Allen.«

Die Worte klangen suggestiv. Julie lächelte bloß. »Dieses Doppelleben kommt mir einfach merkwürdig vor.«

»Ach, so kann man das nicht nennen, finde ich. Er spricht einfach nicht gerne über sich. Kannst du dir so etwas vorstellen? Ich bewundere diese Haltung, nachdem ich jahrelang mit Schauspielern zusammen war, die glauben, daß sich jeder für die langweiligsten Details aus ihrem Leben interessiert. Du etwa nicht?«

»Ich weiß nicht«, sagte Julie. »Ich halte nicht viel von Geheimnissen.«

Madelyn öffnete den Mund, um ihr zu antworten, aber ihre Worte gingen in einem Schrei unter. Er kam von Summer unten am Fluß. Es war ein lauter, schriller Schrei, doch er klang eher nach fast hysterischer Wut als nach Schmerz. Julie drehte sich um und sah, wie das Mädchen seine Angel auf die Planken schleuderte und auf und ab zu springen begann, wobei es sich mit beiden Händen an den Haaren zerrte.

Vance trat mit einem Fluch und kopfschüttelnd zurück. Rey blieb wie erstarrt stehen und schaute auf Summer hinab. Als er sich nicht rührte, begann das Mädchen, noch lauter zu schreien, dann machte es einen schnellen Schritt vorwärts und stampfte mit beiden Füßen auf der Angelrute herum, die es auf den Boden geworfen hatte.

Blitzschnell fuhren Reys Arme vor. Er packte Summer an beiden Schultern und hielt sie fest, während er eindringlich auf sie einsprach. Was er sagte, war nicht zu verstehen, aber Summer hörte augenblicklich auf zu schreien.

Sie riß ihre Oberarme aus Reys Griff los. Dann wirbelte sie herum und rannte auf das Wohnmobil zu, das sie mit ihrer Mutter teilte.

Julie lief los, um das Mädchen abzufangen, und bekam es am Arm zu fassen, so daß Summer gezwungen war, anzuhalten. »Was ist?« fragte Julie betroffen. »Was ist denn passiert?«

Summer funkelte sie an. Ihr junges Gesicht war vor verletztem Stolz und Zorn verzerrt. »Er hat mich ein Kind genannt, ein verzogenes Gör. Ich bin kein Kind, und ich bin nicht verzogen, und ich werde es ihm noch zeigen. Ist mir doch egal, ob ich angeln lerne oder nicht. Ist mir doch egal, ob ich nie eine Angelszene drehen kann. Ich mach' das sowieso nicht! Niemals! So!«

Das Mädchen wand sich aus ihrem Griff und rannte mit

rudernden Armen und Beinen zu ihrem Wohnmobil, das hinter Madelyns stand. Sie schoß hinein und knallte die Tür zu. Julie schüttelte den Kopf und wartete ab, was als nächstes passieren würde. Sie brauchte nicht lange zu warten.

Annette Davett trat aus dem Wohnmobil. Ihr gebleichtes Haar stand über ihrem Kopf wie ein riesiger Wattebausch, und ihr Mund war eine feste Linie. Sie marschierte auf Julie zu und ereiferte sich: »Was hat dieser Mann mit meinem Kind gemacht? Wie kann er es wagen, sie anzufassen? Ich habe sie in ihrem ganzen Leben noch nicht so verängstigt gesehen. Ich verlange, daß er sich bei ihr entschuldigt, sonst zeige ich ihn bei der Polizei an!«

»Ich glaube nicht, daß das nötig ist«, antwortete Julie beschwichtigend. »Ich bin überzeugt, daß alles nur ein Mißverständnis ist.«

»Ein Mißverständnis! Das war Kindesmißhandlung und nichts anderes!«

»Das war es wohl kaum«, widersprach Julie fest.

»Das war es keineswegs«, verbesserte Rey, der jetzt hinter ihr stand. »Vor allem verglichen mit meinem ersten Impuls. Ihre Tochter, Mrs. Davett, ist destruktiv und eine Bedrohung. Sie hat eben eine Angelrute und Spule im Wert von mehreren hundert Dollar kaputtgemacht, nur weil sie sie beim ersten- oder zweitenmMal nicht richtig auswerfen konnte und weil ich sie darauf hingewiesen habe, daß sie die Rute falsch hält.«

»Mmeine Tochter ist eine hochsensible Künstlerin, und sie lebt von ihren Emotionen«, verkündete Annette. »Man kann sie nicht an anderen Kindern messen. Gleichgültig, was sie getan hat, Sie hatten kein Recht, sie anzufassen!«

»Sie anzufassen? Sie hatte Glück, daß ich ihr nicht den Hintern versohlt habe. Die Rute und die Spule, die sie ruiniert hat, gehörten mir.«

Annette Davetts Blick flackerte. »Oh. Man wird Sie natürlich entschädigen, aber das macht keinen Unterschied. Ich bestehe darauf, daß Sie sich bei Summer entschuldigen.«

»Ich entschuldige mich bei Summer, sobald sie sich bei mir entschuldigt hat, keine Sekunde eher. In der Zwischenzeit kann sie bei der Angelszene meinetwegen aussehen wie ein Trottel, wenn sie es nicht anders will. Ich habe keine Zeit, mich mit einem Kind abzugeben, das so ›hochsensibel‹ ist, daß es sich nicht einmal beherrschen kann.«

Annette lächelte ihn grimmig an. »Summer sagt, sie wird diese Szene nicht spielen.«

»Das ist mir egal.«

»Mir aber nicht«, mischte sich Julie mit fester Stimme ein. Nachdem sie die ganze Geschichte gehört hatte, war ihr jede Lust vergangen, Summer oder ihre Mutter irgendwie zu besänftigen. »Ich glaube, Annette, Sie sollten sich den Vertrag Ihrer Tochter noch einmal durchlesen, bevor Sie zitieren, was sie vielleicht nur in der Hitze des Gefechts gesagt hat. Die Angelszene wird auf jeden Fall gedreht. Und zwar heute.«

Summers Mutter blickte mit verkniffenem Mund von Julie zu Rey. »Das werden wir ja sehen«, setzte sie an.

»Warte. Warte, Mutter.«

Summer sagte das. Sie stand in der Tür des Wohnmobils. Annette Davett drehte sich, zornig und erstaunt zugleich, zu ihr um. Das Mädchen stieg widerstrebend die Stufen zum Wohnmobil herunter und kam dann auf die drei Erwachsenen zu. Sie blieb stehen und sah zu Rey auf. »Ich wußte nicht, daß die Rute und die Spule Ihnen gehören; ich dachte, es sind Requisiten«, erklärte sie. »Ich kaufe Ihnen neue.«

Reys Miene änderte sich kein bißchen. »Ich ziehe es vor, mir selbst welche zu kaufen.«

»Ich möchte das tun. Wirklich.« Das Mädchen atmete tief ein, und langsam stieg Farbe in ihr bleiches Gesicht. »Und – und ich möchte, daß Sie mir beibringen, wie man damit umgeht. So wie vorhin.«

»Warum sollte ich das wollen?« fragte Rey.

»Sehen Sie nicht, daß sie versucht, Sie um Verzeihung zu bitten?« Annette Davett rang die Hände, so sehr quälte sie das Mitleid mit ihrer Tochter.

»Tut sie das?« fragte Rey ruhig. »Das habe ich nicht gehört.«

Tausend Empfindungen spiegelten sich auf Summers Gesicht, von Trotz und Stolz bis zu Schuldgefühl und Verlegenheit. Schließlich räusperte sie sich und sagte: »Es tut mir leid. Wirklich.«

Ein erstaunlich warmes, aufmunterndes Lächeln erschien auf Reys Gesicht. »Und es tut mir leid, daß ich dir weh getan habe.«

»Das haben Sie nicht. Ich war bloß – sauer.«

»Es ist nicht verkehrt, manchmal sauer zu sein; es kommt darauf an, was man daraus macht.«

»Werden Sie mir beibringen, wie man angelt? Ich – ich glaube, die Angelszene wird sehr schön, und ich möchte nicht doof aussehen oder alles falsch machen.«

Rey nickte nachdenklich. Ernst erwiderte er den Blick des jungen Mädchens. »Die Spule kann ich reparieren, aber die Rute ist im Eimer. Wie fändest du es, wenn wir zu meiner Tante gehen und eine neue holen – eine billigere?«

»Jetzt?« fragte Summer, und ein Lächeln begann auf ihrem Gesicht zu leuchten. Sie packte seine Hand. »Gehen wir!«

Rey rührte sich nicht. »Ich glaube, du hast etwas vergessen.«

»Was denn?« Summers Lächeln verwandelte sich augenblicklich in ein Schmollen.

»Ich habe nicht gehört, daß du deine Mutter gefragt hättest, ob du mit einem Kindesmißhandler verschwinden darfst.«

Das Mädchen warf Annette einen Blick über die Schulter zu. »Wir sind gleich zurück, Mutter.«

Rey bewegte sich immer noch nicht und sagte auch nichts. Summer zerrte an ihm, und ihre Brauen senkten sich immer tiefer. »Ich hab' es ihr gesagt. Was wollen Sie denn noch?«

»Ihre Erlaubnis.«

Das Mädchen nahm seine Hand in ihre beiden. »Sie sind ein schrecklicher Mensch.«

»Tja.«

»Also gut! Mutter, darf ich gehen?«

Annette Davett schien der plötzliche Gehorsam ihrer Tochter eher zu ärgern als zu freuen. Schnippisch antwortete sie: »Aber bleibt nicht zu lange fort.«

Rey drehte sich zu Julie um. »Ich hätte Sie fragen sollen, ob wir damit Ihren Drehplan durcheinanderbringen.«

»Wir drehen zuerst die anderen Einstellungen, wenn es nicht allzu lange dauert, bis sie bereit ist.«

Er nickte und ging mit dem Mädchen fort. Annette Davett machte kehrt und stakste steif zu ihrem Wohnmobil zurück. Die Tür schlug hinter ihr ins Schloß.

»Oh, oh«, kommentierte Madelyn und schlenderte die Stufen vor ihrem Wohnmobil herab, um sich neben Julie zu stellen.

»Ganz genau«, stimmte ihr Julie trocken zu.

»Was ist deiner Meinung nach in Summer gefahren?«

»Die Pubertät, glaube ich.«

»Armes kleines Ding. Anscheinend hat sie sich in unseren Technischen Direktor verschaut. Vom ersten wahren Mann, der ihren Weg kreuzt, hinweggefegt. Wie traurig.«

Julie konnte ihr nicht zustimmen, aber sie sah dem Paar mit gerunzelter Stirn hinterher. »In einem hat Annette recht: Summer ist hochsensibel. Es ist nicht gut für sie, sich so eng an jemanden zu binden, der nächste Woche vielleicht schon wieder verschwunden ist; egal, ob sie einen Vater braucht oder nicht.«

»Ach, ich bezweifle, daß sie Schaden nehmen wird. Außerdem ist es egal, warum sie kooperiert, solange sie es tut.« Als Julie nichts darauf sagte, fuhr sie fort: »Der Cajun ist wirklich allerhand. Man kann verstehen, daß Summer ihm erliegt.«

»Also wirklich, Madelyn«, protestierte Julie.

»Ach, komm schon. Erklär mir bloß nicht, dich würde diese herrische Art nicht beeindrucken.«

»Ich bin keine zwölf Jahre mehr«, sagte Julie. »Ich mag es lieber subtiler.«

»Auch da wird Tabary bestimmt deinen Anforderungen gerecht.«

»Mag sein. Aber, wie du vorhin richtig bemerktest, ich habe ja Allen.«

»Subtiler kann ein Mann wirklich nicht sein.« Madelyns Lächeln wirkte fast ein bißchen herablassend.

»Ganz genau«, antwortete Julie gleichmütig. Sie drehte sich um und ging.

Julie war nicht allzu überrascht, als Allen später am Morgen anrief. Erstens hatte er ein ausgezeichnetes Gespür dafür, wann sie an ihn dachte, und zweitens hatte sie seit Paul Lislets Tod darauf gewartet, daß er sich mit ihr in Verbindung setzte. Sie hatte mit seiner Sekretärin gesprochen und eine Reihe von dringenden Nachrichten hinterlassen. Die Sekretärin hatte sich bemüht, aber ihr auch nur erklären können, daß Allen auf Geschäftsreise in Europa sei. Seine Route hatte vor dem Abflug noch nicht festgestanden, deshalb war unklar, wann er zurückkommen würde.

Vielleicht hätte sich Julie darüber geärgert, aber ihr wurde plötzlich klar, daß sie so mit *Im Reich der Sümpfe* beschäftigt gewesen war, daß sie gar nicht gefragt hatte, was Allen in den letzten Wochen der Dreharbeiten vorhatte. Sie hatte angenommen, daß er in L. A. bleiben und die Nachproduktion arrangieren würde.

Statt dessen war er in Paris und der Schweiz gewesen, so schien es, und erst am Vorabend zurückgekehrt. Sinn dieser Reise war es gewesen, in einer Reihe sensibler Verhandlungen ein Budget für einen 50-Millionen-Dollar-Film zusammenzustellen, das von einer Gruppe zumeist arabischer und südamerikanischer Geschäftsleute getragen wurde. Obwohl Allen zu diplomatisch war, um ihr das am Telefon zu erklären, wußte Julie, daß sie bei diesem Film nicht Regie führen würde. Ihr mißfiel allerdings, daß er das Thema ihr gegenüber nicht ansprach, und zeigte ihre Verstimmung, indem sie seine Erklärung überging und auf ihre Probleme zu sprechen kam.

»Mein armer Liebling«, sagte Allen. Seine Stimme klang ruhig und fürsorglich aus dem Hörer. »Dir ist ja wirklich das Dach auf den Kopf gefallen, wie? Ich fliege sofort ›runter‹.«

Julie konnte Allen fast vor sich sehen, zurückgezogen in seinem Büro und in seinem schwarzen Ledersessel lagernd, die Top-Siders auf der Schreibtischplatte und ein Tablett mit Earl-Grey-Tee, Brioches und Obst neben seinem Ellenbogen. Entspannt, elegant, schlank, mit dünnem braunem Haar, Augen von der Farbe des Winterhimmels und einem winzigen Rest von Ostküsten-Nobelschulen-Slang in der Stimme, war er die perfekte Verschmelzung von Kalifornien und Massachusetts.

Sie lächelte. »Du brauchst nicht extra zu kommen, vor allem, wenn du gerade so tief in deinem neuen Projekt steckst. Ich glaube, alles ist wieder unter Kontrolle. Nur dieser Versicherungsrepräsentant geht mir auf die Nerven. Ich könnte auf seine Schikanen verzichten.«

»Die Versicherungsgesellschaft hat ein legitimes Interesse daran.«

»Das weiß ich«, antwortete Julie und ließ ihre Stimme ruhig und vernünftig klingen. »Aber deswegen braucht dieser Kerl doch nicht so aufdringlich zu sein.«

»Ich werde mit ihm reden. Wie findest du das?«

»Danke.«

»Wie geht es dir ansonsten?« fuhr er mit etwas tieferer Stimme fort. »Vermißt du mich?«

»Natürlich, jedesmal, wenn ich Zeit habe, an dich zu denken. Ich sitze hier in der tiefsten Provinz, weißt du?«

»Das habe ich schon gehört, wie auch von deinem neuen Technischen Direktor. Erzähle mir von ihm.«

»Du hast das gehört? Von wem?«

»Ich weiß nicht genau. Ich glaube, es stand auf einem der tausend Notizzettel auf meinem Schreibtisch, als ich zurückkam. Wie macht sich der Junge?«

Julie erzählte ihm ausführlich von Rey, ohne allerdings Madelyns letzte Enthüllungen zu erwähnen. Sie waren für den Film ohne Belang und würden Allen deshalb nicht interessieren.

»Klingt, als wäre Tabary sein Geld wert – vor allem, nachdem er auch die Stunts macht.«

»Daran habe ich noch gar nicht gedacht, aber du hast wohl recht.«

»Ja, nun, du mußt wirklich auf solche Dinge achten. Der Versicherungsmensch hat recht, was das Budget betrifft; wir müssen den Gürtel ganz schön eng schnallen. Weißt du was? In ein paar Tagen habe ich dieses Geschäft abgeschlossen. Dann komme ich zu dir und sehe mir die Sache einmal an. Vielleicht können wir ja die eine oder andere Stunde gemeinsam verbringen; es scheint eine Ewigkeit vergangen zu sein, seit wir uns das letztemal richtig unterhalten haben.«

»Ich freue mich darauf«, sagte Julie.

Sie unterhielten sich noch ein paar Minuten, bevor sie auflegten. Lange blieb Julie danach sitzen. Es wäre schön, Allen wiederzusehen, ihn bei den Dreharbeiten dabeizuhaben, seine Unterstützung und sein Interesse an ihrer Arbeit zu spüren. Zugleich wurde sie das vage Gefühl nicht los, daß er kam, um sie zu überwachen. Er hatte ihr immer Talent bescheinigt und behauptet, daß sie es von Bull geerbt habe, einem Regisseur, den er über alles verehrte. Bei keinem ihrer unter seiner Schirmherrschaft gedrehten Filme hatte er sich in ihre Arbeit eingemischt, höchstens hie und da einen ästhetischen Vorschlag eingebracht und das Werk bei der Schlußbearbeitung einer gründlichen Kritik unterzogen. Doch diesmal war es anders. Das Budget für *Im Reich der Sümpfe* betrug keine fünfzig Millionen, aber trotzdem war es, am Durchschnitt gemessen, großzügig. Mit so viel Geld änderte sich alles. So viel Geld machte die Menschen nervös, selbst Allen.

Außerdem war da noch Allens neues Projekt zu bedenken. Wenn er dabei war, ein Geschäft in dieser Größenordnung einzufädeln, dann würde er keinesfalls wollen, daß Gerüchte über

Geldprobleme bei seiner augenblicklichen Produktion die Runde machten. Allein die Möglichkeit konnte für ihn Grund genug sein, sich ihre Arbeit einmal aus der Nähe anzusehen.

Julie gefielen diese Gedanken nicht. Sie und Allen waren nun schon seit fast sieben Jahren zusammen. Sie genossen ihre Gemeinschaft und lebten voller Zuneigung und problemlos zusammen, wenn es ihnen ihre Jobs erlaubten. Er war ihr Mentor, ihr Vertrauter, der Mann, der sie gelehrt hatte, Zutrauen zu sich und ihrem Talent zu haben. Er hatte nie versucht, sie von irgend etwas abzuhalten. Wenn sie sich auch nach ihren Trennungen ohne große Leidenschaft wiederbegegneten, so machten sie sich doch auch darüber keine Vorwürfe, wie sie die Zeit allein verbracht hatten. Er hatte ihren Sinn für Kunst und Musik, Essen und Wein weitergebildet, ohne ihr seinen eigenen aufzwingen zu wollen. Er hatte ihr Sicherheit, wohlwollende Anerkennung und eine Familie gegeben. Sie war seine Protegée und sein Stolz.

Aber Allen hatte sich verändert, seit sie diesen Film drehte. Julie wußte nicht genau, warum, ob es mit dem auf dem Spiel stehenden Geld zusammenhing oder vielleicht eine Folge ihres gewachsenen Ehrgeizes war. Er wirkte distanzierter, ängstlicher und nahm weniger Anteil an ihrer Arbeit. Er hatte sie während der Dreharbeiten in New Orleans zweimal besucht, war aber schon nach ein, zwei Tagen wieder nach L. A. zurückgeflogen. Er hatte sich ihre Ideen angehört und ihr auch halbherzig Mut zugesprochen, aber nur wenig Fragen gestellt. Sie hatte sich überlegt, daß sein mangelndes Interesse an einer Diskussion vielleicht darauf zurückzuführen war, daß sie einen Punkt erreicht hatte, an dem sie keine Hilfe mehr brauchte. Jetzt war sie da nicht so sicher.

Die Dreharbeiten verliefen an diesem Tag ohne Zwischenfälle und mit nur wenigen Fehlern. Die Angelszene, eine verzwickte, liebevolle Episode zwischen Jean-Pierre und seiner Tochter, bei der sie einander kennenlernen und Alicia die Freiheiten des Sumpfes zu schätzen lernt, entpuppte sich als eine der besten im ganzen Film. Rey trug mit seinen Erklärungen zur Angeltechnik und ein paar interessanten Auskünften über den Sumpf, die in den Dialog eingebaut wurden, viel dazu bei. Julie beobachtete Vance, als die Kamera lief, und fand, daß der Schauspieler kaum merkbar Reys Akzent und Bewegungen kopierte, ja, sogar sein festes, aber doch liebevolles Verhalten Summer gegenüber. Julie war zufrieden, sogar mehr als zufrieden.

Die Szene für die nächste Aufnahme sah eine lange Verfolgungsjagd zu Fuß durch den Sumpf vor, bei der Jean-Pierre und die beiden von seiner Frau angeheuerten Männer immer wieder die Rollen von Jäger und Gejagtem tauschten. Julie hatte zwei Tage dafür angesetzt. Danach würden sie die Szene proben, in der Jean-Pierres Frau Dorothea, gespielt von Madelyn, ihren Mann aufspürt und ihn mit einer Waffe bedroht, um dann auf eine lange Wanderung durch den Sumpf gelockt zu werden, an deren Ende sie, schmutzig und erschöpft, sehr viel nachdenklicher geworden ist. Julie schwebten auch noch ein paar Szenen mit Summer und Jean-Pierre im Sumpf vor, bei denen die beiden ihre Beziehung vertiefen und das Mädchen die Welt ihres Vaters zu lieben beginnen lernt. Damit wären sie bis zum kommenden Wochenende beschäftigt.

Ab Montag würden sie mit einer Reihe von Szenen in der – von Ofelia bereits ausgekundschafteten – Angelhütte beginnen. In einer davon würde Madelyn als Dorothea versuchen, Jean-Pierre zurück nach New Orleans zu locken und statt dessen selbst beinahe den Verlockungen der alten Liebe und des mondbeschienenen Sumpfes erliegen. In dieser letzten Schlüsselszene sollten beide Charaktere begreifen, welche Begierde sie zueinander geführt hatte, aber auch, daß unüberwindliche Differenzen zwischen ihnen stehen. Insgesamt, dachte Julie, mußte sie für all diese Szenen zwei Wochen einplanen. Dann wären nur noch die Actionszenen übrig, in denen Rey an Pauls Stelle als Stuntman auftreten sollte. Eine Explosionsszene, in der auch Summer auftreten würde, war besonders wichtig. Sie bildete die Klimax des ganzen Filmes. Dafür würden zwei, vielleicht drei Tage ausreichen, dann würde Julie ihre Kameras und die Crew aus dem Sumpf abziehen und in die kleine Stadt verfrachten, die Ofelia für die Straßen- und Innenszenen ausgewählt hatte. Die wären ziemlich schnell im Kasten, es sei denn, Julie fiel noch etwas anderes ein. Irgendwie würde sie gerne etwas mehr vom Leben der Cajun zeigen.

Es war schon spät, und sie konzentrierte sich gerade auf den Drehplan, als jemand an die Tür zu ihrem Büro klopfte. Rey streckte seinen Kopf herein.

»Fertig?« fragte er. »Tante Tine hat bestimmt schon Essen gemacht.«

»Gleich. Fahren Sie ruhig vor.« Sie schaute nur einen winzigen Augenblick auf, bevor sie sich stirnrunzelnd wieder dem Drehplan widmete.

»Gibt's ein Problem?«

»Kein besonderes.«

»Ein technisches?«

»Eigentlich nicht«, antwortete sie. Doch dann wurde ihr klar, daß er ihr seine Hilfe anbot. »Na ja, vielleicht doch.«

Er kam herein und ließ sich auf einer Ecke ihres Schreibtischs nieder. »Ja?«

»Wir hatten eigentlich noch eine Badeszene im Mondschein am Fluß geplant, eine Art Traumsequenz mit Jean-Pierre und Dorothea – Vance und Madelyn. Sie sollte die Kraft ihrer vergangenen Anziehungskraft und die unterschwellige sexuelle Spannung verdeutlichen, die ihrer Fehde über ihre Tochter immer noch Nahrung gibt. Im weiteren Verlauf der Szene bricht diese Anziehungskraft zusammen, es gibt offensichtlich keine Hoffnung mehr, daß sie wieder zusammenfinden können. Ich hatte mir eine Szene voll erdverbundener Romantik vorgestellt, mystisch und zugleich sexy. Aber das war vor meinem eigenen Mitternachtsbad. Jetzt suche ich nach einem Ersatz, der das gleiche Gefühl transportiert.«

Er zog eine Braue hoch. »Was gefällt Ihnen nicht an der ursprünglichen Idee?«

»Hören Sie schon auf«, sagte sie lachend. »Das Wasser ist kalt, und was ist mit den Blutegeln?«

»Es ist nicht so kalt, wenn man schwimmt. Und Blutegel habe ich schließlich keine gefunden, oder?«

»Nein, aber Sie hätten welche finden können.« Ein Verdacht keimte plötzlich in ihr auf, und sie setzte düster hinzu: »Oder?«

»Es bestand eine kleine Möglichkeit«, erklärte er ihr mit reuelosem Grinsen.

Sie legte das Gesicht in die hohlen Handflächen. »Ich fasse es nicht. Schon wieder reingelegt.«

»Nicht wirklich«, sagte er nachdenklich und fügte schnell hinzu, als sie wieder aufschaute: »Im Sommer, wenn das Wasser wärmer ist, gibt es bloß mehr Egel.«

»Davon bin ich überzeugt«, kommentierte Julie säuerlich und entspannte sich wieder. »Trotzdem ist es zu dunkel im Wasser, und überall hat es Stämme und Zypressenknies und Treibgut, von den Schlangen und Alligatoren ganz zu schweigen. Vergessen Sie's. Ich muß mir was anderes ausdenken.«

»Ich dachte, das ist Aufgabe der Drehbuchautoren.«

»In diesem Fall bin ich die Autorin. Und bis jetzt habe ich nichts Passendes gefunden.«

Rey stand auf und beugte sich über sie. »Es nutzt nichts, sich jetzt den Kopf zu zerbrechen. Kommen Sie essen. Wer weiß, vielleicht kommt Ihnen ja beim Jambalaya ein Geistesblitz.«

Es kam keiner, aber sie hatte auch keinen erwartet. Reys Ankunft hatte ihrer Konzentration den Todesstoß versetzt. Sie versuchte, ihn sich in der Stadt vorzustellen, wo er seine aristokratische Großmutter herumführte. Es ging nicht. Der Versuch scheiterte nicht an seinen Manieren oder seiner lässigen Kleidung, eher an der Unverkrampftheit, mit der er sich im Sumpf bewegte, an seinem Geländewagen, der einfachen Umgebung, dem leicht heruntergekommenen Zustand des Hauses, das seiner

Tante gehörte. Hier war er zu Hause. Er spielte es nicht, er war es. Wie war es also möglich, daß er auch woandershin gehörte, in den Pickwick Club und an den River Place eins zum Beispiel?

Sie mahnte sich, daß das keinen Unterschied machte, und es machte im Grunde auch keinen. Trotzdem konnte sie nicht aufhören, in ihrem Kopf Vergleiche anzustellen und sich zu wundern.

Tante Tine hatte einen Topfvoll Suppe mit viel Fleisch und gartenfrischem Gemüse gekocht. Sie selbst war allerdings nicht da, sondern hatte eine Nachricht hinterlassen, sie sei bei einem Bingospiel in LaPlace. Julie und Rey aßen und räumten gemeinsam ab, wobei sie die ganze Zeit über die Badeszene stritten.

Schließlich sagte Rey: »Also gut, ziehen Sie Ihr Badezeug an, und kommen Sie mit.«

»Sie wollen – nein danke! Ich hatte bereits das Vergnügen, im Blind River herumpaddeln zu dürfen, und das eine Mal reicht mir vollkommen.«

»Das ist etwas anderes. Außerdem, ich dachte, Sie würden alles für Ihre Arbeit tun? Was ist aus Ihrem Anspruch auf Authentizität geworden? Was ist aus Ihrem Bedürfnis geworden, Ihren Film auf seinen Wahrheitsgehalt zu überprüfen?«

»Das habe ich aufgegeben«, erklärte sie fest. »Meiner geistigen wie körperlichen Gesundheit zuliebe.«

»Feigling. Na gut, dann gehen Sie eben nicht schwimmen. Wenigstens können Sie mit mir fahren, damit ich Ihnen eine Stelle zeige, die sich ganz ausgezeichnet für diese Szene eignen würde.«

Sie würde es bereuen; daran zweifelte sie keinen Augenblick. Trotzdem kam sie mit. Wenn er so beharrlich war, mußte es ein ganz besonderer Fleck sein. Außerdem hatte er sich bisher als so gewinnbringend erwiesen, daß sie fürchtete, sich etwas Einzigartiges für ihren Film entgehen zu lassen, wenn sie ablehnte.

Es war etwas Einzigartiges. Die Stelle lag abseits des Flusses und am Ende eines Bayous, das kaum breit genug schien für Reys zu diesem Zweck gestartetem Luftkissenboot. Der schmale Wasserlauf schlängelte sich scheinbar meilenlang, weitete sich langsam und endete in einer *cul-de-sac*, einer kreisrunden Sackgasse. Der abgeschiedene Teich war von schwarzen, turmhohen Zypressen umringt und seine Ufer von Reisquecken und Wasserlilieninseln mit geisterhaft weißen Blüten gefiedert. Er dampfte im Mondlicht, und sanfter Nebel schwebte auf seiner stillen, dunklen Oberfläche. Ein Garten Eden im Wasser, so geheimnisvoll und unwirklich, daß es nicht verwunderlich gewesen wäre, wenn er mit der Morgendämmerung verschwände.

Rey stellte den Motor ab, und sie trieben mit dem restlichen Schwung ins Zentrum des Teiches. Julie schaute sich um und schwieg. Sie roch den süßen, betörenden Duft der Wasserlilien mit seinem leichten Moschusaroma. Die Nachtinsekten sangen ihre leise Hintergrundmelodie. Die Moosbärte an den Bäumen tanzten wie zu unhörbarer Musik, und ihr Mantel aus Tau glänzte silbern, wenn das bleiche Mondlicht darauf fiel.

Sie hörte nicht, wie Rey von Bord ging. In einem Augenblick war er noch da, im nächsten war er über die Reling geglitten, hatte seine Kleider in einem Haufen auf dem Führersitz zurückgelassen. Er tauchte viele Meter vor ihr wieder auf, durchbrach fast lautlos mit dem Kopf die Wasseroberfläche, das Mondlicht verfing sich in seinem Haar und glitzerte mit überirdisch blauem Schein in dem Sprühregen, den er von sich schleuderte. Mit kraftvollen Armbewegungen pflügte er durchs Wasser, so daß seine nassen Schultern die Oberfläche teilten und Schaumblasen wie von Champagner in seinem Kielwasser trieben.

Er war ein Wesen der Nacht und des Sumpfes, prächtig anzusehen, ungezähmt und ganz in seinem Element. Der Nebel türmte sich um ihn herum zu Wolken auf. Der Schein des heller werdenden Mondes lag auf seinem Kopf, dann auf einem Arm, einem geschwungenen Schenkel, bemalte alles mit Silber. Das Licht schraffierte die Stelle, an der er untertauchte, und zeichnete dann irisierende Kreise auf das Wasser.

Er war verschwunden. Julie drehte sich auf ihrem Sitz hierhin und dahin, wartete darauf, daß er wieder auftauchte. Alligatoren fielen ihr ein, die sich in ihrer Beute festbissen und sie unter Wasser zogen, bis sie ertrank. Sie vermutete, daß er ihr einen Streich spielen und sie ins Wasser stoßen wollte, und suchte die Wasseroberfläche rund um das Boot ab. Nichts zu sehen.

Sie rief ihn, erhielt aber keine Antwort. Gefangen zwischen Angst und Zorn, Wut und einer leisen Panik, fiel ihr nur eines ein. Sie schlüpfte aus dem Rock und dem Hemd, die sie während der Arbeit getragen hatte, kickte ihre Espandrilles beiseite und tauchte ins Wasser.

Sie tauchte in Reys Armen auf. Wütend wirbelte sie herum und blickte ihn zornig an.

»Frieren Sie?« fragte er ruhig, versöhnlich.

»Kein bißchen«, fauchte sie.

»Sind Sie einem Alligator oder einer Schlange begegnet?«

»Nur einer menschlichen.«

»Also dann«, schloß er, löste sich von ihr und glitt in unmißverständlicher Aufforderung davon.

Was hatte sie schon zu verlieren. Sie schwamm Rey nach, glitt Zug um Zug neben ihm her, tauchte, spielte, tanzte mit ihm im Mondlicht. Sie paßten ausgezeichnet zusammen, denn beide waren gute Schwimmer und beide erfahrene Spieler. Ein Band knüpfte sich zwischen ihnen, so begannen sie, kraftvolle, elegante Figuren zu bilden, wie auf Kommando zu rollen, zu wenden und sich zu drehen. Und beide tauchten im gleichen Moment neben dem Luftkissenboot wieder auf und faßten danach, klammerten sich fest, während ihre Körper langsam aufeinander zutrieben, sich verflochten und ihr nach der Anstrengung schnell und schwer gehender Atem noch tiefer wurde.

Julie bemerkte seinen dunklen Blick und erwiderte ihn, sie konnte nicht anders, obwohl sie wußte, daß das Wahnsinn war. Ihre Haut fühlte sich heiß an – aber die Hitze kam nicht nur von der Anstrengung, sondern auch aus ihrem Inneren. Ihr Herz schlug dumpf in ihrer Brust. Unerträgliche Enge schnürte ihre Kehle zu, und ihre Arme und Beine fühlten sich schwer und bleiern an. Er hielt sie, und seine Berührung war warm und ohne jeden Zwang. Seine Miene wirkte unentschlossen, fast schmerzlich. Er blickte hinab auf ihre offenen Lippen und neigte dann langsam den Kopf, um ihren Mund mit seinem zu berühren.

Sie hätte ihn mit einem Wort, einer Geste, einer einzigen Bewegung aufhalten können. Sie tat es nicht. Sein Kuß schien unvermeidlich, zwingend. Sie wollte ihn, hätte es in diesem Augenblick nicht ertragen, wenn er ihr verweigert worden wäre.

Es war die Nacht, das Wasser, die Stille und das primitive, natürliche Band des Mondes. Es war Neugier und Chemie und der Bodensatz von Angst und Zorn. Es war eine neu entdeckte, körperliche und geistige Verbundenheit. Es war reine, schmerzhafte Begierde.

Sein Mund schmeckte warm und süß, verschmolz mit ihrem in einer Zartheit, die ihre sensiblen Lippen prickeln ließ. Seine Zunge löschte das Kribbeln, entfachte es von neuem, tastete sich in die feuchten Winkel vor und drang dann sanft weiter vor. Sie begegnete ihm mit ihrer Zunge, probierte die körnige Samtigkeit, nahm ihn auf, lud ihn ein. Sie kamen einander näher, erforschten sich gegenseitig vorsichtig, während sich in Julie Staunen und ein erster, leiser Anflug von Angst breitmachte.

Sie lösten sich so langsam voneinander, wie sie zusammengekommen waren, und genauso vorsichtig. Die Arme miteinander verwoben, die Beine im gleichen Rhythmus aneinander vorbeistreichend, so schauten sie sich an. Und warteten darauf, wer sich als erster bewegen würde.

6. Kapitel

»Bin ich in dein Territorium eingedrungen?« fragte Rey leise. Sein Atem strich über ihre Wange.

»Ja.« Sie antwortete genauso leise und senkte den Blick. Sein Schlüsselbein und die Mulde unter seinem Hals waren von dunklem, lockigem Haar überschattet. »War das Absicht?«

»Das könnte man sagen. Was wirst du dagegen unternehmen?«

»Ich tue so als ob.«

»Du tust als ob?«

»Als ob du mich wärmen würdest.«

Er neigte den Kopf im Mondschein. »Die Idee gefällt mir. Wir könnten ja auch so tun, als ob es keinen Allen gäbe.«

»Es gibt aber einen«, sagte sie. Sie erwiderte seinen Blick. Ihrer war verwirrt, bedauernd sogar, obwohl sie das nicht merkte.

»Und nun?«

Ihre Brust hob und senkte sich in einem Seufzer, der die Spitzen ihres winzigen BHs unter Wasser schimmern ließ. »Planen wir eine Badeszene?«

Er schwieg lange, bevor er antwortete: »Gibst du zu, daß ich recht hatte?«

»Deine Argumente sind – sehr überzeugend.«

»Aber noch nicht überzeugend genug.« Er lächelte trocken. Der Druck seiner Hand an ihrer Taille verstärkte sich zu einer letzten Liebkosung, dann löste er sich langsam und vorsichtig von ihr. Er reckte sich außen am Rahmen des Luftkissenbootes hoch, zog sich hinauf und rollte über die Seite. Dann beugte er sich herab, um Julie an Bord zu ziehen. Er reichte ihr ein Handtuch, das hinter den Sitzen lag, und schlüpfte in seine Kleider, während sie sich abtrocknete. Zusätzlich zauberte er ein großes, rot-blau kariertes Badetuch hervor, das er über ihren Schoß breitete. Sie reagierte mit einem ironischen Blick auf seine so offensichtlich getroffenen Vorbereitungen. Er erwiderte ihren Blick mit einem breiten Grinsen, bevor er das Luftkissenboot anließ und sie den Weg zurückflogen, den sie gekommen waren.

Ehe Julies Haar trocken war, hatten sie das Haus erreicht. Keiner von beiden hatte während der schnellen Fahrt gesprochen, und sie schwiegen auch, als sie das Haus betraten. Rey hielt ihr die Tür zum Hintereingang auf und folgte ihr, als sie nach rechts in die Küche ging. Julie füllte Tante Tines Kupferkessel mit Wasser, während Rey den Kaffee herausholte und ihn in den Filter löffelte. Erst als Julie die Tassen herausholte und sah, wie Rey Zucker und Sahne auf den Tisch stellte, fiel ihr ihre merkwürdig harmonische Kooperation auf, die Selbstverständlichkeit, mit der sie beide das gleiche wollten.

Es war nur eine Kleinigkeit, aber angesichts der Ereignisse heute abend irritierte es sie.

Der Kaffeeduft hing ebenso schwer im Raum wie die Stille. Das leise Zischen des Gasherds unter dem Wasserkessel wirkte grell. Als sich die Stimme meldete, unterbrochen von statischem Knistern, zuckte Julie zusammen und drehte sich zu dem Radio um, das auf dem Kühlschrank stand.

»Tante Tines kleines Laster«, erklärte Rey. »Sie hört den Polizeifunk ab. Ab und zu wechseln sie die Frequenz, um die Gauner und die alten, sensationslüsternen Damen auszutricksen, aber ihr Cousin dritten Grades hält sie auf dem laufenden.«

»Der Sheriff.«

»Du hast es erfaßt.«

»Ich bin schockiert«, sagte Julie. »Nicht nur, daß sie Bingo spielt, sie legt sich auch noch mit der Polizei an.«

»Tante Tine sagt, auf diese Weise ist sie wenigstens von der Straße weg. Ich habe mich nie getraut zu fragen, wie sie das meint.«

»Das würde ich an deiner Stelle auch nicht.« Das kurze Geplänkel hatte die Spannung zwischen ihnen gelockert. Julie fragte sich, ob das beabsichtigt gewesen war. Sie sagte: »Wenn wir wirklich an der Badeszene arbeiten wollen, dann brauchen wir etwas zu schreiben. Ich hole Block und Stift.«

»Hier ist alles, was wir brauchen.« Rey zog eine Schublade auf und holte Schreibzeug heraus. Er legte es auf dem Küchentisch aus, einem einfachen Arbeitstisch, auf dem eine abgearbeitete Wachstuschdecke lag und an dessen beiden Enden einfache Holzstühle standen.

Julie nahm die Tassen, die sie aus dem Schrank geholt hatte, und stellte sie ebenfalls auf den Tisch. Bemüht, die Konversation am Laufen zu halten, sagte sie: »Wenigstens brauche ich Madelyn jetzt nicht klarzumachen, daß ihre Lieblingsszene gestrichen wurde. Sie hätte mir die Hölle heiß gemacht, wenn sie keine Nacktszene bekommen hätte.«

»Ich habe es im Drehbuch gelesen«, bestätigte Rey, während er den Kaffee aufgoß und dann die Filterkanne auf den Tisch stellte. »Wird sie sich wirklich ausziehen?«

»Sie kann es kaum erwarten. Das macht man heute so. Du giltst nichts als Schauspielerin, wenn du deine Brüste nicht vorführst, und nichts als Schauspieler, wenn dein Hintern nicht über die Leinwand geblitzt ist. Lediglich Vance gefällt der Gedanke nicht. Er will seinen nicht herzeigen. Um ehrlich zu sein, ich sehe den Sinn selbst nicht ganz ein – ich finde, ein Hintern sieht aus wie der andere, oder etwa nicht? Aber in einer Badeszene wirkt es wenigstens nicht aufgesetzt. Von vorne werden die Schauspieler nur bis zur Taille gefilmt. Da ist bei mir die Grenze.«

»Warum?« fragte er und zog ihr einen Stuhl heran.

Sie schaute ihn an, bevor sie sich setzte. Er meinte das nicht ironisch. Er versuchte auch nicht, wie so viele Männer, sie zu verunsichern, indem er sexuelle Anspielungen machte oder betont lange auf einem zweideutigen Thema beharrte. Anscheinend interessierte er sich wirklich für ihre Motive als Regisseurin.

»Zum ersten, weil der Film dann nur für Erwachsene freigegeben wird und weil die großen Kinos solche Filme nicht zeigen. Und außerdem, weil es von der Geschichte und der Stimmung in dieser Szene ablenkt und nichts zu dem Charakter hinzufügt, den der Schauspieler oder die Schauspielerin verkörpert.«

Er lehnte sich in seinem Stuhl ihr gegenüber zurück und stützte ein Handgelenk auf die Tischkante. »Und was ist mit der sogenannten erotischen Ausstrahlungskraft?«

»Das bedeutet im Grunde doch bloß, daß der Anblick nackter Körper auf der Leinwand in den Zuschauern den Wunsch auslöst, sich mit dem Schauspieler oder der Schauspielerin – oder ihren verfügbaren Partnern – zu vergnügen, statt auf den Film zu achten. Ich finde, das lenkt nur unnötig von der Geschichte ab.«

Er lachte leise, voller Humor und mit leichter Bewunderung, dann schüttelte er den Kopf.

»Was ist denn?« Sie schaute ihn unter ihren Wimpern hervor an, während sie die Kaffeekanne hob, um nachzuschauen, ob der Kaffee schon durchgelaufen war. Er lief noch. Sie setzte die Kanne wieder ab.

»Ich verstehe nicht, warum dein Produzentenfreund dich nie geheiratet hat. Er muß blind und taub und obendrein ein Riesenidiot sein.«

Sie tauchte die Spitze ihres Zeigefingers in den feuchten Ring, den die Kanne auf das Wachstuch gezeichnet hatte, und rührte nachdenklich darin herum. »Oh, darüber haben wir schon oft genug gesprochen. Aber irgendwie finden wir einfach nicht den richtigen Zeitpunkt. Als ich heiraten wollte, fand er, ich sei noch zu jung dafür und wüßte noch nicht, was ich wollte, oder ich sollte noch warten, bis ich mir eine Karriere aufgebaut hätte. Wenn er bereit war, packte ich meistens gerade meine Sachen, weil ich irgendwo einen Film drehte.«

»Klingt nach einem lauwarmen Arrangement.«

Sie runzelte die Stirn. »Allen ist fast vierzehn Jahre älter als ich. Er überstürzt nichts, und er versucht auch nicht, mich zu drängen. Er hat mir sehr viel über die finanzielle Seite des Filmgeschäfts beigebracht; das Kreative habe ich bei meinem Vater gelernt. Er hat mich wichtigen Leuten vorgestellt, mir Sicherheit gegeben und mich gelehrt, ich selbst und nicht nur Bull Bullards Tochter zu sein.«

»Lauwarm.«

»Vielleicht sieht das für einen Außenstehenden so aus, aber Allen war für mich immer mehr als das Abziehbild einer Vaterfigur, wenn du darauf hinauswillst. Er versteht mich, und er erlaubt mir, mich selbst zu verwirklichen.«

»Er dringt nicht in dein Territorium ein«, kommentierte Rey, den Blick fest auf ihr Gesicht gerichtet.

»Nur wenn ich ihn einlade«, parierte sie knapp und ging dann zum Gegenangriff über: »Aber was ist mit dir? Warum bist du nicht verheiratet?«

»Das war ich. Sie starb, zusammen mit unserem Kind. Im siebten Monat setzten eines Nachts plötzlich die Wehen ein. Ich hätte da sein müssen, aber ich war nicht da.«

Sie spürte, daß ein Wort des Mitgefühls angebracht war, aber seine verschlossene Miene entmutigte sie. Sie hob die Kanne hoch, deren Kaffee endlich durchgelaufen war. Während sie die schwarze Brühe ausschenkte, fragte sie: »Wo warst du?«

»Ich arbeitete seit ein paar Jahren für die DEA; ich war ein Fanatiker. Ich wollte die Welt retten. Ich übernahm Aufträge, die ich nicht hätte ausführen sollen. Später konnte ich so viele übernehmen, wie ich wollte, aber sie erschienen mir nicht mehr so wichtig.«

Er verstummte plötzlich, als hätte er mehr gesagt als beabsichtigt.

»Früher machte mir das Filmedrehen mehr Spaß«, meinte Julie, teils, weil sie die Stille überbrücken wollte. »Ich hatte das Gefühl, Traumwelten zu erschaffen, Phantasien zu drehen, die den Menschen das Alltagsleben erleichtern und die ihnen zugleich etwas über sich selbst zeigen sollten. So arrogant bin ich nicht mehr. Jetzt versuche ich einfach, Geschichten zu erzählen, und hoffe, daß sie irgendeinen Wert haben.«

Die schroffe Falte zwischen seinen Augen verschwand, während er ihr zuhörte. Jetzt fragte er: »Möchtest du was anderes machen?«

»Ich glaube nicht, meistens wenigstens. An manchen Tagen kommt es mir schon in den Sinn, wenn die Schauspieler eher damit beschäftigt sind, sich gegenseitig zu ärgern, als zu verstehen, was ich ihnen erklären möchte, an Tagen, an denen einfach alles schiefgeht. Aber es gibt auch Tage, an denen eine Szene, die ich nur im Kopf habe, schöner und richtiger auf die Leinwand kommt, als ich mir je hätte träumen lassen. Dann kann ich mir gar nicht vorstellen, etwas anderes zu tun.«

»Was sagt dein Dad dazu, daß du in seine Fußstapfen trittst?«

»Ich denke, er ist stolz auf mich und zugleich ein bißchen überrascht. Er erzählt allen seinen Bekannten von meinen Filmen und prügelt sie quasi rein. Aber er wollte nicht, daß ich diesen Film drehe. Er fürchtet, ich hätte mich übernommen.«

»Hast du?« Seine Stimme klang ruhig, aber ebenso herausfordernd wie neugierig.

Sie machte eine knappe, offene Geste. »Wer weiß? Ich muß es einfach versuchen. Wobei mir übrigens einfällt, da wäre noch eine Badeszene...«

Der Kaffeepegel in der Kanne sank kontinuierlich, während sie über die Szene sprachen, neue Ideen produzierten, Bilder und Kamerawinkel skizzierten, Motivationen und Verhaltensweisen in Frage stellten. Julie schrieb jede ihrer Ideen nieder, auch wenn sie die Hälfte davon als übertrieben oder nicht zu verwirklichen wieder ausstrich.

»So wie ich es im Drehbuch lese«, sagte Rey irgendwann, »kann Jean-Pierre anfangs gar nicht glauben, daß er in Gefahr ist. Für ihn ist diese Jagd durch den Sumpf und über die Wasserstraßen fast ein Räuber-und-Gendarm-Spiel. Er will diese Knülche aus der Stadt an der Nase herumführen, die ohne die leiseste

Ahnung, was sie dort erwartet, in seine Welt eingedrungen sind. Mir kommt es vor, als würde sich die Badeszene in dieses Bild einfügen. Sie zeigt die Nähe, die zärtliche sexuelle Anziehungskraft, die anfangs zwischen ihm und seiner Frau geherrscht hat. Auch deswegen fällt es ihm so schwer zu glauben, daß sie tatsächlich versuchen könnte, ihn umzubringen.«

»Das klingt überzeugend. Ich hatte die Szene ursprünglich als Metapher für die schmerzvolle Einsicht gedacht, daß die Liebe zwischen ihnen endgültig erkaltet ist. Diese Aussage kann sie immer noch transportieren, aber das, was du sagst, fügt eine weitere Dimension hinzu. Für meine Zwecke hätte es genügt, ein paar Küsse, ein bißchen Stöhnen und ein, zwei ausgezogene Kleidungsstücke zu zeigen und dann abzublenden. Aber vielleicht müssen wir doch weiter gehen.«

»Ich dachte, du wolltest eine ganze Liebesszene zeigen, mit allen zugehörigen Positionen und Strapazen.«

Sie zuckte mit den Achseln. »Eine Liebesszene kann alles bedeuten – ein einziger Blick, untermalt von Geigenmusik, oder ein paar Körper, die sich unter der Decke ineinander verheddern, bis schließlich Ozeanbrecher und wiegende Palmen eingeblendet werden.«

»Ich finde, du solltest dich für die verhedderten Körper entscheiden«, sagte er mit Lachen in der Stimme, »obwohl es nicht leicht ist, sich unter Wasser zu lieben.«

»Nein?« fragte sie mit hochgezogener Braue. Sie ignorierte die unter ihrer Haut aufsteigende Hitze.

»Nein. Du mußt verdammt schnell überblenden.«

Sie kniff die Augen zusammen und stemmte ihr Kinn in ihre Handfläche. »Mir gehen die Wasserlilien auf dem Teich da draußen nicht aus dem Kopf. Sind das nicht auch Fruchtbarkeitssymbole?«

»Vielleicht denkst du da an Lotosblüten. Buddha wurde in einer geboren oder so ähnlich.«

»Trotzdem wäre es wunderschön, wenn sie sich im Mondschein wiegen, auf und nieder wippen, vor und zurück schaukeln.«

»Eine Inspiration!« rief er aus, und seine Stimme klang eigenartig kehlig.

Sie erwiderte seinen Blick und entdeckte die Heiterkeit tief in seinen dunklen Augen. »Ich meine es ernst!« protestierte sie.

»Ich weiß«, sagte er, stand auf und begann, das Geschirr einzusammeln. »Ich wünschte, mir wäre das eingefallen.«

»Tja, also. Da wir gerade von schönen, ernsten Szenen sprechen – mir sind die Sonnenuntergänge über dem Fluß aufgefallen. Sie sind lebhaft, so farbig.«

»Das direkte Ergebnis der Luftverschmutzung, die die Chemiefabriken am Fluß ausblasen«, bestätigte er.

»Mag sein, aber ich hätte sie trotzdem gerne im Film. Vielleicht könnte man den alten Joseph zeigen, der während des Abspanns auf seiner Piragua in den Sonnenuntergang stakt. Die Stimmung ist friedlich, fast nostalgisch, dann schießt Jean-Pierre in seinem Kahn mit halsbrecherischer Geschwindigkeit an Joseph vorbei, weil er seine Tochter nach New Orleans zurückbringt. Glaubst du, der alte Joseph würde mitmachen?«

»Warum nicht«, antwortete Rey über die Schulter hinweg, während er die Kaffeetassen unter dem laufenden Wasser abspülte. »Wahrscheinlich findet er bei dem Gedanken, Schauspieler zu werden, wochenlang nicht auf den Boden zurück. Obwohl ich nicht weiß, was er dir berechnet, wenn er herauskriegt, wieviel dir die Szene bedeutet.«

»Ich werde daran denken, wenn ich mit ihm spreche«, kommentierte sie trocken.

Julie riß die Seiten aus dem Notizblock, die sie vollgeschrieben hatte, und stopfte sie in ihre Rocktasche. Dann stand sie auf, um Rey dabei zu helfen, das benutzte Geschirr wegzuräumen. Als alles aufgeräumt war, wünschte sie ihm gute Nacht und ging auf ihr Zimmer.

Sie war nicht müde; sie war gewöhnt, jeden Tag unzählige

Tassen Kaffee zu trinken, aber nicht so spät und nicht so starken wie Reys. Sie saß über den Notizen zu der Badeszene und arbeitete sie noch etwas genauer aus. Zufrieden, daß nichts mehr hinzuzufügen war, legte sie sie schließlich beiseite. Sie spielte mit dem Gedanken, noch etwas zu lesen, aber zuallererst und am dringendsten wollte sie unter die Dusche. Sie hatte vollkommen vergessen, wie sie mit ihrem am Kopf getrockneten, wirren Haar aussehen mußte. Sie weigerte sich, einen Blick in den Spiegel zu werfen, während sie ihr Hemd, ihren Rock und ihre Unterwäsche auszog und ins Badezimmer tappte, um das Wasser aufzudrehen.

Die klauenfüßige Badewanne war mit einem Duschkopf und einer Stange ausgestattet, an der der leichte Nylonvorhang hing. Es war ein bißchen, wie in einem Zelt zu duschen. Tante Tines Seife roch nach englischem Lavendel und produzierte dicken, sahnigen, wohlriechenden Schaum. Es gab ein exzellentes Shampoo ab, das sich Julie mit Genuß und Wohlbehagen ins Haar massierte, dann spülte sie ihn mit dem festen Wasserstrahl über ihrem Kopf wieder aus und schickte die Schauminseln auf ihre Reise über die Wölbungen und Vertiefungen ihres Körpers, Flußwasser und Erinnerungen mit sich tragend.

Es dauerte einen Augenblick, ehe sie das Klopfen hörte, und dann war sie nicht sicher, ob sie es sich nicht nur eingebildet hatte. Sie drehte das Wasser ab. Sich die Augen reibend, langte sie durch den Vorhang nach einem Handtuch und rief: »Wer ist da?«

»Der Blutegel-Inspektor«, kam die Antwort durch die Badezimmertür.

Rey. In seiner Stimme schwang Humor – und etwas anderes, das ihr Schauer über den Rücken jagte. Sie packte das Handtuch, trocknete sich das Gesicht ab und hielt es vor sich hin. Dann schlang sie es um ihren Leib und stieg aus der Wanne. »Wie bist du in mein Zimmer gekommen? Ich weiß genau, daß ich diesmal die Tür abgesperrt habe!«

»Es hat auch seine Vorteile, im selben Haus zu wohnen, vor allem, wenn es ein altes Haus ist. Alle Schlösser gehen mit dem gleichen Schlüssel auf.«

»Zauberhaft.« Es gelang ihr nur mit Mühe, ihre Stimme nicht allzu atemlos klingen zu lassen. »Vielen Dank, aber ich habe keine Blutegel.«

Die Badezimmertür schwang langsam und quietschend auf. Rey stand vor ihr, den Unterarm gegen den Türrahmen gelehnt. Er drückte sich ab und sagte: »Bist du ganz sicher? Manchmal muß man ziemlich genau suchen.«

Er trug lediglich ein Paar Jeans, und seine Haare waren lackschwarz vom Duschen und ringelten sich in feuchten Locken über seiner Stirn. Er wirkte groß und breit in dem kleinen Raum, aber seine Bewegungen waren locker und geschmeidig. Kein Versuch, sie in die Enge zu treiben, keine Bedrohung ging von ihm aus. Sein dunkler, vielversprechender und doch zweifelnder Blick suchte ihren.

Er streckte seine Hand aus und legte sie auf ihre, die das Handtuch vor ihrer Brust hielt, verschränkte seine Finger über ihren und rieb mit dem Daumen über ihren Handrücken. Der nachtfrische Geruch, der von ihm ausging, männlich, sauber und kraftvoll, schlich sich in ihre Sinne. Sie fühlte ein erstes, süßes, betäubendes Kribbeln der Leidenschaft in ihren Adern und zunehmende Neugier. Als sie sich dessen gewahr wurde, errötete sie leicht.

Sie wollte ihn und hielt es für unter ihrer Würde, das zu verleugnen. Sie wollte seine Stärke, seinen Humor, seine Zärtlichkeit kennenlernen und das, was fremd und anders an ihm war. Sie wollte gehalten, geliebt werden und sich von der Flut seiner Leidenschaft überschwemmen lassen. Sie wollte vergessen, sich forttragen lassen; sie wollte empfinden, bis sie die Empfindungen nicht mehr ertrug und sie sich in ihrem eigenem Genuß verlieren konnte. Sie wollte ihn.

Sie löste ihre Hand vom Handtuch und ließ es fallen. Sie

berührte seine Brust, breitete ihre Finger aus, fuhr mit den Fingerspitzen durch die weichen Haare, die darauf wuchsen, preßte ihre Handflächen gegen die heiße Haut und das dumpfe Pochen seines Herzens. Dann hob sie ihren Mund.

»Ist das eine Einladung?« flüsterte er, und sein Atem strich warm und süß über ihre Lippen.

»Ja«, flüsterte sie zurück, und ihre Wimpern senkten sich, schlossen das grelle Licht aus, nahmen es mit nach innen.

Er beugte sich herab, legte einen Arm hinter ihr Knie und den anderen über ihren Rücken, dann hob er sie hoch. Er trug sie ins Schlafzimmer und legte sie auf der Matratze des Himmelbettes ab. Nachdem er seine Jeans ausgezogen hatte, legte er sich zu ihr. Sie zog ihn an sich, drückte sich gegen seinen Leib, genoß die Spannkraft seines Körpers an ihrer weichen Haut.

Seine Lippen waren fest und das Innere seines Mundes wie warme Seide. Seine Liebkosungen waren sicher und wohl plaziert. Er suchte die warmen Tiefen ihres Entzückens und gestattete ihr, ihn zu erforschen. Gegenseitig nährten sie die Flammen ihrer Begierde, bewahrten den Zauber, bis sie es keine Sekunde länger ertrugen und erlagen ihm am Ende, als der Augenblick gekommen war, mit einem halblauten Seufzen.

Die Leidenschaft ihrer Vereinigung war keine Überraschung, eher ein betäubender Glücksmoment. Sie hielt sie in der Ekstase vollkommener Hingabe gefangen, ließ sie immer tiefer dringen, ihre Empfindungen ausloten und ihre Seelen durchforsten. Es war eine Offenbarung ohne Ende, ohne Umkehr. Und als alles vorüber war, lagen sie wie benommen nebeneinander und lauschten dem Herzschlag des anderen.

Rey rührte sich, strich Julies Haar aus ihrem Gesicht, langte hinunter und zog die Decke hoch. Auf einen Ellbogen gestützt, flüsterte er in ihr Ohr: »Warum, glaubst du, denke ich immerzu an Wasserlilien?«

»Wer weiß?« antwortete sie mit geschlossenen Augen. Lächelnd schlief sie in seinen Armen ein.

Er war fort, als sie aufwachte. Sein Pflichtbewußtsein war wirklich mehr als ausgeprägt, dachte sie, während sie die Arme über den Kopf streckte, sich vom Kopfbrett abdrückte und voller Wohlbehagen ihre Muskeln dehnte.

Sie rollte sich auf die Seite und strich mit der Hand über das andere Kissen, auf dem noch die Vertiefung zu sehen war, wo sein Kopf gelegen hatte. Langsam erstarb ihr Lächeln. Warum war er so früh aufgestanden, hatte er sich ohne ein Wort davongeschlichen wie nach einem One-Night-Stand?

Sie hatte Allen betrogen. Sie war ohne Gewissensbisse und ohne einen Gedanken an die Konsequenzen mit einem anderen Mann ins Bett gegangen. Das hatte sie noch nie getan. Wie hatte das geschehen können? Wie hatte sie das Allen antun können? Sie wunderte sich über sich selbst. Sie war mit einem Mann aus den Sümpfen ins Bett gegangen, einem Mann, der ein vollkommen anderes Image hatte, wenn er sich in New Orleans aufhielt. Wer war er, was war er? Die Antwort war ihr bis zu diesem Augenblick unwesentlich erschienen. Jetzt mußte sie sie erfahren.

Sie drehte sich um und starrte die Decke, die Wände, die Fenster an, als böten sie Aufschluß.

Einen Augenblick später waren ihre Gedanken und Befürchtungen wie weggeblasen. Es war nicht nur hell draußen. Die Sonne strahlte am Himmel.

Sie sprang aus dem Bett, kramte in Windeseile Unterwäsche heraus, schnappte sich ihre Jeans und ein Baumwollhemd aus dem Schrank und rannte ins Badezimmer. Heute wollten sie die Szene drehen, in der Vances Cajun-Charakter Jean-Pierre zu Fuß im Sumpf Verstecken mit den von seiner Frau angeheuerten Killern spielte. Alle würden untätig herumstehen, für ein Heidengeld Däumchen drehen und sich fragen, wo sie bloß steckte und wann sie anfangen würden.

Die Dreharbeiten waren bereits im Gange, als Julie eintraf, auch wenn die Kameras noch nicht eingeschaltet waren. Ofelia und Stan hatten anhand des ausgefeilten Drehplans, den Julie am Tag zuvor vorbereitet hatte, alles Nötige organisiert. Sie drehten im Sumpf direkt hinter dem Bootsclub. Auf diese Weise gab es keine Probleme mit dem Transport der Ausrüstung und den Unterbringungsmöglichkeiten. Die kleinen Sprengladungen, die elektronisch an die MPs der geheuerten Killer gekoppelt waren, hatte man bereits am Tag zuvor ausgelegt; jetzt wurden sie scharfgemacht. Rey hatte die Szene bereits mit Vance geprobt, ihm Tips gegeben, wie er es vermied, vom Schneidegras zerschnitten zu werden, wie er sich möglichst leise bewegte, vor allem zwischen den Palmettos, wie er Sumpfklapperschlangen entdecken und sogar riechen konnte und einiges mehr. Zudem hatte er die Schauspieler, die die Killer spielten, angewiesen, genau das Gegenteil von dem zu tun, was er Vance geraten hatte, damit Vances Jean-Pierre im Gegensatz zu ihnen um so heimischer im Sumpf wirkte.

Die Alligatoren trafen zugleich mit Julie ein. Alt und riesig, träge wegen der morgendlichen Kälte und weil sie in der vergangenen Nacht jeweils ein paar Pfund rohes Hühnerfleisch vertilgt hatten, lagen sie in ihren Käfigen und beobachteten alles und jeden aus ihren geschlitzten Augen. Sie sollten Farbe in den Film bringen und als von Jean-Pierre ausgelegte Falle den Killern schließlich den Weg abschneiden.

Stan kümmerte sich um sie und zeigte dem Wärter, wo sie plaziert werden sollten. »Ketten Sie sie gut an«, rief er dem schlurfenden, bärtigen Alligator-Pfleger und seinen beiden schwarzen Helfern nach. »Wir wollen nicht, daß sie uns im Bild herumkrabbeln und den Film versauen.«

»Die Viecher laufen nirgendwohin«, erwiderte der Pfleger über seine Schulter hinweg. »Die würden nich' ma' laufen, wenn Sie sie mit 'nem Stock prügeln würden!«

Die Kameras waren in Position, und die eigentlichen Dreharbeiten begannen. Die erste Einstellung mußte mehrmals gedreht werden, weil Vance dazu neigte, dem Schlick, der sich nach dem letzten Regen gebildet hatte, auszuweichen. Wenn er durchs Unterholz rannte, hob er das Kinn und drehte den Kopf nach hinten, um sich nicht zu verletzen, statt ihn zu senken, als wollte er auf seine Füße und seine Spuren blicken. Schließlich hatte er jedoch den Bogen raus, und die Dreharbeiten verliefen zügiger. Vance und die Killer rannten ein paarmal vor abgeschalteten Kameras durch die abgesteckte Szene, dann wurde die Einstellung mit im Sumpf donnernden Explosionen in nur einer Klappe abgedreht.

Sie machten Mittagspause. Danach drehten sie, um Vance eine Atempause zu verschaffen, mit den beiden Killern weiter, die Jean-Pierre schließlich verlieren und immer ängstlicher im Sumpf herumirrend sich gegenseitig Vorwürfe machen sollten.

»Gut, alles zurücktreten!« rief Stan. »Was machen die Alligatoren? Gut. Vergeßt nicht, wir können das nur einmal drehen, also gebt euch Mühe. Okay, los geht's.«

Den Schauspielern, die die Killer spielten, wurde neues Make-up mit Kratzern und Striemen aufgetragen, dann gingen sie zum Requisiteur, um sich ihre AK-47-Maschinenpistolen abzuholen. Sie mußten einen Augenblick warten, bis die Platzpatronen entladen und neue Munition aus der Schachtel herausgeschüttelt und geladen war. Die beiden Männer nahmen ihre Waffen zaghaft entgegen und gingen dann auf ihre Positionen.

»Einen Moment!« sagte Rey, eilte ihnen nach und baute sich vor ihnen auf, die Hände in die Hüften gestemmt. »Warten Sie einen Augenblick.«

Julie, die sich mit Andy Russel, dem rothaarigen Ersten Kameramann, beriet, drehte sich beim Klang von Reys Stimme um. Sie hatte ihn den ganzen Tag über wahrgenommen, war sich seiner Anwesenheit bewußt gewesen, wenn er im Hintergrund wirkte, seiner humorvollen oder sarkastischen Kommentare, mit denen er auf Probleme hinwies und Lösungen anbot. Hin und wieder hatten sie sich angelächelt. Sie wollte mit ihm Mittag essen, aber ein unerwartetes Problem war aufgetaucht, und sie hatte an ihrem Schreibtisch Mittag gemacht, den Telefonhörer fest ans Ohr geklemmt, statt sich zu den anderen im Bootsclub zu gesellen.

Sie hatte Rey im selben Augenblick erreicht wie Stan, der eilig herangehumpelt kam. Der Stunt-Koordinator sprach als erster. »Haben Sie ein Problem, Tabary?«

»Das kann man sagen. Ihr Requisiteur hat die Waffen mit scharfer Munition geladen.«

»Stimmt.«

»Es sind zu viele Menschen hier, um mit Maschinenpistolen rumzuballern, ganz abgesehen von dem Highway, der hier vorbeiführt. Was soll das?«

»Das soll«, antwortete Stan mit zentnerschwerem Sarkasmus, »ein paar Alligatoren umbringen. Es wird nur kurz und auf den Boden geschossen. Es besteht überhaupt keine Gefahr. Und wenn es Ihnen nichts ausmacht, würden wir jetzt gerne weitermachen.«

Rey rührte sich nicht. Mit grimmiger Miene sagte er: »Es macht mir etwas aus.«

»Was, zum Teufel, reden Sie da?«

»Moment, Stan«, mischte sich Julie ein und plazierte ihre Hand auf den Arm des Stunt-Koordinators. »Hör ihn erst einmal an.«

»Sie wollen zwei Tiere töten, und das nur für ein paar Meter Film«, sagte Rey. »Nur um sie in Technicolor bluten zu lassen, damit sich die Zuschauer ordentlich gruseln können.«

»Es sind Alligatoren, um Himmels willen!« brüllte Stan. »Das ist keine gefährdete Tierart, schon lange nicht mehr! Sie werden ständig gejagt und erschossen.«

»Nicht ständig; es gibt eine Jagdsaison, und manche halten sich sogar daran. Aber die Leute, die diese Tiere in dieser Gegend jagen, machen keine Fotos von den Kadavern.«

Julie sah die Adern in Stans Hals pulsieren, sah seine Lippen vor Zorn beben. Sie war sich auch der Stille bewußt, in der die

Crew die Auseinandersetzung verfolgte. Das Schweigen des Sumpfes lag über ihnen, durchbrochen allein vom Sirren eines Moskitos oder dem leisen Flüstern einer Brise, die durch die Palmettopalmen strich.

Bevor sich der alte Mann eine Antwort zurechtlegen konnte, sagte sie: »Die Killer sollen die Alligatoren erschießen, um die Angst der Männer aus der Stadt zu verdeutlichen, die mitten im Sumpf stecken und Jean-Pierre ausgeliefert sind. Sie schießen auf alles, was sich bewegt, da sie ihr eigentliches Ziel nicht treffen können.«

Reys Blick war hart, als er sich Julie zuwandte. »Eine ausgezeichnete Motivation, aber warum können sie nicht mit Platzpatronen schießen und sich die Schuhe mit künstlichem Blut bespritzen lassen, statt lebendige Alligatoren zu opfern?«

»Es ist doch nicht wichtig...«, begann sie.

»Es ist wichtig. Alligatoren lieben die Sonne, den Regen, das Mondlicht. Sie bellen vor Freude, wenn sie sich paaren, und singen für ihre Jungen. Sie hängen genauso am Leben wie wir.«

Ofelias Stimme tönte irgendwo hinter den Kameras hervor. »Hab' ich's nicht gesagt? Alligator Tabary.«

»Scheiße«, kommentierte Stan. »Los, Julie, drehen wir.«

Julie rührte sich nicht und wandte den Blick nicht von Reys sonnenbraunem Antlitz und seinen kaffeebraunen, tiefen Augen. Schließlich bestimmte sie über ihre Schulter hinweg: »Die Waffen werden entladen.«

»Julie...«, begann Stan.

Sie drehte sich zum Stunt-Koordinator um. »Du hast meine Entscheidung gehört. Laß es möglichst echt aussehen; du weißt, daß du das kannst. Du kannst alle möglichen Effekte einsetzen, um die Botschaft rüberzubringen, aber die Alligatoren bekommen keinen Kratzer ab.«

Die Lippen des älteren Mannes wurden schmal, aber er nickte langsam. »Du bist der Boß.«

»Danke, Stan.« Sie berührte noch einmal seinen Arm und

drehte sich dann zur Crew um. Laut rief sie: »In Ordnung, eine halbe Stunde Pause, dann drehen wir weiter.«

Aber damit war die Angelegenheit nicht ausgestanden.

Stan befand sich hinter Julie, als sie im abendlichen Dämmerlicht den Drehort verließen. Als er ihr mit einer Hand winkte, wartete sie, bis er sie hinkend eingeholt hatte. Ein paar Meter gingen sie schweigend hintereinanderher, bahnten sich ihren Weg über den Trampelpfad, der durch das ständige Kommen und Gehen während des Tages entstanden war, duckten sich unter Palmettowedeln und stiegen über verrottete, von Flechten und kleinen Farnen bewachsene Baumstämme. Stimmen wehten von den vor ihnen gehenden Crewmitgliedern zu ihnen herüber, und sie hörten die restlichen Nachzügler hinter sich. Julie fragte sich, wo Rey abgeblieben war. Vor mindestens einer Stunde hatte sie ihn zum letztenmal gesehen; er mußte heimgegangen sein, bevor die letzte Szene im Kasten war.

Im Augenblick hatten Stan und sie den Pfad für sich alleine, abgesehen von einem blauen Kranich, der seinen Posten auf einem kleinen Fleck Sumpfland abseits des Weges bezogen hatte, und einem Eichhörnchen, das vor ihnen den Weg kreuzte, dann einen Baum hochkletterte und sich flach auf einen Ast preßte, um sich zu verstecken. Stan schaute dem Eichhörnchen ein paar Sekunden lang nach, dann blickte er nach vorne und nach hinten, bevor er Julie wieder ansah.

»Na gut«, sagte er. »Was geht zwischen dir und Tabary vor?«

»Seit wann interessierst du dich für mein Liebesleben?« fragte Julie mit gewollter Fröhlichkeit.

»Dein Liebesleben interessiert mich kein bißchen«, antwortete er. »Mich interessiert, was aus dem Film wird. Für mich sieht es so aus, als würde dir die Sache langsam entgleiten, als würdest du alles Tabary überlassen.«

»Das ist nicht wahr, und das weißt du auch.« Julie pflückte einen Ast Wachsmyrrhe im Vorübergehen und zerrieb die Blätter, so daß der würzige, aromatische Duft um sie herum aufstieg.

»Nein? Du nimmst jeden seiner Ratschläge an, als wäre es eine Offenbarung. Du machst einen zweifachen Salto rückwärts, nur damit alles so ist, wie er es für richtig hält. Du unterstützt ihn jedesmal, wenn es darum geht, wie etwas gedreht werden soll.«

»Er hatte recht, was die Alligatoren betraf.« Julie mußte sich anstrengen, ihr Temperament zu zügeln. »Ein Wunder, daß uns der Tierschutzverein heute nicht überwacht hat.«

»Ach was! Bei einem Pferd oder einem Hund vielleicht.«

»Man kann nie wissen, und solche Publicity können wir wirklich nicht brauchen.«

Das faltige Gesicht des Stunt-Koordinators verhärtete sich. »Du hättest dich nicht so auf Tabarys Seite stellen sollen. Das war nicht recht. Eine Filmcrew ist wie eine Familie. Und man stellt sich nicht gegen seine Familie bloß wegen irgendeines Bauerntrampels, selbst wenn zwischen euch irgendwas ist.«

Julie brach den Wachsmyrrhenast in winzige Stückchen und ließ sie im Laufen vor ihre Schuhe fallen. Es gefiel ihr nicht, daß man ihnen die Vertrautheit zwischen ihr und Rey so deutlich anmerkte. Natürlich kannte Stan sie besonders gut, aber wenn es ihm aufgefallen war, dann würde es nicht lange dauern, bis es auch andere merkten. Und es war etwas Wahres an dem, was er sonst noch gesagt hatte. Die Menschen, die zusammen am Drehort arbeiteten, entwickelten tatsächlich eine ganz bestimmte Art von Zusammengehörigkeitsgefühl. Es beruhte auf den gemeinsamen Anstrengungen, den gemeinsam durchgestandenen Schwierigkeiten und einer beinahe ständigen Kommunikation im Film-Jargon, die für Außenstehende keinen Sinn ergab. Sie hatte es verletzt, indem sie öffentlich für Rey Partei ergriffen hatte. Die Tatsache, daß Stan die Auseinandersetzung erzwungen hatte, machte keinen Unterschied. Sie hätte sich mit beiden Männern zurückziehen sollen, um die Angelegenheit vertraulich zu diskutieren und auf diese Weise zu einer Entscheidung zu kommen, der man den Anschein einer Übereinkunft hätte geben können.

»Vielleicht hast du recht«, erklärte sie unvermittelt. »Aber du solltest nicht vergessen, daß ich Rey Tabary aus einem bestimmten Grund angeheuert habe. Wenn wir uns nicht an das halten, was er sagt, dann ist das rausgeschmissenes Geld.«

»Soweit es mich betrifft, ist das Geld auf jeden Fall rausgeschmissen. Ich glaube nicht, daß es ein großer Verlust wäre, wenn wir uns von ihm trennen würden.«

Julie warf Stan einen zornigen Blick zu. »Rey ist ein Kenner des Sumpfes. Er weiß, was richtig ist und was funktionieren kann. Wir nicht«, fügte sie spitz hinzu. »Keiner von uns.«

»Wir könnten es uns zusammenreimen. Ich hätte Vance zeigen können, wie man durchs Gebüsch läuft, wenn Tabary nicht schon da gewesen wäre. Komm schon, Julie. Du weißt, daß du die Kosten senken mußt, also schmeiß Tabary raus – es sei denn, du willst ihn aus einem anderen Grund hierbehalten.«

»Was ist mit dir, Stan?« fragte sie, und der Ärger über seine Anspielungen ließ ihre Stimme hart klingen. »Was genau hast du gegen Rey?«

Der Stuntman blickte auf die Wohnwagen und Wohnmobile, die man jetzt zwischen den Bäumen sehen konnte. »Er ist zu selbstsicher. Außerdem interessiert er sich meiner Meinung nach für mehr, als er als Technischer Direktor wissen müßte. Er steckt seine Nase in Dinge, die ihn nichts angehen, taucht an Orten auf, an denen er nichts zu suchen hat. Mir gefällt das einfach nicht.«

»Ich glaube, du übertreibst. Er versucht nur, seine Arbeit zu tun.«

»Vielleicht, aber ich sag' dir noch einmal, mir gefällt das nicht, und er gefällt mir auch nicht.«

Sie hatten den Parkplatz des Bootsclubs erreicht. Stan wartete Julies Antwort nicht ab, sondern hinkte davon, zum Clubhaus.

Julie blieb kurz stehen und ging dann zu ihrem Bürowagen. Hatte er recht? Schnüffelte Rey an Orten herum, wo er nicht hingehörte? Warum sollte er das tun? Welchen Zweck sollte er damit verfolgen?

Aber selbst wenn Stan recht hatte, warum regte er sich so darüber auf? Die meisten Menschen interessierten sich für die Filmbranche und dafür, wie eigentlich eine Geschichte auf Film gebannt wurde. Es war nichts Verdächtiges daran, wenn er versuchte, möglichst viel darüber zu erfahren, solange er damit die Produktion nicht störte. Stan regte sich vollkommen unnötig auf.

Aber auch Ofelia hatte gesagt, daß Rey überall sei und sich mit jedem unterhielt. Es war einfach nicht auszuschließen, daß er sich für mehr interessierte, als normal war.

Vielleicht fand sie es ja heraus, überlegte Julie. Wenn sie es tat und wenn Stan recht behielt, dann war eines sicher: Auch ihr würde die Sache nicht gefallen.

7. Kapitel

In ihrem Büro war jemand. Ihre Sekretärin war zur üblichen Zeit heimgegangen. Das vordere Büro war leer und still, die Aschenbecher waren geleert, die Zeitschriften ordentlich aufgestapelt. Julies Bürotür sollte eigentlich abgeschlossen sein, nachdem ihre Sekretärin gegangen war, aber sie stand halb offen. Aus dem Raum dahinter war das Rascheln von Papier und das Rollen eines schließenden Hängeregisters zu hören.

Julie marschierte zur Tür und stieß sie auf, daß sie gegen die Wand schlug. Rey, der neben der Hängeregistratur stand, schaute auf, die Akte immer noch in der Hand. Er erwiderte ihren Blick. Er wirkte halb überrascht und auf Ärger gefaßt.

»Kann ich dir beim Suchen helfen?« fragte Julie.

»Ich hab' schon kapiert«, antwortete er. »Wahrscheinlich ist dein Büro auch ein Teil deines Territoriums.«

Hitze stieg ihr ins Gesicht, als sie an die vergangene Nacht, an die Wärme in seinem Blick und daran dachte, wie er die Worte da gebraucht hatte. Trotzdem klang ihre Stimme kühl. »Jedenfalls ist mein Büro keine öffentliche Bücherei. Möchtest du mir vielleicht erklären, was du hier tust?«

Sein Lächeln verblaßte. »Wenn du in diesem Tonfall fragst, dann vielleicht lieber nicht.«

»Mein Tonfall ist der Situation angemessen.« Schon als sie das sagte, begann sie sich zu fragen, ob das stimmte. Möglicherweise hatte sie sich durch Stans Verdächtigungen und ihre Zwiespältigkeit diesem Mann gegenüber beeinflussen lassen. Aber nichtsdestotrotz ging es ihr gegen den Strich, wenn irgendwer, selbst Rey, ohne ihr Wissen oder ihre Erlaubnis ihre Dinge anrührte.

»Ja, also«, sagte Rey nach einer Pause, »es tut mir leid, aber ich habe auf dich gewartet, und plötzlich kam mir der Gedanke, selbst nach dem zu suchen, was ich wissen wollte. Nächstes Mal frage ich vorher. In Ordnung?«

Seine ruhige Entschuldigung und die dazugehörige betroffene Miene waren so entwaffnend, daß es schwer war, wütend zu bleiben. »Was suchst du denn?«

»Ich will den Namen der Gesellschaft wissen, die das Boot für Pauls Stunt gestellt hat. Donna – und ich – wollen gern wissen, wer für den Unfall eigentlich verantwortlich ist.«

Julie starrte ihn an. Mutlosigkeit machte sich in ihr breit, dann ging sie langsam zu ihrem Stuhl und setzte sich. »Das heißt«, sagte sie mühsam, »daß Donna Lislet sich überlegt, uns zu verklagen?«

»Das habe ich nicht gesagt.«

»So wie sich die Dinge darstellen, wird genau das geschehen. Excel Films und das Studio werden natürlich ebenso wie der Bootsverleiher auf der Anklagebank sitzen. Die Versicherungsgesellschaft wird uns mit eisernen Krallen im Nacken sitzen. Davies wird begeistert sein. Dann hat er endlich einen Vorwand, mir *Im Reich der Sümpfe* aus der Hand zu nehmen.«

»Wovon redest du?« fragte Rey. Eine Falte bildete sich zwischen seinen Brauen.

Sie erklärte es ihm in ein paar knappen Sätzen und fügte dann hinzu: »Ich verstehe nicht, warum Donna das will. Die Versicherungsgesellschaft hat doch bereits auf Tod durch Unfall erkannt.«

»Aber sie findet ihren inneren Frieden erst wieder, wenn sie genau weiß, warum Paul sterben mußte, und das zeigt sich erst bei einer Untersuchung.«

»Es war schlicht und einfach ein Unfall!« rief Julie aus. »Du hast es gesehen, wir haben es alle gesehen. Das Steuerkabel des Kahns brach durch, weil Batteriesäure es verätzt hatte.«

Rey schüttelte den Kopf. »Ich kann nicht glauben, daß Paul

den Kahn so schnell gefahren wäre, ohne ihn vorher durchzuchecken. Ihm wäre ein Säureschaden aufgefallen. Es muß etwas anderes gewesen sein.«

Julie fuhr sich mit einer Hand durchs Haar. »Du kannst den Bootsverleiher ja fragen, aber ich weiß nicht, was er dir sagen kann. Der Kahn war vier oder fünf Jahre alt und schon länger gebraucht, im Gegensatz zu dem Kabinenkreuzer und dem Rennboot, die neu gekauft wurden. Er sollte auch schäbig aussehen, so als hätte Jean-Pierre ihn seit Jahren benützt.«

»Wer hat ihn überprüft, nachdem er gebracht wurde?«

»Ofelia hat die Rechnung abgezeichnet, und Stan hat sich zusammen mit einem Mechaniker das Boot kurz angeschaut. Dem Kahn war angeblich erst vor kurzem ein neuer Einsfünfzigermotor eingebaut worden, deshalb hat ihn anscheinend niemand Zentimeter für Zentimeter überprüft. Die meisten Stuntmen, jedenfalls die Profis, überprüfen ihre Ausrüstung selbst; sie vertrauen niemandem. Die Filmleute sind meistens der Ansicht, daß es keinen Sinn hat, die Arbeit zweimal zu machen.«

»Du meinst also, es war ein Mißverständnis.«

»Ich weiß nicht, was ich dir sonst sagen könnte.« Sie hielt inne, und ihr Blick verdunkelte sich. Voller Selbstzweifel sah sie beiseite. »Weißt du, ich konnte nie verstehen, wie John Landis, der Regisseur von *Unheimliche Schattenlichter*, das Leben von Vic Morrow und den beiden Kindern aufs Spiel setzen konnte, die damals getötet wurden. Mir kam das so rücksichtslos, so gefühllos vor. Jetzt verstehe ich das besser. Irgendwie gewöhnst du dich daran, daß die Menschen um dich herum Risiken eingehen. Ganz langsam vergrößerst du das Risiko. Wenn nichts passiert, glaubst du irgendwie, daß niemals etwas geschehen kann.«

Rey warf den Akt oben auf die Registratur und setzte sich dann auf die Tischkante neben Julie. »Die Szene, die du geplant hast, war nicht so gefährlich. Der Unfall hätte nicht passieren dürfen und wäre nicht passiert, wenn das Boot in Ordnung gewesen wäre. Du darfst dir keine Vorwürfe machen.«

»Ich bin die Regisseurin. Ich bestimme die Regeln, ich bin für alles verantwortlich, was hier passiert.«

»Wenn ich mich richtig erinnere, wurde sogar Landis freigesprochen.«

»Aber der Schmerzensgeldprozeß zog sich über Jahre hin und kostete Millionen.«

»Donna hat nicht gesagt, daß sie jemanden verklagen will. Sie will – und muß – einfach die Wahrheit erfahren, damit sie über diesen Unfall hinwegkommt.«

»Es wäre schön, wenn ich selbst darüber hinwegkäme.«

Rey nickte zustimmend. Ein in seiner Intensität verstörender Ausdruck lag eine Sekunde auf seinem Gesicht und verschwand dann. Sein Tonfall klang um Grade leichter, als er sagte: »Was hältst du von gebratenen Shrimps und Seewolf zum Abendessen? Tante Tine ist heute abend auf einer katholischen Taufe, deshalb müssen wir uns selbst versorgen.«

»Klingt gut, aber ich bin nicht gerade ein Naturtalent an der Bratpfanne.« Julie sank in ihren Stuhl zurück.

»Ich will auch nicht kochen«, erklärte er. »Ich dachte eher an Middendorf's. Man bekommt dort die besten Fischgerichte weit und breit und hat obendrein freien Blick auf Lake Maurepas und Pass Manchac, den Kanal zwischen Lake Maurepas und Lake Pontchartrain.«

Der Blind River, erinnerte sich Julie, mündete in den Lake Maurepas. »Fahren wir mit dem Boot?«

»Wenn du es möchtest.« Sein Lächeln war absolut treuherzig.

»Nein, nein, im Auto ist es genausogut.«

»Was?« fragte er, griff die Seitenlehnen an ihrem Drehstuhl und drehte sie zu sich her. »Kein Bad im Mondschein?«

»Nicht – heute abend.« Ihr Blick war überschattet, und sie faltete ihre Hände über ihrem Bauch und preßte sie dagegen.

»Zu schade.« Seine Stimme klang mild. »Dann muß ich mir etwas anderes ausdenken.«

Er beugte sich vor, berührte mit dem Mund ihre kühlen Lippen, wärmte sie, betastete mit seiner Zunge die feuchte Spur, wo sie sich trafen, bis sie mit ihrem Herzschlag zu pulsieren schienen. Sie löste ihre Finger und legte sie auf seine Schultern, zog ihn an sich, verstärkte den Druck ihres Mundes auf seinem.

»Ts, ts. Höchst interessant«, ertönte eine Stimme aus der Tür.

Rey hob den Kopf, zog sich ohne jede Hast zurück. Julie stellte fest, daß sie den Atem angehalten hatte, und atmete tief und langsam ein, bevor sie sich Vance zuwandte, der mit einer Hand auf dem Türknauf im Türrahmen lehnte.

»Wolltest du irgendwas?« fragte sie.

Der düstere Blick des Schauspielers verriet seine Eifersucht und verletzte Eitelkeit. »Ganz bestimmt, aber jetzt habe ich es vergessen«, antwortete er mit unverhohlenem Sarkasmus. »Ich komme später noch mal, in Ordnung? Oh, und ich schließe die Tür hinter mir. Ich weiß nicht, ob Allen weiß, was hier vorgeht, aber falls nicht, dann möchtest du doch bestimmt nicht, daß sich das rumspricht.«

Die Fahrt zu Middendorf's Restaurant verlief ruhig. Rey konzentrierte sich nur teilweise darauf, den Cherokee auf der Straße zu halten. Die Nacht kam schnell, und es gab nicht viel zu sehen. Er zeigte ihr den Kanal entlang der Interstate, den man für die dicken Schleppkähne ausgehoben hatte, von denen aus die Rammpfähle für die breite Straße durch den Sumpf gesetzt worden waren. Er und Julie sprachen kurz über den selbstmörderischen Instinkt der Opossums und Waschbären, die bei Nacht die Straßen Louisianas kreuzten und als bedauernswerte Fellbündel endeten, um die sich dann die Bussarde kümmerten. Es trug nicht dazu bei, die Stimmung zu heben.

Rey schaute von Zeit zu Zeit zu Julie hinüber. Sie wirkte geistesabwesend, offensichtlich in ihren Gedanken gefangen. Er fragte sich, welche Gedanken das wohl sein mochten, und fürchtete, sie bereits zu kennen.

Er hatte sie gedrängt, und er wußte es. Aber ihm blieb auch so wenig Zeit – nicht, daß das eine Entschuldigung gewesen wäre. Er hatte den Kopf verloren. Das war die einfache Wahrheit. Er hätte sich gestern abend ebensowenig davon abhalten können, in ihr Zimmer zu gehen, wie er sein Herz zum Stillstand bringen konnte. Die Macht ihrer Anziehungskraft auf ihn war irrsinnig, eine Abnormität, die sämtliche Alarmglocken in seinem Kopf losschrillen ließ. Trotzdem mußte er sich ihr stellen. Er mußte sie in seine Berechnungen einbeziehen und berücksichtigen.

Er sah sie im grünen Licht des Armaturenbrettes an. Ihr Gesicht war unbewegt, und ein entschlossener Zug lag um ihr Kinn. Ihr Mund war deutlich herausgearbeitet, sanft geschwungen und weich, als wollte er sie einladen. Sie war so selbstbesessen, ihrer selbst so sicher, daß er sich herausgefordert fühlte. Er wollte ihre Abwehr überwinden, sie überreden, ihm Zutritt zu ihren Gedanken, ihren Träumen zu gestatten. Er wollte alles wissen, was es über sie zu wissen gab, angefangen von ihrer Lieblingsfarbe bis zu ihrer voraussichtlichen Entscheidung bei der nächsten Wahl. Je mehr er wußte, desto sicherer würde er sich fühlen.

Er hatte seine Faust in Vance Stuarts Gesicht setzen wollen. Eingebildeter Pferdearsch. Wie konnte der Schauspieler sich einbilden, mit diesem Tonfall Julie gegenüber durchzukommen? Was war zwischen den beiden vorgefallen, daß er sich so etwas herausnahm? Wie wertvoll war er eigentlich für Excel Films und für Julie?

Rey beobachtete aus schmalen Augen die Straße, die unter seinen Scheinwerfern wegrollte. Er hatte kein Recht, solche Fragen zu stellen. Außerdem war es gut möglich, daß seine Indiskretion dem Schauspieler höchst gelegen gekommen war. Er hätte nicht so töricht sein dürfen, Julie auf dem Drehgelände nahezukommen. Er hatte Abstand halten wollen, aber dann war es ihm wichtiger erschienen, den durch sein idiotisches Verhalten heraufbeschworenen Bruch zu kitten, die Nähe zwischen ihnen wiederherzustellen.

Er schaute zu der Frau neben ihm, durch die Bewegung aufgestört, als sie ihn anschaute und dann den Kopf wieder drehte, um auf das vorbeiziehende Sumpfland und die Bäume am Straßenrand zu starren, die sich wie eine Sichtblende zwischen den Sumpf und den Highway drängten. Er ging ein paar der vielen Fragen durch, die er an sie hatte, und sagte: »Wenn du in Louisiana zur Schule gingst, wie du gesagt hast, wie bist du dann in L. A. gelandet?«

Der Blick, mit dem sie ihn ansah, war ernst, aber sie antwortete bereitwillig: »Bull fragte mich, ob ich zu ihm kommen und bei ihm wohnen wollte, nachdem meine Mutter gestorben war. Ich war während der Schulferien ein- oder zweimal in Kalifornien gewesen, das hatte gereicht, um Geschmack an Malibus Sonne und Wonnen zu finden, wo Bull lebte. Ich kam zu ihm.«

»Und das Zusammenleben mit deinem Vater ging gut?«

»Zuerst schon.« Sie entspannte sich, als wäre sie erleichtert, wieder etwas zu reden zu haben, lehnte ihren Kopf an die Kopfstütze und drehte ihm ihr Gesicht zu. »Bull war wirklich freigebig; er gab mir einen Wagen, eröffnete Konten für mich und verteilte 20-Dollar-Scheine, als hätte er einen nie versiegenden Vorrat davon.«

»Klingt wie der Traum jedes Teenagers.«

»Ja, aber er wollte auch meine Freunde aussuchen und bestimmen, was ich denken sollte. Während ich aufwuchs, war er nie dagewesen, aber plötzlich war er die absolute Autorität, der autokratische, patriarchische Haushaltsvorstand. Ich sollte ihm über jeden Augenblick meiner Zeit Rechenschaft ablegen. Damals dachte ich, es wäre sein Ego-Trip, unsinnige Regeln aufzustellen und seine Muskeln spielen zu lassen, um dann zu sehen, ob ich sie befolgte. Jetzt habe ich begriffen, daß er sich vor der Verantwortung für einen Wildfang fürchtete.«

Der Ausdruck erschien so unpassend, daß er lächeln mußte. »Warst du ein Wildfang?«

»Ich glaubte, ziemlich wüst zu sein«, gab sie zu, »obwohl ich damals wahrscheinlich ganz normal war. Jedenfalls zog ich aus und lebte eine Weile mit vier weiteren Mädchen und ein paar brüderlichen Jungs in einem Strandhaus.«

»Bist du vom College abgegangen?«

»Ungefähr ein Jahr lang.«

»Und dann?« Er ließ nicht locker.

»Dann begann ich mich zu langweilen. Also fing ich an, mit einer 16-Millimeter-Kamera herumzuspielen, die Bull mir gegeben hatte. Ich filmte die Surfer, die Wellen, den Zauber dieses Lebens und die Sackgasse, in der es endet. Ich stieß auf technische Probleme, Fragen, und wer konnte mir die besser beantworten als Bull?«

Rey überholte mit Eleganz und Präzision einen Neunachser und sagte fast beiläufig: »Offenbar hat er dir die Antworten gegeben.«

»Von da an änderte sich alles. Wir lernten, miteinander zu reden, ohne uns anzubrüllen, einander zuzuhören, ohne nur auf eine Atempause zu warten, in der wir sofort einfallen und unseren Kommentar loswerden konnten. Ich ging wieder auf die Schule, behielt aber mein eigenes Apartment, und wenn ich Bull einmal nicht bei der Arbeit beobachtete, dann filmte ich alles, was sich bewegte.«

Irgendwie klang ihre Stimme gedämpft, und der depressive Beiklang darin verstärkte sich. Vorsichtig forschte er nach dem Grund. »Du warst lange allein.«

»Das könnte man sagen. Wenn Allen nicht gewesen wäre.«

Er hatte Allen fast vergessen. Es war überdeutlich, dachte er, daß Julie das keineswegs getan hatte.

Sie brach beim nächstenmal das Schweigen. »Der Sumpf da draußen kommt mir riesig vor, als würde er ewig so weitergehen.«

»Er ist nicht mehr so groß wie früher; zu viel Holzfällerei, zu viele Neubauprogramme und Gewerbeparks.«

»Warum haben sich die Cajun ausgerechnet hier niedergelassen? Es muß doch damals, am Ende des achtzehnten Jahrhunderts, angenehmere Orte gegeben haben.«

»Sie nahmen das Land, das ihnen die Spanier überließen, die damals Louisiana besetzt hielten, und waren froh darum. Eigentlich ließen sie sich nicht im Sumpf selbst nieder, sondern an den Flüssen und Bayous. Aber der Sumpf war ständig vor ihrer Nase. Sie erforschten ihn und richteten sich darin ein – aus dem gleichen Grund vermutlich, aus dem Menschen auf Berge klettern.«

»Einfach weil er da war«, erkannte sie trocken. »Was ist mit deinen Vorfahren? Waren sie dabei?«

Sie sah ihn seltsam eindringlich an, als sie die Frage stellte, aber Rey vermochte nicht zu entschlüsseln, warum. Fast ohne nachzudenken antwortete er ihr: »Mehr oder weniger. Bis vor einigen Jahrzehnten war das eine Art Familiensport. Die meisten meiner Cousins sind aber zu beschäftigt, ihren Lebensunterhalt zu verdienen, um den Sumpf so kennenzulernen wie ihre Väter.«

»Womit hat dein Vater seinen Lebensunterhalt verdient?«

»Er war eine Zeitlang Farmer, dann arbeitete er in der Chemiefabrik an der Straße weiter unten. Sein Bruder, Tante Tines Mann, arbeitete für Colonial Sugar. Ich habe mich immer gefreut, wenn er heimkam. Er sah aus wie ein Marzipanmännchen, über und über mit Zuckerkristallen bedeckt, die dort die Luft vernebelten. Tante Tine nannte ihn den süßesten Kerl weit und breit.«

»Das sieht ihr ähnlich.« Julies Stimme klang heiter, aber der besorgte Blick wich nicht aus ihren Augen.

Sie fuhren über eine Anhöhe, und Lake Maurepas lag vor ihnen. Rey zeigte auf die riesige, dunkle Wasserfläche links von ihnen, umsäumt von gelben Blinklichtern, die sich in der Ferne verloren. Rechts floß der schmale Kanal, der in das Brackwassermeer im Binnenland mündete, das man nach dem Marineminister unter Louis XIV. benannt hatte, dem Comte de Pontchartrain. Sie überquerten den Kanal auf einer hochgewölbten Brücke, unter der schwere Lastkähne und größere Fischerboote hindurchfahren konnten, und bogen dann auf den Parkplatz bei Middendorf's ein.

Das Restaurant wirkte unprätentiös und war in einem länglichen, flachen Bau mit rotgestreiften Markisen untergebracht. Ein gigantisches, rot-gelbes Neonschild sollte die Yankee-Touristen auf der Interstate zwischen Baton Rouge und New Orleans anlocken. Das schon seit über fünfzig Jahren existierende Restaurant servierte vor allem frische Meeresfrüchte.

Drinnen gab es eine heimelige Holzvertäfelung und karierte Tischdecken. Die Stimmen der Speisenden mischten sich zu einem leisen Summen, und es roch nach Krabbenfleisch, Mais und heißem Erdnußfett. Rey und Julie wurden von einer lächelnden Hosteß empfangen, die sie zu dem von Rey gewünschten Ecktisch führte. Während sie ihr folgten, wurde Rey ein paarmal von Freunden gegrüßt. Außerdem winkten sie im Vorbeigehen drei verschiedenen Tischen zu, wo Mitglieder der Filmcrew saßen, die ebenfalls von dem Restaurant gehört hatten.

Auf der Speisekarte standen Steaks und Hähnchen und sogar Hamburger, aber sie verblaßten vor den Angeboten an Austern in der Schale und gekochtem Flußkrebs, gebackener Flunder mit Zitronenbutter und allen möglichen gebratenen Meeresfrüchten. Als Beilagen gab es grünen Salat und Krautsalat, Bratkartoffeln und Hush Puppies. Die Speisen waren nicht ausgefallen, aber reichlich und perfekt zubereitet.

Rey bestellte eine Flasche Puoilly-Fuissé aus einem guten, aber nicht außergewöhnlichen Anbaugebiet und genoß dann, während sie Wein trinkend die Speisekarte studierten, die Debatte mit Julie darüber, ob er trotzdem zu gut sei, um zu Gebratenem getrunken zu werden. Er orderte die Spezialität des Hauses, dünne, goldbraun gebratene Filets von gezüchtetem Katzenwels, während Julie keine Experimente einging und sich für eine reichhaltige Meeresfrüchte-Platte mit Shrimps, Austern, Katzenwels und gefüllten Krabben entschied.

Als die Bedienung, die ihre Bestellungen entgegennahm, ihre Speisekarten eingesammelt und sich entfernt hatte, füllte Rey ihre Weingläser von neuem und sagte dann ruhig: »Möchtest du darüber sprechen, oder möchtest du es lieber auf sich beruhen lassen?«

»Verzeihung?« Sie nahm einen Schluck Wein. Die Flamme des Windlichtes auf ihrem Tisch entzündete ein blaßgoldenes Feuer in ihrem Glas. Die Brechungen schimmerten auf ihrem Gesicht und verstärkten noch die Gezwungenheit ihrer ruhigen Miene.

»Dich beschäftigt etwas. Ich würde gerne wissen, was.«

Einen Augenblick lang hatte es den Anschein, als wollte sie der Frage ausweichen. Dann nickte sie kurz. »Es beschäftigt mich tatsächlich etwas. Ich habe gehört, man würde dich in gewissen Kreisen der Gesellschaft von New Orleans als Lebemann kennen. Wie paßt das zu einem hinterwäldlerischen Cajun mit dem Spitznamen Sumpfratte?«

Rey war auf einiges gefaßt gewesen, darauf aber nicht. Er hatte das für eine Nebensache gehalten. Seine Stimme klang plötzlich etwas trockener und tiefer als beabsichtigt: »Madelyn?«

»Sie hat es allerdings etwas umständlicher ausgedrückt.«

»Sie übertreibt.«

»Aber du besitzt ein Apartment in New Orleans?« Es war eine Anschuldigung.

»Ja.«

»Ein sehr schönes Apartment, wie ich gehört habe. Und du fährst einen italienischen Sportwagen, der so viel kostet, daß man davon eine Durchschnittsfamilie ernähren könnte?«

»Madelyn hat sich wirklich Mühe gegeben.«

»Und fliegst dein eigenes Flugzeug?«

Sein Seufzen klang zustimmend und resigniert. »Hat sie dir zufällig auch von meiner Sammlung von Zeichnungen alter Meister und meiner 20-Meter-Jacht auf dem Lake Pontchartrain erzählt?«

»Nein, aber sie hat den Krewe of Comus erwähnt.«

»Ich weiß, daß dich eine Mitgliedschaft in einem Mardi-Gras-Club nicht beeindrucken kann.«

»Da ich aus Louisiana stamme, weiß ich, welchen sozialen Stellenwert so etwas hat – es zeugt von vornehmer Abstammung. Was stimmt nicht mit dir? Draußen im Wagen habe ich dir eine Brücke gebaut. Du hättest mir ebensogut von deiner Familie in New Orleans wie von deiner Cajun-Verwandtschaft erzählen können. Warum hast du sie mit keinem Wort erwähnt? Was verbirgst du? Du kannst dich unmöglich davor fürchten, daß dich die Menschen nicht um deinetwillen mögen?«

Er studierte ihr Gesicht, versuchte zu bestimmen, ob ihre Stimme aus Enttäuschung, Abscheu oder vielleicht gut verhohlener Neugier so kühl klang. »Das kann ich nicht? Dann war dir noch nie Madelyn de Wells auf den Fersen.«

»Ich meine es ernst.«

»Ich auch«, erklärte Rey nüchtern. »Anfangs habe ich dir nichts davon erzählt, weil ich es nicht für wichtig hielt. Ich bin nicht der Typ, der sich vor eine Frau hinstellt und ihr erklärt: ›Hör zu, ich bin ein reicher Mann und einigermaßen gesellschaftsfähig.‹«

»Nein, natürlich nicht. Und außerdem ist es viel unterhaltsamer für dich, andere Menschen wie Idioten aussehen zu lassen.«

Das Funkeln in ihren absinthgrünen Augen verriet ihren Zorn. Er versuchte, ihn zu mildern. »Das stimmt nicht ganz. Du warst so davon überzeugt, daß ich ein bißchen Geld gebrauchen könnte, daß es mir unhöflich erschien, dich vom Gegenteil zu überzeugen. Außerdem hätte ich nie im Leben erwartet, mit dir zusammenzuarbeiten, ganz zu schweigen davon, mit dir unter einem Dach zu wohnen.«

»Aber bestimmt gab es zwischen dem Augenblick, in dem du dich entschieden hattest, mir zu helfen, und jenem, in dem du aus meinem Bett geschlüpft bist, eine oder zwei Minuten, in denen du eine Gelegenheit gefunden hättest, mir zu erklären: ›Ach, übrigens, ich bin nicht der, für den du mich hältst.‹«

Er schaute sie an, bewunderte ihr im Kerzenlicht leicht gerötetes Gesicht und wie sich ihr Baumwollsweater in schnellem, zornigem Rhythmus über der sanften Wölbung ihrer Brust hob und senkte. Er rüttelte sich innerlich wach. Solche Träume halfen ihm nicht weiter. Er war in Schwierigkeiten. Und er glaubte langsam, ein paar der Gründe dafür zu erkennen.

»Es tut mir leid«, erklärte er unvermittelt.

»O bitte, nicht schon wieder.« Voller Sarkasmus wies sie seine ruhige Entschuldigung zurück. »Nichts ist so überheblich wie ein Mann, der alle Schuld auf sich nimmt.«

Er beugte sich vor, dämpfte seine Stimme: »Ich entschuldige mich ausschließlich dafür, daß ich dich heute morgen nicht geweckt habe, um mich von dir zu verabschieden.«

»Wer sagt denn, daß das nötig gewesen wäre?« schoß sie zurück.

»Niemand, aber ich habe das Gefühl, daß ich nicht so tief in der Patsche säße, wenn ich dich heute morgen nicht hätte schlafen lassen, wenn ich dir klargemacht hätte, daß ich nicht so früh aufgestanden bin, weil ich mich aus dem Staub machen wollte. Ich bin wegen Tante Tine aufgestanden, weißt du?«

Sie war schnell. Sie starrte ihn nur einen winzigen Augenblick an, bevor sie »Oh« sagte.

»Genau. Tante Tine weiß von den Verlockungen des Fleisches und liebt es wie jede Frau in reiferen Jahren, Fernsehserien darüber anzuschauen und mit ihren Freundinnen darüber zu klatschen, aber sie wäre gar nicht glücklich, wenn sie herausfände, daß ich letzte Nacht nicht in meinem Bett geschlafen habe. Es ist ihr Haus; mir schien es das beste, mich nach ihren Vorstellungen von Richtig und Falsch zu richten.«

»Ich nehme an«, sagte Julie kaum hörbar, »daß sie wahrscheinlich noch unglücklicher über mich als über dich wäre.«

Ihr Essen kam und rettete Rey davor, ihr antworten zu müssen. Als die Teller vor ihnen standen, aßen sie lange schweigend. Die Spannung zwischen ihnen schien von ganz allein zu wachsen. Julie hielt den Blick gesenkt, doch eine winzige, hartnäckige Falte hatte sich zwischen ihren Brauen festgesetzt. Schließlich legte sie die Gabel beiseite. Rey bemerkte ihren ernsten Blick und spürte, wie sich seine Bauchmuskeln verkrampften, als würde er einen Schlag erwarten.

»Hör zu«, sagte sie. Ihre Worte klangen heiser und kamen aus ihrem Mund gestolpert, als könnte sie es kaum erwarten, sie loszuwerden. »Ich glaube, wir – wir haben gestern nacht einen Fehler gemacht. Die Situation ist uns außer Kontrolle geraten. Ich weiß, daß ich ebensoviel Schuld daran habe wie du; ich habe dir die falschen Signale gegeben, bin nicht ausgestiegen, als ich es sollte. Ich werde dir das nicht erklären, weil ich nicht sicher bin, ob ich das kann. Aber ich fühle mich mit dir zusammen nicht wohl, wenn ich gleichzeitig mit Allen verbunden bin. Ich – fühle mich schuldig.«

Rey war plötzlich nicht mehr hungrig. Er trank seinen Wein aus und hielt das Glas vor sich hin, stellte es dann vorsichtig auf den Tisch zurück. Tonlos sagte er: »Hat das mit Vances Bemerkung von heute abend zu tun?«

Sie schüttelte den Kopf. »Das beschäftigt mich, seit ich heute morgen aufgewacht bin. Allen und ich sind schon so lange zusammen, in guten wie in schlechten Zeiten. Wir respektieren und verstehen einander. Er hat das nicht verdient.«

Es gab so vieles, was er darauf sagen konnte, begriff Rey, aber nichts davon würde wohl etwas ausrichten können. Jetzt blieb ihm nur noch die Geste des Gentlemans, so wenig sie ihm auch zusagte. Mit ruhiger Stimme erklärte er: »Es waren keine Verpflichtungen irgendwelcher Art an gestern nacht geknüpft.«

»Dann ist es gut«, antwortete sie, ohne ihn anzusehen.

»Ich glaube«, erklärte er mit von Ironie überschatteter Stimme, »das ist das erste Mal, daß ich abgewiesen wurde, weil ich Geld habe.«

»Das ist nicht der Grund«, widersprach sie augenblicklich. »Wir sind einfach zu verschieden, unser Leben ist so verschieden. Es fing schon alles mit einem Mißverständnis an, was dir offenbar gefällt, mir aber nicht. Selbst wenn Allen nicht wäre, trotzdem…«

»Stimmt irgendwas nicht.«

»Ja«, bestätigte sie mit einem winzigen Anflug von Dankbarkeit für seine Hilfsbereitschaft in der Stimme. »Wir werden einfach – vergessen, was vorgefallen ist.«

Er biß die Zähne zusammen, um die Erwiderung aufzuhalten, die ihm sofort durch den Kopf schoß. Statt dessen sagte er: »Und weiter zusammen an dem Film arbeiten und unter demselben Dach leben, solange du hier in der Gegend drehst?«

»Am liebsten, wenn du das für möglich hältst.«

»Es ist nicht unmöglich, wenn du es so möchtest.«

»Ich – also gut. Ich würde Tante Tine nur ungern so schnell schon wieder verlassen oder ihr erklären müssen, warum ich fortgehe.«

Er brachte so etwas wie ein Lächeln zustande. »Das müssen wir auf alle Fälle verhindern. Sie hätte in Windeseile die Wahrheit aus dir herausgepreßt.«

»Daran zweifle ich nicht.« Julies Lippen hoben sich um eine Winzigkeit, aber ihr Blick blieb besorgt.

»Und dann müßte ich selbst abreisen.«

»Bestimmt nicht.«

»Oh, nicht wegen meiner Sünden, so schwarz sie auch sein mögen. Aber sie würde mir nie vergeben, daß ich dich vertrieben habe.«

»Ihr Herz hängt wirklich an ihrem neuen Dach.«

Das hatte Rey zwar nicht gemeint, aber er ließ es auf sich beruhen, da er sich nicht zutraute, ihr die Wahrheit zu erklären. Statt dessen schlug er einen Nachtisch vor. Als sein Vorschlag abgelehnt wurde, bat er die Bedienung um die Rechnung.

Rey hatte beinahe erwartet, daß Julie darauf bestehen würde, das Essen aus dem Budget von Excel Films zu bezahlen oder wenigstens die Hälfte davon zu übernehmen. Vielleicht tat sie es aus Takt nicht, vielleicht aber auch, weil sie inzwischen um seinen geldigen Status wußte. Jedenfalls war er froh, daß sie ihm das Zahlen allein überließ, während sie sich die Hände waschen ging.

Er zog ein paar Scheine aus seiner Börse und ließ sie als Trinkgeld auf dem Tisch liegen. Als er die Rechnung aufnahm, um sie zur Kasse zu bringen, bemerkte er den Fingerbreit Wein, der noch in der Flasche war. Er goß ihn in sein Glas und hob es hoch. Ein grimmiges Lächeln zuckte um seine Lippen, während sein Blick auf dem Wein ruhte. Einen langen Augenblick betrachtete er nur das leichte Kräuseln der kühlen, gelben Flüssigkeit, das durch das leichte Zittern seiner Hand ausgelöst wurde. Mit einer schnellen Bewegung schüttete er den Wein hinunter und stellte das Glas wieder ab. Er ging vom Tisch weg, ohne sich umzusehen.

8. Kapitel

Julie schlief schlecht. Der Abend mit Rey spielte sich immer wieder in ihren Gedanken ab wie ein Satz fehlerhafter Schnellkopien. Einiges von dem, was gesagt worden war, benötigte eine Nachsynchronisation. Hier war der Ton daneben, dort die Modulation in seiner Stimme, und ein oder zwei Dialogfetzen schienen nicht zu den dazugehörigen Mienen zu passen.

Reys Reaktion auf ihren Entschluß, keine Vertraulichkeiten mehr zuzulassen, war großzügig gewesen. Sie hätte sich keine verbindlichere Antwort und nicht mehr Hilfe in diesem schwierigen Moment erhoffen können. Sie hatte etwas anderes erwartet, wenn sie auch nicht sagen konnte, was. Fassungslosigkeit vielleicht, Wut oder sogar Anschuldigungen. Sie war für seine scheinbar unbeteiligte Reaktion dankbar, aber zugleich erschien sie ihr nicht richtig.

Eine Erklärung dafür konnte natürlich sein, daß sie ihm auf die eine oder andere Weise nicht wichtig genug war, um großes Aufhebens davon zu machen, vor allem, da sie das Thema in einem gut besuchten Restaurant zur Sprache gebracht hatte. Aber auch dieser Gedanke schien irgendwie nicht zu passen, obwohl es schwierig festzustellen war, ob das auf eine Bemerkung oder Handlung seinerseits oder nur auf ihre verletzten *amour propre* zurückzuführen war.

Sie kam sich so töricht vor. Wie konnte sie sich selbst so schlecht kennen, daß sie an einem Abend mit Rey im Bett lag und am nächsten vor ihm davonlief? Was war an ihm, was war an dem süßen Gaukelspiel seiner Berührungen, das sie so verstörte, daß der Gedanke, ihn weiterhin zu sehen, Panik in ihr auslöste, aber sein Sich-Fügen in den von ihr gegebenen Korb sie verletzte? Sie hatte sich auf ihre Verbindung mit Allen berufen, und es war nicht gelogen, daß sie sich unwohl fühlte, wenn sie den Menschen betrog, der so lange der ruhende Pol ihres Lebens gewesen war. Aber war das alles?

Rey war ein komplizierter Mensch. Sie hatte ihn anfangs für einen Durchschnittsmacho mit zu viel Ego und zu wenig Finesse gehalten. Sie hatte sich getäuscht. An ihm war mehr, obwohl schwer zu sagen war, wieviel mehr. Er war so geübt im Verheimlichen, wer und was er wirklich war, versteckte sich hinter seinem Humor und einer herablassenden Mißachtung für exakte Details, daß alles mögliche dahinterstecken mochte. Oder irgend etwas Falsches. Sie hatte Angst. Nicht nur davor, wer oder was er sein mochte, sondern auch davor, was er mit ihrem sicheren, geregelten Leben anstellen mochte.

Natürlich machte das keinen Unterschied. Sie hatte das Problem Rey gelöst und sich von dem geistigen Dilemma, das er verursacht hatte, befreit, so daß sie sich jetzt wieder ihrem Film widmen konnte. In ein paar Tagen war er im Kasten, dann ging sie fort. Zurück nach L. A. Zurück zu Allen und dem nächsten Film. Und dem nächsten.

Vierzehn Stunden und mehr täglich zu arbeiten, half Julie während der nächsten drei Tage, alle äußeren Umstände zu ignorieren und sich auf ihr Projekt zu konzentrieren. Sie drehten eine Reihe von Szenen mit Summer und Vance im Sumpf-Angelcamp, in denen die zunehmend wärmere Beziehung zwischen beiden anschaulich gemacht wurde. Es gab auch eine hervorragende Szene, die beide in dem Kahn zeigte, als ein Gewitter heraufzog. Es war deutlich zu sehen, wie Jean-Pierre und seine Tochter enger zusammenrückten, während sie sich in dem instabilen Boot gegen die Wogen stemmten, und wie Summer alias Alicia aus der Anwesenheit ihres Vaters Stärke schöpfte.

Die Szene, in der Madelyn als Ehefrau Dorothea, angewidert von der Unbeholfenheit ihrer angeheuerten Killer, Jean-Pierre eigenhändig mit einer Waffe in den Sumpf folgt, war ebenfalls bestens. Madelyn spielte mit großer Überzeugungskraft eine städtische Kuh, der ihre Designer-Eleganz unter diversen Lagen Schlamm abhanden kommt und die sich schließlich damit abfinden muß, daß der Sumpf ebenso undurchdringlich ist wie die Abwehr ihres Gatten. Die Nacktbadeszene, die bei Nacht aufgenommen wurde, war von betörender Schönheit, die unterdrückten Emotionen von einer fast surrealistischen Eindringlichkeit, die Julie überraschte und Vance wie Madelyn dazu veranlaßte, beim Anblick der Schnellabzüge in Selbstlobeshymnen auszubrechen.

Rey war immer da. Julies Gespräche mit ihm bestanden aus kurzen, unpersönlichen Fragen und Antworten, wobei sie kaum einen Blick wechselten. Wo immer sie hinsah, war er, lachte, unterhielt sich, erklärte etwas und korrigierte alles mögliche, von der Aussprache eines Wortes bis hin zu den sichtbaren Töpfen und Pfannen in der Küche des Angellagers. Er neckte und schmeichelte Summer, bis sie mit ihm zu flirten begann und mit Begeisterung kooperierte, ging beschwichtigend auf Madelyns Eitelkeiten ein und spornte Vance zu noch größeren Bemühungen an. Irgendwie hatte er es geschafft, von der Kameracrew akzeptiert zu werden, machte jeden Blödsinn mit und witzelte mit so liebenswürdiger Leichtigkeit, daß sie ihn oft sogar hinter die Kamera ließen. Er freundete sich sogar mit Ofelia an, trank Bier mit ihr und machte Scherze, die, nach der Rauchigkeit ihres Lachens zu schließen, mindestens zweideutig, wenn nicht eindeutig unanständig waren. In seiner Freizeit sah man ihn oft mit den Ortspolizisten und dem staatlichen Wildhüter Kaffee trinken, die auf den Highways und Wasserwegen des Sumpfes patrouillierten und den Bootsclub als inoffizielle Raststation während ihrer Runden nutzten.

Am dritten Abend, nach Einbruch der Dunkelheit, kam Vance in Julies Büro geschlendert, offenbar zu keinem anderen Zweck, als über den Technischen Direktor zu plaudern. Er warf sich in den Sessel ihr gegenüber und sagte ohne jede Einleitung: »Was ist mit dir und Tabary? Ihr seid so höflich zueinander, daß sich mir sämtliche Haare sträuben, und gerade sah ich ihn mit Ofelia in ihr rollendes Bordell von Wohnmobil steigen. Noch dazu freiwillig.«

»Kümmere dich um deinen eigenen Kram, Vance«, beschied sie ihm kühl.

»Ach, so ist das also? Ich wußte ja nicht, daß es da noch anderen Kram gibt, um den man sich kümmern könnte, aber jetzt hast du mich wirklich neugierig gemacht. Was ist passiert? Ein Streit unter Liebenden? Oder hast du beschlossen, daß es sich nicht lohnt, dafür dein Ding mit Allen aufs Spiel zu setzen?«

Sie schaute ihm geradewegs in die Augen. »Was geht dich das an?«

»Warum sollte mich das nichts angehen?« fragte er indigniert zurück. »Hier sitzt Lady Cool vor mir, die absolut unberührbare Regisseurin, und was passiert? Du läßt mich links liegen, tätschelst mir nur mal den Kopf und verschenkst dich dann an das Sumpfmonster.«

»Ich habe mich nicht verschenkt, wie du es so elegant ausdrückst.«

»Vielleicht habe ich mich ja geirrt.«

»Zweifellos. Aber was hast du eigentlich erwartet? Den Ruhm, mit mir ins Bett gegangen zu sein? Den Kitzel, unsere Namen gemeinsam im Vorspann zu sehen? Vielen Dank. Ich werde dir ein Geheimnis verraten, Vance. Wenn du eine Frau oder gar eine Regisseurin beeindrucken willst, dann solltest du es einmal mit Aufrichtigkeit versuchen.«

Er blieb sitzen, musterte sie, langte dann in seine Hemdtasche und zog einen braunen Stengel hervor, der aussah wie ein dreckiges Stück Schnur. Er steckte ihn sich in den Mund, biß ein Stück ab und begann zu kauen.

»Du kaust Tabak? Ausgerechnet du?«

Er machte ein zustimmendes Geräusch, während er den Kautabak verlagerte. »Einer der Jungs von hier hat ihn mir gegeben. Das Zeug heißt Perique und ist rein indianischer Tabak, der nirgendwo sonst in der Welt, sondern nur hier von ein paar alteingesessenen Familien angebaut wird. Ganz gut, aber kein Haschisch.«

»Ich habe mich schon gefragt.«

»Ja. Es gibt natürlich auch härtere Sachen.«

Er beobachtete sie eine Sekunde lang, bevor er sagte: »Weißt du, Julie, du kannst ein ganz schönes Miststück sein.«

»Das ist mir nicht neu«, antwortete sie, ohne den Köder zu schlucken.

»Mir schon. Ich dachte immer, du wärst im Grunde ein Engel, eine richtige Mieze, auch wenn du ein bißchen zu sehr an deiner Arbeit hängst. Annette versuchte mich vom Gegenteil zu überzeugen, aber ich dachte, sie will sich bloß wichtig machen.«

»Ich bin bestimmt keine Mieze.« Der Zorn war in Julies Augen zu sehen.

»Stimmt. Du kannst eine Karriere ruinieren, ohne mit der Wimper zu zucken, stimmt's? Vielleicht sollte ich mir Sorgen machen.«

»Ich weiß nicht, wovon du sprichst.«

»Das weißt du bestimmt. Du hast Annette Davetts Karriere mit einem einzigen, kurzen Satz zerstört. Sie hat mir alles erzählt. Sie hatte für eine wichtige Rolle in einem von Bulls Filmen vorgesprochen. Du warst dabei, wartetest darauf, daß dich dein guter, alter Dad irgendwohin bringt. Du hattest es eilig, und als er dich fragte, was du von Annette hieltest, sagtest du, ich zitiere: ›Sie hat eine komische Stimme.‹«

Julie durchsuchte ihr Gedächtnis nach einer Erinnerung an diesen Vorfall, fand jedoch nichts. Aber das hatte nichts zu sagen; Bull hatte sie im Lauf der Jahre oft nach ihrer Meinung gefragt. Er hatte wenig Respekt vor weiblicher Intelligenz, aber hatte ein rührendes Vertrauen in ihre Intuition.

Schließlich sagte sie: »Das muß Jahre her sein.«

»Oh, das ist es; du warst ein Teenager. Aber du erinnerst dich nicht daran, stimmt's? Das macht es noch schlimmer.«

»Weil es zeigen soll, daß es mir nicht einmal wichtig genug war, um es mir zu merken? Ich hatte niemals die Absicht, das Leben eines anderen Menschen zu ruinieren. Wenn ich das getan habe, tut mir das leid, aber das heißt nicht, daß ich bösartig wäre. Tatsächlich war und ist Annettes Stimme ein Problem. Warum hat sie nicht daran gearbeitet, sie tiefer, stärker gemacht?«

Vance hob seine Schultern unter dem weiten Baumwollhemd. »Woher soll ich das wissen? Wahrscheinlich, weil es einfacher ist, dir Vorwürfe zu machen.«

»Ich verstehe auch nicht, warum Annette ihrer Tochter gestattet hat, in diesem Film mitzuspielen, wenn sie mich so haßt.«

»Ach, das kann ich dir verraten. Sie ist der Meinung, du schuldest ihr was. Wenn die Rechnung über Summer beglichen wird, ist das in Ordnung, aber für Annette ist das immer noch nur ausgleichende Gerechtigkeit. Nehmen ist seliger denn geben.«

»Ich hätte gedacht, sie wäre für so etwas zu stolz.«

»Schauspieler kennen keinen Stolz«, belehrte er sie, und das Kontaktlinsenblau seiner Augen verdüsterte sich in kritischer Selbsterkenntnis. »Sie kennen bloß ihr Ego. Ihr verunsichertes, destruktives Ego, das Verletzungen nur schwer ertragen kann.«

Das Geräusch der sich öffnenden Wohnwagentür und von festen Schritten im Wohnzimmer war zu hören. Julie konnte von ihrem Platz am Schreibtisch aus nicht ins Nebenzimmer sehen, Vance, der im Sessel gegenübersaß, dagegen schon. Sie schaute dennoch in Richtung der Schritte, denn sie glaubte den gleichmäßigen Gang zu erkennen. Im gleichen Augenblick sprang Vance auf und umrundete den Tisch. Bevor sie ihn abwehren konnte, beugte er sich über sie, hob ihr Kinn in seiner hohlen Hand an und preßte seinen Mund auf ihre Lippen.

Es war ein flüchtiger, trockener, fast unpersönlicher Kuß. Einen Augenblick später richtete sich der Schauspieler auf. Mit gepreßter Stimme sagte er: »Ich habe dich gewarnt.«

Dann trat er zurück. Er wandte sich zur Tür und schenkte dem dort stehenden Mann ein triumphierendes Lächeln. Er schlängelte sich an ihm vorbei, durchquerte das vordere Büro und verließ den Wohnwagen.

»Ich kann später wiederkommen«, sagte Rey neutral, »wenn es dir jetzt nicht paßt.«

Julie atmete tief durch. Sie hob eine Hand an den Mund, als wollte sie ihn abwischen, ließ sie dann aber wieder fallen. Mit betont sachlicher Stimme sagte sie: »Es paßt ausgezeichnet. Was du eben gesehen hast, war ein kleinlicher Racheakt, der zu deiner Unterhaltung und meiner Beschämung inszeniert wurde. Je weniger Beachtung du ihm schenkst, desto besser.«

»Ich würde Stuart gerne meine Beachtung schenken.« In seinen Worten lag Groll.

»Wozu? Dann würde er nur wissen, daß er dich getroffen hat.«

»Aber er würde auch wissen, daß er das kein zweites Mal macht.«

»Ich glaube, dafür kann ich selbst sorgen.«

»Kannst du das? Was willst du machen, ihn rauswerfen? Du weißt ebensogut wie er, daß es zu teuer wäre, ihn jetzt noch zu ersetzen.«

»Ich kann seine Szenen so kürzen, daß Summer der alleinige Star in diesem Film ist. Sie spielt ihn ohnehin fast an die Wand, es wäre also gar nicht schwierig.«

Er starrte sie sekundenlang an, dann brach ein Lachen aus ihm heraus. »Eine hinterhältige Chefin. Erinnere mich daran, falls ich mich mit dir anlegen möchte.«

Sein Kommentar, so kurz nach Vances Anschuldigung, traf Julie ins Mark. Sie setzte sich so gerade, als hätte man ihr einen Stock durch den Rücken gerammt, und sagte: »Das werde ich. Also, kann ich etwas für dich tun?«

Amüsement blitzte in seinen Augen; langsam lud sich die Atmosphäre in ihrem Büro auf. Hitze stieg in Julies Gesicht auf, als sie merkte, daß sie ihm wieder einmal Tür und Tor zu einer zweideutigen Bemerkung geöffnet hatte. Die Tatsache, daß Rey keine machte, rückte ihre Fehlleistung, freudsche oder anders, nur noch mehr ins Licht.

Bevor sie die Situation retten konnte, räusperte er sich. »Eigentlich«, sagte er, »geht es um etwas, das ich für dich tun kann.«

»Und das wäre?« Mit Mühe ließ sie ihre Stimme gelassen klingen.

»Die Schlußeinstellung aus der Bootsjagd-Szene, die du bis jetzt zurückgestellt hast. Ich habe das Ofelia gegenüber erwähnt; sie meint, du seist wieder bereit dafür. Ich wollte dich nur wissen lassen, daß ich bereit bin, sobald du es bist.«

Sie würde nie bereit sein; das wußte sie nur zu genau. Trotzdem mußte sie gedreht werden. »Gut«, antwortete sie und drückte ihren Kiefer auseinander, damit sie überhaupt ein Wort herausbekam. »Wie wäre es mit morgen nachmittag?«

»Fein«, antwortete er.

»Fein«, echote sie, aber sie wich seinem Blick aus, als sie das sagte.

»Sag mir eins, Stan.«

Julie stand auf der Pontondrehplattform und wartete darauf, daß der Erste Kameramann seine Ausrüstung geordnet hatte, darauf, daß die Boote überprüft und in Position gebracht worden waren, darauf, daß die Sonne im richtigen Winkel stand. Sie wollten nicht die ganze Bootsjagd neu filmen, sondern das Material verwenden, das sie mit Paul im Kanal und im unteren Abschnitt des Blind River gedreht hatten, bevor die Boote das offene Wasser erreichten. Das bedeutete, daß Wetter, Tageszeit, Sonneneinstrahlung und Aussehen der Boote genau übereinstimmen mußten. Das nahm Zeit und viel Mühe in Anspruch.

Das Rennboot war repariert und neu gestrichen worden, so daß es wie neu aussah, aber bei dem Kahn war man besonders sorgfältig vorgegangen, da es nicht der gleiche war; der erste war zu stark beschädigt, um repariert zu werden. Man hatte keine Mühe gescheut, um ein genaues Replikat in Modell und allgemeinem Zustand zu finden; an dem Ersatzboot hatte allerdings ein Streifen gestrichen werden müssen, den man wieder ausbleichte, bis er die richtige, sonnengebleichte Farbe angenommen hatte, dann hatte man ein, zwei Macken an der richtigen Stelle angebracht und das amtliche Nummernschild aus Plastik gegen ein anderes ausgewechselt, von dem man anschließend an den richtigen Stellen die Farbe abschälte, um sie den abblätternden Originalen anzugleichen.

Auf den Klang von Julies Stimme hin drehte sich der Stunt-Koordinator vom Script-Supervisor ab, einer jungen Frau, die dafür verantwortlich war, daß die Kontinuität des Drehbuchs gewahrt blieb und alles genau übereinstimmte. Er hinkte auf Julie zu. Mit gequälter Miene und ausgebreiteten Armen fragte er: »Was ist denn?«

»Keine Panik, mir ist kein Fehler mehr aufgefallen«, sagte sie. »Ich habe mir nur ein paar Fragen gestellt. Meinst du, ich wage mit dieser Jagdszene zuviel? Gehe ich ein zu großes Risiko ein, nur weil ich es möglichst realistisch haben will?«

»Du hast Bammel, wie?«

»So könnte man es nennen.«

»Mach dir keine Sorgen. Es wird nichts passieren.«

»Das hast du schon einmal gesagt.«

Er schnaubte. »Ja, stimmt, und es hätte auch nichts passieren dürfen. Aber diesmal ist Tabary selbst da draußen. Er sieht unter seiner grauen Perücke vielleicht nicht so schnieke aus wie sonst, aber wenn irgendwer den Kahn steuern kann, dann er.«

Julie grinste kurz, als sie sich an Reys angewiderten Blick erinnerte, mit dem er die Perücke in Vances Haarfarbe entgegengenommen hatte. Doch das Lächeln erstarb schnell. »Ich meine es ernst, Stan. Verlange ich zuviel?«

»Ich sag' dir was, Mädel; solange du dich das noch fragst, nein.

Erst wenn die Regisseure nicht mehr an sich zweifeln und glauben, daß alles, was sie wollen, gemacht werden kann, werden sie gefährlich.«

Sie nickte bedächtig. »Danke, Stan.«

»Keine Ursache«, wehrte er ab und drehte sich weg, um einen Hilfselektriker anzuschnauzen, der ein Kabel ins Wasser baumeln ließ.

Nicht nur der Stunt machte Julie nervös. Mindestens ein Dutzend Fischerboote, die nichts mit der Filmgesellschaft zu tun hatten, kreuzten gemächlich im Fluß auf und ab und umkreisten die Aufbauten. Männer, Jungen und ab und zu ein junges Mädchen saßen darin, Leute, die von dem Stunt gehört hatten und gekommen waren, um zuzuschauen. Excel Films konnte bestimmen, wer das Drehgelände betrat und verließ, konnte ungebetene Besucher und Neugierige und Souvenirjäger fernhalten, die an den Requisiten oder Maschinen herumfummelten, um ein Erinnerungsstück zu ergattern, aber diese Befugnisse galten nicht für den Fluß. Wenigstens hatte dort ein Polizist außer Dienst in einem Luftkissenboot Posten bezogen, der die Zuschauer davon abhielt, in die Spielszene einzudringen. Die Schaulustigen hielten sich größtenteils zurück, aber sie lenkten ab und konnten eine Gefahr darstellen, wenn einer während der Aufnahmen den Weg eines der beiden Boote kreuzte.

Auch die Anwesenheit von Paul Lislets Witwe auf der Plattform irritierte sie. Donna Lislet trug ein graues Kleid und hatte ihr Haar mit einer schlichten Metallkammer gebündelt. Ihr Gesicht war bleich. Sie war unverkennbar nervös, aber ebenso unverkennbar entschlossen, an ihrem Platz zu bleiben, bis die Kameras abgeschaltet wurden.

Madelyn wollte das Ereignis ebenfalls nicht versäumen und bildete in ihrem grellgelben Ensemble aus Designerhose und -hemd, den fünf Zentimeter hohen gelben Sandalen und der gelb gerahmten Sonnenbrille wie üblich eine schillernde und Aufmerksamkeit auf sich ziehende Erscheinung. Summer war ebenfalls gemeinsam mit ihrer Mutter da. Rey, so schien es, hatte seine eigenen Claqueure. Julie hoffte, daß es etwas zu klatschen gab.

Tante Tine war nicht da. Sie konnte den Anblick nicht ertragen, sagte sie, kein zweites Mal. Sie würde zu Hause warten, bis sie hörte, daß alles gutgegangen war.

Tante Tine hatte die richtige Einstellung, dachte Julie. Sie wäre selbst am liebsten fortgegangen, bis alles vorbei war. Da das nicht möglich war, wünschte sie, sie könnte am Drehort für Ordnung sorgen und alle heimschicken, die nichts mit dieser Aufnahme zu tun hatten.

Irgendwie hatte das intensive Interesse, das sich auf den Kahn und das Rennboot auf dem Wasser richtete, etwas Gespenstisches an sich. Wie bei den Gladiatorenkämpfen im alten Rom, bei den neuzeitlichen Autorennen und den futuristischen Starts und Landungen der Space Shuttle schien es eine Art primitiven Trieb zu geben, der die Menschen dazu verleitete zuzuschauen, wenn andere Menschen ihr Leben riskierten. Daß sie mit dem Drehen solcher Szenen diesen Trieb ansprach, trug nicht dazu bei, daß Julie sich besser fühlte.

Die Wahrheit war, daß Julie am liebsten das ganze Vorhaben abgeblasen hätte. Aber sie konnte nicht. Alle Vorbereitungen waren getroffen, die Crew und die Techniker versammelt und das Geld ausgegeben. Und das Geld floß auch weiterhin mit einer Geschwindigkeit von einigen tausend Dollar pro Stunde. Es hätte keine plausible Erklärung für einen sofortigen Abbruch gegeben, nicht ohne daß Kommentare wie *kraftlos* und *typisch Frau* die Runde gemacht und ihr die Chance auf einen Platz unter den besten Regisseuren genommen hätten. Dennoch, was zählte das schon im Vergleich zu einem Menschenleben?

Donna Lislet stand abseits und verfolgte mit verlorenem Blick die Vorbereitungen auf dem Wasser. Madelyn und die anderen schenkten ihr keine Beachtung, hatten, soweit Julie das mitbekommen hatte, kein Wort mit ihr gewechselt, seit Rey sie auf der

Plattform zurückgelassen hatte. Julie quälte der Anblick der verlassenen jungen Witwe und das immer noch bohrende Verantwortungsgefühl für den Tod ihres Mannes. Langsam ging Julie auf die andere junge Frau zu.

»Es ist sehr tapfer von Ihnen, heute herzukommen«, meinte Julie, nachdem sich die beiden begrüßt hatten.

»Es ist nicht tapfer«, widersprach Donna. »Eher eine Art Exorzismus, glaube ich. Ich hatte solche Alpträume, daß ich dachte – ich weiß nicht, ob Sie das verstehen können, aber ich habe das Gefühl, wenn ich zusehen kann, wie Rey den Stunt durchführt, dann habe ich ein anderes Bild von diesem Ort, an dem –«

Die Witwe suchte nach den richtigen Worten, und Julie kam ihr zur Hilfe. »Ich verstehe schon. Ich nehme an, wir alle gehen mit solchen Dingen auf unsere Weise um.«

»Ich wollte Ihnen schon längst dafür danken, daß Sie mir die Möglichkeit gegeben haben, bei den Dreharbeiten mitzumachen. Ich kann Ihnen gar nicht sagen, wie gespannt ich darauf bin. Ich kann es kaum erwarten, anzufangen.«

Julie antwortete höflich und weitete das Thema aus, indem sie ein paar der Stadtszenen beschrieb, bei denen die andere Frau mitwirken konnte, wenn sie abgedreht wurden. Donna Lislet war, ihren Kommentaren nach zu urteilen, eine ausgeglichene und recht intelligente Frau. Ihre Bewegungen wirkten aber hölzern, als würde sie Julie nicht so weit trauen, daß sie in ihrer Gegenwart sie selbst sein könnte. Oder vielleicht machte Donna Julie für den Tod ihres Mannes verantwortlich. Jedenfalls teilte sich das Interesse der Witwe, sobald sie nicht mehr über die Filmszenen sprachen, in denen sie mitspielen konnte, gleichmäßig zwischen dem, was Julie sagte, und dem, was Rey draußen auf dem Wasser in seinem Kahn machte. Das Signal, daß alles bereit war, rettete Julie. Mit einem schnellen Lächeln und einem gemurmelten Abschiedswort entfernte sie sich von der Witwe und nahm ihre Position ein.

Dann wurde das Kommando »Klappe« für die Kameras gegeben. Der Kahn kam den Fluß heruntergeschossen, brach aus dem dunklen Baumtunnel und jagte auf das offene Wasser, dicht gefolgt von dem Rennboot und dem Kabinenkreuzer mit Stan und dem Kameramann an Bord. Die Kielwasser der drei Boote breiteten sich brodelnd und schäumend hinter ihnen aus.

Wie beim erstenmal ratterten Schüsse aus dem Rennboot, als einer der beiden Männer in dunklen Anzügen seine Maschinenpistole abfeuerte. Die kleinen Spezialsprengladungen ließen links vom Kahn eine Serie von Fontänen aufsteigen, die zeitlich genau mit der Geschwindigkeit des kleinen Gefährtes abgestimmt waren. Und genau wie beim erstenmal wendete der Kahn in einem elliptischen Halbkreis, tanzte über sein eigenes Kielwasser und das des Rennbootes hinweg, um zwischen dem anderen Boot und dem Kabinenkreuzer durchzukreuzen. Dann jagte er, mit Rey am Steuer, auf den Schutzwall von Zypressen zu, um wie ein Blitz zwischen ihnen hindurchzurasen.

Niemand brauchte Instruktionen zu geben, niemand brauchte Kommandos zu brüllen. Der Stunt war perfekt, das Timing Präzisionsarbeit. Schweigend stand Julie da, das Walkie-talkie in der Hand, und schaute zu.

Sie hatte gedacht, Paul Lislet sei schnell gefahren, aber jetzt hatte sie den Eindruck, Rey ließ den Kahn so schnell über das Wasser flitzen, daß die Kamera kaum folgen konnte. Das Gefährt beschleunigte, bis Dreiviertel des Kiels über dem Wasser waren, bis es jeden Augenblick abzuheben schien. Er schnitt die Kurven enger und kontrollierter als sein Freund, und als er in jenem atemberaubenden Wechselspiel von Sonnenlicht und Schatten zwischen den Zypressen hindurchbrauste, das Julie beim letztenmal so gefangengenommen hatte, war ihr elend bewußt, daß er viel dichter als sein Freund an den Stämmen und Stümpfen und an den knorrigen, glänzenden Zypressenknien vorbeifuhr.

Hinter ihr hörte sie ein Stöhnen. Donna Lislet flüsterte mit tränenerstickter Stimme: »Lieber Gott. O mein Gott.« Madelyn schnaufte vor Aufregung; ihr Mund stand offen, während sie hingerissen Rey nachschaute. Annette Davett wirkte wie betäubt und vollkommen verängstigt. Sie hatte ihre Arme um ihre Tochter geschlungen, die sich auf die Lippen biß und das Geschehen mit verdächtig geröteten Augen und bleichem Antlitz verfolgte.

Julie hatte kein Mitleid und wenig Zeit zum Nachdenken für sie übrig. Ihre Kehle war wie zugeschnürt, so daß sie kaum Luft bekam. Ihr Herz hämmerte gegen ihre Rippen, während der Herzschlag leise donnernd in ihren Ohren pulsierte. Übelkeit stieg in ihr auf, und kalter Schweiß stand ihr auf der Stirn. Sie mußte dieser Qual ein Ende bereiten, die Boote aufhalten, die Szene abbrechen und das entsetzliche Finale verhindern. Das Wort, mit dem sie das bewirken konnte, schwebte weißglühend und fertig in ihren Gedanken. Sie hörte es in ihrem Kopf gellen, fühlte die Schärfe des Tonfalls, schmeckte eine Kraft und Wirkung.

Aber sie konnte es nicht aussprechen. Angst ließ sie verstummen, die Angst, daß jedes Geräusch jenen winzigen Augenblick der Unaufmerksamkeit bewirken könnte, der eine Katastrophe nach sich zog. Und sie schwieg aus Ehrfurcht gegenüber dem Professionalismus und der Präzision, deren Zeuge sie wurde.

Sie hatte gewußt, daß Rey mit Stan an dem Stunt gearbeitet, die Manöver der Boote abgesprochen hatte, aber sie hatte nicht gewußt, wie perfekt die beiden ihre Choreographie abgestimmt hatten, bis sich die Bewegungen der Boote und ihre Spuren zu einem komplizierten Muster verwebten, das ebenso schön wie aufregend anzusehen war.

Wieder wurden Schüsse abgefeuert. Das Tempo wurde schneller, verzweifelter. Die Kreise der Boote wurden enger, dichter, und dann kam die lange zweite Schußfahrt auf die Zypressen zu, gefolgt von der Halse in Richtung auf den halb unter Wasser liegenden Baumstamm,der als Startrampe dienen sollte.

Wie der Schaft am Kopf eines riesigen Pfeiles jagte der Kahn über das Wasser dahin. Hinter Julie fluchte jemand voller Bewunderung. Der Chapmankran quietschte, als die Hauptkamera herumschwenkte, um der atemberaubenden Passage zwischen den Bäumen hindurch zu folgen. Julies Herz hämmerte. Ihre Lippen teilten sich, aber kein Laut kam aus ihrem Mund.

Schneller und immer schneller schoß der Kahn dahin, direkt auf den riesigen Baumstamm zu, der dunkel glänzend im Wasser lag, mit opalisierendem Fäulnisschleim überzogen und ausgebleicht von den Jahrzehnten, denen er den Bugwellen der Boote und den Binnentiden ausgesetzt war. Mit weit geöffneter Drosselklappe, heulendem Motor, aufspritzendem Wasser hielt Rey das Steuer felsenfest.

Der Aluminiumkiel krachte mit hartem, metallischem Knirschen auf den Baumstamm. Es klang wie eine Blechdose, die von einem Wirbelsturm getroffen wird. Das Boot zog hoch, hob ab und flog mit plötzlich hoch jaulendem Motor und wirbelnder Heckschraube durch die Luft. In einer ungelenken, doch kraftvollen Parabel zog es über das dahinter liegende Nest von Zypressenknien hinweg und schlug schlitternd und klatschend im offenen Wasser wieder auf. Es schwänzelte kurz, aber Rey jagte es weiter vorwärts, trieb es durch seinen eigenen Regenschauer hochspritzender Gischt, bis es wieder auf Kurs war und, die Verfolger weit hinter sich lassend, flußaufwärts in den Tiefen der Wasserwege verschwand.

Alles war still, während die Kameras das verfolgende Rennboot filmten, das augenblicklich den Motor drosselte und vor dem Baumstamm abdrehte, sowie die frustrierte und wütende Reaktion der beiden Schauspieler, welche die verfolgenden Killer spielten. Dann brach Jubel los, Rufe, Gejohle, begeisternde Pfiffe, die über das Wasser schallten, während Rey den Kahn abbremste und in einer engen Kurve wendete, um ihn dann langsam, beinahe im Leerlauf, zur Drehplattform zurückzusteuern.

Julie applaudierte mit den anderen. Doch als sie sah, wie Rey in dem gemütlich herantuckernden Boot aufstand, die Perücke abnahm und sein Haar ausschüttelte, als sie sah, wie er den Zuschauern in den Booten hinter der Drehplattform und den Menschen darauf zugrinste und winkte, merkte sie, wie Zorn in ihr aufstieg.

Sie war zornig darüber, daß Rey sein Leben riskiert hatte, zornig, weil er mit Stan an dem Stunt gearbeitet hatte, ohne sie zu Rate zu ziehen, zornig über das entwaffnend unschuldige, fast schüchterne Lächeln, das er dem Kreis seiner Bewunderinnen schenkte. Sie war zornig, weil er es so leicht aussehen ließ, während sie sich so geängstigt hatte.

Aber vor allem war sie zornig, weil er ihr solche Angst eingejagt hatte.

9. Kapitel

Am Sonntag legte Julie eine Drehpause ein. Viele Regisseure arbeiteten auch die Wochenenden durch, sie selbst hatte das bisweilen getan, aber es war für alle eine lange, anstrengende Woche gewesen, und sie brauchten Zeit, um sich auszuruhen und zu erholen. Außerdem hatte Tante Tine angedeutet, daß Julie mit ihr die Messe besuchen sollte, und Julie wollte sie nur ungern enttäuschen.

Alle drei, Rey eingeschlossen, gingen zur Morgenmesse und kamen dann nach Hause zum Lunch, das aus Gumbo und Kartoffelsalat mit ofenwarmem, französischem Brot bestand. Danach legte sich Tante Tine zu einem Nickerchen nieder und überließ es Julie und Rey, die Küche sauberzumachen. Sie war erst ein paar Sekunden verschwunden, als sie das Schlurfen ihrer Hausschuhe hörten, die sie anstelle ihrer guten Sonntagsschuhe angezogen hatte.

»Ich habe noch etwas vergessen, Julie«, sagte sie, den Kopf durch die Tür hereinstreckend. »Sie sind am Freitagabend auf eine Hochzeit eingeladen; meine Großnichte, Reys Cousine, die Tochter des dritten Kindes der ältesten Schwester meines Bruders, heiratet in St. Joseph's. Es wird eine große Angelegenheit, ja; sie hat sich einen Doktor geangelt, und ihre Mutter will den neuen Verwandten beweisen, daß sie ebensoviel hat wie sie.«

Julie grinste, als sie den spaßigen Ton der alten Frau hörte. »Klingt, als dürfte man das nicht verpassen.«

»Ganz bestimmt. Es gibt ein Jambalaya, und der Wein fließt aus einem Springbrunnen – wer könnte mehr verlangen? Dann gibt es den Geldtanz, bei dem die Männer dem Mädchen Geld an das Kleid und den Schleier heften. Wer weiß«, beendete die alte Dame ihre Ankündigung augenzwinkernd, »vielleicht überlegen Sie sich sogar, eine Cajun-Hochzeit in Ihrem Film vorzuführen, nicht so ein Durcheinander wie in dem anderen. Damit könnten Sie es ihnen zeigen.«

Julie lachte zustimmend, obwohl sie kaum eine Chance dafür sah. Als Tante Tine wieder gegangen war, wischte sie das letzte Regalbrett und spülte dann ihren Putzlappen aus, während Rey die Essensreste nach draußen brachte, um sie an die Hühner und Pfauen zu verfüttern. Julie sah sich ein letztes Mal in der Küche um, um sicherzugehen, daß alles sauber war, dann ging sie ins Eßzimmer hinüber.

Rey kam von draußen wieder ins Haus und ließ die Fliegentür hinter sich zufallen. Er sagte: »Ich habe über das Ende der Stunt-Szene nachgedacht, die wir gestern gedreht haben.«

Sie hielt vorsichtig den Atem an. »Ja?«

»Wenn es nach dem Drehbuch geht, verschwindet Jean-Pierre in einem Bayou, nachdem er über die Zypressenknie geflogen ist und seine Verfolger abgehängt hat. Der letzte Teil, sein Verschwinden, ist noch nicht gefilmt worden. Richtig?«

Julie rieb sich mit zwei Fingern über die Falte zwischen ihren Brauen. »Doch, das ist teilweise bereits abgedreht. Wir haben das mit Vance am Tag des Unfalls aufgenommen. Aber es zeigt nur Jean-Pierre, der in einen Bayou einbiegt, den Motor abstellt und wartet, bis seine Verfolger an ihm vorbeigefahren sind. Nachdem du mir das von dem Schaum in seinem Kielwasser erzählt hast, bin ich nicht sicher, ob das so klappt.«

»Ich kenne einen Fleck, der sich ausgezeichnet für den Trick mit den zwei Bayous eignet, wenn du ihn sehen möchtest.«

»Heute?« fragte sie. Julie träumte den ganzen Tag schon von einem Mittagsschläfchen, mit dem sie die langen Stunden der Nachtarbeit in den vergangenen Tagen ausgleichen konnte.

»Es dauert nicht lang. Ich kann es dir aus der Luft zeigen, wenn du möchtest, statt vom Boot aus.«

»Das brauchst du nicht; das macht zu viele Umstände.« Julie hatte beinahe vergessen, daß er angeblich auch ein eigenes Flugzeug besaß.

»Keine Umstände. Ich muß das Flugzeug sowieso mal wieder durchchecken und fliegen. Ich hatte es schon so lange nicht mehr in der Luft.«

»Aber dazu mußt du doch nach New Orleans fahren.«

»Das dauert nur fünfundvierzig Minuten, vielleicht sogar weniger, weil heute Sonntag ist.«

Es war schwer, gegen die Pflicht anzukämpfen, vor allem, da der Termin für das Ende der Dreharbeiten täglich näher rückte. »Wenn ich mitkomme«, sagte sie, »heißt das nicht, daß ich die Szene dort drehen will.«

»Ich weiß«, antwortete er. Sein Gesicht war ernst, im Gegensatz zu seinen Augen. »Es ist nur ein Vorschlag.«

Julie war überzeugt, daß es ein guter Vorschlag war. Rey schien einen Instinkt dafür zu besitzen, was ihr als Bild auf der Leinwand vorschwebte. Höchstwahrscheinlich wäre sie mit ihm einer Meinung. Sie erinnerte sich daran, wie Stan behauptet hatte, sie würde Rey den Film überlassen, überlegte, was er und die anderen am Set wohl sagen würden, wenn sie merkten, daß Rey auch ihre Entscheidung für diese Szene beeinflußt hatte. Natürlich konnte sie sich dem Gerede stellen. Aber mit etwas Glück würde niemand davon erfahren.

»Wartest du, bis ich mich umgezogen habe?« fragte sie.

Sie hatte immer noch die Kleider an, die sie in der Kirche getragen hatte, ein einfaches Kostüm in cremefarbener Seide mit einem breiten, braungrauen Gürtel. Da Rey immer noch seine eleganten Straßenschuhe und ein hellblaues Anzughemd mit zu den Ellbogen hochgekrempelten Ärmeln und offenem Kragen trug, erwartete sie halb, ihn antworten zu hören, daß er ebenfalls etwas Bequemeres anziehen würde.

»Mach dir keine Umstände«, sagte er statt dessen. »Wer weiß, was wir danach noch machen.«

»Ich weiß es. Ich komme hierher zurück und mache einen Mittagsschlaf!«

»Schade um das schöne Wetter, aber wenn du darauf bestehst...«

Es war wirklich ein wunderschöner Nachmittag. Der milde Indian Summer brachte ihnen weiterhin sonnige Tage, warm genug, einen nicht vergessen zu lassen, daß man im Süden war, doch schon angenehm mild. Die Feuchtigkeit, die sonst manchmal tagelang die Neunzig nicht unterschritt, lag bei einigermaßen erträglichen fünfzig Prozent. Die Blätter fielen langsam, von kleinem Windstoß getrieben, zu Boden. Sie sprenkelten die Straße und wirbelten zu braungoldenen Wolken auf, wenn der Cherokee vorüberbrauste. Es gab nur wenig Rot oder Orange im Laub; abgesehen von Sumach und Giftefeu und ab und zu einem Süßgummi waren die Farben in diesem subtropischen Klima gedämpft. Der Herbst war hier kein letzter farbenfroher Gruß vor dem tiefen Winterschlaf so wie im Norden, sondern eher wie die langsam stärker werdende Müdigkeit vor dem kurzen Winternickerchen.

Sie dachte nur noch ans Schlafen, fiel Julie sarkastisch auf, und so rang sie sich ein paar unzusammenhängende Bemerkungen ab, um sich wach zu halten.

Das Flugzeug war startbereit; Rey hatte angerufen und dem Mechaniker im Hangar angekündigt, daß er käme. Trotzdem blieben sie am Boden, während die Sonne auf die Windschutzscheibe knallte, die Innentemperatur um ungefähr fünf Grad pro Minute anstieg und Rey eine scheinbar unendlich lange Checkliste durchging. Schließlich legte er sein Clipboard beiseite und beschleunigte den Lauf der Turbinen auf ein angenehmes, kraftvolles Röhren. Sie rollten auf die Startbahn, alarmierend knapp an den riesigen Passagierflugzeugen der Luftfahrtgesellschaften vorüber, neben denen die Cessna aussah wie ein Spielzeug. Trotzdem schlängelten sie sich wichtigtuerisch an den anderen Flugzeugen vorbei und waren kurz darauf in der Luft.

Sie zogen in eine Kurve und drehten ab, wieder in Richtung Lake Pontachartrain und der langen Straße, die ihn zweiteilte, zurück über den Bonne Carré Abflußkanal und den Sumpf, der sich bis an den Rand des Flugplatzes am Hintereingang von New Orleans schob. Julie sah die I-10, die sich unter ihnen entlangzog und auf der die Autos insektengleich dahinkrochen. Einen Augenblick später gingen sie tiefer und zogen einen weiten Kreis über den schlangenhaften Windungen und Mäandern des Mississippi River und den kleinen Orten, den Chemiefabriken und den alten Plantagenhäusern, die sich wie Glücksbringer an einem Armband an seinem Ufer reihten. Sie flogen über die Sunshine Bridge, die an den ehemaligen Gouverneur Jimmie Davies und Louisianas moderne Glanzzeiten erinnerte, als es so aussah, als könnte man mit Öl alles erreichen und selbst einen Sumpf in Gold verwandeln.

Das Drehgelände flitzte so schnell unter ihnen vorbei, daß Julie nicht sicher war, ob sie es überhaupt gesehen hatte. Dann folgten sie den Mäandern des Blind River, tief genug, um die Camps und Hausboote zu betrachten, die ihn säumten, sowie die Kanäle und Bayous, die in ihn mündeten. Sie blieben über dem Fluß, folgten ihren eigenen Schatten über dem umgebenden Sumpfland, scheuchten große, weiße Sumpfvögel aus den hohen Zypressen auf und jagten sie in die schwingengetragene, silbrig glänzende Flucht. Als sie das Ende des Flusses erreicht hatten, flogen sie weiter bis über den baumumstandenen Lake Maurepas, gesellten sich den fliegenden Möven zu und drehten dann ab, wieder der Sonne entgegen.

Julie war froh, mitgekommen zu sein. Der sorglose Flug war belebend. Wenn sie das Land so unter dem Flugzeug wegziehen sah, konnte sie sich ein viel genaueres Bild von dem Sumpf und der Lage ihres Drehgeländes zum Mississippi und den beiden Seen machen. Die Klimaanlage des Flugzeuges funktionierte gut, nur die grelle Sonne, die sich auf der Nase des Flugzeuges und in den Scheiben spiegelte, blendete sie. Das Cockpit roch leicht nach Leder und Öl und dem warmen, würzigen Duft von Reys After-shave. Er hatte darauf bestanden, daß sie sich auf den Copilotensitz setzte, obwohl es hinter ihnen noch mehr Plätze in der Kabine gab. Die Sicht war besser, hatte er behauptet, und er hatte zweifellos recht.

Julie litt eigentlich nicht unter Flugangst, aber sie war bis jetzt nur in großen Passagierflugzeugen und ab und zu in einem Firmenjet geflogen. Der Gedanke, mit Rey zu fliegen, hatte ihr kurz Magendrücken bereitet, weil nicht jeder Flugzeugbesitzer gleichzeitig ein guter Pilot war. Sie hätte sich keine Sorgen machen müssen. Er steuerte das Flugzeug ebenso sicher wie das Boot. Er hielt die Hand ruhig am Steuer, wirkte konzentriert, aber entspannt. Er schien fast vergessen zu haben, daß Julie neben ihm saß, als er sich zur Seite beugte, um aus dem Fenster auf den Sumpf hinabzublicken.

»Von hier oben sieht es aus wie ein Eden aus grauer Vorzeit«, sagte Julie, »das sich in alle Ewigkeit erstreckt, bis weit hinter den Horizont.«

»Es ist eines der letzten intakten Ökosysteme im Land. In der Wildnis dort unten brüten immer noch Otter, und Otter vertragen keine Umweltverschmutzung. Es gehört zu den großen Zugvogel-Landeplätzen; Enten und Gänse sammeln sich hier zu Millionen im Herbst und Winter. Aber es wandelt sich, hat sich in den letzten Jahrzehnten ständig langsam gewandelt. Die chemische Verschmutzung durch die Fabriken und die landwirtschaftlichen Abwasser nimmt zu, und jeden Monat reißen sich die Baufirmen ein Stückchen mehr unter den Nagel, legen hier einen Hektar, da einen Hektar trocken. Der Sumpf verschwindet, trocknet aus.«

»Aber bestimmt unternimmt jemand was dagegen?«

»Sie versuchen es, die Umweltschützer, Bürgerinitiativen und einige Abgeordnete und Senatoren. Aber es ist ein Rückzugsgefecht.«

»Vielleicht wäre es ganz interessant, unseren Jean-Pierre ein paar Sätze darüber sagen zu lassen. Ich könnte mir vorstellen, daß ihn das Thema beschäftigt.«

Das Lächeln, das er ihr schenkte, strahlte vor Überraschung und etwas anderem, das seinen Blick auf ihrem Gesicht ruhen ließ. »Das wäre großartig, einfach großartig.« Er wandte sich offenbar nur ungern wieder ab. Einen Augenblick später sagte er: »Da, da ist der Fleck, den ich meinte.«

Als er den Satz ausgesprochen hatte, flogen sie bereits über die Stelle hinweg, und Julie mußte den Kopf verdrehen, um sie nicht aus den Augen zu verlieren. Hier verjüngte sich der Blind River, verrottetes Holz und dunkelgrüne Palmettopalmen schnürten ihn noch enger. Die beiden Bayous lagen innerhalb von hundert Metern, und die Mündung des einen war von Treibgut fast versperrt. Es war für einen Mann, der seinen Verfolgern weit genug voraus war, ein Leichtes, sein Boot mit Vollgas in einen hineinzusteuern, dann herauszupaddeln und im anderen zu verschwinden.

»Der größere Bayou endet im Nichts«, bemerkte sie.

»Also wird es so aussehen, als hätte sich dein Sumpfheld in Luft aufgelöst.«

»Klingt nach einem Billigfilm.«

Er grinste sie an. »Findest du es zu unglaubwürdig?«

»Nicht«, sagte sie langsam, »wenn in dem Moment, in dem die Gangster beschließen, daß sich Jean-Pierre in einen Geist verwandelt hat, sein Motor anspringt und er davonjagt. Sie hören ihn, aber sie wissen nicht, wo er steckt und wie er ihnen entkommen konnte.«

»Sie beginnen zu fluchen, und das verhilft dir zusammen mit den Gewalt- und Nacktszenen zum ersehnten ›Freigegeben ab 12 Jahren‹ statt der Freigabe für Sechsjährige, die den Film an der Kinokasse sterben läßt, oder der Beschränkung auf Erwachsenenkinos, die du vermeiden möchtest.«

»Ich habe das System nicht erfunden«, verteidigte sie sich.

»Das habe ich auch nicht behauptet. Summer hat mir gestern

davon erzählt. Sie bezeichnete die für Kinder freigegebenen Filme als Babykino. Ich wollte nur überprüfen, ob das stimmt.«

»Sie trifft die Sache ziemlich genau, wenn du das meinst.«

»Sie ist ein schlaues Mädchen. Ihr entgeht kaum etwas.«

Julie antwortete nicht, denn ein Boot auf dem Wasser unter ihnen zog ihre Aufmerksamkeit auf sich. Es war weiß und schlank und fuhr mit hoher Geschwindigkeit, fast als wollte es ihnen ein Wettrennen liefern. Es war nur eine Person an Bord, der Steuermann, der von Kopf bis Fuß in Weiß gekleidet war. Dann überholte das Flugzeug das Boot, zog davon und ließ es hinter sich.

»War das nicht der Kabinenkreuzer vom Filmgelände?« fragte Julie und verdrehte den Kopf, um das Schiff im Auge zu behalten.

»War es das?«

»Ich dachte, ich hätte den Kamerastand gesehen. Aber ich weiß nicht, warum irgendwer damit herumfahren sollte.«

»Wahrscheinlich macht er nur einen Ausflug.«

»Es sollte unter Verschluß bleiben, solange es nicht für den Film benötigt wird. Das ist Bestandteil des Mietvertrages.«

»Wir können es uns noch einmal ansehen«, meinte Rey und kippte zu einer Wende ab.

Sie gingen in Sinkflug, als sie gewendet hatten, und flogen nun dicht über den Baumwipfeln. Rey machte keine komplette Kehrtwende, so daß er dem Flußlauf wieder folgte, sondern schnitt ihn im rechten Winkel. Das Boot war vor ihnen. Es näherte sich der Mündung eines Kanals, an dem sich eine Reihe von Camps mit Bootsanlegestellen befanden. Als das Flugzeug näher kam, schwenkte das Boot zu einem Dock mit zugehörigem Bootshaus ab. Es stoppte augenblicklich die Vorwärtsfahrt, als hätte man den Motor auf volle Kraft zurückgeschaltet. Sekunden bevor das Flugzeug das Boot überflog, glitt es unter das Dach des Bootshauses, als hätte es seinen Heimathafen erreicht.

»Mein Fehler«, bekannte Julie kopfschüttelnd, als sie daran vorbei waren. »Tut mir leid.«

»Kein Problem«, antwortete Rey und zog die Nase des Flugzeugs wieder hoch.

Das Manöver hatte eine Erinnerung in Julie wachgerufen. Nach einem Augenblick sagte sie: »Erinnerst du dich an die Nacht, in der wir uns begegnet sind und das Flugzeug über uns hinwegflog, kurz bevor wir – aufeinander gestoßen sind?«

Er nickte kurz. »Was ist damit?«

»Ich habe gehört, daß solche Flugzeuge manchmal Drogen in den Sümpfen abwerfen, die dann von Booten aufgefischt werden. Da du früher bei der DEA warst, wollte ich – das einmal überprüfen.«

»Das kommt vor«, stimmte er zu. »Vor ein paar Jahren landete eine abgewrackte DC-4 auf einer Straße nicht weit von hier, in der Nähe von Grand Point. Die Strecke war wegen Bauarbeiten gesperrt. Man war gerade dabei, acht oder neun Tonnen Marihuana und eine halbe Million Quaaludes in Lastwägen umzuladen, als die Polizei eintraf. Sie hatte von einem Einheimischen in Grand Point einen Tip bekommen. Drei der Männer wurden durch die Hinterhöfe der ganzen Gegend gejagt.«

»Klingt aufregend.«

»Die Leute hier erzählen immer noch davon. Aber ich schätze, das meiste Zeug wird heute per Schiff geschmuggelt. Es kommt über die Barrier-Inseln und die Buchten entlang der Küste, genau wie der Schnaps während der Prohibition oder die Piratenbeute zu Lafittes Zeiten.«

»Wer so etwas tut, muß die Küste und die Kanäle gut kennen.«

»Oder jemanden anheuern, der sich auskennt«, ergänzte er und wandte den Kopf, um sie ungerührt anzublicken.

Sie hatte nichts andeuten wollen – oder doch? Mit Anstrengung hielt sie seinem Blick stand und sagte: »Gibt es wirklich so viel Schmuggel im Vergleich zu, sagen wir, Florida?«

»Er nimmt jeden Monat zu. Je mehr sich die Drogenfahnder

auf Großstädte wie New York und Miami, Houston und L. A. konzentrieren, desto schlimmer wird es. Drogenschmuggler sind Guerillakämpfer. Sie stellen sich nicht dem Kampf und liefern sich Gefechte; sie tauchen ab und bilden woanders einen neuen Brückenkopf, in diesem Fall in den Bayous. Ein zweiter Faktor ist die zentrale Lage Louisianas. Von hier aus hat man gute Verbindungen nach Ost und West.«

Sein Gesicht wirkte verhärmt, als er das sagte. Julie fragte: »Bereust du manchmal, daß du die Agency verlassen hast?«

Er rollte eine Schulter unter dem gespannten Hemdstoff. »Als ich kündigte, hatte ich mit der Vorstellung abgeschlossen, daß man mit dem Problem fertig werden kann, indem man mit riesigem Menschen- und Geldaufwand einen Krieg gegen die Drogen führt. Ehe wir die Drogen besiegen können, müssen wir die Sucht als Krücke oder Fluchtmöglichkeit beseitigen. Menschen, die nach Drogen oder etwas anderem, sogar Essen, süchtig sind, müssen die Verantwortung für ihre Taten übernehmen. Wie mir ein Sumpfbewohner erklärt hat: ›Wir sind dem Feind begegnet; wir sind es selbst.‹ Ich weiß nicht, ob ich ihn korrekt zitiere, aber im Ansatz hat Pogo recht.«

»Keine besonders mitfühlende Einstellung.«

»Ich wollte dich nicht in deinen liberalen kalifornischen Überzeugungen treffen«, bekundete er gleichmütig, »aber wir haben seit mehr als zwanzig Jahren Mitgefühl gezeigt. Die Ergebnisse kannst du dir fast jeden Abend in den Nachrichten ansehen.«

»Wie willst du das Problem lösen? Willst du alle Süchtigen ins Gefängnis werfen?«

»Ich würde jeden, der für ein Verbrechen in Verbindung mit Drogen verurteilt wurde oder die ein drogensüchtiges Baby geboren hat, ein bis fünf Jahre einer Zwangstherapie unterziehen. Außerdem müßte öffentliche Aufklärung in einem Maß – und in solchem Realismus – betrieben werden, daß jedes Kind und jeder Erwachsene sich eher umbringt, als zu einer Droge zu greifen. Wenn die Nachfrage sinkt, sinkt auch der Nachschub.«

»Glaubst du wirklich, daß das etwas nützen würde?« Seine Ideen, seine Einstellung stachelten ihre Neugier ebenso an wie seine Gedanken zum Drogenhandel.

»Wer weiß? Bestimmt würde es ebensoviel nützen, wie ein Kilo Koks unter Tausenden und eine Tonne Marihuana unter Hunderten angelandeten zu beschlagnahmen.«

Sie antwortete nicht, aber sie fragte sich, ob viele der Menschen, die für die DEA arbeiteten, ebenso dachten wie Rey. Und wie sie ihre Aufgaben erfüllen konnten, wenn sie solche Zweifel hegten.

Sie flogen wieder nach Westen, und die blendende Sonne ließ sie die Augen für ein paar Sekunden schließen, bevor das Flugzeug wieder abdrehte. Das Dröhnen der Triebwerke und die gleichmäßige Bewegung waren einschläfernd, und sie mußte ein Gähnen unterdrücken.

»Hör zu«, sagte Rey mit leisem Humor, »warum gehst du nicht nach hinten und legst dich in einen der Liegesitze? Du kannst dein Nickerchen nachholen, während ich versuche, ein Klappern zu beseitigen und ein paar Flugstunden draufzubekommen.«

»Klappern?« fragte sie mit einem Schatten von Zweifel.

»Nichts Wichtiges und nichts, weswegen du dir Sorgen machen müßtest, aber ich brauche ein paar Minuten, um es zu orten. Ich verspreche dir, daß ich dich rechtzeitig wecke, bevor wir abspringen müssen.«

»Tausend Dank, aber können sich nicht die Flugzeugmechaniker darum kümmern?«

»Das könnten sie, aber nachdem es hier um meinen Kragen geht, von anderen Teilen meiner Anatomie ganz zu schweigen, mache ich das lieber selbst.«

»Ich verstehe«, sagte sie lachend und löste ihren Sicherheitsgurt, um nach hinten in die Kabine zu gehen.

Als sie sich zurücklehnte, dem leisen Zischen der Klimaanlage lauschte und langsam dem Schlaf entgegendriftete, dachte sie, daß es doch merkwürdig war, wie leicht sie Reys Versicherung akzeptierte, alles sei in Ordnung. Für gewöhnlich war sie nicht so vertrauensselig. Und es war eigenartig, daß sie ihm den Seitenhieb auf ihre liberalen kalifornischen Überzeugungen nicht übelgenommen hatte. Vielleicht war sie zu müde, um sich zu entrüsten, aber sie hatte sich den Nachmittag nicht mit sinnlosen Streitereien verderben wollen. Außerdem vertrat sie ohnehin keine starre Position, was Drogen betraf. Sie persönlich war der Auffassung, daß es dumm war, etwas möglicherweise Tödliches in den einzigen Körper zu schütten, den man je besaß, aber sie empfand keinen selbstgerechten Zorn darüber, wozu sich andere Menschen entschließen mochten. Sie wußte, daß einige der Schauspieler und Techniker in ihrem Film Drogen nahmen; das war schwer zu übersehen. Aber sie hatte kein Recht und fühlte keine Notwendigkeit, sich einzumischen, solange jeder seine Arbeit zufriedenstellend erledigte.

Zufriedenstellend erledigte. War es möglich, daß jemand an jenem Tag seine Arbeit nicht zufriedenstellend erledigt hatte, an dem Paul Lislet starb? Es war ein unangenehmer Gedanke. Sie verscheuchte ihn sofort.

Sie öffnete die Augen und schaute vor zum Cockpit hinter dem schmalen Durchgang mit dem wehenden, zur Seite gezogenen Vorhang. Reys athletische Silhouette verdeckte die Instrumente, seine Hände waren ruhig, sein Blick konzentriert auf die Reihe von Schaltern, Zeigern und Digitalanzeigen gerichtet. Sein Profil zeichnete sich scharf gegen das Licht ab, wirkte wohlproportioniert und vertrauenswürdig. Vor allem vertrauenswürdig. Sie schloß die Augen wieder. Sie war wirklich müde. Es würde ihr nicht schwerfallen einzuschlafen.

Irgendwann während eines Traumes spürte sie, wie das Flugzeug in eine Kurve ging, hörte das Knistern des Funkgerätes und Reys ruhige, gelassene Antwort. Sie drehte den Kopf auf der Lehne zur Seite, runzelte kurz im Schlaf die Stirn, aber sie wachte nicht auf.

Ein Rütteln ließ sie aufschrecken. Einen Augenblick später erkannte sie es als Turbulenz; es hatte den typischen weichen Druck. Ihr Hals war steif, und sie fühlte sich schlapp und desorientiert. Sie konnte nicht so lange geschlafen haben, wie es den Anschein hatte, doch das Licht war gedämpft, als hätte jemand die Jalousien vor den Seitenfenstern herabgezogen. Die Jalousien waren oben. Sie beugte sich hinüber, um hinauszuschauen.

Tief unter ihnen lag eine lockere Schicht flockiger Wolken. Darunter flimmerte und funkelte Wasser, zog eine geriffelte Linie zwischen Aquamarinblau und Beige, deren Farben sich im Zwielicht grau verfärbten. Es war ein Strand.

Sie setzte sich so abrupt auf, daß der Sicherheitsgurt ihr in den Leib schnitt und sie nach Luft schnappte. Als sie ihn mit hellem Klicken öffnete, sah sie Reys Schatten vor dem Licht der Instrumente, der den Kopf wandte und über die Schulter blickte. Sie sprang auf die Füße und war in zwei schnellen Schritten im Cockpit.

»Was«, fragte sie mit sorgsam gezügelter Stimme, »geht hier vor?«

»Du solltest dich lieber anschnallen. Über dem Ozean kann es holprig werden.« Sein Blick ruhte auf ihrem Gesicht, als wollte er feststellen, wie sie gelaunt war, seine Miene jedoch verriet nichts.

»Über dem Ozean!« entfuhr es ihr. Sie riß den Gürtel über ihren Bauch. »Wenn das ein Witz sein soll, dann nimm dich in acht. Ich finde das gar nicht komisch.«

»Die Küste Floridas. Wenn ich dir erklären würde, daß wir ein technisches Problem haben, würdest du dann hysterisch werden?«

Sie verharrte reglos. »Haben wir eins?«

»Um die Wahrheit zu sagen«, antwortete er mit einem Blick auf die Zeiger vor ihm und einem weiteren auf sie, »nein.«

»Was für ein Problem haben wir dann?«

»Ein biologisches. Ich hatte Hunger auf Hummer.«

Sie schaute ihn über lange Sekunden hinweg an, bevor sie mit scharfer Betonung sagte: »Du hast zwei Minuten Zeit, mir zu sagen, wo wir sind und wohin wir fliegen, dann werde ich gewalttätig.«

»Nur gewalttätig? Ich fürchtete, du würdest mich umbringen.«

»Der Gedanke hat was für sich, aber ich habe nicht die Absicht, Selbstmord zu begehen.«

Er belohnte diesen logischen Gedanken mit einem dürren Lächeln und einem einzigen Wort.

»Nassau.«

»Nassau. Wie Nassau auf den Bahamas?«

»Es sei denn, sie haben es verlegt.«

»Du fliegst dorthin, ohne mich zu fragen oder mir wenigstens eine Andeutung zu machen?«

»Wärst du mitgekommen?«

Sie ignorierte die Frage. »Und das Geschwätz von dem Klappern und der Flugzeit war nichts als heiße Luft, richtig?«

Der Blick seiner dunklen Augen war undurchdringlich.

»Und ich nehme an, du hättest mir die beiden Bayous in der halben Zeit und wesentlich besser von deinem Luftkissenboot aus zeigen können?«

»Es wäre ein anderer Blickwinkel gewesen, nicht unbedingt besser.«

Sie sank in ihren Sitz zurück, kreuzte die Arme vor der Brust und schaute geradeaus. »Wunderbar. Ich hoffe, du genießt deinen Hummer allein.«

»Magst du keinen Hummer?« Die Frage klang verlockend.

Sie liebte ihn, aber das würde sie nicht zugeben. Sie sah ihn an, ohne zu antworten.

»Bevor du etwas sagst, das du bereuen könntest«, erklärte er ihr wie einem kleinen Kind, »sollte ich dich darauf hinweisen, daß es spät, sehr spät werden kann, bevor wir heimkommen. Vielleicht bekommst du Hunger.«

Sie öffnete die Lippen und schloß sie wieder. Sie war jetzt schon hungrig. »Warum hast du das gemacht?« wollte sie wissen. Sie versuchte, ihre Stimme ruhig klingen zu lassen, aber sie klang mit jedem Satz wütender. »Vielleicht gibt es Frauen, die es aufregend finden, entführt zu werden und den Abend auf einer exotischen Insel zu verbringen, aber ich gehöre nicht dazu. Ich dachte, ich hätte klargemacht, daß ich es hasse, gegen meinen Willen zu etwas gezwungen zu werden, daß ich diese Cowboytaktik verabscheue. Man braucht mich nicht zu fesseln und zu irgendwas zwingen, als würde ich nicht wissen, was ich will oder was gut für mich ist.«

»Weißt du es denn?« fragte er, und seine Stimme klang leise, doch seltsam rauh. »Du weißt genau, was du willst und was das Beste für dich ist, und das hier gehört nicht dazu. Es muß angenehm sein, immer alles so zu wissen. Und dabei hast du den Hummer noch nicht mal probiert.«

Sie wandte den Kopf und starrte ihn an. Ihr war die Betonung auf den letzten Worten nicht entgangen. Hitze und Röte stiegen ihr im Halbdunkel in die Wangen, und sie fragte sich, ob er vielleicht das meinte, was sie zu verstehen glaubte, ob er meinte, daß sie sicher war, ihn nicht zu wollen. Er erwiderte ihren Blick. Seine Augen waren undurchdringlich und glänzend wie Cajun-Kaffee. Einen Augenblick lang kamen sie ihr auch ebenso heiß vor, dann knisterte das Funkgerät und begann, einen Strom von Stakkatofragen und -anweisungen von sich zu geben. Mit gesenkten Wimpern, hinter denen er auch seine Gefühle verbarg, wandte er sich wieder von ihr ab. Er gab mit ruhiger, selbstbewußter Stimme Antwort.

Sie sprachen kein Wort mehr, bis sie auf dem Providence Island Airport gelandet waren.

Die Paßkontrolle war nur eine Formalität. Der Mietwagen, den Rey über Funk bestellt hatte, wartete bereits. In weniger als einer Stunde hatten sie die Fahrt entlang der Küste hinter sich gebracht, an seufzenden, mondbefleckten Wellen und flüsternden Casuarinabäumen vorbei, und saßen in einem Gartenrestaurant, mit dampfenden Hummern vor sich.

Die Luft war mild und warm und roch nach Salz und Blumen und gebratenen Muscheln. Trocknende Fischnetze gaben dem Aroma einen scharfen Beigeschmack. Der vom Land abfallende Wind rüttelte an der Flamme der dicken Zitronenkerze in ihrem kugelförmigen Windlicht, raschelte in dem schmalen Palmendach über ihren Köpfen und brachte die bunten Glühbirnenketten in den Büschen rund um das Restaurant zum Schaukeln. Weit draußen am Horizont bewegte sich die See unter dem Mond wie der Rücken eines schuppig glänzenden Monsters, während davor Jachten mit gerefften Segeln, Schoner, deren Gäste auf dem Landausflug waren, und Fischerboote in den verschiedenen Stadien des Verfalls in perfektem Einklang zu dem Beat der Reggaemusik aus einer Lautsprecherbox am Strand hin und her schaukelten.

Rey hatte vorgeschlagen, mit Julie zu Graycliffe's zu gehen, einem Restaurant in einem alten Kolonialgebäude und dem einzigen Fünfsternerestaurant auf den Bahamas. Sie hatte abgelehnt. Wenn sie schon auf einer Insel zu Abend aß, dann wollte sie sich auch wie auf einer Insel fühlen, wollte die See schmecken und ihre Brise im Gesicht spüren.

Der Hummer war süß und schmeckte delikat, die Zitronenbutter war frisch und heiß, das Brot dick und knusprig und mit nussig schmeckendem Sesam bestreut. Der Chablis in der Karaffe, der beste, den das Restaurant zu bieten hatte, schmeckte ganz leicht nach Birnen und Pfirsich und besaß eine natürliche Säure, die gut zu dem Essen paßte.

Es ist schwer, wütend auf jemand zu bleiben, während man zusieht, wie derjenige einen ganzen Hummer vertilgt. Kühles Benehmen und Heikelkeit hätten so fehl am Platz gewirkt wie Nouvelle-Cuisine-Dekorationen aus eßbaren Blumen und dekorativen Gräsern. Es war schwere, schmutzige Arbeit, mit Hummerzangen und Hummergabeln zu essen. Es war unmöglich, keine gemurmelten Freuden- und Triumphesbekundungen auszutauschen und angesichts unerwarteter Schwierigkeiten keine bissigen Kommentare zu brummeln.

Ein voller Magen war auch wesentlich nachsichtiger, erkannte Julie. Sie war immer noch wütend darüber, so überfahren worden zu sein, aber sie war wesentlich weniger militant. Ohnehin war es unmöglich, angemessenen Zorn gegenüber einem Mann zu hegen, der eine solche Fähigkeit besaß, den Augenblick zu genießen. Rey Tabary machte keinen Hehl daraus, daß ihm das Essen, ihre Gesellschaft und das Restaurant gefielen. Er schien sich auch nichts aus ihrer schlechten Laune oder der Mühe zu machen, die es ihn gekostet hatte, auf die Insel und zu dem Restaurant zu gelangen. Er war zur Stelle, wenn sie etwas brauchte, schenkte ihr Wein nach, half ihr im Kampf gegen eine störrische Hummerschere oder reichte ihr einen Zitronenschnitz, mit dem sie sich den Fischgeruch von den Fingern reiben konnte, je nachdem. Er achtete sorgfältig darauf, die Grenze zwischen gutem Benehmen und Vertraulichkeit nicht zu überschreiten, wahrte auch selbst geistige Distanz und konzentrierte sich dennoch ganz und gar auf sie.

Auf eigenartige Weise war es auch nervtötend.

Sie tranken Kaffee, wobei sie aufs Wasser schauten und auf die Touristen, die teils angezogen, teils ausgezogen, teils betrunken, teils nüchtern, teils fröhlich und teils ernst vor ihnen über den Strand spazierten. Später schlossen sie sich der Parade an, bummelten an den Schaufenstern entlang und feilschten mit einer der wenigen Strohwarenhändlerinnen, die so spät noch verkauften, um einen Strohhut für Julie. Als sie den Weg zu ihrem geparkten Wagen zurückgelegt hatten, stiegen sie ein und fuhren in Richtung Flughafen.

Sie hatten den Ort längst verlassen, als Rey den Wagen abbremste und auf einen Parkplatz auf einer Landzunge über dem Meer abstellte. Er blieb eine Weile sitzen, die Hände am Steuer, dann öffnete er die Tür und stieg aus.

»Laß uns über den Strand gehen«, sagte er. »Nur ein kurzes Stück, bevor wir heimfliegen.«

Seine Stimme klang, als würde er ihr bloß einen höflichen Vorschlag machen, aber trotzdem war sich Julie nicht sicher, ob sie aus dem Wagen steigen sollte. Die Kombination von Wein und Meer und Strand im Mondlicht war mächtig, niemand wußte das besser als sie, die viele Nächte damit verbracht hatte, die Wellen zu beobachten, die an den Strand rollten. Die Brandung war nicht stark; die Wogen wurden von einem Korallenriff gebrochen und zu leckenden Zungen gezähmt. Trotzdem wußte Julie, wie anfällig sie dafür war.

Sie war auch anfällig für Rey. Er war nicht ihr Typ, sie hatten keine gemeinsamen Interessen oder Träume, keine gemeinsame Vergangenheit, ihre Wohnorte und ihre Denkweisen waren meilenweit voneinander entfernt, aber trotzdem war es so.

Er entfernte sich. Sie konnte im Wagen sitzen bleiben wie ein störrisches Kind und sich grämen, oder sie konnte mit ihm über den meeresfeuchten Sand schlendern, sich den Wind durch die Haare wehen lassen und dem leisen Murmeln des Ozeans lauschen. Eigentlich hatte sie keine Wahl.

Er wartete an der Spitze der Landzunge auf sie. Er reichte ihr die Hand, bevor sie den steilen Pfad über Kalksteinfelsen und unter Seetraubenbäumen hinabgingen, der sich unten im Sand verlor. Dann ließ er sie los und wanderte über die pulverisierten Korallen bis an die Wassergrenze, wo er stehenblieb und aufs Meer schaute und die Wellen nasse Spitzenrüschen um seine Füße legten.

Der Strand bildete einen breiten Halbmond, der zu beiden Seiten im Dunkel verschwand. Hinter ihnen stieg die Landspitze auf und nahm ihnen die Sicht auf die Straße und den Parkplatz. Die Luft war feucht und gischtig, denn ein paar hundert Meter weiter draußen schäumte der Ozean über dem Korallenriff. Die Meeresoberfläche war wie dunkelblaue, mit silbernen Pailletten besetzte Seide. Der Mond war wie ein Zinnteller, den eine Wolke in ihr schmutziges Poliertuch gehüllt hatte. Weit draußen in der Dunkelheit sah man die eckige Form eines langsam und pflichtbewußt blinkenden Containerschiffes, das einen schwarzen Fleck Dieselrauch über den Himmel zog, während es auf das Ende der Welt zusteuerte.

Rey wandte den Kopf, um auf Julie herabzusehen, die über den Sand kam und an seiner Seite stehenblieb. Als sie weiter über den Strand ging, kehrte er um und blieb Schritt haltend an ihrer Seite.

Der Wind frischte auf und fuhr unter Julies leichten Seidenrock, ließ ihn über ihren langen Beinen flattern. Der Rock drückte sich gegen seine Anzughosen, aber er machte keine Anstalten, zur Seite zu treten. Er schob die Hände tief in die Taschen; seine Worte kamen im Rhythmus seiner ruhigen, gleichmäßigen Schritte.

»Ich hatte nicht vor, dich so zu behandeln, als wüßtest du nicht, was du willst. Ich dachte nur – ich hatte den Eindruck, du müßtest dich einmal von allem frei machen. Du hast praktisch Tag und Nacht gearbeitet – du warst erschöpft, hattest zu wenig Schlaf und dunkle Ringe unter den Augen. Ich war überzeugt, daß du tausend Gründe finden würdest, nicht mitzukommen, wenn ich dich gefragt hätte, deshalb habe ich dich nicht gefragt.«

»Nur zu meinem Besten.«

»Und zu meinem. Ich hatte auch die Nase voll.«

»Erwartest du, daß ich froh darüber bin? Vor allem nach unserer Übereinkunft neulich?«

»Ich kann mich nicht erinnern, zugestimmt zu haben.«

»Ich bitte dich. Jedenfalls gibst du zu, daß du nicht widersprochen hast.«

»Vielleicht hatte ich ja Hintergedanken. Jedenfalls dachte ich, daß du einen *fait accompli* erkennen und dich als Dame von Welt in dein Schicksal fügen würdest.«

»Und dir vielleicht noch dazu.«

»So wild waren meine Träume nicht.«

Sein trockener Tonfall raspelte an ihren Nerven. Die Macht dieses Mannes, sie aus dem Konzept zu bringen, war zum Wahnsinnigwerden. Sie hielt sich nicht für unbegabt in der Kunst des sexuellen Schlagabtauschs, den man in L. A. mit einem Flirt verwechselte. Jedenfalls geschah es nicht oft, daß sie den Kürzeren zog. Vielleicht, weil sie und ihre Partner in Kalifornien selten gefühlsmäßig betroffen waren; es war ein Duell, in dem geistige Wendigkeit und kaltes Blut gefordert waren. Dies hier war etwas anderes. Die Art und Intensität der Gefühle zwischen Rey Tabary und ihr schwankten so unablässig wie die Gezeiten.

Auf der Straße hoch über ihnen fuhr ein Wagen vorbei, dessen Scheinwerfer über den Strand wischten. Ein zweiter, langsamerer folgte fast kriechend. Julie wartete, bis die Motoren beider Wagen nicht mehr zu hören waren, bevor sie antwortete.

»Ich weiß nicht, wie es mit deinen Träumen aussieht, allerdings waren deine Spekulationen darüber, warum ich unsere Beziehung abgebrochen habe, ganz bestimmt wild.«

»Was weißt du über meine Spekulationen?«

»Ich kann nur aus dem schließen, was du gesagt hast.«

»Und das wäre?«

Sie wünschte, sie hätte den Mund gehalten. Sie wußte nicht genau, welcher Impuls sie dazu getrieben hatte, das Thema überhaupt aufzubringen, es sei denn, es war eine Reaktion auf seine Entschlossenheit, alle Mißverständnisse auszuräumen, die sie angesichts seiner Motive haben könnte. Dennoch war sie nicht bereit zu kneifen.

»Du scheinst zu glauben, daß ich mit deinen Fähigkeiten als Liebhaber nicht zufrieden war. Das war keineswegs so; ich habe dir meine Gründe so deutlich wie möglich erklärt. Und bitte sag mir nicht, daß ich dir jetzt Tür und Tor zu einem zweideutigen Kommentar geöffnet hätte, denn das weiß ich, und wenn du das ausnutzt, dann werde ich mich weigern –«

»Das würde ich nicht wagen«, unterbrach er sie leise. »Die Antwort könnte meine geistige Gesundheit gefährden.«

Sie war vollkommen perplex. Das Haar wehte ihr ins Gesicht, ihr Mund blieb offenstehen, und Zorn und Erregung wichen aus ihren Augen. Die Schnelligkeit, mit der er ihre Gedanken erfaßt, ihre Bedeutung begriffen, sie akzeptiert und weitergedacht hatte, war so verführerisch wie der Wind und das Meer, die Nacht und die Einsamkeit. Er rührte an eine tiefe innere Leere, füllte sie mit seinem Humor, seiner Sorge um sie und seinem festen Willen, alle Mißverständnisse zwischen ihnen zu beseitigen und einen Widerhall zu schaffen, der in ihr aufstieg wie ein Schrei.

Sie könnte ihn lieben. Es wäre töricht und unwahrscheinlich, aber sie wußte, daß es möglich war. Es würde nie und nimmer funktionieren, aber die Anziehungskraft war da. Die Einsicht tat weh, aber sie war empfänglich und reif für seine Liebe. Zu einer anderen Zeit, unter anderen Umständen hätte sie ihn lieben können.

»O Rey«, flüsterte sie. Es klang wie ein Abschied.

Einen Augenblick lang blickten sie einander an, vom Widerschein des Mondes in ihren Augen verzaubert, und im nächsten bewegten sie sich langsam und in vollkommener Harmonie aufeinander zu.

Sein Kuß schmeckte nach Salz und Gischt, aber zugleich war er süß und verlockend, zart in seiner Festigkeit. Julies Feuer war seinem ebenbürtig, sie umkreiste seine Zunge mit ihrer, ließ ihn ihre salzige Süße schmecken. Sie spürte dem leicht spröden Rand seiner Lippen und der polierten Glätte seiner Zähne nach und erforschte die warmen Tiefen seines Mundes. Sie preßte ihren Busen gegen seine Brust, als wollte sie die Erinnerung an seinen Körper in ihren prägen, und spürte, wie sich seine Arme um sie schlossen und sie noch fester an ihn drückten.

Das rhythmische Brechen der Wellen war in ihren Ohren, ihren Herzschlag kontrapunktierend. Der Wind auf ihrer heißen Haut fühlte sich an wie eine Liebkosung, die ihre Begierde noch weiter anfachte. Der offene Himmel über ihnen kündete von unbeschränkter Freiheit, zeitloser Seligkeit. Die Nacht war eine weiche Decke, die im fahlen Licht des halb verborgenen Mondes schimmerte.

Ein dunkler Schattenkeil ragte im Lee der Landspitze auf den Strand. Wie auf Kommando gingen sie darauf zu. Er ließ die Knöpfe ihres Kleides aus den Löchern gleiten, während sie ihm den gleichen Dienst an seinem Hemd erwies. Die cremefarbene Seidenbluse glitt in den Sand und breitete sich in winzigen Wellen aus. Sie knieten darauf nieder, die Münder fest aufeinandergepreßt, und er streifte sein Hemd über die festen Rückenmuskeln, bis sie die Ärmel über seine Hände ziehen konnte. Sein Mund lag sanft auf ihrem, während er ohne jedes Zeichen von Ungeduld darauf wartete, wieder Macht über seine Hände zu bekommen.

Dann umfaßte er ihre Brüste, umkreiste die Spitzen unter ihrem dünnen Versteck aus Seide, bevor er seine Finger an ihren Rippen entlang gleiten ließ, um den BH aufzuhaken. Er senkte den Kopf, um die entblößten, weichen, blaugeäderten Halbkugeln zu liebkosen, inhalierte ihren warmen, weiblichen Duft und schloß die Augen, so daß sie seine Wimpern kitzelnd über ihre Haut fahren spürte.

Seide und Sand drückten an ihre nackte Haut, als sie, sich der letzten Kleider entledigend, zu Boden sanken. Die zermahlenen Korallen unter ihnen verschoben sich, als sie sich im gleichen Rhythmus bewegten, auf der langsamen und wollüstigen Suche nach beiderseitiger Erfüllung, beiderseitiger Freude.

Sie fanden mehr, als sie gesucht hatten. Es war ein Wirbelsturm der Sinne, ein überirdisches Verschmelzen, das im Kopf begann und dann auf das Herz übergriff. Untrennbar vereint, verletzlich in ihrer Zärtlichkeit, bewegten sie sich im Einklang von pulsierender Kraft und unglaublicher Grazie, von atemloser Lust und delikater Leidenschaft, die von ihrer Angst noch angefacht wurde. Weil sie sich davor fürchteten zu fühlen, waren sie im feurigen, verzehrenden Zauber der Gefühle gefangen. Er ergriff sie und einte sie, fesselte sie in einer brillanten, strahlenden Vereinigung, die sich für immer mit der Erinnerung an Sand und die mondbeschienene See verknüpfen sollte.

Später, als sie ihre Kleider wieder angezogen und die Landspitze erklommen hatten, entdeckten sie, daß man die Batterie aus ihrem Mietwagen gestohlen hatte, während sie weltvergessen unten im Sand gelegen hatten. Sie sahen einander an und lachten los. Sie machten leise lächelnd Witze darüber, während sie auf einen Kleinbus warteten, der sie zum Flughafen fuhr, während sie den Autoverleih darüber informierten, wo der Wagen stand, und während des langen Heimfluges.

Das Lächeln verschwand, als sie Tante Tines Haus erreichten. Ein Mann erhob sich aus einem Schaukelstuhl auf der Galerie, während sie aus dem Cherokee kletterten. Er trat an die Treppe und schaute ihnen entgegen, als sie auf ihn zukamen, musterte mit strengem Blick die zerknitterten Kleider, den Strohhut auf Julies Kopf und Reys Arm, der schützend um ihre Taille lag. Der Mann war schlank, hatte graubraunes Haar und wirkte sehr elegant. Seine Stimme hatte einen kultivierten Bostoner Einschlag und einen scharfen Unterton, schneidend wie bester englischer Stahl.

»Guten Abend, Julie«, sagte er, »oder besser guten Morgen; aber du wirst mir den Irrtum vergeben, schließlich warte ich schon einige Zeit auf dich. Ich sollte dich eigentlich fragen, wo du warst, aber die Frage erscheint unter den gegebenen Umständen indiskret, um nicht zu sagen überflüssig.«

Es war Allen.

10. Kapitel

»Ich möchte mich für meine schlechte Laune heute morgen entschuldigen«, erklärte Allen und drehte sich vom Fenster in Ofelias Wohnwagenbüro weg, das die Regieassistentin ihm vorübergehend zur Verfügung gestellt hatte. »Ich war müde und besorgt. Ich möchte dich wissen lassen, daß ich es zutiefst bedauere, falls ich etwas gesagt habe, das dich verletzt hat.«

Julie war noch nicht ganz im Büro, als Allen zu sprechen begann, so als hätte er diesen Satz auswendig gelernt. Sie starrte den Mann an, der ihr Verlobter und der Produzent ihrer Filme war. Seine plötzliche Kehrtwende und die Müdigkeit, die sie in seiner Stimme hörte, verunsicherten sie ebenso wie die Förmlichkeit ihres Zusammentreffens. Allen benahm sich absurd steif in Anbetracht ihrer Beziehung. Oder vielleicht tat er das gar nicht, vielleicht kam es ihr nur so vor, überlegte sie, weil sie sich an Reys Zwanglosigkeit gewöhnt hatte, an dessen wohlkalkulierte Mißachtung jener Distanz, die Menschen normalerweise untereinander wahrten. Sie konnte sich nicht vorstellen, daß er so weit entfernt von ihr stehenbleiben würde, wenn sie sich, wie Allen und sie, seit Wochen nicht gesehen hätten, oder daß er in diesem übertrieben höflichen Tonfall mit ihr verkehren würde, als wäre sie nicht mehr als eine Geschäftspartnerin. Natürlich hatte Allen nie zu Vertraulichkeiten geneigt. Er hegte eine Vorliebe für alles Britische und verhielt sich in der Öffentlichkeit wie im Privatleben nach dem Vorbild eines zivilisierten englischen Gentleman. Ihr war das nie zuvor seltsam vorgekommen; offenbar hatte sich ihre Vorstellung von persönlicher Nähe in räumlicher wie emotionaler Hinsicht geändert.

Nie hatte Allen aristokratischer ausgesehen als jetzt, wo er in seinen makellosen grauen Hosen und seinem Hemd von Turnbul and Asser, mit burgunderrot-grauer Weste, mit seinem silbergesträhnten, sandbraunen und an den Schläfen sorgfältig zurückgekämmten Haar und dem auf zahllosen Tennisplätzen gebräunten Gesicht vor ihr stand. Sie fragte sich, wo er wohl die Porzellantasse für seinen Earl-Grey-Tee aufgetrieben hatte, die dampfend auf dem Schreibtisch stand, wer die Schreibtischgarnitur aus Onyx aufgestellt und das stromlinienförmige schwarze Telefon eingestöpselt hatte, das er bevorzugte. Vielleicht war es Ofelia gewesen. Die Regieassistentin machte sich zwar über Allens Diva-Allüren lustig, schien aber zugleich eine perverse Freude daraus zu ziehen, sie bis ins letzte Detail zufriedenzustellen.

Schließlich sagte sie ruhig und leise: »Du bist sehr großzügig.«

»Keineswegs. Ich hatte kein Recht, mich dir gegenüber derart zu ereifern. Ich möchte als Entschuldigung die Tatsache vorbringen, daß niemand zu wissen schien, wo genau du dich aufhieltest, nur daß du, höchstwahrscheinlich, mit Tabary unterwegs seist. Ich will wohl zugestehen, daß seine Tante versuchte, mir zu helfen, aber sie war entsetzlich unpräzise, sobald es darum ging, wohin du gefahren sein könntest und wie lange du abwesend sein würdest. Ich hatte mir bereits alle möglichen Katastrophen vorgestellt und war entschlossen, die Polizei zu benachrichtigen, solltest du nicht bis Tagesanbruch zurück sein.«

»Ich hätte eine Nachricht hinterlassen, wenn ich gewußt hätte, daß du kommen würdest – und wenn ich gewußt hätte, was ich tun würde. Der Flug nach Nassau war ein spontaner Einfall und keinesfalls geplant.«

Julie hatte ihrem Verlobten in der vergangenen Nacht auf kürzestmögliche Weise alles zu erklären versucht. Sie hatte ihm aber ebensowenig wie jetzt verraten, daß sie entführt worden war. Irgendwie schien diese Information nach einer genaueren Beschreibung des Ausflugs zu verlangen, als sie zu geben gewillt war. Abgesehen von Allens erster, bitterer Begrüßung hatte es keine weiteren Auseinandersetzungen gegeben. Rey war im gleichen Moment dazwischengetreten und hatte angeführt, daß der Morgen einen besseren Zeitpunkt für ein so dramatisches Wiedersehen darstellen würde, wenn Julie ausgeruht und Allen nicht mehr ganz so aufgeregt wäre. Rey hatte seinen Vorschlag bekräftigt, indem er Julies Arm genommen und sie an Allen vorbei auf der Galerie zu ihrer Zimmertür geführt hatte. Julie war eingetreten und hatte die Tür erleichtert hinter sich geschlossen. Einen Augenblick später hörte sie die Stimmen beider Männer in einem kurzen Wortwechsel, dann folgten Allens Schritte die Stufen hinab und das Geräusch eines abfahrenden Wagens. Sie hatte angenommen, daß Rey noch einmal kommen würde, um über Allens unerwarteten Besuch zu sprechen oder ihr wenigstens gute Nacht zu wünschen. Doch das war er nicht, mehr noch, Julie hatte ihn den ganzen Morgen nicht gesehen.

»Ich möchte lieber nicht über deinen Ausflug mit Tabary sprechen.« Allen drehte sich zu ihr um, als er das sagte. Ein schwaches Lächeln zog sich um seinen Mund, das im Widerspruch zu dem gequälten Ausdruck in seinen grauen Augen stand. »Ich hatte Zeit, darüber und über meine Reaktion nachzudenken, und mir ist klargeworden, daß ich wahrscheinlich ebensoviel Schuld daran trage wie du. Ich habe dich vernachlässigt, dich hier mit deiner Arbeit allein gelassen. Ich hatte angenommen, daß du mit diesem Arrangement glücklich bist.«

»Das war ich auch«, verteidigte sich Julie. Sie hatte ihn nicht verletzen wollen, und das Wissen, daß sie es getan hatte, bedrückte sie.

»Möglicherweise. Dennoch haben wir anfangs uns einander das Recht auf eigene Freunde und Beziehungen zugestanden. Ich nehme an, daß ich dachte, die Frage wäre ein für allemal geklärt, da sie sich nie wieder stellte.«

»Ich wollte mich mit Rey nicht einlassen. Es – es ist einfach so passiert.«

»Das tut es gemeinhin. Ich werde nicht so tun, als würde ich das nicht verstehen oder als hätte ich mich mit niemandem während unserer gemeinsamen Zeit eingelassen, denn das wäre unwahr – und ich nehme an, du weißt das. Ich habe niemals etwas für jene Doppelmoral übrig gehabt, die es den Männern gestattet, sich zu ereifern, sobald die Frauen ihnen in gleicher Münze heimzahlen. Aber jetzt muß ich entdecken, daß dieser Instinkt nur schwer zu unterdrücken ist. Trotzdem versuche ich mein Bestes.«

Seine Selbstanklage war bewegend bei einem Mann, der normalerweise solche Würde besaß. Julie spürte langsam alte Zuneigung in sich aufsteigen und trat zu ihm, um ihre Finger auf seinen Arm zu legen. »Du bist ein ungewöhnlicher Mensch.«

»Ich bezweifle, daß ich mich zum Heiligen eigne. Aber ich wollte diese Dinge klarstellen. Ich wollte dich wissen lassen, daß dies für mich keinen Unterschied macht, nicht, wenn ich es verhindern kann. Sobald wir zurück in L. A. sind, wird alles wieder wie zuvor. Ich möchte dich nicht verlieren.«

Etwas an dem, was er sagte oder vielleicht wie er es sagte, beunruhigte sie, obwohl sie nicht genau sagen konnte, was es war. Trotzdem wirkte die Vertrautheit langer Jahre auf sie, ebenso wie seine beruhigende Art. »Ich habe schon versucht, mit Rey Schluß zu machen – ich sehe genausogut wie jeder andere, wie kompliziert eine Beziehung wäre. Schließlich haben er und ich vollkommen unterschiedliche Interessen. Außerdem hat er mit keinem Wort über die Zukunft gesprochen. Es erscheint … unwahrscheinlich, daß das, was zwischen uns ist, eine Rolle spielen wird, nachdem der Film fertig ist.«

»Es ist natürlich eine Erleichterung für mich, das zu hören. Aber bis dahin?« Die Worte klangen freundlich.

»Ich weiß es nicht«, antwortete sie. Ihre grünen Augen wirkten ernst und zugleich bedrückt. »Ich brauche noch etwas Zeit, um mich zurechtzufinden. Aber du brauchst keine Angst zu haben, daß ich dich in Verlegenheit bringe, während du hier bist.

Ich gehöre nicht zu den Frauen, die gerne zwischen zwei Männern balancieren.«

»Das hättest du mir nicht zu sagen brauchen«, erklärte er mit leichtem Vorwurf.

»Vielleicht mußte ich es sagen«, antwortete sie mit leisem Seufzen. »Jedenfalls tut es mir leid, wenn ich dir Kummer bereitet habe. Das wollte ich nicht.«

Er beobachtete sie eine Weile, bevor er hinter den Schreibtisch ging und sich in den Sessel setzte. »Nein, du konntest nicht wissen, daß ich so bald eintreffen würde, nicht wahr? Es gibt einen Grund für mein Kommen, etwas, das ich meiner Auffassung nach dir persönlich sagen sollte, bevor die Gerüchte dich erreichen.«

Sein Gesicht wirkte so ernst, daß Julie Zweifel in sich aufsteigen spürte. Sie trat an einen der Sessel vor seinem Schreibtisch und ließ sich hineinsinken. »Gerüchte?«

»Ich habe einen Schritt unternommen, den ich seit längerer Zeit erwogen habe, von dem Augenblick an, an dem die Arbeit an diesem Projekt begann, um genau zu sein. Bitte glaube mir, daß ich diese Entscheidung nicht übereilt und ohne eine gründliche Analyse aller Aspekte des Problemes getroffen habe – oder ohne Rücksicht auf deine Gefühle zu nehmen. Du weißt, welchen Respekt ich vor deinem Talent und deinen Fähigkeiten habe. Ich war immer stolz auf deine Werke und mehr als zufrieden mit dem wirtschaftlichen Erfolg der Projekte, die wir zusammen betreut haben. Du bist eine Regisseurin von außerordentlicher visionärer Kraft und Einfühlsamkeit, und dein Gespür für eine Geschichte und für die Empfindungen des Publikums ist phänomenal.«

»Allen«, sagte sie gepreßt, »es fängt an, hier drin zu schneien. Könntest du die Einleitung weglassen und mir einfach sagen, was du getan hast?«

»Es ist unabdingbar, daß du meine Position verstehst. Ich bin meinen Geldgebern gegenüber verantwortlich, daß *Im Reich der*

Sümpfe seinem Image als Qualitätsprodukt gerecht wird. Zugleich müssen wir den Film mit einem Budget fertigstellen, das den projektierten Kosten nahe kommt, um einen angemessenen Profit zu garantieren.«

»Ich dachte, dafür wäre ich verantwortlich.«

»Das bist du jedenfalls teilweise«, stimmte er mit einem knappen Blick zu, bevor er schnell weitersprach. »Als Regisseurin und Initiatorin dieses Projektes teilst du bestimmt auch unser Interesse daran, daß dieser Film beim Publikum Erfolg hat, in finanzieller wie in kritischer Hinsicht. Die Chancen dafür wurden allerdings durch einen Todesfall bei den Dreharbeiten und durch die daraus resultierende Publicity erheblich beeinträchtigt. Sensationslust ist immer stärker als Qualität.«

»Ich bin überzeugt, wenn die Leute den Film sehen –«

»Zu warten, bis er in die Filmtheater kommt, würde bedeuten, ein enormes Risiko einzugehen. Ich ziehe es vor, alles nur Mögliche zu tun, damit das erwünschte Ergebnis sich vor diesem Zeitpunkt einstellt. Was ich dir vorschlagen möchte, wird nicht nur unsere Chancen verhundertfachen, sondern dir auch eine Gelegenheit geben, für die viele junge Regisseure liebend gerne ihre Seele opfern würden. Der Plan ist so perfekt, so einfach; es wundert mich, daß ich – oder auch du – nicht eher darauf gekommen bin.«

»Was in Dreiteufelsnamen …«, begann Julie und hielt dann abrupt inne, weil ihr eine mögliche Erklärung kam, die so vernichtend war, daß ihr das Blut aus dem Gesicht wich. Sie fiel in ihren Sessel zurück, ließ die Hände kraftlos auf die Lehne sinken. Ihre Stimme zitterte vor Unglauben, als sie sagte: »Du hast Bull engagiert!«

»Stell dir nur vor, was das bedeutet: Ein Regieteam von Vater und Tochter, ein Unternehmen, das das Beste verbindet, was das alte und neue L. A. zu bieten hat. Wir werden eine irrsinnige Publicity bekommen; jede Talk-Show im ganzen Land wird sich die Finger nach euch beiden lecken. Ihr werdet Schlagzeilen machen wie Kirk und Michael Douglas oder Martin und Charlie Sheen.«

»Bull und ich sind keine Schauspieler, Allen. Außerdem ist das nicht wichtig. Es geht um den Film, und das kann ich ihm nicht antun – und mir auch nicht.«

»Ich verbessere nur die Aussichten für den Film. Diese Gemeinschaftsarbeit ist eine einzigartige Chance für dich.«

»Gemeinschaftsarbeit?« stieß sie ungläubig und gequält aus. »Da kennst du meinen Vater schlecht. Ich weiß, daß du ihn immer bewundert hast und daß dir seine Filme gefallen, aber du hast nie mit ihm zusammengelebt, nicht als Tochter. Er wird den Film an sich reißen; es wird seiner werden. Vielleicht tut er das nicht mit Absicht – vielleicht merkt er nicht einmal, daß er das tut –, aber alles andere ginge gegen seine Natur.«

»Wäre das so schlecht? Ich finde, du hast schon so viel daran gearbeitet, daß es keinen großen Unterschied macht, was Bull damit anfängt.«

Sie starrte ihn an und lachte dann kurz auf. »Ich kann einfach nicht glauben, daß du das sagst. Bull ist ein Actionregisseur. Seine Filme sind voller Tempo und Spannung und Männerfreundschaften und Witz, aber ohne Zwischentöne und ohne Szenen, die man auch nur entfernt als feinfühlig bezeichnen könnte. Wenn er erst einmal die Feinheiten aus dem Film rausgeschnitten und durch Action ersetzt hat, wird niemand mehr erkennen, was ich gemacht habe.«

»Seine Filme sind und waren immer Kassenschlager.«

»Du willst sagen, *Im Reich der Sümpfe* wäre mit dem Bull-Bullard-Touch besser dran?«

»Das habe ich nicht gesagt. Aber es muß doch einen Kompromiß geben, mit dem ihr beiden auf irgendeine Weise zusammenarbeiten könnt.«

»Klar gibt es einen, wenn ich alle Kompromisse eingehe.«

»Ich weigere mich zu glauben, daß du so schwach bist. Ich kenne dich besser.«

»Du verstehst mich nicht. Bull ist einfach so, wie er ist; gegen ihn anzugehen ist wie gegen eine Wand zu kämpfen. Entweder machst du es so, wie er es will, oder du läßt es bleiben. Und das kann ich nicht, Allen, nicht bei diesem Film.«

»Vielleicht wirst du müssen, Julie.« Seine Stimme klang fest und endgültig.

Sie starrte ihn lange an, bevor sie sich vorbeugte, die Hände faltete und die Augen zusammenkniff. »Warum tust du das, Allen? Wann hast du dich dazu entschlossen? Bist du sicher, daß das nicht ein winziges bißchen nach Rache schmeckt?«

»Julie! Ich hoffe, ich bin nicht so kleinlich!«

»Das hoffe ich auch«, sagte sie, ohne den Blick von ihm abzuwenden. »Weil ich das Wissen nicht ertragen könnte, daß du versuchst, mir über diesen Film eins auszuwischen. Ich glaube nicht, daß ich mit jemandem zusammensein könnte, der so etwas tut. Und ich werde dir noch etwas sagen. Ich werde auf keinen Fall mit Bull zusammen an *Im Reich der Sümpfe* arbeiten. Ich habe die Story entdeckt, ich habe das Drehbuch geschrieben, es ist *mein* Film.«

»Man könnte arrangieren, daß es Bulls Film wird«, erklärte er mit abgewogener Betonung.

»Lieber das, als daß ich lediglich als Regieassistentin im Abspann auftauche.« Sie erhob ihre Stimme kein bißchen und gestattete es sich nicht, den Blick unstet werden zu lassen, obwohl ihr im gleichen Augenblick durch den Kopf ging, daß Regisseure wie Spielberg, Friedkin, Robert Benton oder Oliver Stone eher ihre Produzenten feuerten, als von ihnen gefeuert wurden. Der Unterschied lag natürlich in dem Geld, das sie an der Kinokasse machten, und in ihrer Macht.

»Wenn du auch im Vorspann stehen willst...«

»Du weißt, daß es nicht darum geht!« schrie sie und donnerte eine Faust auf die Armlehne. »Ich will die Story filmen, die ich in meinem Kopf habe, meine Story. Entweder mache ich das auf meine Weise oder gar nicht.«

Seine Augen wurden groß. »Drohst du tatsächlich auszusteigen und das Projekt hängenzulassen?«

»Du hast doch den großen Bull Bullard. Vor einer Minute hat dir das noch gereicht.«

Eine Weile herrschte Stille, während er in ihrem Gesicht nach einer Antwort suchte. Der Lärm von draußen drang schwach in den Wohnwagen; das Summen der Generatoren, ein Lastwagen, der in den Parkplatz einbog, Stimmengemurmel.

Allen fuhr sich in einer erschöpften Geste mit der Hand über das Gesicht. Mürrisch sagte er: »Das wäre nicht das gleiche.«

»Das versuche ich dir die ganze Zeit zu erklären.«

»Vielleicht hast du recht, aber ich kann Bull nicht mehr aufhalten. Er ist schon unterwegs.«

Julie kommentierte den Zeitpunkt von Allens Ankündigung mit einer ironisch hochgezogenen Braue. »Dann wirst du ihm wohl erklären müssen, daß er wieder heimfliegen muß.«

»Ich weiß nicht, ob ich ihm das antun kann. Er war so begeistert, als ich ihm den Vorschlag machte, mit dir zusammenzuarbeiten.«

Julie atmete tief durch. »Bis jetzt, Allen«, sagte sie mit angespannter Stimme, »hast du es mit Schmeichelei, Überredung, Mitleid und Erpressung versucht. Jetzt bleibt dir nur noch eins: Du kannst mir mehr Geld anbieten.«

»Ich würde dich nicht so beleidigen.«

»Wenn du ebenso großen Respekt vor meiner Intelligenz wie vor meiner Integrität hättest, dann könnten wir weiterkommen.«

Er lehnte sich zurück und griff nach seinem lauwarmen Tee. Er nippte kurz und schnitt eine Grimasse. Als er die Tasse zurückgestellt und beiseite geschoben hatte, schaute er Julie mit offen flehendem Blick an. »Gut, vielleicht hätte ich mich erst mit dir beraten sollen, vielleicht hätte ich dich fragen sollen, wie du dazu stehst, mit deinem Vater zu arbeiten. Das habe ich nicht getan, aber daran ist nun nichts mehr zu ändern. Auf jeden Fall wird Bull heute nacht oder morgen hier eintreffen, und ich kann ihm nicht einfach erklären: ›Paß auf, das Geschäft ist geplatzt.‹«

»Vermutlich möchtest du, daß ich das übernehme.«

Er erstarrte mitten in seiner zurückweisenden Geste, die Hand hoch erhoben. Langsam ließ er sie sinken.

»Mein Gott, Julie, wie konntest du nur so zynisch werden?« sagte er mit fast perplexer Miene, ehe er beinahe beiläufig hinzufügte: »Und so unzufrieden, daß du dich schon auf dem freien Markt umtust? Wo habe ich nur gelebt, daß mir das entgehen konnte?«

Sie wünschte, sie wüßte selbst die Antworten auf seine Fragen. Sie vermutete, daß sich das schon lange angebahnt hatte. Allen war es nicht aufgefallen, weil sie bisher selten in wichtigen Fragen nicht übereingestimmt hatten und selten so lange getrennt gewesen waren.

»Wir wollen nicht persönlich werden, wenn du gestattest«, antwortete sie.

»Gut«, akzeptierte er nach einem Augenblick. »Ich wollte dich darum bitten, mit Bull zu sprechen, das stimmt, aber nur, um zu sehen, ob ihr nicht doch irgendwie zusammenarbeiten könnt. Immerhin ist der Mann dein Vater!«

»Das ist das Problem.« Die Worte schienen keinen Eindruck auf Allen zu machen, der nur auf ihre Antwort wartete. »Gut, ich rede mit ihm, aber ich warne dich: Es wird nichts daran ändern.«

Allen sprang auf und umrundete den Tisch, um ihre Hand zu nehmen und sie hochzuziehen. »Du bist wunderbar, Darling. Ich wußte, daß ich mich auf deine Vernunft verlassen konnte. Komm jetzt und gib mir einen Kuß, um mir zu zeigen, daß du mir nicht böse bist; du weißt, wie ich kleinliche Streitereien hasse. Außerdem hast du mich noch nicht anständig willkommen geheißen.«

Sie legte den Kopf zurück und erwiderte seinen Kuß, mehr aus Gewohnheit denn aus freiem Willen. Sein Mund war warm und angenehm, der Kontakt kurz. Durch ihre Gedanken zog ein flüchtiger Vergleich mit Reys Küssen. Wo blieben die Hitze, das Kitzeln, die Spannung, die Wogen der Sinnlichkeit, die Süße? Einen Augenblick später drängte sie die Bilder beiseite, um sich darauf zu konzentrieren, was Allen sagte.

»Zur Belohnung für deine Kooperation habe ich noch Neuigkeiten für dich. Was würdest du sagen, wenn ich dir verriete, daß dein letzter Film, *Gefährliche Zeiten*, als Eröffnungsfilm für das diesjährige Frauenfilmfestival ausgewählt wurde?«

»Ist das dein Ernst?« Sie rückte von ihm ab, um ihm ins Gesicht zu sehen.

»Ich habe es letzte Woche erfahren. Du bist für ihren Crystal Award als beste Regisseurin nominiert worden. Wenn du den gewinnst, dann stehst du in einer Reihe mit großen Frauen wie Amy Heckerling und Martha Coolidge.«

»Letzte Woche? Du hast das letzte Woche erfahren, und du erzählst es mir erst jetzt?«

»Ich wollte dich damit überraschen, wenn ich dich sehen würde.«

»Das Festival findet kommendes Wochenende statt. Du hättest mich jedenfalls vorwarnen können, damit ich alles Nötige arrangiere.«

»Du hattest doch nicht vor, hinzufahren, oder? Ich hatte angenommen, du seist hier so beschäftigt, daß du keinesfalls alles stehen- und liegenlassen würdest, nur um dich ein paar Minuten lang bejubeln zu lassen. Es ist eine Ehre, das stimmt, aber es ist kein Oscar.«

Sie starrte ihn an, unfähig zu entscheiden, ob er damit sie und ihren Film oder den Frauenfilm im allgemeinen herabwürdigen wollte; ob er es unbewußt oder absichtlich getan hatte, weil er sie daran hindern wollte, das Drehgelände zu verlassen und die Arbeiten am Film zu verzögern. Jedenfalls war sie das Streiten leid und zu verwirrt von den Überraschungen und Ultimaten, die Allen aus der Westentasche gezaubert hatte, um darauf herumzureiten. Mit kühler Stimme sagte sie: »Es ist schwer genug, in diesem Geschäft Preise zu bekommen; ich nehme jeden, den ich kriegen kann.«

»Es liegt natürlich ganz bei dir.«

»Ja«, bekräftigte sie präzise und trat dann zurück. »Und jetzt gehe ich besser wieder an die Arbeit. Ich habe noch einen Film zu drehen, wenigstens bis auf weiteres.«

»Julie – warte!«

Sie hörte, wie er ihr nachrief, als sie zur Tür ging, aber sie drehte sich nicht mehr um.

Sich auf den Papierkram in ihrem Büro zu konzentrieren, war unmöglich, das wußte Julie. Sie brauchte Ablenkung und andere Menschen um sich, brauchte Lärm und die Betriebsamkeit der Dreharbeiten. Sie durchquerte zügig das Vorzimmer, trat aus der Wohnwagentür und eilte die Betonstufen davor so schnell herab, daß es fast so aussah, als würde sie davonlaufen. Als sie das merkte, verlangsamte sie ihren Schritt und sah sich dann um.

Vance hielt unter der großen Zypresse nahe dem Bootssteg hof, lagerte in einem von zwei Cocktailsesseln und sprach zu einer Versammlung von Frauen jeden Alters. Auf den zweiten Blick begriff sie, daß er ein Interview gab; eine junge Frau mit einer wilden Haarmähne und Hornbrille saß im anderen Sessel, kritzelte auf einen Notizblock und langte ab und zu nach dem kleinen Tonbandgerät auf dem Couchtisch zwischen ihr und dem Schauspieler.

Ofelia kam quer über den Parkplatz auf sie zu. Sie wirkte an diesem Morgen besonders fröhlich, was zum Teil auf den knallorangefarbenen Baumwolltrainingsanzug und die riesigen, langen Ohrringe zurückzuführen war, die an ihren Ohren baumelten. In der Hand trug sie einen Stapel Formulare mit angehefteten Polaroids.

»Morgen!« rief sie. »Ich habe die Bewerbungen für die Statisten, die wir für die Stadtszenen brauchen, wenn du sie dir ansehen willst. Und wundervolle Neuigkeiten. Summers Hauslehrerin und Erzieherin ist von Bord gegangen. Soweit ich erfahren konnte, hat ihre schwangere Tochter die Wehen zu früh gekriegt, deshalb hat die werdende Großmutter gestern abend den Nachtflug nach L. A. genommen.«

»Wundervoll«, echote Julie lakonisch zustimmend. Sie atmete tief ein und stieß die Luft hörbar frustriert wieder aus. Die staatlich geprüfte Hauslehrerin und Erzieherin wurde von den kalifornischen Arbeitsgesetzen für Kinderschauspieler vorgeschrieben. Als Filmgesellschaft mit Sitz in Kalifornien durften sie Summer nicht beschäftigen, ohne daß sich eine solche Person um ihre Erziehung, Gesundheit, Sicherheit und ihr moralisches Wohlergehen kümmerte. Die abgereiste Dame war eine exzellente Besetzung für diesen Posten gewesen, hatte ihre Arbeit unauffällig und mit einem Minimum an Störungen bei den Dreharbeiten und an Schwierigkeiten mit Summer bewältigt.

»Ich kann die hiesige Schulbehörde anrufen und sie fragen, ob sie jemanden für uns wissen.«

»Nein, warte.« Julie kam eine Idee. »Wenn Rey auftaucht, frag ihn, ob er glaubt, daß Donna Lislet daran interessiert sein könnte. Er hat mir erzählt, daß sie Lehrerin ist, wenn sie also den Job haben will, können wir vielleicht das übrige mit dem Jugendamt regeln.«

»Rey ist schon hier«, bemerkte Ofelia und kritzelte eine Notiz an den Rand eines Formulars, »wenigstens steht sein Auto da drüben.«

Julie spürte, wie sich die Muskeln in ihrem Unterleib verkrampften. Sie hatte keine Ahnung, wie er Allens Ankunft empfand oder woran sie mit ihm nach der Nacht am Strand war. Bei dem Gedanken, ihm jetzt, vor so vielen Menschen, zu begegnen, verstärkte sich die Spannung noch, die sich den ganzen Morgen über in ihr aufgebaut hatte. Sie knetete die Hände, als sie ein Zittern über ihre Nerven fahren spürte.

Ofelia schaute von ihrer Notiz auf. »Hey, was ist an dem Gerücht, daß Bull hier aufkreuzen soll?«

»Heißt das, es ist schon rum?«

»Wie ein Wirbelwind. Die eine Hälfte der Crew meint, er will seine liebe, einzige Tochter besuchen, die andere wettet, daß er die Regie übernimmt. Gibt es etwas, das ich wissen sollte?«

»Im Augenblick nicht.«

»Gut. Aber du hättest mich warnen können. Ich hätte einen kleinen Vorsprung gebrauchen können, um ihm ein Zimmer und vielleicht ein Büro zu besorgen, falls er eins will.«

»Das hätte ich liebend gern getan«, erwiderte Julie trocken, »wenn ich davon gewußt hätte. Ich habe es selbst eben erst erfahren.«

»Männer. Sind sie nicht einfach göttlich?« Ofelia stützte eine Hand in ihre ausladende Hüfte und machte eine Kopfbewegung in Vances Richtung. »Sieh dir nur den Gockel da drüben an. Der geilt sich doch daran auf, daß er einen Handarbeitszirkel und eine Lois Lane gefunden hat, die jedes Juwel der Weisheit bejubeln, das zwischen seinen Jackettkronen herauspurzelt.«

»Handarbeitszirkel?«

»Oder ein Hausfrauenverein, irgend so etwas. Sie haben vor ein paar Tagen angerufen und gefragt, ob sie sich mal umsehen dürften. Vance war im Büro, als sie am Telefon waren, und da sie ihm erzählt haben, daß sie keine Folge seiner Seifenoper verpaßt haben, hat er beschlossen, sich um sie zu kümmern. Ich habe keine Ahnung, woher die Reporterin kommt. Hoffentlich hat sie einen Presseausweis.«

Es war schon vorgekommen, daß Fans sich als Pressemitarbeiter ausgaben, um ein paar Minuten mit einem Star allein zu sein. Es wurden alle möglichen Anstrengungen unternommen, um ein solches Sicherheitsrisiko auszuschließen, aber ruhmsüchtige Schauspieler waren bisweilen nur schwer zu kontrollieren.

»Ich habe keine Ahnung«, sagte Julie.

»Hat Vance dir jemals von der Reporterin erzählt, die ihn dazu gebracht hat, die Hosen runterzulassen? Nein? Das war bei einem anderen Film, in New Mexico oder irgendwo. Dieses gutaussehende Mädchen kommt auf das Drehgelände, erzählt, daß sie für eine College-Zeitung schreibt und gerade einen Fanclub gründen will und ob sie ein Interview kriegt. Sie unterhalten sich, und langsam wird die Atmosphäre schwüler – du kennst Vance. Dann meint das Mädchen, wie toll es wäre, wenn sie dem Fanclub verraten könnte, welche Unterwäsche er trägt. Er verrät es ihr, und sie tut so, als würde sie ihm nicht glauben, sagt, das sei dieselbe Marke, die ihr Großvater tragen würde. Na ja, jedenfalls läßt er schließlich die Hose runter, um es ihr zu zeigen – wahrscheinlich hat er auf mehr gehofft. Sie schaut sich das Markenschild genau an, seine Hinterbacken dazu, dann sagt sie danke und verschwindet. Hinterher hat sich rausgestellt, daß es die College-Zeitung gar nicht gibt.«

Julie lächelte kopfschüttelnd. »Armer Vance. Deshalb ist er immer so komisch, wenn es um seinen Allerwertesten geht.«

»Armer Vance, na klar! Er hat's nicht anders verdient, darauf würde ich meinen Kopf verwetten. Und ich wette, wenn er glauben würde, daß ihn das zum Superstar macht, dann würde er vor der Kamera aus der Hose steigen, bevor du auch nur ›Reißverschluß‹ sagen kannst. Es wundert mich täglich mehr, wozu die Leute bereit sind. Selbst du tust alles für die Kunst, absolut alles!«

Ofelias Stimme, ohnehin kein leises Organ, hatte einen durchdringenden Klang angenommen, der Vance in ihre Richtung blicken und die Stirn runzeln ließ. Weil Julie ihn beobachtete und sich fragte, ob er womöglich einen Teil ihres Gespräches mitbekommen hatte, hätte sie beinahe Ofelias letzten Satz überhört. Jetzt fuhr sie herum. »Wie meinst du das?«

»Als würdest du das nicht wissen.« Ofelia rollte mit den Augen und zwinkerte, als sie über Julies Schulter hinwegblickte. »Morgen, Rey. Wie geht's? Hallo, Summer, Schätzchen. Hast du schon einen neuen Lehrer gefunden?«

»Rey und ich haben zusammen gefrühstückt«, verkündete der Kinderstar, wobei sie den Kopf so hoch hielt, daß sie fast auf die Regieassistentin herabsah, aber zugleich Reys rechte Hand umklammerte, als hätte sie Angst, jemand könnte sie ihr wegnehmen.

»Ihre Mutter fühlt sich heute morgen nicht wohl«, sagte Rey.

»Sie hat Kopfschmerzen«, ergänzte Summer. »Sie mußte sich hinlegen. Sie sagt, sie weiß nicht, was sie tun soll, bis ich jemand Neues kriege, der mir bei meinen Stunden hilft.«

»Wir suchen schon«, erklärte ihr Ofelia und zwinkerte Julie dann zu. »Ich hab's eilig. Wir sehen uns später.«

Während Ofelia zu ihrem Wohnwagenbüro ging, schaute Rey auf Summer hinab. »Schau mal nach deiner Mom, ob sie irgend etwas braucht. Und wenn du sie schon siehst, frag sie gleich, ob du mit mir eine Stunde auf dem Fluß fahren darfst.«

Das Mädchen lächelte glückselig. »Ich bin gleich wieder da!«

Rey schaute dem Mädchen nach, das zu seinem Wohnmobil rannte. Ihr sandblondes Seidenhaar wehte über ihren Rücken. Als sie außer Hörweite war, blickte er mit derselben Wärme in seinen dunkelbraunen Augen auf Julie herab, die er Summer gegenüber gezeigt hatte. »Wie fühlst du dich heute morgen? Sehnst du dich immer noch nach einem Nickerchen?«

»Es könnte nicht schaden.« Sie legte sich die Hand in den Nacken und reckte ihren Rücken.

»Ich bin auch nicht gerade begeistert aus dem Bett gesprungen«, sagte er.

»Es tut mir leid wegen Allen. Er ist sonst nicht so ekelhaft.«

»Ich glaube, an seiner Stelle hätte ich am liebsten jemanden umgebracht, und zwar nicht dich.«

Sie schenkte ihm einen kurzen Blick und verglich im Geiste seine Größe mit der ihres Verlobten. »Physische Gewalt entspricht nicht Allens Stil. Er würde dich eher mit Worten niedermachen.«

»Das ist zivilisiert, aber vielleicht nicht ganz so befriedigend«, kommentierte er mit trockenem Humor und fuhr dann schnell fort, da Summer aus ihrem Wohnmobil gelaufen kam und auf sie zurannte: »Wußtest du, daß Annette Davett Alkoholikerin ist?«

»Eigentlich nicht, aber ich kann nicht sagen, daß es mich überrascht.«

»Sie war heute morgen betrunken – oder von etwas anderem high –, und das war nicht das erstemal. Summer versucht, sie nach besten Kräften zu decken, aber sie hat mir anvertraut, daß ihre Mutter manchmal eine ganze Handvoll Pillen auf einmal schluckt.«

»Wegen dieser neuen Hauslehrerin und Erzieherin – ich habe mich gefragt, ob Donna vielleicht...«

»Julie! Zum Glück treffe ich dich noch, bevor ich wegmuß.« Allen rief sie von den Stufen des Wohnwagenbüros aus. Den Aktenkoffer in der Hand und Rey ignorierend, kam er eilig auf Julie zu. Er redete im Gehen weiter.

»Man hat mich eben aus L. A. angerufen und mir mitgeteilt, daß Bull sich heute früh auf den Weg nach New Orleans gemacht habe. Er möchte sich in meinem Hotel mit mir treffen, deshalb fahre ich gleich zurück. Ich finde, wir sollten heute abend ein großes Essen mit allen veranstalten, darum habe ich Ofelia gebeten, ein paar Limousinen zu ordern. Bei ein paar Drinks und einem anständigen Essen läßt sich die Arbeit viel leichter vergessen.«

»Mit allen?« fragte sie steif.

»Du weißt schon, Vance, Madelyn, Summer und ihre Mutter, die Hauptdarsteller. Wen immer du dabeihaben möchtest.«

»Ich dachte, Bull und ich sollten uns zuerst unter vier Augen unterhalten?«

»Dafür haben wir auch später noch Zeit, nachdem alle gegangen sind. Natürlich logierst du während der nächsten Tage mit mir im Windsor Court Hotel. Vergiß nicht, dir ein paar Sachen einzupacken und mitzubringen.«

Allen blickte an Julie vorbei, heftete seinen Blick auf den Mann an ihrer Seite. Rey erwiderte über lange Sekunden hinweg den kühlen, überlegenen Blick, bevor er sich langsam zu Julie umdrehte. Um seinen Mund spielte ein kleines Lächeln, ohne seine Augen zu erreichen, als er sagte: »Danke für die Warnung. Sagst du mir, wenn ich blute?«

Zorn und Verlegenheit kämpften in Julies Gesicht, während sie von Allen auf Rey und dann wieder auf ihren Produzenten blickte. »Wenn ich jetzt mit dir komme«, erklärte sie mit Schärfe in der Stimme, »dann kann ich mit Bull reden, bevor die anderen eintreffen, und später mit ihnen zurückfahren. Ich glaube nicht, daß ich bei dir bleiben werde; New Orleans ist zu weit weg vom Drehort, um leicht oder bequem erreichbar zu sein.«

Allen faßte sie am Arm. »Ich bin überzeugt, daß wir eine Lösung finden werden. Wir werden uns unterwegs darüber unterhalten.«

In diesem Augenblick flog die Wohnwagentür auf. Ofelia kam mit klingelndem Ohrgehänge, rotem Gesicht und tellergroßen Augen herausgerannt.

»Allen, warte! Fahr nicht! Alles mal herhören!«

Ihre Stimme kam mit hartem Echo wie ein Bumerang von den Bäumen auf dem anderen Flußufer zurück. Sie blieb breitbeinig unten an der Wohnwagentreppe stehen und stützte die Hände in die Hüften. Allen drehte sich mit einer hochgezogenen Braue zu ihr um.

»Wir müssen sofort den Parkplatz räumen!« brüllte Ofelia. »Die Autos und Laster, jedes Fahrzeug muß hier raus. Ich habe gerade einen Anruf aus Dallas bekommen. Bull Bullard ist auf dem Weg hierher und trifft in einer Viertelstunde ein!«

»Das sind erfreuliche Nachrichten«, meinte Allen. »Aber wozu die Aufregung?«

»Wir haben keinen Landeplatz und nur noch fünfzehn Minuten, um einen herzuzaubern! Er kommt mit dem Hubschrauber!«

11. Kapitel

Schmutz und Schotter wirbelten zu einer tränentreibenden Wolke auf. Die Baumwipfel wippten vor und zurück, und das Gras am Rand des Parkplatzes duckte sich zitternd. Die Wasseroberfläche des Flusses erbebte in tausend winzigen Wellen, während die Boote, die am Pier festgemacht waren, flüchten wollten und an ihren Fesseln zerrten. Das Brüllen der Helikoptertriebwerke und das Schlagen der Rotorblätter machten jede Unterhaltung unmöglich. Die Augen zusammengekniffen und das wirbelnde Haar mit der Hand aus dem Gesicht haltend, stemmte sich Julie dem tosenden Strudel entgegen. Schauspieler und Techniker um sie herum taten es ihr gleich.

Der Helikopter mit Bull an Bord sank auf die Bühne nieder. Er schwebte über dem Fleck, den man in solcher Hast frei gemacht hatte, daß die zuvor hier geparkten Autos überall herumstanden, hinter den Wohnwagen und Wohnmobilen und dem Bootsclub, oder in den seltsamsten Winkeln zu beiden Seiten des Highways. Langsam und präzise sank der Hubschrauber zu Boden, dann wurden die Triebwerke heruntergefahren, und das Knattern der Rotorblätter kam abgehackter, da sie an Geschwindigkeit verloren.

In Julies Nähe hüpfte die Reporterin, die Vance interviewt hatte, vor Begeisterung von einem Bein aufs andere. Sie beugte sich zu dem Schauspieler und kreischte: »Ich kann es nicht glauben! Ich kann es nicht glauben, daß das wirklich Bullard ist. Glauben Sie, er spricht mit mir?«

»Probieren Sie's. Ein Versuch kann nichts schaden«, erklärte Vance mit seinem schiefen Grinsen.

»Glauben Sie wirklich? Ich bin Ihnen so dankbar, daß Sie den Wachposten überredet haben, mich wieder reinzulassen, nachdem ich mein Auto weggefahren habe, Mr. Stuart. Sie sind wirklich zauberhaft.«

»Vergessen Sie nicht, was Nettes über mich zu schreiben, wenn Sie Ihr Ding verfassen.«

»Oh, das werde ich!« jubelte das Mädchen. »Das werde ich!«

Madelyn, die neben Rey auf der anderen Seite von Julie aus gesehen stand, schenkte Vance und dem Mädchen ein mitleidiges Lächeln. »Ich glaube wirklich, Vance hat sich wieder eine Lobeshymne erarbeitet. Ist es nicht rührend?«

»Das gehört alles zum Starruhm, oder nicht?« Julie hatte ihre Aufmerksamkeit auf Bull gerichtet, der sich aus dem Helikoptersitz hievte. Er sah gut aus, sein faltiges Gesicht war von einem gesunden Braun, sein dünnes, graues Haar straff zurückgekämmt, und seine haselnußbraunen Augen wirkten wach.

Madelyn zuckte mit den Achseln. »Ich persönlich bevorzuge das in wohldosierten Mengen. Ruhm ist etwas Wunderbares, aber du kannst dir im Alter nichts dafür kaufen.«

»Darum kannst du dir doch keine Sorgen machen.«

»Ich bin schon lange auf dem Spielfeld, meine Liebe. Nicht ganz so lang wie dein Vater, obwohl er mir zum Durchbruch verhalf. Wir waren früher ein Gespann. Wußtest du das?«

Julie schoß der Schauspielerin einen kurzen Blick zu. »Du und Bull?«

»Tu nicht so schockiert; es bestand nie die Gefahr, daß du mich als Stiefmutter bekommen würdest. Ich war eigentlich nicht sein Typ.«

»Ich hätte auch nicht gedacht, daß er deiner ist.«

»Oh, Bull kann auf seine Weise sehr charmant sein, und er ist so unkompliziert. Du weißt schon: ich Mann, du Frau. Ich zahle lieber selbst, aber manchmal ist es recht angenehm, einen Mann zur Hand zu haben, der die Rechnungen begleicht und dir die Türen aufhält.«

Bull gab dem Helikopterpiloten die Hand, der eine Reisetasche ausgeladen hatte. Geduckt und mit gesenktem Kopf, um dem immer noch drehenden Rotor auszuweichen, drehte sich Julies Vater herum, um das Empfangskomitee in Augenschein zu nehmen. Als Allen vortrat und ihm eine Begrüßung zurief, ging er auf ihn zu. Die beiden Männer reichten sich die Hand, und Bull richtete sich auf. Er sagte etwas zu dem Produzenten, und Allen deutete zu Julie hinüber. Mit breitem Lächeln kam Bull Bullard auf sie zu.

Die junge Reporterin stellte sich ihm mit gezücktem Tonbandgerät in den Weg. Das lange, lockige Haar flatterte ihr wild ums Gesicht, und ihre Augen waren groß vor Aufregung. »Mr. Bullard, es ist mir eine besondere Ehre, Sie als erste in Louisiana willkommen zu heißen. Ich wäre Ihnen sehr dankbar, wenn Sie mir ein paar Fragen beantworten würden.«

»Vielleicht später«, sagte Bull. »Jetzt nicht.«

»Es dauert nur einen Augenblick. Können Sie mir sagen, was Sie hier vorhaben? Stimmt es, daß Sie von jetzt an bei *Im Reich der Sümpfe* Regie führen werden?«

Bull warf dem Mädchen einen mißbilligenden Blick zu. »Dazu habe ich nichts zu sagen. Alles, was ich tue – oder wenigstens versuche –, ist, meine Tochter bei den Dreharbeiten zu besuchen.«

Er wischte den Kassettenrecorder und das Mädchen, das ihn hielt, beiseite und breitete die Arme aus, als er sich Julie näherte. Sie trat auf ihn zu. Erleichterung durchströmte sie, und ein bebendes Lächeln lag auf ihren Lippen. Das war Bull, ihr Vater, trotz allem. Seine Umarmung war warm, fest und liebevoll und kündete von längst vergangener, aber unvergessener Sicherheit.

Sie zog sich von ihm mit einem Lachen und einem kurzen Blinzeln zurück, um die Feuchtigkeit in ihren Augen zurückzudrängen, und wandte sich dann um, um Bull Rey vorzustellen. Sie gaben sich die Hand und maßen sich mit kritischen Blicken.

»Es ist mir ein Vergnügen, Sir«, sagte Rey.

Bull grunzte. »Ich habe von Ihnen und Ihrer Arbeit gehört. Ich würde mich später gerne mit Ihnen darüber unterhalten.«

Rey senkte zustimmend den Kopf, aber bevor er antworten konnte, drängte sich Madelyn vor.

»Du bist und bleibst ein alter Aufschneider, Bull«, erklärte sie gedehnt. »Ein Hubschrauber, um Gottes willen! Wir sind hier nicht im finstersten Afrika.«

»Madelyn, mein Herz, du kennst mich, du weißt, daß ich es immer eilig habe.« Er lachte tief und beugte sich herab, um ihr einen kurzen Kuß zu geben, den die Schauspielerin um ein paar Sekunden verlängerte, indem sie ihre mit blutrotem französischen Nagellack verzierte Hand in seinen Nacken legte.

Hinter ihnen hob der Helikopter wieder ab, wirbelte von neuem Sand und Schotter auf und ertränkte jeden Laut. Julie beugte sich zu Bull hinüber und brüllte ihm ins Ohr: »Wir müssen uns so bald wie möglich unter vier Augen sprechen.«

»Das machen wir«, brüllte er zurück und nickte mit dem massigen Kopf. »Aber zuerst möchte ich alle begrüßen.«

Er ging auf und ab, gab Kameramännern, Tontechnikern, Elektrikern, Beleuchtern, Laufburschen und Kantinenarbeitern ebenso die Hand wie dem Ersten Kameramann, dem Cutter und Ofelia. Stan hielt sich, wie Julie bemerkte, im Hintergrund, nickte Bull kurz zu, als sich ihre Blicke trafen, trat aber nicht wie die anderen vor, um ihn persönlich zu begrüßen.

Bevor Julie wußte, wie ihr geschah, hatte ihr Vater ein paar Leute um sich versammelt und ermunterte sie, über die Produktion zu sprechen und ihm zu erzählen, was Eigenartiges oder Komisches passiert war, welche Probleme und Erfolge es gegeben hatte. Nicht viel später, als sie gerade mit Ofelia austüftelte, wo Bulls Büro hin sollte, hörte sie einen Bootsmotor starten. Als sie sich umschaute, sah sie Bull und Rey, Summer in ihrer Mitte, in Reys Luftkissenboot auf dem Fluß davonfahren. Julie stemmte die Hände in die Hüften und starrte ihnen nach, die Lippen zu einem schmalen Spalt zusammengekniffen.

Es wurde Nachmittag, bevor das Trio zurückkam. Bull und Summer waren sonnengebräunt und voll der Dinge, die sie gesehen hatten. Sie waren bis Pass Manchac gekommen und hatten das Boot lange genug vor Middendorf's festgemacht, um dort einen Lunch zu verspeisen, den Bull als »mächtig gutes Essen« bezeichnete. Bull hatte ein paar Einfälle, die er mit Julie diskutieren wollte, auch um zu vergleichen, was sie bereits zuwege gebracht hatte, meinte er, aber zuerst war es an der Zeit, sich frisch und bereit zur Fahrt nach New Orleans zu machen, die Allen ihnen versprochen hatte. Rey hatte vorgeschlagen, daß sie alle zum Haus seiner Tante fahren sollten, wo sie noch einen Drink und eine Dusche nehmen, auf der Galerie sitzen und sich entspannen könnten. Bull war von dem Vorschlag begeistert, vor allem von dem Drink.

In Julie brodelte es, als sie badete und sich zum Dinner umzog. Bis jetzt hatte Rey ihren Vater länger gesehen als sie, und das war bestimmt kein Zufall. Bull konnte recht gerissen sein. Als er angekommen war, hatte sie sich für einen winzigen Augenblick der Hoffnung hingegeben, daß er nicht in Allens Plan eingeweiht war. Diese Hoffnung schwand unaufhaltsam.

Sie hielt inne und lauschte, bevor sie ein eng anliegendes, pfirsichfarbenes Seidenkleid herauszog, das im Schrank in tausend winzige Falten zerknittert war. Rey und ihr Vater saßen immer noch draußen auf der Galerie. Wenn Bull noch ein Bier trank und sich noch weiter entspannte, würden sie ihn in die Limousine tragen können. Sie war lange genug bei den beiden Männern geblieben, um ein Glas Wein zu trinken und den Pfauen bei der Abendpromenade auf dem Rasen zuzusehen. Aber sie hatte die Geschichten, die Bull jetzt zum Besten gab, schon dutzendmal gehört und war nicht in der Stimmung für seine neuesten Ausschmückungen.

Wenn es nicht so abstrus erschienen wäre, hätte sie Rey verdächtigt, ihren Vater anzuspornen, damit er immer unwahrscheinlichere Anekdoten von sich gab. Er schien wie zur Ermunterung oder vielleicht zur Herausforderung eigene Geschichten einzuwerfen. Sie konnte sich aber nicht vorstellen, welchen Grund er dazu haben sollte. Was immer auch vorgehen mochte, beide schienen es, dem begleitenden polternden Lachen nach zu schließen, zu genießen.

Julie versuchte kurz, sich ihren Vater und Allen so zusammen vorzustellen, aber ohne Erfolg. Zum ersten sprach Allen nie über seine Schwächen und machte sich niemals über sich selbst lustig. Zum zweiten war er eigen, was Getränke betraf. Er machte sich nichts aus Bier, bevorzugte Wein mit Prädikat und ließ sich zu scharfen Alkoholika nur überreden, wenn sie mindestens zwölf Jahre alt waren und aus den entlegensten Gegenden Schottlands stammten. Man erzählte sich, daß er manchmal sogar seine eigene Flasche Glenfiddich mitgenommen hatte, weil er befürchtete, daß nur billige Sorten angeboten würden. Er war definitiv kein Mann des Volkes.

Allens Begegnungen mit Bull waren von einer oberflächlichen Herzlichkeit, aber die beiden sprachen nur selten über etwas anderes als das Filmgeschäft. Man hätte nur schwerlich zwei Männer gefunden, die weniger gemeinsam hatten. Nach sehr langer Zeit hatte sich Julie irgendwann eingestanden, daß dies kein Zufall war. Sie hatte sich vor so vielen Jahren für Allen entschieden, weil er in jeder Beziehung das genaue Gegenteil von Bull war.

Außerdem hatte ihr Vater nie den Gedanken akzeptiert, daß seine Tochter mit einem Mann zusammenlebte. Er und Julie hatten anfangs heiße Kämpfe darüber ausgefochten. Als Bull einsah, daß sie sich nicht einschüchtern ließ, hatte er schließlich das Toben und Wettern aufgegeben, aber sich nie wirklich damit abgefunden. Er tat einfach so, als würde dieser Teil ihres Lebens nicht existieren. Seit er seine Hollywoodkarriere als Statist in billigen Filmen begonnen hatte, war ihm das Schauspielern zur zweiten Natur geworden.

Ironischerweise bewunderte Allen Bull über alle Maßen und

wäre ihm gern näher gewesen. Es war nicht die übliche Ehrerbietung, die heutzutage kassenfüllenden Regisseuren erwiesen wurde, sondern aufrichtige Bewunderung für Bulls Arbeit. Bull hatte in seinen Filmen immer große Betonung auf Spannung und Action gelegt, aber die Themen, mit denen er sich befaßte, hatten eine Größe, die sich bis zur Bibel und Shakespeare, zu Tschechow und Ibsen zurückverfolgen ließ. Allens Auffassung nach stellte ihn das himmelweit über die sogenannten Jungregisseure mit ihren vereinfachenden Hoppla-hopp-Produktionen, einer Gruppe, die stolz verkündete, daß sie ihre Inspirationen aus Fernsehserien und Zeichentrickfilmen bezog. Allen meinte, nicht nur ironisch, er könne es kaum erwarten, bis die Baby-Boom-Regisseure entdeckten, daß es nicht immer gerecht im Leben zuging und daß das Gute nicht immer siegt. Diese Bemerkungen und Beobachtungen waren allerdings natürlich nur für Julies Ohren, nicht für die Öffentlichkeit bestimmt.

Julie nahm an, daß Allen den Limousinenkonvoi organisiert hatte, um Bulls Eitelkeit zu schmeicheln. Andererseits konnte er die Wagen mit Fahrer auch um ihretwillen bestellt haben, als eine Art öffentlicher Vertrauensbeweis, der den Schauspielern und der Crew zeigen sollte, daß sie nicht verstoßen wurde, sondern immer noch wichtig genug war, um besonderer Aufmerksamkeit zuteil zu werden. Julie hätte sich leichteren Herzens darüber freuen können, wäre sie nicht beinahe sicher gewesen, daß die Kosten des Abends dem Budget ihres Filmes angelastet würden. Außerdem hegte sie den Verdacht, daß die Geste auch Allens Bedürfnis nach angemessenem Auftreten befriedigen sollte.

Sie konnte immer noch nicht fassen, was Allen getan hatte. Sie starrte sich im Spiegel an, nahm ein Fläschchen Make-up und ein kleines Schwämmchen zur Hand. Wie wenig er anscheinend begriff, welch großes Opfer er da von ihr verlangte, und wie wenig er anscheinend verstand, was sie empfand. Sie hatte ihm in der Hitze des Gefechts vorgeworfen, ihren Vater aus Rachsucht ins Spiel gebracht zu haben, aber wenn man berücksichtigte, wie früh Allen mit Bull gesprochen haben mußte, damit der Regisseur heute auftauchen konnte, war das nicht möglich.

Oder es war nur möglich, wenn jemand Allen auf dem laufenden hielt.

Sie hatte schon eher den Verdacht gehabt, daß es unter ihren Leuten einen Spitzel geben könnte, jemanden, der Allen über jedes auftauchende Problem informierte. Es war eine unangenehme Vorstellung. Wie Stan gesagt hatte, war eine Filmcrew wie eine Familie. Für die Dauer der Aufnahmen war Loyalität dem Projekt, dem Regisseur und allen Mitarbeitern gegenüber selbstverständlich. Klatsch war eines, aber daß jemand diese Bande zerstörte, indem er Informationen nach außen weitergab, war echter Betrug, ein mitleidserregender, selbstsüchtiger Versuch, sich mit dem Produzenten gutzustellen. Natürlich gab es das Argument, daß Allen als Produzent auf dem Stand der Dinge bleiben sollte. Dieses Argument galt aber nicht, wenn er sich so offensichtlich mit den Interessen der Versicherungsgesellschaft und denen des Studios identifizierte.

Als Julie aus ihrem Zimmer trat, war die Galerie bis auf Tante Tine verlassen. Die Männer hatten sich anscheinend endlich zu einer Dusche durchgerungen. Tante Tine brauchte sich nicht umzuziehen, da sie nicht mitkommen würde. Julie hatte sie eingeladen, aber die alte Dame hatte abgelehnt. Sie würde den Abend damit verbringen, alles für die Jambalaya vorzubereiten, die auf der Hochzeit am Freitag serviert werden sollte, eine Jambalaya für mindestens hundert Personen. Das Restaurant in der Hütte, wo die Feier stattfinden würde, sollte das übrige Essen stellen, aber die Jambalaya würde ein Geschenk der Freunde und Nachbarn der Braut darstellen.

Julie und die alte Dame plauderten noch ein wenig über dies und das. Tante Tine erzählte Julie ein paar Einzelheiten von der geplanten Hochzeit sowie über die Hochzeit der Enkelin einer Freundin, die in einer kleinen Holzkapelle am Fluß namens Our Lady of Blind River stattgefunden hatte, einem Fleck, der Julie im Vorbeifahren aufgefallen war, ohne daß sie um seine Bedeutung gewußt hätte. Tante Tine erzählte auch von ihren Freunden, die eigene Camps an den Flüssen und Seen hatten, und von den Fisch- und Krabbenfängen, die sie ihr brachten, vor allem der Sohn eines Freundes, der als Tierwächter in den Sümpfen der Umgebung arbeitete.

Im Gegenzug erzählte Julie von Kalifornien und ihren Tagen als Strandmädchen und frischgeborene Filmemacherin. Nach einiger Zeit wurde sich Julie bewußt, daß Tante Tine ihr erstaunlich viele Informationen über ihre Jahre mit Bull aus der Nase gezogen hatte. Das Interesse der alten Dame war so entwaffnend ehrlich, daß die Inquisition keineswegs peinlich ausfiel. Julie wurde von Bull und Rey, die wieder auf die Galerie kamen,vor einem vollen Geständnis gerettet.

Bull hatte ein Paar Anzughosen und ein gutaussehendes Jakkett angezogen, das zusammen mit seinem Hemd und der Krawatte ein harmonisches Spektrum verschiedener Brauntöne bildete. Seine Kleidung war praktisch und von guter Qualität, aber nicht mehr. Er kaufte seine Anzüge danach, ob sie bequem waren und wenn er sie brauchte, nicht des Stils wegen. Alle Bemühungen, ihn zu ändern, waren kläglich gescheitert.

Aber als Rey erschien, wurden Julies Augen groß. Sein Sommeranzug wies die geschwungenen Linien und sorgsam gearbeiteten Details auf, die Männerkleidung aus dem Hause Caraceni an der Via Campagna in Rom kennzeichnete. Sein Hemd war aus Seide, und die Manschettenknöpfe hatten den dezenten Glanz achtzehnkarätigen Goldes.

Sie wußte wohl, daß er nicht arm war, trotzdem fiel es ihr schwer, diesen Beweis für seinen Wohlstand anzuerkennen. Das lag an der Art, wie sie sich kennengelernt hatten, und, folglich, an ihm. Warum um Himmels willen raste ein Mann von seinem Stand mitten in der Nacht durch den Sumpf? Die Frage begann sie zu verfolgen, obwohl sie nicht sicher war, ob sie eine Antwort darauf wollte.

Innerhalb weniger Minuten erschien der Zug der Limousinen aus der Richtung, in der die Stadt lag. Die Wagen bogen hoheitsvoll langsam in die Auffahrt ein und hielten neben dem Haus an.

»*Tiens*«, rief Tante Tine, der die Heirat im Kopf herumging, aus, »das sieht aus wie eine Hochzeitsgesellschaft – oder vielleicht eine Trauergemeinde.«

Sie hatte recht. Es waren fünf perlgraue Limousinen, die allesamt so gründlich gewachst und poliert waren, daß, wie Bull in gespielter Ehrfurcht verkündete, nicht einmal eine Fliege Halt darauf gefunden hätte. Als sie eine nach der anderen anhalten sah, spürte Julie ein Brennen auf ihren Wangen. In L. A. oder Las Vegas oder New York hätten sie vielleicht angemessen gewirkt, aber hier, vor Tante Tines einfachem, altersgebleichtem Haus wirkten sie vulgär und wie eine typische Hollywood-Prozession des schlechten Geschmacks.

Theoretisch stand jedem der drei Hauptdarsteller im Film, Vance, Madelyn und Summer, eine eigene Limousine zur Verfügung. Die vierte war für Julie und Allen vorgesehen, während die fünfte zweifellos im letzten Augenblick für Bull geordert worden war. Aber tatsächlich waren drei der Limousinen gesteckt voll, während Madelyn bei Allen mitfuhr und eine vollkommen leer war. Allen stieg aus, nachdem ihm der Chauffeur den Schlag geöffnet hatte, und trat an die Stufen der Galerie, wo Julie und ihr Vater mit Tante Tine und Rey zusammenstanden. Er gab allen die Hand und wechselte ein paar höfliche Worte mit der alten Dame, nachdem man sie einander vorgestellt hatte, dann wandte er sich an Julie.

»Fahren wir?« fragte er. »Madelyn wird Bull und Tabary mitnehmen. So haben wir beide ein bißchen mehr Zeit für uns allein.«

Daß er so selbstverständlich annahm, sie würde sich seinem Vorschlag fügen und alles wäre zwischen ihnen im Lot, seitdem er sie in aller Öffentlichkeit wieder für sich beansprucht hatte, geriet Julie in den falschen Hals. Sie versuchte so freundlich wie möglich zu klingen, als sie sagte: »Es tut mir leid, Allen, aber ich wollte mich während der Fahrt in die Stadt unbedingt mit Bull unterhalten. Warum fährst du nicht mit Rey und Madelyn? Bestimmt macht ihr das nichts aus.«

Um die Augen des Produzenten spannte sich die Haut. Er schaute an ihr vorbei und suchte mit den Augen den Boden der Galerie ab. Als er die Reisetasche nicht entdeckte, die er offensichtlich erwartet hatte, wandte er sich Julie wieder zu. In seinem kühlen, grauen Blick lag stiller Vorwurf.

»Wie du willst«, erklärte er knapp. »Wir sehen uns dann in New Orleans.«

»Momentchen noch«, mischte sich Bull fröhlich ein. »Rey hat mir vom Krabbenfischen auf dem Lake Pontchartrain erzählt und mir versprochen, eine Kahnpartie mit seinen Kumpeln zu organisieren. Er kann mit Julie und mir fahren und mir noch ein bißchen mehr darüber erzählen.«

Julie hörte zum erstenmal von einem Ausflug zum Krabbenfischen. Sie öffnete den Mund, um zu widersprechen, schloß ihn dann aber wieder. Es war ihr zwar nicht recht, daß Rey bei dem, was sie zu sagen hatte, zuhörte, aber es war besser, als vor Allen zu reden. Wenigstens hatte Rey nicht unmittelbar mit der Angelegenheit zu tun.

Als die Sitzordnung aufgestellt war, rollten die Limousinen wieder los. Kinder winkten, und alte Leute drehten die Köpfe, als der Konvoi auf der River Road entlangglitt. Dann bogen sie links ab auf den Airline Highway, der sie nach New Orleans bringen sollte.

Julie schaute aus dem verdunkelten Fensterglas, das sie vor neugierigen Blicken abschirmte, und lauschte der dröhnenden Stimme ihres Vaters. Offenbar konnte keine Frage abgelegen genug und kein Detail beim Krabbenfischen so unwichtig sein, daß er nicht danach gefragt hätte. Er wartete Reys Antworten kaum ab, bevor er mit seiner nächsten Frage herausrückte.

Er machte das absichtlich. Was Bull zu gewinnen hoffte,

indem er ihrer Diskussion auswich, wußte Julie nicht, aber schließlich war das Maß voll.

»Ich habe eine Frage, Bull«, erklärte sie fest beim ersten Anzeichen einer Atempause. »Hat Allen tatsächlich mit dir darüber gesprochen, ob du mit mir an dem Film arbeiten willst?«

Bull wandte sich widerwillig von Rey ab und Julie zu. Sein Blick schien an ihr Maß zu nehmen, während er sich im Sitz zurücklehnte und die riesigen Hände auf seinen Knien plazierte. »Du scheinst nicht glücklich darüber zu sein.«

»Wärst du es an meiner Stelle?« erwiderte sie ruhig. »Ich sehe überhaupt keine Notwendigkeit dazu. Meines Wissens hat der Name des Regisseurs im Vorspann noch nie eine einzige Kinokarte verkauft.«

Ihr Vater preßte die Lippen aufeinander. »Ich glaube nicht, daß Allen sich deswegen Sorgen macht.«

»Soll das heißen, er glaubt, ich wäre vielleicht nicht in der Lage, den Film fertigzustellen? Ich weiß, daß es Probleme gegeben hat, aber keine, mit denen andere Regisseure nicht auch fertig geworden wären.«

»Mag sein, aber Allen würde sich vielleicht sicherer fühlen...«

Sich mühsam beherrschend, unterbrach sie ihn. »Ich will dich nicht bei den Dreharbeiten dabeihaben, Bull.«

»Schade, daß du so empfindest.« Er seufzte schwer. »Ich habe mich schon darauf gefreut.«

»Du würdest dich nicht freuen, wenn ich deinen Film übernehmen würde.«

»Ich hatte nie vor, ihn zu übernehmen. Ich wollte nur helfen.«

Der wehrlose Tonfall bereitete ihr Schmerzen. »Du weißt nicht, wie man hilft«, erklärte sie verzweifelt. »Erinnerst du dich daran, als ich in der achten Klasse war und eine Präsentation für eine Wissenschaftsausstellung machen sollte? Ich machte den Fehler, dich in letzter Minute um Hilfe zu bitten – und du hast einen Designer, einen Künstler und einen Ingenieur dazu gebracht, das ganze Wochenende daran zu arbeiten!«

»Du wurdest rechtzeitig fertig, oder nicht?«

»Doch, natürlich, aber es war nicht mehr meine Präsentation. Es hatte nichts mehr mit der Idee zu tun, die ich anfangs gehabt hatte.«

»Oje«, sagte er.

»Genau. Warum könnt du und Allen nicht begreifen, daß ich weiß, was ich tue und was ich will? Warum könnt ihr mir nicht vertrauen?«

»Vielleicht haben wir Angst.«

»Wovor? Daß ich das Geld durch den Kamin jage und am Ende mit leeren Händen dastehe? Besten Dank.«

Er schüttelte den Kopf. »Daß du verletzt wirst, daß du keine Gelegenheit zu einem zweiten Versuch bekommen wirst, wenn du diesmal scheiterst, oder daß die Kritiker dich so fertigmachen, daß du es kein zweitesmal versuchst.«

»Solche Argumente haben dazu beigetragen, daß sich Frauen so wenig zutrauen. Ich bin nicht so zerbrechlich, das verspreche ich dir. Ich brauche niemanden, der mich vor Dummheiten bewahrt oder die Verantwortung dafür übernimmt.«

»Wenn wir zusammenarbeiteten, würden vielleicht keine passieren.«

»Das heißt, du glaubst, ich kann sie nicht selbst vermeiden? Lieber Gott, Bull, wie kann ich dich nur überzeugen?«

»Du mußt Allen überzeugen.«

Sie schaute ihn an, ohne auch nur mit der Wimper zu zucken. »Nein, sondern dich. Er kann nichts unternehmen, solange du nicht einverstanden bist.«

»Ich bin nicht der einzige Regisseur, den er engagieren kann. Er dachte nur, daß du mich am ehesten akzeptieren würdest.«

»Er hat sich getäuscht.«

»Das mußt du ihm erklären, nicht mir. So, wo gehen wir überhaupt essen? Ich sterbe vor Hunger.«

Es war alles gesagt. Julie versuchte, Reys nachdenklichem Blick auszuweichen, und starrte aus dem Fenster.

Sie hatten Tische bei Brennans in der Royal Street im Herzen des French Quarter reservieren lassen. Die Limousinen hielten vor dem dreistöckigen Gebäude an, das sanftrosa im Abendlicht glühte. Das flackernde Licht der Gaslaternen warf den Schatten des schmiedeeisernen Balkongeländers gegen die alten Wände und verwob das komplizierte Geflecht zu einem hellgrauen Muster. Auf der gegenüberliegenden Straßenseite standen im Dämmerlicht düster und ernst die Magnolienbäume vor dem viktorianischen Gebäude, das einst als Rathaus gedient hatte.

Der Oberkellner erschien, als die Gesellschaft sich durch die schweren Doppeltüren drängelte. Lächelnd und zuvorkommend wurden sie begrüßt und empfangen, dann führte man sie an einen besonderen Tisch am Ende der oberen Galerie, von wo aus man in den ummauerten Hof blickte.

Ein sanfter und angenehm kühler Nachtwind raschelte durch die Bananen- und Magnolienblätter im gepflasterten Innenhof unter ihnen und wedelte mit den Rändern der rosafarbenen Tischdecke auf der langen Tafel. Das Aroma des Tischgesteckes, das aus alten Rosen, Levkojen und Farn in einer flachen Silberschale bestand, lag in der Luft und vermengte sich mit dem wunderbaren Duft frischen Brotes und karamelisierenden Zuckers mit einem Schuß Brandy. Ihr Ober war höflich und aufmerksam, sein Benehmen tadellos und den Damen gegenüber galant. Als die Aperitifs gebracht und die Speisekarten studiert wurden, spürte Julie, wie ihre innere Spannung sich etwas löste. Es sah fast so aus, als wäre Allens Idee doch nicht so schlecht gewesen.

Julie entschied sich für einen Jackson-Salat mit herzhaftem Blauschimmelkäse-Dressing, eine Schildkrötensuppe, die als die beste der Stadt bezeichnet wurde, und ein Filet Stanley in einer interessant klingenden Sauce aus Meerrettich und Bananen. Die anderen wählten verschiedene Fleisch- und Fischgerichte, so daß Allen nach ausgiebiger Beratung mit dem Sommelier ein paar Flaschen guten alten Burgunders und einen angenehmen Elsässer Riesling für den ganzen Tisch bestellte.

Als der Wein serviert und eingeschenkt wurde, erhob Bull sein Glas und stand auf. »Ich möchte die Gelegenheit nutzen, um einen Toast auf eine bemerkenswerte Regisseurin auszubringen. Auf meine Tochter«, sagte er, »deren Film *Gefährliche Zeiten* als Eröffnungsfilm des Frauenfilmfestivals ausgewählt wurde. Auf Julie, die besser als die meisten von uns weiß, was sie tut.«

Er lächelte ihr über sein Glas hinweg zu, bevor er trank. Julie konnte nicht anders, als sein Lächeln zu erwidern. In seiner Stimme lag Stolz und Liebe, fand sie. Beides wärmte und rührte sie. Zugleich schmerzte sie die winzige Spur von Schmeichelei und Scheinheiligkeit, die sie darin zu erkennen glaubte. Während die anderen tranken und dann applaudierten, lächelte sie und bedankte sich. Dennoch mußte sie unwillkürlich daran denken, daß Bulls Geste sie hochnäsig und unkooperativ erscheinen lassen würde, sobald bekanntwurde, daß sie sich geweigert hatte, ihn an ihrem Film mitwirken zu lassen.

Die Party wurde lebhafter, als das französische Brot gebrochen und Butter herumgereicht wurde. Natürlich gab es die unvermeidliche Fachsimpelei, aber sie wurde von vielen Späßen und freundlichen Frotzeleien umrahmt. Fast immer lachte irgendwer, bis kurz nach dem Auftragen des Entrées. Dann nämlich begann Vance, der zu Julies Rechter saß, quer über den Tisch ein Gespräch mit Stan und dem Ersten Kameramann Andy Russell, in dem es sich um Unfälle und Todesfälle von Stuntmen während der Dreharbeiten zu verschiedenen Filmen drehte.

»Einer der ersten, von dem ich gehört hatte«, sagte Stan, »war der arme Kerl, der bei der Stummfilmversion von *Ben Hur* den Karren fuhr; das wacklige Ding verlor ein Rad, und der Kerl wirbelte zehn Meter weit durch die Luft. Er kam nicht durch.«

Andy Russell nickte. »Ich habe gehört, daß die Dreharbeiten von *Gefahr in Paris* mit Pearl White in den Zwanzigern nicht gerade ein Picknick waren. Einer der Männer, der sie doubelte, mußte dran glauben.«

»Jimmy Stewarts Stunt-Double in diesem Wüstenfilm – wie

hieß er noch? – starb angeblich bei einem nachgestellten Flugzeugabsturz.«

»Das war *Der Flug des Phoenix*«, assistierte Stan. »Aber am meisten hat mich damals der Kerl mitgenommen, der Clint Eastwood in *Im Auftrag des Drachen* doubelte und bei einer Bergsteigersequenz den Halt verlor.«

»Ich frage mich, ob Stewart und Eastwood sich wohl verantwortlich fühlten«, sagte Vance, »oder ob sie bloß erleichtert waren, daß es sie nicht selbst erwischt hat.«

»Beides vermutlich«, mischte sich Julie unvermittelt ein. »Habt ihr drei Sonnenscheinchen vielleicht noch ein anderes Gesprächsthema?«

»Tut mir leid«, erklärte Vance mit seinem berühmten Grinsen, aber er klang keineswegs reuig.

»Ich habe heute nachmittag an Madelyn gedacht«, meinte Bull mit nachdenklicher, aber auch spitzbübischer Miene.

»Wirklich?« fragte Madelyn gedehnt und warf ihm einen Schlafzimmerblick unter ihren Wimpern hervor zu.

»Ja, und zwar an die Geschichte mit der roten Perücke, erinnerst du dich?« Julies Vater erwiderte den Blick der Schauspielerin, und seine Augen sprühten vor Schadenfreude.

»Du miserables Schwein von einem Mann!« Abrupt richtete sich Madelyn in ihrem Stuhl auf. »Das wagst du nicht!«

»Doch, ich denke, ich wage es«, versicherte er ihr, bevor er sich der ganzen Gruppe zuwandte, die jetzt schweigend lauschte. »Wir drehten damals, es ist schon ziemlich lange her, diesen phantastischen Film namens *Teufelsdämmerung* in Mexiko. Wir waren in der finstersten Provinz; der nächste Ort war ein Indianerdorf, und das war dreißig Kilometer weit weg. Es war infernalisch heiß. Madelyn spielte die rothaarige Sirene, die nach besten Kräften versucht, den Pfarrer zu verführen – der Priester widersteht ihr natürlich, obwohl er ein Hochstapler ist. Endlich kommt die große Szene, die in der Abenddämmerung draußen am See spielt. Die Wogen der Leidenschaft schlagen höher und höher, als plötzlich ein Ozelot aus den Büschen springt und direkt auf unsere Madelyn zurennt. Das gab vielleicht eine Panik! Niemand hatte eine Waffe; zum Teufel, niemand hatte geahnt, daß es im Umkreis von hundert Kilometern überhaupt ein Ozelot gab!«

»Diese Geschichte«, bemerkte Madelyn indigniert, »ist nicht komisch.«

»Na ja, der falsche Pfarrer nimmt die Beine in die Hand«, fuhr Bull fort, ohne auch nur innezuhalten, »und Madelyn hüpft in den See. Als alte Kämpferin schafft sie das sogar, ohne daß die Perücke naß wird. Und dann entdecken wir, daß Ozelots schwimmen können, wenn sie wollen. Dieses Ozelot wollte schwimmen. Ihr hättet sehen sollen, wie Madelyn floh. Sie verliert den Halt und geht unter. Die Perücke schwimmt auf dem Wasser, und wißt ihr was? Die Katze schnappt sich die Perücke, schleudert sie hin und her, bis sie glaubt, ihre Beute erledigt zu haben, und rennt davon. Und wir sehen zum erstenmal, daß Madelyn sich alle Haare abgeschnitten hatte, daß sie Tag und Nacht eine Perücke trug, auch in ihrer Freizeit, weil niemand sehen sollte, daß ihre Haare keineswegs schwarz sind.«

»Dafür, mein lieber Bull«, eröffnete ihm Madelyn mit gefährlich ruhigem Lächeln, »wirst du bezahlen, und zwar teuer, schmerzvoll und lange.«

»Streitest du das etwa ab?«

Die Schauspielerin ließ die Frage unbeantwortet. »Du solltest wissen, daß alle in meiner Familie früh grau geworden sind. Ich kann nichts dafür, daß die Kinogänger das mit Alter gleichsetzen. Männer dürfen silberhaarig sein – sieh dir nur Sam Elliott an –, warum Frauen denn nicht?«

»Das Leben – und das Filmgeschäft – ist ungerecht«, verkündete Allen von seinem Sitz am Kopf des Tisches aus. »Ich erinnere mich an einen von Julies Surf-Filmen. Sie brauchte Darsteller für eine Volleyballszene am Strand, und die Statisten, die man ihr geschickt hatte, paßten irgendwie nicht zu der fröhlich-freien

Strandszene, die sich Julie vorgestellt hatte. Also bestellte sie einen Satz Badekleidung und schickte jeden, der nicht unbedingt zum Filmen gebraucht wurde, auf den Sand.«

Julie ahnte, wohin Allens Geschichte führen würde, und versuchte sie abzubiegen. »Natürlich war es eine einzige Katastrophe. Einen so ungeschickten Haufen hatte dieser Strand noch nie gesehen.«

»Ja, aber Ofelia war das leuchtendste Beispiel. Sie steckte in diesem rot-weiß-blau gestreiften Badeanzug, in dem sie aussah wie ein Zirkuszelt, und mußte mitspielen. Sie läuft rückwärts, um einen hohen Ball zu fangen, und landet in der Brandung. Es zieht ihr die Füße unter dem Leib weg, sie schlägt hin und purzelt und rollt und purzelt, bis sie schließlich ihr Zelt verliert. Der große weiße, weibliche Wal blinkte über den ganzen Strand.«

Ofelia lachte mit den anderen, obwohl die Röte in ihrem Gesicht nicht nur vom Wein kam. Mit leicht angestrengter Fröhlichkeit ergänzte sie: »Die Szene war so verrückt, daß Julie die anständigeren Passagen in der Endfassung ließ.«

»Das war meine Idee«, gab Allen zu. »Julie hielt es für Slapstick, meinte, daß es den Film billiger machte, aber ich fand, daß es die Handlung auflockerte.«

Julie wünschte immer noch, sie hätte die Szene aus dem Film geschnitten, machte sich immer noch Vorwürfe, weil sie sich nicht gegen Allen durchgesetzt hatte. Damals war sie jünger und leichter zu beeinflussen gewesen.

Unten am Tisch sah Julie, wie Ofelia ihr Glas hob und leerte und dann wieder füllte, ohne auf den Ober zu warten. Die Augen der jungen Frau glänzten verdächtig, und sie hielt sie gesenkt, als wollte sie den Blickkontakt mit irgendwem am Tisch vermeiden. Ofelia, das wußte Julie, war leichter verletzbar, als ihr burschikoses Benehmen vermuten ließ. Und jetzt war sie verletzt.

Allen schaute aus schmalen Augen auf die Regieassistentin und sagte ruhig: »Habe ich etwas Falsches gesagt, Ofelia? Ich wollte dir nicht weh tun.«

Ofelia setzte ihr Glas mit einem Ruck ab, der den Kristallstiefel in ernste Gefahr brachte. »Mein Gott, Allen, hältst du mich für so ein Schürzenkindchen? Ich kann einen Spaß vertragen.«

»Es war dir unangenehm. Ich bin manchmal wirklich ein Klotz.«

»Ja, das bist du«, antwortete sie mit unverblümter Aufrichtigkeit. »Aber ich vergebe dir trotzdem.« Plötzlich drehte sie sich zu Vance um, der immer noch grinste. »Ich weiß gar nicht, was du so lustig daran findest. Ich kann mich an eine Gelegenheit erinnern, wo man dich ebenfalls mit runtergelassenen Hosen erwischt hat, oder warst du bloß in Unterhosen? Von dem Tag mit der Zirkusaufnahme ganz zu schweigen, an dem du so stoned warst, daß du einen doppelten Salto rückwärts von einem Trapez machen wolltest, das nur gemalte Kulisse war.«

Vance lief rot an und schaute in die Runde. Sein Blick kam auf Annette zu ruhen, die ihn mit großen Augen anstarrte. »Ja, mag sein, aber wenigstens war ich nie so high oder so abgebrannt, daß ich nackt mit einer riesigen Python getanzt hätte.«

Annette japste nach Luft. Die Farbe wich ihr aus dem Gesicht.

Summer schaute ihre Mutter mit gerunzelter Stirn an. »Eine Python ist eine Schlange, nicht wahr?«

»Es ist ein schlechter Spaß, mehr nicht«, erklärte Ofelia brüsk, »und ich habe es satt. Also, was nehmt ihr als Nachspeise?«

»Ich kann die Spezialität des Hauses empfehlen – Bananen Foster«, sagte Rey mit einem kurzen Lächeln in Summers Richtung. »Die Bananen kommen frisch vom Boot, der Brandy, mit dem sie flambiert werden, ist zumindest herzwärmend, und die Eiskrem delikate Dekadenz.«

»Ich will eins«, sagte Summer grinsend.

»Mit Brandy?« fragte Annette zweifelnd.

»Der Alkohol verbrennt; nur der Geschmack bleibt«, erklärte ihr Rey.

»Jammerschade«, urteilte Ofelia. »Aber ich nehme es trotzdem.«

»Was für eine Frau«, sagte Bull, bevor er Rey ansah und eine Augenbraue hochzog. »Ich nehme nicht an, daß Sie mir ein bißchen Schokoladensirup darübergießen würden?«

Rey schüttelte den Kopf. »Ein Sakrileg. Probieren Sie's; ich bin sicher, daß Sie keinen Schokoladensirup mehr wollen.«

Julie, die das Zwischenspiel verfolgt hatte, war Rey für seine Intervention dankbar. Sie spürte, wie sich ihr Körper wieder stärker anspannte und zugleich eine unendliche Müdigkeit nach ihr griff. Sie hatte dieses Spiel so satt, dieses Filmspiel mit seinen Eifersüchteleien und kleinlichen Racheakten, mit seinen komplizierten kleinen Tricks und Effekthaschereien.

Nichts war jemals so einfach, wie es schien. Vance, vermutete Julie, hatte das Gespräch listig auf die toten Stuntmen gebracht, um ihren Abend zu sabotieren. Bull hatte das erkannt und die Geschichte über Madelyn erzählt, um seine Tochter aus dem Kreuzfeuer zu nehmen, aber auch, wahrscheinlich, um die Schauspielerin von allzu offensichtlichen Avancen in seine Richtung abzuhalten. Allen hatte den Zwischenfall mit Ofelia benutzt, um anzudeuten, daß nicht immer alles so verlief, wie Julie es in der Vergangenheit erwartet oder gewünscht hatte, und um sie daran zu erinnern, daß er sie früher beeinflußt hatte und das immer noch tun konnte. Die anderen Geschichten waren wahrscheinlich auf verletzte Gefühle zurückzuführen, vielleicht aber auch auf das Bedürfnis, offenstehende Rechnungen zu begleichen. Schauspieler hatten ein langes Gedächtnis.

»Nach dem Dessert«, schlug Allen vor und ließ seinen Blick einnehmend und selbstbewußt über den Tisch schweifen, »sollten wir ein bißchen über die Bourbon Street wandern, ein bißchen Jazz und vielleicht etwas Zydeco anhören, von dem man so viel hört, und dann ein paar Clubs abklappern, um zu sehen, was das Nachtleben von New Orleans wirklich zu bieten hat. Alles geht natürlich auf meine Rechnung. Was haltet ihr davon?«

»Vielen Dank, das klingt wunderbar«, antwortete Madelyn fest.

»Summer und ich kommen noch zum Jazz mit, aber danach müssen wir zurück ins Motel«, sagte Annette.

»Ach Mutter!«

»Du bist noch nicht volljährig, mein Liebes; ich habe die Gesetze nicht gemacht.«

Die übrigen stimmten unterschiedlich enthusiastisch zu, bis auf Rey, der sein Weinglas auf einem Punkt der hellrosa Leinentischdecke hin und her drehte.

»Und, Julie«, sagte Allen, »kommst du mit uns?«

Julie rutschte in ihrem Sessel. »Ich glaube nicht.« Sie wandte sich mit flehendem Blick Rey zu. »Ich habe gehört, daß du einen Wagen hier in der Stadt hast. Könntest du – würdest du mich zu Tante Tine zurückfahren?«

»Natürlich«, antwortete er. In dem Blick, mit dem er ihren erwiderte, lag Überraschung und etwas anderes.

»Also wirklich, Julie!« rief Allen aus. »Ich habe das für dich geplant!«

»Wirklich?« fragte sie, ohne ihn anzuschauen. Sie stand auf und nahm ihre kleine Seidentasche von dem Platz neben ihrem Teller auf. Rey erhob sich augenblicklich und beeilte sich, ihren Stuhl zurückzuziehen.

Allen schleuderte die Serviette auf den Tisch und stand ebenfalls auf. »Ich dachte, wir, du, dein Vater und ich, würden später ins Hotel gehen, um uns zu unterhalten.«

»Du kannst dich mit Bull unterhalten«, sagte sie. »Ich habe schon alles gesagt, was ich zu sagen habe.«

Sie drehte sich um und ging davon. Rey nickte den Gästen am Tisch einen schweigenden Abschiedsgruß zu und eilte ihr mit schnellen Schritten nach.

12. Kapitel

»Möchtest du noch eine Weile spazierengehen, bevor wir uns auf den Heimweg machen?«

Julie stimmte Reys Vorschlag fast automatisch zu. Sie war so verstört, daß es im Grunde keinen Unterschied machte, was sie tat, solange sie nur fern von Allen und den anderen war.

Nach all den Jahren war es schwer zu akzeptieren, wie fremd sie sich Allen fühlte. Es war, als würde sie ihn mit anderen Augen sehen. Er hatte viele Qualitäten, das wußte sie; er konnte ein liebevoller Mensch sein und war es meist auch. Er unterstützte Museen und Kunstgalerien, die Symphoniker, die Oper und das Theater. Er interessierte sich für Improvisationstheater und Hinterhof-Komödien, schöne alte Kirchen, Blumenausstellungen und Münzsammlungen. Er war belesen, verstand es, sich auszudrücken und konnte ein entspannter, angenehmer Gefährte sein. Sie wußte all das, und trotzdem schien es ihr, als würde sie Allen überhaupt nicht kennen.

Wie war es möglich, daß sie mit einem Mann zusammengelebt hatte, für ihn gekocht hatte, die Sonntagmorgen-Comicbeilage in der Zeitung mit ihm gelesen, seine Unterwäsche gekauft und seinen geliebten alten englischen Schäferhund zum Einschläfern gebracht hatte, als die Zeit gekommen war, und doch nicht gesehen hatte, wie beschränkt seine Persönlichkeit war? Wie hatte es geschehen können, daß sie ihn so schlecht verstand und er sie? Was war mit ihr passiert, daß sie mit ihm an einem Tisch sitzen und in sein Gesicht schauen konnte, das ihr eigentlich so vertraut sein sollte, und sich dabei fühlte, als wäre er ein Fremder?

Sie war nicht einfach wütend auf Allen, weil er ihr den Film wegnehmen wollte, oder verletzt, weil es so aussah, als sei ihm Geld wichtiger als ihre Gefühle oder Bedürfnisse. Es war, als wären die Gefühle, die sie einst für ihn gehabt hatte, versiegt, ohne daß sie es gemerkt hätte, als wären sie einfach langsam verschwunden.

Sie konnte sich nicht mehr daran erinnern, wann sie sich zum letztenmal geliebt hatten.

Es mußte in der Nacht vor ihrem Flug nach Louisiana gewesen sein, aber sie konnte sich nicht erinnern, wo oder wann oder wie es geschehen war. Es hätte genausogut einen Monat oder noch länger her sein können. Wenn sie versuchte, sich auf Details zu konzentrieren, dann verloren sich ihre Gedanken in Bildern von jenem Mann, der jetzt neben ihr ging, von Rey, in dessen Augen sich das Mondlicht über dem Wasser spiegelte, vom Klopfen seines Herzens, das sich mit dem Pochen ihres eigenen mischte, von stürmischen Flügen und sanften Landungen.

Sie warf Rey einen kurzen, fast flüchtigen Blick zu. Der Anblick seiner breiten Schultern, die Erinnerung daran, wie sie sich unter ihren Händen angefühlt hatten, ließen einen Schauer über ihr Rückgrat laufen. Wie immer entging ihm nicht die kleinste ihrer Bewegungen. Er lächelte zu ihr herab und nahm dann ihre Hand, als sie an eine Querstraße kamen, durch die in unablässigem Strom die Autos rollten.

Als sie noch einmal erschauerte, fragte er: »Ist dir kalt?«

»Nein, nicht wirklich.«

»Warum hast du mir nicht erzählt, daß du auf diesem Frauenfilmfestival einen Preis bekommst?«

»Allen hat es mir erst heute morgen mitgeteilt«, antwortete sie.

»Wirst du hinfahren?«

Sie hatte sich noch nicht entschieden. Aber allein seine ruhige Feststellung, daß sie hinfahren könnte, schien der Reise wieder etwas von der Berechtigung zu verleihen, die Allen ihr abgesprochen hatte. Ruhig sagte sie: »Vielleicht.«

»Du brauchst dir keine Sorgen um Summer zu machen, wenn du fährst. Ich habe mit Donna gesprochen; sie würde sich freuen, wenn sie sie unterrichten könnte.«

»Ist ihr klar, daß sie trotzdem als Komparse bei den Stadtszenen mitspielen kann?«

Er nickte. »Sie wird sich am Montag wegen Summer bei dir melden, wenn dir das recht ist.«

»Es könnte nicht besser sein«, antwortete Julie. Wenigstens ein Problem war gelöst.

Die Straße vor ihnen war schmal, von Balkonen überschattet. Rey blieb kurz stehen, um nach links und rechts zu schauen, und beschleunigte dann den Schritt, damit sie einer der unzähligen Pferdekutschen für Touristen auswichen, die das Viertel durchkreuzten. An der gegenüberliegenden Ecke bahnten sie sich den Weg durch eine kleine Ansammlung, die sich um einen Gitarre spielenden Straßenmusiker geschart hatte. Der Gitarrist war jung, kaum mehr als ein Teenager, aber seine Finger waren geschickt und seine Musik angenehm und süß. In dem offenen Gitarrenkoffer zu seinen Füßen hatte sich eine ansehnliche Menge von Dollarscheinen angesammelt.

Die Musik verfolgte Julie und Rey auf ihrem Weg über die Straßen. Unwillkürlich verlangsamte Julie ihre Schritte und fragte aus echter Neugier: »Was ist das für ein Geruch?«

Rey inhalierte und atmete wieder aus. »Also, da hätten wir Hot dogs und Senf, Old Man River, Krabbenbrote aus dem Restaurant da drüben, gebratene Zwiebeln aus irgendeiner Wohnung, Parfüm aus dem Laden da unten an der Straße – habe ich's schon getroffen?«

»Ich glaube nicht. Es ist süß und blumig, aber ähnelt nichts, was mir bekannt wäre. Mir ist es beim Drehen schon aufgefallen, aber ich konnte es nie genau orten.«

»Ach so. Das sind die Süßoliven im Garten von St. Anthonys hinter der Kathedrale – oder vielleicht die im Garten meiner Oma.«

»Deiner Oma?«

»Ganz recht. Sie wohnt hier.«

Sie standen vor einer enorm breiten und hohen Tür in einer verputzten Wand zwischen zwei Läden. Während Rey das sagte, drückte er auf eine Klingel in der Wand und trat dann zurück.

Julie befeuchtete sich die Lippen. »Bist du sicher, daß du das willst? Sie erwartet uns nicht.«

»Sie wird sich freuen, Besuch zu bekommen. Wir müssen nicht lange bleiben, wenn es dir lieber ist. Aber ich kann von hier aus telefonieren und mir den Wagen bringen lassen. Mein Apartment ist zu weit, um in Lackschuhen dorthin zu laufen.«

Bevor sie antworten konnte, wurde die Tür geöffnet. Ein großer Schwarzer mit grauem Haar und freundlichem Lächeln hieß sie fröhlich willkommen und trat dann zurück, damit sie eintreten konnten. Sie folgten ihm durch einen langen, schmalen Korridor mit gewölbter Decke, die nur schwach vom Schein der uralten Gaslampen erhellt wurde. Am Ende befand sich ein kleines Vorzimmer mit einem Wandgemälde, das das Schloß von Versailles in mattem Gold, Grün und Blau darstellte, sich über zwei Wände erstreckte und die hohen französischen Türen in der dritten Wand umrahmte, hinter deren Glas ein dunkler Innenhof zu sehen war. Je eine riesige Keramikvase stand zu beiden Seiten der Tür, und eine Mahagoniwendeltreppe rankte sich direkt über ihnen auf eine luftige, hohe Lichtquelle zu.

Sie stiegen die Treppe hinauf, setzten ihre Füße auf konkave, von zahllosen Schritten ausgewaschene Stufen. Angenehme Kühle lag in der Luft und der Geruch von altem Staub, überlagert von Zitronenölpolitur, der an ein nobles Antiquitätengeschäft erinnerte. Das Gefühl von Enge wich, als sie aus dem unteren Korridor in luftige Höhen und eine Atmosphäre angenehmer Behaglichkeit aufstiegen. Sie traten durch einen weiteren Bogen mit weit offenstehenden Fenstertüren, die mit französisch blauen Brokatportieren verhängt waren, und gelangten in einen Raum, den man nur als Salon bezeichnen konnte.

Eine alte Frau, so elegant wie der Raum, in dem sie lebte, erhob sich von dem Sofa und kam ihnen mit ausgestreckten Händen entgegen. »Rey, *mon cher*, was für eine nette Überraschung.«

Rey umarmte seine Großmutter sanft und drehte sich dann um, den Arm immer noch um ihre Taille geschlungen, um sie Julie als Madame Villars vorzustellen. Die Begrüßung der alten Dame war herzlich, obwohl sie Julie mit durchdringendem Blick musterte, während sie ihr die Hand reichte. Sie zog Julie sofort in ihren Bann. Trotz des wunderschön frisierten Haars, das die Farbe und Struktur von Rauch hatte, und des eleganten, aber einfach geschnittenen grauen Seidenkleides, das die Frau trug, erinnerte sie Reys Großmutter sehr an seine Tante Tine. Beide hatten die gleiche, klangvolle Stimme und die gleichen interessiert leuchtenden Augen.

»Ich nehme an, Sie haben bereits gegessen?« fragte Madame Villars. »Ja? Dann müssen Sie Kaffee mit mir trinken.«

Der Kaffee wurde in altem französischem Porzellan serviert, dessen durchscheinend dünnen Porzellantassen fast zu zart für das starke, heiße Gebräu schienen. Reys Großmutter hatte in ihrer Einladung den Lane-Kuchen unterschlagen, der dazu gereicht wurde, ein üppiges Dessert aus vier Lagen hellen Kuchens und einer Füllung aus Pekannüssen, Rosinen, Kokosnuß und kandierten Kirschen, das nach Butter und Bourbon schmeckte.

Julie saß an einem Ende des Sofas, Madame Villars am anderen. Rey stand mit dem Rücken zum Kamin und nippte an seinem mit Brandy gestreckten Kaffee, wobei er der zerbrechlichen Porzellantasse in seinen Fingern ebensowenig Beachtung schenkte, als wäre es ein Styroporbecher. Als Julie ihn beobachtete und bemerkte, wie gut er sich in das vornehme, reiche Mobiliar fügte, kam ihr flüchtig der Gedanke, daß er einen hervorragenden Südstaaten-Gentleman abgegeben hätte. Sie sah ihn vor sich, wie er sich vor den Damen in ihren Salons verbeugte und würdevoll eine Forderung zum Duell auf Pistolen im Morgengrauen annahm. Und sie begann sich von neuem darüber zu ärgern, daß sie auf seine Hintersümpfler-Komödie hereingefallen war.

»Ich habe schon viel von Ihnen und Ihrem Film gehört, Miss Bullard«, sagte Madame Villars. »Sie müssen einen aufregenden Beruf ausüben.«

Julie antwortete höflich und ergänzte: »Ihr Enkel ist mir mit seinen technischen Ratschlägen eine große Hilfe.«

»Ich bin überzeugt, daß er es genießt; der Sumpf hat ihn in seinen Bann gezogen, seit er laufen kann. Früher hat mich dieses intensive Interesse erschreckt, aber heute nicht mehr. Ich habe mich mit vielem abgefunden, die Welt hat sich so sehr verändert, seit ich jung war.«

»Laß dich von ihr nicht hinters Licht führen«, meinte Rey trocken. »Sie möchte uns gern glauben machen, daß sie ein tragender Pfeiler der kreolischen Aristokratie ist, aber zufällig weiß ich, daß sie in den Zwanzigern ein wildes Leben in der Pariser Boheme geführt hat und nur unter Protest zurückkam, um meinen Großvater zu heiraten.«

»Ende der Zwanziger, wenn ich bitten darf; mach mich nicht älter, als ich bin.« Die alte Dame schenkte ihm ein halb tadelndes, halb amüsiertes Lächeln. Julie erklärte sie: »Ich wollte Künstlerin werden, müssen Sie verstehen.«

»Sie ist eine Künstlerin, und eine gute dazu.«

»Porträts kleiner Kinder und säugender Mütter im Stil Mary Cassatts, sichere Frauenthemen. Wenn ich in Paris geblieben wäre, hätte ich mich vielleicht wie Dalí dem Surrealismus verschrieben.«

»Du weißt, daß du deinen eigenen Stil hast.«

»Vielleicht«, gab die alte Dame zu. »Jedenfalls bereitet es mir Vergnügen, und ich habe nichts zu bereuen, also war ich vielleicht doch nicht zum weiblichen Dalí bestimmt.«

»Grand-mères Hochzeit wurde von ihren Eltern arrangiert«,

erklärte Rey Julie, »obwohl es eine der letzten dieser Art gewesen sein muß. Mein Großvater tat immer so, als sei er unendlich dankbar für das Opfer, das sie gebracht hat, als sie seinen Antrag annahm.«

»Er war ein Charmeur und Schelm, mögen Gott und Unsere Heilige Jungfrau seiner Seele gnädig sein. Er gestattete mir zu malen, solange ich nicht hinsah, wenn er Geschäfte mit seinen amerikanischen Freunden machte. Handel, müssen Sie wissen, Julie, war etwas Unehrenhaftes. Ein Mann konnte einen Beruf ausüben, vielleicht als Doktor oder noch besser Rechtsanwalt, aber er durfte kein Kaufmann werden.«

»Und eine Kreolin durfte nicht außerhalb ihrer Klasse heiraten, durfte sich nicht nach einem Amerikaner oder einem Cajun umdrehen.« Rey stellte seine Kaffeetasse ab, während er das sagte.

»Ich habe genug gelesen, um die Probleme zu kennen, die sich bei einer Heirat mit einem Amerikaner stellten, aber was war denn an einem Cajun schlecht?« fragte Julie.

Madame Villars schüttelte den Kopf. »Man betrachtete sie, zu Recht oder Unrecht, als Angehörige einer anderen Kaste, als Bauern und nicht als Aristokraten. Eine Idiotie, meine ich, da viele der alten Kreolenfamilien, wenn sie es nur eingestehen würden, ihren Stammbaum bis in die düstersten Kerkerzellen von Paris zurückverfolgen könnten. Die Frau, die man den Kolonisten als Ehefrauen schickte, waren kleine Diebinnen und ehemalige Prostituierte, während die *filles à cassette* fünf oder sechs Jahre später kamen. So bezeichnete man die armen Mädchen aus gutem Hause, die von den Nonnen mit ein paar Habseligkeiten in einem Koffer – einem Geschenk des Königs – herübergebracht wurden. Es ist eine Ironie der Geschichte, daß keine unter den ersten Siedlerfrauen Kinder bekam, aus welchen Gründen auch immer, während die Koffermädchen außerordentlich fruchtbar waren!«

»Meine Großmutter und mein Großvater«, erklärte Rey würdevoll, »gehörten natürlich zwei Familien an, die sich auf eine rechtmäßige Abstammung von solchen Koffermädchen berufen konnten.«

»Natürlich.« Seine Großmutter warf ihm einen gespielt hochmütigen Blick zu und seufzte dann. »Heute klingt das lächerlich, nicht wahr? Aber damals gab es eben solche Maßstäbe, und sie waren seit Generationen mit gutem Ergebnis befolgt worden; wie hätte man sie in Frage stellen können? Bloß war meine Tochter so starrköpfig, wie ich es immer gern gewesen wäre, und Reys Vater war ein geübter Schmeichler und unwahrscheinlich beharrlich. Heute bedaure ich, daß mein Gatte und ich sie so lange zu trennen versuchten.«

Dann unterhielten sie sich über die vielen Filme, die in New Orleans gedreht worden waren, und über die offenkundige Renaissance der Stadt. Sie wurde wieder, wie schon in den zwanziger, dreißiger und vierziger Jahren, als Sherwood Anderson, William Faulkner, F. Scott Fitzgerald, Tennessee Williams und Truman Capote hier gelebt hatten, zu einem Hafen und einer Inspiration für Schriftsteller. Sie sprachen kurz die Vorliebe der literarischen Muse für den Magnolienduft an, mit dem jemand einst die Fruchtbarkeit der Schriftsteller des Südens erklärt hatte. Allerdings kamen sie einer Erklärung des Phänomens nicht näher als irgendwer vor ihnen.

Wenig später entschuldigte sich Rey, der telefonieren wollte. Als er weg war, fragte Julie nach einer Toilette. Sie wurde durch das Eßzimmer nebenan und auf die Galerie geführt und dann in ein Schlafzimmer mit eigenem Bad geschickt.

Auf dem Rückweg zum Salon blieb sie einen Augenblick auf der Galerie stehen und schaute über den Innenhof. Er lag still und dunkel unter ihr, nur vom Schein der Lichter aus dem Haus beleuchtet. Beete mit offenbar weißer Vinca bildeten helle Muster rund um den gepflasterten Boden, während die Schatten der Bäume ihr schwarzes Spitzenwerk über die Ziegelmauern legten. Der Garten hatte etwas Geheimnisvolles, versteckt, wie er hinter dem Haus lag, so daß die Passanten draußen nichts davon ahnten. Er sprach von Heimlichkeiten und verschwiegenen Freuden.

Dicht hinter sich hörte Julie ruhige, gemessene Schritte, begleitet von leisem Klingeln. Sie drehte sich um, erwartete Rey oder den Mann zu sehen, der sie ins Haus gelassen hatte. Niemand war da, doch am Rande ihres Gesichtsfeldes glaubte sie den letzten Zipfel eines fliehenden Schatten zu erkennen.

»Rey?« fragte sie leise.

Lange Sekunden antwortete ihr niemand, dann trat Rey aus dem Speisezimmer, das genau in der entgegengesetzten Richtung lag. »Was ist?« fragte er.

Das Licht aus dem Salon umriß seine große Gestalt in der Tür, ließ sein Gesicht aber im Dunkeln. Die Spur Amüsement, die sie in seiner Stimme zu hören glaubte, war verdächtig, aber er konnte sich unmöglich so schnell bewegt haben, daß er von dem Fleck, an dem sie ihn zu hören geglaubt hatte, an den Punkt gelangt war, an dem er jetzt stand und ihr antwortete.

»Da war jemand«, sagte sie. »Ich habe Schritte gehört.«

»Bist du dir sicher, daß es ein Mensch war?«

Sie sah ihn tadelnd an. »Es klang wie ein Mensch. Ich dachte, du wärst es gewesen.«

»Dann mußt du den Chevalier gehört haben.«

»Wen?«

»Unseren Hausgeist. Manche behaupten, ihn gesehen zu haben. Es ist ein schwerttragender Mann in Gehrock und Bundhosen, wie sie üblich waren, kurz nachdem das Haus gebaut wurde.«

»Ach so, ich verstehe«, antwortete sie, ohne ein Wort zu glauben. »Hat er auch einen Namen und starb er eines plötzlichen Todes?«

»Das weiß niemand. Er schaut einfach gerne den schönen Frauen nach, die nach Einbruch der Dunkelheit auf die Galerie gehen.«

»Ist in Ordnung, solange er nicht ins Bad kommt.«

»Das kann ich nicht garantieren.«

Madame Villars tauchte hinter ihrem Enkel auf. »Hast du gesagt, Julie hätte den Chevalier gesehen?«

»Gehört«, antwortete Rey und machte seiner Großmutter Platz, so daß sie neben ihm stehen konnte.

»Wie faszinierend, das ist beinahe ein Omen.« Die alte Dame kam näher, schaute Julie voller Wärme und abwägend an und warf mehr als einen Blick in die Dunkelheit hinter ihr.

»Ein Omen«, wiederholte Julie betont tonlos.

»Vergiß es«, sagte Rey. »Es ist nur ein Aberglauben. Du wirst feststellen, daß wir ein sehr abergläubischer Haufen sind.«

Julie war entschlossen, den Vorfall von der heiteren Seite zu nehmen. »Na gut, aber ein Omen wofür, hoffentlich nicht für etwas Schreckliches wie den Fall des Hauses Villars?«

»Nichts Derartiges. Wenn du ihn gesehen hättest, hätte das nur bedeutet, daß du dazugehörst.«

»Wozu? Zum Haus?«

»Nein«, widersprach er, sich halb umdrehend, so daß das Licht seine Augen fröhlich glänzen ließ, »zur Familie.«

Die Spannung löste sich, als Madame Villars ihren Enkel dafür tadelte, Julie mit lächerlichen Familienmythen zu belästigen. Sie räsonierte laut darüber, welch merkwürdige Streiche einem der Schall in alten Häusern spielen konnte, und drängte beide wieder nach drinnen, indem sie ihnen eine zweite Tasse Kaffee anbot.

Wenig später kündigte der Butler das Eintreffen von Reys Wagen an.

Er war dunkelblau, tiefliegend und offensichtlich kraftvoll – der berüchtigte Maserati, den Madelyn erwähnt hatte. Hinter dem Steuer saß ein junger Schwarzer mit lachenden Augen und Ziegenbärtchen. Als er ausstieg, sah man, daß er einen dunkelblauen Rollkragenpullover und Jeans trug, aber trotz seiner lässigen Kleidung kam er um das Auto herum und blieb neben der Wagentür stehen, als Julie und Rey auf die Straße traten.

»Wie steht's, Boß?« fragte er grinsend. »Soll ich fahren, oder soll ich laufen?«

»Du fährst, wenigstens bis zum Apartment«, antwortete Rey, bevor er sich an Julie wandte. »Das ist Greg Leonard, Julie. Er studiert Jura an der Tulane University, wenn er sich nicht gerade um meine Sachen kümmert. Greg, Julie Bullard, die Regisseurin von *Im Reich der Sümpfe*.« Während Julie und Greg sich die Hand gaben, fuhr Rey fort: »Ich hoffe, es macht dir nichts aus, wenn wir noch kurz zu meinem Apartment fahren, Julie. Ich möchte nur meinen Anrufbeantworter abhören.«

»Kein bißchen«, sagte Julie und trat an den Wagenschlag, den Greg ihr aufhielt.

Er hatte so freundlich gefragt, daß Widerspruch unmöglich schien, vor allem, wo Greg zuhörte. Trotzdem spürte Julie, wie sich ihre Nackenmuskeln anspannten. Sie war nicht in der Stimmung für ein intimes Zusammensein. Sie glaubte nicht, daß Rey, nachdem er gesehen hatte, wie sie Allen einen Strich durch die gleiche Rechnung gemacht hatte, sie mit einem so plumpen Manöver noch einmal in sein Bett zu bekommen versuchte. Natürlich konnte sie auch da nicht sicher sein.

Sie fuhren durch die schmalen Einbahnstraßen, hielten an fast jeder Kreuzung, um die Fußgänger über die Straße zu lassen, die alles mögliche von seidenen Designeranzügen bis zu schäbigen Shorts trugen. Greg fuhr vorsichtig und äußerte sich nur ab und zu kritisch über schwankende Betrunkene, rücksichtslose Taxifahrer und die Straße versperrende Reisebusse, die ihm die Vorfahrt nahmen.

Julie wandte sich, als fühlte sie sich vollkommen entspannt, an Rey. »Du glaubst die Geschichten über euren Hausgeist nicht wirklich, oder?«

»Nein?« fragte er und lächelte zu ihr herab. Seine Schulter drängte gegen ihre, weil sie eine Kurve umrundeten. »Ich kann mir vorstellen, wie das in deinen Ohren geklungen haben muß. Wie aus einer viktorianischen Geistergeschichte. Wenigstens hast du nicht gelacht, als Großmutter von unserer Legende erzählte. Das rechne ich dir hoch an.«

»Aber du kannst doch nicht wirklich glauben –«

»Nein, nein. Nur in stürmischen Nächten.«

Sie schaute ihn heiter, aber auch tadelnd an. »Ich hätte wissen müssen, daß ich von dir keine ernsthafte Antwort erwarten kann.«

»Du willst eine ernsthafte Antwort? Also gut. Die logische linke Hälfte meines Gehirns sagt: ›Nie, unmöglich, es gibt keine Geister.‹ Und dann antwortet die mystische rechte Hälfte: ›Ja, meine Liebe, und wie sollen wir die Kinder nennen?‹«

Sie schüttelte verzweifelt den Kopf, als sie erkannte, daß er schon wieder vom Thema ablenkte. Sie fügte sich in ihr Schicksal und fragte: »Kinder, im Plural?«

»Mindestens vier, zwei Jungen und zwei Mädchen.«

»Wie nett. Und du kommst abends heim, um Fußball mit den Jungen zu spielen und die Mädchen auf deinen Knien reiten zu lassen, während deine Frau Abendessen kocht.«

»Oder andersrum, das hängt von ihrem Alter ab.«

»Reizend, aber deine Frau bleibt in der Küche.«

»Ich koche auch, und zwar gern.«

»Was für ein Musterknabe!« lobte sie ironisch.

»Du hast ja keine Ahnung«, antwortete er und zögerte, als wollte er noch etwas hinzufügen. Statt dessen drehte er plötzlich den Kopf und wies Greg unnötigerweise darauf hin, daß er an einer gesperrten Straße abbiegen mußte.

River Place eins war ein Hochhaus aus Stein und verspiegeltem Glas mit umlaufenden Balkonen und Blick auf den Mississippi. Es lag in der Nähe des Riverwalk, wo 1984 die Weltausstellung stattgefunden hatte, und war alles in allem eher ein ultramodernes Wohnhochhaus als ein Apartmenthaus. Es war das einzige seiner Art in der Stadt und würde das einzige seiner Art am Flußufer bleiben, da sich inzwischen die Baurichtlinien geändert hatten.

Reys Zimmer waren mit erlesenen, dick gepolsterten graublauen Ledermöbeln zwischen robusten, französischen Landantiquitäten, mit Niedervoltlampen und Stehlampen aus poliertem Stahl neben Kerzenständern und Tischleuchtern aus Rokoko-Ormulu ausgestattet. Der Teppich auf dem gebohnerten Wohnzimmerboden erinnerte stark an den, der Julie im Salon seiner Großmutter aufgefallen war, und kam wahrscheinlich, dachte sie, aus einem Schlafzimmer oder vom Dachboden des Hauses im French Quarter.

Sie hatte vorgeschlagen, daß sie im Wagen blieb, aber er hatte abgeraten. Das Gebäude und die Parkplätze waren gut bewacht, hatte Rey gesagt, aber er wollte es nicht darauf ankommen lassen, nicht zu dieser Stunde. Er hatte Greg entlassen und gesagt, daß er Julie selbst heimfahren würde. Sie war mit ihm allein.

Er überprüfte tatsächlich die hinterlassenen Nachrichten, blätterte durch den Stapel an Notizen neben dem Telefon, schaute flüchtig die angesammelte Post durch und spielte leise die Aufnahmen auf dem Anrufbeantworter ab. Julie starrte durch die Panoramafenster auf den Fluß, der sich unter ihr krümmte wie eine riesige schwarze Schlange in einem Bett von Lichtjuwelen, und wandte ihm den Rücken zu, damit er sich ungestört fühlte.

Ein Raddampfer war auf dem Fluß, schob sich mit halber Geschwindigkeit an den am Dock vertäuten Frachtern vorbei. Seine Lichter reflektierten als rotgoldene Flecken auf dem Wasser. Er sah aus wie ein Phantom aus einer anderen Zeit und bewegte sich, ohne daß Rauch aus seinem Schornstein kam oder sich das Schaufelrad drehte, lautlos und so langsam vorwärts, daß er kaum Bugwellen schlug.

Geister. Sie mußte sich wirklich zusammenreißen. Ihre Einbildungskraft hatte ihr heute schon einmal einen Streich gespielt, vielleicht sogar schon öfter. Niemand war hinter ihr auf der Galerie gewesen; zweifellos hatte es sich, wie Madame Villars vorgeschlagen hatte, um ein Gaukelspiel des Schalles in dem alten Haus gehandelt. Reys Kommentare zu dem Vorfall waren nur ein weiteres Beispiel für seinen verschrobenen Humor.

Seine Schritte klangen so leise hinter ihr auf dem alten Teppich, daß sie erschrak und zusammenzuckte, als er seine Hände auf ihre Schultern legte.

»Entspann dich«, sagte er ruhig und begann, die Muskeln unter seinen warmen Händen zu kneten. »Ich verspreche dir, daß ich mich nicht auf dich stürzen werde.«

Der Streß ließ so plötzlich nach, daß sich auf ihren Armen und ihrem Rücken eine Gänsehaut bildete. Sie lehnte sich ganz leicht an ihn. »Das habe ich auch nicht erwartet.«

»Gut. Ich werde dich auch nicht fragen, ob du heute bei mir übernachten möchtest, so gerne ich das täte.«

Sie drehte den Kopf, als sie seinen warmen Atem an ihrem Hals spürte. »Das wirst du nicht? Warum?«

Er drehte sie so, daß sie an seiner Seite lehnte. Er legte seine Schläfe an die ihre, so daß seine Lippen beinahe ihren Mundwinkel berührten. »Ich bin ein sehr selbstsüchtiger Mensch. Ich will dich nur ganz und gar.«

Sie seufzte, drehte sich um, ließ ihren Arm um seine Hüfte gleiten und lehnte ihren Kopf an seine Schulter. »Du bist auch sehr fürsorglich, und dafür bin ich dir dankbar.«

Seine Arme schlossen sich in einer warmen, sanften Umarmung um sie. Sie senkte die Lider, und ihre Sinne nahmen nur noch seine Stärke wahr, den schwachen Duft warmer Seide und des aromatischen After-shaves. Sie dachte, wie leicht es wäre, in seine Arme zu sinken und in das häusliche Glück, das er vorhin im Spaß geschildert hatte, Hausfrau und Mutter zu werden, die sich nur noch um Einkaufslisten und Mitfahrgelegenheiten, Wegwerfwindeln und Lego und seidene Ballettschuhe in winzigen Größen kümmern mußte. Wie befriedigend es doch wäre, mit ihm in einem Ehebett zu schlafen, sich auf Zehenspitzen aus dem Kinderzimmer zu schleichen, erschöpft in seinen Armen einzuschlafen und morgens voller Liebe wieder aufzuwachen.

O Gott, welche wildgewordenen Hormone hatten ihr das eingebrockt? Welche Entgleisung der Natur versuchte ihr einzureden, daß Ehe und Kinder ihr reichen würden? Es wäre ihr niemals genug, das wußte sie genau. Sie würde niemals eine pflichtbewußte Ehefrau werden und ihre Träume auf die Erfüllung ihrer hausfraulichen Pflichten beschränken können. Es würde nicht funktionieren, wenigstens nicht auf Dauer. Sie würde verrückt werden oder jemand anderen verrückt machen.

Aber ihr drohte keine Gefahr. Rey hatte ihr keinen Heiratsantrag gemacht, hatte den Vorschlag voller Humor zurückgezogen, so wie er die Einladung zu einem intimen Zusammensein heute abend zurückgezogen hatte. Höchstwahrscheinlich sah er sie nicht in dieser Rolle. Er war ein altmodischer Mann und brauchte eine altmodische Frau. Vielleicht redete er davon, beim Kochen zu helfen, aber trotzdem würde er erwarten, daß die Frau, die er heiratete, wie seine Großmutter alles aufgab und sich ganz und gar ihm, dem Herd und dem Heim widmete. Donna Lislet war die Frau, die man sich als Mutter seiner Kinder vorstellen konnte, eine weiche, emotionale und leicht beeinflußbare Frau mit bescheidenen Träumen.

Sie selbst, dachte Julie, stellte für Rey eine Herausforderung dar, eine Ablenkung und physische Anziehungskraft von verschiedener Intensität, aber kaum mehr. Sie war anders und deshalb interessant; ihm gefielen ihre Einstellungen, ihr Geist, ihr Körper; trotzdem war er ihr nicht verfallen.

Oder doch? Es war schwer zu sagen. Trotz seiner schnellen Auffassungsgabe und seiner gutmütigen Gespräche war er schwer zu durchschauen. Tief im Inneren war er sehr reserviert, fast als warteten dort Gedanken und Gefühle, die er nur durch seinen starken Willen unterdrücken und, warum auch immer, für sich behalten konnte. Er war nicht, was er zu sein schien. Sie hatte Schicht um Schicht einer Identität freigelegt, die er vor ihr verborgen hatte, und sie fürchtete sich vor den Schichten, die es noch zu entdecken galt.

»Ich bin auch nur ein Mensch«, sagte er angestrengt. Er legte seine Hände in einer sanften Liebkosung auf ihre Arme, bevor er zu ihren Schultern hoch strich und sie dann von sich wegschob. »Ich habe gute Vorsätze, aber manchmal kann ich mich nicht dran halten.«

»Das möchte ich nicht«, sagte sie langsam.

»Nein, das habe ich auch befürchtet«, antwortete er, wandte sich um, öffnete die Tür und hielt sie ihr auf.

13. Kapitel

Am Drehort kursierten die wildesten Gerüchte über Bulls Ankunft und den wilden Streifzug, den er und das Kontingent aus L. A. am vorigen Abend durch die Nachtclubs und Kneipen unternommen hatten. Immer noch wurde darüber spekuliert, ob Bull den Film übernehmen würde; Julie erkannte das daran, daß immer wieder Gespräche verstummten, wenn sie vorüberging. Sie kamen nicht recht voran – aber das wunderte Julie nicht. Niemand konnte von den Leuten erwarten, daß sie sich krummbukkelten, obwohl sie vielleicht alles noch einmal drehen mußten, weil es dem neuen Regisseur nicht gefiel. Es würde eine Entscheidung fallen müssen, so oder so, sonst ging das ganze Unternehmen den Bach hinunter.

Julie war früh aus dem Haus gegangen, bevor sonst jemand wach war. Sie arbeitete in ihrem Büro, bis der Hunger sie übermannte. Sie spielte mit dem Gedanken, Ofelia zu fragen, ob sie mit ihr auf einen Kaffee und ein paar Doughnuts in den Bootsclub gehen würde; sie hatte sie vor einer halben Stunde kommen hören. Andererseits war sie nicht versessen darauf, sich all den verstohlenen Blicken und dem Geflüster auszusetzen. Sie würde in das Wohnmobil gehen, sich vielleicht ein, zwei Streifen Speck und ein Ei in der Mikrowelle braten und einen Toast machen. Das war besser als Zucker und Koffein. Die Aufregungen der letzten Zeit in Verbindung mit dem reichhaltigen Essen und Trinken in der vergangenen Nacht machten ihrem Magen zu schaffen.

Sie winkte Stan zu, als sie auf das Wohnmobil zuging. Er besprach sich mit Rey und dem Mann für Spezialeffekte. Wahrscheinlich arbeiteten sie an den letzten Details für den neuen Stunt, der heute morgen gedreht werden sollte. Wenigstens versuchte irgendwer, weiterzuarbeiten. Madelyns Wagen stand auf dem Parkplatz, also war sie irgendwo in der Nähe. Vance lehnte betont lässig an der Zypresse am Fluß, seinem Stammplatz, und unterhielt sich mit der Script-Koordinatorin. Annette Davetts quäkende Stimme war aus dem Wohnmobil nebenan zu hören, also war Summer offenbar eingetroffen. Von Allen und Bull war nichts zu sehen, eine kleine Gnade, die Julie mit angemessener Dankbarkeit als solche erkannte.

Als sie die Tür des Wohnmobils hinter sich zuzog, fühlte sie sich, als hätte sie einen sicheren Hafen erreicht, und Julie seufzte erleichtert, als sie die Tür verschloß. Die Sonne hatte die Temperatur in dem Glas- und Metallgebilde merklich ansteigen lassen und die Luft mit dem stechenden Geruch von Kunststoff und Holzleim angereichert. Julie schaltete die Klimaanlage ein, bevor sie sich in das winzige Bad stellte, um sich die Hände zu waschen.

Sie hörte das trockene Rasseln zum erstenmal, als sie die Hände unter das laufende Wasser hielt. Sie schaute auf, weil sie den Verdacht hatte, daß es der Ventilator der Klimaanlage war. Es wäre nur passend, wenn die Kühlung ausgerechnet jetzt ihren Geist aufgeben würde.

Sie machte einen halben Schritt vor, um nach dem Handtuch zu langen. Das Rasseln war wieder da. Diesmal war es näher und tiefer als beim erstenmal. Das Geräusch bewirkte, daß sich ihr die Haare im Nacken aufstellten. Sie erstarrte. Langsam und Stück um Stück senkte sie den Kopf, um auf ihre Füße hinabzuschauen.

Die Schlange war glänzend schwarz und grau gefleckt. Sie lag zusammengerollt in einer Ecke zwischen der Wand und der Duschkabine, genau vor der Kommode. Sie hatte den Kopf erhoben und bewegte ihn langsam hin und her, während der dünne Rasselschwanz über ihrem Rücken steif und hoch in die Luft ragte.

Eine Sumpfklapperschlange.

Die Erkenntnis traf sie wie ein Schlag, schrie ihr aus den Büchern entgegen, die sie über den Sumpf gelesen hatte, echote aus Reys Lektionen darüber, wie man sich im Sumpf verhalten sollte.

Ihre bloßen Beine unter dem engen Rock fühlten sich entsetzlich nackt an. Ihr Herz schlug doppelt so schnell in ihrer Brust. Ihre Muskeln verkrampften sich in primitivem, impulsivem Horror.

Wenn sie um Hilfe schrie, konnte die Schlange angreifen. Wenn sie sich bewegte, konnte sie angreifen. Wenn sie blieb, wo sie war, mochten ihre Körperwärme und der Rhythmus ihres Atems die Schlange zum Angriff bewegen.

Die Fangzähne glänzten im Licht. Die Zunge schlug hin und her, als wollte sie die Luft schmecken. Die Rassel am Schwanzende flüsterte leise.

Sie konnte nicht ewig so stehen bleiben. Die Schlange würde nicht verschwinden. Sie konnte nicht verschwinden; sie saß in der Falle, wurde von ihrem Körper in die Enge getrieben. Sie hielten sich gegenseitig in einem Stilleben des Schreckens gefangen.

Die Schlange konnte angreifen; aber sie mußte nicht. Jedenfalls gab es auch Gegengifte.

Als dieser letzte Gedanke in ihr rationales Bewußtsein drang, fühlte sich Julie wie erlöst. Mit einem Satz rückwärts hechtete sie durch die Badezimmertür, krachte mit schepperndem Getöse an die gegenüberliegende Wand. Sie stieß sich ab, packte die schmale Badezimmertür und donnerte sie zu.

Spasmische Schauer durchliefen sie, als sie sich von der Tür entfernte. Sie stolperte gegen den Tisch in der Eßecke und schlang die Arme um ihren Oberkörper, wie um sich selbst zu halten. Es war keine rationale Reaktion, das wußte sie; sie war rein instinktiv und deshalb unkontrollierbar.

In diesem Augenblick, als sie ihren Kopf senkte und mit

geschlossenen Augen versuchte, das Zittern zu unterdrücken, stellte sich ihr plötzlich die Frage, wie die Schlange in das Wohnmobil gekommen war.

Die Außentür war abgeschlossen gewesen; sie hatte sie eben erst mit ihrem eigenen Schlüssel geöffnet. Nachts war sie immer abgeschlossen, während des Tages allerdings nicht. Aber selbst wenn das Wohnmobil tagsüber unabgeschlossen blieb, damit sie leichter ein und aus gehen konnte, schloß sie immer die Tür, weil normalerweise die Klimaanlage lief, um es innen angenehm kühl zu halten. Und selbst wenn die Metalltür offenstand, gab es noch eine innere Gittertür, die genau in die hohe Schwelle vor dem Eingang eingepaßt war.

Noch dazu befand sich der Eingang ein gutes Stück über dem Boden. Eine kleine Metalltreppe führte hinab, die aber nicht bis auf die Erde reichte, sondern dreißig Zentimeter darüber endete.

Wohnmobile, Wohnwagen, Campingwagen und andere derartige Vehikel, die für das Leben an abgelegenen Orten und in der Wildnis gedacht waren, waren so konstruiert, daß sie ungebetene tierische Besucher abschreckten. Die Chance, daß die Sumpfklapperschlange von selbst in ihr Wohnmobil gelangt war, war minimal.

Trotzdem war es natürlich möglich. Schlangen konnten klettern und sich durch kleine Öffnungen quetschen. Aber sie taten das nur aus gutem Grund, normalerweise des Essens wegen. Im Wohnmobil gab es kaum etwas Eßbares und nichts, was warm und beweglich genug wäre, um einer Schlange verlockend zu erscheinen, es sei denn, eine Maus hatte sich verlaufen.

Es sah ganz so aus, als hätte jemand die Schlange in das Wohnmobil gebracht.

Wer sollte so etwas tun, und warum?

Ihr erster Gedanke war, daß es sich um einen Streich handelte. Einen Streich mit einer Sumpfklapperschlange zu spielen, war recht drastisch, aber vielleicht stammte der Täter aus Kalifornien und war sich der Gefahr nicht bewußt. Es war nicht allzu ungewöhnlich, daß solche Streite und schlechten Scherze unter einer Filmcrew die Runde machten. Daß sie bisweilen außer Kontrolle gerieten und gefährliche Ausmaße annahmen, stimmte ebenfalls.

Wenn es ein Streich war, wem sollte er gespielt werden? Ihr oder Ofelia? Oder hatte jemand vielleicht damit gerechnet, daß inzwischen Bull das Wohnmobil benützen würde?

Und wenn es kein Streich war?

Darauf wußte sie keine Antwort. Sie konnte sich nicht vorstellen, daß jemand Ofelia etwas antun wollte; ihre Regieassistentin kam mit fast jedem aus. Bull war nicht lange genug hier, um Haß auf sich zu ziehen. Und was sie selbst betraf, natürlich gab es Menschen, die sich wenig aus ihr machten oder sich über sie ärgerten, aber sie konnte sich nicht vorstellen, daß jemand versuchen würde, sie absichtlich zu verletzen. Wenn einer von den Schauspielern oder aus der Crew auf diese Weise erreichen wollte, daß sie Bull ihren Platz überließ, dann würde er feststellen, daß er stärkere Geschütze auffahren müßte.

Aber all das zählte im Augenblick nicht. Die Frage war, was sollte sie mit der Schlange machen? Sie konnte Hilfe holen, aber auf diese Weise würden alle erfahren, daß sie das Tier gefunden hatte und wie ängstlich und hilflos sie war. Es war ihr lieber, wenn es so aussah, als wäre der Streich, wenn es denn einer war, nach hinten losgegangen. Also war es das beste, auch wenn ihr dieser Gedanke nicht behagte, das Ding in aller Ruhe selbst zu beseitigen. Auf diese Weise würde sich derjenige, der es in ihr Wohnmobil gebracht hatte, fragen, was damit geschehen war, warum es kein Geschrei und keine Panik gegeben hatte – und vielleicht auch, wo es demnächst auftauchen würde.

Aber wie sollte sie es loswerden?

Sie wollte das Tier nicht umbringen; die Schlange hatte ihr nichts getan, nur Angst eingejagt. Andererseits fühlte sich das Reptil bedroht und würde nicht von allein verschwinden. Wenn sie nicht auf Dauer eine kriechende Untermieterin haben wollte, blieb ihr nichts anderes übrig, als sie zu töten.

Wie?

Als Kind hatte sie ihre Mutter mehrmals dabei beobachtet, wie sie sich ungebetener Schlangen entledigte, die so töricht gewesen waren, sich in ihren Blumenbeeten niederzulassen. Die geeignete Waffe war eine Stielhacke. Da sie keine zur Hand hatte, mußte ein anderes scharfes Instrument mit langem Stiel herhalten.

Julie richtete sich auf und marschierte zu der kleinen Abstellkammer neben dem Kühlschrank. Drinnen entdeckte sie einen Besen mit einigermaßen schwerem Metallstiel und einer keilförmigen Metallhaube über den Plastikborsten, die fast die Größe eines kleinen Hackenblatts hatte. Sie hob den Besen hoch und wog ihn in der Hand. Es müßte ausreichen.

Den Besen wie eine Keule an einem Ende haltend, schlich sie sich langsam zurück zur Badezimmertür. Sie legte die Hand auf den Türknauf und drehte ihn ganz langsam. Zentimeter um Zentimeter zog sie die Türe auf.

Ein paar Sekunden später war alles vorbei. Die Schlange war von den Schlägen betäubt, aber sie war sich nicht sicher, ob sie tatsächlich tot war. Sie biß die Zähne zusammen und schob mit dem Besen den langen, leblosen Körper in einen Plastikmülleimer. Sie deckte den Mülleimer mit einem Handtuch ab, hielt dann kurz inne, während sie überlegte, was sie nun damit anfangen sollte. Schließlich entschied sie sich, ihn zum Rand des Sumpfes zu bringen, der ein paar Schritte hinter der Reihe der Wohnmobile begann, und ihn in ein Palmettodickicht zu werfen. Vielleicht wurde sie dabei gesehen, aber das Risiko mußte sie eingehen.

Niemand beachtete sie, niemand rief ihr nach oder folgte ihr, als sie aus ihrem Wohnmobil stieg und sich zwischen ihrem und dem nebenan stehenden, das Summer benutzte, hindurchquetschte. Sie blieb am Rand des gepflasterten Parkplatzes stehen, wo das Unterholz des Sumpfes begann, holte mit dem Mülleimer Schwung und schleuderte den Inhalt so weit sie konnte weg. Die Schlange klatschte schwer auf dem Boden zwischen den dicht wachsenden Palmettopalmen auf. Julie kehrte um und marschierte schnell davon, ohne nachzusehen, ob sich das Tier noch bewegte.

Als sie wieder vor ihrem Wohnmobil stand, sah Julie, daß Allen und Bull eingetroffen waren. Sie stellte den Mülleimer neben den Metallstufen ab und ging auf sie zu. Irgendwie hatte sie kein Interesse mehr daran, noch einmal in das Wohnmobil zu gehen, und sie war überhaupt nicht mehr hungrig.

Bull war in Hochform; er hatte Vances Stuhl unter der Zypresse in Beschlag genommen und gab eine lange, verwickelte Geschichte über irgendwelche Dreharbeiten in Afrika zum besten. Da er nicht nur ein strahlender Stern am Himmel Hollywoods, sondern auch ein begnadeter Erzähler war, hatte sich eine ansehnliche Zuhörerschaft um ihn versammelt. Allen hockte daneben auf einem Regiestuhl und schenkte Tee aus einer versilberten Thermoskanne in eine Porzellantasse.

Vance war ebenfalls anwesend und teilte sich einen Cocktailsessel mit Madelyn, die auf der Fußstütze Platz genommen hatte und ihren Rücken entspannt gegen sein aufgestütztes Knie lehnte. Die Reporterin, die tags zuvor da gewesen war, war ebenfalls in der Nähe. Summer saß auf der anderen Seite im Schneidersitz und schaute gebannt zu Bull auf. Ihre Mutter, Annette, war nicht da, aber Donna Lislet saß auf einem Stuhl in Summers Nähe und neben Rey, der auf dem Boden hockte, den Rücken gegen den Zypressenstamm gelehnt. Das junge Mädchen schenkte der Witwe bisweilen einen bewundernden Blick aus den Augenwinkeln, es schien also wahrscheinlich, daß man ihr Donna bereits als neue Lehrerin und Erzieherin vorgestellt hatte.

Julie fragte sich, was wohl geschehen mochte, wenn sie der Versammlung von ihrem ungebetenen Gast erzählte. Vielleicht war es ganz interessant, die Reaktionen zu beobachten. Aber sie wollte Bulls Geschichte nicht verderben, und sie wollte auch keine Fragen gestellt bekommen, die sie nicht beantworten konnte. Sie ließ es bleiben.

Ofelia war in der Nähe und tauschte mit Stan und einer Gruppe von Kameramännern und Tontechnikern kurze, skurrile Randbemerkungen zu Bulls Geschichte aus. Als sie Julie kommen sah, löste sich die Regieassistentin aus der Gruppe und kam mit dem Drehplan auf sie zu. Stan hinkte hinterher.

Sie warteten alle noch, bis die Special-Effekts-Leute ihre Ausrüstung abmarschbereit hatten, erklärte Ofelia. Sobald die soweit waren, konnten sie an die offene Stelle weiter unten im Flußlauf fahren und alle von Julie angesetzten Szenen abdrehen. Bis dahin gab es nichts weiter zu tun, als Bull zu lauschen – im übertragenen wie im wörtlichen Sinne.

Der geplante Stunt war einer der wichtigsten im Film. Rey würde diesmal nicht an Vances Stelle spielen, sondern für einen der Schauspieler einspringen, der einen der beiden, von Jean-Pierres Frau Dorothea angeheuerten Ganoven spielte. Gemäß dem Drehbuch sollte einer der Schurken Alicia kidnappen, während Dorothea Jean-Pierre verführt und ihn ablenkt. Voller Zorn darüber, daß er schon wieder von seiner Frau betrogen wurde, setzt Jean-Pierre das Leben seiner Tochter aufs Spiel, indem er versucht, das Rennboot zu rammen. Es gibt eine Feuerexplosion. Der Cajun rettet seine Tochter, die aus dem Boot geschleudert wird, in letzter Sekunde vor dem Ertrinken. Als er erkennt, welchen Gefahren er sie ausgesetzt hat, indem er sie in den Sumpf gebracht hat, und weil er sich für ihre Verletzungen verantwortlich fühlt, überkommt ihn Reue.

Summer brauchte heute nicht zu drehen; aus Sicherheitsgründen wurde ihre Rolle von einer in eine Decke gewickelten Stuntpuppe mit sandblonder Perücke gespielt. Der Stunt war zu gefährlich, als daß ein Stuntkind ihren Platz hätte einnehmen können. Die Rettung aus dem Wrack sollte an einem anderen Tag gefilmt werden, wie auch ein paar weitere Vater-Tochter-Szenen, die in und um dem verfallenen Anglercamp spielen sollten, wo auch die Verführungsszene gefilmt worden war.

Vance hatte darauf bestanden, sein Boot während der Explosionsszene selbst zu fahren, und sich geweigert, sich doubeln zu lassen. Er sei es leid, daß andere Leute immer den Ruhm einheimsten, sagte er. Außerdem sei die Sache mit dem Rennboot-Unfall schließlich eine Kleinigkeit für ihn, nichts weiter. Er hatte zumindest teilweise recht. Vance würde zwar schnell fahren und ein paar enge Kurven nehmen müssen, solange er das Rennboot verfolgte, aber er wäre nicht wirklich in Gefahr; Rey trug das Risiko, wenn er im Augenblick des Aufpralls vom Rennboot sprang, tausendstel Sekunden, bevor es in einer Flammenwolke explodierte. Vance brauchte sein Boot nur ruhig durch den Rauch und die Trümmer und die Wellen der Explosion zu steuern. Da sie keinen zweiten Stuntman von Reys Kaliber hatten, ließ Julie schließlich dem Schauspieler seinen Willen.

Die Geschichte, die Bull erzählt hatte, war zu Ende. Donna stand auf. »Es wird langsam Zeit, daß ich etwas für mein Geld tue«, sagte sie, lächelte Summer freundlich zu und streckte dem Mädchen ihre Hand entgegen. »Warum zeigst du mir nicht einfach die Bücher, mit denen deine letzte Lehrerin gearbeitet hat, damit ich sehen kann, wie weit ihr gekommen seid?«

»Nur noch eine Geschichte, bitte!« flehte Summer mit großen Augen die Witwe an. »Dann komme ich mit, versprochen.«

»Vielleicht gibt es gar keine Geschichte mehr.«

»O doch, ganz bestimmt«, erklärte das Mädchen zuversichtlich.

Bull schüttelte den Kopf. »Ich habe ihr vorhin versprochen, von meinem ersten Job in Hollywood zu erzählen, als ich Billy the Kid in einem Cowboy-Musical spielte.«

»Das ist nicht Ihr Ernst!« entfuhr es Donna. Sie sah ihn skeptisch an, schien aber nicht abgeneigt, sich überreden zu lassen.

»Doch!« Bull ließ sein dröhnendes Lachen hören und begann ein neues Garn zu spinnen.

Julie zog sich in den Bootsclub zurück, wo sie sich eine Scheibe Toast und eine Tasse Kaffee holte. Sie saß am Tisch, dachte darüber nach, was sie für die kommende Szene vorzubereiten hatte, als Madelyn hereingeschlendert kam. Die Schauspielerin holte sich ebenfalls eine Tasse Kaffee und gesellte sich dann zu Julie.

»Also«, sagte Madelyn, als sie sich gesetzt und den Rock ihres roten Seidenkleides sorgsam um sich ausgebreitet hatte, damit er nicht knitterte, »wirst du dir von Bull helfen lassen oder nicht?«

Julie schaute ihr ins Gesicht. »Hat er dich geschickt, mich das zu fragen?«

»Du solltest ihn besser kennen. Bull hat kein Wort darüber verloren; ich habe mich bloß gefragt.«

»Ich weiß nicht, warum dich das interessiert, es sei denn, du würdest lieber unter Bulls Regie spielen.«

»Anders ausgedrückt, ich soll mich um meinen eigenen Dreck kümmern?« Madelyn lachte humorlos. »Um die Wahrheit zu sagen, ich mache mir Sorgen um Bull.«

»Wirklich? Warum das?«

»Würdest du mir glauben, daß ich es aus Nostalgie tue? Ich finde, er sieht schlecht aus, müde und besorgt. Vielleicht ist er deinetwegen besorgt.«

»Da kann ich ihm nicht helfen.«

»Nein? Du könntest dir ins Gedächtnis rufen, daß er nicht mehr so jung ist wie früher – das sind wir alle nicht. Er ist ein großer, rauher und wirklich selbstgenügsamer Mann, aber man kann ihn trotzdem verletzen.«

»Das weiß ich selbst, aber soll ich deshalb alles aufgeben, wofür ich gearbeitet habe?«

»Er hat viel für dich aufgegeben.«

»Wovon redest du?« Julie starrte die Frau ihr gegenüber fragend an.

»Er hat mich rausgeworfen, als du vor vielen Jahren nach L. A. kamst, um bei ihm zu wohnen; wir lebten damals fast ein Jahr zusammen, aber das war ihm egal. Es tat ihm leid, erklärte er mir, aber es ginge nicht anders. Du hattest ihm nie vergeben, daß deine Mutter und er sich getrennt hatten, und er mußte das wiedergutmachen. Er wollte keine emotionalen Verwicklungen, keine anderen Bindungen, er wollte nur, daß du ihn wieder magst.«

»Das wußte ich nicht.« Julies Blick lag unbewegt auf dem roten Gesicht der anderen Frau.

»Das ist nicht alles. Bull hat Dutzende von Filmen abgelehnt, wichtige Projekte, für die andere Regisseure ihre rechte Hand gegeben hätten. Nur weil er dafür ins Ausland hätte reisen und sich von dir trennen müssen.«

Julies Antwort klang ein bißchen nach Rechtfertigung. »Ich habe ihn nicht darum gebeten.«

»Das mußtest du auch nicht. Er glaubte, du bräuchtest ihn, deshalb tat er alles, um ganz für dich da zu sein.«

»Es wäre besser gewesen, er wäre für meine Mutter da gewesen.«

»Meine liebe Julie, ich dachte, du wärst schon lange genug im Filmgeschäft, um zu wissen, daß die Menschen, die darin arbeiten, Menschen sind, nicht mehr, nicht weniger. Es sind keine Helden und keine Schurken; die Superstars und Filmlegenden bluten und schwitzen und haben Liebeskummer wie alle anderen auch. Sie machen Fehler, aber sie machen sie selten allein. Das gilt sogar für Bull.«

»Sehr tiefsinnig«, erklärte Julie seufzend. »Ich nehme an, du möchtest mir etwas sagen?«

»Man braucht zwei, um ein Kind zu zeugen oder sich scheiden zu lassen.«

Julie wartete, bis sie ruhig antworten konnte. »Paß auf, Madelyn, was hier vorgeht, hat sehr wenig mit meinen Gefühlen Bull gegenüber und Bulls Gefühlen mir gegenüber zu tun. Es ist eigentlich eine Geschäftssache. Es gibt keinen Grund, sich als sein Fürsprecher aufzuführen oder ihn zu bemitleiden.«

Die Lippen der anderen verzogen sich zu einem ironischen Lächeln. »Er hatte recht, nicht wahr? Du hast ihm nicht vergeben.«

Die Schauspielerin stand auf und nahm ihre Kaffeetasse. Julie blieb auf ihrem Platz sitzen, während sich Madelyn entfernte. Sie schaute ihr nicht nach, sondern malte mit ihrer Tasse nasse Kreise auf die Resopal-Tischplatte. Sie saß immer noch vor ihrem kalten Kaffee und dem unangetasteten Toast, als man ihr endlich mitteilte, daß alles in Ordnung war und die Boote startbereit seien.

Allen tauchte aus seinem provisorischen Büro auf und stand mit Bull und Ofelia auf dem Pier neben einem der Kabinenkreuzer. Er wandte sich um, als Julie näher kam. Bevor er etwas sagen konnte, meinte ihr Vater: »Allen und ich haben uns gefragt, ob wir mitfahren könnten – nur als Zuschauer selbstverständlich und wenn dir das nichts ausmacht.«

»Warum sollte es?« fragte Julie freundlich. »Ich komme in einer Minute.« Sie berührte die Schulter ihres Vaters im Vorbeigehen und deutete den beiden an, sie sollten schon an Bord gehen. Sie selbst blieb noch einen Augenblick lang stehen, um die letzten Details des Stunts mit Stan zu besprechen. Als das erledigt war, sprang sie leichtfüßig auf Deck. Ohne weitere Verzögerung machten sie sich auf den Weg flußabwärts.

Rey war bereits in dem Rennboot vorangefahren, das er bei dem Stunt benützen würde. Er war am Drehort der Szene, als sie eintrafen. Es war dieselbe freie Stelle, an der sie auch den ersten Stunt gefilmt hatten, eine der wenigen im Fluß, die breit genug für ein schnelles Manöver waren. Man hatte die Drehplattform ans andere Ufer geschleppt, um aus einem anderen Winkel zu filmen, und die Boote kamen aus einer anderen Richtung, so daß die Uferlinien sich nicht decken würden.

Der Probelauf für den Stunt klappte wie vorgesehen. Wie zuvor gab es eine Serie von kleinen Explosionen, die den Einschlag von Gewehrkugeln auf dem Wasser simulieren sollten. Bei der Probe sah man genau, wo sie stattfinden würden, so daß Rey und Vance in der richtigen Geschwindigkeit an ihnen vorbeifahren konnten, um den bestmöglichen Effekt zu erzielen.

Natürlich konnte man die Explosion oder Reys Absprung aus dem Boot nicht simulieren, da das Boot bei dem Stunt zerstört würde, aber er und Stan feilten am Timing, bis sie beide zufrieden waren.

Julie versuchte, ihre Gedanken vor der Gefahr zu verschließen, sich einzureden, dies sei irgendeine Durchschnittsszene, ein ganz normaler Stunt, bei dem ein Mann dafür bezahlt wurde, daß er Haut und Knochen riskierte und sehenden Auges das Risiko einging. Es war vergeblich. Sie beobachtete das Rennboot, Vances Kahn und das Kameraboot, die über das Wasser rasten oder einander umkreisten oder still im Wasser lagen und in ihrem oder dem Kielwasser der anderen Boote schaukelten. Ihr hinter dunklen Brillengläsern versteckter Blick richtete sich immer wieder auf Rey. Sein dunkles Haar glänzte in der Sonne, und seine Schultern waren in dem unförmigen, schwarzen Anzug, den er trug, noch breiter. Seine Bewegungen wirkten zuversichtlich und überlegt, aber doch vorsichtig.

Sie hätte sich gerne ebenso zuversichtlich, ebenso überlegt und vorsichtig verhalten. Statt dessen war ihr übel. Die Übelkeit ließ ihre Stimme gepreßt klingen, als sie sich über Walkie-talkie mit den Männern draußen auf dem Wasser unterhielt. Ihre Stimme drang dünn und mit knisternder Statik vermischt an ihr eigenes Ohr. Sie klang ungeduldig und nervös wegen der Verzögerung, die sich bei dem Probelauf ergeben hatte. Es gab einen guten Grund für ihre Nervosität. Sie flehte insgeheim, daß dieser Stunt endlich vorüber wäre. Um ehrlich zu sein, sie wollte, daß dieser Film endlich fertig wäre, je eher, desto besser.

Oder? Oder wollte sie vielleicht, daß die Dreharbeiten ewig andauerten? Sie wußte es nicht. Sie wußte es wirklich nicht.

Die Boote umkreisten einander ein letztes Mal und gingen dann auf ihre Startpositionen. Der Chapman-Kran über ihnen quietschte, als die Hauptkamera in Position schwenkte. Das Stimmengemurmel auf der Drehplattform verebbte, da es so aussah, als würde gleich gefilmt.

Das Tuckern eines Bootsmotors, der bei dem Stunt nicht zum Einsatz kam, ließ den Tontechniker neben Julie mit schmerzvoller Miene aufschauen. Es war ein Einheimischer, der ihnen einen Besuch abstatten wollte, oder ein Fischer auf der Fahrt flußabwärts; ein uraltes Motorboot erschien am Ende des dunklen Tunnels, der zu ihrem Drehgelände führte.

Dann kam das Boot in die Sonne. Es war schäbig und schmutzig und unglaublich hinfällig, aber die Person, die den qualmenden Außenborder ohne Abdeckung steuerte, war kein Fischer und kein Besucher. Es war Donna.

Die junge Witwe winkte und rief etwas über das Wasser, aber ihre Worte waren über den Lärm der anderen Bootsmotoren und dem Krach ihres eigenen nicht zu verstehen. Julie winkte sie heran. Sobald Donna ihren Motor abgestellt hatte und an die Plattform herangeglitten war, warf Julie einen letzten prüfenden Blick auf die Szenerie und nickte dann Ofelia zu.

»Okay, los geht's«, rief die Regieassistentin in ihr Megaphon. »Klappe!«

»Es tut mir leid«, flüsterte Donna atemlos, als sie die Leiter zur Plattform hochgeklettert war. »Ich wollte nicht stören.«

Ein halbes Dutzend Leute zischten tadelnd. Sie errötete, schwieg aber, bis sie bei Julie angekommen war. »Es tut mir leid«, sagte sie noch einmal leise. »Aber ich mußte kommen. Ich kann Summer nicht finden.«

»Ruhe!« Ofelia funkelte sie an und wollte auf sie zugehen, aber Julie hob abweisend die Hand.

»Weiter«, sagte sie zu Donna.

»Summer sagte mir, sie wollte mit ihrer Mutter frühstücken, aber als ich sie eine halbe Stunde später holen wollte, hatte Annette sie nicht gesehen. Ich habe überall gesucht, aber sie ist nirgendwo auf dem Drehgelände. Ich dachte, vielleicht ist sie hierher mitgefahren. Alle Boote waren weg, deshalb mußte ich über den Kanal zu einem Camp fahren, wo Bekannte wohnen, und mir ihr Boot ausborgen. Ist – ist sie hier?«

Draußen auf dem Wasser gewannen die Boote an Tempo, umkreisten einander, bereiteten sich auf die lange, komplizierte Wettfahrt vor, die gute fünfzig Meter von ihnen entfernt an einer alten, halb versunkenen Eisenbahnschwelle enden würde, der sorgfältig nachmodellierten Kopie einer anderen Schwelle, die irgendwo anders im Fluß steckte. Julie fühlte sich, als wäre ihr Gehirn zweigeteilt, und versuchte, mit beiden Problemen gleichzeitig fertigzuwerden. Es kam ihr vor, als wären sie beide Teile eines Ganzen, wenn sie sie nur richtig zusammenfügte. Sorge um Rey und das, was er tat, lief parallel zu ihrer Angst um Summer.

»Hat jemand sie gesehen?« sprach sie lautlos und drehte den Kopf hin und her, um die Umstehenden zu befragen. Kopfschütteln und Achselzucken waren die Antwort.

»Nicht seit wir gefahren sind«, flüsterte Bull Julie von hinten ins Ohr.

Das Dröhnen Vollgas gebender Motoren unterbrach sie. Die Boote begannen mit ihrem Rennen. Dann kam das Krachen der Schüsse, die Rey im vorderen Boot auf Vance abgeben sollte und die als perfekte Serie von kleinen Explosionen im Wasser endeten. Vance duckte sich in seinem Boot und schlug einen Haken.

Julie beobachtete den Wettlauf und hatte plötzlich das Bild von Summer vor Augen, die Bull zu Füßen saß und seiner tiefen Stimme lauschte, so wie sie selbst es vor vielen Jahren getan hatte. Ein einsames Kind, das so gerne so aufregende, spannende Dinge erlebt hätte wie er, das ihn so gerne beeindruckt hätte. Zugleich war Julies Blick auf Rey in seinem dunklen Anzug geheftet. Er drehte sich um, feuerte, lenkte das Rennboot, das scheinbar steuerlos dahinraste, und tat so, als würde er die halb versunkene Eisenbahnschwelle gar nicht bemerken, die vor ihm aufragte, während Vance ihm auf den Fersen war und ihn darauf zutrieb. Hinter ihm auf dem schmalen Rücksitz lag die Kinderpuppe mit ihrer leuchtenden, sandblonden Perücke, die im Wind wehte.

Die Puppe bewegte sich.

Die Puppe setzte sich auf, schlug wie benebelt die Decke

zurück. Ein bleiches Gesicht mit offenen, ratlos starrenden Augen erschien. Eine kleine Hand tauchte aus den Falten der Decke auf und klammerte sich um das Dollbord des schwänzelnden Bootes.

Wie im Reflex riß Julie das Walkie-talkie hoch. Das durfte nicht geschehen, nicht so. Nicht noch einmal. Die Szene kam ihr unwirklich und wie in einem Déjà-vu vor. Ängstlich und zornig zugleich schrie sie in das Funkgerät.

»Die Puppe ist Summer! Rey, die Puppe ist in Wirklichkeit...!«

Das letzte Wort ging im Donner der Explosion unter. Reys dunkle Gestalt wirbelte durch die Luft, wurde in einem Flammenball vom Boot katapultiert.

14. Kapitel

»Keine Ahnung, wie Tabary das geschafft hat.«

Bull hatte das in den letzten drei Tagen mindestens hundertmal gesagt, und jedesmal voller Staunen und Bewunderung, die von allen geteilt wurde. Er saß im Schulzimmer, einem Empfangsraum neben dem Cabin Restaurant, das zum Teil in einer ehemaligen Plantagensklavenhütte untergebracht war. Um ihn herum war die Hochzeitsfeier von Tante Tines Großnichte in vollem Gange. Er lümmelte in seinem Stuhl, ein Glas Champagner in der einen Hand, eine Schale mit Jambalaya in der anderen, und hielt nach bewährtem Muster hof. Ein paar Hochzeitsgäste, Freunde von Tante Tine, hatten sich um ihn versammelt und wollten wieder einmal alles über den Unfall am Fluß erfahren.

Julie wußte, wie Rey das geschafft hatte.

Sie wußte genau, was passiert war, weil sie alles mit zugeschnürter Kehle und angstvoll klopfendem Herzen mit angesehen hatte. Sie wußte es, weil sie die Szene seitdem mindestens fünfmal auf dem Rohfilm angesehen hatte.

Als sie sich neben ihren Vater an den Tisch setzte und der wunderschönen, dunkelhaarigen Braut in ihrem weißen Seiden- und Spitzenkleid mit den aufgenähten Perlen zuschaute, die gemeinsam mit ihren Brautjungfern für Fotos posierte, spielte sich die Szene schon wieder in ihrem Geist ab.

Schon als sie losgeschrien hatte, hatte Rey sich umgedreht, hatte gesehen, wie sich die Figur auf dem Rücksitz des Bootes bewegte. Er hatte sich über den Sitz gebeugt, Summer hochgerissen und war mit einem Satz über die Bordwand gehechtet, während über ihm ein rotgelber Feuerball aufstieg und ein Donnerschlag die Bäume durchschüttelte, so daß das graue Moos an den Ästen zu tanzen begann. Seine Anzugsjacke hatte Feuer gefangen, bevor er und Summer auf dem Wasser aufschlugen. Das Boot war ein Scheiterhaufen gewesen, um den sich im Umkreis von zehn Metern eine schillernde, lodernde Ölfläche ausbreitete, bevor die beiden wieder auftauchten. Noch nie hatte Julie so lange gewartet.

Vance im anderen Boot hatte Rey und Summer als erster erreicht. Er hatte sie in den Kahn gezogen und zur Drehplattform gebracht. Summer, die immer noch in ihre rauchgeschwärzte Decke gewickelt war, war nichts geschehen, außer daß ihr Haar angesengt war und sie einen gehörigen Schluck Flußwasser genossen hatte. Reys Jacke war verbrannt, und seine Schulter sah bis tief hinunter zum Rücken aus wie gegrilltes Fleisch. Weil er sich erst um Summer gekümmert hatte, war er beinahe zu spät gesprungen.

Donnas Hysterie war verständlich, aber auch nervenaufreibend. Immer wieder schluchzte sie, daß sie an allem schuld sei. Summers Schreck und Schock lösten sich in einem scheinbar endlosen Weinkrampf auf, als sie begriff, daß sie beinahe Rey und sich selbst umgebracht hätte. Es dauerte ziemlich lange, bevor das junge Mädchen zur Ruhe kam und einsah, daß sie Rey nicht helfen konnte.

Rey brauchte einen Arzt, und es schien das beste, auch Summer untersuchen zu lassen, um sicherzugehen, daß nichts von dem öligen Flußwasser in ihre Lungen gelangt war. Erst als sie alle, Rey und Summer, Donna und Julie, Allen und Bull, in dem Kabinenkreuzer saßen und auf dem Weg zur Notaufnahme des Krankenhauses in Richtung Drehlager zurückbrausten, erfuhren sie, wie das junge Mädchen auf das Rennboot gelangt war.

Schließlich brachte Summer heraus, daß ihr die Idee gekommen war, als Bull eine Geschichte über einen tapferen kleinen Mexikanerjungen erzählt hatte, der zum Star wurde, nachdem er sich während der Dreharbeiten zu einem Film in die Arena geschlichen und selbst mit einem Stier gekämpft hatte, statt sich von einem Zwerg-Stuntman doubeln zu lassen. Und morgens hatte sie jemanden – sie wußte nicht, wen – sagen hören, wie schade es sei, daß Summer nicht bei der Bootsexplosion mitspielen konnte. Sie hatte das für eine gute Idee gehalten, die sie berühmt machen würde. Sie wußte, daß Rey auf sie aufpassen würde.

Aber dann, als sie die Puppe versteckt und sich an ihren Platz gelegt hatte, war jemand gekommen, und sie hatte einen Stich in ihrem Arm gespürt. Sie war eingeschlafen und erst wieder aufgewacht, als sie die Schüsse vor dem Stunt hörte.

Bull war wie vor den Kopf geschlagen, fluchte und entschuldigte sich abwechselnd, weil es seine Geschichte über den Jungen in der Arena gewesen war, die Summer auf die Idee gebracht hatte. Allerdings konnte sich niemand vorstellen, wer vorgeschlagen haben könnte, daß Summer ihren eigenen Stunt drehen sollte.

»Bist du sicher«, fragte Bull Summer, »daß jemand das gesagt hat? Bist du ganz sicher, daß du nicht von allein auf die Idee gekommen bist?«

Summer verzog die Lippen, während sie die Brauen tiefer zog. »Ich glaube, ich habe das gehört. Ich bin fast sicher.«

»Und du bist auch sicher, daß du einen Stich gespürt hast? Hat nicht vielleicht nur – die Decke gekratzt, weil es so heiß war?«

»Sie glauben, ich wäre einfach so eingeschlafen?« fragte Summer entrüstet. »Ich schlafe nie so gut! Ich hätte nie so lange schlafen können, nicht bei dem Lärm und dem Rumgefahre.«

Nichts konnte sie von ihrer Geschichte abbringen, nicht einmal die Fragen des Hilfssheriffs aus dem St. James Parish. Niemand konnte weitere Einzelheiten aus ihr herausbringen. Auf ihrem Oberarm war ein roter Punkt zu sehen, aber eine Blutprobe erbrachte nichts Ungewöhnliches. Nach einer gründlichen Untersuchung wurde sie entlassen.

Eine Befragung unter der Filmcrew ergab wenig überraschend, daß niemand gesehen hatte, wie Summer in das Boot geklettert und was danach geschehen war. Jeder, der sie dabei beobachtet hätte, hätte höchstwahrscheinlich das Mädchen fortgeschickt oder irgendwie die allgemeine Aufmerksamkeit auf sie gelenkt. Manche vertraten die Auffassung, daß Summer die Geschichte übertrieb oder sich vielleicht herauszureden versuchte. Die Hilfssheriffs waren zu höflich, um dem offen zuzustimmen. Aber nachdem es keine Beweise für ein Verbrechen gab, wurde die Untersuchung nicht allzu gründlich durchgeführt und schnell abgeschlossen.

Summer schien der Unfall kaum etwas auszumachen. Heute abend war sie in Weiß und Rosa gekleidet, hatte eine irisierende rosa Spange im Haar und verfolgte die Hochzeit in der alten Kirche an der River Road mit leuchtenden Augen und heller Freude in ihrem schmalen Gesicht. Sie hatte sich mit Tante Tines Hilfe einen Teller am Büffet zusammengestellt, das man für den Empfang aufgebaut hatte, ihn beinahe geleert und beobachtete nun mit aufmerksamer Miene die anderen Gäste, als wollte sie sich neue Gesten und Sprechmuster in ihr junges Schauspielergehirn einprägen.

Alle schienen sich königlich zu amüsieren, aßen, tranken, lachten und unterhielten sich zugleich. Die Feier hatte nichts Pompöses, nichts Formelles an sich; es war einfach ein warmes und geselliges Beisammensein, bei dem das junge Paar in den Kreis der Erwachsenen und der Gemeinschaft eingeführt wurde und Familie und Freunde, Nachbarn und Bekannte an ihrem Glück teilhaben durften.

Das Lächeln der Braut war anrührend glücklich, das des Bräutigams in seinem weißen Tuxedo, der zum Kleid seiner Braut paßte, liebevoll und stolz. Man sah ihnen die überschwengliche Vorfreude an, die nur durch den feierlichen Rahmen gezügelt wurde, sich aber immer wieder in heimlichen Küssen und langen, innigen, vielversprechenden Blicken Luft machte.

Die Gäste wanderten von einem Büffettisch zum nächsten, lachten, unterhielten sich halblaut, ergingen sich über die Schönheit des Blumenschmucks in der Kirche, über die Predigt des Pfarrers und die fünf weißen Lincoln Town Cars, in dem die Hochzeitsgesellschaft von der Kirche zur Hochzeitsfeier gefahren worden war. In einer Ecke stand ein Mann mit einer Videokamera, der alles für die Nachwelt aufzeichnete.

»Amüsieren Sie sich, haben Sie genug zu essen?« fragte Tante Tine, als sie neben Julie stehenblieb, ein Glas Wein in der einen Hand, eine Gabel mit aufgespießter Grillwurst in der anderen.

»Ganz bestimmt, vor allem, was das Essen betrifft«, antwortete Julie und legte sich eine Hand auf den Magen. »Aber verraten Sie mir ein Geheimnis. Woher rührt die *joie de vivre* der Cajun, diese Freude am Feiern?«

Die alte Dame betrachtete Julie mit leuchtenden Augen und einem wunderlichen Lächeln. Sie schwenkte Wurst und Gabel, um ihre Worte zu unterstreichen, und sagte: »Passen Sie auf, *chère*, die Sache ist so. Als die Acadianer Neuschottland verlassen mußten, ließen sie alles zurück, ihr Essen, ihre Möbel, ihr Heim, alles außer den Kleidern, die sie am Leibe trugen. Man trieb sie auf Schiffe, trennte Familien, die sich nie wieder finden sollten, schickte die Menschen erst dahin, dann dorthin. Viele Jahre vergingen, ehe die wenigen, die nicht an der Kälte und dem Hunger und der Trauer zugrundegingen, Louisiana erreichten. Nur Menschen, die sehr am Leben hingen, hielten durch. Aber durch diesen Verlust und diese lange Irrfahrt hatten sie eines gelernt. Sie hatten gelernt, daß das Leben kurz und der Tod lang ist und uns nichts gewiß ist außer der Minute, die wir gerade erleben. Diese Minute kann voller Haß oder voll Freude sein. Freude ist besser.«

Julie ließ ihren Blick über die Menschen um sie herum schweifen und sagte langsam: »Ich glaube, Sie haben recht.«

»Glauben Sie mir, *chère*«, bekräftigte Tante Tine. »Und holen Sie sich eine Wurst! Sie sind vorzüglich!«

Von der Filmgesellschaft waren außer Julie Bull und Summer und ihre Mutter anwesend. Die Einladung hatte nicht für beliebig viele Personen gegolten; immerhin war es eine private Hochzeit mit begrenztem Budget. Doch Donna hatte darauf bestanden, daß Summer mitkommen sollte. Vielleicht wollte sie ihr auf diese Weise helfen, den Unfall zu vergessen. Donna hatte dem Mädchen auch das Glas mit dem kleinen Schuß Champagner gegeben. Das würde ihr nicht schaden, meinte sie, und es sei besser, sie Alkohol bei einem öffentlichen Ritual probieren zu lassen, als das Risiko einzugehen, daß sie es heimlich machte. Obwohl sie anfangs nicht gerade begeistert darüber gewesen war, eine neue Lehrerin zu bekommen, söhnte sich Summer stündlich mehr mit Donna aus.

Rey tanzte mit Summer. Julie hatte ihn den Abend über immer wieder gesehen, etwa wie er das Hochzeitspaar beglückwünschte, einer alten Freundin seiner Tante etwas zu trinken brachte oder sich in einer ruhigen Ecke mit ein oder zwei Freunden unterhielt. Er lehnte sich nie an, vor allem nicht gegen eine Stuhllehne, und er bewegte sich nur vorsichtig. Wenn man genau hinsah, konnte man die Ausbuchtung auf seinem Rücken sehen, wo die Bandage den Anzug ausbeulte. Trotzdem lauschte er ohne offensichtliche Anstrengung Summers Plappern und drehte sie zu den Klängen des Cajun-Walzers, nachdem er ihr gezeigt hatte, wie sie mit einer Hand auf dem Rücken eine Pirouette drehen konnte. Aus der Ferne sah es aus, als würde er ihr ernst und aufmerksam zuhören, aber ab und zu einen humorvollen Einwurf machen. Summer lachte ihn fröhlich an, und ihre Augen glänzten vor Verehrung. Es war nicht zu verkennen, daß er ihr Held war. Julie schaute den beiden zu und hoffte innig, daß sein Bild nie Risse bekommen möge, und wenn doch, daß Summer nie davon erfuhr.

Donna schleppte einen flachshaarigen Säugling auf der Hüfte herum, umarmte den Bräutigam, der irgendwie mit ihr verwandt war, bedankte sich höflich und gefaßt für die vielen Beileidskundgebungen, die ihr gemacht wurden, und schien sich zwar in aller Ruhe, doch gut zu amüsieren. Niemand schüttelte den Kopf, als Rey sie auf die Tanzfläche führte, nur der Säugling war untröstlich über ihren Verlust. Das Weinen des Babys wandelte sich aber in fröhliches Glucksen, als ihm die Braut den Ring ihres Schleiers in die kleine Hand drückte und mit ihm die Galerie auf und ab tanzte.

Ein paar Minuten später war die Braut wieder auf der Tanzfläche, tanzte diesmal mit ihrem Großvater, der einen 100-Dollar-Schein an ihren Schleier heftete, während er sich glücklich zur Musik bewegte. Das war der Beginn des Geldtanzes, bei dem die Männer, größtenteils Freunde und Nachbarn sowie Verwandte, mit der Braut tanzten und einen finanziellen Freundschaftsbeweis an die zugänglicheren Teile ihres Brautkostüms hefteten, manchmal an den Ärmel, meistens aber an den Schleier. Das Geld, erklärte Tante Tine, wurde normalerweise als Beitrag zu den Flitterwochen verwendet.

Das Paar würde abends in einem ehemaligen Plantagenhaus namens Tezcuco einkehren, das man zu einer Pension umgebaut hatte. Von dort aus würden sie für eine Woche an die Golfküste Floridas fahren. Wenn sie zurückkehrten, dachte Julie, würden sie ein Leben als Mann und Frau beginnen, Kinder bekommen, leben und arbeiten und wahrscheinlich sterben, ohne sich je wieder aus dem weiteren Umkreis der hübschen viktorianischen Kirche zu begeben, in der sie geheiratet hatten. Die Braut würde unaufhaltsam zur Ehefrau und Mutter, zur Tante und Taufpatin, zur Großtante und Großmutter. Sie würde sich nicht beklagen und, höchstwahrscheinlich, glücklich werden.

Als Julie sich dieses Leben vorstellte, schüttelte sie den Kopf. Wie einfach das klang, und wie unwahrscheinlich idyllisch.

Doch es war nichts für sie.

Vier Kinder, zwei Jungen und zwei Mädchen –

Nein, das war nichts für sie. Ihre Träume würden niemals zu so einem Leben passen. Sie waren zu groß, zu weit für ein so begrenztes Leben.

»Darf ich?«

Rey stand vor ihr und streckte ihr auffordernd die Hand entgegen, als die Band einen weiteren Cajun-Walzer anstimmte. Julie legte ihre Finger in seine. Sie stand auf und folgte ihm über die Galerie und die Holztreppe hinunter auf die Tanzfläche im Hof.

Sie hatte die anderen beobachtet und beherrschte die Grundzüge des Tanzens; schon bald wirbelte sie mit Rey über den Ziegelboden, kam in seine Arme und löste sich wieder, drehte sich mit ihm in perfektem Einklang und spürte seine Hand auf ihrem Rücken. Und Freude stieg in ihr auf, süße, beängstigende Freude.

Sie konnte diese Freude nicht zügeln, aber sie mußte es; sie durfte nicht enden, aber sie würde enden. Und so nahm sie sich fest vor, sie zu einer persönlichen Erinnerung werden zu lassen, die so stark sein sollte, daß sie niemals verblassen würde.

»Und, hast du beschlossen, eine Cajun-Hochzeit in deinem Film aufzunehmen?« Sein Blick war undurchdringlich, als er zu ihr herablächelte.

»Ich spiele mit dem Gedanken. Es gibt keine bessere Methode, Jean-Pierres Leben und Überzeugungen und Alicias emotionale Entwicklung darzustellen.«

»Tante Tine wird sich freuen.«

»Wirklich?«

»Es wird ihr gefallen, daß sie etwas zu dem Film beigetragen hat.«

»Sie hat viel mehr beigetragen«, sagte Julie. »Ich habe alles mögliche aus den Gesprächen mit ihr gelernt.«

Sie war dankbar, daß er das Gespräch auf ein neutrales Thema lenkte. Sie fragte sich kurz, ob er das aus Höflichkeit tat, weil er sich selbst dabei wohler fühlte oder weil er sich Sorgen um sie machte. Was immer auch der Grund sein mochte, sie genoß es, ihre Gedanken auf eine Ebene zu konzentrieren, während ihre Gefühle unkontrolliert auf einer anderen verharrten. Es war zumindest verwirrend, wieder in seinen Armen zu liegen.

»Wie geht es deiner Schulter?« fragte sie, einen Augenblick befürchtend, daß er die gleichen geistigen Verbindungen ziehen würde wie sie, um zu dieser Frage zu kommen.

»Sie tut weh«, antwortete er. »Aber ich kann sie bewegen.«

Er drückte sie an sich, führte sie unvermittelt in eine Folge von Drehungen, die ihre Körper von der Brust bis zur Hüfte verschmelzen ließ und ihr den Atem raubte. Dann nahm er wieder den gleichen Abstand wie zuvor ein, hielt sie auf Armeslänge von sich, während er ihr mit unerträglich klarem Blick in die Augen sah.

Er verstand sie viel zu gut, und er war gefährlich, weil er keine Angst davor hatte, sie das wissen zu lassen. Wenn er in diesem Augenblick zu ihr gesagt hätte: »Komm mit mir«, wäre sie gegangen. Aber er tat es nicht. Sie bezweifelte nicht, daß er seine Gründe dafür hatte. Es stand ihr natürlich frei, darüber zu spekulieren, aber sie war nicht sicher, ob sie sie wirklich kennen wollte.

Sie würde ihn vermissen, würde den hellen, lachenden Glanz seiner Augen ebenso vermissen wie seine warme, tiefe und fürsorgliche Stimme. Ihr würde seine stets wache Intelligenz fehlen, die sich mit ihrer verband und ihre Gedanken zum Höhenflug anregte, und das verständnisvolle Einfühlungsvermögen, das er ihr entgegenbrachte, ohne eine Gegenleistung dafür zu erwarten. Sie begann bereits jetzt seine Berührung, seinen Geschmack und seinen Geruch zu vermissen, seine einfallsreichen Liebkosungen, seine gezügelte Kraft. Sie würde sogar seine Stärke vermissen, die des Körpers ebenso wie die des Willens. Und als sie sich darüber klar wurde, begriff sie, wie gut es war, daß sie ging.

Die Braut warf das Bukett, der Bräutigam warf das Strumpfband, und die junge Frau und der junge Mann, die es auffingen, wurden ausgiebig geneckt. Das Hochzeitspaar verließ sie in einem Regen von Sesam und Gewürzen und guten Wünschen.

Die Band packte ihre Instrumente ein, und die Gäste gingen zu ihren Wagen. Bull und Rey fuhren zusammen, ohne zu sagen, wohin. Rey erklärte seiner Tante lediglich, daß sie nicht auf ihn warten solle, als er ihr einen Abschiedskuß auf die Wange gab. Bull würde im gleichen Motel in Gonzales übernachten wie der Rest der Crew, also verabschiedete er sich von Julie und sagte ihr, er würde sie morgen auf dem Drehgelände sehen.

Julie blieb mit Tante Tine zurück und half der Brautmutter, ihren Freundinnen und Verwandten, die gröbste Unordnung zu beseitigen. Die eigentliche Reinigung würde von den Angestellten des Restaurants vorgenommen. Julie machte die Arbeit nichts aus; sie fand es irgendwie entspannend, ja befriedigend, bis zum Schluß des Abends dazusein.

Tante Tine bestand darauf, daß Julie zurückfuhr, weil sie behauptete, einen Schwips zu haben. Als sie zu Hause angekommen waren, saßen sie noch eine Weile auf der Galerie, sprachen über die Hochzeit und die Gäste, überlegten sich, was Bull und Rey wohl mitten in der Nacht vorhatten. Natürlich war es eigentlich nicht spät, erst kurz nach elf.

Trotzdem begann Julie zu gähnen. Sie fühlte sich seit dem Unfall wie ausgewrungen, wurde von Fragen und Ängsten geplagt, die sie nicht zur Ruhe kommen ließen. Sie wachte oft auf und konnte nicht wieder einschlafen, starrte statt dessen in die Dunkelheit und grübelte, grübelte ohne Ende. Vielleicht würde es heute nacht besser.

Es war nicht besser. Sie döste vielleicht eine Stunde und war dann von einer Sekunde auf die andere hellwach, als hätte ein innerer Wecker geklingelt. Sie seufzte, legte sich auf den Bauch, kämmte sich mit den Fingern durchs Haar und stützte sich auf die Ellenbogen. Sie langte nach ihrem kleinen Reisewecker und drückte den Lichtknopf. Ein Uhr.

Sie sank wieder zurück, legte die Arme um das Kissen und vergrub ihr Gesicht darin. Sie versuchte, die immer gleichen Fragen aus ihren Gedanken zu streichen, aber ohne Erfolg.

Die Frage, die sie am meisten beschäftigte und am meisten ängstigte, war, ob der Unfall mit Summer etwas mit dem Tod

Paul Lislets zu tun hatte. Es schien eigentlich nicht möglich, und doch konnte es kaum ein Zufall sein, daß bei zwei verschiedenen Stunts gefährliche Probleme auftauchten. Wenn Rey Summers erste unsichere Bewegungen nicht bemerkt hätte, hätte es zwei Tote gegeben. Und der zweite, der eines hilflosen Kindes, das auf keinen Fall in dem Boot hätte sein dürfen, wäre äußerst schwer zu erklären gewesen.

Es wäre noch schwerer gewesen, damit zu leben. Und genau dieser Gedanke ließ Julie Nacht für Nacht schweißgebadet aufwachen. Sie wäre beinahe für Summers Tod verantwortlich gewesen.

Aber das war noch nicht alles. Julie fragte sich, ob das Mädchen beinahe das Opfer eines teuflischen Plans geworden wäre, der gegen sie und ihren Film gerichtet war. Da war die Schlange. Hatte sie verletzen oder einschüchtern sollen? Oder war es eine Warnung gewesen, ein Hinweis? Wollte irgendwer verhindern, daß sie bei *Im Reich der Sümpfe* Regie führte oder daß sie den Film fertig drehte?

Warum? Wen kümmerte es, ob sie Erfolg hatte oder scheiterte? Wer konnte sie so hassen, daß er alles tat, um ihre Arbeit zu sabotieren? Wer war so wahnsinnig, daß er bereit war, einen Mann und beinahe ein Kind umzubringen, nur um sie davon abzuhalten, eine Geschichte auf Film zu bannen?

Vielleicht irrte sie sich ja. Vielleicht reagierte sie paranoid oder übertrieben egozentrisch, wenn sie dachte, daß die Vorfälle etwas mit ihr zu tun hatten. Unfälle gab es immer wieder, vor allem bei Stunts. Schlangen lebten im Sumpf; es war nichts Ungewöhnliches daran, daß eine auf dem Drehgelände auftauchte. Tatsächlich hatte man mehrere umgebracht, als man die Wohnmobile hier aufgebaut und die Drehplattform für die Dreharbeiten unten am Fluß gebaut hatte. Rey hatte ihr erzählt, daß manchmal Männer mit Gewehren während des Frühlingshochwassers das Gelände durchkämmten, um die Population auszudünnen; zu dieser Jahreszeit war es nicht ungewöhnlich,

Schlangen aller Art in Schlaufen und Schlingen und Knoten wie lebendiges Lametta von den Bäumen hängen zu sehen.

Es war auch möglich, dachte Julie, daß ihre Reaktion gefärbt war von der Enttäuschung über die Menschen, die mit diesem Film zu tun hatten. Es deprimierte sie, daß Allen sie verraten hatte und darauf bestand, daß sie Bull den Film überließ. Dazu kam die Erkenntnis, daß so viele hier Gründe hatten, unzufrieden mit ihr zu sein, und mochten sie auch Jahre zurückliegen. Sie war eine entspanntere, vertraulichere Umgangsweise mit ihren Mitarbeitern gewöhnt.

Sie war all dieser Zweifel und Verzögerungen so müde. Sie wollte weiter an diesem Film arbeiten, aber etwas in ihr zögerte, wappnete sich vor dem, was als nächstes geschehen konnte.

Ein gelbes Licht glitt durch ihr Zimmer, der Kegel eines Autoscheinwerfers, und lenkte sie ab. Kurz darauf hörte sie Reys Maserati leise brummend neben dem Haus halten.

Dann passierte so lange gar nichts mehr, daß sie sich auf den Rücken drehte und auf die Ellenbogen stützte, um zu lauschen. Sie rechnete damit, daß Rey das Haus über die vordere Galerie betreten würde; in den vergangenen Wochen war sie vertraut mit den Geräuschen des Hauses und mit denen seines Kommens und Gehens geworden. Statt dessen hörte sie leise, vorsichtige Schritte auf der Treppe zur hinteren Galerie. Dann folgte ein dumpfer, klappernder Lärm und ein leiser Fluch. Julie zog eine Braue hoch, als ihr klarwurde, daß Rey über einen der Schaukelstühle gestolpert war.

Seine Schritte kamen auf der Galerie näher, auf ihre Tür zu. Davor hielten sie inne. Stille machte sich breit.

Nach einer Weile entfernten sich die Schritte wieder. Julie hörte ihn leise und falsch im Patois der Cajun singen. Ganz offensichtlich war das Lied nicht für fremde Ohren bestimmt, er sang es nur für sich. Die Worte waren nicht zu verstehen, aber als sie erkannte, daß er die Silben leicht verzog, schüttelte Julie lakonisch lächelnd den Kopf.

Es schien unwahrscheinlich, aber sie hätte schwören können, daß Rey Tabary betrunken war. Vielleicht gab das ein sehenswertes Schauspiel ab.

Sie stand auf, zog sich ihren dünnen, seidenen Morgenmantel über und verknotete den Gürtel über dem Bauch, während sie mit den Füßen nach ihren Slippern tastete. Sie machte kein Licht, sondern trat im Dunkeln an die Schlafzimmertür. Sie drehte den Schlüssel in dem alten Schloß und schob dann die Tür auf. Rey war nirgendwo zu sehen. Dann ließ ein leiser Laut, der wie ein Schnaufen klang, sie auf das Geländer zu ihrer Rechten am Ende der Galerie blicken.

Er stand darauf. Nur noch in seine Hose und ein offenes Hemd mit aufgekrempelten Ärmeln gekleidet, balancierte er auf dem Geländer wie auf einem Zirkusseil. Seine nackten Zehen bogen sich um den hölzernen Handlauf, und seine Arme waren weit ausgebreitet, um das Gleichgewicht zu halten. Seine Bewegungen waren von einer unbewußten Grazie, aber seine Schritte waren reichlich wacklig. Er hatte das Ende des Geländers an einer Säule erreicht und drehte sich um, um den gleichen Weg zurückzugehen.

Bull war nirgendwo zu sehen. Julie vermutete, daß Rey ihn an seinem Motel abgesetzt hatte. Sie blieb reglos stehen, bis Rey fast vor ihr war, dicht vor der nächsten Säule, dann sprach sie ihn an.

»Was um Himmels willen tust du da?«

Er zuckte zusammen, schwankte und klammerte sich in letzter Sekunde an die Säule. Er preßte sich an sie und drehte sich dann zu ihr um.

»Wieso hast du das gemacht?« fragte er vorwurfsvoll.

»Aus Neugier«, antwortete sie.

Er schaute im schwachen Licht der Sterne und der Außenlaterne vorne am Haus auf sie herab. Wenn er verstand, was sie gesagt hatte, dann ließ er es sich jedenfalls nicht anmerken. In seinem Blick lag Zuneigung, aber auch Melancholie, und etwas, das tiefer war als beides.

Nach sekundenlangem Nachdenken erklärte er: »Ich kann nicht surfen.«

»*Das* hast du also gemacht?« fragte sie, als wäre ihr jetzt alles klar.

»Hier ist kein Ozean.« Er klang todernst.

»Du hast recht. Wahrscheinlich könntest du sonst surfen.«

Er schüttelte den Kopf. »Ich kann auch nicht schauspielern.«

»Ich halte es für möglich, daß du dich in dieser Beziehung irrst, aber ich nehme es als gegeben.«

»Tu das«, sagte er.

Sie ging auf ihn zu, um sein Gesicht erkennen zu können. Sie fragte sich, ob er tatsächlich betrunken war, wie es den Anschein hatte. »Du brauchst nicht schauspielern.«

»Du magst Schauspieler. Und Surfer.«

Sie blinzelte, zum Teil, weil er so traurig klang. Ihre Antwort klang schnippisch, weil sie nicht wußte, wie sie darauf reagieren sollte. »Ich weiß, das ist ein Defekt.«

»Kalifornier. Sonnenbrille. Bel Air und Rodeo Drive.«

»Hm, ja.« Er machte sie neugierig.

»Produzenten. Äsel-... Ästheten.«

War das wirklich ein Versprecher gewesen? Wenn, dann schien er sich darüber zu amüsieren, denn ein Grinsen kreuzte auf seinem Gesicht auf und verschwand, bevor er weiterredete. »Ich bin das nicht. Das einzige, was ich über Filme weiß, ist, wie man sie anschaut.«

»Du unterschätzt dich«, widersprach sie.

Er betrachtete sie aufmerksam, als überlegte er, ob sie damit auf mehr als seine letzte Bemerkung anspielte. Leiser sagte er: »Ich bin auch nicht Jean.«

»Das stimmt.«

»Und du bist nicht seine Dorothea.«

Er betonte den Namen, als hätte er eine Bedeutung, die sie eigentlich erfassen müßte. Es gelang ihr nicht, obwohl sie es versuchte. »Nein?«

»Sie wissen bloß, wie man haßt und wie man so tut, als wäre man verliebt. Zu einer Ehe gehört mehr.«

»Hoffentlich.« Sie stand immer noch vor einem Rätsel, obwohl ihr eines klar war. Trotz seiner Stärke war er verletzlicher, als sie es je erwartet hätte.

»Ich bin keine Ratte«, sagte er.

Sanft und zaghaft antwortete sie: »Du bist die Sumpfratte.«

Er schüttelte den Kopf. »Nein.«

»Was bist du dann?«

»Ein Mann. Bloß ein Mann.« Er ließ die Säule los und sprang herunter. Er landete mit einem dumpfen Poltern auf den Füßen. Er ging in die Hocke, schnitt eine Grimasse, legte eine Hand auf seinen Kopf und die andere auf den Verband über seiner linken Schulter, während er sich langsam wieder aufrichtete. Er schwankte kurz und ließ sich dann nach hinten sinken, so daß er am Geländer lehnte. Er wippte vor und zurück, als hätte er unerträgliche Schmerzen.

Sie trat auf ihn zu und legte ihre Arme um ihn. Ihre Stimme klang scharf. »Du hättest nicht so viel trinken dürfen.«

Er senkte den Kopf und legte ihn auf ihre Schulter, während ihn der Schatten eines Lachens erbeben ließ. »Percodan und Jack Daniels vertragen sich nicht.«

»War es das?« Ihr fiel ein riesiger Stein vom Herzen. Unmäßiges Trinken hätte einfach nicht zu ihm gepaßt. Aber auch die Kombination von Alkohol und Schmerztabletten konnte tödlich wirken. »Das hättest du wissen müssen.«

»Bull hat auf den Jack Daniels bestanden.«

»Was hat er damit zu tun?«

Er kicherte wieder. Es war ein warmes Geräusch, das seinen Atem über ihre Brustwarze unter dem Seidenmantel wehen ließ, so daß sie sich verhärtete. »Hat mich nach meinen Absichten gefragt. Ehrlich.«

»Du schwindelst«, erklärte Julie empört. Dann fragte sie wider besseres Wissen: »Was hast du geantwortet?«

»Hab' gefragt: ›Gute oder schlechte?‹ «

»Sehr witzig.? Und das war alles?«

»Hab' ihm gesagt, daß ihn das nichts angeht. Das hat ihm nicht gefallen. Da hat er noch 'ne Runde bestellt.«

»Du bist standhaft geblieben, hoffe ich.«

»Hmmm.« Er bewegte sich und senkte die Arme, so daß er sie um ihre Taille schlingen und sie an sich ziehen konnte. »Das ist nett.«

Da er ihr keine eindeutige Antwort gegeben hatte, konnte sie nur hoffen, daß der Laut zustimmend gemeint war. Aber im gegenwärtigen Augenblick konnte sie genausogut das Bestmögliche aus der Situation machen. »Bloß nett?«

»Bequem.«

»Es freut mich, daß es dir gefällt«, meinte sie halb amüsiert und halb wütend. »Und nur deshalb hat dich mein Vater mit Alkohol getränkt?«

»Zwei Drinks. Ich schwör's. Es waren nur zwei.«

»Zum Glück für dich.«

Sein Körper erbebte unter lautlosem Lachen. »Bull war überrascht.«

Sie dachte an die legendäre Standfestigkeit ihres Vaters, der die meisten Männer unter den Tisch trinken konnte. »Das kann ich mir vorstellen.«

»Ich hab's ihm gesagt. Liebe.«

Sie senkte den Kopf und versuchte, ihm ins Gesicht zu sehen. »Was hast du ihm gesagt?«

»Liebe. Und Mit-Mitgefühl. Wenn er dir nahekommen will.«

»Er hat dich gefragt, wie er mir nahekommen kann? Wieso glaubt er, du könntest ihm das sagen?«

»Keine Ahnung.«

War das gelogen, oder war sein Verständnis so intuitiv, daß er selbst nicht wußte, wie tief es war?

»Du glaubst also, durch Mitgefühl kann man mein Herz erobern?«

»Bull. Ich nicht.«

»Und du?«

Er seufzte. »Gar nicht.«

Gar nicht. Meinte er, daß er nichts tun konnte oder daß er nichts tun wollte – daß er sie nicht erobern wollte?

»Ich bin nicht Jean-Pierre«, sagte er, als sie nicht antwortete.

»Das weiß ich.« Sie hatte einen Kloß im Hals.

»Dann ist ja alles gut.«

Sie konnten nicht ewig hierbleiben. Die Nacht war kühl geworden, ein kalter Nordwind wehte. Sie fror an den Füßen. Ihn durch das Haus zu seinem eigenen Zimmer zu schaffen, ohne Tante Tine dabei aufzuwecken, schien unmöglich. Außerdem war ihr überhaupt nicht danach. Ihr eigenes Zimmer war viel näher, und es war schließlich nicht das erstemal, daß er neben ihr schlief.

»Komm«, sagte sie. »Ich bringe dich ins Bett.«

Er protestierte nicht, sondern richtete sich folgsam auf und gestattete ihr, seinen Arm über ihre Schultern zu legen. Julie bugsierte ihn durch die Tür und blieb dann vor ihrem Bett stehen. Sie überzeugte sich davon, daß er mit der gesunden Schulter auf die Matratze fallen würde, dann setzte sie ihn ab und ließ ihn umkippen. Sie zerrte die Decke unter seinem Rücken hervor und deckte ihn damit zu, dann ging sie wieder zurück und schloß die Tür ab.

Einen Augenblick lang blieb sie stehen und wunderte sich über sich selbst, fragte sich, ob sie nun menschlich oder einfach dumm war. Es machte keinen Unterschied, nicht wirklich; sie tat, was sie tun wollte. Sie glitt aus dem Morgenmantel, warf ihn am Fußende über ihr Bett und schlüpfte dann neben Rey unter die Decke.

»Hast kalte Füße«, erklärte er, als ihre Zehen seine Knöchel berührten.

Sie rückte näher an ihn heran und drückte sie gegen ihn, während sie ihm ins Ohr flüsterte: »Geschieht dir recht.«

Er drehte sich um und legte seine Hand auf ihren nackten Bauch, breitete seine Finger besitzergreifend und zärtlich darauf aus und zog sie noch näher an sich. »Ich weiß«, sagte er.

15. Kapitel

Warum klangen Hoteltelefone eigentlich immer wie Alarmglokken? Das grelle Läuten ließ Julie zusammenfahren, als sie sich gerade einen Ohrring anstecken wollte. Sie stieß einen wütenden Schrei aus und ließ den Saphirschmuck fallen. Kurz spielte sie mit dem Gedanken, das Läuten nicht zu beachten. Sie konnte sich sowieso nicht vorstellen, wer sie anrufen wollte. Es gab ihres Wissens nur einen Menschen, der wußte, wo sie in L. A. untergebracht war, und das war ihre Sekretärin, die die Reservierungen gemacht hatte. Sie wußte nicht, ob sie die Neuigkeiten erfahren wollte, falls das Mädchen sie anrief, um ihr von der nächsten Katastrophe auf dem Drehgelände zu erzählen.

Aber es läuten zu lassen, war schlimmer, als dranzugehen. Sie nahm den Hörer und sprach betont kühl in die Muschel.

»Miss Bullard?« antwortete eine Stimme am anderen Ende. »Ich bin Ihr Fahrer. Ihre Limousine wartet unten.«

»Aber ich habe keine Limousine bestellt«, widersprach Julie.

»Jemand hat sie bestellt. Ich warte draußen auf Sie, Miss Bullard.«

Vielleicht hatte das Komitee des Filmfestivals einen Wagen für sie gemietet. Eine nette Geste. Julie sagte: »Ich komme gleich.«

Sie fand ihren Ohrring wieder und steckte ihn an, überprüfte noch einmal den Inhalt ihrer Tasche, um sicherzugehen, daß sie den Schlüssel, den Lippenstift, Bargeld und eine Kreditkarte für den Notfall eingesteckt hatte, und warf dann einen letzten Blick in den bodenlangen Spiegel in der Schranktür. Das zu einem dikken Zopf auf dem Rücken geflochtene Haar wirkte sehr ordentlich. Ihr Abendkleid, dessen Seide von Gold zu Kobaltblau changierte, endete in einem ernst und mittelalterlich dramatisch wirkenden rechteckigen Kragen und weiten Ärmeln, die ihre Laune widerzuspiegeln schienen. Der Saum ihres langen Rockes lag in einer geraden Linie, und ihr Unterrock war nirgendwo zu sehen. Sie sah durchaus angemessen aus.

Der Türsteher öffnete die Bronzetür, als sie quer durch die Lobby darauf zusteuerte. Sie schritt auf der Brücke und unter dem Baldachin des Hoteleingangs zu der wartenden Limousine, deren Fahrer in schwarzer Uniform neben der hinteren Tür stand. Als sie näher kam, bewegte sich der Mann auf sie zu und legte einen Finger an den schmalen Schirm seiner Mütze.

»Miss Bullard? Guten Abend.« Er beugte sich hinab und öffnete ihr den Schlag. »Bitte steigen Sie ein.«

Sie hatte schon den Kopf gesenkt, um einzusteigen, als sie bemerkte, daß die Limousine nicht leer war. Ein Mann saß auf dem Rücksitz, ein erstaunlich gutaussehender Mann im Abendanzug.

»Hallo, Julie«, sagte Rey.

Sie ergriff wie im Reflex die Hand, die er ihr entgegenstreckte, und gestattete ihm, sie in den Wagen und auf den freien Platz neben ihm zu ziehen. Der Fahrer hatte die Tür geschlossen und den Motor gestartet, bevor sie das Gedankenknäuel aus Verwirrung und Überraschung in ihrem Kopf weit genug entwirrt hatte, um sprechen zu können.

»Das hättest du nicht tun brauchen«, sagte sie.

Heiterkeit leuchtete in seinen Augen auf. »Ich weiß, aber es hätte zu protzig gewirkt, den Maserati nur für einen Abend hertransportieren zu lassen. Außerdem wollte ich mich mit dir unterhalten, ohne mich auf den Verkehr konzentrieren zu müssen.«

»Du weißt, was ich meine.«

»Schon, aber ich habe die Spannung einfach nicht mehr ausgehalten.«

Vorsichtig fragte sie: »Die Spannung?«

»Ich will unbedingt wissen, was ich verpaßt habe, bevor ich in deinem Bett eingeschlafen bin.«

»Nicht viel«, erwiderte sie knapp.

Er musterte ihr Gesicht im vorbeihuschenden Schein der Straßenlaternen und Ampeln. »Ich habe das Gefühl, daß ich ziemlich viele Dummheiten gesagt habe.«

»Sie kamen dir nicht dumm vor.«

Er atmete tief aus und sank in den Polstern zusammen. »Ich hab's geahnt. Sag mir das Schlimmste.«

»Du hast gesagt, ich hätte kalte Füße.«

»War das, bevor oder nachdem ich vom Galeriegeländer fliegen wollte?«

Er war verlegen und reuig, erkannte sie verwundert, aber immer noch dazu fähig, sich über sich selbst lustig zu machen. »Macht das einen Unterschied? Es ist nichts passiert.«

»Warum bist du dann gefahren, ohne dich zu verabschieden?«

»Du hast so fest geschlafen, daß es eine Schande gewesen wäre, dich aufzuwecken. Außerdem wollte ich mein Flugzeug nicht verpassen.«

»Das hattest du vergessen zu erwähnen. Und ich hätte es vielleicht nie herausgefunden, wenn Bull es nicht aus deiner Sekretärin herausgekitzelt und mir verraten hätte.«

Sie legte den Kopf auf die Seite. »Ich wußte nicht, daß dich das interessiert.«

»Es ist dir wichtig, nicht wahr?« antwortete er, als würde das alles erklären.

Vielleicht war es das. Aber vielleicht auch nicht. Er rührte an ihr Innerstes, und das ängstigte sie.

Er war zu schön, zu reich, zu stark, zu intelligent, zu einfühlsam, zu aufmerksam – er war einfach zuviel. Ein so perfekter Mensch mußte auch große Fehler haben. Und er hatte sie. Sie hatte gestern abend lange genug Zeit gehabt, darüber nachzudenken, einen ganzen Kontinentalflug lang.

Er hatte ihr nie erklärt, warum er eigentlich die DEA verlassen hatte, er hatte nie erklärt, wie ein Mann wie er überhaupt zur Drogenpolizei gekommen war. Seine Frau sei gestorben, behauptete er, aber niemand hatte ihr erzählt, wie das geschehen war, auch wenn Tante Tine ein- oder zweimal die Heirat erwähnt hatte. Es gab Gerüchte über eine vergangene Affäre mit Donna – die vielleicht noch gar nicht so lange vergangen war. Da war sein Wettrennen auf dem Blind River mit dem Wasserflugzeug, das über sie weggeflogen war, und sein unerklärliches Interesse an diesem Flugzeug. Und da war noch der Tag, an dem sie ihn dabei ertappt hatte, wie er in den Akten in ihrem Büro kramte.

Und dann war er auch für jeden der perfekte Partner. Summer vergötterte ihn. Donna verließ sich auf ihn. Ofelia hielt ihn für ehrfurchtgebietend. Stan bewunderte ihn. Sogar Bull mochte ihn. Jeder außer vielleicht Vance und Allen hielt ihn für wunderbar. Er hatte eine Menge Schwierigkeiten auf sich genommen, um das zu erreichen.

Warum?

Was wollte er?

Da mußte noch irgendwas sein.

Mißtrauen. Zynismus. Sie wucherten in L. A., waren Teil der Landschaft, allgegenwärtig wie die Palmen und der Smog. Sie boten Schutz, manchmal notwendigen, manchmal übertriebenen.

Sie fürchtete sich vor Rey Tabary. Dieser Mann konnte ihre sorgfältig errichtete Schutzmauer einreißen, und dann wäre sie der Welt, seinem Leben, der alles vergessen machenden Kraft seiner Liebe ausgeliefert. Das wollte sie nicht. Ihr gefiel das Leben, so wie es war, gerecht aufgeteilt zwischen der Kunst und der Privatsphäre. Vielleicht war ihr Privatleben an Allens Seite manchmal nicht besonders erfüllend – aber das war ihre freie Wahl. Und manchmal erschien ihr die Kunst nicht besonders erfüllend – aber was hieß das schon?

»Möchtest du lieber alleine hinfahren?« fragte Rey ruhig. »Du brauchst es nur zu sagen, dann steige ich unterwegs aus.«

Zu einfühlsam.

»Mach dich nicht lächerlich«, antwortete sie. Sie spürte, daß ihr Lächeln ein bißchen spröde war. »Ich freue mich natürlich über eine Begleitung. Ich hätte mir jemanden herbestellt, wenn ich daran gedacht hätte.«

Er schaute sie an. »Der Tux und ich passen gut zu dem Wagen, nicht wahr?«

Sie hatte versucht, seine Bedeutung herunterzuspielen, und Erfolg gehabt. Trotzdem war sie nicht stolz, bloß verlegen.

»Es tut mir leid«, sagte sie und schaute aus dem Fenster. »Ich verstehe nicht, warum du dir so viel Umstände gemacht hast, um herzukommen, deshalb weiß ich nicht, was ich dazu sagen soll.«

»Du brauchst gar nichts zu sagen«, antwortete er müde. »Entspann dich einfach und genieße den Abend.«

Das Frauenfilmfestival war vielleicht nicht die Oscar-Verleihung, aber dennoch ein Galaempfang. Sinn dieses seit sechs oder sieben Jahren einmal jährlich wiederkehrenden Ereignisses war es, die Verdienste der Frauen um den Film zu würdigen. Selbst aus Ländern wie der Tschechoslowakei, Rußland und Marokko kamen Filmemacherinnen. Nur langsam drangen Frauen in die oberen Etagen dieser männerdominierten Industrie vor, auch wenn die Zahl der Produzentinnen, Drehbuchautorinnen und weiblichen Studioangestellten wie die der Regisseurinnen stetig wuchs. Und nachdem die Anerkennung für ihre Werke noch langsamer kam, hatten sie sich zusammengetan, um sich selbst zu feiern.

Lichter und Kameras, Ansprachen und Applaus. Julies Film *Gefährliche Zeiten* wurde voller Wärme aufgenommen und enthusiastisch gefeiert. Sie hörte kaum, was sie sagte, als sie auf die Bühne gerufen wurde, um ihren Preis, den Preis als beste Regisseurin entgegenzunehmen; sie fühlte sich lediglich auf wunderbare Weise in ihrem Werk bestätigt. Das wiedergewonene Selbstvertrauen, der wiedergefundene Glaube an ihre ırbeit und an sich selbst bedeutete ihr viel mehr als der Preis. ›eides hatte sie im Augenblick bitter nötig.

Im gleißenden Scheinwerferlicht stieg sie von der Bühne herab ınd kehrte zu Rey zurück, der mit den anderen applaudierte. Sie var sich ihrer fast überdrehten Hochstimmung bewußt, aber uch dankbar dafür, daß er hier war, um ihren Triumph mit ihr u feiern. Er hatte keine Mühe gescheut, um sie zu unterstützen, ınd sie war viel zu beschäftigt gewesen, nach niederen Motiven u suchen, um ihm wenigstens zu danken.

Mit funkelnden Augen und strahlendem Lächeln öffnete Julie lie Arme, als sie vor Rey stand, und schlang sie um seinen Hals. ie schwelgte derart im Augenblick, daß ihre Stimme heiser lang. »Ich freue mich so, daß du da bist, wirklich.«

»Ich freue mich auch«, antwortete er, lächelte zu ihr herab und ıielt sie lose an sich gedrückt. »Wirklich.«

Als alles vorbei war, die letzten Fotos gemacht, die letzten Kommentare vor den Fernsehkameras gesprochen, die letzten Komplimente dankend entgegengenommen waren, kehrten ulie und Rey zu ihrer Limousine zurück. Es war eine Erleichte- ung, in die weiche Stille zu sinken, in der Anonymität hinter lem verdunkelten Glas der geschlossenen Tür zu verschwinden, ine Wohltat zu spüren, wie der Wagen losfuhr und sich in den ließenden Verkehr einreihte, und zu wissen, daß der Abend und ıll die Aufregung hinter ihr lagen. Julie spürte die elektrische Spannung der letzten Stunden schmerzhaft intensiv an ihren Nerven nagen. Sie war glücklich, aber auch zu aufgekratzt, um ich wohl zu fühlen.

»Wohin möchtest du?« fragte Rey. »Bist du hungrig? Möch- est du irgendwo etwas Bestimmtes essen?«

Julie sank in die Polster. »Ich weiß es ehrlich nicht. Ich bin ein ›ißchen hungrig, aber ich möchte eigentlich nicht ins Bistro oder zu Mortons oder in La Scala oder ein anderes Restaurant, wo – *wo sich die Elite trifft.*«

Er kommentierte das kurze Zitat aus dem New Orleans Jazz Stück, das der einzigartige Louis Armstrong berühmt gemach hatte, mit einem kurzen Lächeln. »Was?« fragte er. »Keine kalifornische Nouvelle Cuisine am Power Table mit Telefonanschluß?«

Sie schüttelte den Kopf. »So eine bin ich nicht.«

»Ich dachte, daß man in dieser Stadt an den richtigen Orte gesehen werden muß, um erfolgreich zu erscheinen, und erfolgreich erscheinen muß, um es zu sein.«

»Manche müssen das, aber es hat auch sein Gutes, Tochte meines Vaters zu sein. Er hat all das gemacht und es mir dadurc erspart.«

»Wohin dann?«

»Irgendwohin, wo ein Feuer im Kamin brennt und wo es gute Essen gibt. Wie findest du das?«

»Wunderbar, es sei denn…«

»Was?«

»Ach, nichts. Woran denkst du dabei?«

»An das Bel Air. Den Zimmerservice. Mein Zimmer.« E schenkte ihr einen langen Blick, den sie im schwachen Schein de Straßenlaternen nicht zu interpretieren vermochte. »Und?«

»Nicht in Gravesends Wohnung? Oder Bulls?«

»Ach, du fragst dich, warum ich im Hotel wohne? Ganz einfach. Ich wollte mich verwöhnen lassen.«

»Sonst nichts?«

»Ich hatte keine Lust, mich von Allens Haus in San Marino aus durch den Verkehr zu wühlen oder die Fahrt von Bulls Sitz i Malibu über den Coast Highway zu wagen.« Sie wünschte, sie hätten den leicht gepreßten Klang ihrer Stimme besser kontrolliert. Vielleicht würde ihm das entgehen, dachte sie, dabei hätte sie es besser wissen müssen.

»Neutralen Boden also? Ich frage mich, warum.«

»Weil ich auf beide zur Zeit nicht besonders gut zu sprechen bin. Wolltest du das wissen?«

»Ja«, antwortete er.

Sie starrte ihn an, und was sie in seinen Augen sah, ließ ihr Herz schneller schlagen. Mein Gott, wie machte er das bloß? Er hatte keinen Muskel bewegt, aber plötzlich blieb ihr die Luft weg. Ihn das sehen zu lassen, wäre jedoch ein schwerer Fehler.

Mit sorgfältig kontrollierter Stimme sagte sie: »Ich habe eine sehr gemütliche Suite im Hotel, was direkt darauf zurückzuführen ist, daß ich den Namen meines Vaters trage. Du kannst dich um den Kamin kümmern, wenn du möchtest, während ich das Essen bestelle.«

»Ist das eine Einladung?« fragte er trocken.

Ihre taktvolle Aufforderung war für die Katz, und sie konnte sich nicht entscheiden, ob sie das amüsierte oder ärgerte. »Das ist es. Es überrascht mich allerdings, daß du sie abgewartet hast.«

»Ich tue mein Bestes, nicht wieder meine – wie hast du es auf dem Trip nach Nassau genannt? – Cowboytaktik anzuwenden.«

Es zuckte um ihre Lippen. »Ganz recht, deshalb hast du mich auch angerufen und gefragt, ob ich in einer Limousine fahren möchte!«

»Ich vergaß – keine Spielchen, keine Überraschungen!«

Er strahlte an diesem Abend eine eigenartige Stimmung aus, wirkte distanziert, gehemmt, bis auf winzige Augenblicke fast trübsinnig. Vielleicht reagierte er auf ihre Ruhelosigkeit, auf ihren kühlen Empfang.

»Es war eine nette Geste, und ich habe mich darüber gefreut«, sagte sie, »selbst wenn ich meine Dankbarkeit nicht gezeigt habe.«

»Manche Überraschungen sind also akzeptabel?«

»In großen Abständen«, erklärte sie ernst.

»Ich werde es im Kopf behalten.«

Wenig später bog der Wagen in die Canyonstraße ein, die zum Hotel führte. Sie kamen am Pool mit den berühmten Schwänen vorbei, die den Kopf unter die Schwingen gesteckt hatten und schliefen. Das Bel Air ragte vor ihnen auf, ein Konglomerat von

Flügeln und Türmen. Rey entließ Limousine und Fahrer. Wenig später öffnete Julie die Tür zu ihrer Suite und führte ihn hinein.

Die Suite war weitläufig und luxuriös eingerichtet, in verschiedenen Grüntönen mit rosa Akzenten und hellem Holz. Dennoch wirkte sie nicht förmlich, dank des Schrankes mit dem Fernseher und der Truhe am Fußende des Bettes, die aus Kiefernholz waren, und der großen und kleinen Tische aus altem Messing und Glas. Die Lampen in den schweren Rosenmarmorsäulen und -ständern wirkten italienisch. Sofa und Stühle waren modern, groß und bequem und mit einem Canovasstoff überzogen, der zu dem flauschigen Federbett und den Kissendecken auf dem riesigen Bett paßte. Naturstein umgab den in die Wand eingelassenen Kamin. Der Balkon neben der Eßecke war mit grünspanfarbigen, schmiedeeisernen Möbeln und großen Steintöpfen voller rosafarbener Geranien und verschiedenartigem englischem Efeu ausgestattet.

Sie setzte den Crystal Award, den sie immer noch in Händen trug, mitten auf dem Tisch vor dem Sofa ab und räumte den bemalten chinesischen Aschenbecher und braunen Krug weg, um Platz zu schaffen. Sie bot Rey einen Drink aus der Hausbar an und überreichte ihm die Speisekarte des Zimmerservices, während sie nach nebenan ging, um ihr Abendkleid abzulegen. Als sie wiederkam, stand er vor dem Kamin, in dem helle Flammen an den aufgeschichteten Holzscheiten leckten. Er war hemdsärmlig, hielt eine Flasche Heineken in der einen Hand und ihren Preis in der anderen.

»Du mußt sehr gut sein«, sagte er.

Sie ging an die Hausbar, um sich ein Glas Wein einzuschenken. »Wegen heute abend, meinst du?«

»Und wegen der Art, wie die Leute über deinen Film sprechen.«

»Ich weiß nicht, ob ich gut bin oder nicht«, antwortete sie. »Ich denke nicht oft darüber nach. Aber ich hatte jedenfalls einen guten Lehrer.«

Er schaute auf. Sein Blick ruhte eine Sekunde lang bewundernd auf dem türkisen Seidenoverall, den sie zusammen mit den türkisen Ledersandalen angezogen hatte. »Das weißt du nicht?«

»Ich glaube nicht, daß irgendwer, der sich mit Kunst beschäftigt, wirklich weiß, wann seine Arbeit gut ist. Entweder ist er zufrieden damit oder nicht, und das war's dann.«

»Und die Kritiker oder die Verkaufszahlen?«

»Kritiker sind auch nur Menschen mit einem einzigen Blickwinkel, ihrem eigenen. Mist kann sich kurzfristig hervorragend verkaufen. Anscheinend kann nur die Zeit selbst ein wahres Urteil sprechen, und wer kann es sich schon leisten, so lange herumzusitzen und darauf zu warten?«

»Ich muß gestehen, daß ich mir abgesehen von den letzten Wochen nie viele Gedanken über das Filmgeschäft gemacht habe.« Er stellte den Preis wieder auf dem gläsernen Tisch ab, wo das Kristall mit der Glasplatte zu verschmelzen schien.

»Man kann sein Geld damit verdienen«, sagte sie ohne zu lächeln.

»Hast du jemals darüber nachgedacht, was du tätest, wenn du keine Filme machen könntest?«

Sie starrte in ihr Weinglas und überlegte sich die Antwort. »Vielleicht wäre ich Drehbuchautorin geworden, obwohl das einer der frustrierendsten Jobs sein muß, wenn deine Vision und die des Regisseurs – oder des Stars – nicht übereinstimmen. Drehbuchautoren dürfen keine großen Egos haben.«

»Oder sie müssen das Geld mehr lieben als ihre Ideen?«

»Das weiß ich nicht. Vielleicht lieben sie ja die Vorstellung, daß die Bilder, die sie schaffen, zu Leben erwachen.« Sie hielt inne und deutete dann auf die Speisekarte, die auf dem Sofa lag. »Hast du dich entschieden?«

Er schaute sie an, und die Spur eines Lächelns zupfte an seinen Mundwinkeln. »Schon längst.«

Sie hielt seinem Blick stand, war von seiner Offenheit und der tiefen, verlockenden Versprechungen darin gefangen, hielt ihm stand, bis sie Hitze unter ihrer Haut aufsteigen spürte, bis sie es nicht mehr ertrug. Als sie nach der Speisekarte langte, war ihr Griff fest, aber ihre Finger zitterten trotzdem.

Sie bestellten Lachs in Knoblauchsahne und Estragon, zu dem es zartes Gemüse gab, und ließen einen Kuchen aus weißer Schokolade mit Boysenbeeren zum Dessert folgen. Auf ihre Bitte hin wurde das Essen mit dem dazu passenden kalifornischen Wein vor dem Feuer aufgetragen.

Die späte Stunde, das ruhige Knistern und die Wärme des Feuers, sein tanzender Widerschein auf Silber und Glas, die Verbindung von Holzrauch, Wein und erlesenen Geschmacksnoten wirkten so harmonisch zusammen, so daß sich Julies Nervosität langsam legte. Sie und ihr Gegenüber sprachen wenig, aber das schien auch nicht notwendig zu sein. Als sie das Hauptgericht verzehrt hatten, stellte Julie die Nachtischschälchen beiseite und rollte den Servierwagen aus der Suite, während Rey in dem schlanken Kaffeetopf in der Küche Kaffee kochte. Als er fertig war, trugen sie die Tassen vor den Kamin, wo Julie die Sandalen von den Füßen kickte und sich in einen Sessel kuschelte. Rey ließ sich auf dem Teppich nieder und streckte seine langen Beine dem Feuer entgegen. Julie reichte ihm sein Dessert und nahm sich dann das andere.

Schließlich war der letzte Krümel gegessen, der letzte Schluck getrunken. Das Feuer war bis auf das rote Herz heruntergebrannt. Julie räkelte sich angenehm gesättigt und mit einer eigenartigen, halb bewußten Leidenschaftlichkeit und stellte dann Tasse und Teller ab. Sie lehnte sich wieder in ihrem Stuhl zurück, stützte den Ellenbogen auf die Armlehne und ihren Kopf auf die Hand. Den Blick auf Rey gerichtet, der das Feuer beobachtete, sagte sie: »Du bist still heute abend. Tut dir deine Schulter weh?«

Er schaute sie einen Augenblick lang verständnislos an, als wäre er so in Gedanken versunken, daß er kaum begreifen konnte, was sie gesagt hatte. Er schüttelte den Kopf. »Nein, der geht's gut.«

»Ist irgendwas?«

Er lächelte langsam. »Nichts Wichtiges.«

Sie war nicht überzeugt, daß das stimmte. Plötzlich wünschte sie, sie könnte mit ihm über das reden, was bei den Dreharbeiten vorging, könnte erfahren, was er über die Ideen in ihrem Hinterkopf dachte. Es war unmöglich. Er hatte zu viel mit diesen Ideen zu tun, war zu sehr darin verwickelt, ohne daß sie verstanden hätte, auf welche Weise.

»Eigentlich«, sagte er, und sein Lächeln wurde trocken, »stimmt das so nicht. Ich habe mich darauf konzentriert, meine guten Absichten nicht zu vergessen – was ist daran so lustig?«

»Nichts.« Sie wedelte unschuldig mit der offenen Hand, bevor sie ihr wissendes Grinsen dahinter verbarg.

»Ich versuche auch«, fuhr er mit schmalen Augen fort, »dem Drang zu widerstehen, allzu viel in deine Einladung hineinzuinterpretieren und jedes deiner Worte nach einer Zweideutigkeit umzudrehen, wie zum Beispiel deine Aufforderung, ich solle dein Feuer schüren.«

Sie blinzelte, setzte sich dann auf und stellte die Füße auf den Boden. Eigentlich sollte sie sich darüber ärgern, dachte sie, aber statt dessen reizte er sie. »Wie kann man nur so etwas sagen.«

»Die pure Verzweiflung. Außerdem macht mir dieses Seidending, das du da anhast, Schwierigkeiten. Von hier aus wirkt es wie eine einzige Aufforderung, aber ich könnte mich auch täuschen.«

»Du täuschst dich, glaube ich.«

»Weißt du das nicht?« In seiner Stimme lag beinahe Verzweiflung.

»Warum sollte ich mehr wissen als du?«

»Weil«, sagte er und bannte sie mit dunklem Blick, »es dein Zimmer ist, dein Körper und dein unveräußerliches Recht, mich fortzuschicken oder bleiben zu lassen.«

Der Klang seiner Stimme, die Großzügigkeit seines Zugeständnisses, die Kraft seiner Präsenz waren provozierender als alles, was sie hätte sagen oder tun können. Begierde, die seit Stunden kaum wahrnehmbar am Rand ihres Bewußtseins gelauert hatte, stieg in ihr auf, erfüllte sie mit Dankbarkeit und genußvoller Erinnerung, verschmolz mit dem Wein und der Abgeschiedenheit der Nacht und des Ortes zu Gewißheit. Und zur einzig möglichen Antwort.

Leise, fast bittend, sagte sie: »Bleib.«

Sein Gesicht war wie verwandelt. Dann nahm er eine neue Position ein, erhob sich geschmeidig und kraftvoll auf ein Knie, rückte dann zu ihr hin, bis er vor ihr kniete. »Ich wollte keine Entscheidung erzwingen«, erklärte er ruhig.

»Was wolltest du denn?« fragte sie und legte ihre Finger auf seine starke, braune Hand, die auf der Armlehne ruhte.

»Warten – diesmal –, damit ich erfahre, was du wirklich willst, was du tun würdest.«

»Jetzt weißt du es.« Sie schaute immer noch auf ihre schlanken Finger, die so leicht auf seinen lagen.

»Wirklich?«

Mit klarem Blick sah sie ihn an. »Glaubst du, ich könnte nicht nein sagen?«

»Ich glaube, du könntest das für unfair halten.«

»Nachdem ich dich eingeladen habe? Oder in Anbetracht dessen, was zwischen uns passiert ist? Keine Angst, so nobel bin ich nicht.«

»Dann ...«

»Dann brauchst du auch nicht nobel zu sein«, sagte sie und beugte sich lächelnd vor, um ihre Lippen auf seine zu drücken.

Er bestand jedoch darauf, die von ihr geforderte Zustimmung in eine erotische Strafe umzuwandeln, die er mit Strenge und Liebe und unglaublichem Einfallsreichtum einforderte. Sie mußte genau sagen, wieviel sie ihm gestattete, vom Öffnen eines Reißverschlusses und eines Häkchens bis zum kaum spürbaren Kuß seiner Lippen auf ihrer empfindsamen Haut. Gnadenlos und ohne auf ihre Proteste zu hören, fuhr er fort, bis sie seine ächsten Schritte und Liebkosungen vorherzuahnen begann und ıre geflüsterte Zustimmung in Befehle verwandelte.

Unterdrücktes Lachen ließ seinen Brustkorb erbeben, als er e kurz darauf zu sich auf den Boden zog und sich mit ihr im rsterbenden Feuerschein auf dem Teppich wälzte. Und sie in türmische Spiele ernster Leidenschaft verwickelte.

Julies Herz pochte, während das Blut in ihren Adern glühte nd, heiß vor Verlangen, sich in ihrem Unterleib sammelte. Die Auskeln und breite Fläche seines Brustkorbs reizten ihre erreg-en Brustwarzen zum äußersten. Seine festen Schenkel, deren robes, lockiges Haar gegen ihre glatten Beine drückte, bewirk-en, daß sie sich der verlockenden Verwundbarkeit im Zentrum ıres Seins um so bewußter wurde. Seine leise Stimme feuerte hre Freuden zusätzlich an, und sein fester, elastischer Körper ınter ihren Händen lud sie ein, sich ganz dem Genuß seiner Berührung hinzugeben.

Es war ein physischer Zauber ohne Bedenken, ohne Reue, eine vundersame Reise durch Tiefen und über Hügel, über die Höhen glücklicher Sklaverei und bis an die Grenzen des Erträg-ichen. Und dann, als die letzten Außenposten der Zärtlichkeit erreicht waren, stieg er über ihr auf, verharrte, zögerte und ragte: »Darf ich?«

»Ja«, antwortete sie, bevor ihr unter seinem Andrang der Atem stockte, bevor sie die Augen schließen mußte und sie beide n grenzenlose Vergessenheit vorstießen.

Sie erwachte zugedeckt, aber nackt mitten auf dem King-Size-Bett. Die Balkontür stand weit offen. Ein kühler Wind trug den Duft der Pfefferbäume und von frisch gemähtem Gras herein und blähte den Vorhang neben der Tür zu einem blaßrosa Segel. Rey stand groß in der Tür. Die Umrisse seines muskulös geform-ten Körpers hoben sich gegen das schiefergraue Morgenlicht ab. Er hatte ein Handtuch um die Hüften geschlungen, das träge im Wind vor und zurück schlug. Der weiße Verband auf seiner ver-letzten Schulter war kleiner geworden.

Sie beobachtete ihn, nahm seinen Anblick in sich auf un genoß ihn. So ausgeruht wirkte er aufmerksam, hellwach, fas auf der Hut. Diesen Eindruck hatte sie schon früher gehab Merkwürdig, dabei war er einer der entspanntesten Männer, di ihr je begegnet waren.

Sie lächelte, da ihr wieder einfiel, wie sehr er sich dem Augen blick hingeben konnte. Zugleich fragte sie sich, warum er hier be ihr war. Die Antwort auf die Frage, weshalb er gekommen war ließ sie nicht los. Sie wollte nicht die Schmeicheleien hören, mi denen er geantwortet hatte, sondern die wahren Gründe. Wa erhoffte er sich? Was für einen Vorteil konnte ihm das mögli cherweise bringen? Die Sache mußte einen Haken haben. Da war immer so.

Sie würde später darüber nachdenken. Es war zu früh für solche Verdächtigungen oder Zynismus.

»Was ist denn?« fragte sie schläfrig. »Warum bist du auf?«

Er drehte den Kopf und lächelte sie über die Schulter hinweg an. »Ich habe mir den Regen angeschaut.«

»Regen? In Kalifornien?« Sie setzte sich auf, so daß Decke und Federbett vorklappten und sie bis zum Bauch entblößten.

»Ehrlich. Und Nebel auf dem Ozean. Dicker Nebel. Kein guter Tag zum Fliegen.«

»Oh. Jammerschade.« Sie begriff, welches Spiel er spielte und mit welchem Ziel er das tat.

»Nicht wahr?« bekräftigte er. Er ließ das Handtuch zu Boden fallen und schritt langsam auf das Bett zu.

»Vielleicht morgen«, murmelte sie, als er neben ihr unter die Decke schlüpfte und seine Hände fest auf ihren Körper legte. Sein Haar war noch naß vom Duschen, und seine Haut roch nach frischer Luft, Seife und sauberem Mann. Als seine Finger sich auf sie legten, zitterte sie ein bißchen vor Kälte und vor Erwartung.

Leise sagte er: »Vielleicht.«

Am Spätnachmittag des folgenden Tages trafen Julie und Rey auf dem Drehgelände ein. Die Sonne glitt auf den Horizont zu, ein großer, roter Feuerball, der den Himmel mit den orangen, rosafarbenen und goldenen Streifen eines typischen Sumpfland-Sonnenuntergangs überzog und die Bäume als kohlschwarze Silhouetten davor erscheinen ließ. Julie hatte das Farbenspiel während der letzten Meilen ihrer Heimfahrt beobachtet und spürte einen reuigen Stich, weil sie es verpaßt hatte. Es wäre der perfekte Hintergrund für den Abspann gewesen.

Sie bogen auf den Parkplatz. Alles war ruhig, aber Julie hatte nichts anderes erwartet. Sie hatte gewußt, daß nichts los sein würde, aber sie hatte auf dem Weg zu Tante Tines Haus trotzdem einen Zwischenstop einlegen wollen. Sie wollte sich davon überzeugen, daß während ihres Fortseins nichts vorgefallen war.

Die Wohnmobile, die Wohnwagenbüros und die Wagen des Catering-Teams beim Bootsclub waren verlassen. Bestimmt waren alle im Motel oder vielleicht in New Orleans, wo sie die unerhoffte Pause genossen,die durch ihre Abwesenheit entstanden war. Der Wachmann, ein Hilfssheriff, der auf diese Weise in der Freizeit sein Gehalt aufbesserte, salutierte Julie, als sie aus dem Cherokee ausstieg, mit dem sie vom Flughafen hergefahren waren. Sie wartete, bis Rey bei ihr war, dann ging sie zu dem Wachmann hinüber.

»Wie geht's?« rief sie.

»Ganz gut«, sagte der Mann, rückte den Gürtel und den Revolver zurecht, während er aus dem kleinen Metallhäuschen trat und auf sie zukam. »Alle sind draußen auf dem Fluß und schauen dem großen Bull Bullard bei der Arbeit zu.«

Ein Schauer überlief Julie; trotzdem gelang es ihr, die Stimme gleichmütig klingen zu lassen und das Lächeln auf ihrem Gesicht zu bewahren. »Bull? Was macht er denn?«

»Er hat die Crew zusammengetrommelt, und jetzt filmen sie den Sonnenuntergang, soweit ich weiß.«

»Ich glaube, das sollte ich mir nicht entgehen lassen.«

»Julie...«, sagte Rey.

Sie wirbelte zu ihm herum. »Bringst du mich hin? Es muß doch irgendwo noch ein Boot geben?«

»Glaubst du nicht, es wäre besser zu warten, bis sie zurückkommen? Es kann nicht mehr lange dauern.«

Sie verstand seinen Einwand. Der sonnengestreifte Himmel würde bald verblassen. Es machte keinen Unterschied. »Nein«, sagte sie, »das glaube ich nicht. Wenn du lieber nicht mitkommen möchtest...«

»Ich bringe dich hin«, erklärte er grimmig.

Sein Luftkissenboot war noch seit den letzten Filmaufnahmen am Pier vertäut. Minuten später flogen sie über den Fluß, das Gesicht im Wind und die Gischt im Haar.

Sie brauchten nicht weit zu fahren. Bull filmte im nächstmöglichen Kanal, an einer Stelle, wo er mit den Kameras nicht nur den Sonnenuntergang und die Baumsilhouetten, sondern auch eine langsam dahingleitende Holzpiragua mit dem alten Joseph im Heck erfassen konnte, der langsam durch die dunkler werdenden Schatten stakte. Bohrender Schmerz und Unglauben stiegen in Julie auf, als sie sah, was da vor sich ging, als sie die sorgfältig postierten Kameras sah, die Filter, mit denen die schrägen Strahlen der untergehenden Sonne aufgefangen wurden, die rosagoldenen Reflexe, das verschwommene Spiegelbild aus Mann und Boot und Sumpf im Wasser. Es war ein so vertrauter Anblick, eine so perfekte Wiedergabe dessen, was sie so oft vor ihrem inneren Auge gesehen hatte, daß sie wie betäubt dasaß.

Dann hörte sie vom unteren Flußlauf das Dröhnen eines Bootsmotors. Der Kahn kam, von Vance gesteuert, um eine Flußbiegung gerast. Er schoß auf die Kameras zu, peitschte an dem Holzboot vorbei. Vance winkte dem alten Mann in der Piragua einen flüchtigen Gruß zu. Der alte Joseph nickte lediglich und drehte den Kopf, um dem Kahn nachzuschauen. Die Piragua schaukelte in den Kielwellen. Auch die Kameras verfolgten den schnell dahinziehenden Kahn.

Als sie langsamer wurden und das Luftkissenboot auf das Wasser niedersank, drehte sich Julie zu Rey um. Ihre Stimme klang gepreßt vor mühsam gezügelter Wut.

»Du hast ihm davon erzählt. Du hast Bull von dem Sonnenuntergang erzählt.«

Er schaute sie an, ohne ihr zu antworten, aber in seinen dunklen Augen stand Reue.

Auf dem Kabinenkreuzer direkt vor ihnen wandte sich Bull ihnen zu, um einen bösen Blick in Richtung des Luftkissenbootes zu werfen, das so dicht bei den Kameras im Wasser dümpelte. Er wurde steif, als er Julie sah. Er riß sich die Kopfhörer vom Kopf, und seine rauhe, heisere Stimme brüllte ein einziges Wort:

»Schnitt!«

16. Kapitel

Bull kam mit purpurrotem Antlitz und düsterer Miene in Julies Büro gestampft. Er knallte die Tür hinter sich zu, daß der Wohnwagen ins Schaukeln kam. Er baute sich vor ihrem Schreibtisch auf und beugte sich, die Fäuste auf die Kante gestützt, vornüber. Er starrte sie zehn Sekunden lang schweigend und schwer schnaufend an, bevor er zu sprechen begann.

Er sagte: »Es tut mir leid.«

Julie traute ihren Ohren nicht. Ihr Zorn war stetig größer geworden, seit sie die Szene am Fluß verlassen hatte. Nachdem sie Rey grußlos am Pier stehengelassen hatte, war sie in ihr Büro gegangen, um dort wütend vor sich hin zu brüten. Jetzt war der Augenblick des Ausbruchs gekommen. Sie fühlte sich desorientiert, fast um ihren Auftritt gebracht, als Bull ihr mit einer Entschuldigung zuvorkam. Zugleich fachte es ihre Wut nur noch mehr an, daß Bull dachte, er könnte mit dem, was er getan hatte, so leicht davonkommen.

»Was tut dir leid?« fragte sie. »Daß ich dich erwischt habe?«

»Ich hätte deine Crew und deine Ausrüstung nicht ohne deine Erlaubnis einspannen dürfen; das war unrecht. Ich weiß, daß du sauer bist, und ich kann dich verstehen. Wenn das jemand bei meinem Film machen würde, würde ich ihn umbringen.«

»Warum hast du es dann gemacht?« Sie warf ihren Stift auf den Tisch, lehnte sich im Stuhl zurück und faltete die Hände vor dem Bauch.

»Es war vielleicht die letzte Gelegenheit, diese Einstellung zu drehen. Der Indian Summer, den sie hier haben, war so gut wie fertig. Kurz bevor er fuhr, erzählte mir Rey, daß in drei oder vier

Tagen eine Kaltwetterfront mit Regen anrücken würde. Es hieß jetzt oder nie.«

»Also habt ihr zwei ausgekocht, daß du die Szene drehst, während ich fort bin. Und hat Rey dir auch gesagt, er würde dafür sorgen, daß ich einen Tag länger fort bin, damit du in aller Ruhe tun kannst, was du willst?«

Bull machte einen Schritt zurück und sank in einen Stuhl. »Zum Teufel, nein, Julie, so war es nicht. Wir hätten die Szene gestern gedreht, aber der alte Joseph mußte zu einem Dominotournier oder so.«

Sie wußte nicht, ob sie ihm glauben sollte, trotzdem lockerte sich das stählerne Band um ihr Herz ein winziges bißchen. »Du hättest mich anrufen und es mit mir besprechen können.«

»Du hättest mir garantiert erklärt, ich soll meine Pfoten von deiner Ausrüstung lassen und mich um meinen eigenen Kram kümmern. Die Idee war so gut, daß es schade gewesen wäre, sie zu verschenken.«

»Und ich sollte so froh sein, die Szene im Kasten zu haben, daß ich übersehen würde, wie sie entstanden ist? Stimmt's? Wann hättest du mir davon erzählt? Sollte Rey das für dich übernehmen – selbstverständlich, nachdem er mich weichgekriegt hat?«

Bull blinzelte angesichts dieser Vermutung, kommentierte sie aber nicht. »Na ja, wir dachten jedenfalls nicht, daß du während der Dreharbeiten zurückkommst, das kann ich dir versichern. Irgendwo im Hinterkopf hatte ich daran gedacht, dir alles zu erzählen.«

»Hattest du auch daran gedacht«, sagte sie langsam, »daß du auf diese Weise ganz langsam meinen Job übernehmen könntest?«

»Julie«, begann er. Dann hielt er inne, denn etwas wie Schmerz überzog sein Gesicht. Er senkte den Kopf und starrte auf den Boden. Nach einer langen Pause schaute er wieder auf. »Gut, vielleicht dachte ich tatsächlich, du wärst mir so dankbar, daß du mir erlauben würdest, hierzubleiben. Aber ich will deinen Job nicht; ich würde ihn dir nicht einmal wegnehmen, wenn Allen ihn mir anböte – nicht, daß ich das für möglich halte. Ich möchte wirklich mit dir arbeiten. Warum können wir das nicht?«

»Du weißt, warum!«

»Ich weiß, was du denkst, aber so muß es nicht sein. Alle Regisseure haben Assistenten; mehr wäre ich nicht, nur ein Assistent.«

»Du erwartest von mir, daß ich glaube, du würdest dich damit zufriedengeben?«

»Warum nicht?«

»Es ist viel wahrscheinlicher«, erklärte Julie angespannt, »daß ich deine Assistentin werden würde, und zwar im Abspann genauso wie bei den Dreharbeiten.«

»Das würde ich dir niemals antun.«

»Aber Allen vielleicht, wenn er sich dadurch einen kommerzielleren Film erhoffte.«

»Ich glaube, du täuschst dich in ihm. Er will bloß das Beste für dich, will bloß den Film retten.«

»Er braucht nicht gerettet zu werden! Ich mache nichts falsch!«

»Macht dir das solche Angst? Du glaubst, ich bin hier, weil man mit deiner Arbeit nicht zufrieden ist? Du irrst dich, glaube mir. Es gibt niemanden hier, der nicht wüßte, wer hier der Chef ist; das habe ich in den letzten Tagen gemerkt. Die Produktion läuft schon seit langem, der Film ist zu zwei Dritteln abgedreht. Es geht nur noch um die letzten Spulen, dann können wir alle heimfahren.«

»Stimmt. Und deshalb frage ich mich, warum du eigentlich bleiben willst.«

Seine Augen wurden schmal unter den buschigen Brauen. »Ich könnte behaupten, daß ich mir Sorgen um dich mache wegen der Unfälle. Es sieht so aus, als würde irgendwer verhindern wollen, daß du den Film fertig drehst. Ich könnte behaupten, ich würde gerne hierbleiben, um dich im Auge zu behalten und um eventuell herauszufinden, warum das so ist. Ich könnte all das sagen, aber das wäre nicht die ganze Wahrheit.«

»Und was wäre die ganze Wahrheit?« fragte sie. Ihr Brustkorb fühlte sich leer an.

»Es ist so.« Er verstummte, räusperte sich und starrte über ihre linke Schulter. »Um die Wahrheit zu sagen, ich suche Arbeit. Ich muß an ein neues, frisches Projekt kommen, ich brauche Veränderung, neue Ideen. Ich bin draußen, Julie. Ich bin ausgebrannt. Mir fehlt das nötige Zeug.«

»Dein letzter Film hat sich gut verkauft. Was soll das Gerede?« Sie beugte sich langsam vor. Eine Falte grub sich zwischen ihren Brauen tief in die Stirn.

»Oh, er ging ganz ordentlich, aber es war kein Riesenerfolg.«

»Die Kritiker waren begeistert.«

»Kritiker finanzieren keine Filme. Die Jungs mit dem Geld wollen eine Rendite auf ihre Investitionen, und zwar möglichst eine große. Aber das ist nicht alles. Mir fehlen die Ideen, Julie. Ich – ich habe keinen Saft mehr, mir fehlen die strahlenden, schönen Bilder. Es ist nicht mehr wie früher. Nicht wie bei dir.«

»Das ist lächerlich«, erwiderte sie scharf. »Natürlich hast du die.«

»Nicht mehr.« Er wiegte den riesigen Kopf. »Ich würde das niemandem außer dir verraten, aber ich bin ausgebrannt, am Ende. Die Jungs im Studio wissen das; sie haben seit Monaten nicht mehr auf meine Anrufe reagiert. Ziemlich bald werden die Zeitungen Wind davon bekommen. Das wird ein Schlachtfest!«

»Ich kann es nicht glauben«, sagte Julie. Irgendwie hatte sie immer gedacht, Bull würde ewig weitermachen, einen Film nach dem anderen drehen, bis er irgendwann tot umfiel. Andere mochten irgendwann am Ende sein oder gar mit dem Drehen aufhören, Bull nicht.

»Mir fällt das selbst schwer«, sagte er so leise, daß sie nicht sicher war, ob sie ihn richtig verstanden hatte.

Julie schluckte und räusperte sich, um das enge Gefühl in der

Kehle loszuwerden. »Trotzdem«, sagte sie. »Ich weiß nicht, was es dir bringen würde, mit mir zu arbeiten. *Im Reich der Sümpfe* wird vielleicht gar kein kommerzieller Erfolg.«

»Vielleicht nicht, vielleicht doch. Ich glaube, die Chancen stehen gar nicht schlecht. Aber mir kommt es einfach darauf an, frische Ideen zu schnuppern, die phantastischen Dinge mitzubekommen, die hier vorgehen, damit ich wieder in die Gänge komme. Du hast Talent, Mädchen. Ich weiß nicht, woher du das hast, aber du hast Visionen, und du verstehst es, sie zum Leben zu erwecken. Du hast Gespür für Gefühle und kannst deinen Schauspielern diese Gefühle einimpfen, daß die Zuschauer in ihren Sesseln schmelzen. Das ist eine Gabe, glaub niemandem, der dir etwas anderes erzählt. Ich habe sie früher auch besessen. Ich würde sie gern wieder besitzen.«

Sein Drängen rührte sie, und was er sagte, machte sie stolz. Irgendwo in ihrem Hinterkopf meldete sich eine Stimme, die ihr zuflüsterte, daß das nicht anders sein sollte, aber sie hörte nicht darauf.

»Du hast die Vorabzüge gesehen?«

»Allen hat sie mir gezeigt. Er steht voll hinter dem Film, Julie; er glaubt, es wird ein Kassenschlager, wenn er je fertig wird. Er versucht nur, das sicherzustellen.«

»Komisch, daß er mir das nicht gesagt hat.«

»Vielleicht hielt er das nicht für nötig, vielleicht ging er davon aus, daß du weißt, was du da hast – oder vielleicht hast du ihm gar nicht die Zeit dazu gegeben, seit er hier ist.«

Die letzte Bemerkung war wahr genug, um ihr ein schlechtes Gewissen zu machen, und klang tadelnd genug, um sie wütend zu machen. »Vielleicht hätte ich ihm mehr Zeit gegeben, wenn er nicht alles für selbstverständlich gehalten hätte«, meinte sie knapp.

»Ja, also, das geht nur euch beide an. Mir geht es im Augenblick eher um dich und mich. Was hältst du davon, mit mir zusammenzuarbeiten? Könnten wir es wenigstens versuchen?«

Sie hob eine Hand, rieb sich an der Schläfe, fuhr sich mit den Fingern durchs Haar und umgriff dann ihren Nacken. »Ich weiß nicht, Bull. Es klingt so einfach, wenn du darüber sprichst, aber du weißt ebensogut wie ich, daß es das nicht wäre.«

»Wenn es nicht leicht wäre, dann nicht meinetwegen. Ich würde mich ganz im Hintergrund halten, bis du mir sagst, was ich tun soll.«

Die Ernsthaftigkeit, mit der er das sagte, bereitete ihr Schmerzen. Sie hatte ihn noch nie so kleinlaut erlebt. Wie konnte sie sich weigern? Und trotzdem wußte sie, daß es falsch, ganz falsch wäre, nachzugeben.

Sie seufzte. »Laß mich noch einen Tag darüber nachdenken, ja? Geht das? Ich möchte nicht hartherzig erscheinen, aber es ist ein entscheidender Schritt, der viele Konsequenzen nach sich zieht, ganz egal, wie einfach er jetzt klingt.«

»Gut«, sagte er. Er nickte und rieb sich die Hände an den Hosenbeinen. »Gut. Wir werden morgen noch einmal darüber sprechen.«

Als er fort war, starrte Julie die Wand gegenüber ihrem Schreibtisch und die gelbbraunen Metallaktenschränke davor an. Früher einmal wäre sie begeistert von der Idee gewesen, mit Bull zu arbeiten, die Möglichkeit zu bekommen, mit ihm zusammenzusitzen, über Ideen und Mechanismen und Theorien zu diskutieren, wie die Interaktion zwischen den Menschen funktionierte und wie deshalb auch Filme funktionierten. Die Aussicht war immer noch verlockend. Dennoch konnte sie das Gefühl nicht loswerden, daß sie die Kontrolle über ihren Film abgeben würde, wenn sie sich mit dem einverstanden erklärte, was Bull und Allen wollten. Es wäre nicht mehr ihr Film.

Nicht nur, daß die restlichen Szenen anders aussehen würden, wenn Bull mitarbeitete. Er würde auch beim Schneiden dabeisein. Beim Schneiden,wenn die kilometerlangen Filme zerteilt wurden, wenn Einstellungen und Szenen neu arrangiert wurden, nahm der Film seine endgültige Form an. Hier konnten – und würden wahrscheinlich – Inhalt und Stimmung neu gewichtet. Es war gar nicht so, daß Bull absichtlich ändern wollte, was sie getan hatte und was sie aussagen wollte; das würde von alleine geschehen. Es lag an seiner anderen Herangehensweise, seinen Visionen, und vor allem am Gewicht seiner vergangenen Triumphe und Erfolge.

Sie wußte nicht, ob sie das ertragen würde.

Dies war ihre Geschichte. Sie hatte soviel Arbeit und Gedanken, so viele Monate darin investiert, sehnte sich förmlich danach, sie so auf der Leinwand zu sehen, wie sie sie in ihrem Kopf sah. Sie einem anderen überlassen, der sie in etwas anderes verwandelte, erschien ihr wie ein Sakrileg.

Andererseits war *Im Reich der Sümpfe* nur ein Film; es würde noch andere geben. Bull war ihr Vater. Er hatte ihr geholfen, sie ermutigt, ihr eine Chance gegeben. Jetzt brauchte er ihre Hilfe. Wie konnte sie ihm die verweigern?

Es war, als würde sich alles um sie herum und in ihr auflösen. Die Unfälle bei den Dreharbeiten, die es nicht hätte geben dürfen. Die unerwartete und anscheinend unkontrollierbare Zuneigung zu einem Mann, der das genaue Gegenteil von dem verkörperte, was sie schätzte, einem Mann mit zweifelhafter Vergangenheit. Allens Betrug, als er versucht hatte, einen anderen Regisseur einzuspannen. Ihr Bruch mit diesem Mann, der seit beinahe zehn Jahren der Mittelpunkt ihres Lebens gewesen war. Der Druck auf sie, den Film aufzugeben. Die Erkenntnis, daß sich bei einer Reihe von Leuten hinter ihrem Lächeln Ablehnung verbarg. Die Entdeckung der Schlange und der Verdacht, daß bei manchen die feindseligen Gefühle über bloße Ablehnung hinausgingen. Die Entdeckung, daß Rey Bull Hilfestellung dabei geleistet hatte, sich in ihren Film einzuschleichen. Die Hilfe, um die sie ihr Vater bat, den sie immer für einen Fels in der Brandung des Ruhmes gehalten hatte. Alles hatte sich verändert und veränderte sich weiter. Nichts war so, wie es zu sein schien, nicht einmal ihr Herz und ihre Empfindungen.

»He, hat dir Bull hier drin die Hölle heiß gemacht, oder war es umgekehrt?«

Ofelia stand in der Tür, die Bull offengelassen hatte, als er hinausgegangen war. Die Regieassistentin lehnte im Rahmen. Die linke Hand hatte sie auf die Hüfte gestützt, in der rechten brannte eine lange, dünne Zigarette. Julie brachte ein Lächeln zuwege, bevor sie antwortete. »Beides.«

»Sieht so aus. Der Mann versteht was von seiner Arbeit, aber er ist wirklich verdammt von sich überzeugt, egal, ob er dein Vater ist oder nicht.«

»Vielleicht hast du recht.«

»Klar hab' ich recht.« Sie stieß sich von der Tür ab und kam herein, um ihre Zigarette hektisch im Aschenbecher auf Julies Schreibtisch auszudrücken. »Aber eigentlich wollte ich mich nach dem Drehplan für morgen erkundigen.«

Sie sprachen ein paar Minuten darüber und über die Requisiten und Genehmigungen, die sie nächste Woche für die Dreharbeiten in Lutcher brauchten. Ofelia nahm den Drehplan an sich, notierte sich, wen sie morgen früh alles herbestellen mußte, und sagte, ohne aufzusehen: »Allen wird auch da sein.«

»Wirklich? Ich dachte, er wäre vielleicht nach L. A. zurückgeflogen, weil er heute abend nirgendwo zu sehen war.«

Ofelia schaute auf. »Mein Gott, Julie, ich kann einfach nicht glauben, daß du nicht weißt, wo er steckt und was er treibt. So seid ihr noch nie miteinander umgegangen. Was ist denn los?«

»Ich weiß nicht«, seufzte Julie. »Eins führte zum anderen.«

»Na, ich finde das nicht besonders klug, wenn du mich fragst. Allen ist immer noch der Produzent, und du mußt mit ihm zusammenarbeiten. Ehe du dich versiehst, sind wir hier fertig und fliegen zurück an die Küste. Und was dann?«

»Ich schätze, das kommt ganz darauf an.«

»Darauf, was mit Bull passiert? Oder darauf, was aus deiner Affäre mit diesem Cajun wird?«

Julie schaute Ofelia direkt ins Gesicht. »Auf viele Dinge.«

Ofelia schnaubte. »Du und Vance. Soll das ein Wettstreit werden?«

»Was hat Vance damit zu tun?«

»Der Kerl rammelt dieses dumme Reportermädchen um den Verstand – wahrscheinlich keine große Kunst –, nur um dir irgendwas zu beweisen. Und du steckst immer noch mit Rey zusammen, um irgendwem irgendwas zu beweisen, vermutlich Allen oder vielleicht deinem Dad.«

»Das ist nicht wahr!« Julic sprang wütend auf.

»Nicht? Sieht aber ganz so aus. Ich habe gehört, wie die Sekretärin Rey erzählt hat, wo du bist, und ihm anbot, ihm einen Flug zu reservieren. Ihr wart beide zusammen fort und seid zusammen wieder aufgetaucht. Sag du mir, was das zu bedeuten hat.«

»Das bedeutet, daß du ein neugieriges Weib bist.« Die Worte kamen scharf.

»Stimmt«, gestand Ofelia grinsend. »Und daß ich ein tiefes, laszives Interesse an den Affären anderer Leute habe. Warum kommen die mir immer viel aufregender vor als meine eigenen One-Night-Stands? Ich muß irgendwas falsch machen.«

»Vielleicht, vielleicht auch nicht«, antwortete Julie. Ihre wütende Miene entspannte sich zu einem vorsichtigen Lächeln. »Machst du dir eigentlich nie Gedanken darüber, warum die Männer mit dir ausgehen und was sie von dir wollen?«

»He, Julie, ich weiß, was sie wollen; das ist nicht weiter kompliziert.«

»Nie?«

»Nein, verdammt noch mal.«

»Glaubst du nicht, daß es das sein könnte, wenn du anders an die Sache herangehen würdest?«

Ofelia errötete. Die Frage schien ihr unangenehm zu sein. »Ich weiß nicht, aber was hätte das hier auch für einen Sinn? In ein paar Tagen sind wir alle wieder weg. Ich spreche von uns beiden, Süße. Ich bin eine Karrierefrau genau wie du. Wir können keine Komplikationen brauchen; dafür gibt es keinen Platz in unserem

Leben. Wir haben nur Platz für einen von uns, für jemanden wie Allen, der versteht, was wir wollen, und der uns helfen kann, es zu erreichen.«

»Das glaubst du wirklich, nicht wahr?«

»Es ist ganz vernünftig, wenn du mal darüber nachdenkst. An deiner Stelle wäre ich vorsichtig. Allen ist geduldig, aber es ist nicht besonders schlau, ihn so lange warten zu lassen. Es gibt eine Menge Frauen, die gerne hätten, was er ihnen geben kann.«

»Wenn du das meinst, was ich glaube«, erwiderte Julie langsam, »dann solltest du nicht vergessen, daß das, was ich erreicht habe, nicht allein Allens Verdienst ist.«

»Es hat dir nicht geschadet, mit ihm zusammenzusein.« Ofelia zuckte mit den Achseln und warf mit einer schnellen Kopfbewegung ihren dicken Pferdeschwanz wieder auf den Rücken.

Das war richtig, aber dennoch war ihre Verbindung mit Allen nicht aufgrund so niederer Motive zustande gekommen. Sie war nicht zu ihm gezogen, um ihre Karriere aufzubauen. Sie fragte sich, ob er das geglaubt hatte, ob er deshalb niemals die Rollenverteilung als Mentor und Protegée in ihrer Beziehung aufgegeben hatte, seine leichte Überheblichkeit, die verhinderte, daß sie einander wirklich nahe kamen. Sie fragte sich, ob er aus Angst, sie könnte größere Nähe zu ihrem Vorteil ausnutzen, immer Distanz gehalten hatte. Es war ein beunruhigender Gedanke.

»Ich mach' mich mal an die Arbeit«, verkündete Ofelia und wedelte mit den Papieren in ihrer Hand. »Wahrscheinlich bin ich noch eine ganze Weile da, wenn du mich brauchst. Wenn du mich suchst und nicht finden kannst, dann versuch es in Vances Wohnmobil; er hat mir erlaubt, mein Bier in seinem Kühlschrank abzustellen. Bull hat mich aus deinem rausgeworfen, er sagte, er könnte den Gestank von meinen verdammten Kippen nicht aushalten – wörtlich. Und das sagt ausgerechnet der Mann, der mehr oder weniger systematisch jede verräucherte Kneipe im gesamten St.-James-Bezirk abgeklappert hat, seit er angekommen ist.«

»Er hat dich nicht wirklich rausgeworfen?«

Ofelia lachte. »Nicht wirklich; aber die Andeutungen waren schwer zu überhören. Ich gehe ihm lieber aus dem Weg, als mir das weiter anzuhören. Man kann nie wissen, wer als nächster zum Gesundheitsapostel wird und allen anderen Vorschriften machen will. Paß auf, als nächstes fängt Bull an, alkoholfreies Bier zu trinken.«

Es war spät, als Julie das Büro verließ. Sie hatte keine Ahnung, was aus Rey geworden war; sein Cherokee war nirgendwo zu sehen. Sie würde nicht auf ihn warten. Die Schlüssel zu ihrem Mietwagen waren in ihrem Wohnmobil, wo sie sie gelassen hatte, bevor sie nach L. A. flog, falls Ofelia oder jemand anderes den Wagen brauchen sollte.

Das Wohnmobil war dunkel und still, und in den Fenstern spiegelte sich das Licht der Quecksilberdampflampen. Es war eine Erleichterung, das Licht in der Küche anzuschalten und die Schatten und die Dunkelheit zu vertreiben. Trotzdem achtete sie darauf, wohin sie trat, als sie herumging.

Ihre Kehle war ausgedörrt; das Fliegen hatte ihren Körper ausgetrocknet, und sie hatte nur eine Tasse Kaffee getrunken, seit sie gelandet war. Sie ging zum Kühlschrank, um eine Flasche Mineralwasser herauszuholen, und nahm sich bei der Gelegenheit noch eine Dose Tomatensaft. Sie entdeckte einen kleinen Gouda und eine Plastiktüte mit roten Trauben, stellte alles auf den Tisch daneben und suchte dann in den Schränken nach einer Packung Crackers. Die Essenszeit war schon vorüber, und sie hatte keine Ahnung, ob Tante Tine noch etwas Eßbares zu Hause hatte, wenn sie dort ankam. Die Aussicht auf ein leichtes Abendmahl war ohnehin verlockend; in den letzten Tagen hatte sie kaum etwas anderes getan als gegessen.

Sie kramte hinter Schachteln mit Frühstücksflocken und Mikrowellenkuchen herum, als sie ein merkwürdiges Paket ertastete. Sie zog eine mit Gummi verschnürte Plastiktüte heraus, die zur Hälfte mit weißem Kristallpulver gefüllt war.

Sie wußte, was das war, und trotzdem weigerte sich ihr Gehirn sekundenlang, die Wahrheit zu erkennen. Sie löste den Gummiring und schnupperte vorsichtig. Dann riß sie den Kopf zur Seite. Es war kein Zucker. Es war auch kein Milchpulver, kein Backpulver, kein Soda, keine Speisestärke und keine andere normale Backzutat.

Kokain.

Reines, ungestrecktes, leicht zugängliches, das Gehirn auspustendes Kokain.

Weshalb war es hier? Wie lange lag es hier schon? Und vor allem, wer hatte es hierher gelegt?

Wem gehörte es?

Mit schnellen, hastigen Bewegungen verschnürte sie das Paket wieder und stieß es dorthin zurück, wo sie es gefunden hatte. Sie knallte die Schranktür zu, ging zurück an den Küchentisch und setzte sich auf die Bank dahinter. Sie nahm das Wasser, kippte das meiste davon hinunter und starrte dann auf die klare Flüssigkeit in der Flasche, sah die kleinen Bläschen aufsteigen und zerplatzen.

Brauchte Bull deshalb ihre Hilfe? War Kokainsucht der Grund dafür, daß seine Kreativität versiegt war und niemand ihm mehr ein Projekt anvertrauen mochte? Hatte er den traditionellen Männerzeitvertreib des Trinkens gegen das schnelle Hoch des Kokains eingetauscht?

Wollte er, daß Ofelia verschwand, damit er sich ungestört und unbeobachtet seiner Liebelei mit augenblicklicher Erfüllung hingeben konnte? Aber warum sollte sie ihn stören? Er hatte lange genug zur Partyszene von Hollywood gehört, um jede Spur von schlechtem Gewissen über seine Sünden abzulegen. Es sei denn, er wollte seine Tochter irreführen?

Diese und andere Fragen wirbelten in ihrem Kopf herum wie die Bläschen im Wasser, aber sie erhielt keine Antwort.

Es war dennoch ein Schluß daraus zu ziehen, der eher auf Gefühlen als auf Logik basierte. Er war klar und unausweichlich.

Wenn das Kokain Bull gehörte, wenn es der Grund für seinen Niedergang war, dann wäre sie keine richtige Tochter, wenn sie sich weigern würde, ihm auf jede erdenkliche Weise zu helfen. Sie hatte keine andere Wahl, als ihn bei der Entstehung von *Im Reich der Sümpfe* mitwirken zu lassen. Ihr fehlte nur noch der Ort und die passende Gelegenheit, ihm das zu sagen. Und der nötige Mut.

Der Türknauf des Wohnmobils rasselte, keine zwei Meter von Julies Platz entfernt. Sie beobachtete ihn starr vor Schreck. Sie wußte, daß sie die Tür hinter sich abgesperrt hatte, und war froh darum.

Dann hörte sie ein kurzes Klopfen. »Julie? Ich bin's. Laß mich rein.«

Vance. Julie atmete schnell ein und schüttelte dann den Kopf. Sie war viel zu verkrampft; vielleicht sollte sie mehr Sport treiben. Das würde ihr nicht bei ihren Problemen helfen, aber es konnte auch nichts schaden.

»Was machst du noch hier?« fragte sie, während sie die Fliegentür entriegelte, dann am Rahmen der Schiebetür vorbeifaßte und die Außentüre aufschloß.

Vances nach oben gerichtetes Gesicht wirkte aufgedunsen im Licht, das durch die Fliegentür fiel, und er blinzelte gegen die Helligkeit. Er trug eine Art Frotteebademantel und Sandalen. Sein schiefes Grinsen wirkte ein bißchen verzerrt. Er zog die Fliegentür auf und trat ein.

»Ich hatte eine Dusche genommen und mich dann in meinem Bus schlafen gelegt – ich war von der Arbeit in der heißen Sonne heute nachmittag wie erschlagen; das nimmt einen wirklich mit. Als ich aufwachte, waren alle außer dir fort. Ich sah dich durchs Fenster und dachte, ich schaue mal vorbei und erkundige mich, ob L. A. noch steht.«

»Es steht und es ist naß«, antwortete sie und bot ihm dann etwas zu trinken an. Er scheuchte sie mit einer Handbewegung zurück auf ihren Platz, während er an den Kühlschrank ging und sich eine Dose Limonade herausholte. Die Dose in der Hand, setzte er sich ihr gegenüber an den Tisch, dann plauderten sie über das Festival und über die Vorzüge des Bel Air Hotels gegenüber dem Beverly Hills.

»Tabary ist mitgekommen, nicht wahr?« fragte er schließlich.

»Offenbar ist das kein Geheimnis«, antwortete sie. Ihr Tonfall war kühl.

»Geheimnisse gibt es hier nicht; das weißt du doch. Ich möchte nur eines wissen: Wenn du Gesellschaft wolltest, warum dann ausgerechnet ihn? Warum nicht mich?«

»Ich dachte, du wärst mit deiner kleinen Reporterin zugange.«

»Ich habe sie verstoßen, deinetwegen.«

Julie trank das Mineralwasser aus, langte dann nach der Dose Tomatensaft und schälte die Siegelfolie ab. »Sehr schmeichelhaft, Vance, aber um die Wahrheit zu sagen...«

»Ich möchte es nicht hören! Ich hasse Sätze, die so anfangen; sie enden immer als Ohrfeige.«

Seine Stimme klang eigenartig knarrend, so daß sie ihn genauer anschaute. Die Pupillen in den blauen Augen waren winzig, sein Gesicht war bleich, und seine Hände zitterten. Er klatschte fortwährend den Saum seines Bademantels gegen seinen Schoß, als wäre ihm peinlich, wie kurz er war, oder als hätte er etwas zu verbergen. Sie hatte die Anzeichen in den letzten Jahren und davor bei ihren Surffreunden zu oft gesehen, um sie zu mißdeuten.

»In Wahrheit«, fuhr sie fast ohne hörbare Pause fort, »habe ich niemanden eingeladen, mitzukommen. Rey ist von alleine nachgekommen. Und weißt du was? Wir sind heute zurückgeflogen, und mir ist eben klargeworden, daß ich müde bin. Ich glaube, es ist Zeit, ins Bett zu gehen.«

Sie stand auf und ging zur Tür. Vance schüttete sein Soda hinunter und stand ebenfalls auf. Die Dose fiel um und rollte über den Tisch, als er sie absetzte.

»Du könntest heute hier schlafen«, sagte er. »Ich würde dich gerne – ins Bett bringen und so weiter.«

»Danke für das Angebot«, sagte sie leichthin, »aber Tante Tine wird sich Sorgen um mich machen, wenn ich nicht heimkomme.«

»Von deinem Loverboy ganz zu schweigen. Oder tröstet er gerade die lustige Witwe? Ich habe gesehen, wie er sich mit ihr unterhalten hat, nachdem Summer gegangen ist.«

»Ich weiß es nicht, und es macht auch keinen Unterschied. Es war ein langer Tag, und ich glaube, der Jetlag hat mich eingeholt.« Julie schaute sich nach ihrer Tasche um.

Er stellte sich ihr in den Weg, griff mit der einen Hand nach dem Türrahmen, so daß sie zwischen ihm und der Küchenbank gefangen war. Er hob seine freie Hand und streichelte ihr damit über den Arm und die Schulter, ließ dann seine Fingerspitzen entlang der Silhouette ihrer Brust unter dem Hemd wandern. »Wieso so eilig?« Seine Stimme klang belegt. »Wir haben doch Zeit für einen Quickie.«

»Vergiß es, Vance«, antwortete sie. Es kostete sie Mühe, ihre Stimme ruhig klingen zu lassen. »Ich habe im Augenblick genug Probleme.«

»Da gibt's keine Probleme. Ich will dich, du willst mich. Wir machen es miteinander. Ganz einfach.«

»Bis auf eines. Wie kommst du auf den Gedanken, daß ich dich will?«

»Ein Mann spürt so was.«

Er war ihr zu nah. Der Geruch seines Atems, seine Körperwärme erdrückten sie. Sie mußte die Fäuste ballen, um dem Drang zu widerstehen, ihn von sich zu stoßen. Das wäre ein Fehler, dachte sie. Jetzt konnte sie noch mit ihm reden; das konnte sich ändern, wenn sie physische Gewalt anwandte.

»Ein Mann kann sich auch irren. Ich bin müde, Vance, und du auch; das hast du selbst gesagt. Komm, es ist Zeit, zurück ins Motel zu fahren. Oder möchtest du, daß ich jemanden finde, der dich hinfährt?«

»Ich nehme dich, müde oder nicht«, flüsterte er heiser. »Du

brauchst gar nichts zu tun. Du mußt dich nur hinlegen und genießen.«

Er fuhr mit seinen Armen in ihren Nacken, packte sie am Haar und zog sie an sich. Sein nasser, offener Mund senkte sich auf ihren, begrub ihn unter seiner gummiartigen Weichheit.

Ekel durchbrandete Julie. Sie riß die Hände hoch, die Finger zu festen Fäusten geschlossen. Sie schlug mit ihren Unterarmen gegen die Innenseite seiner Ellenbogen und brach seinen Griff. Im gleichen Augenblick hieb sie mit beiden Händen und Handgelenken gegen seinen Brustkorb, so daß er rückwärts taumelte.

Er fluchte und fing sich mit einer Hand an der Tischkante ab. Dann holte er Schwung und stürzte sich auf sie. Julie wirbelte um ihre Achse und stieß die Fliegentür auf, hastete die Stufen hinunter. Er prallte gegen den Türrahmen, stieß sich ab, rannte ihr nach. Er hatte sie mit einer Hand am Hemdzipfel gepackt, als er stolperte.

Zusammen fielen sie zu Boden. Julie lag eine Sekunde lang wehrlos da. Dann geriet sie in Panik, verwandelte sich in eine tretende, kratzende, schlagende Bestie. Sie sah rot vor Zorn, wußte kaum, was sie tat, welche Schmerzen sie ihm zufügte. Es war ihr egal. Irgendwo hörte sie jemanden rufen, spürte, wie Vance erstarrte, aber sie hatte keine Zeit zu denken.

Plötzlich war sie frei. Vance wurde von ihr gerissen, in die Luft gehoben und in den hellen Schotter des Parkplatzes geschleudert. Julie erblickte breite, muskelbepackte Schultern, einen dunklen, wohlgeformten Kopf, ein wutverzerrtes Gesicht, dann setzte Rey Vance nach, zerrte ihn auf die Beine. Sie sah, wie er mit der Faust ausholte.

»Nicht ins Gesicht!« schrie sie und versuchte, auf die Beine zu kommen. »Schlag ihn nicht ins Gesicht!« Sie hatte kaum einen Blick für Ofelia übrig, die herbeigelaufen kam und ihr aufhalf.

Rey warf ihr einen Blick über seine Schulter hinweg zu. Im schwachen Dämmerlicht schien seine Miene Wut und Irritation widerzuspiegeln, aber die Faust landete bis zum Handgelenk im

Bauch des Schauspielers, der darüber zusammenklappte. Seine Füße hoben vom Boden ab. Vance würgte, taumelte rückwärts und schlug der Länge nach hin. Er rollte fluchend herum und erbrach sich, einen Arm auf den Bauch gepreßt, auf den Schotter.

»Mein Gott«, hauchte Ofelia. Sie starrte Rey mit großen Augen respektvoll an, dann drehte sie sich wieder zu Julie um und fragte besorgt: »Hast du dir was getan, Schätzchen? Soll jemand dich heimfahren oder vielleicht die Polizei rufen?«

»Nein.« Julie rieb sich die Handflächen. Bei ihrem Sturz hatte sie sie im Kies aufgeschürft. Sie warf ihr Haar zurück, hob das Kinn und wiederholte: »Nein, mir geht's gut, wirklich. Es ist nichts passiert.«

»Ja, hm, ich glaube, es wäre auch nicht gut für den Film. Mein Gott, was für ein Geschäft. Na ja, ich wette, du kennst ein Mittel, wie du den Spaßvogel dafür zahlen lassen kannst.«

Julie rang sich ein freudloses Lächeln ab. Sie war diejenige, die zahlen würde. Sie hatte sich noch einen Feind gemacht, und den konnte sie überhaupt nicht brauchen.

Ofelia ließ Julies Arm los, ging weg und baute sich über dem Schauspieler auf. »Komm schon, Vance, du Vollidiot. Was in Dreiteufelsnamen hast du dir eigentlich dabei gedacht? Los, komm hoch und schaff deinen blöden Arsch hier fort, bevor du massakriert wirst.«

Julie wandte sich langsam und zögernd Rey zu. Er beobachtete sie. Eine steile Falte stand zwischen seinen Brauen, und seine Hände waren immer noch zu Fäusten geballt. Sein Blick tastete sie ab, als wollte er sich davon überzeugen, daß ihr nichts passiert war. Bevor sie etwas sagen konnte, nickte er kurz, machte auf dem Absatz kehrt und marschierte davon.

Julie öffnete den Mund, um ihn zurückzurufen, dann schloß sie ihn wieder. Er wollte ihren Dank offenkundig nicht, und ihre Sorge um Vance schien ihn anzuwidern. Sollte er doch gehen. Sie konnte nichts daran ändern. Bestimmt war es besser so.

Bestimmt.

17. Kapitel

»Vance wird dir keine Probleme mehr machen«, erklärte Allen, während er und Julie darauf warteten, daß alle Vorbereitungen für die Aufnahmen einer Straßenszene abgeschlossen waren. »Ofelia hat mir von seinem Benehmen gestern abend erzählt. Ich habe vor ein paar Minuten mit ihm gesprochen. Ich nehme an, daß wir uns verstanden haben.«

Nicht weit von ihnen stand Vance mit seiner kleinen Reporterin. Er trug die Jeans und das T-Shirt seiner Figur Jean-Pierre und sah müde und mürrisch aus. Gleich sollte er zusammen mit Summer die Straße hinuntergehen, ein paar Einheimische, die man aufgetrieben hatte und die Freunde und Nachbarn darstellen sollten, grüßen und ihnen die Hand geben. Zum Glück verlangte das Drehbuch nicht, daß er besonders munter wirken sollte, dachte Julie. Sie war nicht sicher, ob er das zuwege gebracht hätte. Natürlich war das schwer vorherzusagen; es gab erstaunlich viele Schauspieler, die halbtot wirkten, bis die Kameras zu laufen begannen, und dann plötzlich wie ausgewechselt waren, munter und wie das blühende Leben selbst wirkten.

»Nett von dir, daß du dir solche Sorgen machst«, sagte Julie zu dem Mann neben ihr, »aber ich wäre schon damit fertig geworden.«

»Möglicherweise, dennoch bin ich der Auffassung, daß mein Einfluß mehr Eindruck machte als dein Versuch, ihn zur Vernunft zu bringen, oder Tabarys Fäuste. In jedem Fall erschien es mir das beste, mich persönlich mit ihm zu unterhalten, um Vances natürliche Aversion in andere Bahnen zu lenken.«

»*Natürliche* Aversion?« fragte sie und schaute Allen stirnrunzelnd an. Er bewegte sich steif und war wie immer konservativ gekleidet, diesmal in ein hellbraunes Seidenhemd mit breitem Binder und sauber gebügelte rostfarbene Hosen. Neben ihm kam sich Julie in ihrer cremefarbenen Baumwollhose und ihrem Muskelhemd ungepflegt und schlecht angezogen vor.

»Dagegen, ermahnt zu werden.« Die Antwort kam brüsk. Er wurde unruhig unter ihrem Blick, rückte sich den Binder zurecht. »Ich wollte damit keinesfalls ausdrücken, es sei natürlich, eine Aversion gegen dich zu entwickeln, nachdem du seine Avancen zurückgewiesen hattest.«

»Wirklich nicht?«

»Nein. Obwohl manche Männer dazu neigen, vor allem, wenn sie in aller Öffentlichkeit zurückgewiesen werden.«

Julie musterte seine Miene. Sie hörte den unterschwelligen Vorwurf, war aber unschlüssig, ob er beabsichtigt war. »Sie sollten lernen«, antwortete sie bedächtig, »ihre Avancen nicht in aller Öffentlichkeit zu machen.«

»Das wäre zweifellos sehr weise. Können wir uns darauf einigen, daß du mir mittlerweile genug Weisheit hast zukommen lassen? Könntest du aufhören, mir fortwährend zu demonstrieren, daß ich dich nicht besitze, und endlich mit mir nach New Orleans kommen?«

»So einfach ist das nicht, Allen«, antwortete sie.

»Das habe ich befürchtet. Was hast du vor? Wirst du wegen ein, zwei heroischer Gesten diesem Sumpfmenschen in die Arme sinken? Glaubst du wirklich, du wirst all dies aufgeben, um als einfache Hausfrau glücklich zu werden?« Er schloß mit einer Geste die hektischen Vorbereitungen vor ihnen ein, die Kameras und Tonausrüstungen und Generatoren, die dicken Kabel und Scheinwerferbänke und vereinzelten Reflektoren sowie die brüllenden, fluchenden Techniker, die versuchten, Ordnung in das Chaos zu bringen.

Julie blieb kühl. »Niemand hat von mir verlangt, irgend etwas aufzugeben.«

»Gut, denn das würdest du auch nicht; das kannst du nicht. Es liegt dir im Blut, es ist dein Leben, es läßt dich essen, trinken, schlafen.«

»Es ist mein Job, nichts weiter.«

»Es ist etwas, wofür du schon als Teenager gearbeitet hast, in das du Jahre voller Schweiß und ungeheurer Anstrengung investiert hast; es ist ein Teil von dir. Du kannst dich ebensowenig davon lösen, wie sich das Gebäude da drüben von seinen Fundamenten lösen kann.«

»Das hoffst du.«

Er starrte sie an. »Was?«

»Du hoffst, daß ich mich nicht davon lösen kann, weil du glaubst, das bedeute, daß ich nach L. A. und zu dir zurückkehren werde. Du möchtest mich nicht schlicht und einfach bitten, mit dir zu kommen, weil du dich damit fester binden würdest, als du gewillt bist. Ist dir eigentlich klar, Allen, daß wir vor fast zwei Jahren zum letztenmal über unsere Heirat gesprochen haben?«

»Ich dachte, du wolltest das nicht.«

Sie fuhr sich müde mit den Fingern durchs Haar. »Vielleicht wollte ich es wirklich nicht. Wir hatten ein bequemes, sogar praktisches Arrangement getroffen, aber du mußt zugeben, daß das alles war. Es hat keinen Sinn, jetzt mehr daraus machen zu wollen.«

»Ich hatte keine Ahnung, daß du so empfindest.« Sein Gesicht war blaß, und seine Augen groß vor Bestürzung.

»Das wußte ich bis vor kurzem selbst nicht. Findest du das nicht traurig?«

»Aber ich liebe dich, Julie«, flüsterte er.

Sie erwiderte seinen Blick. Ihrer war ernst. »Vielleicht, aber das hat dich nie davon abgehalten, mit den Starlets auszugehen.«

»Du verstehst mich nicht«, sagte er lauter. »Ich liebe dich. Du und ich, wir passen perfekt zueinander. Wir ergänzen einander; Talent und Geld, Kontakte und Organisationsgenie, das alte Hollywood und das neue, altes Blut und frische Energie. Wir haben so gut zusammengearbeitet. Durch dich habe ich mich jung und kräftig gefühlt, und ich habe dir geholfen, an die Spitze zu gelangen. Das könnte wieder so sein.«

»Ich bin nicht bei dir geblieben, weil du etwas für mich tun konntest, Allen. Warum sollte ich jetzt damit anfangen?«

»Warum bist du dann geblieben?«

»Ich habe darüber nachgedacht.« Sie hielt inne, wußte nicht, wie sie weitersprechen sollte. Schließlich sagte sie: »Am Anfang beeindruckten mich die Harvard-Krawatten und die Ibsen- und Arthur-Miller-Zitate; ich hielt das für Stil. Es machte mich stolz, daß du mir so viel zugetraut hast, es gefiel mir, die Galatea für deinen Pygmalion zu sein. Die Dankbarkeit verwandelte sich in Sympathie und Zuneigung in Gewohnheit. Ich kann es nicht besser erklären.«

»Oh, Julie, könntest du mich nicht wieder mögen? Könntest du es nicht wenigstens versuchen? Ich werde mich ändern, das verspreche ich dir. Ich habe mich so verhalten, weil ich mich davor fürchtete, dir zu gestehen, was ich für dich empfinde. Auf diese Weise hättest du die Oberhand gewonnen und mich von dir abhängig gemacht.«

»Andersherum war es dir lieber.«

»Ich hatte einfach Angst. Ich hatte Angst vor einer Situation wie dieser, Angst davor, daß du mich verlassen könntest, sobald du begreifen würdest, wozu du fähig bist, sobald du Anerkennung bekommen würdest wie jetzt durch diesen Crystal Award, sobald du wirklich Erfolg haben würdest. Jetzt bin ich bereit, dieses Risiko einzugehen.«

»Ich weiß nicht...«, setzte sie an.

»Denk einfach darüber nach. Das ist alles, worum ich dich bitte. Ich habe dich in den letzten Wochen so vermißt. Ich hatte schon Pläne geschmiedet, wie ich dich von diesem Film weglokken und dich nach L. A. zurückholen könnte, vor allem nach dem Unfall bei dem Stunt. Ich war fast erleichtert, als Bull zu mir kam und mir vorschlug, daß er dir beispringt. Ich dachte, vielleicht übernimmt er den Film und du kommst dorthin zurück, wo du hingehörst.«

»Das wird nicht passieren, das kann ich dir versichern.«

»Das kann ich akzeptieren.«

»Gut. Kannst du mir auch verraten, ob Bulls Eingreifen meine Karriere bremsen sollte? Sollte man mich nicht mehr mit diesem Film in Verbindung bringen? Wolltest du sichergehen, daß ich keine Anerkennung mehr bekomme?«

»Mein Gott, Julie, sag nicht so was; du machst mich ganz verrückt. Ich hatte Angst um dich und wollte dich bei mir in L. A. haben. Mehr steckte nicht dahinter.«

Sie war diejenige, die verrückt gemacht wurde. Einen winzigen Augenblick lang hatte sie Allen verdächtigt, die Unfälle inszeniert zu haben, die Paul und beinahe Summer das Leben gekostet hatten, damit er einen Vorwand hatte, sie von dem Film abzuziehen. Ihr war beinahe schlecht geworden. Ein Gedanke ließ sie nicht los: Vielleicht hätte er sie augenblicklich ersetzt, als er gekommen war, wenn Rey nicht gewesen wäre. Ihre Affäre mit einem anderen Mann gewährte ihr einen gewissen Schutz, denn Allen konnte nicht wissen, ob sie ihn nicht verlassen und sich für Rey entscheiden würde, sollte er sie zu weit treiben.

Verrückt.

Überall sah sie Fallen und Verschwörungen. Das mußte aufhören. Sie hatte alle Hände voll damit zu tun, den Film fertigzustellen. Wenn das erst geschafft war und jeder wieder seiner Wege ging, dann würden sich die meisten Probleme von selbst lösen. Die meisten wenigstens.

»Paß auf, Julie«, sagte Allen. Seine Stimme war tief und nah an ihrem Ohr. »Ich werde nicht betteln, aber ich gebe auch nicht auf. Ich möchte, daß du dir Gedanken über das machst, was ich gesagt habe. Gründlich. Und irgendwann demnächst werden wir den geeigneten Ort und den geeigneten Zeitpunkt finden, um uns ernsthaft darüber zu unterhalten. Davon hängt eine Menge ab. Mehr als du ahnst.«

Das klang hochgestochen und verführerisch, erinnerte fast an ein altes Lied. Es rührte sie; Allen gab sich alle Mühe. Julie schaute ihm nach, als er wegging, schüttelte langsam den Kopf und konzentrierte sich dann wieder voll und ganz auf den Film.

In dieser Szene sollte Summer in brandneuen Jeans, T-Shirt und Turnschuhen über einen imaginären Laufsteg geführt und zugleich Jean-Pierres Platz in der Gemeinschaft veranschaulicht werden. Später am Morgen, wenn die Sonne höher stand und die angekündigte regnerische Kaltfront eingetroffen war, würden sie den Einkaufsbummel filmen, bei dem Summer und Vance neue Kleider kauften, die Summers Metamorphose von der Stadtpflanze zum Landmädchen veranschaulichten.

Summer stand mit ihrer Mutter drüben am Parkplatz des Gemüseladens, wo die Wohnmobile abgestellt worden waren. Annette fummelte in Summers Haar herum, das auf ihrem Rükken in kleinen Zöpfen geflochten war, und kämpfte mit Wolken von Haarspray jede widerspenstige Strähne nieder, während das Mädchen sich hustend wegzuducken versuchte.

Julie drehte sich von dem Ersten Kameramann weg, mit dem sie sich eben unterhalten hatte, und winkte das Scriptgirl heran. »Sagen Sie Annette, sie soll Summers Haar in Ruhe lassen. Sie soll aussehen, als hätte ihr Vater sie gekämmt, nicht als käme sie gerade aus dem Friseursalon.«

Das Mädchen lief los, um Julies Anordnung auszuführen. Aus dem Augenwinkel sah Julie, wie sie sich Annette näherte und Summers Mutter Haarspray und Kamm in die Luft schleuderte, so daß Summer sich ducken mußte, um nicht getroffen zu werden. Annette packte Summer am Kopf und zerrte an den Zöpfen. Summer duckte sich wieder, schlug nach der Hand ihrer Mutter, drehte sich dann um und rannte weg. Annette wollte ihrer Tochter nachlaufen, blieb dann stehen und schwankte ein bißchen. Sie schrie das Scriptgirl an, machte dann auf dem Absatz kehrt und stakste zurück zu ihrem Wohnmobil. Die Tür schlug hinter ihr zu, das Scriptgirl rollte mit den Augen und kam wieder zurück.

»Besoffen«, kommentierte Andy Russel. »Und deswegen macht sie Summer fertig. Wir können von Glück reden, wenn sie uns heute morgen keine Schwierigkeiten macht.«

Julie nickte. Sie dachte an Vance und daran, in welcher Verfassung er gestern nacht gewesen war; sie war nicht sicher, daß Annette nur ein Alkoholproblem hatte. Die Falte zwischen ihren Augen wich nicht, als sie sich wieder dem Thema zuwandte, das sie und der Erste Kameramann zuvor diskutiert hatten.

Als die Kameras endlich zu laufen begannen, war mit Summer kaum etwas anzufangen. Sie wirkte gehemmt: Sie hielt sich stocksteif aufrecht, ihre Bewegungen waren eckig, und sie berührte Vances Hand kaum. Immer wieder mußte sie ermahnt werden, ihn anzuschauen und nicht immer zu Boden zu blicken. Ihr Lächeln wirkte aufgesetzt und verblaßte zu schnell. Korrekturen und Vorschläge brachten keine Verbesserungen, nur Tränen.

Eine Aufnahme nach der anderen wurde gemacht. Vance wurde böse und fuhr das Mädchen an, statt ihr zu helfen. Er ließ sich von ihr beeinflussen, stolzierte die Straße hinunter, so daß er sie halb hinter sich herschleifte, und fletschte die Zähne, statt zu lächeln.

Schließlich ließ Julie Pause machen. Sie holte zwei Dosen Cola aus dem Verpflegungswagen und ging zu Summer, die auf einer Kabelrolle saß, das Kinn in die Hand gestützt. Sie streckte dem Mädchen eine Cola entgegen und setzte sich dann neben ihr auf den Boden. Alle beide rissen ihre Dose auf. Sie tranken und beobachteten den Verkehr, der um die während der Filmaufnahmen gesperrte Straße herum geleitet wurde.

Schließlich fragte Julie: »Also, Schatz, was ist los?«

Summer rieb mit dem Daumen über den Kondenswasserfilm auf ihrer Dose. »Alle starren mich an.«

»Natürlich tun sie das. Du bist ein Star.«

»Ich meine die Crew. Ich tue ihnen leid. Und Vance will nicht mit mir arbeiten; er sagt, Kinder stehlen ihm immer die Show.«

»Wenn du eine gute Schauspielerin werden willst«, sagte Julie, »mußt du lernen, dich nicht darum zu kümmern, was andere Leute denken. Stell dir mal vor, du müßtest eine Liebesszene mit Vance spielen, obwohl du weißt, daß er dich nicht besonders leiden kann. Schauspielerinnen müssen so was ständig machen.«

»Das ist was anderes«, murmelte das Mädchen. Farbe stieg ihr ins Gesicht.

»Eigentlich nicht. Du tust, was du tun mußt; die anderen sollen sich um ihren eigenen Kram kümmern. In gewisser Weise gilt das auch für deine Mutter. Du bist nicht für ihr Benehmen verantwortlich, nur dafür, wie du damit umgehst. Wenn du nicht willst, daß die Leute dich bemitleiden, dann darfst du dich auch selbst nicht bemitleiden.«

»Sie wissen ja gar nicht, wie das ist! Ich kann nicht so tun, als wenn ich fröhlich und glücklich wäre, und auf der Straße tanzen, und Millionen Leute schauen mir zu, wenn ich gar nicht glücklich bin.«

»Doch, das kannst du. Du mußt einfach an einen Tag denken, an dem du glücklich warst. Denk daran, was du da gefühlt und gemacht hast, wie du dich verhalten hast – wie du dich bewegt und die Leute angeschaut hast. Erinnerst du dich daran, wie du dich gefühlt hast, als du mit Rey auf der Hochzeit getanzt hast? Das war doch toll, oder?«

»Ja, schon.« Ein schwaches Lächeln leuchtete kurz auf dem Mädchengesicht auf.

»Doch, das war es. Also stell dir einfach vor, Vance ist Rey. Stell dir vor, daß Rey dir neue Kleider gekauft hat und ihr beide irgendwohin geht – auf eine Bootsfahrt vielleicht oder zum Fischen. Kannst du das?«

Die Brauen des Mädchens gingen auf und nieder. Sie kniff die Lippen zusammen und schob sie von rechts nach links. Sie griff nach ihrer Coladose und nahm einen langen Zug, als wäre sie plötzlich durstig geworden, und lachte dann kurz und gurgelnd. Sie sagte: »Ich kann's versuchen.«

»Gut.« Julie war erleichtert und mußte ebenfalls lachen. »Lauf los und sag der Maskenbildnerin, sie soll dich noch mal herrichten, dann versuchen wir's ein zweites Mal.«

Julie schaute dem Mädchen nach, das zum Schminkwagen ging, und hörte Schritte hinter sich. Noch bevor er etwas sagte, wußte sie, daß es Rey war. Sie erkannte das Geräusch und seinen würzig männlichen Duft. Sie drehte sich bereits um, als er sie ansprach.

»Du verstehst es, mit ihr umzugehen«, sagte er.

»Dazu gehört nicht viel; sie muß sich nur konzentrieren.«

»Aber du hast Geduld mit ihr, das ist etwas anderes.«

Das Kompliment schmeichelte ihr mehr, als sie sich hätte träumen lassen. Sie wandte den Kopf, um die Röte vor ihm zu verbergen, die sie auf ihrem Gesicht aufsteigen spürte. Zugleich begann ihr das Herz im Hals zu klopfen, denn sie ahnte, daß er nicht, wie sie zuerst angenommen hatte, Summers wegen gekommen war, sondern ihretwegen. Sie schluckte und sagte dann schnell, solange der Impuls noch da war: »Ich wollte dir noch sagen...«

»Wegen letzter Nacht...«, begann er.

Sie hielten beide inne.

»Nach dir«, sagte er ruhig.

Sie schaute ihm besorgt in die Augen. »Ich bin nicht sicher, ob ich weiß, was du dachtest, als du mich mit Vance gesehen hast, aber – aber er war nicht er selbst.«

»Du meinst, er war high bis unter die Haarwurzeln.«

»Genau. Ich wollte nur sagen, ich bin froh, daß du da warst.«

Er schaute sie lange an, und langsam glätteten sich die kritischen Falten um seine Augen. Er holte tief Luft und atmete seufzend aus. »Ich hatte eine Sekunde lang keine Kontrolle über mich, als ich sah, wie er dich zu Boden warf – und als du ihn noch beschützt hast. Erst später habe ich begriffen, was du wolltest. Ich bin nicht daran gewöhnt, alles aus dem Blickwinkel eines Regisseurs zu sehen.«

Sie sagte: »Man gewöhnt sich daran, manchmal sogar zu sehr.«

Er lächelte nur schwach. »Ich hatte das Licht in deinem Wagen gesehen, wollte mit dir über die Szene im Sonnenuntergang sprechen. Ich dachte, du würdest mir ein paar Hinweise geben, wie ich mich einer Frau gegenüber verhalten soll, die zu sauer ist, um überhaupt mit mir zu sprechen – nur als Regisseurin, natürlich.«

»Natürlich«, wiederholte sie. »Wahrscheinlich hätte ich dir geraten, so zu tun, als wäre sie nicht sauer.«

Er legte den Kopf auf die Seite und schaute auf sie herab. »Und das heißt?«

»Bull hat mir erklärt, warum du mit ihm über die Szene für den Abspann gesprochen hast. Du hättest es mir vielleicht selbst erklären können, statt einfach abzuhauen.«

»Mir erschien der Rückzug angebrachter. Ich war nicht sicher, wer von uns beiden tiefer im Schlamassel steckt, Bull oder ich, und ich wollte nicht alles noch schlimmer für uns beide machen, indem ich das Falsche sagte.«

»Du mußt mir irgendwann mal erklären, weshalb die Wahrheit so schlecht gewesen wäre«, erklärte sie heiter. »Ich halte normalerweise sehr viel davon.«

Er antwortete nicht, aber seine Miene veränderte sich merklich, verdüsterte sich, war nicht mehr zu deuten. Zweifel kroch in ihre Gedanken, ihm folgte Niedergeschlagenheit, denn unwillkürlich fragte sie sich, ob Bull ihr überhaupt die Wahrheit gesagt hatte.

Sie hatten keine Zeit zu verlieren. Das Licht stimmte bald nicht mehr, die Sonne verschwand immer öfter hinter den aufziehenden Wolken. Die Luft war schwer und drückend heiß geworden. Die Brise, die den ganzen Morgen über geweht hatte, frischte auf, wirbelte Staub, Kaugummipapier und trockenes Ahornlaub zu fliehenden Seeungetümen hoch und trieb sie die Straße hinunter. Die Kameramänner versuchten, ihre Linsen zu schützen. Ofelia hatte ihre chinesischen Stäbchen aus der Handtasche genommen und steckte ihren Pferdeschwanz fest.

Annette stand in der Tür ihres Wohnmobils und suchte den Himmel ab, als müßte sie den ersten Regentropfen erspähen.

»Los jetzt, Leute!« rief Julie. »Eine letzte, perfekte Aufnahme.«

Die Menschen liefen auf ihre Positionen. Dann wurde Ruhe gefordert. Die Klappe fiel. Das Summen und Surren der Kameras setzte ein.

Es war phantastisch.

Die Sonne entdeckte einen freien Flecken zwischen den Wolken, so daß das Licht konstant blieb. Der Wind verebbte. Summer tänzelte. Sie schwenkte Vances Hand. Sie bewunderte ihre Kleider im Spiegel der Schaufenster, an denen sie vorbeikamen, und plapperte, als hätte sie noch nie das Wort Lampenfieber gehört. Sie brachte sogar Vance zum Lächeln und machte die Szene dadurch noch heiterer. Sie war das Urbild jedes Kindes, das aus seinem engen Partykleid und seinen engen Stöckelschuhen befreit worden war. Sie war das Urbild der liebenden Tochter und kleinen Femme fatale. Sie war Mensch gewordenes Glück und Fröhlichkeit. Sie war wundervoll.

Als sie das Ende der Straße erreicht hatten, jubelten und applaudierten alle, und ein paar atmeten erleichtert auf. Und dann setzte der Regen ein.

Es war kein Nieseln, es gab auch keine einzelnen, schweren Tropfen als Vorwarnung. In einer Sekunde wehte ein warmer Wind, und die Sonne versteckte sich hinter einer Wolke, in der nächsten setzte die Sintflut ein. Die Tropfen waren naß, warm und groß wie Untertassen. Sie klatschten auf das Pflaster, pufften in den Staub, liefen zusammen und vereinten sich zu Bächen. Dampf stieg auf, und modrig-feuchter Geruch erfüllte die Luft.

Summer, voller Euphorie über ihre eigene Leistung, rannte quietschend auf die Straße, wo sie sich wie ein Kreisel drehte, die Arme ausbreitete und das Gesicht dem Regen entgegenstreckte. Julie mußte unwillkürlich über den Freudentanz des Mädchens lächeln, während sie selbst Schutz suchend unter das Vordach eines Ladens rannte. Es war ansteckend; um Haaresbreite wäre sie selbst hinausgelaufen und hätte mit Summer getanzt.

Ein schriller, tierischer Schrei riß sie abrupt aus ihren Träumen. »Nein! Nein, nein, nein, du dummes Ding! Nein!«

Es war Annette. Sie kam aus ihrem Wohnmobil gelaufen, fuchtelte mit den Armen in der Luft und patschte mit nackten Füßen durch das trübe Wasser, das jetzt schon auf der Straße stand. Ihre Augen waren weit aufgerissen, ihr Mund auch. Sie kreischte. In Windeseile war ihr das Haar am Kopf festgeklebt und ihre dünne Baumwollhose so naß, daß sie an ihrem dürren Körper flatterte wie Wäsche an der Leine.

Summers Lächeln erstarb. Sie wich langsam zurück. Annette rannte auf sie zu. Die Frau packte das Kind, riß sie zu sich her und schlug ihrer Tochter ins Gesicht. »Du Rindvieh! Du Trottel! Ich werde dich lehren, dich so zum Narren zu machen! Du darfst nicht krank werden, hörst du? Du darfst nicht! Wenn du krank bist, wer soll dann unser Geld verdienen?«

Annette rüttelte an dem Kind wie ein Sturm an einer Vogelscheuche, versetzte ihr eine Ohrfeige nach der anderen, tobte, spie Drohungen und Befehle aus. Summer schrie gellend, flehte ihre Mutter an, aufzuhören, und versuchte den Schlägen mit einem Geschick auszuweichen, das von langer Erfahrung kündete. Sie tanzte am Ende von Annettes Arm hin und her und versuchte sich loszureißen.

Julie war entsetzt über die Raserei und irritiert, weil Annettes Geschrei so wahnsinnig klang. Sekundenlang blieb sie wie angewurzelt stehen. Dann stürzte sie hinaus in den Regen, setzte über den Bordstein und lief auf die abgesperrte Straße. Sie packte Annette am Arm, schüttelte sie und schrie sie an, um ihr Einhalt zu gebieten. Zugleich war sie sich bewußt, daß Rey vom anderen Ende der abgesperrten Szene hergelaufen kam, über Seile, Stühle und Werkzeugkisten sprang, den Kopf gegen den Regen tief zwischen die Schultern ziehend.

Plötzlich war er da. Annette wurde aus Julies Griff gezerrt und ihre Arme hinter ihrem Rücken festgehalten. Summer stürzte und landete rücklings auf der regennassen Straße. Sie starrte ihre Mutter an. Ihr Gesicht war feuerrot, aber blaß um die Lippen und zuckte, da sie ihre Tränen zurückzuhalten versuchte. Dann sprang sie auf die Füße und raste davon, als könnte sie so dem Sturm und dem Zorn ihrer Mutter davonlaufen. Julie blickte kurz Rey ins Gesicht. Es war vor Abscheu über die Frau, die er hielt, starr wie eine Maske, aber sein Blick folgte Summer. Julie machte auf dem Absatz kehrt und lief dem Mädchen nach.

Sie holte sie hinter dem letzten Wohnmobil und dem Generatorwagen ein, am Rande der Umleitungsstraße, wo der Verkehr in beiden Richtungen vor ihr vorbeizischte und Wasserfontänen in die Gullis spritzten. Sie hielt die Kleine fest, zog sie wortlos an sich und nahm sie fest in beide Arme. Sekundenlang sperrte sich der verkrampfte Körper des Mädchens, dann brach ein kleiner Schrei aus ihm heraus. Sie preßte sich an Julie, vergrub ihr Gesicht an ihrer Brust, und ihr ganzer Körper erbebte unter tiefen Schluchzern. Julie streichelte ihr übers Haar, murmelte beruhigende Worte, die wenig bedeuteten, schirmte sie mit ihrem Oberkörper gegen den Regen ab, der um sie herum prasselte. Sie hielt sie fest, bis ein Cherokee neben ihnen zum Stehen kam und Rey von innen die Tür öffnete, um sie beide einsteigen zu lassen.

»Du weißt, was man sich erzählt, nicht wahr?« fragte Madelyn. Sie feilte sich die Nägel, verbesserte ihre französische Maniküre zur Perfektion, während ein volles Sektglas neben ihrem Ellenbogen prickelte. Sie sprach ziemlich laut, damit man sie verstand, trotz des Regens, der auf das Blechdach des Bootsclubs trommelte, und trotz des Stimmengewirrs der anderen, die im Raum herumhockten wie in einem Studentenheim, Karten spielten, Bücher lasen oder sich einfach unterhielten. Sie hatten gearbeitet, ein paar Bilder vom Sumpf im Regen gemacht, die sie für die Szene verwenden wollten, in der Madelyn auf der Suche nach Jean-Pierres Fischercamp im Schlamm herumwaten sollte.

»Ja, ich weiß«, sagte Julie.

»Man erzählt sich, daß die Produktion verhext ist«, fuhr die Schauspielerin fort, als hätte Julie nichts gesagt. »Zuerst der tote Stuntman, dann Summers Beinahe-Unfall, und jetzt ist Annette im Krankenhaus, zur ›Beobachtung‹, aber jeder weiß, daß sie fast hopsgegangen wäre vor lauter Koks und Alkohol. Jedenfalls war Annette der Tropfen, der das Faß zum Überlaufen gebracht hat. Alle sagen, daß irgendwas passieren muß, sonst wird der Film eine einzige Katastrophe.«

Julie fragte trocken: »Haben *alle* irgendwelche Vorschläge?«

»Bull.« Die Antwort kam prompt. »Sie glauben, daß er das Ruder vielleicht herumreißen könnte.«

»Dieser Vertrauensbeweis rührt mich zutiefst.«

Madelyn zupfte an dem schwarzen Pullover, den sie sich über die Schultern gelegt hatte und der immer wieder von ihrer schwarzen Seidenbluse rutschte. »Ich weiß, aber so ist das Showgeschäft nun mal. Alle sind einander treu bis zum Happy-End oder bis was schiefgeht, je nachdem. Aber mal ganz im Ernst, warum sonst ist er denn hier?«

»Er besucht mich.«

»Na klar, und wahrscheinlich hast du noch ein paar Goldminen hier, die du ihm verkaufen möchtest.«

»Ich – ich wollte ihn bei ein paar Sachen um seine Meinung fragen.«

»Ich hab's gewußt! Mir kannst du nichts vormachen; ich kenne das Geschäft in- und auswendig, Bett und Konferenzraum inklusive. Ich weiß, daß die Obermacker sich fast ins Hemd machen, sobald irgendwas aus dem Lot gerät. Und zuallererst wollen sie entweder den Star oder den Regisseur auswechseln. Ganz ehrlich, meine Liebe, mir ist es lieber, es trifft dich.«

Julie mußte insgeheim lächeln, als die Schauspielerin sich selbst als Star des Films hinstellte. Madelyn hätte der Gedanke nicht gefallen, daß sie diesen Titel höchstens aufgrund ihrer Jahre im Filmgeschäft beanspruchen könnte.

»Wie geht's Summer?« fuhr Madelyn fort.

»Gut. Sie versteht sich ausgezeichnet mit Tante Tine; sie haben Pfefferkuchen gebacken. Wahrscheinlich sind die Flecken in Summers Gesicht bis morgen schon wieder so weit verblaßt, daß man sie mit Make-up zudecken kann.«

»Es war ein netter Zug von der alten Dame, sie bei sich aufzunehmen, während Annette auf Entzug ist.«

»Es war Reys Idee.«

»Sie hätte ja trotzdem ablehnen können«, schränkte Madelyn ein. Nach einer kurzen Pause fuhr sie leiser fort: »Ich sollte das eigentlich nicht sagen, aber es würde mich nicht überraschen, wenn sich herausstellt, daß Vance den Stoff besorgt hat, mit dem Annette auf die Reise gegangen ist. Er sieht in letzter Zeit selbst ein bißchen daneben aus, und die beiden hatten ein-, zweimal ein morgendliches Schäferstündchen, bevor die Reporterin auftauchte. Annette ist zwar ein paar Jährchen älter als er, aber was soll's? Es hat sie ziemlich mitgenommen, als er sich anderswo umgesehen hat.«

Julie nickte. Sie hatte den gleichen Verdacht gehabt. Jetzt sagte sie: »Glaubst du, sie hat absichtlich eine Überdosis genommen?«

»Schwer zu sagen, nicht wahr? Könnte sein, daß Annette einfach immer mehr genommen hat, weil sie nicht darüber wegkam. Wer weiß? Aber so viel Geld – nur für eine Schmerztablette! Es macht mich ganz krank, wenn ich an die Milliarden Dollar denke, die in Rauch aufgehen oder verschossen werden, alles nur für ein paar Stunden Vergessen. Wenn ich an all die Kleider und Juwelen, Autos und Strandhäuser denke, die ich mir dafür leisten könnte! Kein Wunder, daß die Leute Drogen verkaufen, wenn man damit so leicht so viel Geld machen kann.«

»Wenn die Nachfrage sinkt, sinkt auch der Nachschub«, sagte Julie beinahe zu sich selbst.

»Was war das?«

»Nichts weiter. Das hat jemand mal gesagt.«

Madelyn starrte sie eine Sekunde lang an, dann zuckte sie kurz mit den Achseln und packte die Nagelfeile weg. »Weißt du, ich habe über den guten, alten Bull nachgedacht. Vielleicht sollte ich mich mal mit ihm unterhalten, ihn an unsere gemeinsame Zeit erinnern. Vielleicht springen ja noch ein, zwei Szenen im Film dabei raus. Was meinst du?«

»Das bezweifle ich«, erklärte ihr Julie geradeheraus.

»Ah, na ja, wer nicht wagt und so weiter.«

Madelyn glitt aus ihrem Stuhl und marschierte auf die Tür zu. Ihre Armreifen klirrten, als sie ihr Haar zurechtrückte und an ihrem Pullover zupfte, und ihre Absätze klackten auf dem harten Boden, während die Seide ihres geschlitzten Reitrockes um ihre Knie flatterte. Julie schaute ihr nach. Die Frau tat ihr ein bißchen leid. Sie fragte sich, ob Madelyn ihre Gier nach Kleidern und Juwelen und anderen teuren Dingen als Sucht anderer Art erkannte. Sie überlegte, wie es wohl sein mochte, wenn man mit vierzig schon zum alten Eisen gehörte.

»Ich dachte schon, sie geht nie mehr.«

Stan humpelte heran und ließ sich auf den Stuhl fallen. Er hielt eine Styroporkaffeetasse von der Größe einer Blumenvase, und zwischen dem nikotingelben Zeige- und Mittelfinger klemmte die obligatorische Zigarette.

»Madelyn ist schon in Ordnung«, sagte Julie lächelnd.

»Klar, aber ich wollte nicht mit dir reden, solange sie dabei ist. Oder irgendwer sonst.«

»Möchtest du vielleicht rausgehen? Hier drin kommt man sich sowieso wie in einer Räucherkammer vor.«

Sie gingen zur Tür am Ende des Raumes hinaus und blieben unter dem Blechbaldachin stehen. Die Luft, die ihnen ins Gesicht wehte, war kühl und feucht. Der Regen fiel hinter dem schützenden Baldachin dicht wie ein grauer Vorhang, den der Wind aufblähte. Laut lärmend klatschte er über ihnen auf das Blech, aber das dumpfe Dröhnen, das im geschlossenen Raum drinnen geherrscht hatte, fehlte. Julie lehnte sich an das Haus und wartete ab.

»Hab' ich recht gehört? Steigt Bull wirklich ein?« fragte Stan. Die Worte platzten aus ihm heraus.

»Ich denke schon, aber ich habe noch nicht mit ihm darüber gesprochen. Auch mit sonst niemandem übrigens.«

»Dann laß es auch bleiben.«

»Was?«

»Du hast mich schon verstanden. Sonst bin ich weg.«

»Warum?«

»Du weißt, warum. Ich kann Bull nicht leiden, ich hab' ihn nie leiden können, und ich werde nicht mit ihm arbeiten.«

Grimmiger Ernst sprach aus Stans Miene. Er meinte, was er sagte. Als sich Julie dessen bewußt wurde, überschwemmte sie so große Müdigkeit, daß sie die Knie zusammenpressen mußte, um gelassen stehen zu bleiben. Sie sagte ruhig: »Du hast so viel Arbeit in den Film gesteckt, Stan, und es fehlt uns nur noch so wenig. Warum kannst du das nicht durchstehen?«

»Ich kann's nicht. Mein Leben ist vielleicht nicht besonders viel wert, aber ich häng' trotzdem dran.«

Seine kryptische Weigerung, wenigstens über ihren Einwand nachzudenken, nachdem er ihr ein solches Ultimatum gestellt hatte, fachte Julies Zorn an. Es war einfach zuviel, der Tropfen, der das Faß zum Überlaufen brachte.

Sie sagte: »Wovon redest du? Soll ich darüber Bescheid wissen? Denn wenn du das annimmst, dann sollst du wissen, daß ich keine Ahnung habe, wovon du sprichst.«

»Es ist etwas zwischen Bull und mir, und es ist schon ziemlich lange her. Wenn du's wissen willst, dann frag ihn. Sobald er wieder fort ist.«

»Ich will Bull nicht fragen. Ich will, daß du es mir sagst, deutlich und ohne großes Drumherum. Wovon redest du?«

Er schwieg, nagte an seiner Lippe und starrte in den Regen. Seine Augen waren rot gerändert, drehten sich in ihren Höhlen, als suchten sie nach einem Fluchtweg.

»Also?« drängte Julie.

Er sagte nichts, schaute sie nur an und dann wieder weg. Seine Hände ballten sich langsam zu Fäusten.

»Also gut«, sagte Julie. »Du brauchst mir nichts zu erklären. Aber du kannst nicht von mir verlangen, daß ich Bull fortschicke, bloß weil du es so willst.«

Er ließ seine Lippen mit einem Seufzer vorschnellen und befeuchtete sie dann mit seiner Zunge. Dennoch mußte sich Julie erst von der Wand lösen und sich umdrehen, um wieder in den Bootsclub zu gehen, ehe er sprach. »Es ist wegen deiner Mutter.«

Sie wußte nicht, was sie erwartet hatte, aber keinesfalls das. Sie drehte sich wieder um, als würde sie von rostigen Zahnrädern gesteuert. »Was hat denn meine Mutter damit zu tun?«

»Sie hatte eine Affäre. Mit mir.«

Julie sagte nichts, konnte nichts sagen. Sie versuchte sich ihre Mutter vorzustellen – eine weichherzige, humorvolle Dame, die Blumen und Antiquitäten und alte Häuser liebte –, wie sie sich heimlich mit Stan traf, versuchte sich die beiden in einer leidenschaftlichen Umarmung auszumalen. Unmöglich.

»Schau nicht so schockiert. Ich war damals noch anders. Wir waren alle anders.«

Schmallippig fragte Julie: »Was ist passiert?«

»Nicht viel. Bull lief wie üblich mit dem Star seines Films, einer Platinblonden, herum. Ich war Stuntman im selben Film. Er schickte mich los, damit ich deine Mutter auf irgendeine Party bringe, während er sich mit Blondie vergnügte. Deine Mutter war eine schöne Frau; du siehst ihr sehr ähnlich. Ich hab' mich in sie verliebt, als ich sie zum erstenmal gesehen hab', und besuchte sie von da an immer wieder. Deine Mutter bekam Wind von der Blondine, und, na ja, sie beschloß, Bull da zu treffen, wo's ihm wirklich weh tat. Ich war gerade zur Hand. Mehr war wirklich nicht dran, obwohl sie wußte, was ich fühlte. Trotzdem hielt ich mich für einen Glückspilz.«

»Also gut, du hattest also eine Affäre. Ich verstehe trotzdem nicht, warum…«

»Das ist noch nicht alles. Deine Mutter war nicht gut, wenn's um Geheimnisse ging. Um die Wahrheit zu sagen, ich weiß nicht, ob sie überhaupt ein Geheimnis daraus machen wollte. Bull fand alles heraus. Ein paar Tage später begannen die Dreharbeiten zu einem Western. Ich war auch dabei. Bull heckte einen Stunt mit einer steuerlosen Lastkutsche aus, die Dynamit für eine Goldmine geladen haben sollte. Der Wagen sollte über eine Klippe stürzen und beim Aufprall explodieren. Ich sagte ihm, daß das zu gefährlich ist, aber er redete immer nur davon, wie großartig das im Film aussehen würde. Das Dynamit ging zu früh los. Ich sprang ab, mein Bein ist seitdem kaputt, aber ich hab' wenigstens überlebt.«

Julie schaute ihn an, ohne sich zu rühren. »Du – du meinst, Bull hat von dir und meiner Mutter erfahren und dich deshalb in Gefahr gebracht?«

»So sieht's aus.«

»Das kann ich nicht glauben.«

»Glaub's nur, denn so war's. Allerdings war er damals nicht er selbst, das gebe ich zu. Weißt du, deine Mutter verriet ihm nicht, ob das Baby, das sie trug, meines oder seines war.«

»Hat sie – es dir gesagt?« Selbst in ihren eigenen Ohren klang die Frage kraftlos. Zum Glück war die Wand hinter ihr stabil, sonst hätten sie ihre Beine nicht mehr halten können.

»Sie sagte, du wärst von Bull. Ich war mir trotzdem nicht sicher.«

»Warum?«

»Deine Mutter war eine ganz besondere Frau. Ich glaube, sie hätte nicht gewollt, daß ich mich verpflichtet fühle. Sie hat Bull nach dem Unfall mit der Kutsche verlassen und ist nach Louisiana zurückgegangen. Sagte, sie würde nicht mehr mit einem Mann zusammenleben können, der fast zum Mörder geworden wäre.«

18. Kapitel

Julie ließ ihren Wagen auf dem dunklen, doppelten Band der Interstate 10 durch die Nacht gleiten. Die Nadel des Tachometers lag knapp über der erlaubten Geschwindigkeit. Trotzdem zog der Verkehr zwischen New Orleans und der Staatshauptstadt Baton Rouge an ihr vorbei, als stände sie still.

Es war ihr egal. Sie hatte es nicht besonders eilig und war über selbstmörderische Impulse längst hinausgewachsen. Die gleichmäßig wippenden, klatschenden Scheibenwischer vermochten die Windschutzscheibe kaum frei zu halten. Halb hypnotisiert durch das Geräusch, starrte sie nach vorne. Ihre Gedanken rasten durch ihr Gehirn, waren nicht zu stoppen.

Julie hatte Bull nie für einen besonders guten Vater gehalten. Das war ein Grund dafür, daß sie ihn immer mit seinem Vornamen angesprochen hatte; sie hatte nicht das Gefühl gehabt, daß ihm ein Titel wie Dad oder Pop zustand. Bull war nie dagewesen, wenn sie ihn wirklich gebraucht hatte. Nicht einmal an ihrem Geburtstag oder Weihnachten hatte er etwas von sich hören lassen, das über ein Geschenk oder eine Karte mit beigestecktem Geldschein hinausging. Manchmal haßte sie ihn dafür, daß er sie und ihre Mutter verlassen hatte, ohne jemals an ihren Gründen zu zweifeln. Wenn sie in den Boulevardzeitungen und Zeitschriften über seine Eskapaden in Hollywood, New York oder Europa las, wo er Filme drehte, schleuderte sie oft ihre Lektüre verächtlich und voll pubertärem Zorn beiseite. Solange ihre Mutter am Leben war, hatte sie das Gefühl gehabt, als kämpften sie beide gegen die ganze Welt und, in gewissem Maße, gegen die Männer, vor allem gegen Männer wie ihren Vater.

Später, nach dem Tod der Mutter, hatte sie Bulls Einladung, bei ihm in L. A. zu wohnen, überrascht. Zugleich hatte sie das Gefühl gehabt, daß sie nach den Jahren, in denen er sie vernachlässigt hatte, nichts anderes verdiente. Für sie war es selbstverständlich, daß er sie ernähren und kleiden sollte, daß er ihr Geld für die Schule und für ein Auto gab, daß er ihre ersten Bemühungen, einen Film zu drehen, finanzierte. Zugleich hatte sie ihm jedes Recht abgesprochen, darüber zu bestimmen, was und mit wem sie es tat. Kein Wunder, daß die wenigen Jahre mit ihm zusammen nicht leicht gewesen waren und daß sie sich schließlich getrennt hatten.

Stans Geschichte änderte alles. Wenn Bull nicht mit Sicherheit gewußt hatte, daß sie seine Tochter war, dann war es erstaunlich, daß er sich überhaupt an ihren Geburtstag erinnert und an anderen Feiertagen an sie gedachte hatte. Daß er ihr angeboten hatte, bei ihm zu wohnen, war verblüffend. Daß er nie, nicht einmal im größten Zorn, angedeutet hatte, sie könnte nicht von ihm sein, war ein Wunder. Sie würde ihre Beziehung zu ihm ganz neu überdenken müssen.

Das machte es unumgänglich, ihm augenblicklich mitzuteilen, daß er mit ihr zusammenarbeiten konnte. Das war das mindeste.

Aber konnte sie das?

Bull hatte sich vielleicht getäuscht, aber er war nicht unschuldig. Er hatte versucht, Stan umzubringen, oder ihn zumindest absichtlich in Gefahr gebracht, in der Hoffnung, daß er wie Bathsebas Ehemann, der von David in die Schlacht geschickt wurde, darin umkäme.

Oder doch nicht? Bis jetzt hatte sie nur Stans Wort darauf, und Stan war selbst kein Unschuldsengel. Er hatte ihre Mutter geliebt, die ihn benutzt und dann abgewiesen hatte. Es war kein Wunder, wenn er verbittert war, und es war auch nicht undenkbar, daß er die Wut, die aus altem Schmerz erwuchs, gegen den betrogenen Ehemann, Bull, richtete.

Sie mußte mit Bull über diese neue Entwicklung sprechen. Es

gab keinen anderen Weg; er hatte so viel für sie getan, daß sie ihm Gelegenheit geben mußte, sich zu erklären.

Aber was sollte sie tun, wenn er alles zugab? Wie sollte sie sich zwischen Bull und Stan entscheiden, zwei Männern, die beide ihre Mutter geliebt hatten und die beide ihr Vater sein konnten?

Das grün-weiße Ausfahrtsschild nach Gonzales tauchte vor ihr auf, und sie setzte den Blinker. Die Fahrt war kurz gewesen, kürzer, als sie in Erinnerung gehabt hatte. Nach wenigen Minuten bog sie in die Motelauffahrt ein und fuhr um das von regennassen Wacholderbüschen umstandene Ziegelgebäude herum auf den Parkplatz. Sie blieb sitzen, bis ihr Atem ruhig ging, dann machte sie den Motor und die Scheinwerfer aus und öffnete die Autotür.

Sie rannte auf die erleuchteten Zimmertüren zu, weil sie nicht daran gedacht hatte, einen Schirm mitzunehmen. Sie schüttelte die Tropfen aus ihren Haaren, wischte sich mit dem Handrücken über das Gesicht und prüfte noch einmal die Nummer auf der Tür vor ihr. Dann hob sie die Hand und klopfte.

Bull öffnete mit einer Zeitung in der Hand und einer goldgerahmten Halbbrille tief auf der Nase die Tür. Als er Julie erblickte, setzte er die Brille ab und warf die Zeitung beiseite, bevor er die Tür weit aufriß.

»Komm rein, bevor du ertrinkst, Mädchen! Was im Namen aller Heiligen tust du in einer Nacht wie dieser da draußen? Hast du schon gegessen? Ich bestell' uns eine Pizza oder so. Nein, widersprich mir nicht, verdammt noch mal. Warum mußt du immer widersprechen?«

Er ging ans Telefon und ließ sich auf das Doppelbett fallen, während er wählte. Über die Schulter hinweg sagte er: »Nimm dir ein Bier, wenn du eins willst. Ich hab' nur Coors Lite. Im Wohnmobil hatte ich auch deutsches Starkbier, aber Ofelia hat es mitgenommen, als sie in Vances Bus umgezogen ist. Das hätte sie nicht tun brauchen; ich hätte es mit ihr geteilt – das Wohnmobil auch.«

Als er seine Bestellung aufgegeben hatte, drehte er sich rechtzeitig um, um zu sehen, wie sich Julie einen kleinen Jack Daniels einschenkte. Er legte den Hörer auf und sagte: »Ich wußte gar nicht, daß du dieses Zeug trinkst.«

»Normalerweise tue ich es auch nicht.«

»Gut. Es frißt nämlich an deiner Leber. Und warum fängst du jetzt damit an?«

Diese Eröffnung war so gut wie jede andere. Julie erklärte es ihm.

»Mein Gott«, sagte Bull, als sie fertig war. Er schaute sie von seinem Sitzplatz auf dem Bett aus an. Plötzlich sprang er auf. Er marschierte zur Zimmerbar, schenkte sich einen großen Jack Daniels ein. Erst als er das meiste davon hinuntergekippt hatte, wiederholte er: »Mein Gott.«

»Tja, also, ich habe ähnlich reagiert«, sagte Julie.

»Ich kann einfach nicht glauben, daß Stan dir das alles erzählt hat. Nicht nachdem er jahrelang den Mund gehalten hat. Ich kann einfach nicht glauben, daß er überhaupt so etwas über deine Mutter sagt, wo er sie doch so verehrt hat.«

»Er hatte seine Gründe. Er hat Angst davor, daß du bei dem Film mitarbeiten und ihm wieder zusetzen könntest.«

Bull lachte hohl. »Arschloch. Er sollte es wirklich besser wissen. Wenn ich ihn hätte umbringen wollen, dann hätte ich eine Pistole genommen und ihm seinen Hohlkopf runtergeblasen. Warum sollte ich an seinen Stunts rumpfuschen und auf einen Unfall warten? Das wäre mir viel zu unsicher gewesen.«

»Das heißt, du hast nicht versucht, ihn umzubringen?«

»Ach Quatsch. Nicht, daß ich nicht daran gedacht hätte. Aber nachdem deine Mutter mir erklärt hat, was und warum sie es getan hat, wußte ich ganz genau, wer schuld daran war.«

»Sie?«

Bull schüttelte den Kopf und nahm noch einen Schluck. »Ich.«

»Aber Stan meinte, Mutter hätte dich verlassen, weil du versucht hast, ihn umzubringen.«

»Das gab einige Diskussionen, aber ich habe ihr erklärt, daß ich es nicht getan habe, so wie ich es dir erklärt habe. Vielleicht hat sie mir nicht geglaubt, wer weiß? Ich dachte immer, sie hätte mich verlassen, weil sie mich und meine Lebensweise satt hatte, weil sie L. A. und das ganze Geschäft verabscheute. Sie war dort nie heimisch, sehnte sich immer zurück nach Louisiana und ihrer Familie und dem Landleben, wo sie jeden kannte und umgekehrt.«

»Gut möglich«, sagte Julie, da er sie beobachtete, als erwartete er, daß sie etwas sagte.

»Was mich an der ganzen Geschichte stört, ist, daß sie Stan nicht geheiratet hat. Ich meine, wenn sie so sicher war, daß er sich ihretwegen in Gefahr befand. Es hätte ihr ähnlich gesehen, ihn so zu belohnen.«

»Stan hat angedeutet, sie hätte nicht gewollt, daß er sich dazu verpflichtet fühlte, sie und mich zu unterstützen, so als hätte sie gedacht, er würde ihr nur aus Mitleid einen Antrag machen. Aber ich kann mich erinnern, daß ich sie als Kind selbst einmal gefragt habe, warum sie nicht wieder geheiratet hat. Sie hat nur geantwortet, einmal war genug.«

»Das klingt nach ihr.«

Julie sah Bull zu, der den Whisky in seinem Glas kreisen ließ. Wie wenig man doch die anderen Menschen kannte, selbst die, die einem so nahe waren, vor allem die, die einem so nahe waren. Sie hätte nie gedacht, daß Bull und ihre Mutter Teil einer gefährlichen Dreiecksgeschichte gewesen wären. Sie eigneten sich so wenig dazu. Ihnen fehlten fast völlig die zerstörten Träume, unterdrückten Leidenschaften und tragischen Begierden, die man normalerweise mit solchen Geschichten verband.

Aber wenn sie Bull Glauben schenken konnte, dann war es auch gar nicht so gewesen. Es war ein nur allzu gewöhnlicher und ziemlich trauriger Seitensprung gewesen.

Die Pizza wurde geliefert. Sie war dick und schwer mit Käse beladen und einigermaßen warm. Als Julie hineinbiß, merkte sie erst, wie hungrig sie war, wie leer und kalt sie sich innerlich gefühlt hatte, seit sie mit Stan gesprochen hatte. Und im gleichen Augenblick erkannte sie, daß sie Bull glaubte. Sie wußte nicht, ob das an seinen Argumenten lag oder daran, daß sie es so wollte, aber sie war mehr als gewillt, die ganze längst vergangene Episode als schreckliches Mißverständnis anzusehen.

»Ich habe mir überlegt«, sagte sie, als sie das zweite Pizza-Achtel vertilgt hatte und sich das nächste nahm, »ob ich die Dreharbeiten nicht eine Woche früher, vielleicht noch eher beende. Ein paar der vorgesehenen Szenen sollten nur Background und Atmosphäre hinzufügen oder die Charaktere vertiefen. Sie sind für die Story nicht wirklich notwendig.«

Bull schluckte und nahm hastig einen Schluck von dem Bier, das er sich zu seiner Pizza aufgemacht hatte. »Warum das?«

»Ich hab's doch gerade gesagt«, erklärte sie, ohne ihn anzusehen. »Sie kosten nur Geld und tragen nichts Substantielles zu der Geschichte bei.«

»Nichts Stubstantielles, so ein Quatsch. Wenn du anfängst, Szenen rauszunehmen, ruinierst du deinen Film. Er wird nie der Film sein, den du vor dir siehst. Außerdem werden dir deine Schauspieler die Hölle heiß machen. Madelyn war schon da und hat mir weiß Gott was angeboten, wenn ich ihr ein paar Zeilen mehr gebe und ein paar Meter Film mehr schieße, in denen sie herumstolzieren kann. Wenn du ihr statt dessen etwas streichst, wirst du das Gekreische quer durch Texas bis an die Grenze von New Mexico hören können; ich meine es ernst, sie kann sehr hinterhältig sein.«

»Ich kann es nicht ändern.«

»Falsch. Du darfst dich nur nicht ins Bockshorn jagen lassen. Du hast diese Szenen einmal für notwendig gehalten, warum also willst du sie jetzt streichen? Hast du die Nerven verloren?«

»Meine Nerven? Wovon redest du?«

»Von zwei Sachen. Entweder glaubst du nicht mehr an deine eigene Vision – oder du hast einfach Angst.«

»Also gut, dann habe ich Angst. Zufrieden?«

Er lehnte sich in seinem Stuhl zurück. »Wovor? Weiß du das?«

»Ja, ich weiß es!« schrie sie. »Ich habe Angst, daß noch jemand bei den Dreharbeiten getötet wird. Ich habe Angst, daß noch mehr Leute verletzt oder verstümmelt oder verrückt werden, während ich hilflos zuschauen muß. Ich habe Angst, daß mir der Film weggenommen wird. Ich habe Angst, daß ich das Budget so weit überschreite, daß mich niemand in Zukunft auch nur einen Werbefilm drehen läßt. Ich habe Angst, daß mir jemand nachstellt, der versucht, mich zum Scheitern zu bringen...«

»Was?« fragte er. Seine kraftvolle Stimme schnitt ihre Litanei ab.

Sie legte ihre Pizza auf den Tisch. »Du hast mich richtig verstanden.«

»Ich habe dich verstanden, aber ich glaube dir nicht.«

»Na ja, meistens glaube ich mir selbst nicht«, sagte sie. Sie richtete sich auf und funkelte ihn an. »Aber der gesunde Menschenverstand sagt mir, daß irgendwas an diesem Film furchtbar faul ist. Wenn es das nicht ist, wenn niemand eine persönliche Vendetta gegen mich führt, dann weiß ich nicht, was es sonst sein könnte.«

»Hast du mit Allen darüber gesprochen?«

»Ich habe mit niemandem darüber gesprochen.«

»Oha.«

»Ich möchte mich nicht lächerlich machen«, murmelte sie, seinem Blick ausweichend.

Er streckte seine Hand aus und nahm ihre. »Aber du hast keine Angst, dich vor mir lächerlich zu machen?«

Sie schaute ihn an und mußte lächeln. »Du bist Bull, du bist...«

Dann fiel es ihr wieder ein. Das Lächeln erstarb. Sie senkte den Blick auf seine große Hand, die über ihrer lag, betrachtete die langen Finger, die drahtigen Haare, die auf den Knöcheln sprießten, die Form seiner Fingernägel.

»Was ist denn jetzt?«

»Stan sagte – er sagte, Mutter hätte ihm erklärt, daß ich deine Tochter wäre.«

»Natürlich bist du das. Wessen sonst?« Sein Tonfall war warm und leicht ungeduldig.

»Nicht seine.«

»Ach so. Also, ich sag' dir eins, Julie. Deine Mutter war keine Heilige, aber sie taugte absolut nicht zur Lügnerin. Sie hat mir nie gesagt, wessen Kind sie trug, aber sie hat nie gesagt, daß es nicht von mir ist. Ich habe mir meine Chancen ausgerechnet; ein paar kurze Nächte gegen ganze Tage und Nächte, in denen wir uns liebten. Ich habe nie daran gezweifelt.«

Sie lachte. Sie konnte nicht anders; das sah Bull so ähnlich, war so praktisch und mehr als selbstbewußt. Und es war tröstend. Tränen brannten ihr in den Augen. Als sie über ihre Wangen rollten, wischte sie sie mit der Handkante fort.

»He, komm schon, hör auf«, wehrte er sich unbehaglich.

»Schon gut«, antwortete sie. »Aber weißt du was? Ich glaube, ich hatte mehr Achtung vor dir, als ich annahm, du hättest meine Ausbildung bezahlt und mich dein Handwerk gelehrt, obwohl du dachtest, ich könnte von einem anderen Mann sein.«

»Der Teufel soll mich holen«, sagte er.

»Das wird er wahrscheinlich«, erklärte sie ihm. Sie lächelte trotz der Tränen, die ihr noch in den Augen standen. »Aber ich mußte mich das einfach fragen. Stan hat mich ab und zu besucht. Du nie.«

Er schaute auf das Bier in seiner Hand. »Ich habe oft daran gedacht, aber ich wußte, daß deine Mutter mich nicht in der Nähe haben wollte. Sie wollte nicht, daß ich euer Leben durcheinanderbringe. Außerdem bildete ich mir ein, es würde weniger weh tun, nicht hinzufahren, als dich erst zu sehen und dich dann wieder zu verlassen. Aber eins hab' ich trotzdem gemacht. Ich habe immer die Alimente gezahlt und die Unterstützung für dich dazu.«

Das machte ihn ein bißchen stolz, erkannte sie, und tröstete ihn vielleicht. Leise sagte sie: »Das hast du.«

Sie spielte mit dem Gedanken, ihm jetzt zu sagen, daß sie mit ihm zusammenarbeiten würde. Aber die Erinnerung an das Kokain, das sie in ihrem Wohnmobil gefunden hatte, ließ sie schweigen. Sie mußte mit ihm darüber sprechen, mußte herausfinden, was das zu bedeuten hatte. Aber im Augenblick schien ihr das nicht möglich. Sie konnte sich nicht überwinden, etwas zu sagen, das die warme Vertrautheit zwischen ihnen kaputtmachen, das die liebevolle Atmosphäre zerstören würde. Es konnte noch einen Tag warten. Bestimmt konnte es noch so lange warten.

Sie hatten ihre Pizzen aufgegessen und pickten die letzten Salami-, Pilz- und Zwiebelkrümel mit den Fingern auf. Plötzlich räusperte sich Bull. Er sagte: »Und was wirst du wegen Stan unternehmen?«

»Ich weiß nicht.« Sie schob sich ein Peperonistückchen in den Mund und kaute nachdenklich. »Ich werde noch einmal mit ihm reden, denke ich, und ihm sagen, was du mir erzählt hast.«

»Laß mich mit ihm sprechen. Ich glaube, es ist langsam an der Zeit.«

Sie schaute ihn mit großen Augen an. »Wenn du das möchtest.«

»Es kann nichts schaden. Wenn ich nichts erreiche, dann kannst du es immer noch versuchen.«

»Wann willst du ihn treffen?«

»Vielleicht morgen. Es ist schon ein bißchen zu spät, um heute abend noch was anzufangen. Außerdem muß ich mir noch gründlich überlegen, was und wie ich es ihm sage.«

Wenig später verließ Julie das Motel. Sie war schon halb aus der Tür, als sie sich noch einmal umdrehte, ihre Arme um Bull schlang und ihn kurz, aber fest umarmte. Er erwiderte die Umarmung, drückte sie an sich, ließ sie nur langsam und widerwillig wieder frei. Sie gab ihm einen flüchtigen Kuß auf die Wange und lächelte ein bißchen. Dann drehte sie sich um und lief in den Regen hinaus.

»Sei vorsichtig!« rief er ihr nach. Er schloß die Tür erst, als sie sicher im Auto war und vom Parkplatz rollte.

Am nächsten Tag filmten sie wieder im Ort, drehten morgens die Szenen im Kleider- und im Schuhgeschäft und verbrachten den Rest des Tages mit der Hochzeitsszene. Am darauffolgenden Tag sollte die Sequenz mit Madelyn und Vance aufgenommen werden, die sich nach dem beinahe Wirklichkeit gewordenen Unfall an Summers Bett im Krankenhaus begegneten. Vielleicht würden sie auch noch die Szene schaffen, in der Summer als Alicia aus ihrem Krankenbett flieht und sich im Sumpf versteckt, weil sie ihre Eltern dazu bringen will, ihren Streit zu begraben und miteinander zu kooperieren, um sie zu finden.

Julie war nicht sicher, ob sie das überhaupt drehen wollte. Dieser Abschnitt bereitete ihr ebensolche Schwierigkeiten wie das vorgesehene Happy-End, das auf Alicias List folgte. Nachdem sie beobachtet hatte, wie die Schauspieler, von denen die Charaktere dargestellt wurden, miteinander agierten, und nachdem sie die Gefahren des Sumpfes kennengelernt hatte, erschien ihr dieses Ende zunehmend unrealistisch.

Sie hatte nie zu den Leuten gehört, die ein Happy-End automatisch für weniger bedeutend und künstlerisch erachteten als ein tragisches Ende. Ihr gefiel der Gedanke, daß Alicia ihr Schicksal selbst in die Hand nahm, daß sie selbst etwas unternahm, um das Problem zu lösen und ihr gesetztes Ziel zu erreichen. Trotzdem schien es nicht zu Jean-Pierres und Dorotheas Charakter zu passen, daß sie unvermittelt den Willen und die Liebe aufbrachten, ihre Meinungsverschiedenheiten zu vergessen.

Vielleicht konnte sie das Ende ändern. Aber wenn sie das wollte, dann mußte sie sich beeilen.

Julie ging zurück zum Drehgelände, nachdem die Dreharbeiten abgeschlossen waren. Sie hockte ein paar Stunden mit Stan und Ofelia zusammen und besprach mit ihnen den Drehplan für den folgenden Tag. Dann, als beide gegangen waren, blieb sie alleine sitzen und kritzelte auf ihrem gelben Notizblock herum. Sie notierte alle Ideen, die ihr in den Kopf kamen, von halben und ganzen Klischees bis zu weit hergeholten Lösungen, ließ ihren Gedanken freien Lauf, um zu irgendeinem Ergebnis, einem neuen Schluß zu kommen. Es kam nicht viel dabei heraus.

Sie hörte, wie Wagen um Wagen vom Parkplatz fuhr, hörte, wie die meisten Lastwagen abzogen. Es entging ihr nicht, daß auch der Verpflegungswagen verschwand, aber sie arbeitete trotzdem weiter. Heute hatte Tante Tine ihren Bingo-Abend, und Rey hatte ihr etwas von einer Geschäftsbesprechung in New Orleans erzählt, bevor er nach dem Frühstück das Haus verlassen hatte. Niemand erwartete sie.

Rey hatte eine Menge Geschäftsbesprechungen in letzter Zeit; sie hatte ihn kaum zu Gesicht bekommen. Wegen des Regens hatten sie allerdings die letzten Actionszenen nicht aufnehmen können, deshalb wurde er bei den Dreharbeiten nicht gebraucht. Wahrscheinlich hatte sie immer noch nicht wirklich begriffen, wie sehr ihn sein Zweitleben in New Orleans in Anspruch nahm. Sie hatte ihn von Anfang an so sehr mit seiner Rolle als Sumpfratte identifiziert, daß sie sich ständig von neuem an seine andere Existenz gewöhnen mußte.

Etwa zwei Stunden später fiel ihr ein mögliches Ende ein. Sie kritzelte es, so schnell sie konnte, auf den Block, malte es ein bißchen aus und grinste dann düster, aber voller Freude. Es war gut, sehr gut sogar.

Nein, das war es nicht.

Dorothea, die von Madelyn gespielt wurde, war keine Frau, die sich lange von Gefühlen beherrschen ließ. Es sah ihr überhaupt nicht ähnlich, ihre Tochter im Sumpf aufzuspüren, sich aber im Hintergrund zu halten und Jean-Pierre die Rettung zu überlassen.

Julie riß die Seiten aus ihrem Notizblock, knüllte sie zusammen und warf sie in den Papierkorb.

Sie war müde. Ihre Augen brannten, ihr Nacken war verspannt, und sie fühlte sich zu steif zum Laufen. Es war Zeit, ins Bett zu gehen. Vielleicht würde ihr im Schlaf eine Idee kommen.

Sie stand aus dem Stuhl auf, nahm ihre Umhängetasche und kramte nach ihren Schlüsseln, bevor sie hinausging. Sie schloß ihr Büro ab, ging dann zur Außentür und verschloß sie ebenfalls hinter sich. Langsam stieg sie die Stufen vor dem Wohnwagen hinab, den Blick dem Nachthimmel zugewandt. Zum erstenmal seit Tagen war er klar, aber es war auch kühler geworden. Die Sterne schienen dicht über ihr zu hängen, und der Herbstvollmond war orange getönt wie ein Kürbis.

Ihr gemieteter Buick parkte unter einer Quecksilberdampflampe am Rande des Parkplatzes, weit von der Einfahrt entfernt. Sie ging darauf zu, schaute sich in der Dunkelheit um, wurde sich der Stille immer mehr bewußt, je weiter sie sich von dem Wohnwagenbüro entfernte. Sie war froh, daß der Wachmann in seinem Metallhäuschen mit den großen Fenstern saß. Er schaukelte in seinem Stuhl und las in einem Taschenbuch.

Sie war fast an ihrem Wagen, als sie es hörte. Sie blieb stehen, legte den Kopf noch einmal in den Nacken, suchte den Nachthimmel ab, lauschte dem stetigen Brummen eines näher kommenden Flugzeugs. Sie hatte das Geräusch schon einmal gehört, in ihrer ersten Nacht im Sumpf. Es war kein Passagierflugzeug, kein Jet, nicht einfach irgendein Flugzeug. Es war ein Privatflugzeug, vielleicht ein Flugboot.

Vielleicht waren es Drogenschmuggler.

Vielleicht waren es Drogenschmuggler, die etwas mit ihrer Crew zu tun hatten.

Der Gedanke hatte sich schon vor ein paar Tagen in ihrem Hinterkopf festgesetzt, noch bevor sie den Kokainbeutel gefunden hatte. Die vielen Hinweise darauf, daß in ihrer Crew Drogen genommen wurden, und die Abwürfe, die offenbar in der

Gegend stattfanden, konnten kein Zufall sein. Bei Außenaufnahmen für einen Spielfilm ging es zu wie auf einem Ameisenhaufen, Lastwagen, Lieferwagen aller Art kamen und fuhren ständig, und riesige Geldsummen ergossen sich in alle möglichen Richtungen. Es war eine einzigartige Gelegenheit, nicht nur die Drogen zu verteilen, sondern auch das Geld zu waschen.

Natürlich hatte sie dafür keine Beweise.

Das Flugzeug zeichnete sich als schwarzer Schatten gegen den mondbeschienenen Himmel ab. Die Positionslichter blinkten rot und grün. Es wendete ein paar Meilen weiter über den Baumwipfeln und flog langsam und tiefer wieder zurück. Während sie zuschaute, wurden die Landescheinwerfer eingeschaltet, die verblüffend hell leuchteten, obwohl sie so weit entfernt stand. Julie spürte, wie eine heiße Woge von Gefühlen sie überspülte: Zweifel und Neugier, Zorn und Angst. Aber am deutlichsten spürte sie den Zorn.

Plötzlich rannte sie zurück zum Wohnwagen, fummelte mit den Schlüsseln herum. Sie stampfte die Stufen hoch, schloß die Tür auf und rannte in Ofelias Büro. Es war unverschlossen, da sich Ofelia nie um so etwas kümmerte. An einem Brett innen an der Tür hingen die Schlüssel für die Wagen und Boote der Filmgesellschaft. Julie überflog das Angebot, erwog und verwarf den Schlüssel zu einem der Kabinenkreuzer – zu groß, zu laut, aber sie bemerkte, daß nur ein Schlüssel am Haken hing. Vielleicht hatte Stan den anderen an sich genommen – der blau markierte Schlüssel für den Lieferwagen, den er meistens fuhr, hing am Haken, als wäre Stan noch irgendwo in der Nähe. Im Augenblick war der Kahn viel besser. Sie zog den Schlüssel über den Haken und rannte aus dem Wohnwagen. Sie blieb nur kurz stehen, um die Außentür wieder abzuschließen.

Tatsächlich lag nur ein Kabinenkreuzer am Dock. Julie schaute allerdings kaum hin, als sie den Kahn, der am Ufer lag, ins Wasser schob und hineinsprang. Sie startete den Motor, schaltete auf Rückwärtsfahrt, bis sie das Dock verlassen hatte, und fuhr dann leise den Fluß hinunter. Ihr fiel auf, daß der Wachposten kein einziges Mal aus seinem Häuschen schaute. Sie schüttelte den Kopf.

Das Flugzeug war verschwunden, wahrscheinlich schon gelandet. Sie hatte aber eine schwache Ahnung, wo es wahrscheinlich niedergegangen war. Sie hatte das Bild eines Kanals im Kopf, den sie aus der Luft gesehen hatte, und eines Kabinenkreuzers, der in ein Bootshaus an dem langen Wasserlauf fuhr. Sie brauchte nur noch dorthin zu gelangen, ohne entdeckt zu werden.

Das Klatschen war laut, ein schwerer Schlag auf die Wasseroberfläche, der die Gischt meterweit fliegen ließ. Julies Kopf schoß herum. Ihr Herz machte einen Satz und begann zu hämmern.

Dann sah sie ihn. Ein riesiger Alligator. Er war vom Ufer ins Wasser getaucht und glitt keine zwei Meter neben ihr her, als wollte er ihr ein Wettrennen liefern. Sie atmete tief und schaudernd durch, packte das Steuer fester und schaute wieder auf den Fluß.

Rey wagte sich nicht zu rühren, obwohl ein Schwarm winziger Mücken, die in der Dunkelheit nicht zu sehen waren, ein Fest auf seinem Gesicht und seinem Hals feierte. Er war selbst schuld, daß er das Haus ohne Insektenmittel verlassen und direkt unter einem tiefhängenden Ast Posten bezogen hatte. Unglücklicherweise gab es keine andere Deckung. Er konnte schon von Glück reden, wenn keine braune Wolfsspinne in sein Hemd krabbelte. Trotzdem, wenn er es nur noch ein paar Minuten aushielt, war das Flugzeug auf dem Kanal entladen, und er konnte nach Hause gehen.

Der Regen hatte die Operation durchkreuzt, hatte die Lieferungen verzögert, so daß jetzt eine dreifache Ladung fällig war. Das bedeutete eine Landung statt einen Abwurf. So was konnte jedem mal passieren. Trotzdem war die Sache gut geplant; die

Sache ging in einem Höllentempo voran. Niemand sprach oder machte unnötig Lärm mit der Ware.

Das Geräusch eines Bootsmotors ließ ihn den Kopf wenden. Es klang vertraut. Er fluchte unhörbar, und als der Motor plötzlich abgestellt wurde, fluchte er noch inbrünstiger. Ungebetene Gäste waren schlimm genug; Gäste, die zuviel wußten und herumspionieren wollten, konnten eine tödliche Katastrophe darstellen.

Rey trat sich die Laufschuhe von den Füßen und knotete die Schuhbänder zusammen. Die Schuhe um den Hals gelegt, ließ er sich über das Dollbord des geliehenen Kahns gleiten. Er paddelte vorwärts und watete ans Ufer, kletterte dann aus dem Wasser. Er schlüpfte wieder in die Schuhe und tauchte zwischen den Zypressenstümpfen und Palmettos unter. Als er sicher war, daß er weder gesehen noch gehört werden konnte, begann er in die Richtung zu laufen, aus der er vorhin den Bootsmotor gehört hatte.

Das kleine Boot war näher, als er erwartet hatte. Es bog gerade in den Kanal ein, statt noch auf dem Fluß zu fahren. Grund dafür war der elektrische Schleppangelmotor im Bug. Aber die größte Überraschung war, wer am Steuer saß. Er starrte sekundenlang auf den Kahn, die Hände in die Hüften gestützt, warf dann den Kopf zurück, blickte gen Himmel und flüsterte leise fluchend: »Jesus, Maria und Joseph!«

Er bekam keine Antwort, aber er hatte auch keine erwartet. Zweifellos hatte er es nicht anders verdient. Trotzdem blieb ihm nur eine Möglichkeit. Er ließ sich wieder ins Wasser gleiten.

Ohne jedes Geräusch tauchte er neben dem Kahn wieder auf. Augenblicklich legte er die Hände auf das Dollbord, verstärkte aber sein Gewicht nur ganz langsam. Als er genug Kraft hatte, zog er sich in einer einzigen Bewegung hoch und über die Seitenwand, ehe das unstabile Gefährt über seinen Schwerpunkt kippen und kentern konnte. Er kam gerade auf die Füße, als Julie sich umdrehte, und schlang von hinten die Arme um sie. Ihm blieb der Atem weg, als sie zu Boden katapultiert wurden. Er holte pfeifend Luft. Das größte Grindstück auf seiner Schulter platzte ab, dann begann die Stelle zu brennen; trotzdem brachte er es fertig, ein Bein über Julies Schenkel zu schlingen und eine Hand auf ihren Mund zu pressen.

»Keinen Laut«, flüsterte er ihr ins Ohr. Seine Stimme war heiser vor Zorn und Schmerz, »sonst sind wir beide tot.«

Sie erlahmte. Er spürte, wie schnell sich ihr Brustkorb vor ihm hob und senkte, und ihren schweren Herzschlag. Ihr Körper war weich und anschmiegsam, und ihr Haar roch süßlich. Flüchtig und kaum faßbar tauchte der Gedanke in ihm auf, wie schön es wäre, sie jetzt, im dahintreibenden Boot und unter den Sternen zu lieben. Aber das Boot fuhr im Kreis, weil der Schleppangelmotor noch lief, und jetzt war definitiv nicht der geeignete Augenblick dazu.

Er rückte zur Seite, stützte sich neben ihr auf einem Ellenbogen auf. Seine Schulter näßte und tat weh. Das besserte seine Laune nicht gerade. »Ich lasse dich gleich los, dann fährst du dahin zurück, wo du hergekommen bist, und zwar so schnell, wie dieses Ding läuft, ohne Lärm zu machen. Nicke, wenn du einverstanden bist, sonst…«

Sie hatte den Nerv, in diesem Moment fragend die Brauen hochzuziehen, obwohl sie in einem steuerlosen Boot flach auf dem Rücken lag. Ihre Widerspenstigkeit brachte ihn fast zum Lachen. Um sich das nicht anmerken zu lassen, sagte er grob: »Sonst knebel ich dich mit deinem eigenen Hemd.«

Sie nickte kaum sichtbar, trotzdem war es wie ein Sieg. Erleichtert sagte er: »Gut.«

Er ließ sie los, beugte sich vor und packte das Ruder des Schleppangelmotors. Nachdem er die ganze Zeit über gelaufen war, konnte er ihn ebensogut laufen lassen. Er wendete das Boot und fuhr auf den Fluß zurück. Aus dem Augenwinkel beobachtete er, wie Julie sich aufsetzte und sich dann so weit wie möglich von ihm entfernte. Sie zog sich auf die hintere Sitzbank zurück.

Er spürte einen Stich des Bedauerns, aber er zwang sich, ihn zu ignorieren. Später konnte er sich darum kümmern, wenn es ein Später gab.

Er mußte ihr Achtung zollen; sie wartete, bis sie beinahe wieder beim Bootsclub waren, bevor sie ihn ansprach, und dann redete sie leise, damit ihre Stimme nicht über das Wasser getragen wurde. »Ich dachte«, sagte sie, »du wärst in New Orleans?«

»Es ist nicht weit. Woher willst du wissen, daß ich nicht dort war und wieder hergekommen bin?« Er versuchte es mit ruhigem, festem Tonfall, konnte aber nicht sagen, daß es Eindruck machte.

»Was machst du so spät im Sumpf?«

»Angeln«, antwortete er.

»Natürlich.«

»Das machen Sumpfratten so.«

»Spar dir das«, sagte sie und wandte angewidert den Kopf ab.

Er folgte ihrem Rat.

Sie sprachen beide kein Wort, bis sie das Dock erreicht hatten, bis sie im Schein der Quecksilberdampflampen waren, die über das Wasser strahlten. Das eigenartige rosafarbene Licht reflektierte auf der Wasseroberfläche, lag auf dem Moos, das an den Bäumen hing, und glitt über die weiße Farbe und Chromverzierungen des Kabinenkreuzers, der neben dem hölzernen Pier im Wasser dümpelte.

Es schien auch auf den Leichnam, der mit dem Gesicht nach unten im Heck über der Bootsreling hing, und auf die rote Spur, die sich über die weiße Seitenwand zog und im Wasser verlor.

19. Kapitel

Es war Stan.

Julie kniete neben ihm. Sie und Rey hatten ihn hinten auf das Deck des Kabinenkreuzers gelegt und fühlten nun nach seinem Puls. Als sie die schwammige Hand hielt und in das wächserne, leblose Gesicht blickte, konnte sie es nicht fassen.

Weg. Einfach so. Noch vor kurzem hatte er gelebt, mit ihr gesprochen, sich Sorgen gemacht, gehofft, gefühlt. Jetzt war nichts mehr. Der Mann, von dem sie kurzzeitig gedacht hatte, er könnte ihr Vater sein, war nicht mehr.

Ein dicker Kloß bildete sich in ihrer Kehle. Sie versuchte ihn hinunterzuschlucken; trotzdem stiegen ihr die Tränen in die Augen und rannen neben ihrer Nase herab. Sie versuchte, sie zu ignorieren, sich auf andere Dinge zu konzentrieren.

Ganz offensichtlich hatte man Stan erstochen, obwohl nirgendwo eine Waffe zu sehen war. Wie lange es her war, mußte der Leichenbeschauer feststellen; dennoch fragte sich Julie unwillkürlich, ob Stan da gewesen und verblutet war, als sie im Kahn weggefahren war, ob sie ihn hätte retten können, wenn sie ihn bemerkt hätte.

»Komm«, sagte Rey und legte kurz die Hand auf ihre Schulter. »Am besten, wir fahren gleich zum Sheriffsbüro und bringen es hinter uns.«

»Du fährst«, sagte sie leise. »Ich bleibe bei ihm.«

»Nein.«

Sie schaute zu Rey auf, der im schwachen Licht über ihr stand, und blinzelte die Tränen zurück. Die keinen Widerspruch duldende Härte in seiner Stimme irritierte sie.

»Also gut. Ich fahre, du bleibst hier.«

»Wir fahren beide. Falls der, der das getan hat, immer noch in der Nähe ist.«

Sie öffnete den Mund, um ihm zu widersprechen, und schloß ihn dann wieder. Eine Taschenlampe blitzte auf und schwenkte durch die Nacht. Der Wachmann machte seine Runde. Sie hatte sich davor gefürchtet zu fragen, wo er war, hatte befürchtet, daß er auch tot war. Wenigstens hatte er eine Waffe zu seinem Schutz. Sie sagte: »Ich glaube, das Problem ist gelöst.«

Rey rief im Sheriffsbüro an. Nachdem es sich offensichtlich um einen Mord handelte, erklärte er ihr, würde der Sheriff höchstwahrscheinlich die Staatspolizei alarmieren; sie würde sich auf eine wesentlich genauere und längere Untersuchung als nach Pauls Tod gefaßt machen müssen.

Seine Worte erinnerten sie an ihre Position und ihre Pflichten. Sobald er aufgelegt hatte, rief Julie Allen in New Orleans an. Dann telefonierte sie mit Bull.

Er hob nach dem fünften Läuten ab. Er klang müde und verschlafen. Aber das änderte sich augenblicklich.

»Mein Gott, wie ist das passiert?«

Julie erklärte es ihm. Noch während er ihr versicherte, daß er schon unterwegs sei, und aufhängte, rief sich Julie seine Stimme ins Gedächtnis und versuchte zu beurteilen, ob seine Reaktion natürlich war, ob seine Stimme zu ruhig und sachlich geklungen hatte, seine Antwort zu schnell gekommen war. Sie haßte sich dafür, haßte sich, weil sie spürte, wie ein trostloser Verdacht von ihr Besitz ergriff, aber sie konnte sich nicht dagegen wehren.

Sie wußte nicht, was sie noch glauben sollte.

Rey war wie aus dem Nichts im Kanal aufgetaucht. Sie hatte keine Ahnung, wie er plötzlich in ihr Boot gelangt war, aber sie konnte sich nur allzu gut vorstellen, was er am Fluß gemacht hatte. Seine Grobheit, seine Drohungen deuteten darauf hin, daß er von dem gelandeten Flugzeug wußte. Es deutete auch darauf hin, daß ihre Vermutungen über das Flugzeug zutrafen.

Die Frage war, wieviel von ihren Vermutungen sie der Polizei mitteilen sollte. Wieviel durfte sie ihnen überhaupt erzählen?

Stan war tot, und nichts, was sie tat, würde ihn wieder lebendig machen. Wenn sie den Behörden verriet, daß er einen uralten Streit mit ihrem Vater gehabt hatte, dann würde Bull vielleicht verhaftet. Wenn sie ihnen erzählte, daß sein Tod vielleicht von irgendwelchen Verwicklungen der Filmgesellschaft in einen Drogenschmuggel und mit der Landung eines Flugzeugs im Sumpf zu tun hatte, dann würde die Produktion wahrscheinlich für mehrere Wochen lahmgelegt werden, Wochen, die das Ende für den Film und für ihre Zukunft bedeuten konnten.

Die Produktion würde sich ohnehin erheblich verzögern; das war unvermeidlich. Sie konnte sich auf einen weiteren Besuch von Davies, dem Vertreter der Versicherungsgesellschaft, gefaßt machen, und auf weitere Drohungen, ihr den Film wegzunehmen. Bei dem Gedanken hätte sie am liebsten aufgeschrien. Oder geheult wie ein verletztes Kind.

Aber es war lächerlich, anzunehmen, daß Stans Tod gegen sie gerichtet war. Niemand konnte so haßerfüllt, so gnadenlos sein, daß er einen Menschen tötete, nur um ihr eins auszuwischen. Oder?

Vielleicht täuschte sie sich. Vielleicht hatte nichts von dem, was geschehen war, mit ihr persönlich zu tun. Vielleicht war alles irgendwie mit dieser Drogengeschichte verknüpft, angefangen von Paul Lislets Tod bis zum Mord an Stan.

Es gab so viele Möglichkeiten, aber keinen Weg festzustellen, welche davon richtig war. Wie sollte sie entscheiden, was sie sagen sollte, bis sie mehr wußte? Wie sollte sie wissen, ob sie ihren Vater beschützen und versuchen sollte, den Film zu retten, indem sie ihre Vermutungen für sich behielt, oder ob sie den Leuten des Sheriffs alles, was sie wußte oder vermutete, verraten und auf das Beste hoffen sollte. Sie hatte etwa zehn Minuten, um sich zu entscheiden.

Rey hatte sich ans Fenster des Wohnwagenbüros gestellt, von

wo aus sie angerufen hatten, und schaute über den Parkplatz auf das Bootspier. Julie sah ihn an. Das tiefe Schweigen und die Spannung zwischen ihnen machten ihr Sorgen. Sein Haar war immer noch naß, und Jeans und Hemd klebten ihm am Leib. Ein roter Fleck breitete sich auf seiner Schulter aus.

»Du blutest«, sagte sie scharf.

Er drehte ihr das Gesicht zu, damit sie den Fleck nicht mehr sah, und zuckte knapp mit den Achseln. »Das ist nichts, nur die Brandwunde.«

»Komm mit ins andere Büro, damit ich es mir ansehen kann. Ofelia hat den Verbandskasten, glaube ich.« Sie ging ihm voran aus ihrem Büro und in das zweite. »Irgendwann landet alles hier drin.«

Er schaute zu, wie sie verschweißte Päckchen mit alkoholgetränkten Bäuschchen, ein paar große Gazetücher und eine Rolle Nylonband bereitlegte. »Du hast heute nacht gearbeitet, nehme ich an.«

Sie antwortete mit einem Nicken, dann trat sie zu ihm und riß ein Päckchen auf. Er drehte ihr gehorsam den Rücken zu und setzte sich auf die Kante von Ofelias Schreibtisch, damit sie leichter an seine Schulter herankam. Er zuckte, als sie mit dem alkoholgetränkten Bausch die offenen Stellen der alten Wunde betupfte.

»Entschuldigung«, murmelte sie.

Er zuckte kein zweites Mal, schien kaum wahrzunehmen, was sie tat, als er weitersprach. »Du hast nichts Ungewöhnliches bemerkt, niemanden gesehen, der nicht hierhergehört?«

»Nein, aber hier kommen und gehen ständig irgendwelche Leute. Außerdem nehme ich kaum etwas um mich herum wahr, wenn ich an meinem Schreibtisch sitze.«

»Soweit du weißt, sind alle wie üblich heimgefahren?«

»Außer Stan«, sagte sie. Sie wischte das Blutgerinnsel an seinem Hals ab. Plötzlich fiel ihr das Blut an der Bootswand wieder ein, und sie schauderte. Sie warf den Alkoholbausch in den Mülleimer und holte einen neuen. »Ich sah seinen Schlüssel am Brett – als ich den Bootsschlüssel runternahm.«

»Sonst hat niemand seinen Schlüssel hängen lassen?«

»Ich glaube nicht, aber das ist schwer zu sagen. Ein paar Lastwagen bleiben immer über Nacht hier. Das hängt davon ab, was am nächsten Tag passieren soll, wer Überstunden macht, wer wen mitnimmt.«

»Aber dir ist kein bestimmter Schlüssel aufgefallen?«

Sie verneinte. Als die Wunde wieder sauber war, nahm sie einen Gazeverband und plazierte ihn dorthin, wo der Grind abgeplatzt war, dann fixierte sie ihn mit den Nylonpflastern. Sie hielt kurz inne, als sie ihre Finger über seine ganze Schulter breitete und mit dem Daumen ein Nylonpflaster festdrückte. Unter ihren Händen spürte sie die festen Muskelstränge und die Wärme seiner sonnengebräunten Haut. Sie schluckte, bevor sie weitersprach: »Was ist denn? Was willst du von mir hören?«

»Ich wollte wissen, ob du dem Sheriff und seinen Männern etwas Wichtiges zu sagen hast. Wenn nicht, dann möchte ich nicht, daß du über die üblichen Fragen hinaus in die Sache verwickelt wirst. Ich kann ihnen erzählen, daß ich beim Angeln war, dann zurückkam und die Leiche entdeckte.«

»Du meinst, ich soll keine Gelegenheit haben, zu verraten, was draußen auf dem Kanal vor sich ging, richtig? Ich soll niemandem von dem Flugzeug erzählen? Und was du da draußen gemacht hast? Und warum du mich fortschaffen wolltest?«

»Das ist nicht von Belang.«

»Woher soll ich wissen, ob es nicht von Belang ist? Woher willst du das wissen?«

»Vielleicht gibt es eine Verbindung mit dem Flugzeug und dem Grund, weswegen ich da draußen war, vielleicht auch nicht. Aber eines weiß ich: Die Tatsache, daß ich da draußen war, hatte nichts mit Stans Tod zu tun, genausowenig wie die Tatsache, daß du dort warst.«

»Mehr willst du mir nicht verraten?«

Er drehte sich zu ihr um, sah sie lange an. Der Blick der dunklen Augen war nicht zu deuten. Schließlich sagte er. »Du mußt mir vertrauen, Julie, so ist es am besten.«

Das ruhige Timbre seiner Stimme weckte die Erinnerung an geteilte Freuden, an eine Verbindung von Körper und Geist, die flüchtig, doch unvergleichlich gewesen war. Nein, das bildete sie sich nur ein. Sie glaubte nicht, daß er auf vergangene Zärtlichkeiten anspielte, um sie zu überreden.

Vertrauen, hatte er gesagt.

Hatte er sie oder sich selbst vor Schwierigkeiten bewahrt? Sie wußte es nicht, wußte nicht einmal, ob sie es wissen wollte.

Sie konnte ihm nicht vertrauen, aber vielleicht war sie fähig, mit ihm zu kooperieren. Im wesentlichen bot er ihr das an. Oder nicht?

Ihre Stimme klang fast zornig vor Unsicherheit. »Falls du es vergessen hast, du bist immer noch triefnaß. Wie willst du das erklären?«

Ein tiefer Seufzer hob seinen Brustkorb. Seine Augen leuchteten einen Augenblick lang erleichtert auf »Ich könnte rausgehen und um das Boot herumtauchen, nach der Mordwaffe suchen. Vielleicht ist sie ja über Bord gegangen, als Stan gegen die Reling fiel. Wer weiß, vielleicht finde ich tatsächlich irgendwas.«

»Du würdest nur erreichen, daß deine Schulter wieder zu bluten anfängt oder sich sogar infiziert, wenn sie es nicht schon ist.« Sie zögerte. »Es gibt noch eine andere Möglichkeit. Wir könnten den Schlüssel zum Garderobenwagen nehmen und schauen, ob wir nicht ein paar trockene Sachen finden.«

Er lächelte leise, ohne sich zu rühren.

»Schau nicht so«, fuhr sie ihn an. »Andere Leute haben auch einen Kopf.«

»Das sehe ich«, antwortete er aus tiefstem Herzen.

»Also gut. Und was ist mit dem Wachmann?«

»Er kam nach halb elf zur Nachtschicht. Er sagt, daß er nichts Ungewöhnliches bemerkt hat. Außerdem ist er ein Freund von mir und Paul. Ich glaube, ich könnte ihn überzeugen, die Dinge aus unserem Blickwinkel zu sehen.«

Julie nickte langsam. »Also gut. Jetzt erklär mir genau, was wir deiner Meinung nach aussagen sollen.«

Es war nicht kompliziert. Im wesentlichen würden sie nur verschweigen, daß Julie auf dem Fluß war. Sie sollte statt dessen aussagen, daß sie Reys Bootsmotor gehört hätte und hinausgegangen wäre, um mit ihm zu sprechen. Dann hätten sie gemeinsam Stan gefunden, so wie es tatsächlich gewesen war.

Julie suchte im Garderobewagen nach Jean-Pierres Kleidung, während Rey an der Tür stand und Wache hielt. Sie versuchte, die Zweifel zu ignorieren, die an ihr nagten. Zum Glück kam der Sheriff mit seinen Deputies. Kurz darauf tauchte die Staatspolizei auf. Sobald Rey seine zurechtgestutzte Geschichte losgeworden war, sobald sie ihren Teil dazu beigetragen hatte, indem sie seine Version bestätigte, gab es kein Zurück mehr.

Es wurde eine lange Nacht. Bull kam, grimmig und unrasiert. Sein kurzes, graumeliertes Haar stand wie Stoppeln abgemähten Weizens von seinem Kopf ab. Er hatte Ofelia angerufen, bevor er das Motel verlassen hatte. Sie traf kurz nach ihm ein. Und kurz darauf gab es für alle Kaffee im Vorzimmer des Bürowagens, wo sich bald alles versammelte.

Der Leichenbeschauer kam und ging wieder, und ein Spurensicherungsteam erschien, machte seine Arbeit und fuhr wieder ab. Um vier Uhr dreißig morgens, ungefähr drei Stunden nachdem Julie und Rey den Leichnam gefunden hatten, stand fest, daß der Tod frühestens um elf Uhr abends und spätestens eine oder eine halbe Stunde vor dem Auffinden eingetreten war. Nach der Autopsie und einer genauen Untersuchung von Stans Bewegungen den Abend über würde man die Zeit möglicherweise noch eingrenzen können, aber im Augenblick war nichts Genaueres zu sagen. Man würde vorerst mit dieser Annahme arbeiten. Ofelia sollte die Crewmitglieder zusammenrufen, die zu dieser Zeit noch auf dem Drehgelände gewesen waren.

Julie hatte gehofft, daß man die Todeszeit genauer bestimmen würde. Jetzt war die Zeitspanne so groß, daß sie unmöglich sagen konnte, ob Stan schon tot gewesen war, als sie in ihrem Boot das Drehgelände verlassen hatte, oder ob er während ihrer Abwesenheit ermordet worden war.

Als die Nacht langsam dem bleichen Licht der Morgendämmerung wich, wurde es ihr immer unangenehmer, daß sie nicht verraten durfte, warum sie das wissen wollte. Zugleich mußte sie jedes Wort abwägen, damit die Zeit, während der sie auf dem Fluß gewesen war, berücksichtigt bliebe. Als Allen eintraf, war die Sonne aufgegangen und sie vollkommen erschöpft.

Nach einem einzigen Blick verlangte Allen, daß man ihr gestattete, nach Hause zu fahren und sich auszuruhen. Er duldete keine Einwände. Bull und Rey drängten sie schon seit Stunden, heimzufahren, aber sie hatte sich dagegen gesträubt. Jetzt fügte sie sich, weil sie des Streitens müde war und weil es so aussah, als würde Allen als Repräsentant von Excel Films ihre Aufgabe übernehmen und sie aus ihrer Verantwortung entlassen können. Von den drei anwesenden Männern hatte er als einziger ein Recht dazu.

Tante Tine beherbergte immer noch Summer, obwohl Donna da war, um sich um sie zu kümmern, wie jeden Tag, seit Annette im Krankenhaus war. Die beiden Frauen hatten über Tante Tines Polizeifunkgerät von dem Mord gehört. Summer wurde hinausgeschickt, wo sie mit Donnas beiden Söhnen spielen sollte, während sie Julie ausfragten. Ihre Neugier war nur menschlich, weder übertrieben noch makaber; Julie machte es nichts aus, ihre Fragen zu beantworten, ihnen zu erzählen, wer noch auf dem Drehgelände war und was die Polizei dort tat. Tante Tine machte Julie Frühstück, während sie berichtete, aber sie brachte kaum einen Bissen hinunter. Schließlich nahm ihr die alte Dame den Teller weg und beugte sich vor, um kurz an Julies Schulter zu rütteln.

»So, und jetzt gehen Sie ins Bett. Sie sehen aus, als könnten Sie bis nächstes Jahr durchschlafen, und ich sollte mich schämen, daß ich Sie nicht ins Bett gehen lasse, nur weil ich so neugierig bin. Sie brauchen Ruhe, und ich werde dafür sorgen, daß Sie welche bekommen, das steht fest, jawohl!«

Julie duschte und zog ihr Nachthemd an, schloß und verriegelte die Tür und zog die Vorhänge vor den Fenstern zu. Sie legte sich ins Bett und streckte sich seufzend aus. Es half nichts; die Gedanken hörten nicht auf, in ihrem Kopf zu kreisen.

Du mußt mir vertrauen, hatte Rey gesagt. Sie hatte ihm nicht ausdrücklich zugestimmt; aber darauf lief es hinaus. Selbstverständlich hatte sie ihre eigenen Gründe, seine Bitte zu erfüllen. Aber trotzdem konnte sie es nicht fassen, daß sie nicht einmal gefragt hatte, was er da draußen auf dem Fluß gemacht hatte oder was es mit dem Flugzeug auf sich hatte, das vor ihr zu verbergen er sich solche Mühe gegeben hatte.

Sie hörte die Kinder im Garten hinter dem Haus spielen, schreien und lachen. Ab und zu riefen Donna oder Tante Tine ihnen etwas zu, aber ihre Warnungen oder Ermahnungen klangen nie aufgeregt, nur gutmütig und besorgt. Die Frauen- und Kinderstimmen waren merkwürdig beruhigend, fast wie ein Kindheitstraum.

Julie fuhr zusammen, als jemand auf der Galerie anklopfte. Sie mühte sich hoch, schlüpfte aus dem Bett und in ihren Morgenmantel, um dann die Tür aufzuschließen. Draußen wartete Donna. Sie schaute Julie mit ernster Miene an.

Julie bat sie herein, band ihren Morgenmantel über der Taille zu, während sie beiseite trat. Sie setzte sich auf die Bettkante und deutete zugleich auf einen Stuhl.

Donna setzte sich und faltete ihre Hände im Schoß. Unsicher schaute sie darauf. »Es tut mir leid, daß ich Sie störe, aber es gibt etwas, über das ich mit Ihnen reden wollte, und bei der Arbeit finde ich nie den richtigen Augenblick. Entweder sind zu viele Leute da, oder Sie sind zu beschäftigt.«

»Sie hätten mich einfach mal aus dem Rennen winken sollen. Geht es um Summer?«

»Nein. Es geht – um Rey.«

»Ja?« Julie war klar, daß diese Bemerkung nicht besonders hilfreich war, aber es war alles, was ihr einfiel. Sie spürte, wie sich ihre Magenmuskeln verkrampften, als sie sich daran erinnerte, daß Donna und Rey angeblich als Teenager füreinander geschwärmt hatten, und vielleicht nicht nur geschwärmt, bevor Paul gestorben war.

»Ich mache mir Sorgen um ihn. Er hat Ihnen vielleicht erzählt, daß seine Frau gestorben ist?«

»Er hat es erwähnt.«

»Er hat Ihnen wahrscheinlich nicht erzählt, daß sie wütend auf ihn war und auf seinen Job, der ihn so selten nach Hause kommen ließ. Sie wollte ihn verlassen. Sie rannte die Hintertreppe des alten Hauses hinunter, in dem sie wohnten. Es regnete, und die Stufen waren glitschig, außerdem konnte sie das Gleichgewicht kaum halten, weil sie schwanger war und den schweren Koffer tragen mußte. Sie stürzte, blieb im Regen liegen und hatte eine Fehlgeburt. Sie und das Baby starben. Rey machte sich immer Vorwürfe, weil er sie an jenem Tag allein gelassen hat, um einen Spezialauftrag auszuführen, weil er nicht da war.«

»Die Details hat er mir nicht erzählt, aber ich begreife wirklich nicht, was ich damit zu tun haben soll.«

»Darauf komme ich noch«, fuhr Donna unbeirrt fort. »Seine Frau war jung und starrköpfig, schön wie eine Madonna von Raffael, aber nicht besonders reif. Ich dachte, er würde nie über ihren Tod hinwegkommen, über den doppelten Tod, um genau zu sein. Die Frauen, mit denen er seitdem ausgeht, waren alle – ich weiß nicht, wie ich es am besten ausdrücken soll – irgendwie bedürftig. Sie waren attraktiv, aber von ihrer Familie oder ihren Ehemännern verlassen worden, waren krank, psychisch oder physisch mißhandelt worden und so weiter. Es war, als zögen ihn Frauen an, die ihn brauchten, als wäre die Hilfe, die er ihnen geben konnte, die Basis für ihre Beziehung. Verstehen Sie, was ich meine?«

»Ich weiß nicht, es sei denn, Sie wollen damit andeuten, daß er mich auch so sieht?«

»Ich möchte Ihnen nur begreiflich machen, daß er für die Frauen in seinem Leben nur eine Art Zuneigung aus Mitleid aufbringen konnte, bevor Sie kamen.«

Julie fragte sich, ob Donna begriff, daß sie selbst vielleicht die letzte in Reys langer Liste bedürftiger Frauen war. Wenn er solche Frauen vorzog, dann würde er kaum einer schönen jungen Witwe und Mutter zweier Kinder widerstehen können, die um ihren Lebensunterhalt kämpfen mußte.

Julie stand auf, ging an die Tür und legte ihre Hand auf den Knauf. »Es tut mir leid, aber ich glaube nicht, daß das viel Sinn hat. Wenn Sie gestatten, ich bin wirklich müde.«

»Es geht mich nichts an, das weiß ich, und bestimmt würde es Rey gar nicht gefallen, daß ich mit Ihnen darüber spreche. Ich kann mich nur damit entschuldigen, daß ich ihn schon so lange kenne und nicht möchte, daß er noch einmal so zerbricht wie an dem dummen Mädchen, das er geheiratet hat.«

»Eine Frau ist nicht dumm, nur weil sie aus einer schlechten Ehe flieht«, sagte Julie.

»Vielleicht nicht, aber seine Frau wußte, was für einen Job er hatte, als sie ihn heiratete. Sie hätte wissen müssen, daß er nicht immer da sein würde.«

Julies Bedürfnis, mehr über Rey zu erfahren, ihre Ängste zu bestätigen, war plötzlich größer als ihre Müdigkeit. Sie ließ den Türknauf los und lehnte sich mit dem Rücken an die Wand. »Was für einen Job hatte er genau?«

»Er war jahrelang Undercover-Agent für die DEA und wurde dann Supervisor.«

Ein Undercover-Agent.

»Ach ja, jetzt fällt es mir wieder ein. Ich glaube, er hat dann gekündigt?«

»Das stimmt, vor ein paar Jahren.«

»Es gab Probleme, soweit ich gehört habe.«

»Was?« Donna staunte sie begriffsstutzig an.

»Nach einem Einsatz waren plötzlich Drogen verschwunden. Das hat er mir selbst erzählt.«

»Ach, das. Er machte mitsamt einer Ladung von einem Schmuggelschiff einen Umweg, fuhr damit zu einer Schule in New Orleans, wo er einen Vortrag über Drogenprobleme halten sollte. Es gab ein ziemliches Theater, aber nach einer Viertelstunde war alles geklärt. Es fehlte kein einziges Kilo.«

Julie rührte sich nicht. »Aber – warum hat er mich das Schlimmste glauben lassen?«

»Wer weiß? Vielleicht wollte er sehen, wie Sie reagieren. Bei Rey weiß man das nicht immer.«

»Ich verstehe auch nicht, warum er überhaupt für die Drogenbehörde arbeitete, wo er doch aus einer so wohlhabenden Familie stammt.«

»Die Familie war nicht immer für ihn da. Seine Großeltern aus New Orleans waren nicht gut auf ihre Tochter zu sprechen, die einen Cajun geheiratet hatte. Sie sprachen nie mit ihrer Tochter, bevor Rey geboren wurde, und danach besuchten sie sie nicht öfter als zweimal im Jahr. Rey wuchs als Cajun auf, wurde im Sumpf heimisch wie sein Vater und dessen Vater vor ihm und dessen Väter seit sieben, acht Generationen. Seit 1730 und einer Hochzeit in der St.-Louis-Kathedrale. Die Cajun, die zwischen 1760 und 1770 kamen, vermischten sich vor langer Zeit mit den Deutschen, die durch John Laws Mississippi-Schwindel zu Beginn der französischen Kolonie nach Louisiana gekommen waren. Wir sind eine große Familie am Fluß, müssen Sie verstehen, und machen uns nichts aus edler Abstammung oder Reichtum.«

Julie verstand. Zuvor hatte sie nur Bruchstücke zur Verfügung gehabt, jetzt konnte sie sie zusammenfügen. Irgendwo in ihrem Hinterkopf fügte sich ein zweites Puzzle zusammen, aber sie konnte das Muster noch nicht erkennen.

Sie sagte: »Wahrscheinlich änderte sich das, nachdem seine Eltern gestorben waren?«

»O ja. Dann trat er in die Erbfolge ein und fuhr öfter zu seinen Großeltern nach New Orleans. Aber er vergab ihnen nie wirklich und nahm von ihnen nichts an, außer dem Geld fur seine Ausbildung. Er hatte seinen Stolz. Erst nachdem sein Großvater gestorben war und seine Großmutter krank wurde, kündigte er bei der DEA und übernahm das Management über die Geschäftsverbindungen und Investitionen. Lange nahm er nichts für seine Dienste, aber in letzter Zeit haben die Unternehmen expandiert und die Investitionen sich besonders gut entwikkelt. Er hat die Geschäfte neu geordnet, und es wäre lächerlich gewesen, weiter so halsstarrig zu bleiben.«

»In welche Richtung geordnet?«

»Sie haben vor allem im Ausland investiert, glaube ich.«

»Und nachdem er so geschäftstüchtig ist – hat Ihnen Rey vorgeschlagen, daß Sie die Filmgesellschaft verklagen sollten, nachdem Ihr Mann gestorben war?«

»Verklagen? Ich weiß gar nicht, wovon Sie sprechen.«

Irgendwie überraschte Julie das nicht. Sie machte eine wegwerfende Geste. »Rey hat so etwas Ähnliches gesagt. Wahrscheinlich habe ich ihn mißverstanden.«

Sie hatte ihn bestimmt nicht mißverstanden, davon war sie überzeugt. Rey hatte absichtlich eine Gerichtsklage erfunden, um einen Vorwand für seine Anwesenheit in Julies Büro, für seine Schnüffelei in ihren Akten zu haben.

»Jedenfalls«, fuhr Donna fort, »würde ich so etwas nie tun, das weiß Rey ganz genau. Mein Mann hat sich entschieden, diese Stelle als Stuntman anzutreten. Das gehörte zu Pauls Job, und das wußte ich.«

Donnas Antwort klang traurig und stolz und wirkte dadurch irgendwie fehl am Platz, als würden sie beide über verschiedene Dinge sprechen. Halb verwirrt sagte Julie: »Er hätte sie nicht annehmen müssen.«

»Nein, er hätte so was niemals abgelehnt, nicht, wenn er überzeugt davon war, daß es notwendig ist. Er war so ein Mensch, durch und durch Polizist.«

»Polizist«, wiederholte Julie fassungslos.

»Narc, wenn Ihnen das lieber ist. Mich stört das nicht; er hat sich selbst so bezeichnet. Er war stolz auf seine Arbeit. Natürlich sagte er jedes Jahr, daß er aufhören und vom Shrimpfischen leben wollte, aber er verdiente gut, und er hatte das Gefühl, sich nützlich zu machen, also setzte er das nie in die Tat um.«

Narc. Ein Undercover-Drogenfahnder.

Julie war kalt. Sie schlang die Arme um den Körper und drückte den Morgenmantel an sich. »Rey wußte das, nehme ich an?«

»Ich glaube, Paul hat sich auch deshalb da beworben, weil Rey bei der DEA das gleiche machte«, antwortete Donna langsam nickend.

»Wußten viele Leute davon?«

»Die engere Familie, seine Mitarbeiter, nicht besonders viele. Wollen Sie damit andeuten, daß er vielleicht umgebracht wurde, weil er in einem Einsatz war? Ich habe immer geahnt, daß es vielleicht kein Unfall war.«

»Und trotzdem arbeiten Sie hier.«

Donna wandte den Blick ab. »Es war nicht leicht, aber ich brauchte Geld.«

Julie starrte in das abgewandte Gesicht der Frau auf dem Stuhl. »Sie sind ein außergewöhnlicher Mensch. Schade, daß der Film fast fertig ist. Ich hätte Sie gern näher kennengelernt.«

»Also gehen Sie zurück nach L. A.?« fragte Donna.

»Ja, natürlich.«

»Ja«, kam das Echo. »Ich nehme an, Sie würden nicht auf mich hören, wenn ich Sie bitten würde, Rey bis dahin in Ruhe zu lassen?«

»In Ruhe zu lassen? Mir war nicht bewußt, daß ich ihn gestört hätte.«

»Sie wissen, wie ich das meine. Wenn Sie es mit Rey nicht ernst meinen, dann sagen Sie ihm das und gehen Sie zu Ihrem kalifornischen Freund zurück. Rey ist stark und schön und mag Ihnen fremd genug sein, daß Sie ihn aufregend finden, aber er braucht mehr als eine kurze Affäre. Sie sind anders – vielleicht auch bedürftig, aber nicht so wie die anderen. Sie sind die Frau, die er lieben könnte, wenn Sie ihn ließen. Und das bedeutet, daß Sie ihn auch verletzen können. Das hat er nicht verdient.«

»Nicht einmal, wenn es bedeutet, daß Sie nur abzuwarten brauchen, um ihn dann zu trösten?«

»Ich bin Witwe.« Donna reckte das Kinn hoch. Ihre Miene war gefaßt. »Ich habe meinen Mann sehr geliebt. Ich liebe auch Rey, aber nicht so, wie Sie denken. Er war immer für mich da, und ich glaube, er wird immer für mich da sein, aber das ist alles.«

»Vorläufig vielleicht.«

Donna stand auf, ging auf Julie und die Tür neben ihr zu. »Ich hätte wissen sollen, daß ich mit Ihnen nicht reden kann. Es tut mir leid, daß ich Ihre Zeit in Anspruch genommen habe.«

Julie spürte Reue. Sie atmete tief ein und mit leisem Seufzen wieder aus. »Nein«, sagte sie ruhig, »es tut mir leid. Ich nehme an, Sie sind die Frau, die Rey braucht. Machen Sie sich keine Sorgen. Ich glaube, ich bin nicht dafür geschaffen, zwischen Windeln und Babies zu leben und morgens einem Mann nachzuwinken, der in seine gefährliche Arbeit fährt. Ich bin bald wieder fort, und das wird das Ende sein.«

Donna blieb in der halb offenen Tür stehen. Eine Falte durchzog ihre Stirn. »Sind Sie sicher?«

Julie zuckte mit den Achseln und versuchte sich an einem halbherzigen Lächeln. Aber sie antwortete nicht. Ein aus dem Nichts aufgetauchter Knoten in ihrer Kehle hinderte sie daran.

20. Kapitel

Am Nachmittag traf Julie wieder auf dem Drehgelände ein. Sie fühlte sich besser, nachdem sie sich ein paar Stunden hingelegt hatte, obwohl sie nicht geschlafen hatte. Sie war nicht zur Ruhe gekommen; endlos waren ihre Gedanken um die gleichen Probleme gekreist, hatte sie sich gefragt, wie die Untersuchung vorankam und was alle machten.

Immer wieder mußte sie an Stan denken. Sie mußte alles für seine Beerdigung arrangieren; angeblich hatte er eine Schwester in Iowa oder Illinois, die benachrichtigt und gefragt werden mußte, wo Stan begraben werden sollte, ob im Mittelwesten, in L. A. oder in Louisiana. Sie würde sich entscheiden müssen, ob sie der Beerdigung beiwohnen würde, wo auch immer sie stattfinden mochte. Oder wann auch immer. Es war sinnlos, Pläne zu machen, solange der Leichenbeschauer die Autopsie nicht abgeschlossen hatte.

In der Zwischenzeit mußte sie herausfinden, wie lange die Dreharbeiten unterbrochen würden und ob die Szenen in der Stadt nicht vielleicht in kleinem Rahmen weitergedreht werden konnten. Wenn das nicht möglich sein sollte, dann waren tausend logistische Probleme zu klären, mußten Nachschub und Techniker ab- oder umbestellt, Genehmigungen verlängert und alles mögliche arrangiert werden. Es gab Leute, die extra dafür angestellt waren, sich um solche Dinge zu kümmern, aber sie war nicht überzeugt, daß in dem Aufruhr nach Stans Tod alles erledigt würde.

Ausreden, nichts weiter. Sie hielt es einfach nicht aus, vom Drehgelände wegzubleiben, wo so viel geschah.

Bull hockte in Julies Büro und aß ein mitgebrachtes Hähnchen. Er schaute auf, als sie hereinkam. »Ich hab' gewußt, daß du zurückkommen würdest«, sagte er, hob die rot-weiß gestreifte Hühnchenbox hoch und fuchtelte damit vor ihr herum. »Willst du einen Flügel?«

Sie nahm sich eigentlich nur aus Höflichkeit ein Stück. Dann hockte sie sich auf die Schreibtischkante und fragte: »Gibt's irgendwas Neues?«

»Sie haben ein paar Männer gefunden, die Stan um zwölf herum noch gesehen haben. Das grenzt die Todeszeit ein bißchen ein. Sonst gibt es nichts.«

Sie knabberte den Flügel mit ein paar Bissen ab, warf den Knochen dann in den Mülleimer und langte nach einer Serviette. »Ich habe nachgedacht. Diese Sache mit Stan macht die Kürzungen, von denen ich dir erzählt habe, zur Notwendigkeit.«

»Nicht schon wieder«, sagte er. Seine Miene war schmerzverzogen, während er gleichzeitig einen Mundvoll Hühnchen mampfte.

»Hör zu, mir gefällt das auch nicht besser als dir, aber irgendein Ende für den Film ist besser als gar keins.«

»Ich weiß, daß dich die Verzögerungen wahnsinnig machen, Julie, aber die haben irgendwann ein Ende. Du hast immer noch Zeit genug, dieses Ding so durchzuziehen, wie du möchtest.«

»Das glaube ich nicht. Ich glaube, je schneller wir hier fertig sind, desto besser. Hier gehen Dinge vor, von denen du nichts verstehst.«

»Du meinst die Drogengeschäfte«, sagte er freimütig.

»Woher...«, setzte sie an.

»Ich habe Augen, mein Kind, und Ohren. Außerdem hat mich Rey aufgeklärt, während du weg warst.«

»Also gut, vielleicht verstehst du es doch. Du mußt doch einsehen, daß es der Filmgesellschaft nur schadet, wenn sie länger hierbleibt und sich ausnutzen läßt.«

»Das hat nichts mit dir oder dem zu tun, was du machst. Deine

Geschichte, deine Kunst – wenn ich mich so mystisch ausdrükken darf – transzendiert so etwas. Das solltest du wissen.«

»Nachdem man mich nie ermutigt hat, meine Arbeit als Kunst zu betrachten«, antwortete Julie fast bitter, »kann ich nicht behaupten, daß ich das wüßte. Und wenn noch jemand umgebracht wird, dann transzendiert das jede Kunst, soweit es mich betrifft. Ich werde dafür verantwortlich sein, und ganz ehrlich, ich bin schon für zuviel verantwortlich.«

Bull schubste angewidert den Rest seines Hühnchens beiseite und nahm eine Serviette, mit der er sich das Fett von den Fingern wischte. »Ich hab' dir's schon einmal gesagt, und ich werde es nochmals sagen: Du massakrierst deinen Film. Du gehörst nicht zu den Regisseuren, die kilometerweise überflüssiges Material drehen. Ich habe dich bei der Arbeit beobachtet, und ich weiß, daß jede einzelne Szene auf deinem Drehplan einen Sinn hat. Sie zeigt etwas Wichtiges über die Charaktere, die Geschichte oder beides. Jede Szene, die du rausschneidest, richtet einen Schaden an. So ist es nun mal.«

»Es gibt keinen Regisseur auf der Welt, der keinen Berg von ungebrauchtem Material zurückläßt, nachdem er mit dem Schnitt fertig ist.«

»Das ist etwas anderes, und das weißt du auch. Wir sprechen über Szenen, die gar nicht erst gedreht werden sollen.«

Während sie sich unterhielten, hatte jemand die Außentür geöffnet und wieder geschlossen, dann war Reys tiefes Timbre und Madelyn de Wells Stimme zu vernehmen. Eine Sekunde später kam die Schauspielerin in das Büro geschwebt. »Ihr wollt kürzen?« fragte sie in gespieltem Entsetzen. »Das ist eine Kampfansage, wie du weißt, lieber Bull. Welche Szenen genau sollen gekürzt werden?«

»Deine, Madelyn, alle deine«, antwortete er. Die Schärfe seiner Stimme verriet, daß ihm die Unterbrechung mißfiel.

Madelyn schenkte ihm ein verbissenes Lächeln. »Ich zweifle nicht daran. Aber ich verspreche dir eins: Ich bringe jeden um, der auch nur eine Silbe aus meiner Krankenhausszene schneidet!« Zu spät merkte sie, was sie gesagt hatte, und verzog das Gesicht. »Oje. Unter den augenblicklichen Umständen klingt das wohl etwas unglücklich. Aber du weißt, worauf ich hinauswill.«

»Die Krankenhausszene ist notwendig«, versicherte ihr Julie. »Natürlich bleibt sie drin.«

»Ich bin erleichtert. Und die Szene, wo ich mich im Schlamm und Regen wälze, vollkommen erschöpft von dem höllischen Sumpf? Versprich mir, daß sie nicht auf dem Schneideraumboden endet, um mich klassisch auszudrücken.«

»Das kann ich mir nicht vorstellen.«

»Gut. Diese beiden müssen einfach drinbleiben. Sonst laufe ich Amok, und sei es nur bei meinem Agenten, der mir kein Mitspracherecht beim Drehbuch verschafft hat.«

Es herrschte kurz Stille. Madelyn war nicht mehr berühmt genug, als daß man ihr ein Mitspracherecht am Drehbuch eingeräumt hätte, wenn sie es überhaupt je gewesen war. Julie fand es peinlich, wie die Schauspielerin sich als Star gab, obwohl alle wußten, daß sie keiner war. Sie wollte eine weitere nichtssagende Antwort geben, als Rey sich von der Tür aus einmischte.

»Julie, ich finde, es wäre eine Schande, wenn irgendwas von dem, was du in den letzten Wochen gedreht hast, nicht auf der Leinwand auftauchen würde.« Sie schaute ihn überrascht an. Ein Lächeln breitete sich langsam auf seinem Gesicht aus. »Tut mir leid. Aber ich konnte es nicht lassen, meinen Senf dazuzugeben. Ich bin eigentlich nur gekommen, um dich vorzuwarnen. Ich glaube, der Kerl, der sich da draußen aus seinem Mietwagen schält, ist der Vertreter von eurer Versicherungsgesellschaft.«

»Mr. Wichtig persönlich«, ergänzte Madelyn und ging zur Tür. »Letztesmal wollte er von mir Autogramme für seine Oma, sein Frau, seinen Neffen und seine drei Nichten – bloß für seinen Hund nicht. Schade, daß das Ding hier keinen Hinterausgang hat. Ich nehme an, ihr entschuldigt mich?«

Die Schauspielerin wartete die Antwort nicht ab. Als Bull sich ebenfalls erhob, sagte Julie: »Geh nicht. Ich brauche vielleicht moralische Unterstützung.«

»Ich wollte auch nicht gehen«, antwortete er und nahm die Hühnchenschale und anderen Müll in seine riesige Hand. »Aber du kannst deinen Schreibtisch wiederhaben. Macht es dir etwas aus, wenn Rey auch dableibt? Vielleicht findet er das ganz interessant.«

Julie warf Bull einen schneidenden Blick zu, aber er war voll und ganz beschäftigt, Brotkrumen von ihrem Schreibtisch zu fegen. »Eigentlich nicht«, sagte sie und fragte dann: »Wer hat überhaupt die Versicherungsgesellschaft angerufen?«

»Vielleicht Ofelia, auf Allens Anordnung. Sie sind eine echte Plage, aber ich denke, man hat es ihnen mitteilen müssen. Es hat keinen Sinn, sich vor dem Vertreter zu verstecken.«

»Du kennst ihn nicht«, sagte Julie trocken.

Wenige Augenblicke später wurde der Repräsentant der Versicherungsgesellschaft in ihr Büro gebeten. Er hatte sich nicht verändert. Er verbreitete immer noch Wolken alten Schweißes und hatte denselben hochnäsigen Blick. Julie gab ihm die Hand und stellte ihn so höflich sie konnte den anderen vor. »Soso«, sagte Davies, als er ihrem Vater die Hand gab. »Der große Bull persönlich. Man sagte mir, daß Sie hier seien, und ich habe mich schon gefragt, ob ich das Vergnügen haben würde. Ich bin ein großer Bewunderer Ihrer Filme, vor allem der Kriegsfilme. Einfach großartige Schlachtszenen! Die in *Tod in den Dünen*, wo Sie die ganzen Kerle in die Luft sprengen? Das ist meine Lieblingsszene.«

Julie tauschte einen ironischen Blick mit Rey, bevor sie sich in dem Sessel hinter ihrem Schreibtisch niederließ. Sie wies mit Blick auf den Versicherungsmann auf den Sessel ihr direkt gegenüber. Bull zog seinen eigenen Sessel schräg an die rechte Kopfseite ihres Schreibtisches, während Rey mit dem Rücken an der Wand neben der Tür zu ihrer Linken lehnte.

»Tja, Miss Bullard, wieder in Schwierigkeiten, wie ich sehe«, sagte der Versicherungsmann mit verkniffenem Lächeln. Er deponierte seine große, ausklappbare Aktentasche auf ihrem Schreibtisch und zog seinen Stuhl heran.

»Unglücklicherweise, ja«, antwortete Julie. »Der ermordete Stunt-Koordinator war nicht nur ein Mitarbeiter, sondern auch ein Freund.«

»Mein Beileid, selbstverständlich. Aber deshalb dürfen wir die Fakten nicht vergessen. Wie ich gehört habe, handelt es sich um keinen Unglücksfall. Ist das korrekt?«

»Sie sind gut informiert.«

Seine Lippen verzogen sich kurz, als würde er sich selbst beglückwünschen. »Ich tue mein möglichstes. Ihnen muß klar sein, Miss Bullard, daß das öffentliche Aufsehen in diesem Fall entsetzliche Ausmaße annehmen wird.«

»Das ist wahrscheinlich.«

»Die Schaulustigen werden in Schwärmen herbeiströmen, die Reporter wie die Heuschrecken über uns herfallen – um ehrlich zu sein, es überrascht mich, daß sie nicht schon da sind.«

»Sie waren da und sind wieder fort«, mischte sich Bull ein.

»Na bitte! Höchstwahrscheinlich wird die Arbeit für einige Zeit gestört, vielleicht sogar zum Stillstand gebracht. In diesem Fall bin ich ermächtigt, die Produktion einzustellen.«

»Die Produktion einzustellen!« wiederholte Julie fassungslos.

Rey richtete sich auf. »Sie meinen, Sie schließen das Drehgelände und schicken alle nach Hause?«

»Ganz recht«, verkündete der Vericherungsmann zufrieden. »Es würde das Budget nur unnötig belasten, wenn alles und jeder hier herumsitzt und wartet, bis sich diese Sache aufgeklärt hat.«

»Wäre es nicht teurer, alles abzubrechen und dann die ganze Ausrüstung und alle Techniker wieder herzubringen?«

Der Versicherungsmann würdigte Rey kaum eines Blickes, während er antwortete: »Das ist keine Frage. Das gedrehte Material wird genügen müssen.«

»Aber das ist unmöglich!« widersprach Julie. »Wir müssen hier mindestens noch ein, zwei Szenen drehen, um die Kontinuität zu gewährleisten!«

Der Mann ihr gegenüber schüttelte den Kopf. »Ich bin überzeugt, daß die Studiokünstler etwas basteln können, das der durchschnittliche Kinogänger nicht vom wirklichen Sumpf unterscheiden kann.«

»Der Meinung bin ich nicht. Außerdem, wozu dieser Aufwand, wenn wir so leicht hier drehen könnten? Wir brauchen nur ein paar Tage zu warten.«

»Weil wir dadurch Geld sparen. Um das zu erreichen, bin ich außerdem ermächtigt, Ihnen, Miss Bullard, die Produktion zu entziehen und jemanden zu finden, der uns billiger kommt.«

Julie fühlte, wie das Blut aus ihrem Gesicht wich und dann in einem Schub zurückschoß. »Jetzt? Obwohl der Film fast fertig ist?«

»Der Zeitpunkt war gekommen, als die Arbeiten hier so außer Kontrolle gerieten, daß Menschen getötet wurden.«

»Daran kann ich nichts ändern!«

»Vielleicht kann es jemand anderes.«

Schweigen lag über dem Raum, während Julie zu erkennen versuchte, ob die Entscheidung endgültig war.

Bull, der dem Gespräch schweigend und mit gerunzelter Stirn gelauscht hatte, beugte sich vor und räusperte sich. Er sagte: »Ich kann. Ich kann die Arbeit für Sie erledigen.«

Davies Gesicht saugte sich mit knallroter Farbe voll. »Sie? Heißt das, Sie wären bereit, den Auftrag zu übernehmen?«

»Ich bin Ihr Mann«, erklärte Bull großspurig.

Julie fühlte sich, als hätte ihr jemand in den Magen getreten. Sie sank langsam und vorsichtig in ihren Sessel zurück, um den Schmerz nicht noch zu verstärken. Sie bemerkte den kurzen, nur im Ansatz ausgeführten Schritt, den Rey auf sie zumachte, bevor er stehenblieb, aber sie konnte ihren Blick nicht vom freundlich lächelnden Antlitz ihres Vaters abwenden.

Bull setzte sich an ihre Stelle. Sie konnte es nicht fassen.

Und trotzdem – war es nicht besser, wenn Bull ihre Story fertigdrehte als irgendein von den Buchhaltern engagierter Niemand, der ihren Film zerstückeln und die Schlußszene in einem Sumpf drehen würde, der aus einem Wasserschlauch stammte und mit Plastikbäumen bestückt war?

Der Versicherungsmann sagte: »Nun, also, ich muß das noch mit meinem Büro absprechen, aber das wirft ein neues Licht auf die Sache.«

»Ich möchte den Film hier fertigdrehen«, sagte Bull. »Ich glaube, ich kann Ihnen versprechen, daß es nur minimale Verzögerungen und keine Qualitätseinbußen geben wird. Da ich erst vor kurzem hier eingetroffen bin, bin ich weniger in die Sache verwickelt als zum Beispiel meine Tochter; ich glaube nicht, daß man etwas dagegen haben wird, wenn ich mit einer Rumpfmannschaft weiterdrehe, während die Untersuchung läuft. Auf diese Weise werden sich Ihre Ausgaben in Grenzen halten.«

»Wirklich ein äußerst kooperativer Vorschlag, aber es könnte Probleme wegen Ihrer Gage geben.«

»Ich bin nicht gierig. Wir werden uns bestimmt einig, wenn Ihr Büro das Okay gibt.«

Der Versicherungsmann lächelte. »Bestimmt möchten Sie Ihren eigenen Assistenten, einen neuen Stunt-Koordinator und so weiter mitbringen. Ich glaube allerdings nicht, daß das Budget einen größeren Stab als den bisherigen zuläßt.«

»Kein Problem. Ich gehe davon aus, daß meine Tochter mir assistieren wird. Und was den neuen Stunt-Koordinator betrifft – Tabary hier hat sich bereits einverstanden erklärt, den Job zu übernehmen.«

»Ich möchte mir das alles notieren«, erklärte der Versicherungsmensch, zog den Reißverschluß seiner Aktentasche auf und holte Papier und Stift heraus. »Wenn wir alles schriftlich festhalten, können wir vielleicht noch heute zu einem Abschluß kommen.«

Julie machte den Mund auf und schloß ihn wieder. Sie wartete lieber, bis sie allein waren, bevor sie Bull sagte, was sie von seinem Vorschlag hielt – und davon, daß er die Frechheit besaß, Rey Stans Job anzubieten, ohne sich mit ihr abzusprechen. Davies sollte keine Gelegenheit zur Schadenfreude mehr bekommen. Trotzdem bereitete es ihr insgeheim Freude zu sehen, wie den Mann der Gedanke quälte, daß sie immer noch mit dem Film zu tun haben würde.

Sie warf Rey einen Blick zu. Er beobachtete sie mit einer seltsamen Mischung aus Sympathie und Besorgnis. *Zuneigung aus Mitleid* hatte Donna das genannt. Vielleicht traf es das. Sie schaute weg, nahm einen Stift von ihrem Schreibtisch und begann, ihn in den Händen zu drehen. Plötzlich warf sie ihn auf die Platte und sprang auf.

»Bitte entschuldigen Sie mich«, sagte sie. »Ich habe eine Verabredung.«

Bull war damit beschäftigt, dem Versicherungsmenschen Klauseln zu diktieren. Er schaute auf. »Julie, geh nicht. Ich muß mit dir reden.«

Sie umrundete ihren Tisch und marschierte aus dem Raum. Sie hielt nicht im Vorzimmer an, sondern ging weiter nach draußen, die Stufen hinunter, bewegte sich wie blind, ohne eine Idee, wohin sie ging. Sie sah das offene Gelände zwischen dem Heck des Bürowagens und dem Wohnmobil dahinter und ging darauf zu. Auf der anderen Seite war Sumpf. Der Sumpf mit seinen hohen Bäumen und düsteren Schatten, seinen dunkelgrünen, abschirmenden Palmettopalmen. Sie lief weiter, blieb nicht stehen, bis sie außer Sichtweite der Trailer und Wohnmobile, der Lastwagen und Autos und Boote war, bis nichts um sie war als tiefe, natürliche Stille.

Man hatte ihr *Im Reich der Sümpfe* genommen. Es war nicht mehr ihr Film. Der einzige Mensch, dem sie niemals zugetraut hatte, sie zu verletzen, hatte ihn ihr weggenommen. Wenn Bull sich nicht eingemischt hätte, hätte sie vielleicht einen Kompromiß herausschlagen können, hätte Konzessionen machen können, damit sie den Film so fertigdrehen konnte, wie sie ihn sich vorstellte. Jetzt hatte sie die Chance nicht mehr.

Der Film war weg, und Stan war tot und Rey – was war mit Rey?

Sie lehnte sich an den rissigen, stabilen Stamm einer riesigen Zypresse, legte den Kopf zurück und starrte in den Himmel. Das klare, tiefe Blau leuchtete über ihr, bis es von dem schimmernden Schleier warmer Tränen überzogen wurde. Der Schmerz in ihr wurde größer, überlief sie wie ein Schauer, stieg in ihrer Kehle auf, verzerrte ihr Gesicht, so daß sie es mit den Händen bedeckte.

Sie hatte alles verloren. Ihr Vater hatte sie betrogen. Ihre Chance, eine bedeutende Regisseurin zu werden, war vergeben; kein Studio würde sie noch einmal einen Spielfilm drehen lassen. Ihr Leben mit Allen hatte sich als leere, sterile, geheuchelte Liebe herausgestellt. Und Rey hatte ihr nichts zu geben als gespielte Leidenschaft. Und Mitleid; das durfte sie nicht vergessen. Sympathie, Besorgnis, Mitleid, aber keine Liebe. Keine Liebe.

»Julie?«

Sie fuhr herum, erschrak, wich vor Rey zurück, der vor ihr stand, einen Arm gegen die Zypresse gestützt, an der sie lehnte. Er hatte sich ganz leise genähert. Sie hatte keine Ahnung gehabt, daß er da war, ganz nahe, bevor er sie ansprach.

»Geh weg«, sagte sie und wischte sich mit beiden Händen die Tränen ab. »Geh weg, laß mich in Ruhe!«

»Ich will es erklären. Was da drin geschehen ist, ist nicht das, was du glaubst.« Er stieß sich vom Baum ab und kam langsam, ruhig auf sie zu.

Mit jedem Schritt, den er vorwärts machte, machte sie einen rückwärts. »Du brauchst mir nichts zu erklären. Bull brauchte einen Job, und er dachte, er könnte genausogut meinen haben, weil sie mir den sowieso wegnehmen würden. Wunderbar. Wie schön für ihn. Du mußt auf dem Gelände bleiben, damit du weiter herumschnüffeln kannst, also hast du ihn überredet, dich als Stunt-Koordinator einzustellen. Wahrscheinlich hätte er mir das vorschlagen sollen, bevor der Versicherungsmensch auftauchte, aber was macht das schon für einen Unterschied? Es hat auch so geklappt, und alle sind zufrieden.«

Er blieb absolut regungslos stehen. »Wovon redest du?«

»Ach, Verzeihung; ich hätte nicht über deine Arbeit sprechen dürfen, die ist ja so geheim. Keine Angst, ich habe niemandem davon erzählt, und ich habe auch niemandem erzählt, was du gestern nacht gemacht hast. Aber vielleicht solltest du Donna einen Wink geben, damit sie nicht jedem erzählt, daß Paul ein *Narc* war. Vielleicht kommen sie auf komische Gedanken, wenn sie dann noch erfahren, daß du als Undercover-Agent für die DEA gearbeitet hast. Ich habe ziemlich lang gebraucht, aber schließlich hab' ich mir das meiste zusammengereimt. Ich weiß nicht, ob du auf eigene Faust arbeitest oder einen Auftrag hast, aber ich glaube, alles fing mit Paul an. Er arbeitete an einem Fall; deshalb hat er den Job als Stuntman angenommen. Du hattest kein Interesse daran, für mich zu arbeiten, bevor er umgebracht wurde, dann bist du auf einen persönlichen Kreuzzug gegangen, um sein Werk zu Ende zu bringen. Aber du bist noch einen Schritt weiter gegangen, nicht wahr? Du hast dir gedacht, nachdem ich hier am meisten zu sagen habe, stecke ich höchstwahrscheinlich selbst hinter den Drogengeschäften. Du hast dir überlegt, daß du mich persönlich überwachen solltest. Aber du bist zu weit gegangen, Rey, viel zu weit.«

»Ich gebe zu, daß ich anfangs dachte, du könntest in die Sache verwickelt sein, aber mehr gebe ich nicht zu. Was zwischen uns war, Julie, hat nichts mit allem anderen zu tun.«

Er klang so aufrichtig, aber darin war er geübt, das wußte sie nur zu gut.

»Aber es war doch wirklich praktisch, nicht wahr? Ein wunderbarer Vorwand, immer hier herumzuhängen und alles mögliche zu tun. Zum Beispiel in mein Büro zu gehen und dort in den

Akten nach Hinweisen zu schnüffeln. Ich habe dich dabei erwischt, aber du hast mir ein paar Lügen aufgetischt, um deinen Hals aus der Schlinge zu ziehen. Du wolltest den Namen des Bootsverleihers, weil die arme Donna ihn verklagen wollte. Aber Donna weiß gar nichts von einer Klage. Wenn du sie als Komplizin benutzt, dann solltest du sie wenigstens besser informieren.«

»Laß Donna da raus.«

»Gerne. Nächstesmal kannst du ja sie mit auf die Bahamas nehmen oder ihr in L. A. den Hof machen. Aber du solltest darauf achtgeben, daß es wirklich Vergnügungsausflüge sind, keine verkappten Geschäftsreisen, auf denen du sie nach Verbindungen zur Drogenszene aushorchen oder sie bei irgendwelchen Verhandlungen erwischen kannst – oder bei denen du ihr Informationen über ihre Mitmenschen abzapfst. Du hast mich ausgenutzt, und das wirst du nicht wieder tun.«

Leise und sanft sagte er: »Die Reise nach L. A. hatte überhaupt nichts mit dieser Sache zu tun; das müßtest du wissen. Ich weiß nicht, wie du etwas anderes denken kannst.«

»Du hast nichts über Nassau gesagt. Sehr klug. Oh, aber L. A., klar. Ich glaube, du warst dir inzwischen klar darüber, daß ich sauber war, aber ich war in Gefahr. Du hast dich schuldig gefühlt, weil du mich durch deine Arbeit irgendwie in Gefahr gebracht hast, deshalb bist du mir nachgekommen, um mich zu beschützen. Und zwar gründlich. Ich wäre gerührt, wenn ich nicht wüßte, daß du dafür großzügig entlohnt worden bist.«

»Also«, sagte er und schaute sie lange und ruhig an, »da muß ich dir recht geben.«

»Das ist wenigstens etwas«, bemerkte sie sarkastisch.

Er sagte: »Es war die Schlange. Ich habe sie gefunden.«

Sie starrte ihn an: »Die Schlange? Wie denn?«

»Du hast keine Ahnung, wie gründlich ich dich bewacht habe. Du hast sie in deinem Wohnmobil getötet und sie in den Sumpf geworfen, zusammen mit einem fast neuen Handtuch. Das hat mich seitdem nicht losgelassen.«

Sie zog eine Schulter hoch. »Ich dachte, das ist entweder ein Zufall oder ein schlechter Streich. Im ersten Fall hätte es keinen Sinn gehabt, alle zu alarmieren, im zweiten wollte ich demjenigen, der sie dorthin getan hatte, den Spaß verderben.«

»Und wenn sie dich verletzen sollte?«

»Ich habe es vorgezogen, mir darüber keine Gedanken zu machen.«

»Wolltest du lieber am nächsten Tag darüber nachdenken? Wir sind hier nicht im Film, Julie!«

»Und ich bin nicht Scarlett O'Hara! Ich habe meine Arbeit und keine Zeit für dumme Scherze.«

»Nein, du bist keine Scarlett. Sie hätte nach Rhett geschrien und wäre wie eine echte Dame hysterisch geworden.«

»O ja, aber wenn kein Rhett in der Nähe gewesen wäre, dann hätte sie das verdammte Ding selbst umgebracht und in die Büsche geschmissen.«

»Du brauchst also keinen Schutz.«

»Nein, und ich brauche niemanden, der mich bemitleidet; auch das kann ich selbst! Und am allerwenigsten brauche ich das Mitleid von einem Mann, den der Tod seiner Frau so verkrüppelt hat, daß er sich nur noch für Frauen interessiert, die auch irgendwie verkrüppelt sind. Ich hab' leider keine Gebrechen. Mir geht es gut. Donna braucht sich also keine Sorgen zu machen. Sie kann sich freuen. Alle können sich freuen. Es gibt keine Probleme mehr. Und jetzt verschwinde!«

»Liebend gerne«, sagte er angespannt. »Aber erst muß ich dich fragen, was du zu tun gedenkst, nachdem du das alles herausgefunden hast.«

»Warum sollte ich irgendwas tun? Ich muß mich um andere Dinge kümmern, zum Beispiel um meinen Film. Vielleicht glaubst du, daß du und Bull ihn übernommen habt, aber ihr irrt euch: Das lasse ich nicht zu. *Das ist mein Film!*« Sie stieß sich mit dem Daumen auf die Brust, nahm sich kaum Zeit zum Atemholen. »Und ich verrate dir noch etwas. Es macht mich stinkwütend, daß jemand *meinen* Film dazu benutzt, um Drogen ins Land zu schmuggeln und Leute auf *meinem* Drehgelände, *meinem* Set umzubringen. Wenn ich herausfinde, wer so etwas tut – und das ist gut möglich –, dann wird er das teuer bezahlen! Also hau ab und laß mich in Ruhe, bevor ich es mir anders überlege. Vielleicht ist ja der Verdächtigste unter allen ein ehemaliger DEA-Agent, der auf eigene Faust arbeitet und ein Privatflugzeug besitzt und den Sumpf kennt. Im Augenblick kann ich mir keinen vorstellen, den ich lieber auf der Anklagebank sähe!«

Seine Miene verhärtete sich langsam, während er ihr zuhörte. Dann sagte er: »Also gut, ich gehe. Aber ich würde es mir zweimal überlegen, bevor ich mich in diese Drogengeschäfte einmische. Nächstesmal endet vielleicht nicht die Schlange tot im Sumpf.«

Sie drehte sich von ihm weg, die Arme über der Brust gekreuzt. Sie hörte drei, vielleicht vier sich entfernende Schritte, dann nichts mehr. Er war fort.

Sie hatte ihm ins Gesicht gesagt, was sie von ihm hielt. Sie hätte sich eigentlich besser fühlen müssen. Statt dessen war ihr kalt, sie war deprimiert und unvorstellbar müde. Die Vorstellung, zurückzugehen und allen gegenüberzutreten, zu versuchen, *Im Reich der Sümpfe* so fertigzustellen, wie es ihr vorschwebte, während sie sich mit Bull und seinen Ideen herumschlagen mußte, widerte sie an. Sie hatte keine Ahnung, warum sie jemals Regisseurin hatte werden wollen. Sie glaubte nicht, daß sie jemals wieder einen Film drehen wollte. Es war Raubbau, Raubbau an ihrer Stärke, ihrem Herz und ihrer Seele. Kein Wunder, daß sich Regisseure wie Bull oder John Huston in trinkende, lieblose Männer mit Hang zum Sadismus verwandelten.

Die Sonne schien matt durch den dämmrigen Sumpf. Ruhe zog wieder ein. Sie hörte in der Ferne das Summen und Brummen der Generatoren und Automotoren, den weit tragenden Ruf einer Stimme, aber die Geräusche des Sumpfes um sie herum waren viel eindringlicher: der Ruf eines aufgeschreckten Eichelhähers, das Sirren eines Moskitos, das leise Rascheln einer Eidechse, die im tiefen Mulch der Blätter um ihre Füße herumhuschte und ihren Schwanz über ihre Schuhspitze zog. Ein eigenartiger Frieden lag in dieser Ruhe, aber er drang nicht in sie. Sie atmete tief ein und leise seufzend wieder aus, zog ihre Schultern zurück und machte sich auf den Rückweg zum Drehgelände.

Und dann hörte sie das Rascheln der Palmettopalmen. Jemand bewegte sich dort drüben, nicht in der Nähe des Drehgeländes, sondern in der entgegengesetzten Richtung, als käme er tief aus dem Sumpf. Offensichtlich hatte er nie Reys Lektion darüber gehört, wie man sich leise durch die Palmettos schleicht, oder er hatte sie vergessen.

Der Ruf des Eichelhähers steigerte sich zu harten, weit hallenden Schreien. Das trockene Rasseln der Palmettoblätter klang wie der langsam rührende Besen eines Trommlers auf einer Snaredrum. Julies Herz machte einen Satz und begann dann laut zu hämmern. Sie senkte die Arme, versuchte zu lauschen. Zugleich machte sie einen schnellen Schritt auf das Drehgelände zu, dann noch einen. Das Rasseln kam näher. Sie begann zu rennen.

Der Schuß explodierte in der drückenden Stille des Sumpfes. Der Eichelhäher flog auf, das Echo des Schusses rollte wie Donner, und die Kugel jaulte zwischen den Zypressen hindurch.

Julie spürte einen Stich an ihrer Schläfe, dann verfärbte sich ihr Blickfeld rot, dann wurde es dunkel um sie. Sie sank langsam zu Boden, den Kopf auf ein Laubkissen gebettet.

21. Kapitel

»Julie?«

Es war Allens Stimme. Er flüsterte, nahe an ihrem Ohr. Vorsichtig machte sie die Augen auf.

Sie spürte dumpfen Schmerz in ihrem Kopf. Er schwebte gedämpft über ihr. Er würde nicht ewig gedämpft bleiben, das wußte sie. Jeden Augenblick konnte er wieder einsetzen, sich stechend durch ihr Gehirn bohren.

Der Raum war halbdunkel. Das erste, was sie einigermaßen klar erkennen konnte, war das riesige Bukett gelber Rosen. Mindestens sechs Dutzend Blumen standen in einer Vase mit Farn und Vergißmeinnicht. Außerdem gab es Fresien- und Liliensträuße und Grünpflanzen. Der Granitsims vor dem großen Fenster war so voll, daß er aussah wie eine Gartenlaube. Die Tapeten an den Zimmerwänden waren mit dezenten blauen Streifen auf beigem Untergrund bedruckt. Trotzdem sah das Zimmer aus wie ein Krankenzimmer, denn hoch in der Wand stand ein Fernseher auf einem schweren Gestell, und das Bett, in dem sie lag, war mit Seitengittern versehen und weiß bezogen.

Allen stand neben dem Bett und hielt ihre Hand. Er sah müde aus, obwohl das vielleicht von dem grauen Rollkragenpullover kam, den er trug. Auf einem Stuhl hinter ihm saß eine ältere Frau in weißer Uniform und mit gestärkter weißer Kappe auf dem grauen Haar. Ein weißer Sweater lag um ihre Schultern. Sie lächelte, als Julie sie ansah. Dann stand sie auf, kam um das Bett herum und blieb Allen gegenüber stehen. Sie nahm Julies Handgelenk und hielt es, während sie die große Uhr an ihrem eigenen beobachtete.

»Was ist denn?« Julie flüsterte. Unsicherheit ließ ihre Stimme flattern. »Was ist passiert?«

»Du hast eine Haarrißfraktur am Schädel und eine leichte Gehirnerschütterung«, antwortete Allen beschwichtigend. »Keine Angst; du wirst wieder ganz gesund.«

»Aber – wieso?«

»Weißt du das nicht mehr?«

Julie bewegte ihren Kopf um eine Winzigkeit nach links und rechts. Der Schmerz in ihrem Schädel ließ sie erbleichen.

»Ganz ruhig«, sagte die Krankenschwester. »Sie bleiben am besten noch ganz still liegen, meine Liebe. Es gibt keinen Grund zur Aufregung; es ist ganz normal, daß man sich an die Dinge vor und nach so was nicht erinnert.«

»Nach was?«

»Man hat auf dich geschossen«, sagte Allen. »Offensichtlich bist du davongelaufen und hast deshalb ein schlechtes Ziel abgegeben. Die Kugel pflügte eine Furche über deine Kopfhaut und durchtrennte dabei genug Blutgefäße, um den Eindruck zu erwecken, dein ganzer Kopf sei – aber lassen wir das. Alles, was dir davon geblieben ist, ist eine rasierte Stelle an deiner Schläfe, sechs oder acht Stiche und ein Verband, auf den Boris Karloff in *Die Mumie* stolz gewesen wäre.«

»Wirklich?« fragte sie. Sie zog ihre Hand zurück, um sie an ihren Kopf zu legen.

Er fing ihre Finger wieder ein. »Nein, nein, ich wollte bloß witzig sein; man sieht kaum etwas. Aber leider hast du eine ganze Komödie verpaßt. Du hättest sehen sollen, wie Bull sich aufführte, als Tabary aus dem Wald gelaufen kam, über und über mit deinem Blut bedeckt – Tabary hat den Schuß anscheinend gehört und wußte genau, wo er dich suchen mußte. Ich war gerade vom Lunch zum Drehgelände zurückgekommen, als die Farce begann. Tabary und Bull hätten sich beinahe darum geschlagen, wer von beiden dich ins Krankenhaus bringen durfte, dann begannen beide zugleich nach der Polizei zu rufen.

Gleichzeitig wollten sie einen Trupp in den Sumpf schicken, der nach dem Schützen suchen sollte, während die übrigen in ihr Auto springen und als Eskorte dienen sollten, damit du so schnell wie möglich ins Krankenhaus kämest. Sie brachten den Sheriff und seine Leute so durcheinander, daß das Ganze aussah wie eine Szene aus *Police Academy*. Man hätte es wirklich filmen sollen; zu schade, daß du es nicht sehen konntest.«

»Zum Glück konntest du es wenigstens sehen.« Ihre Stimme klang beinahe sarkastisch.

»Ich wollte nicht gefühllos erscheinen, aber mir blieb nichts weiter übrig, als zuzuschauen. Weder Tabary noch Bull ließen mich in deine Nähe und schon gar nicht zu, daß ich mich um dich kümmerte. Das hat mir nicht besonders gefallen; ich wäre liebend gern selbst der kühne Retter gewesen.«

Sie lächelte schwach. »Dafür bist du jetzt ja da.«

»Man duldet mich. Bull und Tabary standen die ganze Nacht über bis in den Vormittag hinein Wache. Ich glaube, der Doktor hat Bull schließlich heimgeschickt, weil er andernfalls die Krankenschwestern um den Verstand gebracht hätte. Tabary verschwand, sobald er gehört hatte, daß es nur ein winziger Bruch war und du zwischen Bewußtlosigkeit und Bewußtsein hin und her pendelst, aber jeden Augenblick aufwachen könntest.«

Sie schaute sich im Krankenzimmer um, auf die Blumen und auf die Krankenschwester, die ihre Hand mit einem Tätscheln wieder unter die Decke gepackt hatte und jetzt ein Thermometer schüttelte. »Wenn es nur ein winziger Bruch ist, warum dann dieser Aufwand?«

Er grinste. »Ich wußte nicht, daß es nichts Ernstes war, deshalb mußte ich etwas unternehmen. Außerdem kann es nichts schaden, solange du hier drin bist.«

»Wie lange werde ich hierbleiben?« fragte sie.

»Du brauchst keine Angst zu haben; wir kommen auch ein paar Tage ohne dich aus, vor allem jetzt.«

»Ich muß einen Film fertigdrehen, Allen.«

»Bull wird das übernehmen, das hast du doch bestimmt nicht vergessen? Alles in allem hat diese kleine Episode auch ihr Gutes. Sie liefert einen hervorragenden Vorwand für sein Eingreifen.«

Sie starrte ihn an. »Es freut mich, daß du auch die guten Seiten siehst, aber trotzdem möchte ich hier raus.«

»Na schön.« Er warf beide Hände hoch. »Sie behalten dich nur achtundvierzig Stunden zur Beobachtung da. Morgen kannst du ausbrechen, wenn keine unerwarteten Probleme auftreten.«

»Gut«, sagte sie und schloß die Augen. »Gut.«

»Ich weiß nicht, ob das wirklich gut ist; die Polizei möchte sich mit dir unterhalten. Schon wieder.«

Eine Falte setzte sich zwischen ihre Augen. Ihre Lippen teilten sich, aber sie sagte nur: »Worüber?«

»Über den Anschlag auf dich natürlich. Über das, was da draußen geschehen ist und warum es geschehen ist.«

Sie öffnete die Augen wieder. Sie glänzten überrascht. Sie sagte: »Ich kann – mich nicht erinnern.«

»Was soll das heißen, du kannst dich nicht erinnern?«

»Ich meine, ich weiß nichts mehr«, antwortete sie zunehmend besorgt. »Es ist alles weg.«

»Beruhige dich. Erzähl mir, woran du dich erinnerst.«

»An nichts. An gar nichts.«

»Wie ist das möglich?« fragte er. Sein Tonfall wurde eindringlicher. »Du weißt, wer du bist und wer ich bin?«

Ihre Wimpern bebten, und ihre Miene entspannte sich ein bißchen. Ruhiger sagte sie: »Ja, das weiß ich. Und ich – ich erinnere mich daran, daß ich mit Bull und Rey und mit dem Mann von der Versicherung gesprochen habe und daß ich dann aus dem Büro gelaufen bin. Ich sehe noch ein Bild vor mir, wie ich ein Stück in den Sumpf hineingehe. Bäume, Blätter, Vögel. Aber danach – nichts mehr.«

»Du hast nicht gesehen, wer auf dich geschossen hat?«

Sie machte eine winzige, verneinende Kopfbewegung.

»Das macht nichts«, meinte die Krankenschwester tröstend. »Das ist nach einer Kopfverletzung ganz normal. Nur ein kleiner vorübergehender Gedächtnisverlust. Zwingen Sie nichts herbei.«

»Vorübergehend«, sagte Julie mit zittriger Stimme.

»Höchstwahrscheinlich. Wir sagen es dem Doktor, er wird dann mit Ihnen darüber sprechen. Aber ich denke, in Kürze wird Ihnen alles ganz von selbst wieder einfallen, vielleicht heute nachmittag, vielleicht morgen oder übermorgen.«

»Glauben Sie wirklich?« fragte Julie.

Die Schwester tätschelte ihr die Hand. »Mit Gottes Hilfe. Und wenn nicht – es ist ein so winziges Stückchen Zeit im Vergleich zum ganzen Leben. Was kann es schon für einen Unterschied machen?«

Sie hatte recht, was konnte es schon für einen Unterschied machen.

Aber es macht einen.

Julie war sich nicht sicher, ob sie die Worte laut ausgesprochen oder nur gedacht hatte. Sie driftete ab, dachte an Sträuße aus gelben Rosen, die sich langsam in schwimmende, nickende Wasserlilien verwandelten. Nach einer Weile spürte sie, wie Allen ihre Hand losließ.

Nicht ganz zweiunddreißig Stunden später lagerte Julie in der Hollywoodschaukel am schattigen Ende der Galerie hinter Tante Tines Haus. Kurz vor dem Mittagessen hatte man sie aus dem Krankenhaus entlassen. Nach ein paar leichten Happen hatte sie sich in ihrem Zimmer hingelegt, um neue Kräfte zu sammeln. Die Kopfschmerzen kamen und gingen, aber mit Aspirin waren sie in Schach zu halten. Bull hatte immer gesagt, sie sei ein Dickschädel. Offenbar hatte er recht.

Als der Nachmittag voranschritt, wurde es Julie leid, invalide und alleine eingesperrt zu sein. Sie hatte sich bis zur Schaukel vorgearbeitet. Tante Tine hatte ihr zusätzliche Kissen, ein paar

Taschentücher, ein Kofferradio und ein Tablett mit Teekuchen und einem Krug Limonade gebracht.

Bevor es sich Julie allerdings allzu gemütlich machen konnte, stattete ihr der Sheriff einen Besuch ab, begleitet von einem Officer der Staatspolizei. Man war freundlich zueinander; Julie hatte die beiden in letzter Zeit so oft gesehen, daß es ihr eher wie ein Krankenbesuch als wie ein Verhör vorkam. Tante Tine, die sich zu ihnen gesellte und sich nach den Familien der beiden Männer erkundigte, trug zu diesem Eindruck bei.

Julie hatte den Professionalismus und die unbeugsame Höflichkeit der Orts- und der Staatspolizei im Umgang mit der Filmcrew zu schätzen gelernt – unter den Filmleuten gab es einige, die keinen Respekt vor irgendeiner Autorität und noch weniger Neigung verspürten, ihr behilflich zu sein. Zudem gefiel es ihr, wenn man sie Madam nannte. Dennoch war sie keine große Hilfe, da sie sich immer noch an kaum etwas erinnerte. Wenigstens genossen alle die Limonade und den Besuch.

Als sie weg waren, streckte Summer den Kopf aus der Hintertür, kam dann herausgeschlurft und ließ sich vor der Schaukel auf den Boden fallen. Sie machte einen Schmollmund und sagte: »Mir ist langweilig.«

»Wo ist Donna heute?«

»Eins ihrer Kinder mußte zum Zahnarzt. Sie hat gesagt, daß ich mitkommen kann, aber ich mag keine Zahnärzte.«

Julie schaute in das mürrische Gesicht des Mädchens und mußte unwillkürlich lächeln. »Das kann ich dir nachfühlen. Aber bald können die Dreharbeiten weitergehen, hat der Sheriff gesagt. Dann hast du genug zu tun.«

»Morgen, hat Bull gesagt. Ich hab' ihn gefragt, ob ich einen Kopfverband wie Ihren haben kann, für meine Krankenhausszene. Er hat gesagt, er will mal sehen.«

»Das hat er gesagt?«

Summer faltete ihre Beine zum Lotossitz, beugte sich dann vor, stützte die Ellenbogen auf die Knie und das Kinn auf die

Hand. Sie schenkte Julie einen Blick aus dem Augenwinkel, der sehr erwachsen wirkte. »Sie brauchen sich nicht aufzuregen. Ich glaube, er meinte, er wollte erst mal sehen, was Sie wollen.«

»Wie kommst du darauf?«

»Ich hab' ihn gefragt, wann er mal sehen will, und er hat gesagt, sobald Sie auf dem Damm sind.«

Etwas zwischen Hoffnung und Zweifel machte sich in Julie breit, als das Mädchen das sagte. Sie tat ihr Bestes, es zu unterdrücken.

Zu Summer sagte sie: »Du liegst in dieser Szene eigentlich mit Verbrennungen im Krankenhaus, nicht mit einer Gehirnerschütterung.«

»Ja, aber es gibt auch eine Explosion, deshalb verstehe ich nicht, warum ich nicht auch so einen Verband haben kann. Und wenn man mir den Kopf ganz verbinden würde, dann würde es so aussehen, als wären mir alle Haare verbrannt. Das wäre doch stark.«

»Das ist ein Argument.«

»Und vielleicht könnte ich auch ein gebrochenes Bein haben? Und einen gebrochenen Arm?«

»Was, und jede Menge Stützen und Schlingen? Glaubst du nicht, daß die Szene eindrucksvoller ist, wenn du nur blaß und klein und armselig unter der Decke liegst?«

»Aber mit einem Kopfverband?«

»Das ja«, sagte Julie bedeutungsschwer.

Das Mädchen runzelte die Stirn. Es verzog die Brauen aufs Schrecklichste, bevor sie sie herauf- und herunterruckte, um sicherzugehen, daß beide noch funktionierten. »Wahrscheinlich schon. Solange ich keinen grünen Schlauch in die Nase gesteckt kriege. Das ist eklig.«

»Kein grüner Schlauch«, stimmte ihr Julie zu.

Summer wickelte ihre wie Spaghetti verhedderten Gliedmaßen wieder auf und ging, um sich ein Glas Limonade einzuschenken. Sie brachte es zurück, setzte sich wieder und streckte die

Beine vor sich aus. Sie trank die Limonade zur Hälfte aus und leckte sich den süßen Bart ab, bevor sie wieder etwas sagte. »Wissen Sie was? Ich wünschte, Rey wäre mein Vater.«

»Da hat deine Mutter auch noch ein Wort mitzureden«, merkte Julie an.

»Ja. Sie hat den Entzug abgebrochen.«

»Wirklich?«

»Vor zwei Tagen; sie hat gesagt, das Essen wäre so gräßlich. Sie war im Motel, aber sie hat mich erst heute morgen angerufen. Jetzt will sie, daß ich sofort angelaufen komme.«

»Das ist gut.«

»Wieso? Ich will nicht hin. Sie wird wieder Pillen einschmeißen und mir vorwerfen, daß ich nicht so berühmt bin, wie sie es früher war, und daß ich nicht so viel Geld verdiene. Und eines Tages wird sie tot umfallen, statt bloß verrückt zu werden.«

Das altkluge Gehabe, die Gleichgültigkeit maskierten Schmerz, zuviel Schmerz für ein so junges Mädchen. Julie legte ihr die Hand auf die Schulter. »Diesmal vielleicht nicht.«

»Nichts wird sie davon abhalten«, sagte Summer und schlug die Spitzen ihrer Schuhe gegeneinander. Sie schaute der Bewegung zu, als hätte sie nichts mit ihr zu tun.

»Was ist mit deinem leiblichen Vater? Könntest du bei ihm bleiben?«

»Niemals. Er hat eine zweite Frau, die ein Flohhalsband braucht, und drei Kinder, die alle im Stehen pinkeln.«

»Richtig«, sagte Julie.

Summer errötete und schmollte. »Okay, okay, ich sollte nicht so über ihn sprechen, aber es stimmt. Er hat wieder geheiratet und drei Söhne, die ihm über alles gehen. Er will mich nicht mehr, genau wie er meine Mutter nicht wollte, nachdem er merkte, daß sie kein großer Star wird. Sie haben sich schon längst scheiden lassen.«

»Tut mir leid. Ich weiß, wie du dich fühlst; ich habe auch immer gedacht, daß mein Vater mich nicht will.«

»Bull?«

»Dann stellte sich heraus, daß er bloß dachte, ich wäre bei meiner Mutter besser aufgehoben. Wenigstens war's das im großen und ganzen.«

»Ich glaube, bei mir ist das anders«, meinte Summer finster. »Aber wenn Rey mein Vater wäre, dann wär' alles anders. Er ist toll, so wie Jean-Pierre – er ist viel mehr wie Jean-Pierre, als Vance es je spielen kann. Und Rey mag mich wirklich, so wie Jean-Pierre seine Tochter mag. Wir könnten alles mögliche zusammen unternehmen. Und ich würde ihm keine Schwierigkeiten machen. Ich könnte immer hier bei Tante Tine bleiben. In dem ausgebauten Dachboden würde ich mein eigenes Apartment haben. Ich könnte Lebkuchen und Teekuchen backen und auf Hochzeiten gehen und Jambalaya essen und angeln und...«

»Und nie wieder einen Film drehen?«

Das Mädchen schloß den Mund, verzog irritiert und verwirrt einen Mundwinkel. Sie murmelte: »Ich weiß nicht.«

»Es wäre schön, zu einer Familie zu gehören«, sagte Julie.

»Ja«, sagte Summer kaum hörbar.

Die Fliegentür vor dem Eßzimmer quietschte, als Tante Tine sie öffnete. »Summer, bring mir die Limonadegläser, *chère*, bevor die Fliegen sie und Julie dazu wegtragen. Und dann müßtest du mir Zwiebeln für mein *roux* hacken. Ich mache uns Gumbo.«

Das Mädchen rappelte sich auf und lief los, um Tante Tines Bitte zu erfüllen. Tante Tine hielt Summer die Tür auf, als sie die Gläser hineintrug, das Tablett mit dem leeren Krug sorgfältig balancierend. Die alte Dame blieb noch einen Augenblick stehen und lächelte Julie leise kopfschüttelnd zu, bevor sie dem Mädchen ins Haus folgte.

Julie hörte ihre Stimmen, ein leises Gemurmel aus der Küche. Tante Tine war eine ebenso freundliche wie kluge Frau; die Aufgaben, die sie Summer auftrug, erleichterten ihr die Arbeit, und sie lenkten zugleich das Mädchen von ihren Problemen ab. Es war das Beste, was sie tun konnte, solange ihre Mutter einigermaßen vernünftig blieb. Es durfte bezweifelt werden, daß Annette ihre Tochter aufgeben würde, daß man sie überhaupt darum bitten würde. Die Episode während der Dreharbeiten war unschön gewesen, aber vielleicht standen die Dinge gar nicht so schlecht, wie Summer angedeutet hatte. Kinder sagten manchmal Dinge, die sie nicht so meinten, und es hatte nie so ausgesehen, als würde Annette ihr Kind nicht lieben.

Es war auch möglich, daß sich Summer mit der Figur identifizierte, die sie im Film spielte, dem Kind des warmherzigen, starken Cajun Jean-Pierre, einem Kind, das das Leben im Sumpf und das starke Familien- und Gemeinschaftsgefühl kennenlernt, das aus Blutsbanden erwachsen kann. Es wäre nichts Ungewöhnliches. Auch ältere und erfahrenere Schauspieler als Summer verwischten manchmal die Grenze zwischen Realität und Illusion ein wenig.

Als sie länger über Summer und Rey, über Jean-Pierre und Alicia nachdachte, wurde Julie in einer Art Zeitlupen-Überraschung klar, daß sie selbst ihren Film ganz falsch gesehen hatte. Sie hatte das Drehbuch für eine Geschichte über ein junges Mädchen gehalten, das erwachsen wird, lernt, auf eigenen Füßen zu stehen und selbständig zu denken. Nachdem sie durch die so verschiedenen Liebes- und Lebensweisen ihrer Mutter und ihres Vaters beinahe umgebracht worden war, sollte sie schließlich die beiden dazu zwingen, ihr Leben neu zu bewerten.

In gewisser Hinsicht war das richtig. Aber eigentlich, das sah Julie jetzt ein, hatte sie keine Geschichte übers Erwachsenwerden gedreht. Es ging um die Beziehung zwischen Vätern und Töchtern. Es ging um Liebe, die Selbständigkeit statt Abhängigkeit erzeugt. Es ging um Liebe, die individuelles Wachstum fördert, statt auf einer Reproduktion des Selbstbildes zu bestehen.

Das Ende, das sie sich ausgemalt hatte, stimmte in diesem Fall überhaupt nicht. Alicia im Krankenbett konnte unmöglich fortrennen; das hatte Julie am eigenen Leibe erleben müssen. Das bedeutete, daß eine Entscheidung getroffen werden mußte und daß nicht Alicia sie treffen würde.

Jean-Pierre mußte diese Entscheidung fällen. Er liebte seine Tochter mehr als alles andere, darum mußte auch er das größte Opfer bringen. Es gab keine Alternative.

Das hieß, daß die Krankenhausszene von besonderer Bedeutung war. Sie brauchte nicht rührselig oder sentimental, nicht einmal lang zu sein. Sie sollte statt dessen Jean-Pierres Tapferkeit und Liebe, die unter seiner Grobheit steckten, und vielleicht sogar seinen Humor beweisen. Sie sollte, um es auf den Punkt zu bringen, die Zuschauer zu Tränen rühren.

Sie mußte das Bull erzählen. Die Ideen kamen immer schneller; sie brauchte Block und Bleistift, um sie festzuhalten, ehe sie alles vergaß, und dann brauchte sie ihren Laptop-Computer und mußte sich ans Schreiben und Umschreiben machen. Es gab eine Menge zu tun, wenn sie die Krankenhausszene morgen schon drehen wollten.

Dann fiel es ihr wieder ein.

Sie war nicht mehr verantwortlich; Bull war es. Und vielleicht sah er die Szene nicht so wie sie.

O doch, das würde er, das mußte er; er war ihr Vater.

Und während sie da saß und die Baumschatten betrachtete, die ihre Muster auf dem sommermüden Gras webten, erkannte Julie noch etwas.

Dieser Film, ihr Film, handelte nicht von irgendeiner Tochter und ihrem Vater. Er handelte von ihr und Bull.

Natürlich beschrieb er nicht ihr Leben, aber er beschrieb ihre Kindheitsträume, beschrieb Hoffnungen und Ängste, die sie heute noch hatte. Als Kind hatte sie, besonders wenn sie wütend auf ihre Mutter war, sich mit einem Phantasievater getröstet, der sie wirklich liebte. Sie malte sich aus, wie er sie holen kam, sie rettete, sie entführte und alle Gefahren auf sich nahm, nur um sie bei sich zu haben. In dieser Phantasie hatte immer ihre Mutter im Weg gestanden, ihn vom Kommen abgehalten. Aber Bull hatte sie um ihren Traum betrogen, das hatte sie wenigstens geglaubt. Er hatte ganz offen gezeigt, daß er seine Tochter nicht liebte oder sie wenigstens nicht genug liebte. Er war nie gekommen.

Irgendwie hatte sie in ihrer Vorstellung diesen Betrug damit verbunden, daß er ihre Mutter mit anderen Frauen betrogen hatte. Sie hatte ihm beides nie vergeben, nicht wirklich, nicht einmal, nachdem sie bei ihm gelebt hatte. Irgendwo tief in ihrem Inneren war sie immer böse auf ihn gewesen. Mehr noch, sie hatte ihm nie vertraut. Sie hatte sich immer vor dem nächsten Betrug gefürchtet.

Je mehr sie darüber nachdachte, desto mehr schien es ihr, als sei ihre Angst zum Teil der Grund, weswegen sie die Vorstellung so störte, mit ihm zusammen an *Im Reich der Sümpfe* zu arbeiten. Sie hatte ihm nicht geglaubt, als er gesagt hatte, er wollte nur mit ihr arbeiten, sie nicht ablösen. Und sie hatte recht behalten. Er hatte eingegriffen und bei der erstbesten Gelegenheit den Film an sich gerissen. Es war ein weiterer Betrug, der aufs neue bewies, wie wenig sie ihm bedeutete, wie wenig er sie liebte.

Oder doch nicht?

Sie hatte ihm keine Gelegenheit gegeben, sich zu rechtfertigen.

»Ah, *chère*, warum machen Sie so ein Gesicht? Es ist ja fast so lang wie ein ganzes Bayou. Haben Sie Kopfschmerzen?«

Tante Tine war noch einmal herausgekommen, um nach ihr zu sehen. Sie ließ sich in einen Schaukelstuhl sinken, um sich einen Augenblick auszuruhen. Julie lächelte sie an. Sie war dankbar für ihre Fürsorge. Sie beantwortete die Frage mit einem Kopfschütteln und erzählte ihr dann, worüber sie nachgedacht hatte, über Bull und den Film und darüber, wie er ihn ihr weggenommen hatte und ob er ihn zurückgeben würde.

Als sie fertig war, schaukelte Tante Tine ein paarmal in dem Schaukelstuhl vor und zurück, den sie neben die Hollywoodschaukel gezogen hatte. Ihr kleines, altes Gesicht mit der kreppartigen Haut wirkte konzentriert. »Also glauben Sie, daß Ihr Papa Ihnen die Arbeit weggenommen hat? Möglich, so etwas kommt vor. Der Alligator-Papa verschlingt lächelnd seine eigenen Jungen, wenn sie nicht schnell genug aus dem Nest ins Wasser fliehen. Aber Männer sind meistens doch Menschen und nicht ganz so herzlos. Ich glaube, Sie sollten ihn wenigstens fragen.«

Julie nickte. »Ich bin eben zu demselben Ergebnis gekommen. Ich glaube, ich war wirklich selbst daran schuld, daß man auf mich geschossen hat. Ich hätte nicht einfach so wegrennen dürfen.«

»Nein, *chère*! Woher sollten Sie wissen, daß jemand Sie umbringen will? Seien Sie nicht kindisch.«

»Nein, aber Stan war bereits tot«, widersprach Julie reuevoll.

»Es ist wirklich furchtbar«, antwortete die alte Dame verdrossen. »All diese Toten und Morde und Leute im Sumpf, die nicht hierhergehören. All diese Drogengeschäfte. Das Schlimmste daran ist, daß sie die jungen Menschen mit ihrem schmutzigen Geld, aus dem sie große Träume zaubern, vergiften; die Jungen sterben so leicht.«

Julie sagte: »Sie glauben, die Probleme auf dem Drehgelände haben etwas mit Drogenschmuggel zu tun?«

»Das ist nicht schwer zu erraten, *chère*; was gibt es sonst im Sumpf, das einen Mord lohnt! Ein paar Alligatoren, die außerhalb der Saison gejagt werden? Nein, nein.«

»Und ich dachte, das wäre ein Geheimnis, habe geschwiegen, weil ich dachte, daß sich das auf meinen Film auswirken würde. Ich habe ein schreckliches Durcheinander angerichtet.«

»Die Polizei hat von Anfang an gewußt, daß die Möglichkeit bestand; sie kämpften jeden Tag mit ihren Einsatzkommandos gegen so etwas. Ich bezweifle, daß das, was Sie ihnen hätten erzählen können, einen Unterschied gemacht hätte.«

»Vielleicht. Aber es scheint tatsächlich, als würde alles schiefgehen, was ich anfasse.«

»Das glauben Sie nur, weil Sie sich so elend fühlen. Morgen sieht alles anders aus.«

»Das glaube ich nicht«, sagte Julie kopfschüttelnd.

»Nun, dann können Sie allein etwas daran ändern«, beschied ihr die alte Dame einfach. »Es ist wie beim Gumbo – Sie können nur das aus diesem Leben herausholen, was Sie hineintun. Sie können es mit Liebe oder Haß würzen, mit Hoffnung oder Angst, ganz nach Ihrem Geschmack. Wenn etwas drin schwimmt, das Ihnen nicht gefällt, holen Sie es heraus und werfen Sie es weg; es wäre dumm, es drinzulassen und sich über den Geschmack zu beschweren. Und vor allem genießen Sie, wenn Sie es essen. Dazu sind wir hier.«

»Ich glaube«, bekannte Julie, »daß ich diese Portion hier versalzen habe. Glauben Sie, ich kann noch mal anfangen?«

»Immer«, sagte Tante Tine. »Gute Köche machen das immer so, bis sie den richtigen Geschmack gefunden haben. Wobei mir einfällt, daß ich mich wieder um das Essen kümmern sollte. Summer paßt auf den Topf auf, aber sie weiß nicht, wann es gar ist.«

Julie saß lange still da, nachdem Tante Tine ins Haus gegangen war. Sie schaute dem Pfau zu, der sein Rad im Spätnachmittagslicht schlug, roch den Duft angebräunten Mehls mit Zwiebeln, Sellerie und Knoblauch, Pfeffer, geräuchertem Fleisch und Hühnerklein, der aus dem Haus wehte, und dachte darüber nach, was Reys Tante gesagt hatte. Sie dachte auch darüber nach, was Tante Tine unausgesprochen gelassen hatte – der leise Hinweis darauf, daß Menschenleben wichtiger waren als ein Film.

Bull, Rey, Allen, Ofelia – niemand von ihnen kam ihr vor wie ein Mörder. Warum war es so schwer, die Menschen in ihrer Umgebung zu verdächtigen? Sie hielt sich nicht für naiv, aber trotzdem war es beinahe unmöglich, sich vorzustellen, wie einer von ihnen einen Unfall provozierte, ein Messer zückte, einen Schuß abfeuerte. Nichtsdestrotrotz hatte einer von ihnen zwei Menschen getötet und zwei umzubringen versucht.

Sie hatten versucht, Summer zu ermorden. Vielleicht lag dort der Schlüssel. Alles andere konnte man noch irgendwie vernünftig erklären, aber der Anschlag auf Summer ergab keinen Sinn.

Was konnte sich irgend jemand durch den Mord an einem jungen Mädchen erhoffen?

Die einzige Möglichkeit war, daß Summer etwas wußte, etwas gesehen oder gehört hatte, das sie nicht verstand, aber das sie vielleicht gegenüber einem anderen erwähnen konnte. Summer war ein frühreifes, vorwitziges Kind, das wahrscheinlich alles mitbekam, was sich um sie herum abspielte, vor allem, wenn es sie überhaupt nichts anging.

Summer. Wenn sie wirklich etwas wußte, dann war sie vielleicht immer noch in Gefahr. Julie dachte erbittert und konzentriert darüber nach. Sie starrte in die hereinbrechende Dämmerung hinaus. Sie mußte sich mit dem Mädchen unterhalten.

Es gab noch mehr Leute, denen sie ein paar Fragen stellen mußte. Irgendwo in der Tiefe ihrer Erinnerung ruhte etwas, das sie irritierte, vielleicht etwas, das jemand zu ihr gesagt hatte und das sie noch einmal hören mußte oder das sie vielleicht zu jemandem gesagt und vergessen hatte. Dieses Detail nagte an ihr. Sie würde nicht zur Ruhe kommen, ehe es ihr einfiel.

Sie konnte sich nicht an die Minuten erinnern, bevor man auf sie geschossen hatte. Vielleicht war es in diesem Augenblick gesagt worden. Rey war bei ihr gewesen, das wußte sie. Sie würde ihn fragen, worüber sie gesprochen hatten. Vielleicht konnte sie es sich mit seiner Hilfe wieder ins Gedächtnis rufen.

Wie auch immer, sie würde herausfinden, wer sie und ihren Film zu seinen eigenen Zwecken mißbraucht hatte. Wie auch immer, sie würde dafür sorgen, daß er damit nicht durchkam. Sie wußte nicht genau, was sie unternehmen würde, aber auf jeden Fall würde sie erst einmal kräftig in diesem Gumbo herumrühren, das die Dreharbeiten zu *Im Reich der Sümpfe* darstellten.

Sie würde ordentlich umrühren – mal sehen, was alles zum Vorschein kam.

22. Kapitel

Bull kam zum Essen. Er fuhr mit Rey vor dem Haus vor, als Julie darüber nachzudenken begann, ob sie ins Haus gehen sollte. Er sah übernächtigt aus, und unter seinen Augen waren tiefe Ringe. Seine Khakikleider waren verknittert, als würde er aus dem Koffer leben und hätte keine Zeit, seine Sachen in die Hotelwäscherei oder zum Bügeln zu geben.

Rey, in Jeans und einem Navy-Hemd mit passenden Navy-Schuhen, war makellos und trotz aller Lässigkeit elegant gekleidet. Er wirkte fit und so hellwach, daß Julie allein der Gedanke daran müde machte.

Sie antwortete auf Reys Frage, wie es ihr ging: »Gut.« Als sie ihn fragte, wie seine Schulter verheilte, erhielt sie die gleiche Antwort. Sie logen beide, dachte sie. Auch er wußte es, das erkannte sie an den schmalen Augen, mit denen er sie musterte.

Julie wandte sich an Bull. »Ich habe über die Schlußszenen im Film nachgedacht. Ich habe ein paar Ideen, über die ich gerne mit dir reden würde.«

»Wirklich?« fragte er. Farbe stieg ihm ins Gesicht. »Zufällig habe ich auch ein paar. Aber glaubst du, das kann noch bis zum Essen warten? Ich bin so hungrig, daß ich einem Elefanten das Hinterbein abnagen könnte, wenn er nur lang genug stehenbliebe. Ich glaube, ich wasche mir die Hände und helfe dann Tante Tine beim Tischdecken.«

Julie schaute ihrem Vater stirnrunzelnd nach, als er ins Haus ging. Sie erkannte seine übliche Ausweichtaktik einer Sache gegenüber, die ihm unangenehm war. Andererseits schien es ihm zu gefallen, daß sie mit ihm über den Film diskutieren wollte. Sie würde der Sache auf den Grund gehen, aber später. Jetzt beschäftigte sie sich wieder mit Rey.

»Man hat mir gesagt, daß du mich im Sumpf gefunden und gerettet hast, bevor du mich ins Krankenhaus gebracht hast. Ich möchte dir wirklich...«

»Wenn du mir danken willst, spar es dir«, sagte er. Seine Stimme klang angespannt. Er ließ sich auf dem Galeriegeländer nieder, halb von ihr abgewandt und mit einem Fuß auf dem Boden. »Ich hätte dich da draußen keinesfalls allein lassen dürfen. Wenn ich das nicht getan hätte, wäre nichts geschehen.«

»Du *warst* also da! Ich hab's gewußt, aber ich kann mich nicht mehr daran erinnern, worüber wir gesprochen haben. Ich nehme an, es hatte mit Bull und dem Film zu tun; ich erinnere mich an die Szene mit ihm und Davies, bevor ich wie eine Wilde in den Wald geflohen bin.«

Er drehte sich mit nachdenklicher Miene zu ihr um. »Du kannst dich wirklich nicht daran erinnern?«

»Ich sehe ein paar Bilder vor mir, spüre etwas, aber das ist alles.«

»Was zum Beispiel?« Seine Augen begannen zu strahlen.

Sie bemerkte den amüsierten Unterton. »Ich weiß nicht – einfach irgendwas.«

»Und wenn ich behaupten würde, du hättest mich angefleht, dich wild und leidenschaftlich unter freiem Himmel zu lieben, dann wüßtest du nicht, ob das wirklich passiert ist, ob ich mit Ja oder Nein geantwortet hätte?«

»Ich finde das nicht komisch!« erklärte sie ihm entrüstet. Trotzdem begann ihr Puls kurz zu flattern, als er das sagte.

»Ich schon. Ich hätte nicht gedacht, daß du etwas so Wichtiges vergessen könntest.«

Sie drehte den Kopf ein Stück zur Seite, ohne den Blick von ihm zu wenden. »Was zum Beispiel?«

»Ich weiß nicht, ob ich es dir sagen soll; es könnte dir peinlich sein.«

»Nicht so peinlich, wie vor dir zu sitzen, während du dich über mich lustig machst und ich nicht weiß, warum!«

»Ich weiß, aber ich kann der Versuchung einfach nicht widerstehen.«

Sie blieb mißtrauisch, aber es schien Wochen her zu sein, seit sie zum letztenmal diese heitere Miene gesehen hatte. Sie sagte: »Verrätst du es mir, oder willst du ewig vor dich hin lachen?«

»Manchmal möchte man gar nicht glauben, was Frauen in der Glut der Leidenschaft sagen, aber du hast geschworen, daß du mich über alles bewunderst und bleiben möchtest...«

Er hielt inne, und das Lachen in seinen Augen erstarb. Er schaute auf seine Hände nieder, die er über seinem Schenkel gefaltet hatte.

»Wenn ich das gesagt habe«, meinte Julie langsam, »dann war es wahrscheinlich sehr weise von dir, wegzulaufen und mich allein zu lassen.«

Er stand unvermittelt auf, ging zum nächsten Pfeiler und lehnte sich dagegen, den Rücken ihr zugewandt. »Du hast es nicht gesagt. Es war ein schlechter Scherz; verzeih mir. In Wahrheit hast du gesagt, daß ich Paul umgebracht hätte, um mich an seine Frau ranzumachen, und dann Stan, weil er der einzige war, der die Wahrheit ahnte.«

»Das – habe ich nicht gesagt. Bestimmt nicht.« Sie mußte die Worte durch ihre zugeschnürte Kehle zwängen.

»Vielleicht nicht. Vielleicht hast du es nur angedeutet. Der Effekt war der gleiche.«

»Welcher – Effekt?«

»Mein idiotischer Stolz wurde mir wichtiger als der gesunde Menschenverstand, und du wärst beinahe gestorben.«

»Es klingt, als hätte ich das auch provoziert. Aber ich bin nicht gestorben. Laß es gut sein.«

Er drehte sich zu ihr um, lehnte mit seiner gesunden Schulter an der Säule, steckte die Finger in die Jeanstaschen. Ohne zu lächeln, schaute er sie an und sagte: »Das würde ich gern, aber ich kann es nicht, nicht bevor du dich an alles erinnerst, was an dem Tag gesagt wurde.«

»Ist das so wichtig?« fragte sie leise.

»Ich glaube schon«, antwortete er.

»Und wenn ich mich nie wieder daran erinnere?«

Schritte näherten sich der offenen Eßzimmertür. Wahrscheinlich wollte ihnen Tante Tine sagen, daß das Essen fertig war. Er sprach schnell, bevor sie unterbrochen wurden: »Dann ist das vielleicht das Beste, was passieren kann.«

Nach dem Essen half Rey seiner Tante beim Abwaschen, neckte und spaßte mit Summer, so daß sie in die Aufräummannschaft einbezogen wurde. Zugleich schob Tante Tine Julie aus dem Eßzimmer in den Salon. Da sie sah, daß Bull unschlüssig stehenblieb, als suchte er nach einem Vorwand, um verschwinden zu können, packte ihn Julie am Arm und erinnerte ihn daran, daß sie miteinander sprechen mußten.

Der Salon war nicht groß und wurde nicht oft benutzt; Tante Tine unterhielt sich mit ihren Freundinnen lieber auf der hinteren Galerie oder in der Küche. Deshalb hatte das Zimmer so viel Charakter wie eine Museumsdekoration. Es gab eine alte Pumporgel mit abgetretenen Samtpedalen und silbernen Kerzenständern an hölzernen, aus der Wand ragenden Kerzenhaltern. Ein riesiger Rokokospiegel hing über dem Kamin, schräg gekippt, daß es schon gefährlich aussah, aber nur so spiegelte sich der Raum darin. An einer Wand hing ein Sepiadruck einer antiken römischen Szene, an einer anderen eine verblichene Madonna mit Kind, hinter deren Rahmen vertrocknete Palmwedel vom letzten Ostergottesdienst steckten. Das Mobiliar bestand aus vier Sesseln und zwei Fußschemeln, war mit champagnerfarbenem Brokat bezogen, der einst weiß gewesen sein mochte, und war vor dem Kamin aufgebaut. Das einzige halbwegs moderne Stück war eine Radiokommode aus den dreißiger Jahren und bedeckt mit Fotos aus derselben Zeit sowie Bildern, die Rey in seiner Schule zeigten.

Das Zimmer mit seinen altehrwürdigen Möbeln erinnerte an ein Bühnenbild vor dem Auftritt der Schauspieler. Julie berührte eine Glasglocke mit einem Arrangement pastellfarbener Wachsblumen darunter und sagte ihren lange auswendig gelernten Text auf. Es fiel ihr leichter, als sie gedacht hatte.

»Ich möchte mit dir über das Ende von *Im Reich der Sümpfe* sprechen; ich möchte noch einiges daran ändern.«

Im gleichen Moment sagte Bull, der mitten im Zimmer stand: »Wegen dem Ende von diesem Film – ich finde, das ist kein Volltreffer.«

Sie sahen einander an und lachten; beide fühlten sich unsicher.

»Du zuerst«, sagte er.

»Nein, du. Du bist der Regisseur.«

»Arschkriechen? Du? Das kann nicht sein!«

Die Grobheit war absehbar gewesen, der Tadel, wo sie sich solche Mühe gab, vernünftig zu sein, nicht. »Du weißt genau, daß ich das nicht mache!«

»Da hast du verdammt recht«, sagte er. »Wir beide sind die Regisseure, daß du das bloß nicht vergißt. Also rück mit deinen Ideen raus.«

Einen Augenblick lang befürchtete Julie, gleich loszuweinen. Sie schluckte schwer und begann dann zu umreißen, was ihr vorschwebte.

Die Idee war gut; das erkannten sie am nächsten Tag im Krankenhaus. Julie war die ganze Nacht aufgeblieben und hatte den Text mit Bulls und Reys Hilfe umgeschrieben. Ofelia war vorgewarnt worden und hatte stundenlang herumtelefoniert, bis sie die Erlaubnis bekommen hatte, das Krankenhaus und die Straße davor noch ein paar Stunden in Anspruch zu nehmen. Madelyn, Vance und Summer hatten in Windeseile den neuen Text einstudieren müssen, während die Requisiten aufgebaut wurden. Trotz allem hatte sich der Einsatz gelohnt.

In ihren Verbänden hatte Summer im Krankenbett wie eine Mischung aus einem kleinen Engel und einem kleinen Straßenfeger gewirkt, der sich vor nichts fürchtete und der seiner Mutter in Zukunft einiges Kopfzerbrechen bereiten würde. Als Jean-Pierre ihr erklärte, daß er fort mußte, da ihn die Polizei suchte, nachdem er seine Tochter entführt hatte, wirkte die Szene so glaubhaft, daß die Emotionen in der Luft zu knistern schienen. Tiefe Liebe sprach aus den wenigen Sätzen, mit denen sich die beiden verabschiedeten. Atemlos, reglos, gebannt verfolgte die Crew, wie das Mädchen ihm nachschaute, als er das Zimmer verließ, wie sie aus dem Bett kletterte und sich ans Fenster stellte, um ihn wegfahren zu sehen. Dann, als die magischen Worte: »Schnitt – die Szene ist gestorben« gesprochen wurden, brachen alle in Applaus aus und gratulierten den Schauspielern.

Julie ging zu Summer, umarmte und lobte sie, setzte sich zu ihr aufs Bett und legte ihren Stirnverband gegen den des Mädchens. Eine Kamera blitzte auf, und Julie drehte sich gerade noch rechtzeitig um, um zu sehen, wie die Reporterin, die Vances Schatten geworden war, sich wegdrehte. Die Frau hatte die Nerven, ihr kurz zuzuwinken.

Julie starrte ihr wütend nach, tätschelte Summer ein letztes Mal, überließ sie dann Donnas Obhut und ging Vance suchen.

»Also, Leute«, erklärte Ofelia den Kameraleuten und Toningenieuren, »ich sag's ja nicht gern, aber ihr seid am falschen Fleck. Die nächste Szene spielt in der Eingangshalle. Auf geht's!«

Julie umrundete eine Ecke auf ihrem Weg nach draußen und machte einen hastigen Schritt zur Seite, als sie eine Frau aus der anderen Richtung auf sich zurennen sah. Die Frau erschrak, wich zurück und lachte dann nervös. »Um Gottes willen, ich wollte Sie nicht umrennen, Julie.«

Julie streckte die Hand aus, um Annette zu stützen. »Ich glaube, es war eher umgekehrt. Ist alles in Ordnung?«

Annette nickte heftig. »Ist die Szene schon vorbei? Man hat mir gesagt, daß Summer arbeitet, und da wollte ich nicht fehlen.«

»Leider sind wir schon fertig. Aber Sie können ihr den Verband abnehmen – ein falscher natürlich.«

»Einen Augenblick haben Sie mir wirklich angst gemacht. Ich war so weit weg von allem, daß ich beinahe das Drehbuch vergessen hätte.«

Annette war bleich, und das Haar klebte so platt und leblos an ihrem Kopf, daß die Form ihres Schädels zu erkennen war. Das ungeschminkte Gesicht zeigte feine Fältchen und verschwommene Konturen, und unter ihren Augen lagen die Schatten der Krankheit. Sie sah aus, als gehörte sie immer noch ins Krankenhaus, wenn nicht gar in die Entzugsabteilung.

»Summer geht es gut«, sagte Julie und fuhr dann fort, getrieben von einem vagen Gedanken, der sich seit gestern abend in ihrem Kopf festgesetzt hatte: »Sagen Sie mir eines, Annette, ist die Geschichte wahr, die Vance erzählt hat? Haben Sie wirklich mal mit einer Python gestrippt?«

Annette stöhnte. »Ach, diese Geschichte. Ich hätte Vance umbringen können – oder mich selbst, weil ich so dumm und high war, sie ihm zu erzählen.«

»Es war nicht so schlimm.«

»Ich wäre beinahe gestorben. Ich fühlte mich so gedemütigt. Ich wollte nicht, daß jemals jemand erfährt, wie tief ich gesunken war. Ich habe bloß Glück, daß die Zeitungen nichts davon erfahren haben. So wie ich sie kenne, hätten sie wahrscheinlich behauptet, daß Summer eine Halbschlange ist.«

Julie hätte über diese Bemerkung beinahe gelacht, aber sie war nicht sicher, ob Annette nicht recht hatte. »Also stimmt die Geschichte?«

»So ungefähr. Ich hab's für einen Mann gemacht, mit dem ich zusammen war. Es war kein Striptease. Ich hab's auch nur einmal gemacht, weil ich nicht ertragen konnte, wie sich dieses Ding anfühlt, so trocken und glitschig und so – anschmiegsam.« Sie schauderte vor offensichtlich ehrlichem Ekel.

»Ich wollte keine unangenehmen Erinnerungen heraufbeschwören«, sagte Julie. »Es kam mir einfach komisch vor.«

»Ja sicher, aber ein Mensch ist zu vielem bereit, wenn er ein

Kind zu ernähren hat und keine Karriere mehr machen kann. Aber das können Sie nicht wissen. Vielleicht kommt ja einmal der Tag, an dem Sie es selbst herausfinden. Vielleicht erinnern Sie sich dann an mich und die Python.«

»Das werde ich bestimmt«, sagte Julie ruhig.

Annette schenkte ihr einen durchdringenden Blick, als machte sie die mangelnde Ironie in dieser Antwort mißtrauisch. Dann zwängte sie sich an Julie vorbei und marschierte ins Krankenhaus.

Julie entdeckte Vance schließlich auf dem Weg zum Maskenbildner, wo er sich herrichten lassen wollte. Er spielte die Szene in der Eingangshalle zusammen mit Madelyn. Es war eine kurze, aber wichtige Szene. Jean-Pierre würde seiner Frau erklären, daß er aufgab, daß sie gewonnen hatte – er würde nicht mehr versuchen, seine Tochter bei sich zu behalten, und sie, seine Frau, nicht länger bitten, zu ihm zurückzukehren –, während Madelyn als Dorothea langsam erkennen würde, wieviel sie verloren hatte.

»Du hast großartig gespielt in der Szene mit Summer, Vance«, sagte Julie, als sie ihn eingeholt hatte.

»Danke«, sagte er und ruckte kurz mit den Schultern, als wollte er ihr triviales Kompliment abschütteln. »Die Szene gehörte der Kleinen, aber ich denke, ich habe mich ganz ordentlich geschlagen.«

»Das sehe ich genauso.« Doch insgeheim war Julie erstaunt, welche Emotionen ein Schauspieler wie Vance heraufbeschwören konnte, ohne offensichtlich selbst etwas davon zu spüren.

Vance rief den Maskenbildner her und setzte sich in einen Regiestuhl. Julie wartete, bis der Maskenbildner einen Frisierumhang über Vance geworfen und sein Gesicht eingepudert hatte, bevor sie weitersprach.

»Du hast die nächste Szene begriffen, nicht wahr? Du verstehst, daß sie notwendig ist, die unüberbrückbaren Differenzen zwischen dir und deiner Frau aufzuzeigen. Der Zuschauer muß begreifen, daß es vergeblich ist, darauf zu hoffen, daß einer von euch sich dem anderen zuliebe verändert.«

»Ich hab's kapiert«, antwortete er gelangweilt und schloß die Augen, während der Puder aus seinen Brauen gekämmt wurde.

»Das bedeutet nicht, daß du sie nicht mehr liebst oder daß sie dir sogar gleichgültig ist.«

Vance schaute sie an. Seine blauen Augen waren so kühl wie seine Stimme. »Ja, doch, Julie, ich habe das Drehbuch gelesen, stell dir vor. Ich hab' dir gerade gesagt, daß ich es kapiert habe.«

»Gut«, sagte sie, und sie unterdrückte den Drang, ihm weiter zu erklären, wie die Szene gespielt werden sollte. »Noch eins. Sag deinem Mädchen, sie soll entweder die Kamera wegstecken oder verschwinden.«

Vance riß sich die Schminkkappe vom Kopf und schleuderte sie im Aufstehen dem Maskenbildner zu. »Ich wollte nett zu dir sein, Julie, deshalb habe ich mir deine Vorschläge angehört, aber ich möchte dich daran erinnern, daß du hier nichts mehr zu sagen hast. Also rutsch mir den Buckel runter.«

Julie lächelte ihn an, streckte sogar die Hand aus und streichelte ihm die Wange. »Du bist ein ganz ordentlicher Schauspieler, Vance, aber kein besonders kluger Mensch. Ich werde trotzdem versuchen, es dir begreiflich zu machen. Es ist so: Tu, was ich dir sage, sonst verpetz' ich dich bei meinem Daddy.«

Sie hätte diplomatischer sein können, aber er hatte sie geärgert. Außerdem brauchte er sie nicht zu lieben. Sie machte kehrt, bevor er antworten konnte, und entfernte sich ein paar Schritte, bevor sie sich plötzlich noch mal umdrehte.

»Ach, Vance, du kennst Allen doch schon ziemlich lang, nicht wahr? Hast du ihn um der alten Freundschaft willen über alles informiert, was hier los war, oder war es – wie Bull es nennen würde – bloß Arschkriecherei?«

»Was zum Teufel bildest du dir eigentlich ein, so mit mir zu reden?« brüllte er und machte mit geballten Fäusten einen Schritt in ihre Richtung. »Merk dir eins – ich bin der Star in diesem verdammten Film. Das Gör spielt vielleicht ganz gut, aber ohne mich ist sie nichts! Arschkriecherei, leck mich! Ich bin keine Schlange; so tief brauche ich nicht zu sinken! Und jetzt scher dich zum Teufel, sonst weiß ich nicht, ob *ich* nicht beim nächstenmal auf dich schieße!«

»Meine Güte.« Sie zog eine Braue hoch und lächelte genießerisch, bevor sie sich wieder umdrehte. »Danke, Vance.«

Er starrte ihr nach. Beim Gehen hallten seine Worte im Rhythmus ihrer Schritte in ihrem Kopf. Ich-bin-keine-Schlange. Ich-bin-keine-Schlange. Plötzlich fielen sie ihr wieder ein. Die Worte, die jemand zu ihr gesagt hatte und die sie nicht losgelassen hatten. Jetzt ahnte sie, wer ihren Film sabotierte, wer den Drogenschmuggel organisiert hatte, wer hinter Pauls und Stans Tod und an den Anschlägen auf Summer und sie selbst steckte. Sie wußte nicht, warum, aber alles andere paßte auf eigenartig verworrene Art zusammen. Es paßte so gut zusammen, daß sie wußte, sie hatte recht.

Es mußte so sein.

Jetzt blieb nur noch die Frage, was sie unternehmen sollte.

Die Dreharbeiten wurden fortgesetzt. Als sie Vance und Madelyn die Szene in der Eingangshalle spielen sah, die im Film die letzte Sequenz vor der Abschiedsszene im Krankenzimmer mit Summer sein würde, fragte sich Julie widerstrebend, ob die Regisseure nicht doch recht hatten, die ihre Schauspieler mit gezielten Beleidigungen anspornten. Schweigend verfolgten alle das Spiel, selbst Summer, die immer noch in ihrem Krankenhaushemd über einem fleischfarbenen Bodysuit steckte.

Vance war phantastisch. Er stellte sich der Wahrheit über sein eigenes Wesen und das der Frau, die er geheiratet hatte. Aus seinen Worten sprachen unterdrückter Schmerz und bittere Sorge, aber zugleich auch Müdigkeit, Güte und das Bedürfnis, den Abschied so leicht wie möglich für die Frau zu machen, die einst seine Frau gewesen und die immer noch die Mutter seines Kindes war. Es lag Überzeugung in seiner Stimme, als er sagte, daß sich manchmal die Menschen nicht ändern könnten, selbst wenn es zu ihrem Besten wäre, daß alte Gewohnheiten und Wünsche oft zu tief verwurzelt seien, um abgelegt zu werden, daß die Sicherheit, die alte Eigenarten und eingefahrene Verhaltensweisen boten, bisweilen zu tröstlich wäre, um aufgegeben zu werden.

»Und was ist mit der Liebe?« flüsterte Madelyn vor laufenden Kameras. Die Augen unter der Schminke waren groß und wäßrig.

»Liebe oder Leidenschaft?« sagte Vance. Sein Gesicht wurde einen winzigen Augenblick von so intensivem Verlangen überschattet, daß es fast zornig wirkte. »Beschreib mir den Unterschied, dann werde ich dir antworten.« Er wartete, und als Madelyn nichts zu sagen wußte, hielt er kurz inne und schenkte ihr dann sein berühmtes schiefes Lächeln und ein gallisches, resigniertes Achselzucken. »Was immer zwischen uns war, war nicht genug – niemals.«

»Was willst du machen?« fragte Madelyn.

»Weggehen«, sagte Vance, »weil wir Alicia zwischen uns zerreißen, und das kann ich nicht mehr. Ich gehe weg, solange ich noch kann. Und ich werde nicht zurückkommen, weil Alicia jetzt weiß, was Liebe heißt. Und ich weiß es auch. Und diesmal ist es endlich genug.«

Dann ging Vance davon, betrat das Krankenhauszimmer, in dem seine Tochter lag, um sich von ihr zu verabschieden, während Bull und Julie die Kamera mit einer Geste anweisen, Madelyns gramzerfurchtes Gesicht in Nahaufnahme zu filmen.

Dann hörte man hinten im Gang, hinter der Crew, wo die Zuschauer standen, ein Schluchzen. Summer kam mit wehendem Krankenhaushemd und aufgelöstem Kopfverband hergerannt. Sie klammerte sich an Julie, zerrte an ihrem Arm. Tränen rannen ihr über die Wangen, und ihr dünnes Gesicht sah elend aus. »Ich hab' nicht gewußt, daß er nie zurückkommt, überhaupt nie! Machen Sie, daß er zurückkommt, ich weiß, daß Sie das können. Er muß zurückkommen!«

Julie nahm das Mädchen in die Arme, drückte den kleinen Körper an sich und fühlte die Tränen in ihrer eigenen Kehle. »O Summer«, flüsterte sie hilflos, »es tut mir leid, so leid.«

Dann war Donna da und Annette ebenfalls. Vance kam aus dem Krankenzimmer, in das er gegangen war, und blieb verlegen abseits stehen. Die übrige Crew versammelte sich um sie, undeutliches Flüstern und leise Kommentare erfüllten den Raum.

»Das arme Kind ist vollkommen durcheinander.«

»Überempfindlich wie ihre Mutter.«

»Mein Gott, ich wußte nicht, daß sie den alten Vance überhaupt mag.«

»Sie redet doch nicht von Vance, du Dummkopf.«

Dann löste sich die Menge auf, trat zurück, und Rey kam zu ihnen. Er ging neben Summer auf ein Knie nieder, berührte sie am Arm. Summer wandte vorsichtig den Kopf. Als sie ihn sah, ließ sie Julie los und warf sich mit einem herzzerreißenden Schluchzen Rey an den Hals.

»Ich will bei dir bleiben«, weinte sie in seinen Nacken. »Geh nicht weg. Laß mich nicht allein.«

»Ich gehe nicht«, sagte er leise. »Ich werde immer da sein.«

»Wenn du weggehst, muß ich zurück zu meiner Mutter. Dann muß ich zurück!«

»Nur wenn es recht ist«, sagte er. Sein dunkler Blick war ins Nichts gerichtet und von langen Wimpern überschattet. »Und wenn du es willst. Das verspreche ich dir.«

»Meinst – meinst du das wirklich?« Das Stocken in der Stimme des Mädchens überdeckte fast, aber nicht ganz die Erleichterung.

»Ich gebe dir mein Wort darauf.«

Summer seufzte und umarmte ihn noch fester, schniefte, während ihre Fingerspitzen unter dem Druck wächsern wurden. Wenn Rey sich bedrängt fühlte, dann ließ er sich nichts anmerken. Statt dessen beruhigte er das Kind, indem er ihm liebevoll die Hand auf den Rücken legte.

Annette, mit rotfleckigem Gesicht, zwängte sich zwischen beide. Sie zupfte ihre Tochter am Arm. »Summer, Baby, Mama ist da«, sagte sie. »Du brauchst nicht weinen, es ist ja bloß eine Geschichte. Es ist bloß eine Geschichte.«

»Nein!« schrie Summer auf und riß sich von ihr los, ohne sie anzusehen.

Annette zuckte wie unter einem Schlag zurück. Sie schaute Rey an. »Sehen Sie, was Sie angerichtet haben? Ich habe gewußt, daß es falsch war, daß Sie sich so um sie kümmern, sie mit Ihrem Boot herumfahren. Sehen Sie, was passiert, wenn man mit den Gefühlen eines kleinen Mädchens spielt?«

Rey starrte Annette an. Nackte Wut zeichnete seine Miene. »Wenn Sie sich mehr um sie gekümmert hätten, wenn Sie sie um ihrer selbst und nicht als Ihr Spiegelbild lieben würden, dann bräuchte sie mich nicht.«

»Sie will ja gar nicht Sie, sie will jemand anderes, eine Phantasiefigur. Sie haben ihr den Kopf verdreht, sie glauben lassen, daß Sie ein Mann wie der Cajun in dem Film sind. Das sind Sie nicht. Das sind Sie nie gewesen.«

Summer war still. Ihr Schluchzen war nach ein paar Hicksern verstummt. Mit weiten Augen starrte sie ins Nichts.

»Keine Angst, Annette«, sagte Rey ruhig. »Summer weiß nur zu gut, daß *Im Reich der Sümpfe* bloß eine Geschichte ist. Und sie weiß besser als die meisten von uns, daß jede Geschichte ein Ende hat. Wenigstens das haben Sie ihr beigebracht.«

Annette starrte ihn lange an. Dann verzerrte sich ihr Gesicht. »Sie ist mein Kind!« heulte sie. »Ich bin nichts ohne sie, gar nichts. Ich habe doch sonst nichts! Ich brauche sie! O Gott, ich brauche sie!«

Als das Echo dieses Verzweiflungsschreis im Gang verhallte, rührte sich Summer. Sie hob langsam den Kopf und löste den Griff um Rey. Das Mädchen schaute von ihm zu ihrer Mutter, dann wieder auf ihn. Ihre Lippen wurden einen Moment lang schmal, dann versteinerte sich ihr kleines Gesicht mit einer Entschlußkraft, die alles Kindliche aus ihrem Antlitz vertrieb und bis auf die Knochen durchdrang, so daß ihre Miene in zorniger Anerkennung der Realität erwachsen wurde.

Rey, der die Hände des jungen Mädchens fest im Griff hielt, sprach sanft und eindringlich. »Summer weiß, daß Sie sie brauchen. Sie weiß auch, daß Sie sie auf Ihre Weise lieben, so sicher, wie Jean-Pierre Alicia liebte. Mehr noch, sie versteht, glaube ich, daß ich zwar nicht Jean-Pierre bin, aber daß sie immer einen Platz im Herzen des Sumpfs und in meinem haben wird.«

Kleinlaut sagte Summer: »Ich verstehe – glaube ich.«

»Und du wirst das nicht vergessen?«

»Niemals«, antwortete sie mit rauher und tiefer Stimme. »Es – es war schön zusammen, nicht wahr?«

»Das war es.« Rey antwortete leise.

»Ich vergesse bestimmt nicht, wie der Cajun-Walzer geht.«

»Das wirst du nicht.«

»Und eines Tages komme ich zurück, ganz bestimmt. Dann gehen wir wieder angeln. Und fahren auf dem Fluß, bis dahin, wo der Sumpf endet und die Seen anfangen.«

»Ich werde warten. Bis dahin sehe ich dich im Film, oben auf der Leinwand.«

»Ja«, sagte Summer. »Da werde ich sein.« Dann wiederholte sie kaum hörbar: »Das werde ich.«

In der eintretenden Stille räusperte sich Bull laut rasselnd und erhob dann seine Baßstimme zum Befehl: »Das war's für heute, Leute. Sammelt euer Zeug ein, packt es weg, dann fahren wir. Alles raus hier!«

Während die Ausrüstung fortgekarrt wurde und sich der Gang leerte, sah Julie, wie Vances Reporterin stehenblieb und die Kamera auf Summer und Rey richtete. Sie trat schnell dazwischen, um das Foto zu verhindern, das die junge Frau von dem Mädchen und dem Mann neben Annette machen wollte. Dann ging Julie mit grimmig entschlossenem Gesicht auf die junge Frau mit der Kamera zu.

»Moment mal«, sagte das Mädchen im Rückwärtsgehen. »Ich habe eine Erlaubnis. Vance hat gesagt…«

»Es ist mir egal, was Vance gesagt hat, Sie haben keine Erlaubnis mehr«, erklärte ihr Julie.

»Aber das hier sind Nachrichten, die Unfälle, die Morde, die rührende Geschichte mit dem Kind. Sie können nicht verhindern, daß die Öffentlichkeit das erfährt.«

»Wirklich nicht?« fragte Julie und riß dem Mädchen die Kamera aus der Hand. Sie wirbelte herum, bevor die Reporterin sich auf sie hechtete, nach ihrem Eigentum grabschte und angelte, öffnete die Kamerarückwand, ließ den Film in ihre Hand fallen und zog den belichteten Teil von seiner Rolle. Dann drehte sie sich wieder um, warf der Frau die leere Kamera zu. »Nehmen Sie's, und scheren Sie sich weg. Wenn ich Sie noch einmal erwische, lasse ich Sie wegen unbefugten Eindringens verhaften.«

Das Mädchen verzog sich. Julie schaute wieder dorthin, wo Rey und Summer gewesen waren. Die beiden gingen den Gang hinunter, Annette an der Seite ihrer Tochter. Sie hielten auf ein leeres Wartezimmer zu. Sie konnte Reys tiefe Stimme hören und sah, wie Summer voller Vertrauen und Hoffnung und, ja, Liebe zu ihm aufsah. Die Schritte des Mädchens wirkten müde, aber sie hielt die Hand ihrer Mutter ebenso fest wie Reys, und sie weinte nicht mehr.

Julie schon. Die Tränen waren in ihrem Inneren. Sie ertrank darin, wie in der auflaufenden Flut leidenschaftlicher Zärtlichkeit, die sie mit sich brachten. Sie liebte den Mann, der dort ging, diesen Mann, der begriff, was für Bedürfnisse ein Kind hatte, und der sich nicht zu schade war, darauf einzugehen. Sie liebte ihn wegen all dessen, was er verkörperte, wegen seiner Stärke und seiner Güte und seinem Humor. Sie liebte ihn wegen der Dinge, die er anderen zuliebe tat, und wegen der Gefühle, die er in ihr wachrief. Sie liebte ihn, auch wenn es nichts daran änderte.

Julie lehnte sich an die Wand und schloß die Augen. Sie

merkte, daß sie zitterte. Zum Teil vor Schwäche; vielleicht mutete sie sich zu früh zuviel zu. Zum Teil im Schock der Selbsterkenntnis. Aber vor allem aus purer Wut, aus einem verzehrenden, fürsorglichen Zorn.

Summer war so verletzlich, brauchte so dringend Liebe und Schutz und war doch so tapfer. Wer ihr etwas antun konnte, schreckte vor nichts zurück.

Als sie das erkannte, erkannte sie noch etwas. Es war das letzte kleine Teil in dem Puzzle, das sie in ihrem Kopf zusammengefügt hatte. Es war die Ursache für alles andere.

Und als sie das sah und spürte, wußte sie, was sie zu tun hatte.

23. Kapitel

Wenn sie ohnehin eine Zielscheibe war, dann konnte sie das Spiel genausogut mitspielen. Jedenfalls sagte sich Julie das. Es war vielleicht nicht besonders klug, aber sie hatte es satt, sich immer nur Fragen zu stellen und darauf zu warten, was als nächstes geschehen würde, und nicht den Mut zu haben, den Ausgang der Geschehnisse zu beeinflussen. Aber noch mehr trieb sie der tiefe Zorn an, der all ihren geistigen Anstrengungen Feuer gab, der Zorn darüber, daß irgend jemand glauben konnte, etwas angreifen und mißbrauchen zu können, das ihr gehörte, und damit durchzukommen. Selbstmitleid spielte ebenfalls eine Rolle, aber daran dachte sie lieber nicht.

Sie rief in dem Motel in Gonzales an, kurz nachdem sie wieder in Tante Tines Haus zurückgekehrt war. Danach beschäftigte sie sich lange damit, eine Notiz zu verfassen, die jemandem begreiflich machen sollte, was sie tat, ohne zugleich einen solchen Aufruhr hervorzurufen, daß ihre Beute aufgescheucht wurde. Sie überlegte lange, an wen sie sie richten sollte, aber eigentlich hatte sie keine Wahl. Es gab nur einen Menschen, der ganz bestimmt das Nötige unternehmen würde. Sie steckte die Notiz in einen Briefumschlag, versiegelte ihn und schrieb Tante Tines Namen darauf.

Das Khakihemd und die Bluse waren kaum geeignet. Sie zog sie aus, warf sie auf das Bett und schleuderte dann die maulwurfsbraunen Treter von den Füßen. Sie grub ein Paar Jeans und ein blau-weiß gestreiftes T-Shirt aus dem Schrank, schlüpfte hinein und zog dann Socken und Laufschuhe an. Im letzten Augenblick knotete sie sich noch einen weißen gestrickten Baumwollcardigan um die Taille; die feuchte, ruhige Luft hatte sie als Vorboten von Regen kennengelernt.

Summer war mit Donna ins Haus zurückgekommen, da Annette sich nach der Diskussion im Krankenhaus bereit erklärt hatte, das Entzugsprogramm wiederaufzunehmen. Sie wollte, sagte sie, ihr Leben um ihrer Tochter willen wieder in Ordnung bringen, und das schien der beste Anfang zu sein. Später war Donna heimgefahren, um sich um ihre eigenen Kinder zu kümmern. Julie hörte den Fernseher in Tante Tines Schlafzimmer und vermutete, daß Summer fernsah. Tante Tine war wie gewöhnlich in der Küche. Rey war nach den Dreharbeiten noch nicht heimgekommen und hatte auch niemandem verraten, wo er hingegangen war.

Julie wollte nicht, daß ihre Nachricht verfrüht Alarm auslöste. Sie ging durch das Eßzimmer in den Salon und weiter ins Schlafzimmer. Summer war dort, lag in einem Pyjama und einem verblichenen Hausmantel, der verdächtig nach Tante Tines aussah, auf dem Bett und schaute ein Quiz an. Ihre Nase war immer noch rot, die Augen immer noch vom Weinen geschwollen, aber sie schien sich wieder einigermaßen gefangen zu haben.

Julie sah sie ein paar Sekunden lang an, dachte darüber nach, wie sich alles entwickelt hatte und wie wenig man daran ändern konnte. Schließlich trat sie ins Zimmer.

»Summer?«

Das Mädchen schaute auf und zeigte ein fahles Lächeln.

»Würdest du etwas für mich tun?« fragte Julie.

»Ich denke schon.«

»Warte etwa eine Stunde und gib dann dies Tante Tine. Kannst du das machen?«

»Klar«, sagte das Mädchen, nahm den Umschlag entgegen und betrachtete ihn mit gedämpfter Neugier.

»Aber sorg dafür, daß sie ihn wirklich kriegt. Es ist wichtig.«

»In Ordnung.«

Julie zögerte, fragte sich, ob sie noch etwas sagen sollte. Aber ihr fiel nichts ein, mit dem sie das Mädchen nicht beunruhigt hätte. Also drehte sie sich um, wollte aus dem Zimmer und lächelte ihr über die Schulter hinweg zu. »Danke, Schatz.«

»Wohin gehen Sie?« rief Summer ihr nach.

»Schlangen jagen«, entfuhr es Julie unwillkürlich. Einen Augenblick später sagte sie: »Streich das, das war nur ein schlechter Witz. Ich gehe arbeiten.«

Sie hatte die Treppe zur hinteren Galerie erreicht, als sie das Klatschen nackter Füße hinter sich hörte.

»Julie! Warten Sie!«

Julie drehte sich augenblicklich um. Leise fragte sie: »Was ist denn?«

»Fahren Sie zum Drehgelände?« Die Augen des Mädchens wirkten riesig in ihrem kleinen Gesicht.

»So ungefähr.«

»Aber es ist schon fast dunkel.«

»Ich weiß; ich bleibe nicht lang.«

»Aber Sie sind gerade erst aus dem Krankenhaus gekommen, ich meine wirklich, nicht im Film.«

»Mir geht es gut. Mach dich nicht verrückt.«

»Haben Sie keine Angst?«

Summers besorgte Miene war rührend. Julie stieg die Stufen wieder hoch und legte den Arm um das Mädchen. Sie gestand offen: »Ja, ein bißchen, aber es wird alles gut werden. Ich werde aufpassen. Vergiß bloß nicht, Tante Tine den Brief zu geben.«

Das Mädchen nickte, obwohl ihr Blick immer noch voller Zweifel war. Sie schlurfte ins Haus zurück, Tante Tines Hausmantel hinter sich über den Boden schleifend. Julie schaute ihr nach. Als sich die Tür hinter Summer geschlossen hatte, ging sie schnell zu ihrem Wagen.

Julie winkte dem Wachposten zu, als sie durch das Tor auf das Drehgelände fuhr. Nachdem sie vor dem Wohnmobil geparkt hatte, schaltete sie die Zündung ab und die Scheinwerfer aus. Sie saß im Dunkeln und sah auf das große, ungeschlachte Vehikel vor ihr. Es sah dunkel und leer aus, genau wie die anderen drei, die wieder versetzt dahinter standen, nachdem sie heute vom Krankenhaus zurückgebracht worden waren.

Alle waren fort. Der Bootsclub war geschlossen und wurde nur vom gelben Insektenabwehrlicht am Eingang erhellt. Das Büro und die Garderobewagen waren verlassen. Draußen am Bootspier dümpelten die beiden Kabinenkreuzer an ihren Vertäuungen, während der Kahn leise gegen den Pfeiler rummste, an dem er festgebunden war. Sonst regte sich nichts. Der einzige andere Mensch war der Wachposten, der sich sofort wieder seinem Taschenbuch zugewandt hatte, nachdem Julie vorbeigefahren war.

Julie stieg aus dem Auto und schloß die Tür mit einem leisen Schlag hinter sich. Während sie auf das Wohnmobil zuging, tastete sie die Schlüssel in ihrer Hand ab, bis sie den passenden gefunden hatte. Sie steckte ihn ins Schlüsselloch, drehte den Türknauf, zog die Tür auf und langte dann nach der Fliegentür. Sie hielt inne und schaute ins Wageninnere, aber drinnen war alles dunkel und ruhig. Sie stieg die Eisenstufen hoch, langte ins Innere und schaltete ein Licht an.

Leer.

Sie seufzte, trat über die Schwelle, ging zur Eßecke, wo sie ihre Umhängetasche auf dem Tisch ablegte. Dann drehte sie sich um, zog die Tür zu und verschloß sie von innen. Wie immer hatte sich die Tageshitze in dem Metallvehikel gehalten. Sie drehte die Klimaanlage auf und wollte dann den Pullover um ihre Taille losbinden.

Als sie sich vorbeugte, fiel ihr das Haar ins Gesicht. Sie schob es mit den Fingern zurück. Die Berührung löste einen stechenden Schmerz aus, wo die feinen Strähnen ihrer Schläfen am Pflaster ihres Stirnverbands klebten. Sie löste ihre Hände vom Pullover und ging in das winzige Badezimmer, um einen Gummi zu suchen, mit dem sie ihr Haar zurückbinden konnte. Sie fand einen, flocht einen schlampigen Rattenschwanz und befestigte ihn in ihrem Nacken. Sie steckte die wenigen Strähnen darunter, die lose geblieben waren, und ging zurück in die Küche.

Wein, dachte sie, und ein bißchen Käse mit Crackern. Sie holte alles aus dem Kühlschrank und deckte den Tisch mit zwei Gläsern und ein paar Servietten. Sie füllte ihr Glas aus der kalten Flasche und setzte sich wieder auf die Bank. Langsam und geduldig nippte sie an ihrem Wein und wartete.

Der Wein in ihrem Glas war beinahe ausgetrunken, als Scheinwerfer über den Parkplatz strichen und eine Tür zugeschlagen wurde. Kurz darauf klopfte jemand an die Tür, daß der Rahmen erbebte.

»Julie? Bist du da drin?«

Julie stand auf und öffnete die Tür. »Komm rein. Trink was.«

»Mein Gott, ich kann einfach nicht fassen, daß du allein hierherkommst, nach allem, was passiert ist«, sagte Ofelia und trat ein. »Du mußt Selbstmordabsichten haben.«

»Ich dachte, hier hätte ich meine Ruhe«, sagte Julie und kehrte an ihren Platz zurück.

Ofelia lachte humorlos. »Da hast du recht. Also, worum geht es?«

»Setz dich und leiste mir ein bißchen Gesellschaft.« Julie schenkte Wein in das zweite Glas. »Ich dachte, wir könnten den Drehplan für die nächsten Tage ausarbeiten. Es gibt ein paar Änderungen, nachdem Bull und ich das Ende umgeschrieben haben.«

»Ich kann nicht lang bleiben; ich habe heute einen *Bourrée*-Abend«, sagte Ofelia. Sie setzte sich auf die Kante der Bank gegenüber. »Außerdem, solltest du nicht lieber mit Bull darüber reden? Ich meine, er ist jetzt der Boß, und du bist die Erste Assistentin. Ich habe nicht mehr viel zu tun, außer dafür zu sorgen, daß jeder alles erfährt, was ihr beschließt und was ihn betrifft.«

Julie zog eine Braue hoch. »Seit wann legst du Wert auf Titel? Bull hört immer noch auf mich. Ich wollte eigentlich, daß er auch kommt, aber irgendwie macht ihn dieser Wagen hier nervös. Er meinte, er hätte Geräusche in der Wand oder in den Schränken oder in der Lüftung gehört. Ist das zu glauben? Ich weiß nicht, was er da drin vermutet außer vielleicht Ratten.«

»Männer können wirklich kindisch sein.« Ofelia zuckte mit den Achseln. »Aber was hattest du eigentlich vor?«

»Ich dachte, du hättest vielleicht noch ein paar Ideen für die Entführungsszene mit Summer, für die Explosion, bei der sie fast gestorben wäre. Wir haben das aufgenommen, weißt du; die Kameras liefen, als Rey sie geschnappt hat und mit ihr ins Wasser gesprungen ist. Es sind phantastische Aufnahmen; es wäre eine Schande, sie nicht zu verwenden.«

»Ich verstehe, wie du das meinst«, sagte Ofelia nickend, »aber was kommt dann?«

»Ich habe mit dem Gedanken gespielt, den Schluß der Verfolgungsszene kurz vor der Explosion neu zu drehen. Rey – an Vances Stelle natürlich – müßte von seinem Kahn in voller Fahrt auf das Rennboot hinüberspringen, mit dem Schurken kämpfen und einen über Bord werfen wie so ein Bauern-James-Bond. Leider geht er selbst dabei mit. Dann schneiden wir das Material von Rey und Summer dazwischen, das wir schon im Kasten haben und das zeigt, wie Rey als Ganove mit Summer über Bord springt. Und danach...« Julie hielt inne. Sie hob das Kinn und drehte den Kopf zur Seite. »Hast du das gehört?«

»Was?« fragte Ofelia. Ihr Blick zuckte in Windeseile durch den ganzen Wagen.

»Ich weiß nicht, so ein Zischen.«

»Ich habe nichts gehört.«

»Nein? Wahrscheinlich hat Bull mir Flöhe ins Ohr gesetzt. Was habe ich gerade gesagt? Ach ja, wegen der Szene mit Summer. Wir können dann Vance filmen, der mit der bewußtlosen Summer in seinen Armen auftaucht. Ein bißchen Make-up für beide, damit man die Wunden sieht, und voilà!«

»Ich wüßte nicht, warum das nicht klappen sollte«, sagte Ofelia.

»Das Schöne daran ist, daß wir das Material schon haben, ohne gegen irgendwelche Kinderarbeitsgesetze zu verstoßen. Immerhin war es ein Unfall. Jetzt bin ich froh, daß wir es haben, obwohl kein gesunder Mensch Summer in ein Boot gesetzt hätte, das für eine Explosion vorgesehen war.«

Ofelia blitzte Julie an. Dann lächelte sie sofort und sagte: »Klar, das ist wahr. Aber ich weiß nicht, was ich zu der Szene hinzufügen soll. Du scheinst dir schon alles überlegt zu haben.«

»Ich weiß nicht. Ich habe mich gefragt, ob dir etwas dazu einfällt, wie Vance reagieren soll, nachdem er sich mit Summer aufs Trockene gerettet hat. Wir haben gesehen, wie sie ausgesehen hat, so halb ertrunken. Soll er erst darüber entsetzt sein, daß sie tot ist, und dann vollkommen erleichtert reagieren, wenn er begreift, daß sie noch lebt? Soll er wütend sein? Rachsüchtig?«

»Ich glaube«, sagte Ofelia langsam, »daß er vielleicht am besten so reagiert wie Rey.«

»Und wie war das?« Julie rutschte in ihrem Stuhl vor und streckte ein Bein quer unter dem Tisch aus.

»Besorgt, einfach nur besorgt. Alle anderen Gefühle sind zwar da, aber sie treten zurück, bis er weiß, was mit Summer los ist.«

»Das ist gut«, sagte Julie, hob ihr Weinglas hoch und lehnte sich zurück, wobei sie auch noch das andere Bein ausstreckte und ihren Fuß in Ofelias Richtung rutschen ließ. »Das gefällt mir, das gefällt mir wirklich...«

Sie brach ab, fuhr mit einem unterdrückten Schrei zusammen, ließ ihr Weinglas fallen und sprang von der Bank auf.

Ofelia schoß von ihrem Platz hoch. Sie stürzte quer durch die Küche und rammte gegen die Spüle. »Bring sie um!« kreischte sie. »Bring sie um!«

Julie erstarrte halb kauernd. Sie schaute ihre Freundin und Regieassistentin am anderen Ende der kleinen Wohnmobilküche an, und das Geräusch zersplitternden Glases und zerspritzenden Weines erstarb zu Stille, und sie sah die Angst und den panischen Mordinstinkt in dem runden Gesicht.

Sanft fragte Julie: »Wen soll ich umbringen, Ofelia?«

Die andere Frau war nicht dumm. Ehe Julie fertig gesprochen hatte, hatte ihre Miene jeden Ausdruck verloren. Sie hatte begriffen, was sie eben getan hatte. Sie blinzelte schnell, dann verzogen sich ihre Lippen zu einer zittrigen Grimasse, die ein Lächeln darstellen sollte. »Mein Gott, Julie, du hast mir wirklich einen höllischen Schrecken eingejagt. Ich hab' gedacht, dir ist mindestens eine Ratte am Bein hochgekrabbelt.«

»Das glaube ich nicht, Ofelia.« Julie richtete sich zu ganzer Größe auf. »Ich glaube, du hast mit einer Sumpfklapperschlange gerechnet. Ich glaube, du wartest schon tagelang darauf, daß eine auftaucht.«

»Nein, ehrlich, ich...«

»Aber ja. Das Problem ist nur, daß sie schon entdeckt worden ist. Vor ein paar Tagen. Von mir.«

Ofelia versuchte sich an einem Lachen, das angestrengt und gekünstelt klang. »Mein Gott, Julie, du klingst, als hätte ich sie hier reingesteckt.«

»Habe ich gesagt, daß sie hier drin war?« fragte Julie freundlich.

»Das ist doch klar, du hast gesagt...«

»Nein.« Das Wort klang ruhig und endgültig. »Niemand sonst wußte davon, niemand hätte einen Grund gehabt, sich davor zu fürchten, hierherzukommen, außer demjenigen, der mich umbringen wollte. Niemand außer dem Mörder. Niemand außer dir, Ofelia.«

Die andere Frau starrte Julie an. In dem Wissen, wieviel sie eben verraten hatte, wurden die Flächen ihres Mondgesichtes hart und glatt, und ihre Pupillen zogen sich zu haßerfüllten Stecknadelköpfen zusammen. »Schlampe«, flüsterte sie rasselnd, »gerissene Schlampe.«

»Gerissen, ja, da gebe ich dir recht«, gestand sie zu.

»Ich wollte dich umbringen, ich wollte dich wirklich umbringen.«

Julie sank auf ihren Platz zurück. Plötzlich drohten ihr die Knie wegzuklappen. »Warum?« fragte sie. Ihre Brauen rückten zusammen, während aus ihrer Stimme aufrichtige Verwunderung sprach. »Oh, ich glaube, ich fange an, manches zu verstehen, das mit Allen. Du liebst ihn, nicht wahr, du liebst ihn seit Jahren?«

»Liebe?« Ofelia sprach das Wort aus, als hätte sie es noch nie gehört. Sie lachte kurz. Es war ein heiseres Geräusch mit einem hysterischen Unterton. »Ich verehre ihn. Blöd, wie? Was würde er jemals an einer Frau wie mir finden? Seine Frauen müssen elegant und schön sein und am besten etwas haben, das zu seinem Image beiträgt, wie zum Beispiel einen berühmten Vater. Also gut, ich habe ihm zugespielt, ihn informiert, weil ich hoffte, er würde mir wie dir eine Chance geben. Es hat nichts genutzt. Ich kann es nicht ändern; ich verehre ihn.«

»So sehr, daß der Gedanke, ich könnte ihn verlassen, dich fast zum Wahnsinn brachte. So sehr, daß du mich überreden wolltest, hierzubleiben, damit er mich nicht verlor?«

»Vielleicht, ich weiß nicht. Aber wenn du fortgegangen wärst, dann hätte ich nichts mehr gehabt, keinen Grund mehr, hierzubleiben. Solange du geblieben wärst und ich mit dir zusammenarbeitete, hatte ich wenigstens einen Grund, ihn zu sehen.«

»Aber du hast all das aufs Spiel gesetzt, als du dich ins Drogengeschäft gemischt hast. Das ergibt doch keinen Sinn.«

Ofelias Mund verzerrte sich zu einer Grimasse. »Ich sag' dir, was Sinn ergibt, und das ist Geld! Unfaßbar, daß du nicht gesehen hast, wieviel ich brauche, obwohl ich so lange mit dir gearbeitet habe. Mein Gott, Julie, ich wollte deinen Job, dein Geld schon länger, als ich Allen wollte. Ich war neidisch auf alles, was du hattest, vor allem aber auf die Möglichkeit, Filme zu machen.«

»Warum hast du keine gemacht?«

»Weil ich keinen berühmten Vater habe, deshalb! Und außerdem bin ich eine Frau, falls es dir noch nicht aufgefallen ist, und

Frauen kriegen kein Geld für Filme in L. A. Sie brauchen Männer, Mentoren, Liebhaber, die welches für sie beschaffen. Schau mich an! Wer findet schon, daß eine Nacht mit mir fünf oder sechs Millionen Mäuse wert ist? Ich brauche Geld, und zwar jede Menge, um meine ersten zwei, drei Filme zu finanzieren, damit die Studios auf mich aufmerksam werden oder damit ich so viel Geld machen kann, daß ich unabhängig bleiben kann.«

»Ich habe klein angefangen, das könntest du auch«, sagte Julie.

»Kleinzeugs? Nein danke.«

»Es ist wie überall, Ofelia. Du mußt dein Lehrgeld bezahlen, dich mit ein paar Filmen üben. Ich hätte dir bestimmt geholfen, wenn ich geahnt hätte, wieviel dir das bedeutet.«

»Aber du hast nichts geahnt. Es hat mich wirklich angestunken, daß du nichts gemerkt hast. Du hast gedacht, du wärst die einzige Frau auf der Welt mit genug Mumm, Filme zu machen. Du dachtest, ich wäre damit zufrieden, deine Befehle auszuführen und ab und zu eine Straßenszene zu filmen. Du kotzt mich an!«

In ihrer Stimme lag so viel Haß und Widerwillen, daß Julie perplex darüber war, wie lange sie in Ofelias Nähe gelebt hatte, ohne es zu spüren.

»Ich dachte, du tust, was dir gefällt«, sagte Julie. »Tagsüber am Film arbeiten und abends mit den Jungs in den Bars zu versumpfen. Vermutlich bist du dort auch an Drogen gekommen?«

»Du willst wirklich alles ganz genau wissen, wie?« höhnte Ofelia. »Ich wette, es gibt dir einen Kick, zu hören, wie tief ich gesunken bin. Aber du hast nur zum Teil recht. Ich bin schon in den Bars von L. A. an Drogen gekommen. Es war keine Kunst, mich hier an die Ortsdealer ranzumachen. Es war ein erstklassiger Deal, wirklich, bis Paul Lislet mit seiner Schnüffelei begann.«

»Also hast du ihn umgebracht, und Stan wurde mißtrauisch...«

»Stan wurde gierig, wenn du wissen willst, warum ich ihn loswerden mußte. Er wußte, daß der Unfall bei Pauls Stunt nicht ganz astrein gewesen war, nicht, daß ich ihn umbringen wollte.

Ich habe erst später erfahren, daß Paul ein Narc war; er war mir einfach zu neugierig, deshalb wollte ich ihm einen Schreck einjagen oder ihn so lange ins Krankenhaus schicken, bis alles vorbei war. Aber dann kam Bull an Bord, und Stan beschloß, daß er mit seinem alten Boß nichts zu tun haben wollte. Er beschloß stattdessen, daß er sich aus dem Filmgeschäft ganz zurückzieht, und wollte ein Stück vom Kuchen abhaben, das groß genug sein sollte, um ihm ein süßes Leben in Mexiko möglich zu machen. Leider hat er die Sache mit Summer nicht verdaut. Außerdem hat er, glaube ich, begriffen, daß ich dich nicht gerade wie eine Schwester liebe, sondern hasse. Das hast du nicht geahnt, nicht wahr, aber so war es, seit du mich in deinem Surf-Film wie ein fettes Walroß hast aussehen lassen, das sich im Ozean wälzt. Stan hatte Angst um dich. Er wollte mich bedrohen – mich! –, aber ich hatte das Messer. Er war überrascht, wie stark ich war, ich weiß gar nicht, warum.«

Sie wollte für ihre Raffinesse gelobt werden, dachte Julie. Stattdessen sah Julie nur ihre Berechnung, in der nichts zählte außer dem, was Ofelia wollte. Sie schüttelte den Kopf. »Das ist für mich das schlimmste. Ich verstehe nicht, wie du einem Kind das antun konntest, die Explosion, das Feuer. Wie du selbst sagst – du bist eine Frau!«

»Glaubst du, ich hab' das gern gemacht? Aber die Kleine hat mich dabei beobachtet, wie ich die Schlange aus meinem Wagen geholt habe, war hinter mir, ehe ich sie gesehen hatte. Ich hab' ihr erzählt, es wäre ein Haustier; immerhin, das Kind kommt aus L. A., was weiß sie schon von Schlangen, außer daß es im Zoo welche gibt? Aber ich wußte, daß sie sich daran erinnern würde, wenn sie hörte, daß du gebissen worden wärst. Aber die Schlange verschwand. Nichts ist passiert.«

»Ich habe sie umgebracht.«

Ofelia lachte. »Wer hätte das gedacht?«

»Du hättest es dir denken können. Gerade du hättest wissen müssen, wozu manche Frauen fähig sind.«

»Aber du hast keinen Ton darüber verloren; das hätte ich nie vermutet.«

Ofelia gefiel der Gedanke nicht, daß sie nicht die einzige war, die andere täuschen konnte, dachte Julie. Sie sagte: »Es war auch gut so. Ich wußte, daß du dahinter steckst, als mir wieder einfiel, daß du nicht mehr hierherkommst. Du hast gesagt, Bull hätte dich rausgeworfen, aber das war gelogen, denn er hat sich bei mir beklagt, daß du dein Importbier mit zu Vance genommen hättest. Er hat gemeint, du hättest auch bleiben und ihm helfen können, es auszutrinken. Wenn du von der Schlange wußtest, dann mußtest du auch hinter allem anderen stecken, das war nur logisch.«

»Sehr klug, aber es war nicht besonders klug, allein hierherzukommen.«

Ein blasser, undurchdringlicher Blick lag in Ofelias Augen. Sie lehnte am Ausguß, die Füße in den braunen Ledersandalen gekreuzt. Ihre Hände lagen mit der Handfläche auf der Kante der Spüle, die Ellbogen waren in der Luft, als wollte sie sich jeden Augenblick abstoßen.

»Nein«, sagte Julie. »Wahrscheinlich nicht. Aber ich habe gehofft, daß ich mich irren würde. Ich habe mir wirklich gewünscht, ich würde mich irren, Ofelia.«

Sie war nicht ganz unvorbereitet gekommen. Die Vorbereitungen, die sie getroffen hatte, schienen unvollständig gewesen zu sein. Sie konnte nur hoffen, daß sie sich bloß verspätet hatten.

»Wirklich?« fragte Ofelia kühl und sarkastisch. »Und wenn nicht, was dann? Dachtest du, du könntest mich überreden, zur Polizei zu gehen, und ich würde dir einfach so folgen?«

»So in etwa. Denn die Tatsache, daß ich allein hier bin, bedeutet nicht, daß ich die einzige bin, die davon weiß. Rey ist dir auch auf der Spur. Wußtest du, daß er früher Undercover-Agent für die DEA war?«

Ofelia schnaubte. »Früher, stimmt. Jetzt hat er die Seiten gewechselt, Julie, Herzchen, und zwar schon, bevor sein Freund

Paul starb. Wie sonst, glaubst du, würde er seinen Lebensstil finanzieren? Er hat Pauls Stunt-Job übernommen, damit niemand aus dem Sheriffbüro ihn wegschnappen konnte. Das ist alles.«

Die Schadenfreude im Gesicht der anderen Frau war ekelerregend. Julie versuchte, sich nicht davon einschüchtern zu lassen. »Na klar, sicher. Deshalb hat er auch versucht, Summer nach der Explosion von dir fernzuhalten, nicht wahr? Er hat dafür gesorgt, daß jeden Augenblick jemand in ihrer Nähe war. Er hat sie sogar mit heimgenommen, als er sich ausgerechnet hat, daß du Annette in die Mangel genommen und ihr ein paar kostenlose Drogenproben überlassen hast wie die, die hier im Wohnmobil verstaut waren.«

Beide Vermutungen hatte sie erst in den letzten paar Stunden zu hegen begonnen und jetzt als Schüsse ins Dunkel abgegeben. Trotzdem war Julie fast sicher, daß sie recht hatte. Fast.

»Also hat ihm das Kind leid getan. Und er hat sie auch davon abgehalten, alles auszuplappern, nicht wahr? Und er hätte mich verhaften können, nachdem auf dich geschossen wurde, wenn er tatsächlich einen Auftrag gehabt hätte. Er hat es nicht gemacht.«

»Aus Sorge um mich, weil er mich erst ins Krankenhaus bringen wollte.«

»Verdammt, Julie, du bist einfach zu naiv für dieses Leben. Jetzt reicht's. Los, auf die Füße. Gehen wir.«

Ofelia zog die Pistole aus der hinteren Tasche ihrer Jeans, zielte ruhig damit auf Julies Brustbein. Julie schaute auf die Waffe, auf die runde Mündung, die aussah wie eine kleine schwarze Kehle. Ein Schauer überlief sie und verschwand. Der Puls begann ihr in den Schläfen zu klopfen, drückte mit schmerzhaften Schlägen gegen ihre Stirn. Einen Augenblick lang war ihr schwindlig, dann klarte sich ihr Blickfeld wieder auf.

Sie stand so langsam auf, wie sie wagte. »Wohin gehen wir?«

»Zum Fluß, wohin ich dich schon beim erstenmal hätte bringen sollen. Hat dir irgendwer verraten, daß hier der Abladeplatz für böse Buben aus New Orleans ist? Wegen der Alligatoren. Sie greifen zwar keine Menschen an, aber sie fressen alles, was tot ist.«

»Das habe ich gehört«, sagte Julie trocken.

»Dachte ich mir. Los jetzt, zur Tür raus. Wir werden über den Parkplatz spazieren wie zwei Damen, die mal für kleine Mädchen müssen, ganz still und freundlich, bis uns der Wachmann nicht mehr sehen kann. Dann machen wir eine hübsche, gemütliche Bootsfahrt.«

Julie tat, wie ihr befohlen. Als sie halb über den Parkplatz waren, sagte sie: »Du wirst die letzte sein, die man mit mir zusammen gesehen hat. Wie willst du das erklären?«

»Kein Problem. Wenn ich zurückkomme, dann schleiche ich mich um das Gelände wie damals, als ich dich erschießen wollte, passe auf, daß der Wachmann mich nicht sieht, und gehe vielleicht sogar wieder ins Wohnmobil. Nach einer Weile gehe ich dann, mache ordentlich Lärm, sage dem Wächter vielleicht sogar noch, daß du wirklich arbeitsbesessen bist. Mit etwas Glück wird dich bis morgen vormittag niemand vermissen.«

»Und was willst du als Grund für unsere mitternächtliche Bootsfahrt angeben?«

»Vielleicht wollten wir einen Ort für eine Filmszene suchen? Einmal den Fluß bei Nacht sehen? Du machst das schließlich nicht zum erstenmal.«

Ofelia argumentierte mit einer Gerissenheit, über die Julie lieber nicht nachdenken wollte. »Ich habe eine bessere Idee. Wenn du mit mir zur Polizei kommst und ihnen alles über den Drogenschmuggel verrätst, werden sie vielleicht nachsichtig sein.«

»Nett von dir, aber in Louisiana steht die Todesstrafe auf Mord, das ist mir zu riskant. Außerdem macht mich ein Geständnis um keinen Penny reicher.«

Der Wachmann in seinem Häuschen schaute auf, als sie die freie Fläche im matten Licht der Quecksilberdampflampen überquerten. Julie spürte, wie sich die Pistole in Ofelias Hand in ihre

Rippen bohrte. Ofelia winkte mit ihrer freien Hand. Der Wachmann erkannte sie beide und hob ebenfalls eine Hand. Er schaute ihnen einen Augenblick lang nach und versenkte sich dann wieder in sein Buch.

»Wir nehmen den Kahn«, sagte Ofelia, als sie an das Dock kamen. »Wir wollen ja nicht unnötig Aufmerksamkeit auf uns ziehen, nicht wahr?«

Irgendwie war so unfaßbar, was sie taten, daß es vollkommen unwirklich wirkte, so als würden sie vor laufenden Kameras stehen und gleich jemand »Klappe« rufen, wenn die Szene vorbei war. Julie stoppte und weigerte sich, weiterzugehen, obwohl Ofelia sie vorwärts schubste. »Das ist Wahnsinn«, sagte sie.

»Ja, du glaubst, ich bin durchgeknallt, was? Aber ich sag' dir was; ich bin genauso vernünftig wie alle anderen. Töten ist wie Falschspielen. Beim erstenmal ist es entsetzlich, beim zweitenmal schon nicht mehr so schlimm, und nach dem dritten- oder viertenmal sagst du, ach, zum Teufel.«

»Du spielst falsch?«

»Nein, um ehrlich zu sein, aber du weißt, was ich damit sagen will. Es wird nicht schwer sein, dich umzubringen. Und jetzt ins Boot.«

»Was für eine Schande, wenn ich dich dazu zwingen würde, mich hier zu erschießen. Deine ganzen schönen Pläne wären nichts mehr wert.«

»Aber du wärst genauso tot.«

Diese Logik war unwiderlegbar. Auf Ofelias erneutes Schubsen hin marschierte Julie weiter.

Die andere Frau bedeutete Julie, sich ins Heck des Bootes zu setzen. Sie stieß den Kahn ab und nahm ihr gegenüber Platz, so daß sie den Schleppangelmotor bedienen konnte. Sie lenkte das leichte Boot herum, so daß Julie rückwärtsfuhr. Kurz darauf fuhren sie hinaus auf den Fluß.

Der Nachthimmel war bedeckt, nur ab und zu blinkte ein Stern durch die Wolkendecke. Das Wasser reflektierte das wenige Licht, aber es war immer noch dunkel auf dem Fluß. Trotzdem schaltete Ofelia die Scheinwerfer nicht ein. Sie ließ das Boot langsam entlang dem rechten Ufer gleiten.

In der Dunkelheit sangen Insekten, Frösche quakten im Chor, und ab und zu flog eine Fledermaus oder eine Eule über ihnen, glitt den Kanal zwischen den Bäumen entlang, als wäre es ein Highway. Die Nachttiere verschwammen zu bewegten Schatten, die entweder ins Wasser huschten und verschwanden oder reglos verharrten, wenn sie näher kamen, und sich nicht bewegten, bis sie vorbei waren. Der dunstige Nebel über dem Wasser roch nach Schlamm und Verfall und der herben Öligkeit der Fische. Auch ein Hauch von Korruption schwebte darin wie ein Memento mori.

Julie machte sich Gedanken über die Batterie des Schleppangelmotors; sie und Rey hatten sie bei ihren nächtlichen Ausflügen auf dem Fluß ziemlich lang benutzt. Sie mußte wieder aufgeladen worden sein, denn der Motor lief ohne auszusetzen oder zu spucken. Sie glitten an den Mündungen der Kanäle und Bayous vorbei, an Angel- und Jagdcamps und an der dunklen Silhouette, die sie als Our Lady of Blind River erkannte.

Der Schrein erinnerte Julie an Tante Tine. Und als sie an sie dachte, fiel ihr eine Geschichte ein, die ihr Reys Tante erzählt hatte. Sie driftete durch ihre Gedanken, verband sich mit der Erinnerung an andere Fahrten auf dem Fluß. Da war Rey bei ihr gewesen, war, brodelnden Schaum wie einen silbernen Schweif hinter sich herziehend, durch den Sumpf geflogen. Dunkel und stark und fast geheimnisvoll war er gekommen, um sie aus dem Wasser zu ziehen, sie heimzubringen und noch darüber zu lachen. Und es gab andere Male, wo sie über die Wasserwege geflogen waren, den Wind in den Haaren und die Sonne im Gesicht. Wie ein Traum kam ihr das alles vor. Hatte sie ihn aus ihren Bedürfnissen und Wünschen gewebt, hatte sie die gemeinsam verbrachte Zeit mit einer Wärme und einer Bedeutung versehen, die sie niemals gehabt hatte?

Nein, darüber durfte sie nicht nachdenken. Das half ihr nicht weiter.

Sie mußte sich konzentrieren. Den Nebel und die Erinnerungen und die Diesigkeit der Schmerzen aus ihrem Kopf treiben. Nachdenken.

Rey und Paul. Zwei Jungen in einer Piragua auf dem Fluß. Nicht auf dem Blind River, sondern auf dem mächtigen Mississippi. Da war noch etwas, sie konnte es fast fassen. Ja.

Die feuchte Luft über dem Fluß schlich sich in ihr Hemd und ihre Jeans, machte sie klamm. Deshalb wollten ihre Zähne immerzu klappern. Sie hatte immer noch den Pullover um ihre Taille gebunden; irgendwie war sie im Wohnmobil nicht dazu gekommen, ihn abzulegen. Sie fummelte am Knoten herum.

»Was machst du da?« fragte Ofelia scharf von ihrem Platz aus, eine Hand an der Pistole, die andere hinter sich am Ruder des Schleppangelmotors.

»Mir ist kalt. Ich wollte meinen Pullover anziehen.«

Die Frau ihr gegenüber lachte kurz. »Mach's dir gemütlich. Das ändert auch nichts.«

Julie lag eine sarkastische Antwort auf der Zunge, aber sie verkniff sie sich. Besser, Ofelia dachte, sie wäre eingeschüchtert, fürchtete sich vor ihr. Vielleicht sollte sie sich auch fürchten. Vielleicht tat sie es.

Sie schüttelte den Pullover aus und legte ihn sich um die Schultern, ohne aber in die Ärmel zu schlüpfen. Sie legte eine Hand auf das Dollbord neben sich und beugte sich vor, um hinter Ofelia zu schauen.

»Wen erwartest du denn? Es wird niemand kommen, weißt du? Dafür habe ich gesorgt.«

Ein Prickeln lief über Julies Skalp bis in ihr Gehirn. Sie sagte bissig: »Wovon redest du?«

»Ich hab' einen Zwischenstop bei Tante Tine eingelegt – ich dachte, vielleicht kann ich dich ja dort abfangen, weil ich keine besondere Lust hatte, in das Wohnmobil zu steigen. Das wirst du verstehen. Die alte Dame hat heute ihren Bingo-Abend; ich wette, das hast du vergessen. Donna war mit ihren beiden Bälgern da, hat wie üblich babygesittet, und Summer schlief auf der Couch. Auf dem Boden lag ein Umschlag. Ich erkenne deine Handschrift unter Tausenden. Ich hab' ihn genommen.«

Es knisterte wie trockenes Papier, als Ofelia sich auf die Brusttasche in ihrem Hemd klopfte. Julie atmete aus. Einen Augenblick lang hatte sie befürchtet, daß Tante Tine und Summer – aber nein, ihnen ging es gut. Noch.

Wenigstens waren sie in Sicherheit.

Sie war es nicht.

Sie fror bis ins letzte rote Blutkörperchen in ihrem Knochenmark, erbebte in wiederkehrenden Schauern und plötzlichem Entsetzen. Niemand würde kommen, der Sheriff und seine Deputies nicht, Rey nicht, niemand. Es waren nur sie und Ofelia hier draußen auf dem Fluß. Und sonst niemand.

24. Kapitel

Ein leichter Nieselregen setzte ein. Er flüsterte auf dem Wasser und im Laub der Bäume. Julie spürte, wie er auf ihr Haar perlte, die Schultern ihres Pullovers befeuchtete. Die Nässe legte sich kalt auf ihr Gesicht, aber sie war ihr willkommen; sie half ihr, den Schleier aus ihren Gedanken zu vertreiben. Sie wußte, daß es für Ofelia unangenehmer war, denn sie hatte das Gesicht dem Nebel zugewandt, der langsam auf sie zutrieb.

Die Frau ihr gegenüber war zu einem blassen Fleck in der Dunkelheit verschwommen. Julie wußte, daß sie selbst genauso aussehen mußte. Mit der freien Hand faßte sie unter dem Schutz des Pullovers nach unten und umklammerte das Dollbord auf der anderen Seite.

Sie fuhren langsamer. Julie drehte sich um und schaute auf den Fluß vor ihnen. Sie hatten die freie Fläche, auf der sie gefilmt hatten, noch nicht erreicht; aus irgendeinem Grund hatte sie erwartet, daß sie mindestens so weit, wenn nicht weiter fahren würden. Aber zu ihrer Rechten lag die Mündung eines Zuflusses, eines Bayous, dachte sie. Das Boot begann in diese Richtung abzudrehen.

»Hat keinen Sinn, weiter zu fahren«, sagte Ofelia. »Eine Stelle am Fluß ist so gut wie die nächste. Außerdem wirkt es vielleicht seltsam, wenn wir beide so lange im Regen rumfahren.«

»Außerdem könnten *wir* naß werden«, kommentierte Julie lakonisch.

»Genau.« Ofelia stieß ein kurzes Lachen aus.

In diesem Augenblick warf Julie sich mit aller Kraft und ihrem ganzen Gewicht nach links, brachte das Boot mit ihrem rechten

Arm und der Hand, mit der sie das Dollbord umklammert hatte, aus dem Gleichgewicht und sprang auf das Wasser zu. Sie stürzte über die Bootswand, ließ dann die Reling los und packte mit beiden Händen die linke Bootswand, um das Boot noch weiter zu kippen, während sie ins Wasser sank.

Ein Schuß dröhnte, etwas zischte wenige Zentimeter an Julies Kopf vorbei. Im gleichen Moment schrie Ofelia auf, weil das Boot kenterte. Mit lautem Platschen landete Ofelia im Wasser.

Die nasse Bootswand rutschte Julie aus den Fingern. Das Metall traf auf ihre Schulter, und sie wurde tiefer und tiefer in die Dunkelheit gestoßen. Der Atem brannte ihr in der Lunge, das Herz donnerte unter ihren Rippen, und Nase und Kehle schmerzten. Die Turnschuhe an ihren Füßen waren bleiern. Die Jeans klebten an ihren Beinen und machten jede Bewegung zur Qual. Das Gewicht des Wassers zerrte an ihr, unauslotbare Tiefen, fett und kalt wie eisiger Sirup.

Mit der Kraft der Verzweiflung arbeitete sie sich nach oben. Äonen lang schien sie aufwärts zu steigen, dann durchbrach sie die Oberfläche mit einem lauten Japsen. Sie trat Wasser. Ihre Brust hob sich schwer, und das Geräusch ihres Atemholens gellte ihr in den Ohren. Ihr Kopf pochte, und sie fühlte sich elend und blind. Mein Gott, wie schwach sie war. Und es kam ihr vor, als würde auch die letzte Kraft aus ihr sickern, mit der unmerklichen Strömung des Flusses zusammenfließen.

Der Kahn trieb, Kiel nach oben, als kaum erkennbare Silhouette etwa zehn Meter vor ihr. Ofelia strampelte, den Fluß absuchend, zwischen ihr und dem Boot im Wasser.

Das Ufer war ein verschwommener Schatten in vielleicht dreißig Meter Entfernung. Normalerweise wäre das eine Kleinigkeit, aber im Augenblick schien es weit jenseits ihrer Kräfte zu liegen. Sie konnte nur das tun, was sie von dem Augenblick an vorgehabt hatte, als sie sich an Rey und Paul als Kinder auf dem Fluß erinnert hatte, die ihre Piragua absichtlich zum Kentern gebracht hatten, um die Touristen zu erschrecken.

Der Regen betupfte mit klingendem Pitsch-patsch das Wasser um sie herum. Weit weg hörte sie ein tiefes Summen wie von einem riesigen Insekt. Hörte sie das tatsächlich, oder war es nur das Blut in ihren Ohren, das sausende Echo ihres Pulses? Unmöglich zu sagen.

Ofelia drehte sich in ihre Richtung. Sie brüllte triumphierend auf, dann nahm sie mit kraftvollen Kraulbewegungen Kurs auf Julie.

Julie tauchte unter. Sie tauchte so tief sie konnte, nur einen Gedanken im Kopf, sich ganz auf ihren Willen verlassend, wo sie sich nicht mehr auf ihre Kraft verlassen konnte.

Keinen Meter von dem Kahn entfernt tauchte sie wieder auf, stieß leise wie ein fressender Fisch durch die Wasseroberfläche, schnappte nach Luft und tauchte wieder ab. Als sie zum zweitenmal auftauchte, herrschte dunkle Enge um und über ihrem Kopf, Dunkelheit, die nach Gas und altem Fischköder roch. Während sie Wasser trat und nach Luft rang, stieß ihr Kopf gegen etwas Festes, das ein leises, metallisches Geräusch von sich gab. Sie hatte es geschafft. Sie war unter dem Boot, atmete in der darunter gefangenen Lufttasche.

Sich mit einer Hand an der Bootswand festhaltend, ruhte sich Julie einen Augenblick lang aus. Der Regen wurde stärker, pickte auf das Aluminium des Bootsrumpfes über ihr. Hier, geschützt vor dem Wetter, war es deutlich wärmer, und sie fühlte sich einen flüchtigen Moment sicher und geborgen. Falsch. Schall breitete sich schnell im Wasser aus. Sie hörte Ofelia platschend auf und ab schwimmen, auf der Suche nach ihr hierhin und dahin kraulend, hörte ihre leisen Flüche.

Wie lange würde die Luft unter dem Boot vorhalten? Julie wußte es nicht. Sie wußte aber, daß sie nicht ewig in ihrem Versteck bleiben konnte. Jeden Augenblick konnte Ofelia ihre Suche aufgeben, in der Hoffnung, daß Julie ertrunken war. Dann würde sie wahrscheinlich versuchen, das Boot wieder aufzurichten, um zum Drehgelände zurückzufahren.

Der dahintreibende Kahn war nicht schwer. Julie streifte ihre Turnschuhe ab, erst einen, dann den anderen. Mit langsamen, bedächtigen Beinbewegungen lenkte sie das Boot flußabwärts, auf das Ufer zu.

Wenigstens hoffte sie, auf das Ufer zuzuhalten. In der vollkommenen Dunkelheit unter dem Boot war sie ihrer Orientierung nicht mehr sicher.

Sie konnte Ofelia nicht mehr hören. Sie bewegte sich von ihr fort. Das einzige Geräusch war das Plackern des Regens und ihr schwerer Atem.

Ihre Kräfte schwanden; sie spürte die kalte Hand totaler Erschöpfung. Hoffentlich war das Ufer nah. Treten. Mit einem Arm weiterziehen. Nicht loslassen. Es gab kaum noch Sauerstoff in der abgeschlossenen Luftglocke. Das leichte Wiegen, in das ihre Bewegungen das Boot versetzten, schien die Lufttasche noch kleiner zu machen. Das Boot lastete schwer auf ihr, drückte sie mit jeder Schwimmbewegung tiefer ins Wasser. Nur noch ein paarmal Atemholen, ein paar Schwimmzüge, dann würde sie ihr Versteck unter dem Boot verlassen müssen. Wenn sie zu tief tauchte, würde sie vielleicht nicht mehr auftauchen.

Ihr Fuß berührte etwas Weiches, Nachgiebiges. Schon wieder. Schlamm.

Das Ufer! Sie hätte am liebsten laut gelacht, gejubelt. Sie hatte es geschafft. Sie hielt in der Bewegung inne, ließ ihre Füße nach unten sinken, bis sie im Schlamm stand. Sie drückte mit beiden Händen gegen die Bootswände, beugte die Knie und duckte sich unter der Bootswand durch.

Der Schatten tauchte hinter dem Boot auf, wurde größer, kletterte auf sie zu. Ofelia stieß einen Racheschrei aus, als sie sich auf Julie stürzte. Julie, noch halb gebückt, wurde auf Hände und Knie heruntergedrückt, hinunter in das nabeltiefe Wasser. Dunkelheit senkte sich um sie. Sie würgte, hustete, wurde unter Ofelias Gewicht festgenagelt und unter Wasser gepreßt.

Dann explodierte irgendwo tief in ihrem Gehirn ein schmerzhafter, roter, greller Zorn und ließ sie nach oben schießen. Sie wirbelte herum, warf die andere Frau ab, stellte sich auf. Als Ofelia wieder auf sie zuplatschte, stolperte sie rückwärts, sackte tiefer in den Schlick, während das Wasser flacher wurde. Ofelia umschlang ihre Knie und zog sie nach unten. Julie senkte ihre Nägel wie Klauen in das Haar der anderen. Sie riß ihren Kopf zurück, rollte ihn herum, um ihr Gesicht unter Wasser zu tauchen. Als Ofelia hustete und spuckte und sie losließ, richtete Julie sich sofort wieder auf und stapfte weiter aufs Ufer zu.

Schlamm- und wassertriefend tauchte Ofelia wieder auf. Ihr Gesicht war zu einer Fratze verzerrt. Mit ausgestreckten Armen watete sie Julie nach. Sie sprang, um sie an ihren Jeans zu packen. Als Julie sich umdrehte, trieb ihr Ofelia die Faust ins Gesicht.

Julie versuchte, dem Schlag nach hinten auszuweichen; trotzdem traf er sie an der Stirn, und sie spürte, wie es unter ihrem nassen Verband warm und klebrig wurde. In ihren Ohren dröhnte es. Der Schmerz raubte ihr die Sicht, explodierte in weißem Licht, das den Himmel auslöschte und vor dem sich Ofelia bleich und gräßlich ausnahm wie eine antike, marmorne Todesgöttin.

Julie schrie auf. Es war ein kehliger Schrei, aus Schmerz und Rache zugleich geboren. Sie schoß hoch, ballte ihre Finger zu einem harten Knoten. Sie hechtete sich auf Ofelia, zog ihre Faust vom Knie aus hoch, legte ihre mörderische Wut und ihre ganze Ausdauer und das letzte bißchen Kraft hinein.

Die Faust krachte in Ofelias rundes Gesicht wie ein Hammer in eine reife Melone, riß die Haut auf, zermalmte Knochen. Ofelia stöhnte unter dem Aufprall, taumelte rückwärts, fiel auf die Knie. Als sie aufschaute, lief Blut aus ihrer Nase, und ihre Augen waren glasig vor Schmerz. Sie gefror, als sie Julie anstarrte – und das, was hinter ihr lag.

Ofelia schrie auf, in einem heiseren Verzweiflungsschrei, und bedeckte ihr Gesicht mit den Händen.

Und die Miene auf ihrem runden Gesicht, die Röte des Blutes, die verfilzte, nasse Masse ihres langen Haares und das Schlammwasser um sie herum waren deutlich zu sehen wie am hellichten Tag, glänzten im Licht.

Julie konnte sie sehen. Es war hell genug.

Langsam drehte sie sich um.

Hinter sich sah sie die gleißenden, bohrenden Scheinwerfer zweier Luftkissenboote, eines mit einer roten Laterne am Bug, das andere älter und heruntergekommener. Durch das Licht, vom zweiten Boot her, rannte durch das kopfhoch aufspritzende Wasser die große, breite Gestalt eines Mannes auf sie zu.

Schwer atmend, tropfnaß und lächelnd wartete Julie, bis Rey sie erreicht hatte.

So eine Abschlußparty hatte es noch nie gegeben. Gut, der Bootsclub war mit den üblichen vergrößerten Standaufnahmen dekoriert, und die Sitzgelegenheiten waren auf stoffbespannte Regiestühle oder metallene Klappstühle an den Resopaltischen beschränkt, also auch keine Überraschung, aber damit endete auch jede Ähnlichkeit.

Der Kahn aus *Im Reich der Sümpfe* war mit zerstampftem Eis gefüllt und mitten im Raum auf zwei Böcken aufgestellt worden. In der einen Hälfte lagen Bier und Wein, in der anderen Austern in der Schale. Der schwere Fischduft des Jampalayas und Gumbos hing in der Luft und vermischte sich mit dem Aroma von Bratwürsten und geräucherten Truthahnschenkeln. Ein langer Tisch war dicht mit Platten und Schüsseln bedeckt, die gekochte Shrimps, gebratene Froschschenkel und Schweinskopfsülze, Krabbenröllchen und heißen Krabbengratin-Dip, deutschen Kartoffelsalat, stapelweise Baguettes und alle möglichen Kuchen und Kekse und Torten enthielten.

Auf einer Bühne spielte eine Band Rock'n'Roll und Zydeco, Country und Western und Cajun Fais Do-Do, alles mit gleichem Geschick und Vergnügen. Der Sänger verfügte über eine gute Verstärkeranlage und eine noch bessere Stimme und gab der Party mit seinen Späßen und Bonmots zusätzlich Schwung.

Aber vor allem die Menschen waren anders als sonst. Die Mitglieder des Bootsclubs waren sämtlich mit Frauen, Söhnen und Töchtern und den Spielkameraden ihrer Kinder erschienen. Sie brachten ihre Tanten und Großtanten, Onkel und Großonkel, Nichten und Neffen, Schwager und Cousinen und die Freunde ihrer Freunde mit. Jeder Techniker hatte seine Familie eingeladen, und jeder Kantinenkoch hatte es ihm gleichgetan. Die meisten brachten irgend etwas zu essen mit; aber alle ihren Appetit. Die Getränke flossen in Strömen, es wurde viel und laut gelacht, und die Tanzschritte auf dem Tanzboden gaben den rhythmischen Kontrapunkt zum Takt der Band ab.

Den größten Unterschied machte die Wärme. Wärme und Menschlichkeit herrschten überall, und die ungetrübte Freude über einfache Genüsse, die durch die Anwesenheit vieler Freunde versüßt wurden. Die Filmcrew schwelgte darin wie in einem Champagnerbad. Alle aßen und tranken und unterhielten sich mit wildfremden Menschen. Sie erzählten lustige Anekdoten, die sich während der Dreharbeiten ereignet hatten, heulten vor Begeisterung darüber – und manche davon waren tatsächlich wahr. Sie flirteten und spielten sich als Intellektuelle aus L. A. auf und wurden mit einem Seitenblick aus dunklen Augen und einem nachsichtigen Lächeln auf den Boden zurückgeholt. Sie versuchten zu tanzen und machten sich auf dem Tanzboden zum Narren, weil sie nicht mit den schnellfüßigen Cajuns mithalten konnten. Trotzdem gaben sie nicht auf.

Die Wehmut, das unvermeidliche Nebenprodukt, wenn etwas endete, kam später. Sie schlich sich ein, als Reden gehalten wurden, in denen man sich für den Empfang und die Mitarbeit der Einheimischen bedankte, und als Vance und Madelyn und Summer erklärten, wie sehr sie ihren Aufenthalt genossen hätten und wie sehr sie es bedauerten, nun abzureisen. Als Julie sprach, hatte sie einen Kloß in der Kehle. Sie erklärte aufrichtig und voller Überzeugung, daß sie die Zeit nie vergessen würde, die sie hier verbracht hatte. Danach überließ sie Bull das Podium.

»Ich bin nicht gut in solchen Sachen«, sagte Bull, »auch wenn ich wie alle anderen fühle, daß dieser Film, dieser Ort, diese Zeit etwas ganz Besonderes war. Mir bleibt nur noch ein letztes, im Angedenken der Tragödien, die sich hier ereignet haben. Es ist ein Ehrentoast, der mir immer gefallen hat, weil er alles Nötige und doch hoffentlich nicht zuviel sagt. Meine Damen und Herren, liebe Freunde, ich bitte Sie, die Gläser zu erheben und mit mir zu trinken: auf Freunde, die uns fehlen.«

»Auf Freunde, die uns fehlen«, wiederholte Julie leise flüsternd.

Sie trank und dachte daran, wie sie Paul zum letztenmal gesehen hatte, als er lächelnd und glücklich seiner Frau zugewunken hatte. Sie dachte an Stan, der Stunts und Risiken auf sich nahm, an seine eifrige Miene und sein dünnes, in der Sonne glänzendes Haar. Beide waren von ihnen gegangen, Opfer Ofelias Ehrgeizes. Und ihres eigenen.

Man hatte einen Gottesdienst für Stan arrangiert, dann war sein Leichnam in den Mittelwesten, zu seiner Schwester überführt worden. Man hatte kein großes Aufheben davon gemacht, aber es hatte auch keine Anschuldigungen gegen ihn gegeben. Hatte er wirklich versucht, in Ofelias Spiel einzusteigen? Es war unmöglich festzustellen; Ofelia war nicht gerade eine zuverlässige Zeugin. Auf jeden Fall, hatte Bull gemeint, machte es keinen Sinn, seine Angehörigen damit zu belasten. Lassen wir es ruhen, hatten sie beschlossen. Lassen wir ihn ruhen.

Sie drehte sich um und lächelte Bull an. Er hatte gute Arbeit geleistet. Das hätte sie nicht überraschen dürfen; trotz seiner Grobheit war er ein einfühlsamer Mensch. Er wollte das nur nicht durchsickern lassen, sagte er, denn das wäre schlecht für seinen Ruf.

Wie der Vater in ihrem Traum war er gekommen, um sie zu retten. Als aus der Film-Gerüchteküche zu ihm herübergeweht war, daß es Schwierigkeiten bei ihrem Film gab, hatte er die Sache genauer in Augenschein genommen. Ihm gefiel nicht, was er sah. Also hatte er Kontakt mit Allen aufgenommen und ihn überredet, ihn bei dem Film mitwirken zu lassen, eine Kleinigkeit gegenüber der Aufgabe, sie davon zu überzeugen, daß sie ihn in die Nähe einer Kamera ließ. Er hatte ihre Hilfe nie wirklich gebraucht; das Klagelied über mangelnde Aufträge, mangelnde Kreativität hatte er sich ausgedacht, um ihr Mitleid zu erregen. Er hatte nie geglaubt, damit durchzukommen, aber Rey hatte ihn vom Gegenteil überzeugt.

Später, als der Versicherungsmensch versuchte, das Kommando zu übernehmen, war Bull eingeschritten. Aber er hatte das nicht um seinetwillen getan, sondern um ihretwillen, um die Rechnungsprüfer abzuwehren, die ihr den Film wegnehmen wollten, und um Julie davon abzuhalten, den Film zu ruinieren, weil sie zuviel Angst um die Menschen hatte, die dabei zu Schaden gekommen waren. Nichts in den Schlußszenen wich von ihren Ideen, ihren Konzepten ab, sowohl dem ersten, als auch dem überarbeiteten.

Während der Filmarbeiten hatte sie neues Vertrauen zu und neues Verständnis für Bull gewonnen. Sie bedauerte, daß sie so lange dazu gebraucht hatte. Sie konnte ihrer Mutter eigentlich nicht vorwerfen, daß sie sie gelehrt hatte, ihn so zu sehen; ihre Mutter hatte ihre Gründe gehabt. Trotzdem fand sie, daß Bull in den Jahren, die sie zusammengelebt hatten, seine männliche Zurückhaltung weit genug hätte aufgeben können, um ihr seine Lage zu erklären. Er hatte das nicht getan, glaubte sie, weil er ihr oder sein Bild jener Frau, die seine Frau gewesen war, nicht beschmutzen wollte. Trotzdem war es kaum zu fassen, daß Julie, wäre er nicht nach Louisiana gekommen, um *Im Reich der Sümpfe* zu drehen, nie erfahren hätte, wie er wirklich war.

Allen war weg. Er war vor einigen Tagen an die Westküste zurückgeflogen, als er sich ausgerechnet hatte, daß der Film das Budget nur minimal überschreiten würde, als er erkannt hatte, daß der Film bei Julie und Bull als Co-Regisseuren in guten Händen war, und als ihm schließlich klargeworden war, daß seine

An- oder Abwesenheit keinen Einfluß darauf hatte, ob Julie nach L. A. zurückkehren würde oder nicht.

Im Gegensatz zu Bull war Allen bereit gewesen, ihr den Film aus Gründen wegzunehmen, die nichts mit ihrer Sicherheit oder ihrem Wohlbefinden zu tun hatte. Er hatte sich mehr Sorgen um das Geld und seinen Ruf gemacht und Angst gehabt, daß er sie an den Erfolg verlieren könnte. Er sagte, daß er sie liebte, und vielleicht war das sogar wahr, aber er sorgte sich so um seine Wünsche, Bedürfnisse und Gefühle, daß für sie wenig übrigblieb. Sie wünschte ihm alles Gute, aber sie liebte ihn nicht mehr, wenn sie ihn überhaupt je geliebt hatte. Mit ihm hatte sie gegen ihren Vater rebelliert, gegen alles, wofür Bull stand, er war in vielen Dingen sein genaues Gegenteil gewesen. Leider war er auch sein Gegenteil, wo es um Gefühle ging.

Ofelia fehlte ebenfalls heute abend, sie saß im Distriktgefängnis und wartete auf ihre Verhandlung wegen mehrfachen Mordes vor einem Geschworenengericht. Julie konnte immer noch kaum glauben, was sie getan hatte. Ofelia war nicht immer so gewesen; über Jahre angesammeltes Selbstmitleid, angesammelte Bitterkeit und Eifersucht hatten sie dazu getrieben.

Rey war eine Weile weg gewesen, aber später doch noch gekommen. Er saß mit Donna und ihren beiden Kindern an einem Tisch, an dem auch Summer und ihre Mutter saßen. Sie amüsierten sich gut, vor allem Summer und die beiden Jungen waren ausgelassen. Vor ein paar Minuten hatte sich eine kleine Essensschlacht zwischen den drei Jüngeren angebahnt, bis Rey entschlossen dazwischengegangen war.

Julie hatte Rey in den zwei Wochen seit Ofelias Verhaftung nur selten zu Gesicht bekommen. Die Regieassistentin hatte mit den Behörden dreier Distrikte zusammengearbeitet, hatte den Drogenring auffliegen lassen, der dort operierte. Seine Wurzeln erstreckten sich vom Sumpf bis nach New Orleans, Baton Rouge und Shreveport, und seine Ausläufer reichten bis nach Houston und Atlanta, New York und L. A. Ofelia hatte Namen und

Daten und Versorgungsrouten genannt, Übergabepunkte und Lieferwege. Damit löste sie eine Reihe von Blitzrazzien und Verhaftungen aus, mit denen die Gerichte monatelang beschäftigt sein würden. Als Spezialagent im Auftrag der DEA war Rey an den Verhören beteiligt gewesen.

Er hatte vor einiger Zeit bei der Drogenbehörde gekündigt, war aber wieder auf seinen Posten berufen worden, da er den Sumpf und die Menschen dort besonders gut kannte. Er und Paul hatten kooperiert, sowohl als Freunde als auch als Angehörige zweier Teams, die an der gleichen Operation interessiert waren. Auf Pauls Tod hin hatte Rey den von Julie angebotenen Job angenommen; wenigstens in dieser Beziehung hatte Ofelia die Wahrheit gesagt. Er hatte damals den Verdacht geschöpft, daß Pauls Tod kein Unfall gewesen war, sondern daß Paul ermordet wurde, weil er einer großen Sache auf der Spur war.

Rey hatte Ofelia von dem Tag an beschattet, an dem auf Julie geschossen worden war. Die junge Frau hatte im anderen Büro gelauscht, während er und Bull und Julie sich unterhielten. Sie hatte keinen Ton gesagt, aber er hatte trotzdem ein Geräusch gehört und sich kurz entschuldigt, um nachzusehen. Er hatte gesehen, wie sie den Wagen verließ. Zum Teil waren die Schüsse auf Julie auf das belauschte Gespräch zurückzuführen, darauf, daß sie ihre Stellung als Regieassistentin an Julie verlieren würde. Von diesem Augenblick an war Reys Dossier über sie ständig angewachsen, doch die Agentur hatte ihm untersagt, sie auffliegen zu lassen, weil man auf einen größeren Fang hoffte.

Julie gestattete sich, an die Nacht zurückzudenken, in der Ofelia versucht hatte, sie umzubringen. Sie dachte an Rey, der im Licht der Scheinwerfer auf sie zugewatet war, an die feste, tröstliche Wärme seines Körpers, nachdem sich seine Arme im Regen um sie geschlossen hatten. Die Nässe und die Müdigkeit und die Schmerzen waren so grausam gewesen, daß sie sich an ihn geworfen und ihn umklammert hatte, als wollte sie ihn nie wieder loslassen. Die bloße Erinnerung daran beschämte sie.

Rey hatte sie in einen Regenmantel gewickelt und nicht mehr losgelassen, während sie im Luftkissenboot heimgebraust waren. Zu Hause hatte er ihr ein Percodan gegeben, das sie, darauf hatte Tante Tine bestanden, mit einem heißen Bourbontoddy mit Honig hinunterspülte. Julie erinnerte sich kaum mehr daran, wie ihr die alte Dame beim Umziehen geholfen und wie Rey sie ins Krankenhaus gefahren hatte, wo man ihre Wunden wieder säuberte und neu verband, und überhaupt nicht mehr daran, wie sie zurückgefahren und ins Bett gebracht wurde.

Tante Tine erzählte ihr später, daß Summer aufgewacht war, nachdem Ofelia verschwunden war, und fast hysterisch geworden sei, als sie die Notiz nicht mehr finden konnte. Das Mädchen hatte darauf bestanden, daß Donna Tante Tine anrief und ihr sagte, daß Julie weggegangen sei, wohin sie gegangen sei und daß der Brief fehlte. Tante Tine, die zumindest teilweise, wenn nicht ganz, über Reys Arbeit Bescheid wußte, hatte den Sheriff angerufen und ihren Neffen polizeilich suchen lassen. Er war mit einer Polizeieskorte heimgekommen. Dann hatte er Summer über jedes Detail von Julies Abschied ausgefragt und sie jedes Wort wiederholen lassen. Sobald er den Satz *Schlangen jagen* hörte, war er aus der Tür und unterwegs. Da er das Wohnmobil verlassen vorfand, hatte er den Wachmann befragt, der in Richtung Fluß deutete. Die Schlüssel zu den Kabinenkreuzer waren im Büro eingesperrt, aber beide Luftkissenboote lagen in einem Flußcamp der DEA, das für die Untersuchungen eingerichtet worden war. Die Fahrt dorthin war kurz gewesen, aber trotzdem beinahe zu lang.

Rey war beschäftigt gewesen, ja, aber Julie glaubte, daß das nicht der einzige Grund war, weswegen sie ihn so wenig zu Gesicht bekommen hatte. Seit dem Nachmittag, an dem auf sie geschossen worden war, wirkte er distanziert. Langsam und erst während der letzten Tage hatte sie den wahrscheinlichen Grund dafür erkannt. Jetzt schien der Augenblick gekommen, einiges richtigzustellen. Wahrscheinlich war es die letzte Gelegenheit.

Sie stand auf, ging quer durch den Raum auf den Tisch zu, an dem Rey saß. Sie kam nur langsam vorwärts, da man sie unterwegs grüßte und ihr gratulierte und sie beglückwünschte; trotzdem ließ sie sich nirgends länger als eine oder zwei Minuten aufhalten.

Er schien sie beinahe zu beobachten, auf sie zu warten. In seinem Stuhl liegend, die langen Beine ausgestreckt und einen Arm mit einem Bier in der Hand auf den Tisch gelegt, schaute er ihr beim Näherkommen zu. Sein Haar war frisch geschnitten und die Lockenpracht gezähmt. Sein cremefarbenes Hemd strahlte auf sein Gesicht aus, so daß er fit und sonnengebräunt und attraktiver aussah, als es irgendeinem Nichtschauspieler zustand. Mit ihrer roten Narbe quer über der geschorenen Haarstelle und der Hand im Streckverband fühlte sie sich ihm unterlegen.

Er stand auf, als sie auf ihn zukam. Die Begrüßung war höflich und freundlich, aber nicht mehr. Julie unterhielt sich mit Donna und Annette und den Kindern. Dann, als Rey seine Hand auf eine Stuhllehne legte, als wollte er ihn ihr zurechtrücken, schaute sie ihn bittend an.

»Könnten wir uns einen Augenblick ungestört unterhalten?« fragte sie. »Es dauert nicht lang.«

Er schaute sie aus schmalen, aber durchdringenden Augen an und stimmte zu. Er warf Donna einen Blick zu und zog eine Braue hoch. Die Witwe schaute schnell von ihm auf Julie und nickte, während ein großzügiges Lächeln ihren Mund breiter werden ließ.

»Wir kommen schon zurecht«, sagte sie. »Geht nur, ihr beiden.«

Er erwiderte ihr Lächeln und zwinkerte Summer zu, dann folgte er Julie vom Tisch weg. Als er sie eingeholt hatte, machte er eine Geste in Richtung der offenen Tür. »Paßt es dir draußen?«

Sie nickte, und kurz darauf schlenderten sie fort von dem

Lärm und dem Essensgeruch, hinunter zum dunklen Bootspier und zu der alten Zypresse, die es überschattete.

»Verzeih mir, daß ich dich aus der Party reiße«, sagte sie, als sie am Wasser standen. Sie war dankbar, daß sie nicht direkt nebeneinander standen, fürchtete, daß er sonst das Klopfen ihres Herzens hören würde. Das Pochen schien ihren ganzen Körper zu erschüttern und erschwerte die Konzentration.

Er blickte sie an, schob dann seine Hände in die Taschen und sah wieder weg. »Macht nichts.«

»Ich wollte bloß«, begann sie und mußte sich dann räuspern, weil ihre Stimme so heiser klang. »Ich wollte dir bloß sagen – bevor ich fahre –, daß mir endlich wieder eingefallen ist, was wir an dem Tag geredet haben, an dem Ofelia auf mich geschossen hat – oder eher, was ich geredet habe. Und ich wollte dir sagen, daß ich nicht ernst gemeint habe, was ich über deine Arbeit und Donna und deine anderen Frauen gesagt habe. Ich habe gekocht vor Wut, und du warst zufällig da, als ich schließlich explodiert bin.«

»Nein, du hattest recht, wenigstens teilweise. Ich weiß, daß ich es mir in der Vergangenheit zur Gewohnheit gemacht habe, mit Frauen auszugehen, die mich brauchten. Ich würde sie nicht gerade als Krüppel bezeichnen, aber ich habe ihnen Mitleid oder vielleicht Mitgefühl gegeben statt Liebe. Auf diese Weise fühlte ich mich weniger schuldig, schätze ich, so als würde ich ihnen etwas wiedergeben, auch wenn ich keine Liebe zu geben hatte.«

»Ich hätte es trotzdem nicht sagen sollen. Es ging mich nichts an.«

»Das macht nichts. Außerdem traf das bestimmt nicht auf dich zu. Ich habe noch nie eine Frau getroffen, die weniger mitleidsbedürftig gewesen wäre.«

Sie sah ihn kurz an, aber sie konnte nicht erkennen, ob das, was er sagte, eine tiefere Bedeutung hatte. Zu allem entschlossen sprach sie weiter: »Ich habe auch gesagt oder angedeutet, daß ich dachte, du wärst in die Drogengeschäfte verwickelt.«

»Das solltest du auch denken«, erklärte er kopfschüttelnd. »Ich habe eine Menge auf mich genommen, um dir und einigen anderen Leuten, Ofelia eingeschlossen, das plausibel erscheinen zu lassen.«

»Es hat nicht funktioniert; ich habe dir nicht ganz geglaubt, weil ich gesehen hatte, wie du in der ersten Nacht das Wasserflugzeug verfolgt hast. Nachdem ich mit Donna gesprochen hatte, war ich sicher, daß du im verdeckten Einsatz warst, daß du mich im Verdacht hattest und daß du dich nur an mich herangemacht hättest, um – daß du...«

»Das war ich und das habe ich auch. Es gehört zu meinem Job. Nicht daß irgendwer mich gezwungen hätte, so weit zu gehen. Ich mußte mich einfach überzeugen, schon um Pauls willen, daß du sauber warst. Das war vor L. A. und dem Bel Air. L. A. war nur meinetwegen.«

»Nicht vielleicht, weil du Angst um mich hattest? Ich hatte das leise Gefühl, bewacht zu werden.«

»Wenn mein Verdacht auch nur irgendwie begründet war, dann schien es gut möglich, daß man dir nicht gestatten würde, deine Belohnung entgegenzunehmen.«

»Dafür hast du deine bekommen.«

Er schaute auf, zuckte aber nicht. »Das – könnte man sagen.«

»Nun, das ist in Ordnung, denn du hast sie nicht allein bekommen.«

»Nein?«

»Ich werde nicht so tun, als wäre ich nicht bereit gewesen, dir alles zu geben, was du wolltest.« Bevor er etwas sagen konnte, sprach sie schnell weiter. »Sag mir eines, erinnerst du dich an die Nacht, in der du Percodan genommen hattest und Bull dich mit Jack Daniel's abgefüllt hat?«

Er drehte ein Stück weit, vorsichtig, den Kopf und sah sie an. »Ja?«

»Erinnerst du dich daran, was du in dieser Nacht gemacht und gesagt hast?«

Sekunden verstrichen, bevor er antwortete. »Ich erinnere mich daran, daß ich in deinem Bett aufgewacht bin.«

»Davor«, unterbrach sie ihn hastig.

»Ich wollte mit dir reden, aber bei dir brannte kein Licht, und ich dachte, du schläfst schon. Ich saß eine Weile auf dem Galeriegeländer. Ich glaube, ich bin sogar darauf herumspaziert.«

»Das bist du.«

Er schaute hinauf in die Zypressenzweige über ihnen und seufzte. »Was noch?«

»Du hast gesagt, du kannst nicht surfen und nicht schauspielern.«

»Das war nicht gelogen.«

»Und du hast mir einen Antrag gemacht, nicht einmal einen unsittlichen. Du hast mir zum Beispiel nicht vorgeschlagen, daß du mich leidenschaftlich und bis zum Wahnsinn unter freiem Himmel lieben würdest.«

»Ich nehme an«, sagte er leise, »daß meine Sünden sich jetzt rächen.«

»Das glaube ich auch«, antwortete sie mit einem leisen Lächeln.

»Du brauchst mich nicht zu schonen, sag's mir einfach.«

»Das habe ich auch vor.« Aber sie konnte nicht weitersprechen, weil ihre Kehle vor Angst wie zugeschnürt war.

»Julie?« Er wandte sich ihr zu, versuchte, ihr Gesicht zu erkennen, und machte einen vorsichtigen Schritt auf sie zu.

Sie wollte zurückweichen, konnte aber nicht. Ihr war schlecht, so groß war das Risiko, das sie einging, so sehr fürchtete sie sich vor dem, was er sagen oder nicht sagen mochte. Aber es gab keinen Ausweg, sie mußte den Sprung ins kalte Wasser wagen.

Sie leckte sich über die Lippen und schluckte schwer. »Du hast gesagt, daß du mich wie Jean-Pierre in den Sumpf entführen wolltest. Aber du wärst nicht wie er und nicht durch alte Sitten, alten Stolz gefesselt wie er. Du sagtest, daß wir statt dessen heiraten und halb in L. A. und halb in New Orleans leben würden oder wo auch immer ich gerade einen Film mache, wenigstens, bis die Kinder kommen. Du sagtest, dann würden wir dort leben, wo es für uns am besten wäre, und daß du ein moderner Mann wärest, der zur gleichen Zeit kochen und sich um Kinder kümmern und ein Imperium führen könnte.«

»Das habe ich alles gesagt?« fragte er mit rauchiger Stimme. Er legte seine Hände auf ihre Schultern.

»Das hast du«, antwortete sie und nahm ihren ganzen Mut zusammen, um zu ihm aufzusehen und den Blick nicht wieder abzuwenden.

»Und was hast du darauf geantwortet?«

»Ich sagte, ich bin froh, daß du nicht Jean-Pierre bist.«

Er senkte den Kopf, verharrte mit den Lippen Zentimeter über ihren. »War das alles?«

»Ich habe gesagt, daß mir der Plan gefällt«, antwortete sie mit zitternder Stimme, »wenn du mir nur versprichst, daß die DEA sich eine neue Sumpfratte sucht.«

Er flüsterte: »Noch was?«

»Ich habe gesagt, daß ich dich liebe. Sehr, sehr liebe, auch wenn ich versucht habe, dich das nicht wissen zu lassen, auch wenn ich sogar versucht habe, mir vorzustellen, ich könnte ohne dich leben. Und daß ich herausgefunden habe, daß das nicht geht.«

»Habe ich dir geantwortet, daß du mein Leben bist, die verdammenswert unabhängige Herrin meiner Seele, und daß ich dich lieben und deine Füße warm halten werde, solange ich lebe – und dich eines Tages leidenschaftlich und bis zum Wahnsinn unter freiem Himmel lieben werde oder verdammt sein will in alle Ewigkeit?«

»Du hast so was erwähnt«, sagte sie kaum hörbar und seufzte. »Rey? Weißt du noch, wie ich dir vor vielen Wochen erklärt habe, daß ich keine Spiele spiele?«

»Das weiß ich noch.«

»Ich habe mich geirrt. Ich liebe es, mit dir zu spielen.«

»Gott sei Dank«, sagte Rey. »Und Jesus, Maria und allen Heiligen dazu.«

»Allen?«

»Jedem einzelnen.« Seine Stimme klang fest und tief.

Ihre Münder berührten sich, sie schmeckten die Wärme, die Süße, die lang ersehnte Kapitulation. Schließlich hob Rey den Kopf, ohne seinen Griff zu lösen, und drückte mit seiner Stirn gegen ihre.

»Ich glaube«, sagte er, »ich sollte dir verraten, daß ich mich noch ganz genau daran erinnere, was in dieser Nacht auf der Galerie und in deinem Bett geschehen ist, und vor allem an jedes einzelne Wort.«

»Wirklich?« murmelte sie mit geschlossenen Augen. »Und habe ich richtig zitiert?«

»Ganz richtig«, sagte er und suchte wieder ihre Lippen. »Vollkommen richtig.«